John Updike

TASTE

I have, alas, no taste —
that Talleyrand; that ally of the minimal;
taste, that instructor of [illegible]
between the draped and the drape
that [illegible]
of [illegible] twixt the drape and the draped,
~~that advocate of the right~~
[illegible] the drawn, the drape, and the draped;
that advocate of the right as it teeters
on its tightrope above the abyss of excess,
beneath the airy heritage of not quite enough.

My first wife had taste ~~white walls,~~
~~white her answer~~
white walls, white the [illegible], [illegible]
to the attic. Nothing pleased her, but quilts,
bare elegance and emptiness,
and a ~~[illegible]~~ Oriental rug so full
of dust and virtue it made me sneeze,
descended as it was from her ancestors,
exemplary in piety and in the China trade.
Yet she was right, I knew she was right, in all things,
and draped herself in [illegible]
of white [illegible], her arms ~~[illegible]~~ white.
(perfect as bones?)

I know a man with taste
He lives alone on the flat of a warehouse
and designs machines that make nothing
but vivid impressions of whirling,
of [illegible], dazzle, and flow.
He works in a single [illegible],
[illegible] with pencil drawings

厄普代克作品

圣洁百合

John Updike

In the Beauty of the Lilies

〔美〕约翰·厄普代克 著 袁凤珠 译

上海译文出版社

图书在版编目(CIP)数据

圣洁百合／(美)厄普代克(John Updike)著；袁凤珠译.
—上海：上海译文出版社，2017.8
(厄普代克作品)
书名原文：In the Beauty of the Lilies
ISBN 978-7-5327-7525-5

Ⅰ.①圣… Ⅱ.①厄… ②袁… Ⅲ.①长篇小说—美
国—现代 Ⅳ.①I712.45

中国版本图书馆 CIP 数据核字(2017)第 104023 号

图字：09-2009-070 号

圣洁百合
[美]约翰·厄普代克／著　袁凤珠／译
策划／冯涛　责任编辑／宋玲　装帧设计／张志全工作室

上海世纪出版股份有限公司
译文出版社出版
网址：www.yiwen.com.cn
上海世纪出版股份有限公司发行中心发行
200001　上海福建中路 193 号　www.ewen.co
浙江新华数码印务有限公司印刷

开本 890×1240　1/32　印张 14.25　插页 6　字数 342,000
2017 年 8 月第 1 版　2017 年 8 月第 1 次印刷
印数：0,001—5,000 册

ISBN 978-7-5327-7525-5/I·4597
定价：64.00 元

献给玛莎

她爱她的祖先

也爱她的后人

大海彼岸基督诞生圣洁百合丛中，
以他荣耀胸怀净化你我心灵；
如他以死换得我等神圣，
当主继续前行，
我等亦应以死换取自由人生。

——朱莉亚·瓦尔德·豪

《共和国战歌》

目　录

第一章

克 拉 伦 斯

一九一〇年春季的最后几天酷热无比，在新泽西州帕特森市郊贝尔维斯塔城堡的开阔高地上，人们正忙着拍电影。制片公司是拜奥格拉夫，导演是戴维·伍·格里菲斯，片名为《从军记》。故事发生在中世纪，情节围绕一件丢失的价值连城的珠宝展开。去哪里能找到比贝尔维斯塔更适合作为中世纪城堡背景的地方呢？众所周知，贝尔维斯塔的别名是“兰伯特城堡”，因其建造者为本地丝绸大王凯索莱纳·兰伯特而得名。高低起伏的草坪上生长着经过整修具有中世纪特征的橡树和山毛榉，从这里向东望去，越过蹲守在帕萨依克河河湾低洼处的帕特森市那拥挤不堪的一片屋顶，大约十五英里处便可见纽约市的轮廓。从这个高度可浏览到弗尔瀑布旁一溜砖结构的磨房以及由皮埃尔·朗方特设计的三架水车、教父威廉·迪恩·麦纳尔蒂的浸礼会圣约翰大教堂那威严雄伟的褐砂石尖塔、酷似大蛋糕的白色市政厅、装饰着花里胡哨的佛兰德前脸的邮局大楼、还有那座盖了不到十年的帕萨依克县法院。在它那有廊柱的穹顶上部，一座巨大的女雕像成年累月摆着保持平衡的姿势。远处纽约市耀眼的建筑物顶部轻飘飘地悬浮在夏日蒸腾的雾气之中，掩盖了人类诸多苦难，以它迷人的轮廓博取人们的信赖。这绝对是取景的最佳选择。然而那部摄影机已调整好镜头，剔除了一切标志现代文明的景致。摄影师在新泽西充满煤炭和汽油味的闷热阳光下不耐烦地等待着，担心会突然飘过来一团乱云破坏掉他刚调好的背景。链盒里不断溢出淡淡的油味。

下午两点钟，气温升到最高。尽管酷热难捱，男演员麦克·森尼特和德尔·亨德尔森都已佩戴上金属铠甲，电影主角小玛丽·毕克馥也大汗淋漓地穿好了紧身衣裤、天鹅绒斗篷和厚厚的锦缎古装外衣，俨然一副侍从打扮。她正准备骑上马带上当作重要信件的道具在城堡的绿色草坪上奔驰，地上坚挺的草叶在阳光照射下泛着白光。几个穿工装的人帮助毕克馥小姐跨上马鞍，那匹高头大马也热得浑身湿漉漉的，散发出马鬃与汗水混合的臭味。晒得发烫的皮鞍子灼烤着小玛丽的臀部和大腿，胯下马身上乱糟糟的马鬃弄得她很不自在，她真想去树荫下躲一会儿。这位小明星刚刚十七岁。旅馆里拥挤不堪，帕特森市又喧闹得很，夜里她根本无法入睡，此刻她竟有灵魂出窍的感觉，但还是坚持了下来，直到拍摄特写镜头——格里菲斯非常想为这位新来的演艺界娃娃拍摄面部特写镜头——她才失去知觉。这已是第三次拍摄，这位侍从兴冲冲地来送信，信上的字迹清晰地在屏幕上的字框里用黑底白字显示出来："阁下，国王命令部队攻打撒拉逊异教徒！"两位只穿衬衫的道具工作人员举着大金属板把光反射到她娇小的身上，她的面色因为用了化妆粉，显得更加苍白。气温不断升高，终于，她脑后一片昏黑，晕倒在地。又甜又湿的六月青草味混着嗅盐的氨气味钻进她的鼻孔。她醒过来之后，格里菲斯先生，这位刚才还很体面的肯塔基绅士，大动起肝火来，不光因为她白白浪费了白天宝贵的半个小时——这一天是星期一，按计划应当于星期五完成拍摄任务——还因为她身上昂贵的白锦缎古装外衣被草渍弄脏了。

就在玛丽·毕克馥昏过去的那一刻，在下边斯特雷特街与百老汇街交会处的第四长老会牧师寓所里，克拉伦斯·亚瑟·威尔莫特牧师感觉到他心中最后的一点信心正在消失。这种感觉不会有错——内心无法排遣的退却，犹如一股黑色泛着沫的气泡冲顶而出。他现年四十四岁，高个子窄胸，蓄着棕黄色的胡须，尽管隐约显出怠惰与不够健康的样子，却仍不失其成熟男子的英气。此时正是拍摄现场出了灾难性差错的一刻，他站在住宅的一楼，心中琢磨这么热的天他是不是该把黑哔叽外衣脱掉，因为按照时间安排，晚饭之前是不会有人来访的，教堂建筑需求委员会的委员们将在晚饭时候带着各种无法满足的要求来折磨他。想到这里，委员会主席的模样在克拉伦斯脑子里闪现出来——哈伦·迪尔霍尔特那神气十足的大宽脸及蛤蟆一样灵活地向下翻着的大嘴巴。他是生产丝带的小厂主，短而宽的鼻子上托一副夹鼻眼镜，镜片强烈的反光使他看起来像个盲人。克拉伦斯立刻想起那位秃顶好斗的英格索尔，他有一副和迪尔霍尔特一样咄咄逼人的神态。牧师正在研读英格索尔这位著名无神论者的《摩西的错误》，为的是驳斥教区内的一位扰乱人心的人的观点；就在他发觉了他们两人的相似之处时，他的思想闪电般地出现一个想法，英格索尔是对的：摩西五经里的上帝是个荒唐的恶棍，野蛮地叱咤于一个完全被曲解了的宇宙之中。这也是他长久以来的想法。没有这样的上帝，也不应该有这样的上帝。

克拉伦斯的思想像一个软软的肉虫子，在一个光滑的瓷盆里一次次艰难地朝上爬呀爬；这时一盆盥洗水泼来，猝不及防地把它冲进下水道。没有上帝。他为新出现的想法所困扰。这一小片歇脚的空地很不规整，周围有他书房的门、通往饭厅的拱形门洞、还有内室的前门，门上毛玻璃的四周装饰着带铅边的挺脏的长方形玻璃，颜色应该是乳白色。再过去是通往二楼的深色核桃木楼梯的梯脚，楼梯的两个拐弯处各有一个棱角被刨平的方形端柱。穿堂风从那些前门之间的铺油毡的门厅吹进来，把尘土吹上二楼，威尔莫特太太常常为此抱怨。他那难以察觉的最后一点信心和几十年来不断与建立在理性基础上的无神观念作斗争以维护上帝权威的使命感，也已化作尘烟顺着楼梯飘然而上。

可怕的时刻，静得像是跌进了无底深渊。住宅外的百老汇大街上一辆农家车正吃力地往山上行驶，它赶过主街贸易市场的早市以后正往回返，拐上斯特雷特街，过了桥又走上通往黑尔顿的大道，去往帕萨依克县北边乡村。马车走过埋在大卵石路面上的电车双轨时马蹄奏出的切分音有点乱；山核桃木车轴为抗衡因车子失去平衡产生的扭力而发出吱吱扭扭的声响。赶车人只顾高兴地哼着歌；克拉伦斯开始还以为他在唱赞美诗呢，还是用德文唱的，后来才听出来一段调子，是那首新华尔兹曲："让我叫你甜心，我深深地……爱……你。"赶车人的声音很年轻，也许车前部坐着两个人，一个大人和一个孩子。从那扇能来回开动的厨房门里传来威尔莫特太太和爱尔兰年轻女仆梅维斯的声音，她们正用那套带花纹的笨重炊具忙碌地准备这天的晚餐；教堂建筑需求委员会的一些成员应邀来吃晚饭，包括主席和他高大的妻子，同来的有教区的几个孤苦无助的人——一位成了新寡的意大利妇女和她的两个女儿，还有一个上年纪的粗绸织工，他因政治上的冒犯刚刚被工厂解雇。

生活之音听起来都是非同寻常地轻飘飘平淡淡，好像被抽走了共鸣基。它们告诉克拉伦斯·威尔莫特应该怎样理解他长期怀疑的事情：宇宙才不在乎他在想些什么呢，再者，它如同一把锈蚀的空水壶一样空无一物，并不存在什么上帝的旨意。除去残酷与死亡，所有抽象的事物都不复存在，因为，没有了上帝这个前提，一切抽象事物都不再是抽象的了；一切都变得十分具体，而这一切又会在不知不觉中被忘却。忘却成了惟一能给予慰藉的东西。那么，预定论这一难解之谜——如果不触犯上帝的绝对自由的话，那么人类又怎么获得自己的自由意志呢？如果世界万物均出自神的意志，那么上帝又怎么能谴责人类呢？——便烟消云散；想要证明自己想法的正确性的重压也顷刻消解；这位原先的信徒那习惯性地被扭曲了的心态亦得以彻底放松。但是由此而留下的空白却大得惊人。在横扫一切的无神论之风里，人类失去了所有的特殊价值。那匹马的痛苦已变得麻木，跟那马车夫的没什么两样；绿油油充满生机的蕨类植物只需地球无尽的时间长河中的一瞬间，便被悄无声息地挤压成化石层变为煤炭，而用不了多久，克拉伦斯自己的生命同样也会在瞬间化为乌有。没有了上帝的祝福，物质世界则变得既恐怖又令人厌恶。一切肉体的行为都变得邪恶，不是个别行为而是所有的。人类为了满足自己的身体需要而屠杀羊、牛、鱼、禽，上演着令人毛骨悚然的喜剧——鲜血浸透的自私自利导致世间的故意伤害。

一想到吃，克拉伦斯就恶心起来；他觉得全身在肿胀，就像扭伤了的脚腕子；他甚至不敢迈步，惟恐因为突然变得高大而笨拙地跌倒。他的手心和胳肢窝开始出汗。为了不让地板和皮鞋发出声响，他摇摇晃晃地拖着双脚走，滑过饭厅来到厨房门口，他歪着瘦瘦的脑袋使劲地听，就像医生用听诊器听一位遭受精神创伤的病人的心脏一样。他灰黄的太阳穴处一根紧绷的蓝筋突突直跳。

“我的天啊，梅维斯，”他听见说，“别舍不得用红糖——咱美国人喜欢把火腿做得甜一些。”斯特拉那既轻松自如又高高在上的声音用南方口音讲出来，听着的确甜甜的，虽然她已在新泽西州住了七年，在此之前还在寒冷的明尼苏达州的两个教区住过六年，可她的南方口音并没有改变，只是稍微弱了一点。他和她是在密苏里州一座毫无生气勉强维持的教堂里认识的，那是一个荒凉的村中小镇，教堂坐落在陡峭的河岸边。她负责弹奏那架代替风琴用的钢琴，还教主日学，班上有二十几个孩子。她长得有点胖，皮肤黝黑，相貌平平；女性的妩媚全表现在她那一双漂亮黑眼睛和一头秀发上了，水灵灵的眼睛，透着俏皮和诉求，亮闪闪的深栗色头发上别着龟壳发卡以控制它的鬈曲和零乱。他感谢她给教会带来了活力——他去到那边远地区不景气的长老会工作，那片河水浇灌的土地上有的是纵饮威士忌的酒徒和大喊大叫的浸礼会教友，她肯与他在那里做伴——在不知不觉之中，说不清是从什么时候开始，他们终于走到了一起，结为伉俪。上帝赐予他们两个孩子，一个男孩一个女孩，后来，也就是七年前，又有了第二个男孩，他们经过小小的争议，最后同意以年轻体壮的总统的名字给他命名。

斯特拉用她发自胸腔的甜甜的声音说："然后再加两平勺干芥末——好，小心，梅维，看我怎么用刀子把它刮平——再加一点儿，半茶勺吧，你可以这么认为，不过我从来没有量过，在烤肉上放一点碾碎的干面包屑，加上保湿剂，你什么都可以往上抹，除了口水，我姨妈多萝西娅常这么说，她可是个了不起的人，亲爱的老多德姨妈，她的腰弯得像虾米。你能用烤火腿滴下来的油汁，或者梅子汁，或者，在老家时我爹总喜欢加上一杯接骨木果酒"——她说成了啷啷啷偶——"威尔莫特先生的娇气肚子喜欢苹果醋，放上三茶勺：一勺、两勺、三勺，就是这样。""这样"成了"贼呀"；他能想像出她朝下看她的得意之作时下巴变双的样子。"来，你拨拉一下让我看看你是怎么切的肥肉。我说，你是不是切得太深了，梅维。你只需要把表面一层切下来，留下一层胫骨肉，尽量把好的肥肉留着——在烤箱里还要再烤一个小时哩，咱不能把它烤干呀，对不，亲爱的？"

克拉伦斯听不清梅维斯嘟囔了些什么。梅维斯和她的老乡们住在科克郡。她住在纺织厂下方那些拥挤不堪、不刷油漆的木屋区，那里叫做都柏林，她来这里干些家务活可使她免受每日十小时看守织缎机的辛劳。她早上七点钟来，下午六点把威尔莫特家的晚饭准备好之后她便回家去，要是有客人来吃饭她便留下来招待用餐。没有衣物要洗的时候，便允许她早一点回家去帮她妈妈照顾弟弟妹妹们。爱尔兰家庭大多是这种情况：家中一大群孩子，而父亲则把收入花在酒馆里。一个在顽固地信守古老教义的同时，又挥霍无度的民族。梅维斯的一双小手纤细可爱，由于长期在肥皂水中浸泡，手指总是红红的，她干活时像孩子一样笨手笨脚的，总是绷着脸，嘴唇苍白，像她细嫩的皮肤颜色。每个星期四她可以有一个小时的空闲跟年轻人一起去加利特山，回来之后她脸上的红色雀斑便显露出来。每当这时斯特拉便告诫地开玩笑，说她"在外边玩疯了"。斯特拉自己的皮肤跟那些南方人一样，对光线很敏感，太阳一晒就变黑。

“还有，切的时候——搅起来，亲爱的，不要怕被勺背搅烂了——我用大刀把肥肉切成细的斜条——看见了吗？——等我切好了你把丁香罐拿过来，肉做成钻石型，每一条的正中间放一颗丁香。噢，多么有意思呀！小特迪喜欢把它拔出来放在嘴里，像嘬小鸡骨头一样嘬着玩！”

正在门外偷听的牧师刚被突然想到的无神论困扰过。他几乎要推门进入这明快畅亮、溢满香味的屋子，让自己那无法言明的创口在这无可挑剔的家务中得以愈合，但是又没有信心，终于转身走开了。他站在餐厅里，思想极度混乱，环视四周，试图找出能显示他内心致命变化的外在迹象。没有上帝。在这一闪念出现的时刻，宇宙被绝望笼罩在一片漆黑之中。然而，周围事物的颜色还和原来一样。桃花心木的餐桌和镶有不甚协调叶子的桌腿，打着厚厚一层蜡的桌面和不太合缝的活边；蒂法尼彩色玻璃吊灯，它的形状像个倒置的盛混合饮料的大玻璃碗，碗沿饰有扇贝壳和用玻璃与铅精巧制作的流苏；饰有薄板波纹樱桃木雕的瓜型餐具柜；棕色的壁纸，从一八八〇年此楼建好以来就没有更新过，上面印有一组组田园风光图案（热恋中的一男一女在野餐，一个男孩在追逐一个圆环）用涡形线条框起来，线条的银色已在这三十年的日照与尘封中失去光泽：这些缄默的家具没有一件显出上帝忽然从宇宙消失了的痕迹——他的天使团队，他牺牲了的儿子，他随时在你身边对你的护佑，你却知其在而不知其何在，他无限的仁慈，人们难以描绘却准确无误地心驰神往的永恒的天堂，以及那永恒的地狱，对于那里，甚至连平静温和通情达理的加尔文都猜不出它除了是上帝行使正义的一部分外还能是什么。上帝自由权的神秘感不复存在，一同消失的还有人们激烈争论的堕落前预定论和堕落后预定论，即上帝是何时开始拣选得救者的。静静的桃花心木桌面隐隐约约映出悬于顶部的大花碗，这个倒置的大碗无时无刻不在把这个世界倾倒出去。在这死火山口一样倒空了的花碗四周，家具仍保持原样，它们至少在目前还簇拥和保护着这位神职人员和他的家庭。

目前楼下这些虽旧却不失高雅的家具几乎没有一件属于他所有;这所牧师住宅刚落成就有了这些家具,一位牧师及家人用过之后传给下一位牧师及家人使用。楼上倒有几件。孩子的床,还有桌子,都是根据需要一件件添置的,一个塞满亚麻织物的笨重雪松柜子——斯特拉的嫁妆——从中西部地区的北方一路跟随他们辗转到此,一张在奥什考什的旧货店买的旧桃花心木四柱床,那是因为在教区提供的棕索床上睡得他们腰酸背痛才买的,镜框里的一幅海恩里奇·霍夫曼的油画印刷件,画得多少有些夸张,说的是耶稣在客西马尼花园祈祷,请求上帝把那杯属于他的苦酒拿走,祈祷未果,祈祷时他的门徒们都在酣睡——这是离开格兰耐特福尔斯之前教区教友赠送的——几张有裂痕的家庭照片和几件高档银器及象牙制品,是从早年在曼哈顿做进口商和经销商的祖先那里遗传下来的,那时他家十分富有,南北战争开始以后企业家的日子便不好过了,衰败的威尔莫特一家便去新泽西州经营农场——楼上这几件属于他们自己的家具可以随他们搬运到他应召要去的下一个地方。但是如果没有了信心,他能把它们搬到哪里去呢?惟有他的信心才是它们的搬运费。

他还能恢复那只剩下一半的信心吗?即使能够,在他心灵承受着对上帝不忠与对现实不敢正视的巨大压力下,他又肯不肯恢复那可怜的信心呢?他现在就像被长期监禁后精力消耗殆尽,只剩下空壳,此时心中郁积的对监禁他的人的痛恨与不满正顺着血管怦怦地跳动。世俗的男男女女们对大自然心存胆怯,迫使他不光彩地扮演魔术师的角色。英格索尔在他的其他惊人之举中还允诺解放神职人员,使牧师们从陈腐的《圣经》和过时的教义中解脱出来。他必须查一查他的文章。他看了看手,知道自己在发抖。喉咙有点噎得痛,像是吞咽时把东西卡在了喉咙里。他担心把女人们的注意力从火腿上引到自己身上来,便像印第安人一样悄悄地离开那里,小心翼翼不让皮鞋发出声音来。他退回到黑暗的铺有木地板的空地,正是在这里,他那以神为中心的宇宙刚刚坍塌。带有图案雕饰的窄长楼梯和四周用半透明乳白色玻璃装饰的毛玻璃屋门和十分钟以前没有两样。最靠近他的那根核桃木楼梯端柱上部是一小段雕成麻花状图案的柱颈，颈上方是一个细长的四面体金字塔；他觉得这些雕饰带有东方文化的凝重，好像哥特风格与中国风格出自同一非基督徒工匠之手，他愚昧无知地认为，这种雕刻装饰可使人从令人窒息的严酷世界里解脱出来。如此坦荡，不加丝毫掩饰，甚至《圣经》也把它用不太难懂的文字表达了出来。一切都是虚空和精神的烦恼。聪明人是如何像愚人一样死去的？倘若基督没有升天，你的信心便落了空。倘若在我们的现世生活中只有我们对上帝抱有盼望，那我们便是所有人中最悲惨的了。我的上帝，我的上帝，你为什么离弃我？①

克拉伦斯用十分具有感召力但又很微弱的男高音宣讲过这些章节，并试图领悟其真谛，然而事实很清楚，他根本无法做到。他回到书房，这里沿墙放满了书，屋里充满混杂的气味，这气味来自他的身体、他吸的烟、一摞摞纸张、再也不会去读的尘封的书籍、变黄的杂志、各种宣传手册以及他的手稿。教会秘书布鲁贝克小姐把隔壁教堂内他的办公室布置得井井有条，他布道的讲稿和用那台新式打字机敲打出来并被复写纸弄脏了的信件，全部整齐地放在一个个绿色金属盒内，这些充满希望的精巧小盒子等待着有朝一日被重新打开而得以复苏；而家中书房却被无序的布置所占据，被死寂气氛所笼罩，这里的一切不光陈旧而且零乱。书房门是教堂常用的黄橡木，上端为弧形，每逢夏天空气潮湿的季节门很容易粘住打不开，除非握住把手用力向下按；年复一年，在他的手心以及他的各位前任的手心重压之下铜把手的上侧已被磨出亮亮的月牙状。他心中思考的问题让他的身体猛然一震，手也变得笨拙无力。门锁磕巴一声，他不由自主地深深吸了一口气，走进屋顺手把返潮的门关上了。

尽管书中埋伏着危险，却是他的避风港。他想查一查英格索尔的那句

① 引自香港圣经公会1979年现代中文译本。以下引文同。

话。铁红色封皮的《摩西的错误》和他经常参阅的基根·保罗的《布道坛》评论集放在一起，旁边是《传道人的圣经》；那段话很快就找到了，就在第一章里，牧师引导着一支队伍前进，一支由教师和政治家组成的队伍，英格索尔正是想把他们从《圣经》的禁锢中解放出来。引语是这样的：

> 妻子和孩子的手堵住了他们的嘴。他们必须有面包吃，因此丈夫和父亲被迫去宣传他们所蔑视的教义。

哦，与其说是蔑视不如说是同情。对克拉伦斯来说，在过去这些年里，这教义就像一个体弱多病的幽灵，它隐蔽地显现在病榻里病人的脸上，教堂里硬长椅上祈祷者的脸上，以及围坐在铺油布的餐桌旁的穷人们的脸上，他们向他乞求希望与勇气，乞求得到加尔文以他高卢人的睿智称之为 *la grâce*①的东西。在克拉伦斯的信心还十分坚定的时候，他把天恩描绘成人与上帝的相互作用与影响，是通过耶稣基督的神迹——犹如一个玻璃球，只有那些经过修饰将毛面清除的点点片片之处才透明——和上帝对亚当遗留下来的原罪的谅解而产生的，于是这就留给人类"一种强烈的违背上帝旨意的倾向"，这句话一度使克拉伦斯感到很高兴。他宣讲的信心不是指那些痛苦的、受伤的和沮丧的人们的信心，也不是有房住、有工资、用看不见摸不着的商品为他们服务的克拉伦斯的信心，他宣讲的是他们和他都应有的信心，在无望中期待着每日奇迹的出现。这信心不像病人，倒像孩子，他必须对其进行精心培育与扶植，小心翼翼使其不受伤害。英格索尔继续以传道者的激情说道：

> 他们的部分任务是恶意诽谤与中伤伏尔泰们、休谟们、佩因们、冯

---

① 法文：天恩。

洪堡们、廷得尔们、海克尔们、达尔文们、斯宾塞们和德莱柏们，毫无遮掩地向全世界的杀人犯们、通奸犯们、迫害狂们卑躬屈膝。他们大部分的任务是毒害年轻人的思想，使儿童对科学产生偏见，传授《圣经》里的天文学和地理知识，引诱所有人丢弃正常的思维准则。

克拉伦斯不读了。在他刚刚读到类似这句话的其他对基督教信仰进行挖苦和抨击的文字时，他就用自己特有而坚定的怀疑论——接受辨惑学教育时建立的稳固观点——置他们于不顾，然而，这句话肯定在他的思想中留下了深深的烙印。这段话一直在缓慢地像水滴冲刷山石一样，冲刷着他那份职业的山头，一个并不算太大的山头。他看见自己放在桌面绿色吸墨纸上的一双手毫无血色，笨拙无能，跟梅维的手一样，尽管他比她大二十岁，只是他这双手具有男人手的粗糙和岁月磨砺的斑痕，大拇指和食指间的血管在皮下跳动着。他抬起头扫视书桌对面满墙的书，一排排装订精致的墨绿色和褚石色布面书的书皮已十分陈旧，书名的烫金字也已经褪色，查尔斯·霍奇的《基督使徒教义史与文献》、《系统神学》和《什么是达尔文主义》，他的儿子阿奇博尔德·亚历山大·霍奇的《救赎》与《神学通俗解读》。克拉伦斯·威尔莫特于一八八八年进普林斯顿神学院之前，他们父子均是那里的教授。他听过本杰明·沃菲尔德的课——雪白的连鬓胡子，笔挺地站在讲台上，很像一位普鲁士将军——藏在这面书墙某个角落里的沃菲尔德的《新约圣经评论介绍》一定对他产生了深远影响，加深了他对英格索尔的目空一切态度的反感。这本书跟威廉·亨利·格林的《对摩西五经的高等考证》及《希伯来语语法》一起，曾给亚历山大教学楼里那位纤弱年轻的神学学生带来过多少个令人头痛的不眠之夜啊。做学生的时候他如饥似渴地汲取知识，天真地相信上帝随时在保护自己，因而毫不畏惧地扎进波罗的海地区对圣经的高等考证的冰冷海水之中——所有那些日耳曼人，塞姆勒和艾科恩、鲍尔和威尔豪森，他们竟敢对这部圣书品头论足，认为它是一部非超然的书，比大部分的书更离奇，更杂乱无章；他们不承认完成这部巨著的是这样一些人：身披肮脏羊皮的犹太人，牙齿蛀烂、眼望天空的沙漠部落人和像捕蝇纸捕捉苍蝇一样快地固定在特定历史时期的人，这些人生活在远古时期，神话传说和理念正在形成的时期。那些日耳曼人自称神学家，实际上他们亵渎了这本被路德从圣坛上解放出来并从拉丁文翻译过来的圣书，他们从虔诚信徒手中接过慷慨奉献的面包，却背弃了神学家的身份，躲在阴暗的地下室研究希腊文和阿拉伯文，以破坏基督教古老的墙体与大梁。

作为神学学生，令他痛苦的是他用艺术家的眼光居高临下看透了它的可信度和可疑性——《马可福音》，最老的福音书，在第十六章第八节中以一个不解之谜结束福音，墓穴空了，为尸体运香料来的女人们大吃一惊，全吓坏了——再从这令人眼花的书房追溯到那半田园的普林斯顿坚不可摧的校园去，那里他成就卓著的导师们处处表现出毫不动摇的虔诚，他的同学们虽然时常嬉笑地争论不休，但都对自己的职责表现出一致的坚定信心，热情地表示要医治人们的精神创伤。悦耳的钟声将敲六下，晚饭将准备好。他一生中有限的餐数中的一顿将准备好。这些书的书脊构成令人不快的一面墙，又像扑面而来的排山倒海的巨浪。施特劳斯的两卷《耶稣的一生》向外突出出来，像是一块黑乎乎发了霉的吸墨纸，把旁边薄得多的紫红封皮的勒南著的《耶稣的一生》吸干了。这些书后边的另一股大浪在疯狂的尼采、病弱的达尔文和遭疖疮困扰的马克思的推动下达到了高潮。尽管由男性掀起的这股狂潮负起了拯救异教徒、堕落的女人和走入歧途的城市贫民的责任，但是漫长的十九世纪仍是一个受腐蚀的时代。某一位牧师费尽心机收集到的上世纪的这些书籍——亨利·斯隆·科芬的讲道词、乔治·威廉·诺克斯的辨惑学、传教士罗伯特·斯皮尔的充满激情的报告、还有哈斯丁·塞尔比和兰伯特编纂的那部厚重的《圣经词典》——现在对克拉伦斯来说简直成了水上的漂浮物随波沉浮，犹如正在拼命挣扎的信心，可悲地力图证明自己尚未沉沦。《新约新解》、《按上帝的安排生活》、《从现实到信仰》、《我们的新亚当们》、《耶稣的原则对当今一些疑问的解答》、《加尔文、特威斯、爱德华谈共性的新生儿死亡的救赎问题》，克拉伦斯在书房的暮色里踱步于书桌周围，并不时停下来琢磨那些书的名字，试图在他沉沦的可怕时刻能抓住其中一本，从而避免从这令人窒息的午后的阴影里坠入无神论的无形无底的深渊。那些大部头的旧书——班扬的《天路历程》和《上帝对罪魁的恩典》，托马斯·阿·坎皮斯的《效法基督》，还有加尔文那部四十四卷的《评论集》，这些书的书脊如象牙般地光亮，犹如一排静止的琴键。在刚过去的世纪，他们幼稚地但无怨无悔地对如何应对上帝遇到的不可抗拒的衰退进行试探：丁尼生与朗费罗那诗句中流露出对圣歌的疑惑的华丽诗篇；气势汹汹的历史小说《你往何处去?》与《宾虚》；爱默生狡猾的虚伪证词，还有接过他衣钵的思想活跃的西奥多·罗斯福。斯特拉甚至坚持用罗斯福的名字为自己的老儿子起名，似乎要从上述这些人那里为自己的后代注入新的生命力。克拉伦斯毫无血色的手轻轻掠过那本《激奋的生活》，取出《物种起源》。由于他经常——虽然不能说从不间断地——翻阅，书皮已经脏污，书角也已卷翘了。他又一头扎进了由自然界以鹿角锹甲和海星为例的不可争辩的事实构成的平静的水流之中。似乎是受了上天的指引，书自然而然地在他经常阅读的那一页翻开了(其实是由于他总看那一段，装订线已经松了)。这一段话里虚伪的仁慈使他哑然失笑。达尔文这位牧师的儿子一再肯定地对坠入一头雾水的读者们说：

> 我丝毫看不出这本书里的观点为何会动摇人们的宗教情感。想一想，人类有史以来最伟大的发现——万有引力定律——也曾遭到莱布尼茨的攻击，声称这一定律“破坏了自然宗教，破坏了推理天启宗教”。令人高兴的是，这一影响非常短暂。一位知名作家兼神学家曾写信给我，说他渐渐地明白了，相信上帝创造了一些物种并使之能自我发展成其他的而且是所需要的物种这一概念，与相信上帝采取了新的造物行

动以弥补当初造物时留下的空间这一概念，都是对上帝的高尚的信仰。

但是，达尔文肯定注意到了，他留给上帝去做的事少之又少。这位博物学家通过耐心的观察得出，“上帝”的法则竟是如此不可变更，如此没有人性，如此残酷，乃至于根本不需要什么执行者。莱布尼茨并没有错。牛顿引出了理神论[①]，从而离狄德罗、罗伯斯庇尔、圣茹斯特和可怕的但却是真实可靠的萨德侯爵的哲学仅有一步之遥。是在这里呢，还是在《人的堕落》里，达尔文曾用传教士利文斯顿入狮子之口而无动于衷的举动作为对发生在世界上无休止的屠杀的一丝慰藉。克拉伦斯来回翻看，以期找到含有这个故事的篇章，但还是放弃了，便将书放回到书架上，然后作了一次深呼吸。生命的运动在被判刑的人身上亦仍然继续，连他步上断头台的那一刻也不会离他而去。没有上帝。

责任在他自己。既非达尔文或者尼采，亦非英格索尔或者由科学唯物主义所提供的无数极具说服力的证据，应对他灵魂受到虚空的侵扰承担责任：失败在于他自己，在迫切需要阳刚之气的时刻却产生了阴柔之气。信心是一个基督徒终生赖以抵抗试探的意志力量。每个时期都产生那个时期具有挑战性的哲学思想，如接近于无神论的斯多葛主义、享乐主义、秘特拉宗教、占星术以及仍在亚洲和非洲盛行的种种疯狂举措、令人生厌的祭礼与杀戮。人们从肉体承受痛苦中得到愉悦；若不是得到天启，我们怎么会知道得比这还多？第一批使徒被怀疑和奚落所包围并导致死亡与痛苦。当年保罗及其追随者们对基督升天的怀疑一点不比当今的怀疑论者们差。这些障碍从未彻底清除，对基督教的侮辱也从未减少。甚至到了八至十世纪，维京人仍在扫荡沿海的修道院，撒拉森人仍在屠杀十字军信徒，并称他们为异教

---

① 提倡以理性为宗教的基础，认为上帝创造世界后即不再干涉世界，任由世界按自然规律运动。

徒。阿伯拉尔和邓斯·司各脱的论证充满了种种自我否定之处。路德的恐惧和恼怒导致了那场改革;加尔文无法解释预定的永久毁灭,无法解释被充满复仇心理的永不疲倦和从不自责的上帝所点燃的永不熄灭的地狱之火。清教徒如同悬丝上的蜘蛛,吊在炉火烈焰的上方;上帝的拣选如同高得不可名状的一刃铁壁将繁星点点的宇宙劈成两半,其残忍度决不亚于一艘下沉的铁甲战船,将那哭号悲鸣的人们死死困在其中。对上帝不容置疑的预定拣选的合理解释是,这位上帝多少有些不够完美,即有缺陷又很衰弱,他已将自己隔离在一隅角落里,这一观点由不止一位宣教人士费尽口舌地向人们展示过。在普林斯顿神学院,温文尔雅的教授们面带微笑所隐瞒的——沃费尔德与格林、那些正直的学究式的人们、乃至那些遮阳挡日的树木和哥特式建筑,无不在无声无息中戴上了面具——就是,一切可能都是虚空的,包括所有的经文、仪式、书卷、解经学与不同教义的各派系(仅苏格兰的长老会的派系就分卡梅伦派,自由派与反自由派,旧光明派与新光明派,赈济会与统一脱离会,统一自由会与自由会,以及从它里面进一步脱离出来的"小小自由会"),所有这些历史上真实存在的团体可能都只是一棵早已根朽叶枯的大树上的枝条,它们所起的作用并不比玛雅人的、法老的和波利尼西亚的牧师们所坚守的教义的作用更客观,更有效,但长老会却退到了《圣经》的根上,跌入由自我升华自我保护的虚幻的梦想与故意制造的谎言构成的陷阱里。耶稣到底是上帝的儿子还是人类的儿子?这两者又是什么意思?教会的先人通过种种磨炼,使声望达到了史诗般的高度,但他们早已成为被耗子啃噬的白骨,成为墓穴里支离破碎的棕色碎渣残片,成为围绕着一颗并不存在的恒星旋转的尘土。桌子上有两本《长老会》,都翻到有书角折起的那一页,上面有"论文及书籍信息"字样。文中的每一句话均提到,在所有令人振奋的教会活动中,上帝并不出现。这是一个未解的难题。作者委婉地承认了这一点:

"在我们的成就中见不到基督",A·H·德莱斯代尔写道。德莱斯代尔博士采用了复证累积法进行论证,最后一章写得最好,提出了不存在的(却又在人们心中存在的)上帝与我们精神生活之间的重要联系。

克拉伦斯把在《进化的下一步》一书中的另一个问题也标了出来,为了获得更好的效果,他用的是尖细的蓝色墨水笔,好像是一个消失了的生物爬行的痕迹。这位信奉上帝的牧师,他试图将根本毫无联系的事物联系起来。这一段写道:

他的论点是,耶稣再来的承诺已经实现了,是通过对基督教义的广泛传播以及对他的生命与精神在全世界的反复宣扬实现的。从这一意义上说,耶稣正在到来,而且已经来了。尽管那些人不同意方克博士对这一问题的理解,却不得不敬佩他对神圣救世主的爱戴与颂扬。

在它的下边是《韦斯特法官的观点,一个邻人的报告》:

韦斯特法官对世界万物的看法是乐观向上的,他对上帝的仁慈和创造万物的伟大有着实实在在的信心。邻居们向他提出过种种难以解答的问题,如生命、死亡以及人类的经验等,他们都或多或少地从他乐观的回答中得到满足。这本表述法官观点的论集并非是一部了不起的著作,但它却是一部令人欢欣鼓舞的书,能帮助提问者看到事物光明的一面,尽管或许在他看来并不光明。

克拉伦斯想,可悲的文章啊。乐观向上,实实在在的信心,上帝的仁慈,创造万物的伟大。文字掩盖了用铁浇铸的自然真理。教会以其离奇的教义与荒谬的道理为生命服务——人类那易于被说服的可怜的生命。希望是我们的元气，是我们发热的血液。克拉伦斯已经失去了他的元气，不是突然失去的，而是从上神学院到现在的近二十年内渐渐失去的。上神学院时他和他的战友曾像战士受训一样学习直面基督徒必将受到的迫害和打击，他的心灵曾充满阳刚之气，充满信心带给他的快乐与战斗精神。他曾宣誓，由于受到上帝的召唤，他将永远保持信心，然而眼下他失败了。他感觉这一内心的失败犹如身体某部位极度的疼痛，使他在书桌前的活动变得僵硬与小心翼翼。

他用苍白但还算稳定的手写了两封信，一封给曾在这里做过礼拜的专门为教会供应商品的企业推销员，这位先生愿意以合理的价格提供一整套跪祷用的带卷边或者吊穗的棉垫子。这批垫子可用来替换长老会第四教堂现用的垫子，那些垫子已变得硬邦邦、破烂不堪，连颜色都褪掉了。另一封信是写给一位前教区居民的，他已经搬到了帕拉姆斯，但他仍希望牧师能为他在意大利的里窝过世的父亲主持追悼礼拜，虽然克拉伦斯从未见过这个人的父亲。在这两封信中，他都礼貌地对不能满足他们的要求而表示了歉意。他为自己笔迹的流畅而惊叹，不仅字体工整，而且都够力度，信的格式也符合学者身份，这一切都和他的灵魂被倾倒一空之前没有两样。他舔了舔信封口，贴上一张带有长辫子华盛顿头像的邮票，然后便审阅当天晚上建筑需求委员会开会时要用的开支账目。委员会的某些成员，包括首要成员，对增设教会的社交活动场地以及扩大主日学校的规模抱有过分的狂热，他发现教会无论如何也拿不出钱来满足他们的要求，他感到十分欣慰。把钱花在这方面无异于明珠暗投，花得不值。住在离教会几个街区处的爱尔兰和波兰移民们一家六口挤在一间屋子里，我们为什么要在教会里增加这么多空空荡荡很少使用的附加建筑呢?

为了不让那两个女人看到自己虚弱无力和羞惭的样子，他偷偷地离开书房，走过双重门的门厅到外边闷热的空气中呆了一会儿。他要去取帕特森《晚间时报》，每天下午四点左右有人把折叠得整整齐齐的报纸扔上门廊。他拿起报纸又回到了书房，坐在沙发上头靠枕头读起报来。沙发少了几颗扣子，皮面到处油腻腻的，那个枕垫是把两个缝在一起的，已被他的头压得扁扁的，就像礼拜堂内的跪垫，经几代人的跪压已经薄得像张饼。通栏大标题是“教育委员会将可通过选举产生”。长期以来，人们一直为教育委员会应由人民还是应由市长控制一事争论不休，这又将令市议员们头痛一阵子了。另一则本地消息是关于一些帕特森市市民的。他们都出身于本市所谓最受尊敬的家庭，他们在电车上的喧嚣打闹引起市民的关注。消息说：“事情发生在凌晨从帕利塞德公园开往帕特森的电车上，他们胡闹嬉戏，引起人们的警觉。”场面达到高潮时：

这些人高声叫嚷，唱下流歌曲，讲低级笑话，直到精疲力竭，于是改玩掷骰子，“啊，你这个小妞”、“把钱拿过来”等话语不绝于耳，压倒了车轮与铁轨的摩擦声。车上乘客对这些人的不轨行为感到惊愕，要求售票员出面干涉，但是他说：“如果我干涉，他们还不把我的鼻子揍扁啦。”

在同一页上还有同样毫无教育意义的消息：“詹姆斯·门诺遭枪击伤势严重”、“在一黑人口袋里发现鸦片”。第二则消息涉及“方帆，华裔，住市场街326号”，他的两个顾客，一个黑人和一个白人，“作为嫌疑犯”被警方拘留，因为在黑人上衣口袋里发现一瓶鸦片。其他几则消息是：塞缪尔·巴莫发生婚变；上周六龙卷风造成的损失概览；百老汇大街浴池翻新；“由于目前观众减少”，原定在利西姆上演的歌剧取消。天气预报栏肯定地说将出现“绝对高温”。在环球消息栏里，克拉伦斯浏览了发生在德国、奥地利和塞尔维亚创纪录的致命洪水。墨西哥，迪亚兹总统颁布戒严令，并逮捕数以百计企图推翻他的人。纽约，小西奥多·罗斯福在第五大街长老会礼拜堂与埃莉诺·亚历山大小姐成婚。克拉伦斯看了看婚礼迎宾员名单，有弗兰西斯·

罗奇，约翰·卡尔特，小汉密尔顿·菲什，摩根·吉尔伯特，富尔顿·卡廷，埃利奥特·卡特，格拉夫顿·查普曼，乔治·罗斯福，门罗·罗斯福，克米特·罗斯福。他想从中找出一个熟悉的名字，哪怕是在普林斯顿时一位熟人的儿子也行，但是一个也没有。这件令人愉快的事情使《晚间时报》找到登载另一则消息的好借口，即前总统成功地周游世界之后于两天前，星期六，六月十八日，返回美国：

> 当凯泽·奥古斯特·维多利亚号到达港口时，他受到近乎皇家规格的欢迎。缉私巡逻艇曼哈顿号开到维多利亚号旁边将总统一家接上岸，总统在晚些时候访问了哈得逊河上游的安德鲁斯柯金。在逆流而上的途中，两岸群众欢呼雀跃。在巴特利，他受到市长威廉·杰伊·盖纳和前罗斯福义勇骑兵团代表的迎接。当他与护卫车队开到百老汇大街时，从这个金融区的摩天大楼上撒下的纸片漫天飞舞，人们群情激昂，热情高涨。

当时的行政官员中很少有人注意到以下事实：塔夫脱总统签署了铁路法案，但没有签署州际法案。报纸只用了四行字报道这一消息，并且提到塔夫脱一家去了纽黑文，参加年轻的罗伯特·A·塔夫脱在耶鲁大学的毕业典礼。报纸还担心罗斯福上校归来可能加大共和党的裂隙。一个副标题说：前总统在国家事务中可能会表现得专横跋扈，但塔夫脱总统将不会顺从屈服。体育消息，纽约棒球队继续在棒球联合会中稳坐榜首。巨人队在全国联赛中屈居第二，莱西姆斯队击败托托沃斯队，比分3∶2。一位体育记者信心十足地吹牛说，在不多不少的两个星期之内，吉姆·杰弗里斯先生就会使白种人摆脱尴尬，并让杰克·约翰逊这个重量级黑人拳王蒙受耻辱，后者的情绪很不稳定，这可以从他近来酗酒、拒绝训练和辞退其经纪人乔治·利特尔等行径中看出来。根据种种不同消息来源，日本军队显然正在大规模集结准备入侵朝鲜，这是一个不祥之兆。世界不停地向前运转，换个说法就是，它正按照它一贯的混乱、虚妄和邪恶道路走下去，不管有没有上帝都一样。克拉伦斯感到自己不仅被遗弃，而且蒙受了侮辱，就像当年在普林斯顿时一样，当年有一位出身名门的女孩与他相爱，就在他决定向她求婚时她离弃了他。她名叫伊莱扎·卡特勒。这一羞辱使他刻骨铭心。意识到埋在心灵深处的创伤和失落感被重新提起，他从书架上抽出一本书，以压下心中的不悦，但这不是准备下个礼拜日讲道时要用的书——一想到讲道他就恶心——而是一本适合上厕所时看的书，欧·亨利的《剪过灯芯的灯》。欧·亨利比克拉伦斯大不了几岁，他已于几周前去世了。该小说对《圣经》的影射使牧师十分气恼，决定读一下那个用作书名的短篇小说。故事讲的是城里两个女店员和被夹在她们中间的一个叫丹的男人之间的事，但是没等他读到故事的曲折情节和结尾的寓意便……不知不觉地睡了过去。

傍晚的微风缓解了白昼的酷热，窗帘轻轻蹭着窗棂。梦中，他好像在努力修理房门的锁，以防孩子们突然闯进来搅了他和斯特拉的私生活。然而门锁在他手里越变越大，越来越不好使，摸着就像一块弯弯的木头，一只用旧了的牛轭，上边的凿子印历历可鉴；又像一根车轴，为了给它上油和调整位置，他不得不钻到沉重的货车底下，耳边巨大的铁皮车转了起来，发出嘎吱嘎吱的响声，他一下子惊醒了。从饭厅传来清脆的金属撞击声，女人们开始摆桌子吃饭了。他口干舌燥，心想刚才是不是打呼噜了。心中那块刚刚结疤的失去信心的伤口还在，就像一件沾了泥巴的衬衫晾干了后抖了抖，污渍还在。*没有上帝*。克拉伦斯沙哑地大声喊道。这是过去三个钟头里他第一次开口。“饶了我吧，”他轻轻地说。他的声音有气无力的，听起来就像一条想进屋的狗用爪子抓纱门的声音，把他自己也逗乐了。

“迪尔霍尔特先生，您带领我们做谢饭祷告好吗？”

卵形玻璃杯与包吃一切的宽宽的假牙一同闪烁着光芒。迪尔霍尔特有一副引以自豪的洪亮圆润的嗓音，在湿漉漉的口腔壁回荡，发出空洞的回声。他经常在说完话之后仍半张着口，似乎一高兴又想起点什么，它就能马上再次活动起来。他回答说："威尔莫特牧师，我可从来不敢在牧师的饭桌上造次。"

敢：克拉伦斯曾想过那样做会有什么危险吗？迪尔霍尔特是一个拥有三十个雇员的小纺织厂老板，有十二台织布机，还雇有一个行家专门挑机器和工人的毛病。克拉伦斯请迪尔霍尔特做谢饭祷告的建议是有点不合常规，可他希望这一建议可以被看作习惯性的谦让和用心良苦的礼貌。他心中有一个秘密——上帝并不存在——需要严守。在荷叶边的蒂法尼玻璃枝形吊灯惨淡的黄光照射下，他低下头，围着长方形餐桌而坐的十二个人沉默不语。然后他抬头，用很不自然的声音朝天祈祷，他觉得自己的声音软弱无力，几乎连自己都听不到。"我们在天上的父，"他茫然地开始了，从他反复使用过的颂词中搜索出下面的话语："在这个多事之秋，您带领我们遵守人神契约并使我们受到您仁爱慈悲的护佑，我们才能在这里向您表示谢恩，感谢您赐给我们饮食和在座各位之间的友谊。我们大胆向您祈祷并非我们有这种权利，而是奉您的儿子、我们仁慈的主耶稣基督的名。"

"阿门。"迪尔霍尔特大声说，像是给一个摇摇欲坠的大厦楔上了一颗钉子。

尽管祈祷做得别别扭扭、干干巴巴——干得像是塞了满嘴的粉笔末——但克拉伦斯发现自己的胃口还好。散发着提神的苹果醋香的甜火腿，斯特拉按照南方风味蒸的一碗碗汪着奶油和糖汁的蔬菜，三种做法的土豆——土豆泥、煮土豆、"炸薯条"——外加满桌锃亮的银餐具和闪光的玻璃杯，这一切似乎都在叮嘱他按照他的想法活下去。由苍白瘦小的梅维斯伺候吃饭的人包括他的妻子和三个孩子贾里德、埃丝特和西奥多，迪尔霍尔特夫妇，麦克德莫特夫妇，麦克德莫特先生也是教堂建筑需求委员会成员，卡拉威罗太太及她的两个十几岁黑眼睛深色皮肤的女儿玛利亚和索菲亚，还有克莱斯特先生，德国人，五十岁左右，瘦高个儿，暴脾气，他原是纺织工人，刚被解雇，他有满腹痛苦和医治痛苦的理论。

卡拉威罗太太的丈夫曾经是一个印染厂主的助手，因工作环境十分潮湿，有时寒冷，有时酷热，又总是接触有毒的化学物质，所以过早地离开了人世。那些化学物质一旦沾到皮肤上任何肥皂都洗不下来，能将人手上的皮肤活活剥掉。卡拉威罗像许许多多从意大利北部来的移民一样，坚决与牧师作对。这位腼腆的高胸脯遗孀在一个礼拜日出现在这个长老会教堂的后排座位上。她有负罪感，仿佛背叛了丈夫的阴魂，可又无法控制自己对上帝的群体的需要。她使克拉伦斯局促不安——她那结结巴巴的英语，那凝重诱人的相貌，飘散在前臂和脸颊上的轻柔的黑发——但是斯特拉早已急匆匆地拥抱和接纳了她，并使她成为教区里她所喜欢的人之一。她的两个女儿都正处在豆蔻年华，她们在几个月前做平日私人礼拜时在空空的教堂大理石圣盆边按照卡尔文教的规矩受了洗礼。这三个意大利人分开坐，谁也不吭声，但她们那橄榄色闪亮的皮肤、整齐地向后梳的中分头（像一个个油亮的圆面包）以及低垂的浓浓的睫毛，这一切使得在场的人心乱如麻，因为她们的形象映射出她们难以言表的追求性爱的生命力。

那些天生的清教徒围坐在她们左右，争着与她们接近。克拉伦斯在可能的时候也与她们交谈，并且显得很高兴听她们谈话，那些声音，包括他自己的，听起来是那么遥远，他的耳朵里如同灌了蜡一般。间或，他会什么也听不见，他的思想完全退到内心深处新出现的空白中去。这片空白范围之广、规模之大以及存在之真切让他震惊。*没有上帝*。

“多事之秋，”迪尔霍尔特翘着下巴引用克拉伦斯刚说过的话对他说。“牧师，你怎么会这么说呢？我认为对美国来说这是格外的美事之秋，对帕特森市也一样。纺织业全面上升，火车工业走出低谷的事实也像我坐在这里一样地肯定——*必须*是这样，这么大的一个国家，除了又便宜又快捷的铁路外，还有什么别的办法可以把人和货物运到四面八方呢？亚历山大·汉密尔顿完全正确。帕萨依克瀑布把这里变成了西方世界纺织品生产的最好场地；只用了一个世纪，理想就变成了现实。”这一席话肯定是他经常讲的，因为他说话时两眼微凸，炯炯有神，闪闪发亮的眼镜片在桌旁听他讲话的人们脸上愉快地扫来扫去。“瞧，”他接着说，“咱们这儿因为太有名气，连拍电影的人都到加利特山来了，凡碰见的人都说他们见了玛丽·毕克馥，她经常在巴克利街那家小旅店出出进进，旅店主人是比尔·拉芬和乔治·马里恩。演员们用那里作更衣室。”

克拉伦斯觉得有必要插进另一种声音。“我认为，哈伦，”他干咳几声清了清喉咙后说，“我认为对很多幸运儿来说任何时候都是美事之秋，可是就整个人类而言，如果把我刚才读的《晚间时报》真的放在心上的话，痛苦比快乐要多得多。多发的洪涝灾害、接连不断的革命，军队时时都想着侵略。电报把各种消息传递得越快，事情就显得越糟糕。光本地的枪杀事件、酒后撒疯、吸毒和民族冲突就时有发生。”

“我的朋友，你好像挺灰心呀，”迪尔霍尔特兴致勃勃地回敬他说，“斗争与生存，世界就是这么回事儿。我喜欢。这能试探一个基督信徒的勇气。”说完他扭了扭脖子，大张着的嘴巴像一座向外射光的灯塔。

“那么，先生，”克莱斯特插了进来。他的条顿乡音听起来颇有挑战性，尽管他并没有这个意思，“我想问，斗争和生存跟当一个基督徒有什么必然联系？我知道的是，我们应该把另一边脸也伸过去，一切交由上帝安排。这就是我对那一段落传递的信息的理解。”

“克莱斯特先生，要奋勇斗争。耶稣绝非软弱无能。他明白生活就是一场永不休止的战争——读一读关于种子的寓言吧。他明白无误地警告了我们，他是带着剑来的。”

“没错，可他是不是打算让剑永远握在富人手里呢？”

“假如你指的是我的话，我的好朋友，那我可远远算不上是富人，关于这一点我的太太可以当面作证。我们过的是量体裁衣的日子,吃的饭远比不上咱们的好牧师给咱准备的这么好。我是从学徒工干起的,等我干到纺织工的时候,一天要辛辛苦苦干十二小时,可工资只有现在的一半,现在的纺织工还抱怨呢。问问我雇的那些男男女女,是不是在他们上班以前我就到那儿了,是不是在他们平安到家之后或者在街角的沙龙里挥霍钱财的时候我还在算账。”

“这么说来,迪尔霍尔特先生,我还真认识一些很幸运的人呢,如果是这个词的话。他们有幸被你雇用。他们对我说没有哪个人在工间休息时比你对他们的监视更严密,没有哪个人比你更热衷于加载。”

麦克德莫特先生在桌子那边声明说:“先生,我不知道在座的人是不是都知道加载是什么意思。”他是帝国丝厂的织机检修工,个头很高,性情温和,态度认真。他热爱那些织布机,尽管机器的轰鸣声已经使他有些失聪。

“那你可没法在帕特森市过下去了,”克拉伦斯的听觉也出毛病了,他听着自己的声音好像是从墙外传来似的,“如果连什么是加载都不知道的话。”

贾里德在桌子那头大笑起来,好像他父亲是在打哈哈,而不是当真说的。他是克拉伦斯的大儿子,已经过了十六岁生日,一双褐色大眼睛,聪慧机敏、争强好胜,像他爷爷贾里德。他坐在卡拉威罗家的长女身边,可能因此觉得有必要让人们注意自己。坐在母亲身边的小特迪眼睛像他母亲,是咖啡色,但缺乏他母亲眼中愉快的光泽,不够有神,可是挺警觉。他忧心忡忡地望着父亲,体验着成年人的苦恼与迷茫。今天晚上,就连特迪这可爱的样子在克拉伦斯看来也成了令他心烦的沉重负担。

“加载,”麦克德莫特用他苏格兰式的炫耀语气说,他的解释多半是说给那位一无所知的意大利寡妇听的,“意味着提高操作人员与机器的比例,人们对机器进行了种种成功的改进,提高比例已经可以办到了。第一次改进是在十八世纪八十年代,它改变了手工操作,近来又发明了在经线或纬线断了的时候自动停机的方法。以前,你瞧,工人必须自己把机器停下来。现在一个人可以同时操作两台机器而不再是一台，所以也可以得到更高的报酬。”

“可远远达不到双倍的工资，”克莱斯特先生用咄咄逼人的德国腔说，“虽然他们干了双份的工作。”

“没有，嘿——达不到双份，咱别夸大事实。生产力顶多提高了三分之二。”

“先把数字放在一边，”迪尔霍尔特很不耐烦地打断了他们的谈话，“问题是，那些蠢货们在进步的每一个关键时刻都反对，像一个世纪以前的勒德派[①]做的那样。人从来就不学乖。进步是不可避免的，从长远考虑人人都会从中受益。你们在帕特森看到的这帮无政府主义者们宁愿让我们所有的人还跟在马屁股后边用木犁耕地。”

克莱斯特的脸本来就像傀儡戏中的潘趣，或者像喝了烈性私酿酒，现在由于极力克制自己的脾气同时整理自己愤慨的思想而变得僵硬了。“机器的所有者受益，这毫无疑问。可那些为了多挣钱而接受加载的工人没过多久便发现，他们的工资又回到原处，而操作的机器却多了一倍。”

“竞争，克莱斯特先生，竞争，”迪尔霍尔特微笑着回应道。“帕特森所投入的成本必须跟新英格兰和宾夕法尼亚的纺织厂是一样的，要不然谁都没有工作机会了。掌握成本的是机器的主人，他们要努力使帕特森的工业具有竞争力。将军管理士兵，事情就是这样，否则就要打败仗。”

“来看看我工作过的多尔蒂厂吧，”克莱斯特接着说，“他们把机器又增加了四倍，现在一个工人看四台，前面两台，身后两台。我们想罢工，但多尔蒂把工会收买了，工会命令我们回去工作，说已经通过协商达成了增加工资的协议。工资按老板可接受的条件加了，但不久又降到了原来的数，可宽幅丝绸的产量却增加了一倍！”

---

① 20世纪初英国以捣毁机器的方式反对资本家压迫的团体。

“嘿，那些机器可真叫棒，”麦克德莫特说，他前伸的脑袋长长的，声音柔和，凸出的眉毛已经花白，下巴正中有个像伤疤的窝。“它们自动工作，看机器的人简直可以站着睡觉。”

多么奇异的一张张脸庞啊，克拉伦斯想，假如把我们都颠倒过来，我们的下半身是否也有区分人的功能——可以表示我们的不同身份、不同灵魂呢？我们仍然要聚会，要与人交谈，只是那样子一想起来就恶心。

该换个人说话了，但没有人想到会是卡拉威罗太太接过话题。“我丈夫，”她叫道，“双脚整天都是湿的，整天！回到家累得坐在椅子上就睡着了。是工作杀死了他——跟用枪杀了他是一样的！”她说着还有趣地用肉乎乎的手做了一个粗俗的左轮手枪的姿势，伸出一个手指头代表手枪的枪筒。

“妈——妈，”大女儿很不高兴，她红着脸轻轻地说：“Silenzio è sorte nostra。”①

谁也吓不倒迪尔霍尔特。他微笑的嘴张得更大了，连后槽牙都看得见，那些槽牙跟门牙像陶瓷的一样整齐好看。“工作是这个国家的根本，我尊贵的女士。害怕工作的人最好呆在家里。在过去，竞争不这么公开，不这么坦诚，也不这么厉害，人人都能受到照顾，不管配不配，乡下的饭桶跟有创造力的人待遇一样。人人都衣帽整洁，但无所事事，这就是你看到的今天的欧洲。不喜欢这里这种生活的人们，欢迎你们回去。谁要是在我们的工厂里散布无政府主义思想，我就叫他走，不论是犹太人还是意大利人，全都一样。饭是不能白吃的，呃……”——他把她的姓忘了——“这就是我们这里的办法。我已经听到了关于工人拥有工厂的议论，我们已经做到了！我就是一个工人。一个学徒工，就像我刚才说过的那样。凯索莱纳·兰伯特，戴克斯特厂的老板，在约克郡的时候只不过是一个贫苦工人。多尔蒂、班福德、约

① 意大利语：沉默是金。

翰·赖尔都是在这里办起的丝绸业，过去他们都是英国麦克尔斯菲尔德的工人。”

坐在身边的麦克德莫特对这一事实作了补充证明：“凯索莱纳·兰伯特盖了那座城堡。城堡里的建筑和木工艺术真是了不起。”

迪尔霍尔特继续冲卡拉威罗太太而去，他用友好而凶狠的微笑对她说：“当初英格兰人和苏格兰人才到这里的时候面对的是一片荒凉，他们还要和吃人的野人打仗！你们后来的人非常幸运——帕特森已经没有印第安人了，不是吗？我们为你们扫清了道路！你们的孩子和孙子们将会感谢我们，我亲爱的夫人，尽管眼下你心里并没打算这么做。我说的有些离题了吧，牧师？我说的都是真心话，目的是激励我所有的美国同胞。勇气和信仰，这就是我们所需要的全部。信仰。”他晃了一下紧握的拳头，“信仰是取胜力量的源泉，在这块土地上，上帝赐予我们创造财富的机会。”

卡拉威罗误认为他的手势怀有敌意，便抗议说：“在这里有钱人只想着怎么更有钱，不像在意大利——pittura①，歌剧。”

贾里德又开口了，他仍未脱掉少年的尖细嗓音，可能他发现人们都朝意大利女人发泄因而想帮她解围。“那天有人带杰米·克雷西去纽约市看歌剧，他说歌剧糟透了。台上的人都是大胖子，他们使劲尖叫，他连一个字都没听懂。”

也许是为了保护儿子，斯特拉特意用柔和的声音音乐般地说道：“啊，可是女高音和男高音的和声就跟天使唱的一样！还有你从中学到的一些历史知识！我想那总比坐在烟雾弥漫、黑咕隆咚的屋子里看电影更有益于健康。你们这些年轻人就会看电影！在市场街见到的年轻人全都苍白得像鬼一样。我认为这都怪电影——还有香烟。”

既然年轻人都说了话，埃丝特也说起来：“妈妈，真人站到舞台上，有多

---

① 意大利语：绘画。

难为情！他们的声音都那么大。我老担心要是有人出了错怎么办？在电影里什么事都安排得好好的，演几遍都没关系！还有，你用不着特意穿上好衣裳去看！”

克拉伦斯虽然觉得眼前的争论犹如在他内心空白处的墙上映出食肉动物的幻影，可还是认为有责任回答教堂建筑需求委员会主席的问题，他刚才问他是否离题了。“一点也没有，哈伦，”他终于道出这个迟到的回答。这时他感到舌头肿胀起来，深感在他与这些炯炯有神的眼睛、吧嗒吧嗒的嘴巴、及一簇一簇的头发之间存在着冷漠的隔阂。“有什么地方比教堂更能让人开诚布公地表达意见呢？从爱心出发讲出实情，圣保罗是这么说的。”

“当全世界的劳动者团结起来的时候，”克莱斯特先生对迪尔霍尔特和麦克德莫特先生说，“我们倒想看看你们和你们的同伙们会有多喜欢被人给加载。当革命到来的时候，倒要看看老板们受刑时喜欢不喜欢往刑上加载。”

“欢迎工业革命，克莱斯特先生，”迪尔霍尔特先生说，他因自己的幽默而容光焕发。“机器越好我们需要的工人越少。谁要是不想要我们提供的工作，不肯接受可以压低批发价的工资，那就欢迎他去排队领面包，或者去阿拉斯加找金块！”

“发明是促使向好处发展的力量，”麦克德莫特对每一个在场的人说。他那又黄又长的牙像河狸的牙一样，都挤到了前边，不规则的牙缝间沾着食物残渣。“它已经使世界比以前好了十倍，而且还会更好，相信你我吧。他们能使用雅卡尔梳理机——不久的将来他们也就能操纵整个流水线了。”

“那对没有资本的人来说又有什么好处呢？”克莱斯特问，他那咄咄逼人的架势已被进入消化系统的斯特拉甜火腿和三种做法的土豆软化了些许。“发明可能带来的好处都让上层人士吞掉了，用在游艇、别墅和把女儿远嫁国外的公爵、伯爵上了！”

“根本不是那么回事，克莱斯特先生，根本不是那么回事，”迪尔霍尔特用基督徒安慰人的语气说,"就拿你身上这套衣裳来说吧,一个世纪以前只有绅士才买得起套装。更加复杂的机器带来的好处直接体现在你身上,消费者身上,那就是更便宜的商品。连咱们中间最穷的人也得到了好处,尽管他未必知道这一点。"

好处给了你们中间最需要帮助的人,克拉伦斯想起了这句话。啊,可是上帝并不存在。

坐在饭桌远端的小特迪盯着父亲的脸,哭了。斯特拉向孩子俯过身去时,克拉伦斯分明听见儿子哭泣着说:"爹的样子怪怪的。"

斯特拉瞥了丈夫一眼,但她没能像儿子那样看到他的内心深处,而是满意地看到,在铺着桌布摆满丰盛菜肴的餐桌的另一头,一位衣着合体的绅士正占据着那个位置。卡拉威罗的小女儿一直在用她长睫毛的清澈眼睛看着贾里德,她也发了言捍卫自己作为美国人应有的权益。"我喜欢美国,"她说,她的英语几乎不带口音。"这是个不好生活的国家,但是你是自由的。在意大利,爸爸常说有三个暴君——神父、绅士和 il tempo,就是天气。在这里只有一个暴君,金钱。一个人有了钱就能属于他自己。"她发现一圈人都在沉静地听她说话,犹豫了一下,心里直嘀咕,最后一句话是不是不合乎语法。"在原来的国家里,别人总能控制你,总叫你害怕。他们利用上帝吓唬你。"

"Silenzio①,索菲娅,"她姐姐小声说。

"我觉得她说得非常好,"斯特拉说。她的声音又甜蜜又自信,克拉伦斯甚至怀疑她究竟听了没有。接着她用尖尖的嗓子喊道:"梅维,该收拾了,亲爱的。"克拉伦斯注意到,处在蒂法尼吊灯灯罩昏暗的五彩光影里的温顺娴静天使般的爱尔兰女佣在这帮食客们俗气的脸庞之上飘动着,脏兮兮的盘碟在她孩子般灵巧的手下飘然而去,摞在了折叠支架上的椭圆形大盘子里。

---

① 意大利语:安静点。

显而易见，对她来说放满盘碟的大托盘太重了，上面不仅有厚厚的盘子，还有笨重的大头银叉子。然而她把它搬走了，只有他看到了她搬起大托盘时嘴角挂着的圣徒般的微笑。她使劲挺着腰把托盘搬进带弹簧门的厨房里，把餐具送到该去的地方：盘子碟子进肥皂水池，银餐具进帕拉普莱德牌洗涤液。餐桌旁，人们在唇枪舌剑中互相留下不少需要治愈的创口。谈话停止了。克拉伦斯忧郁地觉察到让谈话再度开始是他应尽的地主之责，而且要从一个不冒犯的话题开始。

他清了清嗓子说："我从《晚间时报》上看到，泰迪·罗斯福和新娘度蜜月之后不回东部来了。他打算在旧金山住下来，要当哈福德地毯公司的地区经理。"

"天哪！"斯特拉站起来帮梅维斯拿甜点心，可又想帮丈夫重新引起大家的交谈，"再来场地震会把他们活吞了。"

"到处都有灾难，威尔莫特太太，"迪尔霍尔特明确地对她说，"就像你的好丈夫刚刚说过的那样。就连这个我们引以为自豪的城市，自世纪之交到现在也已经历了一场毁掉整个城区的大火，两次猛烈的洪水，还有一次龙卷风！可是帕特森还是有了史无前例的发展。两百家丝厂，五百多家丝绸加工厂，每年产值达到六千万！"

"外加四万男女工人，得到的工资连养家糊口都不够，他们享有的特权就是在工作中慢慢地死去，"克莱斯特突然插嘴说。他存心眯起眼睛来，等待着工厂主和资方代表的反击。克拉伦斯觉得克莱斯特已经将他的激进主义转换成一种社会恶作剧，像是故意让正在表演的猴子着急生气。

麦克德莫特上钩了，他尽可能严肃地说，"连糊口都不够的工资。熟练工人可不是这样，一个熟练的机修工或者一个宽幅丝织工的工资比你们这些刚从热那亚坐船到这儿来的印染工的工资要高出一两倍呢。"

"老板的走狗比老板还坏，"克莱斯特小声说。

是呀，克拉伦斯思忖道，有上帝与没有上帝，两者的差异微乎其微，区别仅在于，或视死亡为一切的结束，它不比不受打扰的永睡不醒的睡眠更糟糕，不过是欲望与能力的终结；或视死亡为新生活的开始，超出想像的全新生活，在上帝之光环绕之中，在奇葩异景美如画的境界里——生命争先恐后得到复苏，赞美上帝的音色单调的大合唱永不消失。不就是这么回事吗？对大多数人来说这就是宗教的全部。在他们心灵的背后，这是一场赌博，输掉的很少——每个礼拜天上午花去一两个钟头即可。然而对他来说，天哪，这可是他生活的全部，是他为人的基础。没有了上帝就没有了基础。他的胃翻腾起来，又满又胀。

梅维斯和斯特拉送上了甜点，两个刚出炉的大馅饼，一个薄荷的，一个苹果的，这后一个里面夹着厚厚的苹果片，鱼鳞一样整齐地一片压着一片，饼的表面是一层肉桂和焦黄的糖皮，周围是面皮，整个馅饼形如一只烤螺栓。他经常看到斯特拉那双胖手在馅饼周边变戏法，不到一分钟馅饼周围的花边就捏好了。两个馅饼放在梅维斯托着的盘子上，中间的水晶碗里是新上市的草莓，旁边的一个碟子里盛着打过的奶油，尖尖的一堆，像异教教堂的白色穹顶。尽管克拉伦斯的胃里一个劲地难受，他的嘴里还是溢满了涎水。

教堂建筑需求委员会其他成员也陆续到了，正赶上喝咖啡，愿吃甜点的可自便。后到的人很快便融入刚才在一起吃饭的上帝选民的饮宴欢乐之中。眼前一张张熟悉的互相交谈的脸与声音啃噬着克拉伦斯模糊不清的意识。克莱斯特愉快地将卡拉威罗母女送到门外温暖的黄昏里，此时街上还残留着夕阳的余辉。斯特拉与两位委员的夫人到客厅去了，这时克拉伦斯请几位委员来到他的书房，几把椅子已经在离书桌较远的地方摆好。会议主席迪尔霍尔特先生做了引导祷告后，大家便就修建两层的主日学楼和教堂社会活动侧翼是否明智之举展开了讨论。社会活动中心可以建在毗邻的一块土地上,它一直伸向交易街。一九〇二年那场大火一结束,他们便深谋远虑地要下了这块地供日后的发展使用。全部的建筑费用仅需一万九千块钱,是迪尔霍尔特熟悉的一个建筑商给估的价,那位建筑商其实是迪尔霍尔特先生的内弟。新主日学楼盖好以后不仅可以解决当前在又黑又挤的地下室上主日学的困境,还可以把楼上明亮的现代化空间出租给外边合适的人选,租金的多少则按承租人财富与身份的不同而有不同的规定。新建筑还为教友提供一个聚餐场所,在那里举行的有教育意义的活动及音乐晚会还能在偌大的帕特森市激烈的竞争中吸引新的年轻教友。只要教会是为了下一代人服务的,年轻成员就是它生命的血液,任何教会均如此。“发展,发展,”迪尔霍尔特强调说,“凡不再发展的单位就是正在走向死亡,尽管这一事实可能要在数年之后才被认识到。奥本街上那个公礼会教堂就是例子。用句老话说,一天醒来时已经死了!”

委员会里一片笑声,似乎是表示同意。克拉伦斯对这一前景感到说不出的忧虑。策划中的附加建筑物像块巨石压在他的胸口:成群的工人、开挖土方、噪音与尘土、沉重的债务、千头万绪的事情;另外,市里这一小块令人心旷神怡的长方形绿茵茵的草坪将会随之消失,一同消失的还将有凤仙花圃中间拉毛粉饰的鸟澡盆、提供下个礼拜的程序和本星期教会箴言的布告栏,以及可供任何教派的教友坐下来沉思的铁椅子。他的面部表情肯定是灰心丧气的样子,因为所有的人都已转过头来看他,等待他给他们的热情泼冷水。

“想起来我就心焦,”他坦白地说,“花那么大工夫和那么多钱,到头来只收到一点物质上的成果。一万九千块啊,这么多钱可以让二十个家庭生活一年,或者让一个在亚洲的传教士解救大批饥民,使他们脱离苦难。我还想到,那一大笔利息和花销会一直影响到遥远的将来,成为我们儿孙们的负担。《诗篇》告诫说:‘除了上帝建造的房屋外,他们所建的都是白费力气。’一个教会作用的大小仅在于它物质规模的大小吗?先生们,请问问你们自己,这种突如其来的建房冲动是不是来自对别人的羡慕,与人家攀比的动机呢。就因为我们在百老汇街的好邻居三一派美以美教会扩大了,重修了圣坛和牧师所,因而花钱雇的合唱团声音更好听一些,我们才感到有责任有义务和他们一比高低,像他们那样花钱。可咱们长老会还不至于愚蠢和世俗到这种地步吧。"他进而开了一个苦涩的神学玩笑:"美以美教的人归根结底是阿米纽的追随者,他们反对加尔文的节俭,争辩说人有花钱的自由。认真想一下,一个教会就是一个团体,它的力量在于它的纯洁和热情,而不在于它的建筑物。现在的这座教堂和谐地在这块土地上矗立着,那块仅存的绿色公园是我们送给左邻右舍和疲惫的过往行人的一件礼物呀。"他叹了口气,感到了自己的疲惫。

委员们的目光全对准了他,他们的眼神既咄咄逼人又充满好奇,从他铿锵有力的话语中他们预料到已经被挫败。各种反对意见纷纷而起。麦克德莫特先生最后平静慈善地说:"哎,我们要是不把纯洁和热情变成可以看得见的客观的东西,那谁又会知道呢?我们的建筑物是向帕特森的人民宣传我们的纯洁和热情的手段。眼睛看到的繁华不是美德,当然不是,但是加尔文的教义允许把它看成是上帝的恩赐。"听他的语气不像是批评,倒像是医生在温和地探索病人的病情。

克拉伦斯实在感到难受了,并非完全因为肚子不适,还因为胸口难受,胸口是他最脆弱的部分。他小时候发过高烧,还得了一段时间人们叫做痨症的病。他呼吸略感困难,而且声音有点沙哑。"我的朋友们,教会是你们的,不是我的,这就是长老会的含义。我是一个上了年纪的牧师,而你们都是年长的管理人员。我和你们在一起的时间只限于受聘的时间,而你们很多人是在这儿受的洗,将来还会葬在这里,这是你们终生的教会。我只是在想"——他用力咳了口痰——"踏踏实实地往前走是不是不算逃避"——他又使劲清了清喉咙——"回避问题的深层……"他的声音越来越弱,几乎听不见了。

委员会为了挽救原订方案，同时考虑到牧师的冷漠，立即同意成立一个下属委员会进行调查，重点弄清楚可能需要的花销，包括眼前的和长期的。与三一派美以美会的人在一起友好地开个会，了解一下他们扩建的经验和教训，这种可能也并不排除在外。当然，你可以相信，他们——与会者们列举了好几位美以美会中占据重要职位的工业巨头——捐献了大笔的钱。有人说他们所需资金的一半是来自两三笔大额捐款。迪尔霍尔特先生的椭圆形眼镜闪了起来，他以清脆响亮的声音说，他希望他们自己教会里也有同样慷慨的人士。他们的教区还不算穷困潦倒，尽管市里另三个较老的长老会具有很强的竞争力，毕竟许多世代名声显赫的家族是在他们的教区。他将非正式地去各处寻找谨慎可靠的人士打听，看他们的熟人中是否有他认为合适的人选。他是否能去找一位——当然不是签约——在扩建教会方面有经验的建筑师？必须是哥特式建筑，要与褐色粗岩石风格协调一致，这是他个人的想法——气派地而且天衣无缝地与原有教堂建筑结合在一起，它的美观与完整统一正是我们的牧师所希望的。

克拉伦斯觉得人们提到他时格外加重了口气，好像他已经在某种程度上同意了似的。鉴于迪尔霍尔特是下属委员会成员，报告毫无疑问会获批准，只差实施细节需进一步商讨。但他仍感到欣慰，因为会议在说说笑笑的气氛中结束，任何真正的决定都推到了以后的会议上再考虑。对脆弱的神经来说，含混与拖延毕竟是一种安慰。他对自己仍把表示信仰的词语挂在嘴边感到难以置信。或许今天下午得到的启示不会造成伤害，并将沉到他的心底，落到他青年时期那些从不告人且几乎忘掉了的怪诞的性欲梦和梦遗的深渊之中。

斯特拉正在卧室里等他，还没睡。昏暗的电灯使屋角藏在了暗处，她在灯下织补一只黑袜子。她直挺挺地坐在有四根帷柱的红木床上，穿着白睡衣，花边睡帽被头发填得满满的。她说麦克德莫特太太和迪尔霍尔特太太跟她边吃剩下的草莓和奶油边聊天，谈得很好，后来她们就坐电车回去了。

“会开得怎么样?”她问道。

他脱下黑色外衣,整齐地挂到梯式靠背椅的椅背上,然后使劲仰起头,费力地把赛璐珞活动衣领摘下来。“迪尔霍尔特强迫通过扩建计划,我问他们是不是只为跟美以美教会攀比。我让他们暂时先停下来,可我猜他们最终还是要进行的。我看我不该再挡他们的道了,主日学正在想方设法招满学生,而此时很多咱们熟悉的好人家正在迁往克里夫顿和托托瓦。”他坐在藤摇椅上脱下鞋袜。“唉,亲爱的斯特尔,我觉得好累呀!我怀疑自己还有没有精力对付这一切。”

“这一切什么,克拉伦斯?”从她的口气可以听出来她的心仍在补袜子上。

“这个教会的一切,所有的好人,他们想从我这里得到普通人无法提供的东西。所有假装出来的热情。”他不能对她说,由于现实的真面目已经揭开,连说话都成了他的负担。没有上帝。也许所有的人,包括他在普林斯顿的教授们,都已经知道了这个事实。

“好好休息一夜,你就会感到好些的。小特迪都觉得你累了。”

“我看见他了,在桌子的那一头。可怜的孩子,他太敏感。”

“比贾里德和埃丝特还敏感吗?”她边问边盯着撑在袜楦上的袜子穿针走线。“他们俩在学校的成绩都挺好的。”

他的思想疲倦得很,连分析一下孩子们情况的精力都没了。“可能不吧。可他俩都已经开始有自己的生活了。两人放学后都有一份工作,埃丝特还有了意中人。在这方面特迪可不如他们。”

“不是我们造成的。”

“啊,但愿不是。”

她朝上瞥了一眼,决定不去理会他这句话的弦外音。“晚饭很热闹,我觉得,”她说。

他虽然精神恍惚,可还是不得不大笑起来。这个世界将以其自身的毁灭把我们引入歧途。“可以说是热闹，也可以说是一场吵吵闹闹的灾难。你可不该把克莱斯特请来，自从失去工作他就变得狂热起来，甚至把咱们那几位庄重的意大利客人也拉到了红旗下边。”

“人们坦率地交换意见有好处，”她说，“把不同的看法放到一起是件好事。如果让帕特森的阶级摩擦把教会搞分裂了，那谁也别想再听到对方的声音了。我们的主从来就不惧怕有益的讨论。”她也许是怕显得自己比他知道的还多，所以压低了声音。“那个麦克德莫特是个蛮好的人，迪尔霍尔特的意图是好的，只是他不怎么会说话。”

“他想把第四长老会教堂变成他的一项小副业，今天晚上我的感觉，是他准能成功。”

“克拉伦斯，你的话听起来怎么像是充满恶意呀！就学识和怜悯之心来说，周围的人哪一个能比得上你呀。”

“怜悯之心！当所有的剑如克莱斯特所说都握在工厂主们手里，大讲怜悯不让人恶心吗？基督徒这些所谓的好品德，难道不是跟英格索尔和激进分子们所声明的一样，是什么事也别做的最好借口吗？不就是在富人变得更富的时候封住穷人的嘴巴吗？”

斯特拉把补好的袜子放在一边说：“我从来没有读过英格索尔的一个字，也不想读。他嘲笑了上帝，可他还在由畏惧上帝的男男女女开发出来的沃土上过着好日子。你也不应该读他的书——有些内容叫你心烦意乱，今天晚上人人都注意到了。”

“真的吗？我尽量不让自己说话，让别人说。”

“你总是这样的，亲爱的。偶然让他们听听他们牧师的心里话对他们没有坏处。”

“唉，斯特拉，我自己心里是怎么想的，连一半我也说不上来。”他穿着吊带黑裤子进了浴室，为的是不想让她看见自己换衣服时赤裸的身体。他尚没有任何要为他的那个秘密忏悔的意思，那是他内心一块无神的裸露的痛处。他用发面用的小苏打刷了牙,喝了口温斯洛夫人牌润喉糖浆让嗓子舒服些好睡觉。他出来时斯特拉已经像一只健康的动物说睡就睡着了。昏黄色灯光照在她那塌陷的脸上。她从来就不美,现在连那紧绷的方下巴也随着年龄增长变得松弛和肿胀,看上去越来越像吃得过多的男人了。他想起了瘦小的梅维斯,此时她正睡在都柏林那间不透气房间的角落里,两只干惯了粗活重活的手放在下巴旁边,一片一片十分显眼的雀斑消失在细滑如乳的皮肤里。他小心翼翼地拉上灯,以免吵醒妻子,然后溜进她身旁的黑暗之中,那里本可以作他的坟墓,如若不是他带进了六月的热气、蚊子的嗡鸣、心里的烦躁和城里安歇下来的喧嚣。马蹄的嗒嗒声,马车的铁皮轮子轧在鹅卵石路面的隆隆声与百老汇大街上渐渐远去的有轨电车声交织在一起,还传来阵阵发闷的类似咳嗽声,那是不用马拉的车——或者叫发动机车的——马达燃烧时发出的灰心丧气的噗噗声——主要是福特T型和奥尔兹车——在帕特森越来越多思想先进的市民使用这类车,开着它们行驶在这凹凸不平布满马粪的街道上。新世纪刚开始就被种种发明所充斥,就连对什么事物很难感兴趣的克拉伦斯也对它们有了兴致。那种勇猛异常的小发动机发出的尖厉刺耳且充满希望的声音,释放着无害的能量,送信的天使将会驾驶这种车一直开进他病态的心境之中。渐渐逝去的嘎嘎声使他产生了一个好主意,可正当这个好主意像星星一样在头脑里闪现时,他却在这个精力耗尽的宇宙坚硬的怀抱里睡着了。

第二天,他昏昏沉沉地尽着自己的职责,包括去看望教区生病的教友。思想混乱导致他体温升高,以对付无神论病毒的侵蚀。克拉伦斯走过两个街区来到汉密尔顿大街的后面,从马厩里牵出牧师专乘的轻便马车。贝齐是匹上年纪的灰色摩根马,左眼里有一块血斑,她来回摇动着一圈白边的耳朵欢迎他的到来。他没精打采地抖了抖缰绳,眼睛盯着她宽大的胯部和那条焦躁不安的尾巴。她拉动了轻型马车,车子驶上了泛光的鹅卵石路面的帕克斯大道。经历了第五次难产的凡·斯科伊克太太正在家休养。另一间屋子里传出婴儿的哭闹声和保姆哄孩子的啊啊声。“只要我一抱住这个可爱的小天使，”凡·斯科伊克太太告诉来访者说，“一切痛苦就全没了，好像痛苦根本没有发生过!”哈利雅特·巴特尔小姐是协助他做圣坛工作的积极分子，经常不定期地住进韦恩的帕特森总医院（原来的“妇女医院”），她得的是阵发性神经不适症。这种病的症候与病因可以毫无痛苦地用谈论别的女人的秘密遮掩起来，因而他所做的只是在她的床边与这位顺从的充满渴望的女士聊一些闲话，做一次简短的祈祷。巴纳特医院两年前才开办，离百老汇很远，开办的目的是为大批移民中的众多病人看病。这个医院和帕特森最古老的圣约瑟夫医院（一位牧师和“慈善五姐妹”所建）都是克拉伦斯很少去的地方。可是奥尔先生在巴纳特医院里快死了。他是体力劳动者——当过泥瓦匠，给杂货店搬过箱子，给那些因聪明过人而当上店主和企业家的人当过帮手——始终没有能力讨老婆买房子安家。然而他却是教会的一位信仰坚定的虔诚教徒。每次做礼拜他都坐在中殿左边中间靠边的长椅子上，正对着上方是纪念六位新教烈士和英雄的彩色玻璃窗。这六位大人物是威克利夫、赫斯、加尔文、诺克斯、克伦威尔和班扬，全副武装的护国公的悲怆坚定的形象是刻在讲坛上的。克拉伦斯就是在他们严峻专注的注视下讲道的，他已经好几个月没有看见奥尔那瘦小、肮脏、长着珠子般眼睛的脸了。他每次听讲道时注意力都特别集中，使讲道时惯于夸张地停顿的牧师感到羞愧，因为在不断的停顿时他的思想时常开小差，再开口时自己也不知道在说些什么。奥尔先生今天的状况不好。他的名字叫伊莱亚斯，这是他双亲笃信基督教的证明。克拉伦斯到医院时他正在睡觉，枕在浆过的枕套上的脑袋，看上去比一个灰不溜秋的干苹果大不了多少，病痛使他那黄褐色的头发稀一片密一片，看上去像婴儿斑驳不匀的头发。长期病痛在他眉心和鼻子两侧刻下深深的皱纹。克拉伦斯本想悄悄离开，就在这时，奥尔双鬓之间两道湿漉漉的黑光冲开了已锈住的皱纹重叠的眼皮子。他哼了几声表示欢迎，想用肘部支撑着坐起来，接着就有气无力地躺下了。

“别起来，奥尔先生，我只呆一小会儿。治疗进展得怎么样啊？”

“要是说挺好就太过分了，牧师。疼痛太折磨人了。不会太久了，我能从骨子里感觉出来。这几天天气热，寒气没有到脚上，不过相信我，寒气会越来越往上走的。”

“这些天热得出奇，咱谁都不好过。我敢打赌，再过一两个星期你就能下床了。”

“唉，别说傻话了，先生，您这是好心。我快熬到头了，我已经准备好去面对审判。威尔莫特牧师，轻松谈话的日子已经不多了，告诉我实话，你认为我被上帝拣选的可能性有多大？”

虽然病房里洒了酒精和乙醚，可是克拉伦斯仍从六英尺以外就闻到了枕头上那张小脸散发出的口臭。“一点不撒谎，”他尽可能庄重地对着小猴脸说，“我认为可能性非常大。在你一生最美的记忆里，有没有体验过享受活着的上帝的恩典？”克拉伦斯觉得口中干渴，他按照俗套继续下去，明明知道结果只能是带给他幻觉与激动的情绪。

奥尔先生努力睁了睁松弛的眼皮，煞白的虹膜圈在布满血丝的黄乎乎的泪眼中浮动。“老实说，我想不起来有过那种体验。我想过很长时间，可是说不上来，到了现在，更难了，不是吗？这儿的一些女人借着上帝吹牛，好像他每天晚上都来向她求婚似的。我有过那种你们叫做‘启示’的经历，是在祷告的时候，或者在大白天。在干活的时候。可我不想把那说成是上帝的恩典。我猜你是有过的，对吗？”

奥尔这样说，显然是要讨好他，克拉伦斯想到了神学的残酷性，它使我们挖空心思地去得到一张通往天堂的通行证，哪怕只是通行证的一角。“你也太谦卑了，奥尔先生。不管怎么说，我们当中一些德高望重的牧师认为也可以没有那种体验——上帝的恩典虽然感觉不到，却存在于上帝的慈悲之中。上帝的儿子耶稣基督会再次赐给我们那种体验的。”

长时间的沉默。然后奥尔说：“好吧，如果我不能得救，那也是在创造天地之前就预定了的，一个肉体又能做什么呢？告诉我，先生，像我们这样的可怜肉体在这世上能做些什么呢？”

克拉伦斯大吃一惊；死亡已使这个人语无伦次。“我们能做的就是，奥尔先生，为我们的同胞做好事，信赖上帝，并且在他赐给我们福气的时候享受那些福气。我看任何神灵对我们的要求都不过是这些了。”

奥尔闭上了一只眼睛，似乎这样另一只眼睛就可以看得更清楚些。“你是那么看的，是吗？你说话好像天下事都是半斤和八两一样。我们现在说的不是任何神灵，我们说的是惟一的真神上帝。是他对世界的要求以及对我们中一些人的要求。”

克拉伦斯本想回答，却欲说无言。枯萎的小个子劳动者这时睁开了眼睛，挑战似的说：“威尔莫特牧师，我这一辈子很苦，从来没有过过好日子。我从来就不敢想我会有足够的钱讨老婆，虽然我年轻力壮的时候有几个女人想嫁给我。辛辛苦苦活了六十六年，没有享一点福，只好盼望来世了。我不怕面对最糟糕的结果。如果上帝要惩罚我，我心甘情愿。”

“噢，别多想，奥尔先生——不会对你有什么惩罚。”

“不会吗，先生？当然不会。可是为什么不会？”

克拉伦斯轻轻地做了个手势，他无法不失礼地让奥尔明白，他根本不值得上帝费那么多力气去管理、装备和支撑一所永恒的惩戒所。

奥尔的疑心被激起来，他使劲用双肘支撑着自己坐了起来。“我父母把我带大就是要我相信有惩罚。他们都是苏塞克斯郡的虔诚教徒。有人被拣选，有人受惩罚。这是耶稣在《圣经》里反反复复说过的。说得有道理。有光明必然有黑暗。你要是不被惩罚又怎么会得救呢？你给我说说这个道理。这是问题的一部分。没有坏就没有好，所以才会有坏。这就是我父母亲的看法——他们是虔诚的人，好人哪，一八七三年经济恐慌时他们的养猪场被银行收走了，打那以后再也没有翻过身来。每天吃饭以前我们都唱赞美诗，即便桌上什么都没有，我们也唱。‘白日已去，黑夜降临。’就唱这一类的。所以，告诉我，威尔莫特牧师，我刚才的话错在哪里？你是有学问的人——从礼拜天的上午就能看出来。”

克拉伦斯曾经讨论过这类问题，但都是在专业人士之间，友好地对一些抽象问题进行探讨。他发现一般的信徒临终前都表现得谦卑规矩，很怕在上帝派来的牧师给他们带来老一套安慰的时候让他难堪。他们的心思都集中在肉体的种种遭遇和与亲人作最后的安排上了。牧师意识到奥尔现在很恐惧，他想哪怕是在昨天，他都有可能给他更有说服力的答复。他费力地说：“奥尔先生，你已经把上帝无尽的怜悯排斥在外——错就错在这里。耶稣是谈到了地狱和外世的黑暗，但他只让魔鬼在那里受惩罚，咱们有谁会说自己是魔鬼呢？谁会如此炫耀呢？上帝曾两次向世人显示他的爱，一次是用泥土造了我们，一次是派遣他的独生子耶稣来把我们从亚当的罪孽里拯救出来。从《旧约》里我们知道他多么爱以色列人，他的选民，即使他们背离了他。所以我恳求你不要再用惩罚来困扰自己了，我的好朋友。多想一想伟大的复活和永生吧。想一想十字架上的那个盗贼，耶稣对他说：‘今日你将与我同归天堂。’这倒不是用你的健康状况来比十字架上的那个盗贼。你还有几年时间哩，我可以从你刚才的精神劲儿看出来。你正在康复。你不知不觉地就会再坐回到教会里改革家玻璃窗下边你的长椅子上去的。”

将死的人把他那张皱缩了的灰土脸庞转向他的安慰者，仔细地看着。“你难道一点也不相信惩罚吗？”他问道。

“说我自己吗？我当然相信。千真万确。但惩罚不是为你准备的，奥尔先生。不是为你这样干重活的工人，一个虔诚的信徒准备的。当然，就抽象的教义而言，必然会有不被拣选的人。这个——谁知道呢？——世上可能会有人坏到极处，要受到永生永世的惩罚。”

“东方那些占有全部钻石和成群老婆的君主们。”奥尔先生建议说。

“完全正确。”

“还有所有的犹太人。”

“只怕我不能同意这一点。咱们的救世主就是犹太人。帕特森最杰出的人士之一内森·巴纳特,也是犹太人。”

奥尔先生闭上了疼痛难忍的眼睛,用惊人的男高音唱道:“黄昏阴影,潜入天空。”克拉伦斯猜想奥尔已经把他忘了,从而感到欣慰。可是奥尔又睁开眼睛说道:“我从来就没有听你在圣坛上讲过惩罚什么的。很多个上午我不得不使劲去理解你在说什么,牧师。我听不懂。听你一会儿说东一会儿说西的,我听得晕头转向的。我记得你多次说过要怜悯不幸的人,这可不是件好事。在我看来这是对穷人过分的担忧,麻烦与困扰总会有的,这是上帝亲口说的。如果穷人老是觉得自己太可怜,那就只好等下一轮回了。前头的反到了最后。依我看,要是抛弃了惩罚论,就跟无神论者没有什么两样。一个不能把人投进万世地狱接受惩罚的上帝也必不能把肉体从坟墓里带上天国。”

“奥尔先生,放宽心吧——”

“年轻人哪,别为我宽不宽心发愁。告诉你,我能面对一切。我能面对最坏的事情,如果是早已注定了的话。上帝跟我一样无能为力。”

“你瞧,是不是? 怎么能认为上帝是无能为力的呢——”

“如果在创造天地的时候他就作了拣选的话,那他就无能为力了。上帝不能经常改变主意吧。我看他办不到这一点。那好,再过几天我就知道他过去和现在都是怎么想的了。我保证会从那一边告诉你,可我不是个唯灵论者。有现在这一边,还有以后那一边,就像有得救的与不得救的一样。你自己琢磨琢磨吧,威尔莫特先生,看你能不能对惩罚有个较明确的看法。对一个人说他不会受到惩罚时你没有考虑它的逻辑后果。必然会有失败者,不然哪里会有胜利者呢。《圣经》就是这么告诉我们的,赫伯特·斯潘塞先生也这么说。”

“这种关系的确令人深思,”克拉伦斯说,一时间竟惊讶得连身体不舒服也忘记了。

“我思考过一些问题，”奥尔先生不无骄傲地说。“我没有女人，在那些孤寂的夜晚我就思考问题，读些书。所有的现代思想家都在思考同一个问题——为什么失败者是大量的，成功者是少数的。如果这个问题还有点意义的话，那就是，一定有永久的惩罚。记住我的话。”

“我记住了，不会忘的，奥尔先生。希望你康复。如果我不大相信惩罚是为你准备的——”他满怀感激之情站了起来，他清瘦帅气稍偏一点的脑袋离开了临终病榻上的臭气，重又被乙醚和消毒水味包围——“请你原谅。惩罚更像是为我这样的人而存在的。我从你的眼睛里看到了你受到拣选的亮光。”

这个瘦小的人不满地闭上眼睛，不再理睬正向下凝视着他这副枯槁的黄色死亡面具的造访者。

几个星期之后，六月逐天加剧的闷热变成七月的持续华氏九十度高温。这是圣灵降临节后的第十个礼拜天，圣文集宣讲的是《马太福音》第十三章有关于稗子的比喻：

到了末日，作恶的人要像稗子一样给拔出来，扔到火里焚烧。

人子要差遣他的天使，把他国度里那些失足的人和一切作恶的人都挑出来，扔在火炉里。

在那里，他们要哀哭，咬牙切齿。

做礼拜的人稀稀落落。教区里的士绅们正和家人在泽西海滩享受海风和海浪，要么就在卡兹奇山里避暑。没有能力在避暑胜地购屋或租房的人们则成群结队地到加利特山上的阴凉里野餐去了。克拉伦斯在唱诗班剩下的几个骨干成员颤抖的“阿门”声中步上讲坛。他朝左边望去，在那嵌有一排绷着脸的改革家的透明玻璃窗下边，他没有看见奥尔那张圆圆的、固执的、全神贯注的脸。为了让这位死者高兴，牧师在准备今天的讲道内容时，格外地下了一番功夫。他感觉身上这件朴素的黑色牧师袍稍微阻碍了他的祝圣行动，脖子上系着白蝴蝶结的衣领特别地硬。他像这样在传统圣乐队奏出的现代音乐节奏伴奏下，面对着为数不多的散坐在光滑长椅上的一张张望着他的脸。那些流汗不止、彬彬有礼、满怀希望的脸前整齐划一的纸扇有规律地来回摇着，扇子上油印的都是《圣经》的内容。他用安详确凿的声音开始说："有一位臭名昭著的不可知论者叫罗伯特·英格索尔，在我等父辈时期他的诅咒极大地唤起并巩固了教会。在一篇文章里他一开始就写道：

"'有一个强烈反对《旧约》的观点，说上帝掌握着残暴。所有的残暴都随着死亡消失。耶和华的报复止于坟冢。他从未威胁要惩罚死人。从《创世记》的第一个错误到《玛拉基书》的最后一句咒愿，找不到一个字说明上帝要在另一个世界里进行报复。关于万世不灭的痛苦的教义是到了《新约》里才让人们知道的。这位宇宙慈悲大师挑开了时间与永恒之间的帷幔，使人们把恐怖的目光盯在地狱的深渊。在屈服于魔鬼的人的心里存有永远不死的蛆虫。与之相比，《旧约》中有关奴役、诅咒、惩罚和毁灭性战争的教义就显得既仁慈又正义了。'"

斯特拉和三个孩子坐在第一排长椅上，倔强的贾里德和金发埃丝特的神态如果不是瞧不起人也是一副了不起的样子。全身软绵绵的特迪两眼发呆，内心深处充满恐惧。迪尔霍尔特夫妇坐在他们后边的第五排椅子上，中间几排是空的。他们夫妇选择这个周末留在帕特森，忍受炎热天气的煎熬。迪尔霍尔特椭圆形的镜片不停地闪着光，他老婆用花点图案面纱遮盖的脸露出一丝敬意的微笑。克拉伦斯已经把聚会人的注意力紧紧抓住了。他已收紧了紧身衣，现在要像伟大的霍迪尼[①]那样脱身了。

"对于这一猛烈的指控我们该说什么呢？我们不否认《圣经》里存在着痛苦与暴行。这是在写人类，痛苦本存在于人类，这是事实。《旧约》里的上帝没有把自己与他拣选的人分开。他参加了他们的战斗，把以色列人的敌

---

① 美国魔术师（1874—1926）。

人当成自己的敌人。以色列人自己所犯的错误使他大为伤心，使他大为震怒。我们的上帝并不是高高在上的主，不像佛陀那样超越一切，也不像宙斯那样对人世的苦难轻描淡写。在全世界所有的宗教里，惟有基督教推崇一位受苦的上帝，这个上帝将人类的苦难承担起来，他在极度痛苦中让人类的救世主诞生。他战胜了死亡，也就是说，他必然将他的手放在死亡之上，正如《旧约》中耶和华把手放在雅各身上并与他整夜较量一样。我们所信的不是一位看不见摸不着的上帝，而是一位从不鄙视我们并愿意抚摸我们的上帝，他甚至把他粗糙的手放在我们头上。此外，在《新约》里，他利用自己短暂的一生，把自己降到我们中间，以我们日常生活中的经历作比喻，来跟我们谈话。

"一个农夫如何处置稗子和野草呢？他烧掉它们，以便使农田干净，使它们的种子被彻底清除，否则来年在肥沃的土地上它们会生长得更旺盛。种庄稼要求拣选，要求过筛子。在《圣经》新约开头的《马太福音》中，施洗约翰向犹迪亚狠毒如蝎的人们宣告说：'凡不结好果子的树就要砍掉，丢在火里。'施洗约翰还宣告说，一位比他更伟大的人将要来临，'用圣灵和火给你们施洗：他手里拿着簸箕，要扬净他的场，把麦子收在仓里；至于糠秕，就要用不灭的火烧掉。'

"可怜的糠秕，有些人会说，对他们来讲，基督的怜悯和正义是难以知晓的。可怜的野草和不结果子的无花果树，但是，"——克拉伦斯停了下来，环视一下四周，他淡蓝色眼睛睁得大大的，红棕色八字胡须下的嘴张着——"我要对你们说，人不是植物，他们有思想，有灵魂和自由意志，他们要为自己的行为负责，要为这些行为所导致的永久性后果承担责任。当伟大的农夫到来用簸箕将他们按糠秕除掉时，他们就真的把自己变成了糠秕。那些树使自己不结果实，还有野草——"他的声音在这里突然中断了。他不知道接下来该说什么，该想什么，便去看手写的讲稿，那是昨天晚饭后趁着灵感来临匆匆写就的，但他没有找到该说的话。他又把头抬起来，发现这一停顿使所有聚会人的注意力更加集中在他身上，好像紧紧把他抱住。“野草，长在了不该长的地方，作出了被连根拔掉并被扔掉的选择，”他用平淡的声调说。

接着，他用更平淡的语调说：“事实上，耶稣引用地狱的次数并不多，最严重的一次是第五章，后来在第十八章中也提到过，在《马可福音》里也有。《圣经》里说到我们的救世主是这样讲的：

“‘你们听见有话说：不可奸淫。

“‘只是我告诉你们，凡看见妇女就动淫念的，这人心里已经与她犯奸淫了。

“‘若是你的右眼叫你跌倒，就剜出来丢掉：宁可失去百体中的一体，不可叫全身丢在地狱里。

“‘若是右手叫你跌倒，就砍下来丢掉：宁可失去百体中的一体，比较全身下入地狱。’”

这些话像是要将克拉伦斯的喉咙粘住似的，本来就干得要命的喉咙需要不停地大声咳嗽之后，才能接着说出安抚听众使他们放心的话：“在这里，‘地狱’一词是从希腊文 Gehenna 翻译而来，它来自希伯来文的 gehinnom，原本是一个山谷的名字，叫欣嫩，此山谷在耶路撒冷附近，是个倒垃圾的地方。因此‘地狱’就是垃圾堆的意思。那么，耶稣几次提到的那里的火就不应该理解为万世不止的煎熬和折磨，而应该理解为一个涤除罪恶的举动，就像垃圾——垃圾堆得太多就会脏了我们的家，脏了我们帕特森的街道——就像垃圾被送回大自然一样：把它们烧掉使它们还原成原来的成分，变成空气中的烟和热，变成泥土里的灰和尘。鉴于超自然的永生要通过基督的来临和他的救赎才成为可能，我们便明白了，那些遭判决要受惩罚的人其实已经以不复存在判决了他们自己。我们每一个人都有可能得到永生，但不是肯定都能得到。允诺了的，我的企盼这一允诺的众兄弟姐妹们，并不是说允诺了的必然会实现。”

克拉伦斯感觉自己的声音时断时续。他竭尽全力让声音传遍这偌大的教堂,并让这里的听众都能听到,这对他的肺部是一个沉重的负担,他觉出肺在胸腔里费力地上下起伏。他的家人坐在第一排,朝上盯着他,显然在为他担心。“我们,”他尽力强调说,“必须为神人之约做点什么。山出现在了我们面前,我们必须爬上去。谁站在山脚下拒绝登山,那他就只能留在深渊里,那为拒绝登山者准备的深渊就是地狱。所以我们认为,不信基督的罗伯特·英格索尔说《新约》把地狱带进了人类历史的指责是真实的,正确的。那些站在基督新的赦免之光以外的人只能留在外边的黑暗里了——有句话叫做 to skótos to exóteron①,只有《马太福音》引用了这句话,虽然在后期的希伯来书里和新、旧约《圣经》之间的《以诺书》里也能找到。《马太福音》第八章第十二节说:‘惟有天国的子民,竟被赶到外边黑暗里去:在那里必要哀哭切齿了。’四福音书的作者所说的‘天国的子民’,指的是那些应该到天国去的人,因为消息已经传来,天国的子民已经得到去天国的机会。现在仍有不肯接纳基督的人,他们比那些生活在他到来之前的人还要愚昧无知。由于不接纳基督,我们把自己变成垃圾,变得毫无用处,只能弃在欣嫩山谷的垃圾堆上被烧掉。失去基督的痛苦大得使我们感觉不到烈火的燃烧。这就是‘地狱’的含义——一个容纳所有损失的场所,一个自责、自贱的场所”——他不得不停一下,他的声音飘忽不定,喉咙刀割般地疼痛,嗓子深处几乎要碎了。他连忙沙哑地结束了讲话——“这已被耶稣基督的无与伦比的胜利刻在了宇宙上。”

下边还有一段鼓励性的总结,是就已故奥尔先生所关心的问题准备的,也是为那些与逝者有相同想法的人准备的,他们的想法是加尔文传统思想里最为黑暗的角落。“拣选,”克拉伦斯吃力地继续说,“不是压在我们现世生活上的千斤重担,否则就会使我们的所有努力变得像——”他动了动那只

---

① 希伯来语,意即到外面的黑暗里。

闲着的手的手指，一个青年听众忍不住咯咯笑了起来——“像一只被针扎住的蚂蚱或臭虫或蝴蝶，来回地扭动一样。拣选并非像我们在这个堕落的无情的世界上看到的那样，只有少数胜利者，大批的失败者。”他必须讲快些，必须长话短说；他快发不出声了；他已经听见长椅子发出不安的吱吱声。“拣选，”他说，“只有胜利者和不参与者。那些不接受基督赐予的伟大福分的人将它浪费了。他们将变得什么也不是。拣选”——这两个字把嗓子拉得生疼——“拣选就是选择。是我们的选择。它是上帝的手”——他伸出刚才模仿小虫蠕动的白皙的手——“上帝把手伸向我们，伸给了向上伸手去迎接他的人。如果我们感觉不到上帝的手紧握着我们的手，那是因为”——现在他感到喉咙灾难般地闭合了，声音越来越小，竟成了微弱的喘息——“我们没有向上伸出手去。没有真正伸出去。”他再也说不下去了。他的喉咙像被扼住了，声音小得如同耳语，喉头似被一张干燥的网罩住了。所有仰望着他以期获得信心的脸一齐无声地向他的胸口压来，所有的纸扇都停止了晃动。

他长时间地僵在讲坛上，在这段通向永生的时间里他瞪着浅蓝色眼睛，张着嘴巴，直到斯特拉从长椅上跳了起来。她面朝听众，边笑边用甜美大方的南方口音背诵一段祷告文，她多年做礼拜听讲道学会的祷告词现在下意识地奔涌而出：“愿慈悲、光荣、智慧、感谢、荣耀、权柄永远归于我们的主，上帝，直到永远！阿门。威尔莫特先生这一次的喉膜炎最严重，他一直在与它抗争。现在请大家唱诗第三七七首，《起来，基督精兵》。”风琴师米利亚姆·肖沃尔特小姐用疑问的目光扫了一下克拉伦斯，见他点了点头，于是按下了第一声键，到会的人站起来用稀稀落落参差不齐和沉闷的声音唱道：

“起来，基督精兵，快快披上胄甲，
依靠上帝永生圣子给你刚强力量。”

这首诗一共六段，当大家继续用健康的喉咙一段接一段唱下去时，斯特拉大步走到圣坛栏杆处，熟练得就像在自己的厨房里绕过饭桌一样。她小声问克拉伦斯："《使徒信经》还是《尼西亚信经》？"

他不耐烦地点了点头。她应该知道《尼西亚信经》只在圣餐礼拜上读。"《使徒信经》，"他轻声说道。在这么丢脸的情况下他的嘴居然还能活动。他的窘境像一座土牢，它在他周围竖起了看不见的光滑四壁。他面颊发烫指尖冰凉，胸腔内不由得一阵阵颤抖。

"哪一段感恩祷告文？"

"你挑吧，"他上气不接下气地说。在这个荒唐的困难时刻他还得为这些细节操心。她手里有那本敬拜册，也做过上千次礼拜了，应该知道怎么把这些羊领出门去。他只想在这悲惨的意外和再清楚不过的状况下独自呆一会儿。圣诗唱到最后一段了：

> "靠主，力量加添，警醒、祈求、争战；
> 魔鬼权能全被消灭，高歌同庆凯旋。"

大家坐下时发出的响声和咳嗽声比往常要多，斯特拉走到栏杆前向为数不多的做礼拜的人说："让我们愉快地将我们的生命与痛苦托付给上帝。"两个接待员从后面一齐猛地站起来，迈着既无把握又不整齐的步子从甬道上走过去。斯特拉的黑眼睛望着克拉伦斯，又匆匆瞥一眼高高的圣坛，此时她已失去原有的沉着与镇静。突然失声使他不知所措，他走到旁边，从长凳上拿起放在那里的两个绒底奉献盘，交给了两个接待员。他严肃地向他们点了点头，想以此消除他们脸上的恐慌。两个接待员分别是长下巴的麦克德莫特先生和大个子赛勒斯·特休恩先生，后者是市场街干货店的业主。当克拉伦斯向二人礼节性地匆匆鞠躬时，斯特拉响亮而激昂地说："请记住主耶稣的话：施比受更为有福。"在他听来，她似乎有点过分了。

鉴于夏季唱诗班人数太少，风琴原计划单独弹奏，但米利亚姆·肖沃尔特的手指好像也跟他的喉咙一样出了毛病，一动也不动。两只木盘令人不安地在保持安静的人们手里传递着；硬币落在铺着绒布的盘子上发出沉闷的响声。接待员送回盘子，克拉伦斯接过来——木盘已被抓热了——转过身对着彩色玻璃的耶稣像把它们高高举起。耶稣站在盖满灰尘的风琴管中间忧愁地升着天，他优雅地向前伸出手臂，双手手心向上，眼睛向上看着，不承担重负的双脚脚趾向下，长袍的边缘飘动着。克拉伦斯下意识地要念规定的祝词，但听到的却是斯特拉的声音："主啊，愿富贵、权柄、威严、显要与荣耀归于你。"

"整个天地都归于你，"做礼拜的人们心怀疑虑地说，"我们将自己交付与你。"

他正担心自己要是想不起祷告词来怎么办，斯特拉已经在这些熟悉的一成不变的程式中找到了她的不可动摇的位置。"主啊，为了你的恩典，"她唱歌似的念道，信心有增无减，"我们赞美你。自有天地以来，你一直爱着我们，在我们遭遇困难时，你没有忘记我们。"一个女人的声音唱连祷文，对大多数听众来说当然是不可接受的亵渎，但是他们除了接着念，没有别的选择："你的恩典永世长存"，然后他们被带领着念《主祷文》，又唱早礼拜的最后一首诗《啊，加利利蒙福的女人》，唱完，他们就被送回凡尘，"欢呼圣灵的权力"，然后他们就接受祝福。斯特拉朝她丈夫看了一眼，用眉毛问他念不念祝福词，他不耐烦地摇了摇头，于是她就像唱歌剧一样抑扬顿挫地念道："愿上帝祝福你，保佑你。愿上帝的慈悲"——慈巴依——"与怜悯降于你。愿上帝永远眷顾你，赐给你平安。"说"阿门"的时候他也加了进来，但没有说"哈利路亚！"

米利亚姆·肖沃尔特突然奏出的巴赫结束曲充满了愤怒。斯特拉见克拉伦斯穿着长袍跟着唱诗班往外走，便要赶在他前边朝门口走去，这样做才符合她在今天礼拜上的角色;然而他抓住了她的手臂让她停下来,由于太用力了,他的手指嵌进她薄薄的细麻布夏衣下面胖胖的上臂里。

"回到孩子们身边去,"他指示说,声音虽沙哑但是听得见。

她的目光倏然亮起来,从紧绷的嘴里发出一声"啊",她长着些许汗毛的弧形上唇布满了皱纹,"你又能说话了!刚才究竟是怎么回事?"

他无可奈何地耸了耸肩,说出"上帝"两个字,但没有接着说下去,只说了"说不成"三个字。

"我看也是,"斯特拉应道,说着转过身去用宽厚的背对着他。他注意到她身为人妻的同情心已被她刚才主持礼拜仪式的胜利所抑制,那胜利使她尝到了禁果的滋味。她轻快地挪动着裹在衣服里的笨重的躯体——她穿的是带象牙色手织花边的长连衣裙,脚上是带扣的鞋——走下圣坛,将礼拜册放回长椅靠背的兜里,还有那把彩色平版印刷的纸扇,拿起她的遮阳伞和黑色手提包。"是啊,这也是一种经验。"她叹了口气对孩子们说。三个孩子脑子里仍萦绕着父亲刚才丢面子的情景,他们惊愕地望着她,就连长着聪明的耷拉眼和智慧的上翘嘴的贾里德,也惊愕得顾不得嘲讽了。

教堂门厅里钟绳旁的克拉伦斯声音恢复了许多,可以与人讲话了。"普罗克特先生……谢谢你……是的……喉膜炎……最不是时候,可是会好的……沃顿太太……是呀,又是一个热天……草坪的确需要雨了。"几十位做礼拜的人中大部分都避而不谈刚经历的那一幕,但当他们与他例行公事般地打招呼时却显得远比以往更为局促,他们小声说着什么,匆匆走到白昼的亮光里。

星期天就这样过去了,似乎没有发生什么不幸的事。克拉伦斯的身体一向不够健壮,从年轻时就这样,轻微的精神崩溃与突然的怠惰被认为是由于读书过度和全身心投入造成的。他父亲乔舒亚·威尔莫特是个满脸大胡子的农夫，他在自己那九十英亩土地边缘上开辟了一个砂石场，专门供应当地的建筑商，成为一项收入颇丰的副业，后来又做起木材砖瓦生意，把从大商家批发来的货在当地零售。长子彼得准备继承他的事业；克拉伦斯在三个姐姐——蕾切尔、埃丝特和不幸的菲比，她从一降生就是驼背，还是六指——相继出生后来到了人间。他从小就少言寡语，顺从听话，后来又怯懦地干上了不必与人抗争的牧师行业。少年最快乐的时光是在与书本、画报无言的交流中度过的，一张当地的报纸，或者梅恩·里德笔下的浪漫冒险故事，或是在普林斯顿时读的那本希腊原文《新约圣经》，都可成为他的伴侣。今天，他与斯特拉跟三个孩子应邀去赴星期天家宴，主人是教区里大名鼎鼎的阿莫斯·蒂博。他拥有一家规模不大的电线厂，工厂建在那许多大工厂后面的麦克布莱德道的突出地段上，他还是那幢号称"第二帝国"别墅的主人，卡罗尔街旁公园路上的这座别墅房顶的边缘安装着密密麻麻的铁矛。宴会虽然较拘谨，但没有特别令人难堪的事发生。这天上午的礼拜牧师说不出话的时候，男主人虽没去，女主人却在场，因此吃饭时克拉伦斯极少讲话，应邀祝祷时他只是摇摇头以示谢绝，这些也都在意料之中。席间，他只是带着忧郁亲切的表情默默地吃他那份烤肉和蔬菜，他的妻子和孩子们则格外精神饱满，积极地交谈着，除了年龄和个头都最小谨慎少言的特迪。他是他们正在走进的一个真空。往远处百老汇街和斯特雷特街交会处的家走去时，一家人默默无语，似乎意识到这个家将要遭遇不幸。走过一辆卖刨冰的马车时谁也没说要买，尽管刨冰上浇着不同颜色不同味道的糖汁，看起来是那么诱人。一群工人家庭差不多全裸的孩子正在公共水龙头边上的水坑里肆无忌惮地嬉戏打闹，这也没有引起威尔莫特孩子们的评论或使他们跃跃欲试。在意大利人和波兰人住的前院里种着低档花草，牵牛花和万寿菊，花草中央是身披蓝色大氅的塑料圣母马利亚像。这些虽然引起了他们的注意，但是没有人说话。这里的居民们都挺俗气。他们弓着背站在顶部已塌陷的木结构门廊上，只穿着一件宽松衬衫，女人的连衣裙没有紧身褡，下边露着脏脚踝和长满老趼子的赤脚。每当暮色降临到用歪七扭八的篱笆围起来的杂草丛生片片黄褐色小草坪时，各种外国语——委婉动听的意大利语、快刀斩乱麻似的意第绪语、含混有力的波兰语——便在空气中飘动起来。一双双深色眼睛侮慢地望着这一家散开走着的基督教徒。威尔莫特的三个孩子一路上只盯着脚下的路，四点钟回到家后便各自回房去了，接着又分头去找邻家自己的伙伴。他们知道父母亲有话要谈，并担心家庭可能正孕育着某种厄运。

“好吧，威尔莫特先生，我必须说，”斯特拉等他们的卧室门关上之后便开始了。她脱下沉重的白连衣裙，放回雪松木衣柜里，解开紧身胸衣，里边是被汗湿透了的平纹薄棉布无袖宽内衣。“我必须说，今天上午在你出丑的时候是我给你补了台，可还没听见你说一声谢谢呢。什么事叫你这么痛苦，亲爱的？”

他勉强笑了笑，八字胡——看上去有些脏，浅色胡子都这样——垂得不厉害，把下牙齿露了出来。他的声音比往常更沙哑也更柔和，很清晰，但十分尖刻。“亲爱的，你那么欣赏自己，我想你就不需要感谢了。有一点要说的是，你的行为超越了一直倍受争议的女人授职传道的问题。你是一个名符其实的路易莎·伍斯利[①]——太棒了，亲爱的！这表明要么是你有了我具备的男性特权，要么是我有了你的无畏的信仰。”

“信仰？”她心不在焉地重复道。她那件紧身胸衣虽然不像年轻时穿的形如沙漏的装束那样残酷地捆在腰部，可也够紧的了。她先摘下吊袜带，然后从上到下地解开前部的钩眼扣，最后解开半松紧的胸甲，从中间把自己分开，如同用刀切开缅因州大虾的一节节的肚子吃里面的虾肉一样。从她脸上的表情可看出她的身体已不再受捆绑。她穿着那件薄薄的无袖宽松内衣在房间里来回走动，像是怕别人忘了她丰满的体魄似的。斯特拉的长相本来就不

---

① 路易莎·伍斯利(1862—1952)，长老会教派中第一位被任命为牧师的女性。

让人一见倾心，现在四十三岁的她与二十六岁当新娘时的她也就不会出现太大的差别。尽管克拉伦斯在神学院时也曾与同学谈论过女人，而且往往不是以神职人员得体的方式谈的，对他来说，斯特拉的表现仍出他意料，因为她不仅满足了他的性要求，而且在他们的初期，如果停了一两周她会非常主动和迫切，哪怕他已被密苏里那个教区繁琐的事务拖累得疲惫不堪。多年以前，她常常用触摸或用她那吉卜赛人一样明亮闪动的黑眸子诱使他满足她的欲望。在寒冷的冬夜，婚后的两个伴侣在那张旧四柱红木床的凹陷床垫上互为对方提供温暖与慰藉，在某些夜晚，他的性欲会突然袭来，她会毫无怨言地接受他。今天晚上，她脱下长统袜把它们塞进最上边抽屉的一角，然后散开盘卷在头顶的栗色头发让它们慢慢垂落下来，稍显灰白的长发在她圆墩墩的背上披散开来。当她眯着眼睛严肃地对着椭圆形穿衣镜照自己时，显得出奇地干练和精神。最终，他决定把一个月以来他独自背负的担子分一部分给她。

“我的信仰，亲爱的，好像已经离开了我。我不仅不再充满激情地去信，而且显然觉得自己已不再信了。今天我说不出话，就是因为我试图为我理智上反对的教义增添光彩。英格索尔、休谟、达尔文、任南、尼采——他们的话都有道理，只要你多读一读他们的书，认真想一想的话。他们不仅阐述他们的道理，还提到人性论①和行为准则。耶和华和他的宠儿以色列人；耶稣自我牺牲换来带血腥味的人类与上帝的和解；把那些在短短一生中犯了些小错的男男女女打入万劫不复的地狱；我们的没眼睛没头脑没神经的灵魂不管怎样却能永生——斯特拉，这些想法一直在我脑子里可怕地斗争着，我的思想备受折磨，试图从这些概念里找到我可以信赖的真理并对人们宣讲。可是，我必须放弃这一切了，要不然我会发疯的。我喜欢你有不同的看法，我不会跟哪一个成年人或孩子争论，并让他放弃他的信仰，不管是什么信仰。对我来说这一切都已成为过去，是很久以前的信仰，

---

① 认为人性不依赖神助。

是孩童时期的恶梦里留下来的东西，但是现在我们周围已经充满明媚的阳光——时代已经进入了二十世纪！我不能还向自己和他人兜售跟报纸上刊登的内容及我亲眼看到的物质现实相反的东西。整个宇宙是百分之百的物质，物质以波的形式放出能量，而可怜的人类一直是独立存在的，自古就是如此。”

她从镜前转过身来凝视着他。她半合着眼、具有男性特征的脸上的表情看起来怪怪的，却很迷人。低低的发线赋予她一种放浪的气质：栗色头发明亮密致，带着波浪大花顺眉毛两侧直泻而下，额头没有预示早寡的V形发尖。“克拉伦斯，你试过祷告吗？”她对他说，“道理不代表一切，道理之外还有别的。信仰本不是件容易的事。圣保罗是怎么说的？我们如今仿佛对着镜子观看，模糊不清。”

她恳求的语调那么柔和，在同床共枕二十年后声音还是很性感，使他向她靠近了些。嗓子痛得像被泪水淹过，他低声说：“圣保罗说过很多了不起的话。‘犹太人要求神迹，希腊人寻找智慧，我们则祈祷耶稣基督被钉在十字架上，而这对犹太人来说是绊脚石，在希腊人看来则是愚昧无知。’我喜欢这些古话，可是它们在我心里已经死了。我不知道是什么导致它们的死亡——也许是这个不信上帝的现代社会，要么就是我自己的年龄，这也是可能的，还有就是多年承受巨大压力而使身心疲惫——反正那些话都死了，像伊齐基尔山谷的尸骨一样。”

“可是那些骨头都存活下来了，”她立刻说道，“这才是故事的中心。在上帝里面什么都是可能的。也许等一等你的疲劳就会消失，你的怀疑也就一同消失了。”

“天呀，不是什么怀疑——是肯定。我不能继续站在基督教的圣坛上，当赖在教会里的本尼迪克特·阿诺德①。我如果再讲下去，恐怕会把依旧

① 阿诺德(1741—1801)，为美国独立战争时期的将军，后投降敌军。

信上帝的人的信心也拿走了。”好像为了证明骨头能活，他的眼睛湿润了，长期压在心底不断挣扎的痛苦刹那间冲上他的脸部和双肩。她回到床边坐到了他身旁，把一只手按在他的腿上。

“可怜的心灵啊，”她说，“这些让人绝望的想法你思考多长时间了？”

“在那个决定性时刻之前这些想法已经积累了很多年，上帝知道已经有多长时间了。”他泪眼朦胧地边笑边抽泣，他笑自己不假思索地又求助于那个虚幻的名字。“我觉得离开信仰是自自然然的事情，”他说，“那是在那天下午迪尔霍尔特夫妇他们来这里吃饭之前。”

“对于像你这样素质的人来说，迪尔霍尔特确实是一个负担，”她说，“他激起你与他对立的情绪。克拉伦斯，有的时候生活是显得空虚无聊，那样的日子咱们经历过。可是那已经过去了呀。为了咱们带到这个世界上来的孩子们和那些依靠我们的人们，咱们一定得闯过去。”

“我必须闯过去，斯特尔，要不然失败造成的沉重负担不仅会落到我身上，也会落到你身上，你和孩子们身上，正如你说的那样。”

她的背僵硬了，那张床摇晃起来，发出一两声嘎吱的声响。“你想怎么办呢？不会——”

“是的，辞去牧师职务。”

“啊，亲爱的，那咱们还怎么生活呀？”

“肯定会有工作的。会是一份非同一般的工作，工资不会比现在的高，而且是付现金的。咱的马和马车是属于教会的财产。”

“可是，”她用手数落着房间的东西、房子、社会地位与名望，这些东西一直在保护着他们不受伤害。“我敢说，很多牧师和主教也同样有许多疑问。”

他想再次反驳她的话，但他正处在裂开了口的深渊之中，这深渊就是他将造成的严重社会后果，是他要求她分担自己无力解决的难题的，在这种时候与她争论无疑是愚蠢的，也显得自己心胸狭隘。

斯特拉接着讲：“但他们仍在讲上帝的道。”

“这么说我应该假装下去？我也许能做到，假如人们还没有觉察到事实真相，没发现我缺乏信心的话。可他们今天上午看出这一点来了。我说不出话来，要说的话堵住了我的喉咙。”

“你并不知道他们看出来了什么——他们，依我看，有一百种不同的想法呢。至于说不出话来，那是因为你太累了，又得了热伤风，像我对他们说的那样，”她对他说，“克拉伦斯”——她的南方口音把“拉”音拖得很长——“你就不能接着干下去，把它当成过桥一样，从河这边走过去到达河的那一边？上帝不会对我们置之不理的，如果我们真依靠他的话。还记得小贾里德得白喉的时候你和我整夜守在他身边祷告，还有——”

他轻轻地握住她的手，把它从他裹着黑袍的腿上移开。“你有信心，这我知道，这正是你的可爱之处。我想我都妒忌你了。可是我已经不能够了——如果仅仅靠愿意信或者祈求让我信，你想我还能有信心吗？可怕的是我对教会的尊敬依然未减，所以不想用我的虚伪玷污它神圣的讲坛。”

她把手抽了回去，为他拒绝自己的帮助而不高兴。她的身体动了一下，身下的床也随之发出一声嘎吱。“这才显出你的伟大，亲爱的，你当然啦，不必替我担心——我的生活、我在熟悉我的人们中间的地位，还有这一切将会变成什么样子——可孩子们呢？他们怎么生活？”

他叹了口气，对她的反应十分恼火，在他失去了他宇宙中的全部内容时，她关心的却是微不足道的事情。“我还没能考虑清楚呢。这个教区里有不少有身份和地位的人，我跟他们合作得很成功……毫无疑问……也许咱们的前途不在帕特森。那咱们就回西部去。”

“西部？”她尖声说道，“我们是从西部逃出来的，并为此而庆幸。你的精神太高尚了，西部容不下你，会让你备受折磨，那些无知的连一分钱都看在眼里的乡下人。”

“是啊，是啊……”他好不容易才向她坦白了自己的想法，本希望无论如何她会拯救他，然而，他失望了，淡淡的失望感一下子让他困倦无力。他想在床上伸一伸懒腰，想把头埋进鹅绒枕头下面……他说："我有必要先跟你说。你瞧，斯特拉，你允许不允许我去见哈伦·迪尔霍尔特？他是领导小组的元老，要辞职得先跟他商量。"

"允许？"她生气了。他一直沉浸在个人精神上的不幸之中，根本没有料到她会生气。"你不需要我允许。在你决定抛弃上帝的时候并没有问我允许不允许，现在为什么要问？"

她的一番发泄使他大吃一惊，在思考片刻之后他温和地说："亲爱的，不是我作出的决定。这个决定超出了我的控制能力。是我的上帝决定把我驱逐出去，如果你愿意这么想的话。"

"我们把自己驱逐出去，要么把自己圈进来。"她说。她引用的密苏里河船上的这句老话令他吃了一惊。"你已经冷酷地作出了让全家人作无谓牺牲的决定。这个教区很适合我们。帕特森正在大发展，孩子们也大有前途，可是就因为——我不知道我为什么会感到惊讶。你的亲姐姐埃丝特早在咱们结婚前就警告过我说威尔莫特是一个缺少亲情的家族。"

"可是，如果连必要的信心——"

"哎呀，别再空谈什么信心了。信心是我们建立起来的，是一种习惯。我一直以为——早在杰克逊山住的时候我就在想——你是一个弱坯子，克拉伦斯·威尔莫特，可是，可是你知道女人最大的满足是什么"——她破涕为笑，抽着鼻子，任凭泪水哗哗地往下淌——"我以为我能使你成为一条汉子。可到头来，我所做的一切却把我自己和被我带到世上来的三个无辜的孩子弄得一团糟。"

"亲爱的，不要，不要说得那么难听——说得一事无成。你会发现我能安全度过这一切的，我发誓。"

她那双细细打量他的眼睛像一对黑梅子，在昏暗灯光照射下，眼球内的几片深红色斑块似乎暴露出她远古的异教徒血统。"你能安全，对这一点我毫不怀疑。"她转过身去，露出背上厚厚的肉，花内衣吊带中间有几颗高出皮肤的痣。“哎，天哪！”她叹了口气，与其说是冲他而叹，不如说是冲着已化作鬼魂的先祖们和围在她身边讨人喜欢的孩子们。“生活可真不容易呀，难怪人们说还有另一个世界，这才使这个世界上的生活值得过下去。”

这就是她的态度，不情愿地接受了他所追求的一切。

迪尔霍尔特的房子在潘宁顿街，有石头砌的圆拱和圆柱形的边塔楼，塔楼的锥状顶部盖着石瓦板，塔尖上竖着一根镶玻璃珠的避雷针。整栋建筑显得沉闷严肃，带有教堂的风格，起居室里铺的粗纹带流苏的波斯地毯却带有东方的俗艳格调。迪尔霍尔特把来访者不愉快的谈话从头到尾听完之后抬起头来，椭圆形眼镜闪闪发亮，他露出无瑕斑的牙齿，对他友善地笑了笑："要战斗下去，我的朋友，不要放弃这场正义的战争。最终你会取得胜利，恢复信心——关于这一点我是有把握的——只要你坚持不懈。一个人在你这样的年龄，常会产生一些阴暗的想法，经历方向性的危机。我刚过四十岁时就想过抛下一切去阿拉斯加淘金。从少年时代起我就向往广阔天地——蒙大拿的牛仔在我看来是世界上最了不起的人，如果哪个印第安部落好心要绑架我的话，我真愿意当个印第安人。但是，我思想中光明的一半终于占了上风，我生活中的另一半——我可敬的奥贝莉亚——用她的聪明智慧驱散了那场精神风暴，我才来到帕特森，正像你所见到的。这个城市对我一直挺好。尽管丝织业光景时好时坏，但很适合我。跟别的工业城市一样，这里有很好的未来，不像荒蛮的西部，那里只有几个旅游景点和几个穷困潦倒的幸存者供游人观赏。有一次我带着我的双生子去麦迪逊广场看'水牛比尔'和他的团伙，你猜怎么着，牧师，杰罗尼莫[①]喝得酩酊大醉都动不了了！"

克拉伦斯意识到这次的访问与他所期望的相去甚远。“迪尔霍尔特先生，”他说，“每个信教的人都会有疑惑，这是对我们的挑战，也是我们和疑惑进行抗争的权利。从在普林斯顿当学生起，我就经常接触教会以外的思想

---

① 印第安阿帕切族领袖（1892—1908）。

家和诗人的作品，甚至在神学院，有的教授令人震惊地说出他们对不可知论的真实想法。白天过去，回家之后我总会重新坐在灯下读我的《圣经》，以孩童般的纯真回到上帝里面。我的父亲——有人说他是吝啬鬼，但他做礼拜从不间断，不论年景好与坏，他都双倍奉献——给我树立了严肃做人的榜样。他是个纯粹守旧的人，在本地教会为继承加尔文传统计划与霍普威尔公理会合并的时候，他说他宁愿跟唯上帝派和被他称为爱默生空想主义的人合并。多年来，我一直以为我继承了他坚不可摧的信心。正因如此我知道什么是有信心，现在也知道了什么是没有信心。假如我试图按老规矩行事，和我自己的辨惑学对着干，或者用毫无帮助的祷告说出内心的声音，那么总有一股抵挡不住的反对力量使我无话可说。恐怕是我为了了解和反击无神论思想，读他们的书读得太多，反而把自己的根基破坏了！达尔文、尼采、英格索尔——这些牧师们的儿子把至高无上的上帝给毙了！”

迪尔霍尔特保持着微笑，椭圆形眼镜仍在闪光，他虽未秃顶但头发稀少得露出了奇形怪状的头颅，像一个坑坑洼洼的圆穹顶。“加大拉镇的猪，威尔莫特先生，想一想加大拉镇的猪。我们的救世主把鬼赶入猪群让它们号叫着从山崖上跳到了海里。这就是你要做的事，先生，把你身上的鬼赶出来，赶得干干净净。我是决不会去碰那些肮脏的自由思想观念的。生命太短暂了，不能自寻烦恼和出难题。不能把赫胥黎之流和《高等考证》以及社会主义的嘲讽分子们看成是跟你我一样有理智的人，而应该看成戴着假面具的鬼，看成是派来试探你和教会的魔鬼。他们当然都很聪明，他们当然听起来似乎很有道理。魔鬼的力量是不可轻视的。它派来的是精兵强将——机智和忠诚的士兵。可是对你我这些人来说，他们是敌人派来的精兵强将呀，威尔莫特牧师。在最后的审判到来之前，在魔鬼被赶到火海里之前，在千年战争结束之前，他们是为野兽和恶势力、为歌革和玛各①服务的。问题

① 《圣经》中被预言受魔鬼迷惑必将作乱的两个民族。

在于，你在这场战争中是站在魔鬼一方还是站在上帝一方。你说呢？”

克拉伦斯望着迪尔霍尔特凹凸不平的脑袋，心中惊奇它里面何以会装有如此狂热的思想。他试图通过这位前辈领导人所提供的天授之灵光看透胆怯、羸弱和勤奋的达尔文，或是嗓子甜甜的书呆子气十足的勒南，甚至虚张声势的英格索尔，但是他办不到。至于那些社会主义嘲讽分子们，如德布斯和赫伍德这样的人，他们原先是工人，饱受痛苦并被判刑坐牢数年，在经历了这一切之后为什么不可以嘲讽社会呢！那些人所追求的是真实可见并引导他们前进的正义和真理，而那些不愁吃穿踌躇满志、边抽雪茄边喝柠檬汁的人们所维护的则是被扭曲的僵化了的陈旧教义。迪尔霍尔特先生一向热衷于最新的设备。壁炉前有一台电扇，头部像一个扁平的笼子，身体是一根铜棍，吹风的声音很大，他们二人不得不用大得让人难受的声音谈话。克拉伦斯注意到风主要是吹向主人，他亮亮的头颅上那几根毛发不时地被吹得飘起来。

“是的，然而——”

“是的，然而你太容易上当受骗了。我的朋友，你那容易上当受骗的本性让敌人影响了你的思想。把你目前的思想状况当成生病，你需要恢复期，要休息一段时间。不要生气，上个月我有幸受到邀请去你家吃饭，从你的谈话中我猜出目前是你难过的日子。八月快到了，你的假期计划是什么？夫人和孩子早该离开城里到微风吹拂不受虫咬的安全地方去休息一段时间。你那个最小的孩子尤其需要户外活动。我看他缺少锻炼。”

“我还没怎么考虑呢……我姐姐和她丈夫在特拉华有房子，离水边不远，我们通常去那里住上几天。两个大孩子都有暑期工作，再说教会的工作……”

“没有你在照样进行，我保证。你只要同意，我马上召集长老董事会，要求从现在起就让你放假，替你讲道的人的工钱就不要从你的工资里支付了，从领导基金出。我碰巧认识一个人——这个人不是咱们这个小教区的，但他是咱们教派的，曾对第一长老会教堂作出过重大贡献，相信我吧——他的财产很多，包括海洋路上的一幢沿海的高级石头房子；今年八月份他全家不住在那里，计划去欧洲旅行，作为送给他大女儿大学毕业的礼物。他不打算出租，因为不愿意把自己的财产暴露给不认识的租房者。可是如果牧师一家人的话——”

“这简直是太慷慨了，可是——”

“还不能确定，懂吗，朋友。可我想我会办成的。我会跟这个人私下谈谈，可以这么说，是由于你的精神状况。这不是施舍，不是——完全是为咱教区的利益。一笔像样的投资，以保证你能奉上帝的召唤顺利地回到我们中间来。我们没有看错人，你很有才能。咱的《章程》是怎么说的？”迪尔霍尔特闭上被镜片遮住的眼睛，颤抖着嘴唇努力回忆着。“‘具有先天与后天的仁慈与才干的人可任此职。’是这么说的，这是教会聘人的条件。招聘发出之后你应聘了。我对你并不是处处满意——依我看你在教会扩建方面就过于小心了——但你还是符合条件的，就像工厂里常说的那样。我能很快地对一个人作出判断，我干的就是这个。要知道，老实说，美国的长老会已经不像从前那么容易请到好的专业人员了——现在的青年人要么是想脱离农村，要么是想离开工厂，到教会来是条近道，可他们不具备专业神职人员的素质。有你这样的素质——才能——的人是一笔宝贵的财富，万不可浪费掉。克拉伦斯，我们可不想在上帝进行的这场新战争中失去你。”

克拉伦斯鬓角的头发被嘎啦啦响的风扇吹过的一阵风掀了起来，面部直发痒，他伸手抓了抓。“我这样的残废人？”

“不要说残废，是一时的不适应。这种天气有时候连年轻人也适应不了，对吧？你最终会从眼前的重重困难中走出来，我有百分之百的把握。”

“我担心我的意志——”

“再想想你自己的利益。暂时变得自私一些。教会外边为你准备了什么？什么也比不上在教会里。你已经不再年轻，我的朋友。你已经把你的全部投在你做的这份工作上了。保罗在《提摩太书》里是怎么说的？‘不要忽略了你属灵的恩赐；这恩赐是借着先知的预言，和长老们的按手赐给你的。’不要忽略了你属灵的恩赐，”迪尔霍尔特重复道。他接着又说：“信心——”说着他沉思起来，就像披露他想去阿拉斯加的愿望时一样，这时他打断了自己的话，“想再喝一杯柠檬汁吗？我来往里加点什么喝起来更有劲，你不反对吧——比如牙买加陈酿甜酒？”

“啊，不，不必了，谢谢。”他们教派是禁酒的，但不像美以美会和浸礼会那么绝对。“我的喉咙够糟的了，只怕今天晚上耽误了你太多的时间。迪尔霍尔特太太——”

“在楼上，高兴着呢，”迪尔霍尔特接了下半句说，“奥贝莉亚正绣花呢。信心，”他接着说，“不单纯是理智的选择，它更是人最基本的力量。它给了男人阳刚之气，给了女人阴柔之美。它使人从生到死都充满勇气和快乐。没有了它，威尔莫特先生，我们就等于死了。没了信心我们就是那个把才华埋进土里的仆人。由我来对你讲这些好像有点奇怪，可是你需要听一听，就像当年我需要听一样。一八九三年，快四十岁的时候，经济恐慌把我苦心经营的小本生意弄垮了。当时我十分懊恼，便在大街上溜达，就在帕特森这里。在瀑布旁边的一个小公园，我听取了一位自命为牧师的人的劝说，人们都说他头脑简单，他给穷人讲道，一不拿教会俸禄，二没有上边教会的支持，但是他对我讲了我需要听的话，而且多年来我一直按照他说的话行事。他的话给了我生命，给了我生活中的快乐。上帝的道就是生命，正如《圣经》上说的那样。道，真理，生命。脱离了《圣经》，任何东西都只是生命的空洞的表演。啊，它看上去很真实，很诱人。但是这种表演属于魔鬼的范畴，最后，当表演结束时，舞台上就什么也没有了，剩下的只有死亡。”

听完这人向他毫无保留地讲述的自己内心深处的想法，克拉伦斯很受感动，但他离开迪尔霍尔特的漂亮房子时依然相信他的话的反面才是真理：

生命，连同它的危险与最终的失败，与那悄无声息、铁面无情、非人力所能控制的真理并存，而这真理正被不信上帝的人们在这座逐渐缩小的城堡的腐烂城墙之外的广阔世界里大肆传播。对克拉伦斯来说，基督教这座城堡的院落太幽闭、太陈腐、太黑暗，如同魔窟一般。

第四长老会教堂牧师是新泽西州教区泽西市教务评议会的成员。八月的一天，克拉伦斯躲过了海洋街上那所石头房子的贿赂之后在市场街的艾里车站上了火车。火车掠过利夫顿和帕萨依克飞快前行。他透过落满烟灰的窗子朝外望去。煤场、小砖厂、受夏天高温煎熬的树木以及离铁轨不远零零散散的肮脏院落逐一被甩在后边，过了阿夸坎诺克农场的一角就是纳特利和贝尔维尔，然后到达纽瓦克市郊。车速放慢了，轰隆隆地跨过帕萨依克河，来到一片生机勃勃的湿地——高高的茶色香蒲和如春天般翠绿的海水草生长茂盛，白蝴蝶和红翼鸫哥在草丛中飞舞。火车随即越过哈肯萨克河来到目的地。教区长老评议会的简陋办公室在一幢八层楼建筑内的第六层，他从火车站走了长长的一段路才到达那里。鸟笼状电梯吱吱扭扭地把克拉伦斯带上一个大厅，那里有一排门，所以门的上半部都是毛玻璃，上面仔细地标着字母，他费了很大劲才从斯皮茨律师、昆兰律师、脊柱按摩医师艾·莱文等标识中辨认出教区长老评议会。接待室里摆着磨损严重的橡木椅子，椅子上没有椅垫，室内有一位胖胖的接待秘书。她在拐杖的支撑下喘着大气吃力地从桌旁站起来走进一个房间。她的大屁股费劲地来回扭动着，令人不忍目睹。房间的门开着，看得见里边成排的档案架上摆满大理石花纹的纸盒。克拉伦斯无意间从她海军哔叽长裙和一只少些皱褶的黑皮鞋间的缝隙看到，那棕色袜子里包裹的像是一条假肢。她高盘的琥珀色头发带有人工烫发的效果；臃肿的面颊上有两个深深的撩拨人心的笑靥。你要请客，就请那些贫穷的、残疾的、瘸腿的、瞎眼的：教会正是这样做的，用被建筑商扔掉的石头盖房子，向这个残酷竞争的世界宣布它的爱心。克拉伦斯微微回报了她的微笑，随后的十五分钟他默默地与这位同样有残疾的人做伴。他想他会怀念藏在教会这座大迷宫里的这个小角落的，在这里，人们以无可指责的辛勤劳作隐藏和遮盖着最本质的虚幻的东西。一个多小时的旅途弄皱了他那身乳白色亚麻夏装。透过窗户他可欣赏到外面的景致：前景包括铺着沥青的平坦房顶，上边压着木水桶和椅子，甚至还有房里的人为了躲避潮热搬到房顶睡觉用的破旧长沙发；中景是一片荒芜的沼泽，长满绿油油的青草和香蒲，火车铁轨和高高的路基蛮横地将绿草滩一分为二；远景则直达烟雾蒙蒙的曼哈顿下城，那里一座座花岗石贴面的摩天大楼直插天际，像犀牛鼻子上的犄角，而犀牛的身体只能凭想像了。附近一个建筑物上白色已褪的字母写的是“比奇姆片剂”的广告，他还看到其他几则广告，如：“温特劳布兄弟高级成衣店”、“辛诺拉”、“沃内特大夫假牙牙粉”，以及“梦境”，这可能是舞厅或电影院吧。

他正仔细地观赏城市景色，从办公室走出来的长老会主席打断了他。托马斯·迪里弗刚被选上担任此职，他也是牧师，跟克拉伦斯一样。他比预料的要年轻，比前来求他的人年轻。他体形匀称，面色苍白，剪短的金发中分，身穿单排扣石板蓝普通套装，举止讲究，只是过于圆滑了点；他说话声音甜蜜宽厚，一听就像教会的首领人物。为了这一次至关重要的会见，克拉伦斯特意在斯特拉的雪松木衣柜中过去的衣服堆里翻出一件他尚未扔掉的拉巴托翻领衫，那是他在密苏里时为了使自己有别于只穿衬衫的浸礼会人士而穿的，顺便还找到一件配黑色胸带的马甲。为表示自己的诚心，他违心地把它们穿戴上。虽然加尔文教派一向厌恶这些罗马式装饰，但也没有正式反对过。普林斯顿小教会甚至不反对玩“高雅”，在教堂举行节日庆典时还要佩戴上用金线绣着希腊文“耶稣”字样的彩色长绸带。

“你的信让我非常不安，”迪里弗说，然而他那机敏的微笑却显示他并非不安。他边说边用细嫩的手指了指办公室里的一把椅子，那是克拉伦斯该坐的位子。

“你的信也使我心烦意乱，”来访者说着坐了下来。“我的教区领导人没有讲明白——也许是那天我不够专心——辞掉牧师职位的手续究竟有多繁杂和不易。”

“我们藤子上长的是鲜嫩的葡萄，威尔莫特先生，”年轻人说。“不是任何一双手都可以摘的。加尔文是怎么说的——‘拒绝上帝的召唤对我们来说是极其严重的罪名’？”迪里弗拿起一本页边烫金的柔软小黑皮书。“这里。我给你读这一条，《章程》第五十一条。‘一位牧师如在其他方面表现不错，在申请辞去教会公职时，将由教区长老评议会按有关规定决定给予不少于一年的察看，以确定其放弃职务的动机和理由。’”

克拉伦斯打断了他的话：“我不能再承受一年装腔作势的做法了。发圣餐、祈祷、安慰病人和临终者——这都是，我不能说是对上帝的亵渎，但却是在演戏。教友们一定会看出来。他们已经发现我讲道的空洞了。”

“无论从哪方面讲，我都不信他们会看出来。你不是他们索求的源泉，你是上帝的渠道，仅此而已，渠道空了不算是错误，不是吗？”迪里弗举起一个手指头继续读下去，“‘试用期结束后，教区评议会如确实认为此人对教会已无帮助，他本人也觉得在教会工作不愉快，那他们方可允许他退职成为教会里的普通成员，将他从区评议会名单上除名，并发给他介绍信，任他与愿意去的任何一个教会联系。’”

克拉伦斯克制着没笑出来，这些严厉的言词似乎使得从早到晚压在心上的沉重负担有办法对付，可以卸下来并分解开了。“我头一次听说‘退职’这个词，”他承认说，“我恐怕不会带着信到别的教堂去的，当我连在最适合我干的职位上都缺乏足够的信心时，是不会去参加别的教会的。”

“是的，适合你，你的教会领导人哈伦·迪尔霍尔特跟我说过。”

“哈伦是信心很强的典范，哪怕我的信心只有他的十分之一，我也会毫无怨言地干下去。”

迪里弗轻轻地将那本柔软的皮面书放在桌上说：“是什么让你觉得自己缺乏信心的呢？”

在一次次与他人的谈话中，他曾反复排演似的讲述自己可悲的思想变化过程，于是他简要地归纳说："用数学词汇说吧：上帝是一个非系数，长时间以来我一直是这么想的——所有的方程式都是在没有神的情况下完成的。当然啦，科学仍有许多未解之谜——物质的起源、生命的起源，等等。可是，生命的不同形式是怎么形成的，人如何从猿进化而来，《圣经》是怎么写成的，还有诸多类似的民间信仰——《印度佛经》、《可兰经》——基督教偏偏不承认它们是神圣的：我把所有这一切看得太清楚了。宇宙是一个没目的性的自我运动的机器，我们则是毫无意义的副产品，不管有没有关于神的宣传，死亡终将把人送回到虚无中去。"

迪里弗耸了耸肩——双肩极轻微地动了一下，虽有衣服的遮盖仍可看得出来。

"有的时候就连咱们的主也有这种情况，"他不紧不慢地说。"没信心与有信心相伴，就像撒旦与上帝相伴一样。是黑影使光明具体化，只有说了'不'，'是'才能说出口。我想你上的是普林斯顿神学院，不错吧？"

"不错。"

"麻烦恐怕就出在这里。你在那里接受的是保守主义思想，它现在恰恰限制了你的思维。那两位霍奇，加上本杰明·沃菲尔德——他们都是具有传统思想的好人，但是当历史的风刮起来的时候，他们就束手无策了。他们不会弯曲，威尔莫特先生，不会弯的东西是要断的。假如你像我一样在协和神学院上过学，你就不会让历史干扰你的认识，干扰你对《圣经》的理解，干扰我们生命的运作方式，影响教会的前途。休·布莱克和查尔斯·布里格斯(后者因为接受了《高等考证》被保守派逐出教会)，威廉·布朗、亨利·斯隆·科芬、亚瑟·麦吉弗特及亨利·杰克逊·范戴克的观点——他们坚定的自由传统是不会对未来产生任何恐惧的，它也不会受任何发展变化的影响。还记得给希伯来人的'使徒书信'吧，保罗在开头是怎么写的？——'在远古时候，上帝在不同的场合用不同的方式讲话。'这就是多种方式，也包括达尔文和马克思，当他们所说的被证实的时候。‘法律并没有使任何事物变得更完美，’保罗对希伯来人说，因为希伯来人是当时的保守派，坚守《摩西五经》和法律的每一字每一句，好像那些字句维系着他们的灵魂似的。‘法律并没有使任何事物变得更完美，而那些带来更美好希望的事却能做到，它可以使我们更接近上帝。’那些带来更美好希望的事无论是什么事，都使我们与上帝接近——这就是我在协和神学院的收获，威尔莫特先生，在那里我们知道了不必害怕科学，不必害怕承认《圣经》是基于历史的——它包含那个时代最优秀的智慧，可那个时代不是我们的时代。事物都是相互依存的，重要的是我们，我们人类，是怎样互相联系着的。想一想咱们的两所神学院是怎样与周围相联系的吧——协和神学院位于全国最大城市的中心，虽然远离最高贵的曼哈顿，但是可以从那里汲取活力和触到世界的脉搏；普林斯顿地处猎狐的农村，四周是地产和菜地，它与现实的、城市的和工业的世界相隔绝。那里的神学形成于十八世纪，当时的‘理神论者’就像一群恶狼，甚至到现在也没什么变化。变化，威尔莫特先生——从星云到微生物，变化就是上帝创造世界的方法，变化也必须成为我们的方法，不过，看在上帝的分上，千万不要从根本上毁了自己。不要放弃你的使命。我向你保证，你有信心也好，没有信心也好，没有任何事情可以动摇你有效地深得人心地尽牧师职责的基础。你在对待自己的责任时太以自我为中心了：你过于依赖教区的人，反过来也要求他们同样依赖你，你当船长，他们是船员，可你又掌控不了吹来的风。”

迪里弗先生的睫毛是金黄色，眼皮粉红色。他说上面一席话时带着一种近乎催眠似的平和，像是在背诵，要么就是曾用同样的话劝告过多位像他一样苦恼着的牧师。若是为了孩子和斯特拉，克拉伦斯真想听从他的劝说。“人必将死亡，这又怎么解释呢？”他问道。

这位调解人耸了耸肩，以近乎速记的速度充满自信地讲开了。克拉伦斯已经感觉到他们之间必定要进行的第二次交锋的压力。“传统犹太教里很少提到这一点。《新约》里的资料概念不清，说法不一。罗马天主教则绝对看重基督教兴起初期阶段之后的经典著作。炼狱说、地狱边缘说、以及地狱与天堂详解——完全是杜撰出来的千年后学说。从这条思路考虑一下：近代科学证实，没有哪一种物质是最近发明的或破坏的，连最小的原子或者微小的能量也一样；我们自身的能量以什么形式持续下去，这谁也不知道，也没有谁能假装知道。用唯灵论之类的思想对后世作探究，只能编造出无数小妖精和荒唐故事。坚定不移地抱有希望，永远不放弃，焦虑自然就会解除。生活就可以继续。今世的生活就要今世过，这是再清楚不过的了。梭罗是不是说过'过完这辈子再说下辈子'?"

他粉红色眼睑张开得更大了，浅睫毛下面那双充满睿智的蓝眼睛显示，他想知道克拉伦斯还有多少问题要问。迪里弗的眼睛不是混着乳白的蓝，而是像北海海水——从奥克尼群岛到日德兰半岛——钢一般的深蓝色。北海的咸风与低角度的阳光曾使他们惯于航海的祖先们不得不经常眯着眼睛。他讲话带着圆滑流利的纽约口音，总是那么轻快、流畅、从容，还有点冷漠，他习惯把"g"音吞掉，要么将"r"音跳过去。"那复活呢?"他感觉自己就像一个马戏团驯兽师，把球扔给一头海豹，它闪动着油亮的身子轻松自如地把球顶在了鼻子上。

又是不大的耸肩动作，同时显得很不耐烦和十分戒备。他朝克拉伦斯的身后望去，好像有人从外间屋走了进来似的。"《四福音》的描述是混乱不清的。耶稣升天，一会儿是这儿的人看见，一会儿是那儿的人看见，还有的地方说是一群人看见。他吃了蜂巢后让心存疑虑的多马看他的伤口，然后就再次从历史上消失了。马可和路加关于升天的说法像是后来加进去的；《使徒行传》开头的描述读起来很带戏剧性，说一块云彩把他送上了天，接着又突然出现了两个穿白衣的人。保罗证实了一种异象，一种'未到产期而生'的景象，但是没有提供详细内容，并且在《哥林多后书》里他做了如下修正：'或在身内，或在身外，我都不知道：只有上帝知道。'这跟谈论在沙滩上盖房子一样！但有一点是无可争辩的，就是在耶稣被钉在十字架之后的时间里耶稣运动复活了。想想那时耶稣的门徒们所受的苦难和侮辱吧——我们为耶稣仍活在我们中间而庆幸。不是吗？即便没有耶稣复活，有些发生了的事依然令人鼓舞并起到改造作用。实际上这里有一个关键之处，即历史帮助了信主的人，而把解释这一切的担子交给了不信的人。"他见克拉伦斯想开口，便举起一只长得很好看的小手，掌心白得像蜡制的百合花。"既然耶稣复活仅仅是一种说法，是比喻基督教团体的复兴与发展，我们又何必去挑剔字眼呢？话语所传达的真正意思是靠心去掌握的。"他拍了拍自己微皱的光洁眉毛。"伯克利大主教啦，等等。如果你愿意，读一读威廉·詹姆斯。不光读《信仰的意志》和《变化》，也要读近来的作品，如《真理的含义》。实用主义——它能改变一切。是美国人对这场大辩论作出了贡献；可以说是强有力的加尔文教驳斥了迂腐的路德教，路德教的人本来不会在水面上行走，可是他们却把脚下的船烧掉了。在德国出现了一些有趣的新发展——一个叫赫瑟尔的人从黑格尔的《精神现象学》里拣了些陈旧概念，又从康德的词汇里拿来一些词。我的意思是，'真实'并不是我们凭直觉一想就不解自明的。人的感悟是它的一部分，并且塑造了它。耶稣复活可以被看作是我们使它发生的，不知道你是不是明白我的意思，而不是一件曾发生过但永远不会再发生的事，关于这一点是有争议的。欢迎来到二十世纪，威尔莫特先生，咱们都需要补课。欧洲物理学界传出了惊人的事情。原来时间是第四维，而且当观察者的速度加快的时候，时间的速度就会放慢。其他三维并不构成严密的网架；空间倒更像一张网，你往上面放东西它就会下垂，这种中间部位下垂的现象就是我们所说的重力。再有，光也不是不可分的稳定的可见物，它有速度，以束团形式传递，束团就是不可减少的总量，叫做量子。量子不仅是我们度量的最小单位，也是客观事实。能量竟然是小颗粒！所有这些让我们一般见识的人伤透脑筋的事全都是事实。我们已不仅仅是调查事实，就像小人国的人爬到躺在地上的格利佛那黑乎乎的庞大身躯上去一样，我们还创造事实，用我们的思想创造它，用思想和意志力。我们创造上帝，可以这么说。”

“个人的上帝?”克拉伦斯问道，他迷惑了。他有被人出卖了的感觉，如同拉撒路[①]被重新带回到现实生活中来时的感觉。“还是《圣经》里的上帝?”

“还有，‘存在’? 哪方面的? 当然‘个人的’是个冗词。为什么要有一个非人的上帝呢? ——你跟斯宾诺莎一样，把‘上帝’当成是一切的一切，那就成了什么也不是。上帝一位论派试图坚持这一观点，但只坚持了三代人就途穷了。灵魂需要*超自然*的东西，在一个脱离了物质的地方，灵魂才可以存在。《圣经》——我们要把它当成识字课本，靠了它就可以讨论我们最关心的事情。它是我们的起点，不是终点。”

克拉伦斯喜欢这位讲话声音轻柔、眼皮粉红和全神贯注的人，也深知自己的困惑与麻烦占去了迪里弗太多的时间，他的时间表早已排得满满的。他觉得自己像一个学习很差的小学生，受到忙碌的老师格外照顾。泽西市那些砖结构建筑后边是房屋的平屋顶以及药品、成衣和舞厅广告，夏风吹拂的长满香蒲的沼泽波光粼粼，这些景致是那么的无忧无虑，像是从课堂的窗口向外观望所看到的似的，因为这长方形的景致是一个美妙的世界，那里既没有令人头痛的思考，又没有课本中的种种难题。两个月来无神论使他压抑与恐惧，在这日益沉重的压力下，他瞥见了赤裸裸沐浴在阳光下的、造物主轻而易举的创造，感觉到心中那片罪恶的阴影可能会被面前这个人以他巧舌如簧匕首般的雄辩口才驱逐出去。“你是在说，”克拉伦斯犹豫地说，“在一般概念下的不确定——”

“仍有信仰的空间。”托马斯·迪里弗说完猛地往木转椅深处坐了一下，力量之大使坐垫下的弹簧猝不及防地吱吱响起来。

① 《圣经》里的人物，死后耶稣使他复活。

“有足够的空间敷衍塞责。”

“敷衍塞责，根本不是。是朝光明走去。我们谁也没在光明里面生活，我们只能走向光明，靠上帝赐给我们的眼和腿走向光明。”

克拉伦斯想，对现实中万物的客观存在不予承认，硬说是上帝给的，这是多么轻而易举的事呀。与摩西对抗的上帝以可怕的火焰形式显现，其情景难以形容。

“可是我的教友们期望我沿着原来的路走下去，至少不能太偏。”

“你的教友知道你是人——不要低估他们。迪尔霍尔特先生向我提供了一大沓充满爱心的证明材料。他们爱你，威尔莫特先生。”

“我不低估他们，所以我才辞职。退职。”他笑着纠正说。此人使他高兴，尽管他拒绝了他的劝导。只要继续有像迪里弗这样聪明能干的年轻人当领导，教会就不会完全死去。

“人们看到了，”迪里弗说着两眼凝视着天花板上的吊扇，看它懒散地拨动着空气，“困难。他们知道，由于人们有不安与恐惧，才会把信心看得如此庄严与崇高。来到教会的人，是什么力量把他们推到这里来的呢？他们要从你这里得到的能满足他们要求的东西很少，他们就要那么一点点，但那是他们的需要，如果你肯给他们，他们则会大大地原谅你。咱们说到《圣经》是我们的起点；想想你自己——你穿着礼服站在那里，作为圣职的代表——把那里当成你的终点吧。你可是立下过誓言要和他们一道朝光明走去的呀。”

“可是我不能——”

“永远不要说不能，威尔莫特先生。我们内心深处的自我是变幻莫测的，不可预知的。我们根本没有想到的是，他们所需要的只是一点意向，只需一点就会使他们立即得到满足。你觉得自己无足轻重，而在我看来你是一位有名望有资格的牧师——威严、正直，同时你的诚实令人钦佩，就连信心这样的事也十分严肃地对待。”

“严肃！迪里弗先生，你是在用积极的态度看待事实上是消极的东西。

信心已从我身上烟消云散了。”

这位年轻人确实显得疲倦了，有争议的能量粒子钻进他的喉咙，使他的声音变得嘶哑。深蓝色眼睛好像有些发痒，因为他那粉红色眼皮和浅色睫毛在不停地闪动。信心使他们得以生存，而克拉伦斯毫不体谅地把自己已丧失信心的沉重担子推给了这位信心支撑者。然而这位调解人还是笑了笑，双手在那一摞需要过目的文件上做了个无所谓的动作。“消散了的可以重新聚合起来，”迪里弗说。他拿起那本黑皮《规章》但没有打开，因为他们都还记得刚才念过的内容。“我不能允许把你对教义按你的理解所做的变动作为提出退职的理由。教义是活着的上帝的有朝气的、不断变化的体现，它依然在进行适当的，甚至是根本上的，重新考虑。你已经听到，最少一年察看期。一八八九年的大会上针对巴特勒长老会的情况作出了这条规定。一九〇一年芝加哥长老会和一九〇六年普杰特·桑德长老会也发生了类似的情况，他们接受了察看期的办法，并且将其记录在案。在这一年内，泽西市长老会要求你像从前一样完成你的工作，要充满信心，要真心实意。同时，还要求你接受对你考虑退职的动机和理由进行的调查。”

克拉伦斯手指展开，用指尖碰了碰他的黑色马甲表示不再争辩，然后以近乎殉难者的口吻说：“我并不希望失去我的信心；是外界的现实朝我袭来使我无法抗拒。它们来自上天。”

“很多事我们责怪是来自上天，其实是来自我们内心，”迪里弗说，他的声音依旧柔和，但越来越失去耐心。“精神不能丧失，威尔莫特先生。走过了死亡的幽谷并不能逃脱拣选。重生的可能是有的，如果你滋养它的话。虽然科学和我们的主各有各的解释，但我却坚信自由意志。得救在我们自己，在世上聚敛财宝也在我们自己。然而作为调解人，在我的位置上，对你的要求我实在没有选择的余地。根据规定再当一年牧师就那么叫你厌恶吗？”

“不，我很愿意干。我知道该怎么做，这是我惟一熟悉的工作。我那可怜的陷入苦恼的家庭会非常高兴的。我自己也会得到解脱。可我觉得似乎你在教我怎么当一个十足的伪君子。”

迪里弗更加公事公办，他毫无表情的眼睛闪动了几下。“我只要求你仅仅再执行十二个月你曾宣誓要毕生从事的工作。威尔莫特先生，请你放弃知识分子的傲气，给上帝一个恩典的机会吧。这不是虚伪，而是每个人在工作中应该表现出来的谦逊，为了遵循事物的章程，不管它是不是神授的。”迪里弗不耐烦地将目光移向下方，清了清喉咙，将《规章》放到了一边。桌子上那摞文件打得干净整齐，像设备最先进的办公室里的文件一样。他总结说：“教区长老评议会将要对这次谈话作出评估，所有成员都会祈祷，希望一年之后你不再提出退职。”

克拉伦斯戴上他的硬草帽，乘上返回纽瓦克的火车，此时他的头脑轻松了许多。他别无选择。人们要求他做的是留给他的最容易的一条路。他一边在来回摆动的过道上不停地甩动双臂寻找座位，两手交替着轻轻握住厚绒布座椅顶角的黄铜扶手，一边在心中向同车的乘客宣布他即将从牧师的职位上彻底退下来这一喜讯。草地、两条河以及大桥的钢架飞快地从敞开的铁栏杆窗外掠过。海鸥与鸭子在沼泽的水面与岛屿上嬉戏，鹬鸟轻快地飞出芦苇时压弯了苇秆，翅膀下的水面浮起串串小水泡，映出串串小太阳。接下来，城市建筑与肮脏的院子拥挤在高出路面的路基两旁，一面砖墙上风吹日晒的白字欢迎人们来“纽瓦克——白伦坦啤酒之乡”。他头脑轻松心情喜悦地在艾里特车站下了车，走过几个街区找到一家酒店。他顾不上自己的身份，喝了一杯冰啤酒，吃了一根热香肠和一个面包夹泡菜。他漫步回车站，搭乘 2∶26 去帕特森的火车，此时他已沉浸在斯特拉的欣慰与孩子们的快乐之中，因为至少在一年的时间里，他们肯定继续享受牧师公寓的庇护以及人们对他所占有职位的尊敬。

三年以后，一九一三年春天和大部分夏季，纺织工人大罢工使帕特森处于瘫痪状态，搞得人心惶惶，两万五千名工人与三百个业主对峙不休。世界产业工人协会在当地的一百五十二名成员组织的此次罢工始于二月底，警察局长在埃利森街的坦恩会堂逮捕了三名从外地来的世界产业界工人协会鼓动分子后，罢工迅速扩大开来。当聚会的一千五百名罢工工人看到伊丽莎白·格利·弗林被抓起来时，他们狂怒了。骑警雨点般的棍棒没能驱散陪同她到火车站的人群。

三月，警方在总部摆了行军床，雇了一名厨师以及理发师，专门照顾新组建的二十四小时值班小分队的官员。罢工工人意识到形势的严峻，并预料了更坏的前景，便成立一个"大众救援委员会"。由犹太移民开办有八年历史的"纯正面包联合公司"在罢工期间每周向罢工工人免费提供三万个面包。意大利裔工人组织的"后代兄弟会"就向本会会员征收额外费用以保证每周为罢工提供一千元援助一事进行了表决。工人们组织了纠察队，阻挠和羞辱那些企图进入业已关闭的工厂的工贼。世产工协领导人比尔·赫伍德来来去去，弗林则一直呆在帕特森，她向成千上万的聚会者演讲，并鼓励在罢工中走上领导岗位的妇女们。十七岁的汉娜·西尔弗曼成为凡霍顿大街威斯特霍夫工厂纠察队队长。二十三岁的玛莉·加斯帕拉诺抽了一个破坏罢工的女人一耳光，并且第五次被捕。在被捕的两千多工人中四分之一是女工，这些成年与未成年的妇女都遭受着与班福德丝带厂的女工同样的命运，她们不论晴天雨天，都得在工厂大门外的台阶上吃午饭，厂方将她们锁在门外，而迟到一分钟就要扣除一天工资。工厂还以她们放声大笑或开窗户冒犯了厂规为由罚她们的钱，即便是该发的工资，约瑟夫·班福德也要扣下一半到年底才发，提前离厂的工人工资便被他扣下了。为了唤起工人们的爱国之心，工厂主们宣布一个国旗日，将美国国旗在工厂上空高高升起，以此欢迎工人回厂上班。工人们没有回去。世产工协散发了大量可别在衣领上的卡片，上面写着：我们织了国旗，我们染了国旗，我们决不在国旗下当工贼。伊丽莎白·格利·弗林在坦恩会堂对听众说，世产工协把这座城市的各个民族都团结在了一起，这充分表现了美国的理想与精神。当她准备向大家展示一面红旗时，一个印染工人跳起来，伸出双手，一双已被年复一年的红颜料染成红色的手。当他高声说红旗在这里时，会堂里的数千名听众为之欢呼雀跃。

当地警察由于都有邻居或亲属在罢工工人中间，所以相对比较温和，他们只打断工人的骨头而不要他们的性命。可是四月的一天，韦德丝染公司从纽瓦克市奥布莱恩侦探局雇来了多名侦探，他们组织破坏罢工的一群人在工厂的河沿分厂前上电车时，一个可恶的侦探对前来支援印染工人的愤怒人群开了枪，本想吓唬吓唬他们，却击中了一名工人，他叫瓦伦蒂诺·莫德斯蒂诺，枪响时他正站在自家房前的门廊上。开枪人始终未遭起诉。警察和法庭都是工厂主的帮凶。数千名罢工者排着长长的队伍朝劳雷尔园林公墓进发，他们佩戴红丝带，挥舞着红旗，往莫德斯蒂诺的新墓扔下红色的康乃馨。

“国旗日”流产五周后，较为保守的美国劳工联合会派约翰·戈尔登前来引诱罢工者脱离社会主义的世界产业工人协会，在此之前他们已经把那些反对罢工的高收入织机检修工、捻搓工和整经工招募进去。可是他们预定在第五军团训练中心召开的大会被挥动着红色手帕和红色会员证的前来发难的人群破坏掉了，搞得狼狈不堪。在罢工的日子里，各种集会此起彼伏。工作日的上午，丝带厂工人聚在赫尔弗蒂亚礼堂，印染工人和宽幅丝织工人则在坦恩会堂，分头聆听城外来人的“耍嘴皮子”讲话。工人们自己也讲，起初他们感到不好意思，后来就振振有词了，所用语言包括意大利语、波兰语、英语、荷兰语、意第绪语，甚至还有阿拉伯语。下午是各种小组会，地点在普罗布斯特会堂、工会体育馆、德戈尔曼会堂以及工人学院。星期日下午在河对岸的海尔顿郊区电车总站举行大规模集会。海尔顿镇有一位社会主义的市长，只有一位体重九十磅的警察。随着春天繁花正茂，罢工渐渐进入高潮。罢工中有铜管乐队，有群众大合唱，也有浪漫故事。碧眼黑发的二十二岁弗林已与丈夫分居，在罢工期间她与意大利出生的无政府主义分子卡洛·特莱斯卡发生了性关系，事实上在一九一二年马萨诸塞州劳伦斯城的毛纺工人大罢工时他们就相爱了。有一次在赫尔弗蒂亚会堂开大会时会议被打断，有人抱怨说："主席先生，会场里有人在谈恋爱。"结果大家就表决，把那对正在接吻的男女开除了出去。

进入五月。局势变得对罢工不利。城外来的第一位领导人帕特里克·昆兰因鼓动暴力而受审并被判有罪。警察与市长关闭了坦恩和赫尔弗蒂亚两个会堂，理由是在那里演讲的人侵犯了言论自由。回首往事，人们发现失去这两个开会的地方是对他们的沉重打击。每个参加罢工的人都面临着自己的饥饿、未交的房租和日益增加的账单等问题。厂主们丝毫没有让步；资本较雄厚的早在几年前去东宾夕法尼亚修建了分厂，那里煤矿工人的妻子儿女们愿意以比帕特森的熟练技术工人所要求的低得多的工资工作，帕特森是老工业城市，这里的工人们已变得十分傲气。由于有了宾夕法尼亚的分厂，厂主们便能够满足部分订单的产品需求。

像兰伯特、多尔蒂和班福德这样的十九世纪旧传统企业家，他们迫于生死存亡般激烈竞争的压力而无情地驱使工人干活。同样的压力也落在了新兴的规模较小工厂的厂长身上，主要是犹太人；如果工会相信他们会遵守协议的话，他们中的一些人说不定早已把罢工问题解决了哩。工人罢工的目的是争取八小时工作制和每周工资不低于十二元。帕特森市上层阶级的人们与工厂业主们牢牢地站在一起反对革命的幽灵。在神职人员中只有地处皇子道和格兰街街角的第三长老会的约书亚·格拉维牧师为罢工工人说话，有一次他在坦恩会堂说："没有罢工，世界上工人受压迫的现象就永远不会终止。"教会较普遍的看法则如威·西·斯诺格拉斯牧师在祷词中所说的"业主们对待工人总的来说是不错的"。克拉伦斯·威尔莫特没有公开发表看法，此时他正作为推销员在帕特森沸腾的大街小巷挨家挨户兜售一套图文并茂的皮面《通俗百科全书》。该书 3.15 元一册，每月交一册款，直至拿到全套二十四册。这套书可组成一个无价的家庭图书馆，它还是伸向知识殿堂的梯子。任何一个识字的人，不论多早以前他就已被迫离开学校，均能通过这套书取得进步，并爬到上层社会去。一旦书款付齐，将赠送购书人一个美观的核桃木纹双层书匣，用以摆放《通俗百科全书》，而且送货上门。

这份工作——其实很难说是一份工作，因为没有工资，只有 30% 佣金，佣金不按所签订书单付给，而是按交钱后的收据给，一份收据给一块钱——广告是刊登在《标准晚报》上的，当时克拉伦斯刚刚被戈尔德曼男女服装成衣公司解雇，成了罢工的早期牺牲品。公司在梅因街上，他原在该公司的销售部工作。去这家公司工作之前，他在长老会里接受了一年的察看。有很多次他礼拜天早上一起来就说不出话，只好让斯特拉当替补。她在讲道时从《圣经》中汲取所需，也从童年时在密苏里的生活体验中汲取所需，因而越来越受到原本对她持怀疑态度的教友们的欢迎。到了年末，克拉伦斯仍无重上讲坛的意愿，相反，他总感到普遍的空虚和愚钝像一片薄纱在他眼前飘动，这使他在社交场合交谈时张口结舌，还使他身体极度虚弱，以至于天气稍有变化或在白天突然黑云遮日时，他就呼吸困难。晚饭后他总需要躺下休息一会儿。他又去了一次泽西市。他顽固地拒绝回头，他的倔强终获成功。他向迪里弗讲述了他的情况之后，迪里弗并没有显出对他多么地难过与惊讶，这令他备感失望。不过这样也好：毕竟退职程序即将完成。其实这位调解人早已在心里将他除名。像任何一位优秀的商人一样，迪里弗必须把损失埋在心底向前看。

克拉伦斯欲与他一争高低。威尔莫特家还有一点积蓄，是他的长兄彼得执意结束他家采砂石事业处理掉第五个采砂坑换来的财富的零头。后来他用那些钱加上从一个银行家——迪尔霍尔特的朋友——那里借到的一批低息贷款，在东二十七街买了一幢木房子，此处距东区公园只有八个街区远，可为孩子们提供一个接触新鲜空气和玩耍的地方。孩子中他们最挂心的是特迪，他只有十岁，胖胖的，长着一头暗无光泽的头发和一双毫无生气的眼睛，是一个十分恬静和善解人意的孩子。为了接济家用，他已经开始送报了。贾里德在鲁特格斯大学读书，即将上完一年级；他知道家里目前无力供他上普林斯顿大学，便去新布伦瑞克大学试着申请奖学金。他把暑假为内格尔兄弟开送冰车的钱攒下来参加橄榄球队外出比赛用，如今在读书的地方他一边在餐馆打工一边参加新生九人棒球队比赛打二垒。一个队友的父亲是华尔街股票市场的交易人，他答应转年夏天让贾里德去那里打工，当一名交易文件传递员。自贾里德长大后，克拉伦斯总感到他是家中的另一个人，十分像自己的父亲，让人感觉不舒服——一样毛茸茸的红棕色眉毛，一样锋利的嘴，虽然唇边还没有他那精心修剪的红棕色胡须。自以为是、有幽默感又很现实的贾里德很早就断定——甚至在牧师之职崩溃之前——他父亲不是他可以依赖之人。随着无线电技术的发展，这孩子已经把握住美国未来的脉搏，这个国家正在蛊惑人心的愚昧中脱胎换骨，这愚昧恰恰来自他父亲那不透气的书房中那些令人压抑的大量存书。他无忧无虑，与人关系疏远，待人缺乏热情，在他内心鸣响着未来不和谐的音符。当他带着学生气和时髦俚语屈尊归家时，斯特拉和埃丝特奉他为权威，其实这个年轻人根本没有为这个家作过任何贡献，他所做的一切均是为了个人的前途而已。

埃丝特已出落得又高又苗条，白皙的皮肤像她父亲，头发原来是跟她母亲一样的栗色，现在却变成不那么耀眼的红棕色了。虽然离高中毕业仅剩下一个月，由于择业失败，她对结业和近乎神圣的毕业典礼再也关心不起来。春季的罢工使一切都变得暗淡与难以预料，加上寻找工作机会屡遭失败，这对年轻人的生活态度产生极大的负面影响。两年以前她就改学文秘专业了，希望能在市里法律部门或者商业机构找到一份打字员的工作。倘若她父亲仍从事原来的工作，她或许能有办法进十九街上的那所师范学校读书，她读书很好，又具有稳重、正直、心地善良的品质，是天生的教师人选。然而她是女孩，最好的出路是结婚，而她借以达到这一目的的途径是在克拉伦斯所面临的众多不确定的途径之中更为不确定的一条。

克拉伦斯未能准确地估计到从教会退职以后他会从社会等级的阶梯上下滑多远，他只想到自己会按惯例沿着一条同样有尊严的路走下去，只是没有了伪君子乔装打扮的苦闷与烦恼。罗伯特·英格索尔曾写过给牧师以自由的令人鼓舞的文章，现在他自由了——可以自由下滑了。他只是大概地想过，按照他的语言能力和对书本无言的魅力的热爱，在一所上流社会的私立学校谋得一份像教导主任之类的职务应该不成问题。他当初就应该干这种工作，如果他父亲没有以他坚定不移的信仰坚持叫儿子追求来自另一个世界的利益的话。按照克拉伦斯的设想，他的前景当是，脱掉这身裹尸布般的黑色宽袖牧师袍，热情洋溢地给一群现世的活泼可爱的唱诗班男孩上课，给他们讲拉丁文经典作品，讲英国和美国的著名诗人，讲那一排面无表情双唇紧闭的美国总统，从华盛顿讲到威尔逊。可是他很快意识到，在当地他背上了背叛信仰的骂名，这使校长和理事们想起来便不寒而栗。他们或他们的代理人都力图使他相信，这并不是因为他有信仰或者没有信仰，因为这毕竟是一个自由的国度。假如他从来没有发誓信道，假如他从未接受召唤传道和侍奉上帝，得到这份工作是完全有可能的。然而他接受了，然后又退了职，这样便沾上了洗不掉的污点。他放弃了应坚守的岗位。大千世界容得下许许多多真实的观点与看法，却容不下变节者。虽然他已经宣布放弃信仰，可他身边的妻子依然虔诚，周围的教友也令他失望，他为什么不可能在极度失望的状态下向容易上当受骗的孩子们进行无神论宣传呢？时代的大气候也跟他作对。潮水般涌进的移民带来了德国的极端主义、意大利的无政府主义和闪米特人的物质主义；土生土长的新教教友还来不及培养放纵的习惯以及放弃高尚的价值观与信条，正是这信条诱使上帝对他的选民施展了大量的恩典。是哈伦·迪尔霍尔特真诚和坦率地向他解释了在有些可以说是唐突的拒绝背后的微妙情感，正是这情感变化限制了克拉伦斯的就业前景。在克拉伦斯以前的教区里只有迪尔霍尔特一人肯帮助他与人联系,不但帮他组织贷款买房,还在比较繁荣的一九一一年介绍他进入戈尔德曼成衣公司,在那里,这位前牧师得体的礼貌和尊严对商店大有裨益,却未能使自己的工资提到后来罢工工人所要求的每周十二元的水平。一度钱币像秋天的落叶般地掉进奉献的木盘里。钱币是上帝对美国特别眷顾的象征,这可以从卡内基、麦隆、亨利·福特与凯索莱纳·兰伯特等人手中不可计数的美元得到证明。可是,在这神话般的财富中,对克拉伦斯·威尔莫特的谴责之风将本来就不多的钱,哪怕是一分一厘,从他身边的焦土上吹跑了,吹得干干净净。

晚冬时节他外出售书,路边一堆一堆被煤灰弄脏的残雪,乍一看像四处飞扬的破旧报纸和罢工时丢下的宣传品。他先试着去东部较为富裕的街区转了转,大部分人家的门都被惊恐万状的女佣迅速地关上了,即使有人订书,也只能听见从窗帘遮得严严实实的屋里传出的高声说话声。有些家庭感到实在无聊了,便会欢迎他这来访者,这时他就成了人们上午的娱乐消遣品。百科全书公司总部不在东海岸某个州的首府,而在前景看好的圣路易斯市。公司为其产品鼓吹者提供一个装订单和样页的精美手提箱,外加一本光彩夺目的手册,里面记录了产品的优点——全书共三千余万字,从A到Z按字母顺序排列出两万五千个词条,近万帧钢版画、图表与地图,编撰人逾千,百分之八十五是美国公民,这与那一本不好道出名字的竞争产品形成鲜明对照,那本书的编撰人大部分是英国人,书的重点主要是针对英国的。公司出这套书的规模之大令人咋舌,筛选条例的编撰者有上千人,铅印用的金属数以吨计,将书页装订到一起耗去的棉线达数英里长,耗去的油墨也以吨计算,而用的胶水则双倍于油墨。著名学会的主席们、美国国会议员们、世界各地学识渊博的教授及学术泰斗们——连这些人也都经过严格的资格认定。一些有意购书的人有礼貌地听完他杂乱无章的介绍,有些则打断他的讲话,更多的人连门都不让他进。他想他会渐渐适应所遭到的拒绝和嘲讽的,就像在他原来岗位上逐渐适应教友们一个个的悲惨故事与愤懑一样，然而面临一扇扇愤怒地关上的大门与嘲讽的回绝，内心尚未愈合的伤口与过分的自傲渐渐地隐去了。在东区，不止一个沾沾自喜的主人带他到书房，毫不客气地向他展示那一排排第十一版《大英百科全书》的皮面书脊，从这些整整齐齐摆放在高高的书架上的书便可以知道，这知识宝库仅仅是人们敬拜的偶像，从来就没有人翻阅过它们。这时就该他按照推销员手册所预见并精心设计的那样进行反驳了："是啊，可是这套通俗百科完全是由美国人编的，关于美国的内容占主体。全书以美国为主线，语言也更简明，再说，每一册便宜一块钱呢。家里有年轻人的话——"

"年轻人长大就飞了，家里只剩下我和老伴儿，要想听简明语言的话，我们可以去问号酒吧，听那里满腹牢骚的工人和他们的狐朋狗友们说话。"这位肤色灰黄戴着眼镜的退休会计或职员哈哈大笑起来。他在一家工厂楼上与世隔绝的小屋里戴着套袖和眼罩工作了一辈子，脚下数十台机器也轰鸣了一辈子。"我可不羡慕你的工作。"那人和气地说着领他到了大门口，连咖啡和蛋糕都没请他用，而从他那好客的样子来看他本有可能给端上一杯的。"怎能在这样的城里销售知识这么丰厚的书呢，这里的人愚昧透顶，三个人里有两个连一句像样的英语都说不好，更别提读书了。我真不知道这个国家会变成什么样子，呃——？"

"威尔莫特。"

"威尔莫特。这个名字挺熟的，长相也熟，我给你开门的时候就看出来了。通常我是不接待上门推销员的，明白吧。埃达，我的老伴儿，害怕让生人进屋，最近常有人用这种方法抢劫。罢工工人感觉到了面临的困境，而且情形会更糟，等着瞧吧，工厂早晚会把赤色分子统统撵出去！"

"小心没坏处，先生。我十分感激您允许我进来。我能不能给您一张名片，万一您知道什么人想订购这套地道的百科全书呢。它虽然是为国内的爱国人士编写的，可内容却包括了世界上的知识精华。"

"威尔莫特。"那个人又说了一遍。

“我父亲是农民，跟他的前辈一样，在这个州的中部，霍普威尔附近。国内战争以前全家都在纽约，老一代商人。”

“你从他们身上学到的不少。”这个干瘦小个子会计说，他这句话更想表达的是不想再往下说了，而非不高兴。克拉伦斯感激地出了门进入春天阴冷的空气之中，团团寒冷的乌云飘下雪片，也许是烟囱灰。

与他预料的相反，他在艾里河跟铁路附近的工人住宅区反倒偶尔卖出几套去，别看那里的小屋是木板搭的，前廊的顶部已经塌陷，人们满面愁容。“我的英语，不好。从来不会读书。可是我的孩子们，也许会。已经说得很好。”

“不管他们想知道什么，都可以从这套书里找到。”克拉伦斯拍着全书的彩色照片说。“对于二十世纪来说，这些书就是”——他没有用“以往”这个词，它太专业化了——“以前的《圣经》。”

“我什么也不懂，”这个可能会买书的顾客说，这波兰人瘦而结实，有一双饱经风霜的手，“只会织布。在原来的国家。从小孩子起”——他把一只手抬到齐腰高——“就会。爸爸教我，后来在丝织厂。他织布，我学织布。我来这儿了。现在织布生意坏。工厂多，织一样的绸子。我儿子——不织。上学，跟书本学。我叫他学。在美国，人们从书上学。不像在原来的国家，人人都守住一种活儿，”他说着把一只染黄的爆满青筋的手僵硬地握成拳放在腰前，又伸出另一只手从上面握住紧握的拳头，“从来不变。这儿，变。”他把左手拿开，握拳的手向上挥了一下，手指随着伸开。“人人都变新了。”

克拉伦斯有些太心急了。他朝那人挥舞着促销广告，身上打了个冷战。“通俗。”他说。“这个词原意是百姓。一个月只花3.15元便可得到一册，两年后拿到全套，另外还免费送一个漂亮的书匣子。孩子们上学时需要查什么都可以从这书里查到。他们一定会取得好成绩。”他尽量不大声说话，因为他的嗓子已经用得太狠了。

这个人那染黄了的结实双手已经变形，样子像机器零件。他无精打采地挥了挥手，便将签订购书合同的前景挥掉了。“先生，现在光景不好。罢工。哪儿都没有钱。没钱买吃的。等罢工赢了再来。那时候,很多钱。你是好人。我喜欢你的话。美国,最好的国家。"

另一次,他造访一户普通房子的主人——房子的前廊离人行道只有六英尺远,用帘子挡着,不算大的前院里种着耀眼的番红花和早开的蒲公英——一位身穿带纽扣的女便服、谈吐文雅的小个子女人问道:"它反天主教吗?我们家里可不能有那东西。"

"夫人,一点也不。编辑们尽力让有关宗教的内容一概受到尊重,做到公允。孩子们的信仰,无论什么教派,在学习这套书时都不会受到干扰。事实——《通俗百科全书》里只有事实,关于世界的事实,简单清楚,直截了当。"在说这些话时他似乎坠入事实的深井中,所有的事实都在讲述惨淡绝望的人生。全世界的书都是一盒一盒的食肉蛆虫和爬行的句子,它们将世界吃得只剩下一个空壳。

从几个街区远的地方传来的嘘声越来越大,进而变成一片怒吼;是警察在冲纠察线,或是一些穷困潦倒的工贼为了给家人挣口饭吃壮着胆子冲击先前的工友。叫喊声犹如观看橄榄球比赛、拳击比赛,又如在竞技场,基督徒们遭到痛打和被肢解时从围观人群中发出的愚昧和挑衅的狂吼乱叫,这吼声听起来越来越响,恰似一股滔天巨浪夹裹着人类全部的能量冲向顶峰,随后坍塌、毁灭。

"可是这套书说不说为什么圣父永远是圣洁的?它给了圣人们足够的尊敬呢,还是随随便便提一下就过去了?它是不是把路德和其他像路德一样的人说成是异教徒?"

"我敢肯定它方方面面都考虑到了,保持从阿里乌[①]和亚大那西[②]争论

① 阿里乌(256? —336),古代基督教神学家,他的学说在325年尼西亚会议上被定为异端。

② 亚大那西(296—373),古代基督教卫护者,反对阿里乌教派。

开始之后的各种敌对派别之间的平衡。请记住,夫人,它把正统的基督教教义一点一点地列出来,然后把相反的观点也摆出来。”

“嗯,但愿写得都对。”这个个子不高的宗教信仰捍卫者一个字一个字地认真地说着,好像每个字都怕被玷污似的。“立场要正确。一本书如果不是天主教的,那就一定是反天主教的。麦克纳尔蒂牧师在一次讲道时还专门讲了《百科全书》是怎么攻击耶稣会的。他不让我们读百科和那一类的书。耶稣在圣书里说得明明白白,一个人如果不站在教会一边,他就是反教会的。”

“《通俗百科全书》可不属于那位好牧师所反对的那类书。”克拉伦斯强调说。

“他说的很可能是《大英百科全书》,那套书主要是英国人编的,根本不了解美国人的事和美国人的看法。”然而他已对这次推销完全失去信心,面前这位纤弱的未来修女只不过把他当成一块磨刀石,使她的偏见磨得更锋利而已。他听着从几个街区外传来的狂喊乱叫,思想也转向了那里。那声音时高时低,当慌恐的警察用警棍大打出手时,那声音则变成尖叫和歇斯底里。绝望的双方互相冲击着对方,在警棍的无情抽打下丝带厂虚弱的女工们倒下了,逃散了。

他一次次地到工厂附近的一排排木屋推销,他走在凡霍顿街、麦克布莱街、河沿街,或莱尔街和百老汇街上,下泻的水声如同游行集会和暴乱的喧嚣搅乱他的思绪。当年,年轻的亚历山大·汉密尔顿为发现托托沃瀑布惊喜不已,因为他找到了为美国工业提供用之不尽的能源的中心,瀑布无休止地奔腾着,咆哮着,击起团团水雾,虽然这股不驯的强大水流被三部水车减缓了流速,但它仍在帕特森人的心中占据着重要位置,它是狂飙的代表,是大自然鬼斧神工的产物,是所向披靡的象征。对于一代代人来说,这瀑布犹如一块宝石,一块没有人情味的冰冷的宝石,痛苦的一代代人只不过是它身边来去匆匆的过客。过去印第安勒纳佩人在这欢快流淌的造物跟前痴迷神往，今后当帕特森蜕化成一条碎砖烂瓦和锈蚀钢铁的弯曲峡谷时，这瀑布仍然一如既往，奔腾不息。

春末的一个昏沉沉的上午，不见蓝天白云，只见一片惨白的天空。此时，克拉伦斯敲了敲福尔顿街上一所油漆剥落的狭小房子的前门，当他看到开门人那熟悉俊秀的面孔时，大吃一惊。

“梅维斯！你住这儿呀?”

“我和另外几个人，威尔莫特牧师。进来，请进来。你吓了我一跳。这些天的敲门声真不知会带来些什么。是威尔莫特太太叫你来的吗?”

他真想从刚走上来的台阶退回去。这姑娘离开他家时他一定还在教会，也就是最后受审查的一年，那时他正在向耻辱求婚，但尚未有圆满结局。打那以后梅维斯逐渐丰满起来，绿色的双眸也不再在他面前羞涩地躲闪。微微发胖的腰上系着围裙，双手依然手指纤细指尖泛红，生活的种种经历没有改变她孩子气的相貌。她的头发扎了起来，不像他印象中梳得那么整齐了。“不，不是斯特拉，可她挺好，她很想你。我可不止一次听她说起你。梅维斯，我是在挨家挨户地敲门，商业目的，不过不会麻烦你的。在这个时候见到你会使我这一天都高兴。你看上去挺不错的。那一天，我们不得不让你走的时候你还是小姑娘呢，可现在已经成年了。”

“什么商业目的，威尔莫特牧师?”

“已经不是牧师了，亲爱的梅维斯，这就说明我的目的了。我挨户推销二十四册一套的《通俗百科全书》，书里全是事实，没有幻想。你肯定用不着它。”

“哦，可是，在没有听您介绍之前谁也不能那么肯定。来吧——您一定要进来，至少让我给您倒杯茶喝吧。我在您的厨房里可没少喝好茶。”

“你沏了不少茶，也端了不少茶，可是报酬却不多。”

“您给我的工资跟别人给的一样多，一直对我那么好。威尔莫特太太心肠好，您也是真正有涵养的先生。并不是每个主人都这样，我很快就发现了这一点。我很抱歉不能再服侍您一家，虽然您会说目前这个结果最好不过了。”

室内的客厅很整洁，家具很普通，但不破旧。最华贵的一件是天鹅绒面沙发，上用沙发套罩着，沙发上摆着一对黑色靠垫，每个靠垫上都绣着一朵大玫瑰。窗户上挂着黄色网眼窗帘，屋里还有一对在格林兄弟公司花五美元就可以买到的奥地利瓷花瓶。

“这是你父母的家吗，梅维斯？”

“啊，不是，他们一直就只有一间屋，跟我们六口人住在一起时一样。这是查伊科夫斯基的房子，他、他妈妈、他姐姐，现在又加上我。”

“你？”

她那张爱尔兰人苍白的脸泛起红晕，一直红到惹人喜爱的红唇边。“我们都爱对方，先生。”

“没结婚？”

“我知道这事让我的家人很恼火，可他说为什么要让牧师来管咱们的生活呢？牧师都是跟有钱人勾着手的。在这个被铁链锁着的世界上，除了爱情还有什么是自由的？这些年我经历了不少事，可我一直记得您在餐桌上讲的话，那些话让我不断地想来想去。您真的已不再当牧师了吗？”

“是的，我放弃了，梅维斯。或者你也可以说它放弃了我。”

“怎么会呢？那么好的大房子，而且看您的长相和您的所为，好像生来就会当牧师似的。”

“啊，我的所为，没错。一个人生来就会干的工作往往干不长，这类事可不少见。我连给自己定的信仰水平都达不到。对老信徒来说，现在的日子不好过呀。我很高兴得知你跟——”

“查伊科夫斯基。这名字起初也让我绕不过口来——这您就明白我为什么不急着把它变成我的姓了。我忘记倒茶了。”

“别忙活，坐下来说说你自己吧。屋里的其他人呢？”

“埃娃在戴尔丝织厂的纠察线上;乔的妈妈在楼上,她的胸口不舒服,需要照顾;人家说是棉花飞絮造成的,很多年了。”

“那……乔?他也在罢工?”梅维斯的体形虽已发胖,但脸显得清瘦。这一年四月的帕特森,人们的样子全变了——他们的眼睛充满疑虑,嘴唇干燥,很长时间以来每天只吃一顿饭,而这一顿还是由纽约市沃布里同情者组织向他们提供的哩,而且难以保证供应。

“他呀,没有,”梅维斯立刻用轻快的语调自豪地说,“他是丹福斯和库克厂的铸工,每个星期挣到十八块哩,车间里工人很团结。订单已经到了明年;人们没有丝绸可以过日子,没有汽车就没法过了。”

“可不是嘛,我真替你高兴,梅维斯,我知道威尔莫特太太也会替你高兴的。她总说你是姑娘里最聪明的。”话一出口他就后悔了,担心这样的赞扬是否太降低自己的身份了。他知道自己累了,有了一个暂时歇脚的地方,他后悔不该不让她给倒杯茶喝。

“有很多女孩子,我跟您说,平时不露她们的聪明;男人不喜欢女人太聪明,或者说不管男女,凡是比你强的人都不喜欢你太聪明。可是罢工有一个好处,它让人们知道了妇女有多能干。那位弗林太太既不怕人也不怕鬼,在几千人面前,她的演讲比赫伍德、昆兰和特莱斯卡的都精彩。男人演讲时他说什么我们听什么,可是弗林太太一上台演讲,哎哟,”她边说边用孩子般的小手在两人中间的空中比画了一个小窗口,上身向他坐的沙发倾过来,“简直就像在听自己的心在说话。”

她这番话堪比精彩的讲道,克拉伦斯听后感到一阵强烈的忌妒与不安。年轻时,他对自己布道自豪,穿上牧师袍后,他开口便滔滔地讲下去,有见地、富有夸张的语言显示了他的语言天赋。那时好像有一股庄严雄辩的力量进入他体内,使他既为演讲者又是听众。

梅维斯似乎难以使自己在原先的主人面前坐下来,她好像猜透他的心思,便去给他斟茶。厨房就在客厅隔壁,走几步就到,他们无需中止谈话。

“真的吗，听见自己的心在说话？”他启发地问。

“我知道这么说听起来有点夸张，可是当她唤起一个新世界，不是现在这个世界的时候，你就不能不为她动人的讲话大声欢呼。女人和男人是平等的，不是厨房的奴隶，女孩子们不用在八九岁就进工厂干活儿，不分工人和工厂主，因为工人就是工厂的主人，样样东西都归大家所有……”她停住了，她的乌托邦前景被沏茶仪式所冲淡——烧开水的新式的陶边煤气灶是用查伊科夫斯基先生汽车铸造挣的钱买的，水壶已经碰得多处凹陷。她将吱吱响着的开水迅速地倒进茶壶，然后仔细地量好一茶勺派科牌茶末放进去，又添了点开水。克拉伦斯想起他读过的传教士的报告，上面说整个亚洲与非洲的经济都在为白人喝茶和咖啡作奉献，因此当地的农业与饮食受到严重的损害。

“可是，”他故意与她唱反调，好让女主人继续她的生动活泼的谈话，“弗林太太既是母亲又是妻子，她显然是为了西格诺·特莱斯卡的浪漫与魅力而抛弃了弗林先生和他们的孩子的。”

梅维斯的脸又红了，这一次一直红到喉部，是因为精神振奋而红的。“当人们指责她自由恋爱时，您知道她是怎么说的吗？‘宁当爱情的主人，不当爱情的奴隶。’如果她为妇女赢得哪怕一点点自尊，使她们的日工资与男人的接近一些的话，那她就是上百万幸福儿童的妈妈了。”

他不知可不可以大胆地提一下她围裙下边很显眼地怀着的胎儿，最后只是带着一丝嘲讽叹了口气。“亲爱的，看到你这么精神，这么勇敢，我真的打心眼儿里高兴。我老了，脑子里长老会的条条框框太多，难以从这个世界上的先知们那里看到什么希望。你知道，罢工就要失败了——大工厂通过在艾伦市和伊斯顿市的分厂完成订货，小工厂是要依赖大厂的。这么多工厂，竞争太厉害，谁也承受不起八小时工作制。”

这一扫兴的看法从帕特森《晚间时报》上也能读到。一直到四月，《晚间时报》都是罢工工人的舆论阵地，虽然它不一定是罢工的全力支持者。

听了他的话梅维斯只是默默地准备着茶，她将托盘放到沙发前的椭圆形茶几上，然后从靠墙的地方拉过一把硬木椅子坐下开始倒茶。她布满雀斑的手臂丰满圆润，倒茶的动作熟练动人。斟完茶，她坐直了身子，目光刚好与他的停在一个水平线上，她冲他笑了笑，然后略带伤感地张开双唇，道出了需使出浑身解数去应付的难题。“您不再当牧师，威尔莫特太太是怎么想的？”

这是对他预告罢工要失败的报复吗？“她不高兴，”他老实地说。“她怎么能高兴呢？本来她的生活目的全达到了，对一切都不再疑虑和担忧。她简直不能想像我为什么醉心于改变思想，而且是一个不幸的改变。她深深地感到，孩子们的社会地位大大降低，家庭经济状况极度困难。我对这一切也心急如焚，有时简直想干脆缩成一团死掉算了。梅维斯，你不一定要当了工人才知道，一旦成了无用之人，这个世界会怎样把你撂在一边不管不问。”

“对我说说您的书吧。”她说。她坐得更直了，露出细长的白脖子，两手拢了拢茶色的硬头发。

“书？我那些书可把我毁了。书是要人命的东西，我每天都对自己至少说一遍。”

“您挨家挨户卖的书。”

“啊，那书呀。一点用处也没有，真的。是美国人模仿一套英国百科全书编写的，更便宜些。书里按照字母顺序解释所有的事物。也是一种百科全书，你可以这么叫它，是对上帝的亵渎，鬼话连篇，受商业目的驱使拿上帝开心，是用印刷的东西作为创造天地的替代物。”

“我听说过《百科全书》。”

“你当然听说过啦，梅维斯。现在就在空气中传播呢，又是无线电报又是飞机的。百科全书一开始可能是一个叫狄德罗的法国人编的，目的是向人们显示物质世界是一个完整的系统，太阳下面的一切都可以通过物质来解释。当然，他在一些细节上编得有错误，但基本上是成功的。你不会想要这些书的，梅维斯。”

“那些书多少钱？”

“每个月交3.5元，两年以后就可以得到全套二十四本，”他机械地对她说，“有二万五千个单列词条，将近一万帧钢版插图。你和你的孩子们不管想知道什么，都可以从上面查到，如果不是在系列的词条里，就可以查索引。你不会买的，我发誓——这是你最不想买的东西。它的内容在你读过之后让你心碎，因为它让你觉得你什么都不懂，什么都不知道，让你感到孤独、彷徨。”

“先生，这书有书名吗？”

克拉伦斯开心地笑了。“《通俗百科全书》，可是在帕特森并不‘通俗’，我走过全市大部分街道，没有人知道它。他们说那是为一般的男人写的——好像一般的男人除了不关心他那杯啤酒和五分钱一支的雪茄外什么都关心似的。我卖出去的太少了，所以有的时候不得不打发特迪去工人救济帐篷那里吃几顿饱饭，以免影响他长个儿。噢，强大是多么——可我从来就不强大，问题就出在这里。上帝并不需要大的目标，一个刚出生一小时的婴儿，上帝一出手就可以把他打扁了。不过，请原谅我，我不该亵渎上帝。我不该再用‘上帝’这个可怕的字眼了。”

他觉得自己快要哭出来了，就像在讲坛上经常流泪一样，他是一个多么不知羞耻的演员啊。他的肉体如此富于戏剧性——撕破衣服，往头上撒灰，花园里背叛的吻，在十字架上大哭①。

“我们可以花这三块钱。除了乔挣的，要是埃娃在家照顾着马特卡，我就在外边干活儿，能一直干到……”她的脸又红了，暴露出她内心的激动。

“孩子出生。”他替她把话说完。

“我是为他买书。或者为她。”

---

① 这些都是《圣经》中忏悔的表示。

“梅维斯，你不要买。”

“别对我说我不要做这不要做那，威尔莫特先生，这里是我的家。”她为自己发脾气感到难为情。她把目光移开，望着沙发角落里针织的玫瑰。“您能给我留下一些材料让我跟乔商量一下吗？不过请跟我讲实话，这书对学习有帮助吗？我知道在您看来我们这些人肯定又无知又粗俗。”

当他勉强说出那套推销用语时，感到自己脸部直发胀，汗流不止。“是的，有用。在圣路易斯装订这些书的都是老实的工人，书里的知识比你我所能知道的都多得多。书里都是事实，就像今年是主后一千九百一十三年一样真实。”

“这么说我就买了。”

“但是你花得起——你订购它不可因为——”

可怜我。他无法说出口，但是她听出来了。梅维斯紧咬苍白的双唇低下头看着茶几，她蓬松的头发在光线下泛着一圈光环。她问道：“再喝一杯吗？如果您像赶我一样赶跑其他顾客的话，威尔莫特先生，可就没什么人买您的书了。别忘了把我跟乔要签字的表格留下来。”

一周以后，所有的表格都已返回，他每月一元的佣金也到了手。可是经过这一次特殊的经历，克拉伦斯更加灰心丧气了，呼吸器官的毛病侵入他生命的更深处，虽然体重在减轻，但辗转于帕特森大街小巷搞推销时他却感到身体越来越沉重。生意的清淡使他不得不坐电车或雇马车到附近的小镇去兜售，比如克里夫顿、托托沃和霍桑，然而，在那里运气并不比在帕特森东区更好些。有钱人家早已给自己的图书室买了书，他们不信任找上门来的推销员。通俗一词已因罢工时的社会主义修辞用语使中产阶级对它产生了怀疑。一次又一次，当房子的主人或者房主的代表把门打开时，克拉伦斯的喉咙便会哽住，结结巴巴说出口的几句话立即招来拒绝，他只好转身离去。随着夏日延伸，罢工的失败如同那使一切都变得无精打采的闷热一样，不仅压制了激愤的叫声、嘘声、群众集会的喧闹声与大合唱的歌声，也使警察刺耳的哨声与骑警穿梭于连接各工厂的街道时的马蹄声销声匿迹了，只有那瀑布的吼声依然如故。到了八月，随着罢工一系列的退让与失败，工厂陆续复工，印染工人在家庭遭受日趋严重的饥饿威胁下回到工厂，丝织厂工人从这个厂转到那个厂，不管给多低的工资都接受下来，丝带厂的工人因其英勇气概多坚持了一周，条件已降到只为争取每天最多工作九小时。他们最终也放弃了。接着，厂家开始反击，他们一边延期开工，一边造黑名单，而在沃布里的罢工领导人中间则发生了没完没了的相互责难，他们意识到在全国造成影响的罢工高潮已经退去，而且一去不复返。

盛夏，克拉伦斯将自己的失败带进了阴凉的室内，为了回避被烈日灼晒的大街上一家接一家的拒绝，他躲进白天开放的电影院，这些影院像俗艳的博物馆。朝圣者们稀稀拉拉地坐在陵寝般黑洞洞的室内，无声无语。一九一三这一年，像这样的电影院在梅因街和市场街上越来越多：抒情影院、宏大影院、玲珑影院、阿波罗影院、罗伊艾尔影院；位于梅因街一三七号的华盛顿影院不仅最新，而且最大。一些早期的五分钱影院则退出了历史，包括帕特森影院、梅因街上的尼科莱影院和凡霍顿影院。凡霍顿影院曾上映过法国的最新影片，如乔治·梅利埃与巴代和吕米埃兄弟领导新兴工业时期的影片。可是托马斯·爱迪生是在西奥兰杰街发明的连续放映机和神奇投影仪，他的助手埃德温·波特还在新泽西州拍摄了《铁路大劫案》，只用了几支长枪和几顶牛仔帽便将事件发生的地点移到了荒蛮的西部："电影"是货真价实的美国货。克拉伦斯付了五分钱——崭新的印第安人头硬币，背面是蠢笨的野牛——在黑暗中坐到了硬椅子上，眼里像是汪着摇曳闪烁的酒水，他小心地将销售皮箱竖在两膝之间。银幕上的激情、嬉闹以及快速转换的情节夹杂着一块块白斑，像他一直未能吃到却又必不可缺的食物一样融入他的体内。

自三年前他猛然意识到上帝并不存在以来，一直有一种惊恐烦躁的感觉——一种挥之不去的失落感，犹如走进了一排排房屋破旧桌椅不全的教室中那不属于自己的一间，他必须尽快找到另一间，因为他已经迟到了，而时间在一分钟一分钟地过去，那位无容无形的纪律执行者的怒气正在上升。他自己的可怜家庭的状况——斯特拉因家庭败落而显老显瘦，贾里德和埃丝特带着孩子般欲盖弥彰的高傲出出进进，这种高傲情绪过早地占据了他们的心灵，十岁的特迪越来越孤僻，在父亲背叛上帝余下的残局里渐渐变得郁郁寡欢——跟他在烈日下敲开而实际又注定是白敲的一所又一所房子里的状况一样令他心痛难忍。在电影院里，呆在其他窝在座椅里几乎看不见的人们中间，暂时逃避了谴责，他可以舒一口气。抖动的画面与面部皮肤油亮容貌姣好的女士们充满感情的手势轻柔地抚慰他发热的头脑。而其他遭受苦难与折磨的形象则给他的灵魂插上一双翅膀，冲出他的躯壳，使他忘记了自我。这种感觉是他过去不曾有过的，以前，他和斯特拉穿着庄重华贵的夜礼服，或到莱西姆剧院参加该市影片首映式，或去歌剧院看来自米兰的威尔第歌剧，或到奥费姆去看音乐剧。二十年前，他曾和普林斯顿的伙伴们违反誓言偷着在假日坐电车去特伦顿看过一次杂耍，在帕特森任牧师职的时候连去帝国戏院都会坏了他的名声，帝国戏院的广告登的是“滑稽歌舞杂剧”或“日戏妇女专场”等。他过去的职位在今天已不能再禁止他尝试推开五分钱电影院的旋转栅门，也无法再禁止他尝试外界那无穷的可能性了。灯光暗下来之前，人们一边懒洋洋地交谈，一边撕开装着糖果、棒糖、波兰香肠和刨冰杯的包装纸袋；接着，当人们听见身后放映员进了他的方形小放映室时便急不可耐；从放映室的小窗口射出道道强烈的蓝光，弥漫出一股股烟雾，这烟雾来自放映员手下那台充满魔力的机器释放出的危险电火花。手动放映机开始嘎啦嘎啦地转起来。日光从影院后墙上的缝隙透进来，电影一开始克拉伦斯便不再去注意它了。这里俨然一座教堂，一个个神奇故事耀眼地呈现在期盼着的观众面前。放映员调整着胶片卷盘的快慢速度如同指挥家控制着交响乐队的节奏一般，角落里的钢琴师则像诵经的和尚，团坐在昏黄的烛光下，力图向判若一人的全场观众展现无声电影的电闪雷鸣或小桥流水的效果，进而转换成高涨的义愤、极度的沮丧、引人入胜的悬念，以及暴力发生时的喜剧效果带给人们的解脱。

电影把观众带往各地：荒蛮的西部、曼哈顿的贫民窟、加拿大北部的木屋区、中国的鸦片馆、英国的城堡、圣地的沙漠以及公元头几世纪的罗马斗技场，惟独带不到像帕特森这样普普通通的城市。电影内容包括忠实的狗解救被绑架的主人，斗殴时桌椅板凳像酥皮点心一样被砸得稀巴烂，要么就是在追逐中一个人开始是跟被追的人在一起，后来又奇迹般地跟追人的人在一起，等等。为女观众准备的有种种诱人与沉闷的道德沦丧故事，主人公经受不住引诱而走上堕落与淫乱的歧途，结尾往往是令人满意的恶人的死亡。为不可动摇的男观众准备的则是战斗中的哥儿们义气，还有令人热血沸腾的诺言得以实现、拯救行动圆满成功等，所有这一切加上对紧要关头的艺术与技巧处理，叫人看得目瞪口呆。

电影艺术里也有杂耍节目；过去要靠手的敏捷才能完成的魔术现在靠着电影的制作处理就可做到。两个人坐在天花板上吃饭，他们脱下来的衣服用看不见的细钢丝被从上边拉走。用绸缎和硬纸板做的奇形怪状的糖果十分漂亮，它们在富有想像力的梅里埃魔幻工厂制作的犹如儿童图画书般精美的背景前欢腾跳跃。由于没有语言障碍，各国的无声电影蜂拥而至：法国的、意大利的、丹麦的和德国的。大量影片的涌入把公认的影星麦克斯·林德①和阿斯塔·尼尔森②带到大家面前。电影最初拍摄的都是舞台剧和在音乐厅上演的节目，看电影就跟坐在剧院第一排看演出一样，可是随着电影业逐年发展，人们掌握了精巧灵活的表现手法，发明了自己的词汇如剪切、淡入淡出、近距离拍摄、移动拍摄和推摄等。人类的眼睛从来没有看见过这样的东西。现实中根本不可能存在的连接与分离组成了光彩夺目具有

① 法国无声电影创始人之一(1883—1925)。

② 丹麦无声电影女影星(1881—1972)。

魔力的连续动作,将真实的时间与刻板的三维抛到了九霄云外。一本本小说惊雷闪电般地跳出暗淡无光的印刷书页跃然而起:《汤姆叔叔的小屋》、《劫后英雄传》、《双城记》等等。在更换胶片的间隙,观众可以暂时从所陶醉的重负中解脱出来。克拉伦斯发现世上的事可以以另一种全新的方式再现:去年沉没的泰坦尼克号一边发出上帝不存在的呼喊,一边沉入深深的海底,但是丹麦人却把它拍成一部被大火吞没的灾难片,伊丽莎白女王通过已年迈的萨拉·伯恩哈特[1]获得重生。一个又一个神色忧伤的年轻女子被绑架,沦为娼妓,妓院的生意掌握在一伙罪恶的留长辫子穿长袍戴盒式帽子的中国人手里。影院里与克拉伦斯为伴观看下午场电影的人总体来说来自社会底层,他们或是大白天不干活偷跑出来,或是跟他一样被失业的耻辱驱赶到这里的。他与他们一同经受在危途上挣扎之苦,经受试探之苦,经受人生在世的快乐转瞬即逝之苦。电影撩开了所谓的安全可靠、高洁正派和平静和谐的世界的裙裾,暴露出肉体的欲望与残酷的不公。头戴高顶大礼帽的人无一例外是坏蛋或小丑。被比自己高贵的男人所吸引的女孩必定被毁。风度高雅的中年妇女一旦遭身穿花格套装油头粉面男子的追求定遭不幸。一个敢为人先的女人爱上印第安人并和他结婚,结局也大同小异。一个墨西哥姑娘被她的美国情人抛弃后便设法用煤气杀死他。一个一贫如洗的男青年遭到有钱的情人家人的鄙视,然而由于资本主义制度的嘲弄,双方的经济地位发生逆转,他终于得到了她。狠毒阴险的印第安人袭击大篷车劫走了襁褓中的孩子,这孩子终于在烈火和战斧中活了下来。一个车站站长的女儿挽救了一列火车使其免遭破坏。这些一盘胶片或两盘胶片就是一部的影片以目不暇接的速度讲述了上面的故事,从头到尾共一个小时,克拉伦斯步出影院来到梅因街上,他站在新泽西八月炫目的青灰色天空下,睁不开眼睛,甚至还有点头痛。看"电影"并不费劲,但从电影回到现实生活中来,从

---

① 法国女演员(1844—1923)。

电影那闪烁不定的图像回到苍白的现实生活，由于上帝的消失而遭到浩劫的现实生活中来，可就费劲了。在看电影的一个小时里，他被那些精心制作的影像及炽白的力量填充得满满的，看后则觉得自己瘪了下来。那些黛唇，那些椭圆脸庞，那些浓浓的眼影中心漂亮而焦虑的白眼珠，那些身着非信徒才穿的光彩照人的内衣的四肢丰满的女演员，她们正处在危险之中。那些巴比伦庙宇，它们用硬纸板搭建的前脸跟布景画的后门回廊及其延伸部分相互连接，天衣无缝。那些男人头戴破帽脚蹬表面华丽的皮靴，随时准备在战斗中死去。在那些异国他乡，生活同样存在，而他却永远去不到那里。电影结束了，现实世界灰暗的光亮又回到了身边，他木讷地站在那里，慈祥地看着其他观众同样木讷的眼神与表情，他们跟他一样刚刚追求过各种冒险经历，现在也和他一样又从同样的梦中醒过来。

闷热窒息的夏末天气使克拉伦斯头晕目眩，他拎着公文包，在空白银幕般的天穹下从梅因街经市场街朝河边区走去。那里的房子最密，他抱着做成一笔买卖的一线希望试图挽救这一个下午。罢工已经结束，另一种嘈杂声音取代了警察的哨声和大街上肆无忌惮的喊叫声和唱歌声，这声音来自已经恢复生产的工厂，那有节奏的咔嗒咔嗒声沿街响下去，没完没了，凡霍顿街、爱里森街、皇子道和麦克布莱德街，在杠杆作用下数以千计的梭子在织布机上来回滑动，它们在竖琴状的框架上将经线提起放下的同时，将纬线一根根埋进经线里，梭子每分钟往返二十趟，成匹的丝绸就这样一丝一码地累积起来。克拉伦斯在凝滞的闷热里挣扎着。虽然他仍笔直地行走，并且威尔莫特的派头不减，可是已明显看出他红棕色的胡子白了许多，那张瘾君子般难看的脸经受了无数的风霜之后已经有些枯竭，只有在电影院里的一个小时才像鸦片一样使他完完全全进入恍惚状态，忘记他的跌落、他的失败、他的耻辱、他眼前的责任以及他最终要去的虚空。发发慈悲吧。

第二章

特　迪

他永远不会忘记父亲回到他们在二十七街的家时的情景。父亲一整天走街串巷，结果连一本大百科全书也推销不出去。他神情沮丧，羞辱感就像肚子里的蛔虫——一条越长越大的寄生虫，贪婪地吸吮着他的血液。在屋后的小厨房里，父亲饥渴难耐地端起母亲为他准备好的茶，蜷缩着受尽屈辱的身子开始向他们讲述外面可怕的动乱。它就像肆虐的风暴，将朝他们这个又脏又旧的绿色小木屋袭来，会把这里的一切吹得一干二净。这里可不像他们已经离开了的那所牧师住宅，那是一幢坚固的砖结构建筑，室内的木架由大钉加固，室内每件东西都打蜡上光，整栋房子坚固得像一条船。他们的这个木屋，或者说是属于银行的木屋，又漏又不结实，而就连这也还要感谢迪尔霍尔特先生呢。特迪独自在阁楼上玩时常通过屋檐缝隙凝视外面的光亮。冬天的夜里，当他在房间里坐下来看书或整理棒球卡片（都是从"优质"牌面包、克莱克牌玉米花生糖和香烟盒里收集来的），要么在他试图按顺序排列的大世界的这个可遮风避雨的小角落里整理外国邮票时，耳边清楚地响起墙里老鼠和墙外小松鼠叽叽喳喳的叫声。寒风从窗缝嗖嗖地往里灌。他每天很早就起床去送报纸，所以总是困得要命，一点心思都没有。他不止一次穿着衣服就睡着了，身旁堆满了人物图片，如泰·科布、西蒙·玻利瓦尔、克里斯蒂·马休森、金·乔治·威、弗兰克·贝克、摩纳哥阿尔伯特王子，还有杰克·多伯特，他是布鲁克林罗宾斯队安打率最高的棒球手。邻里的各种喧闹声传了过来——家庭成员之间的吵架声，关门声，哭闹的孩子挨打声，不可自控的淫笑——那笑声意味着有人喝醉了酒，男人及女人逐渐变弱的专注的呻吟声，掺和其中的还有在时断时续的钢琴伴奏下三两个音调不和谐的唱歌声，如《我心所致》、《一条长长的小路》或者《你使我爱上了你》，或者某个刺耳的声音伴着威克特罗拉牌留声机快转唱的《阿巴达巴蜜月》——所有这些声音都能穿墙而入。这个贫贱地区的多数人都不出生在这个国家，更不会有像威尔莫特一家的家族史了。母亲说这些人很粗俗，但是心地善良。然而特迪从隔墙传来的各种声音里感觉到，他们全凭感情冲动过日子，毫无道理地或喊或唱或吵或打，说爆发就爆发，完全丧失理智，跟报上经常登载的那些犯罪案件与谋杀没有什么两样。他总是趁人们还在熟睡时就把报纸投放到各家门前的台阶或前廊上，可是他父亲则必须在大白天走进因种种不顺心的事而变得暴躁无常的人们中间，设法向他们推销手中的书。这些书并没有什么惊险故事，而是枯燥乏味的事实加上一些细线条插图，分上下两册。特迪很清楚父亲这么干是徒劳，他早晚会死于这份差事。要么为此而死，要么被他体内的吸血虫咬死。

这虫子有一个专有名词：结核。他父亲得结核病的那一年正是露西塔尼亚号轮船沉没的那一年，当时报纸以大字标题刊出了这一消息。特迪是从打成捆的帕特森《晨报》上扫见的。无论是冬天结冰的凌晨，还是夏天雾罩的黎明，无论是下雨下雪，还是天阴天晴，他每天都按时到市场街与麦迪逊街拐角处去取《晨报》。夏天，绿地的青草和蜘蛛网沾满了被晨曦照得五彩斑斓的露珠，好不惬意。那些日子，他背上背负着沉重的消息——欧洲战争的消息——往返穿梭在市场街斜对面以数字命名的街道上。有好几年他都是徒步送报，每天送七十份，每送一份可得到半分钱。他记得后来他们家为该不该给他买一辆自行车商量了很长时间，如果有车他送报就快多了，可节省一半时间。他母亲认为他们怎么买得起车呢，要紧的是省下钱来买食品，使大家都结结实实的。由于战乱和海运的危险，糖和香蕉经常缺货。他父亲则认为，孩子每天都要起大早，太辛苦了，他正处在成长时期，正是需要睡眠的时候；另外，已当了秘书的埃丝特可以赞助几块钱。自行车是皮埃尔斯牌的，二手货，十一元钱，车把上有些锈斑，链盒咔啦啦响，车身的红漆也脱落了一些，上坡时车轴还有点紧，不过特迪对它喜爱备至，好像它是他的一条忠实的小狗。清晨他把它从后院的小棚子里推出来时总要跟它谈谈话，在他心里它是他的一匹披着红色斑点护罩的花斑小马。“快跑！快跑！科曼奇人在咱们后边追来啦！”这辆车有脚刹车，所以可以在下坡时慢慢滑行，它还有一个用拇指一按就响的铃和一个能装报纸的铁丝筐。有了这一切他便可以不扶车把，腾出手来从筐里抽出报纸把它叠好扔出去，不过也有扔不到门廊的时候。他最喜欢把叠好的报纸恰到好处地扔在人们一开门就能看得到的地方。他边骑边扔，随着筐里的报纸越来越少，他扔出的消息也就装进了越来越多人的脑子里，对这种感觉他总有说不出的快活，不停地送啊，送。在集邮册里摆列邮票或者收集各种包装盒也同样使他感到满足。他要的是底特律的三个外野手和匹兹堡全部内场手，而不只是霍纳斯·瓦格纳。送《晨报》的工作是按固定顺序进行的，每天送完报纸便可得到报商拉尔森先生允诺给他的三角五分钱。六天里有六个三角五分钱，就是两元一角，再加上他星期六早晨去各家收钱时有些人家多给他的一角钱。有了自行车便意味着早晨可以多睡半个小时，到了差十五分六点，等母亲过来挠他胳肢窝把他逗醒再起床。他长高了也壮了，日子也更加贫困了，这使他十分难为情。在餐桌上他意识到母亲和姐姐故意慢慢地吃，这样他就可以多吃一点。在家里，他的心情总是十分沉重，然而一到外面，当他踏着晨露穿行在帕特森街上，路过那些室内开始骚动、楼上开始亮起来的房子时，他便觉得十分轻松、自由和快活，感到自己就是那个小小的齿轮，虽然小，却不可缺少。

给父亲看病的医生——他曾经是过去他们第四长老会老教区的成员——说他得的是食道结核,惟一的治疗办法是躺在床上静养,使身体产生抵抗细菌的能力。这样一来他就不能再推销百科全书了,不过他已经售出的那几套书的佣金每隔一段时间就用信封寄来一份,每看到那焦黄色的信封,特迪都会联想到《圣经》里的吗哪①。特迪已经不再上主日学,因为他觉得再去那里就太可耻了,因为他一想起那些主日学课和课上听到的故事就感到恐惧,好像那些陌生的身穿彩袍的以利亚们、以利沙们、约书亚们和犹大们早在希伯来时期就已为他们家种下了祸根,使他们家总遇到一些节外生枝的麻烦。家里的钱已经花光了,但他能每周拿回来三元五角左右补贴家用,母亲则做些手工活。在她认识父亲之前曾上过密苏里州的一所女子学校,加上她的聪明,学得一手好针线活。埃丝特在河下游的韦德曼工厂当办公室秘书,她可以不看着键盘打字,还会使用格里格速记法。她仍在家里住,把一半工资交出来,留下一半为自己买衣服和用她的话说备点“私房钱”——她们和男人不一样,要看电影、买冰淇淋,这些小小的奢侈是妇女们必不可少的。贾里德在南边新不伦瑞克的鲁特格斯,母亲说他的任务是呆在那里接受教育,可是给特迪的印象是,他的每件事都变得十分神秘而且极不顺心。麻烦出在一个姑娘身上,她认为贾里德应该娶她为妻,可他由于某种原因辜负了她对他的信赖。贾里德忽然又不在新不伦瑞克了,他去了纽约市,而且好几个月没有回家。父亲整天都静静地躺在自己的房间里,特迪每天放学回家都会朝屋里瞧一眼,却总是看到他的背部,根本无法知道他到底是睁着眼还是闭着眼,也不知道他是活着还是死了。有的时候他特别好奇,便进去绕到曾是父母共用的桃花心木四柱床的另一侧,这时父亲便对他挤一下眼,但枕着白枕头的脑袋仍然一动不动。

---

①《圣经》故事中所说古以色列人经过荒野时所得的天赐食物。

“孩子,希望你的日子比我的好过些。”他总是这么说,那声音细弱得就像是过了筛子似的。他还会把头稍稍抬起一些,好让特迪往他头下再放一个枕头。父亲的呼吸带有棕色镇咳糖浆的淡淡的甜味。

“还行吧。”

“学校可不只是还行吧,那里绝对是个快活的地方,不是吗?”

是吗?特迪既不是田径运动员,也不是身高体壮的小伙子,因此也就不怎么招姑娘们喜欢,即使招她们喜欢也没有什么了不起。女孩子们根本就不注意特迪;到十四岁时他虽然长高了一些,可仍然很瘦弱,块头也不够,胡子也才刚开始毛茸茸的。在班上他很恬静,成绩不坏但也不是最好的,不能使他成为明星之类的人物,就是说,成不了未来的百万富翁。他喜欢混在同学中间在走廊里奔跑,别的人虽然对他没兴趣但也并不拒绝他,因为他具备了加入俱乐部的基本条件,即他与其他人的年龄相仿,又出生在帕特森。他是一个无忧无虑、与人无害、无足轻重的人,每天坐在指定的座位上,做着自己的作业。回到家以后,他则受到疾病与忧虑的压迫,总是在等待,等待下一刻会有更大的打击降临,而这打击时刻颤巍巍地悬在这带有淡淡甜味的卧室上空。“是的,我喜欢学校。”

“我像你这么大的时候非常喜欢学校。学校的一切都叫我满意。我的成绩优秀,可我从来不知道为什么能得优秀。我的脑子不断地装东西,好像从来不费劲似的。我愚弄了我自己。世界上根本就没有容易得到的东西。”

“我想是的。”孩子应道,心中却不清楚为什么没有。他永远也赶不上父亲的聪明,也不会像贾里德那么出风头,那么活跃——他早就承认这一点。他甚至心存感激,因为恰恰是这些品质才使他们两人得以像这样相处。

他父亲警觉地挣扎着从枕头上抬起头来,身下的床发出痛苦的呻吟。他那瘦瘦的蜡黄的头看上去比实际的要大,几乎全白了的胡须又干又长;睡衣颈部的扣子没有扣住,露出些细长的胸毛。他这副样子让特迪感觉,除了他以外,家里的人似乎已经把父亲忘在了这个寂静的角落里。母亲和埃丝特在为生存奔波，父亲就像一棵无人照料的小树，在这半明半暗的房间里长出羸弱苍黄的枝条。“有些事情应该让你知道了。”那张不太管用的嘴说道。

特迪太怕听到那些事了，可他还是点了点头。

“任何一件事都会过去的，”他父亲沙哑地说，“‘这一次也会过得去，’这是我从《圣经》上发现的最令人安慰的一句话。亚伯拉罕·林肯就引用过它，是在内战开始以前的一次演讲的时候说的。他讲了一个故事，说一位东方君主问他的贤人有没有在任何情况下都适用的一句话，这句话就是这么来的。‘这一次也会过得去。’你的地位高的时候适用，你的地位低的时候也适用。我现在的地位可不低，西奥多，尽管我知道我不得不显得如此。在我的亲人为生活辛苦劳作的时候我却自私地在这里休养。我的日子过得太悠闲了，躺在这里瞅着利瓦伊太太晒的衣裳在阳光下被风吹拂，要么听布莱恩家的女孩子练习二重唱，而在这个时候我可怜的家人正担负着生活的重担，所以我有时会感到愧疚。不过你妈妈喜欢这样的紧张和劳累；一个健康的丈夫是不可能给她足够的事情让她干的。”沉默了一会儿之后床上的人又继续讲下去，仿佛在解答特迪的问题。“你会好起来的，孩子，你不必操心。你很疼人，头脑也清楚。如果说有什么危险的话，就是你将来会委屈自己，因为你对自己的能力估计不足。当初我要是对自己估计得稍微充分一点的话，也不至于让我的爸爸把我唬进教会里去。其实他才真想当牧师呢，可是却开了一个砾石场。”看到儿子一脸严肃的表情，他笑了。“唉，说这些还有什么用呢？当你几乎用不着你的声音的时候，当你需要使劲把它从话匣子里往外拽的时候，它自己反倒滔滔不绝说个没完了。”他伸出骨瘦如柴的手，那只手出奇地热乎。特迪挺不好意思地把父亲的手抓在自己丰满的汗津津的手里。他父亲柔弱地从胸腔挤出了要说的话：“这一切都将过去，不论是好是坏。我感到自己好多了，确实挺出乎意料的。我的声音听着怎么样？”

“好多了。”孩子撒谎说。他自己的呼吸也不那么顺畅了。

“好吧。去告诉你妈我有事要做。”这意思是说他要去厕所，他必须在她的帮助下才能去。干这种事克拉伦斯总是让家中的两个女人帮忙,从来不让小儿子管。

特迪就是在这样的环境中成长起来的,青春期对欲望的渴求受到了抑制,只有静静地等待父亲死期的到来。器官结构发生变化的过程比人看上去所显出的变化过程要长得多,而首先到来的家庭损失反落到了贾里德的头上,他在马恩河畔的一次战役中被炮弹炸伤了一只胳膊。战斗发生在一九一八年七月二十四日,特鲁费埃皮德村附近。他在巴黎的一家医院躺了一个月,然后坐船回来住进了纽瓦克的州立医院。只有母亲去看过他。眼看着这场残酷的战争将要结束,谁知一场流行性感冒在全球传染开来,病死的人比死于战争的人还多。病房中那些侥幸从沙托-斯埃利和第二次马恩河战役活着回来的人却不幸一个接一个地死掉了。他们死得非常快,非常安详,只需几天的疼痛和高烧,灵魂便从嘴里飞走了,母亲是这样描述的。她告诉特迪要远离电车和人群。坐落在李普雷斯的红砖结构的学校(市政府一直拒绝关闭它)是传播消息的好地方,某某人的祖父母或者父母或者兄弟或者姐妹又突然被抬走了。特迪周围的课桌已经空了好几天,但是这些孩子——夏洛特·威德和雅各布·怀赞斯基——又回到了学校,他们庆幸自己挣脱了恐怖的死神之手活了下来。特迪发烧了,喉咙又干又疼。他感到四壁像纸一样薄,墙上的图画在旋转。他想祈祷不要让他死掉,但又觉得这样做有点对不起父亲。父亲已离开了上帝,他无论如何也不应该背叛父亲。过了一会儿他便觉得不祷告也没什么了。统计数字表明,比起年纪大的人和体弱多病的人来,孩子的抵抗力更强些。如果说有神的惩罚的话,那便是他会把病带回家,流感会置他父亲于死地——那样一来他便成了杀父的凶手。然而高烧很快就退了,只是还在咳嗽。他又可以去送报了。贾里德也熬了过来,他仍在纽瓦克医院,身边躺满了正踏上死亡之路的年轻人。

贾里德在鲁特格斯还差一年就毕业时退了学,那是一九一六年——他们从来没有对特迪讲为什么;这不完全跟那个想让他娶她的女孩子有关,他的学习成绩也是原因之一。他因为参加过多与学习无关的活动而荒疏了学业，母亲是这样认为的。他当过棒球外场手，后来又在纽约一家房地产公司做收租员。他似乎干得不错。回来探亲时他身穿方格套装，打着领结，在弟弟眼里他比从前更严厉更难接近了；他用指关节敲他的脑袋时就像是用钢球敲他。“我就要当一名军人啦。”他吹牛说。

“为什么？非去不可吗？”

“是呀，反正他们是要征兵的。我在牛腰①的同伴们都报了名。你要是不报名就找不到女孩子，这是我们的女朋友们说的。法国的女孩子们找美国人干那个都不要钱。她们 *aimez beaucoup*②。”

“真的吗？”特迪力图想像出“干那个”是怎么一回事，脑子里浮现的是一副扭曲的姿势，就像在充满锯末飞尘的大帐篷里马戏团小丑伸长脖子扭动的样子。

“没错，我们去那里就是要拯救她们的屁股，你只管相信她们会的。她们会把你宠坏。反正，就像总统说的，谁愿意在德国人的统治下生活呢？他们让你天天吃泡菜，还用铁刷子刷你的屁股。”

特迪笑了。他开心地听他使用这些肮脏的字眼——一个人在罪恶环境里成长的见证。“你怕不怕？”

“有什么好怕的？他们一看见那神气的红白蓝三色旗哗啦啦地飘就都吓跑啦，那些混账德国佬。他们能把法国佬和比利时人撵得团团转，可是他们撵不动真正的男子汉。反正，特迪，得利用机会，生活不就是这个样子吗？你又不能长生不老，干嘛不试一试？”

“你说得对。”特迪嘴上这么说，心里可并不同意。人们每天都能从报上看到那些傻瓜和莽汉们，他们承受着战争带来的痛苦，而另外一些则平安地

---

① 即纽约的俗称。

② 法语：非常友好。

躲过了灾难，但是报纸并不报导他们。母亲说，他们从贾里德的右肩取出了八块弹片，部分神经受伤严重，永远也恢复不了功能。他的胳膊算是保住了，但是再也不会和人握手，也不会和正常人一样握笔写字——他过去干什么事都是那么轻而易举，起跳投篮，用三个苹果玩杂耍，用左臂勾住他小弟的脖子，用右手关节揉搓他的头顶。这一切完全是由一场跟我们毫不相干的战争造成的，迪尔霍尔特先生说。那一天他来看望他们。他说："帕特森的欧洲人是为逃避仇恨才来到这里的，仇恨由来已久，从他们还住山洞的时候就结下了，而我们却去他们那里为保卫国际银行家而战，可他们大多数都是犹太人，就是这么回事。"

穿着睡衣和土耳其拖鞋下楼来的父亲说，他不同意这个看法。这一仗必须打，而且打得很成功，结果将带来永久的和平。当欧洲摆脱了王权，民主必将得以实现，就连独裁制度——马丁·路德理念的最黑暗的部分——最顽固的德国，也必定走向民主。"威尔逊是对的——美国不应该老是缩在后面不肯到它应该去的地方起作用。正像亚伯拉罕·林肯说的那样，美国是世界上最后的也是最大的希望。"

迪尔霍尔特先生的镜片及牙齿亮闪闪的，他坐在那里，只是不想和一个生病的人争执，再则，他仍然保持着对牧师应有的尊重。特迪不明白为什么迪尔霍尔特先生如此忠于牧师，教会里的其他人早已离他而去了。他父亲身上有值得赞扬的东西：这孩子是这么推测的。

贾里德回家了，他的一只耳朵失聪，一只胳膊耷拉着。他不愿谈战争的事，也不想说他的经历。特迪有一次问起法国那些 *aimezed beaucoup* 的姑娘。

"她们还在那儿，我猜一切都好。跟你原先想像的完全不一样。那些德国佬已经把那里工业化了，他们走在前边了，医生一个月给 *les poules*① 检

---

① 法语：妓女。

查一次身体,怕有性病,为的是让那些当官的受益,可不是我们这些普通小兵子。那里什么事都是交易,连教会也一样。没有任何东西是神圣的,我这么认为。牧师喝酒吃肉,直吃得满脸发紫,胖得像肥猪。想一想,战争就在几英里以外进行着,整个国家沦为战场已经四年了,夜总会里的招待们急匆匆地跑进跑出,拼命赚那些被拽到那里去的美国人的钱,美国人是为了保护那些妓女们才去那里的。假如德国人攻下巴黎,这些人会照样忙来忙去赚德国人的钱。他们可没有咱们的傲骨,特迪。总听他们说这光荣那光荣,然而据我看这场光荣的战争纯粹是一场人体大混战,有的死了,有的活着但也快蹬腿了,然而没有人能说得清这一切究竟是为了什么——为什么发生战争,为什么战争又结束了。发生了。成百万人死了。发生了就发生了。*C'est la guerre, c'est la vie.*[①]我想不通,战争,战争怎么成了这么平平常常的事情。你认识的年轻人,那些日日夜夜和你在一起的年轻人,怎么一下子就死了——一堆垃圾,一根你无需理睬一抬腿就迈过去的木头——直到有一天腐烂、发臭。我不是在抱怨。就我个人来说情况很有可能更糟糕。现在至少我还能看得见。去图尔的那些倒霉蛋个个都生龙活虎,头一次上船就被上司送上了战场,连防毒面具都没有发给他们,幸运的是我没有像他们那样中毒气。欧洲,他们会把它维持下去的——那些法国佬,还有德国佬。我一辈子也不想再跨过他妈的狗屁大西洋了。"

特迪从来没有听贾里德说过如此不堪入耳、如此激烈的话,他试图掩饰自己的惊奇。"那么,你现在打算干什么?"特迪对自己的问题感到惊讶;他知道也只有他才会问这样的问题,这样直率的问题——母亲、父亲和埃丝特都不敢像这样问他。他们怕他因为从严酷的战火中生还回来而变得难以接近了。他们都未经历那样的战火,特迪根本就不想有那样的经历,不论是什么样的火。他现在才意识到他爱他的哥哥,但是他从前并不爱他。他那薄

① 法语:这就是战争,这就是生活。

嘴唇的哥哥也从特迪身上发现了他以前根本不需要的东西——一个听众，面对这惟一的听众他便可以把想说的话都说出来。受了伤的人需要有人听他讲话。

贾里德回家后连眼睛都变了，原本棕绿色眼睛里充满朝气的目光极具穿透力，现在呢，尖尖的棕红眉毛下的那双眼变得浑浊不清，目光呆滞。“干什么？嗯，他们不是管我叫半残废吗，为这，我明年就能每月领到十五块钱，再加上每个人都有的退伍费六十块。我先这样靠山姆大叔养活，等我的手臂恢复了些功能，耳朵也不再嗡嗡叫以后，就回‘牛腰’去挣大钱。如果说战争让我懂得了什么道理的话，那就是钱比女人重要。钱能造就一个男人，特迪，而女人只能毁掉一个男人。金钱给予，女人索取。”

特迪发现，当他哥哥眯起神经质的眼睛时就恢复了他原有的派头。在东二十七街这半明半暗的房后走廊的狭小空间里，他们冒着十一月的寒风极不舒服地坐在一把柳条椅的扶手上聊天，为的是避开父母的耳朵——那个卧床不起的老人什么都能听见，楼下哪怕发出最轻微的声音也能给他带来痛苦——贾里德将身子向前探去，为的是让那只好耳朵听到，这是一种过去从没有过的姿势。“你要学着做妈妈的好儿子。咱爸和我离开以后，你就要独自跟咱妈和埃丝特生活了。”

“爸要离开？”特迪觉得叫爸比叫爹别扭，虽然“爹”听着有点孩子气。

“自从我们开始了解他，他就在一点点地离去，”贾里德说，“只不过现在走得更快罢了。让我把女人的事说完。她们只要两种东西，特迪，你的钱和你的睾丸。要你的钱是为了花，要你的睾丸就只有天知道是为什么。什么也不为，我猜，她们就是不想让你有那玩艺儿。”

这一席话让特迪不得要领——少了一部分，可是少的这个部分是什么他又说不上来。他哥哥谈论生存，这是世界游戏的代名词。他母亲谈论爱，爱则是家庭游戏的核心，是要在这个屋檐下，在可遮风避雨的家里。

他的左手握成杯状托着他的睾丸走进黑乎乎的房间，心中揣摩着自己将踏上艰难旅程的情景。母亲准会把他头顶的头发乱抓一通，并且说："哎，别发愁，我的小宝贝儿，你爹正在一天天地好起来，医生说的，虽然他越来越瘦，这我知道——他的身体正一点一点地把坏细胞往外挤，所以才会那么瘦——再说还有你们的成长过程和你们带回来的优秀成绩单呢，这是他生命的阳光，他每天都要跟我说两遍。"

但是她内心里比以前恐惧多了，他能体会得到：她在屋子里的活动节奏加快，触摸他为他祈福的方式也与以前不同，此外他还能从她给他的拥抱中体会出来她的紧张，她拥抱他时有些不那么自然，他毕竟已经快十六岁了。她开始替别人打扫房间，不过不是在原先的教区里——那样做太失身份——而是去原教区教友们介绍的地方。她除了在帕特森东区干活以外还去比克里夫顿还远的地方，以及山上的霍索恩等地，所以需要乘电车走很长一段时间。特迪四点钟放学回家时家里时常只有爹一个人在屋里打盹。父亲已经不能说话了，只能躺在床上，脑袋歪着靠在两个枕头上，但是他那一双碧眼比以前更活跃了。他瞅着窗外利瓦伊太太晒的衣物、木栅栏以及那条向远方延伸开去、看上去如同摇摇欲坠的楼梯般的小径。远处克里夫顿的上空簇拥着团团黑云。特迪悄悄地走进屋来，他父亲总是毫无表情地躺在那里。不过，每当他进来时，父亲那流露着忐忑神情的碧眼便会睁大，眼眉——又细又长，跟女人的眉毛似的，不像贾里德和照片里的祖父的那种刷子一样的眉毛——也会弯起来，特迪就明白了他的问题。

"挺好，"他回答说，"学校里挺好的。"他不想告诉他学校的事。他与杰克·怀赞斯基回家要经过一英里长的格兰德街和埃塞克斯街，再穿过桑迪山公园拐上二十街。他们边走边抽一种叫法蒂玛牌子的香烟；在美国历史课上他看见夏洛特·威德弯腰挠脚腕子；埃德娜·雅各布森午饭后怕迟到跑着去学校，她荷叶边衬衫的胳肢窝湿得一塌糊涂；彼得·麦克赫根说你能从姑娘们脸上青春痘泛红的程度判断是不是来月经了；玛利亚·卡拉威罗到学校给九年级代英语课了。这些事他都不对父亲说，只有一件事他真想告诉他：地理教员兼棒球队教练莱塞先生见他和另外四个小伙子用扫帚把打橡胶球玩，就问他想不想在三月的假期里参加棒球队。特迪在脑海里勾画着自己已成为帕特森高中的“安打贝克”的形象，想像姑娘们看见他如此了不起激动得尿湿裤子的样子，但是他不会忘记，如果他参加大量的运动，他就无法按时早起送报，即便有他那辆忠实的皮埃尔斯牌自行车也不行；另外，他还想在课余时间找一份工作，如果不能像当年贾里德那样替内格尔兄弟公司开送冰车的话，在商店里码货，或者在染房当业余学徒工也是可以的，很多小伙子都是这么干的，直到长到十六岁可以合法地退学。他们从此失去了受教育的机会，彻底淹没在作坊的蒸气和喧闹之中，手被化学物质侵害成皮包骨。威尔莫特家的人绝对不能干那种活。可是父亲目前是这种境况，威尔莫特家的人也不能一放学就去玩呀。所以特迪对莱塞先生说非常感谢，不过他认为他不能参加。他——不算高，但比特迪高，卷曲的黑发在额前斜向一侧，被太阳晒黑的脸上布满深色的皱纹——会意地点了点头，还笑了笑，然而特迪清楚，这扇门从此关上了，再也不会向他打开。他已经长大，知道生活不允许他向那些不必要的领域去发展。一旦走过了一条岔道就永远甭想再退回原处。

不过，有一件事情是可以告诉父亲的。“爹，还记得从前咱们教会里的卡拉威罗一家吗？”父亲的胡梢沿嘴角向下垂着，平卧着的长脑袋向一侧歪了一下，特迪把这看作是点头。在“从前咱们教会里的”不是卡拉威罗家，而是他们自己这一家，不过他父亲已经听懂了。“我在走廊里看见她了，她没有认出我来，后来她来给我们上英语课，因为哈里曼小姐病了。她从名单上认出了咱家的姓，下课以后跟我聊了一会儿。她可比哈里曼小姐强多了，也更活泼，现在她的英语棒极了——比我们的还好。她说她姐姐和她妈妈都结婚了，但是她一心只想在这个国家当老师，在这里当老师不必非得是修女不可。”

他父亲无声地用嘴唇组成一个单词，然后费力地用力呼出那个词，特迪听出来是“太好了”。后来他父亲又说了一句什么，过了一会儿特迪才弄明白是意大利语“*la bella professoressa*”①。

这个已成土灰色的长脑袋被各种语言带给他的困惑塞得满满的——这些困惑来自书本、作古之人的遗言以及他们那早已成为历史陈迹的圈套。特迪时常到那间摆满书籍的书房去，在那里他觉得自己变成了一个侏儒，进而产生一种压迫感。他们曾想把这些书卖了换些钱，可竟然没有人要，就连普林斯顿神学院也不肯买。他父亲毫无血色的长脑袋就像放在枕头上的一个大鸡蛋，半透明粉红头顶的周围细长的头发向四周铺散开来——大鸡蛋，特迪看着它，心想他不就是从那里面孵出来的嘛。其实，一个人从另一个人身上生下来就像从望远镜上拆下一个部件来一样；他努力想把这一可怕的念头甩掉。他和父亲是被同一姓氏以及难以启口的相互同情束缚在一起的完全不同的两个人。既然这个人除了能嘟囔一两声外什么也不能说，而这孩子又想不出太多的事情可说，特迪只好给他读帕特森的《晚报》，他每天放学回家时报纸已经送到前廊上了。特迪头戴鸭舌帽，穿着运动裤和高帮鞋，要在路上走很长时间才到家，又湿又冷的寒气透过薄薄的鞋底冰着他的脚心。通常他先喝一杯牛奶，若是装面包的盒子里还有燕麦甜点的话他也会吃上一块，然后给他父亲读报纸上的标题。如果有的文章他认为很有趣就读给父亲听。地方新闻，讣告，谋杀，罢工，结婚，这些消息都不如世界大战带来的国际局势变化更能引起他的兴趣——王族被推翻了，广大民众在挨饿，俄罗斯发起了红色革命，还有柏林和匈牙利，来自新泽西州的冷面孔的威尔逊总统像是崇高理想的幽灵，挥动着和平与宽容的旗帜往返于欧美之间，像克莱孟梭和劳合·乔治那些外国人当面把他捧成英雄，背后却贬低他的才能。罗斯福，特迪的同名人，去世了，接着威尔逊也在周游全国游说参

① 意大利语：好职业。

议院批准国际联盟的途中撒手人寰。列宁组织了第三共产国际。查理·卓别林、大卫·瓦克·格里菲思、玛丽·毕克馥、还有道格拉斯·弗尔班克斯组织了自己的电影公司“艺人联合公司”。父亲对这条新闻格外感兴趣，他让特迪把它逐字逐句读给他听；他还爱听关于一匹叫巴顿爵士的马的故事，它头一次赢了个什么“三重冠”奖；另一条让他感兴趣的是体育栏目中杰克·登普西击败杰斯·威拉德的报道。威拉德是四年前从黑人杰克·约翰逊手中夺走拳王头衔的。父亲贴近特迪的耳朵小声说：“不该是这样的，不道德。他们冲他喊叫示威，直到他气愤地放弃，佯装被击倒。”印第安纳州的钢铁工人和宾夕法尼亚州的煤矿工人罢工，一个叫弗里克和一个叫卡内基的大富翁死了，不过父亲最感兴趣的是天文学家发现发生日蚀时太阳周围被光环绕，这条消息证实了德国人某种相对论的理论。“相对论”，父亲说出这个词的时候舌头直在嘴里打拌，“宇宙变得越来越离奇。我早就听说会是这个样子。”然后进入一个新的十年，全国都在禁酒，大法官亚历山大·米歇尔·帕默指责第一次世界大战导致了铁路大罢工，这是国际反叛运动的一部分，还声言“战争破坏了道德观念，并且造成追求共产主义的妇女们的歇斯底里和神经错乱。”父亲费力地尖声说：“要是沃布里那一派人在帕特森取得胜利的话，我们的国家就会是另外一个样子。”玛丽·毕克馥和道格拉斯·费尔班克斯在实现了的好莱坞梦中成婚，欧洲在政变、暴乱和局部战争中挣扎，民主党在政党提名大会上提名詹姆斯·考克斯与另外一个罗斯福，比尔·蒂尔登成为夺得温布尔登大赛的第一个美国人，还有妇女投票权的提案获得通过，但在庆典上却没有一个妇女在场。然后就是，父亲，克拉伦斯·亚瑟·威尔莫特，在一天夜里悄悄地走了。那是九月初的一个寒夜，他走得那么安详，以至于第二天早晨他们发现，他的尸体简直就像一尊雕像，苍白，僵硬，但美丽又易碎——他的灵魂从他们的手指缝间——他的，母亲的和埃丝特的——悄然溜走，像是不愿意再给他们增添任何麻烦。然而在这无声之中隐含着责难，责怪他们在他像一只起锚的小船被海浪冲走之时未能阻挡住汹涌海潮对它的冲击。

在那一短暂而忙乱的日子里,特迪记得最清楚的是他姐姐埃丝特,她像新寡的母亲一样裹了一身黑,手腕上带着手铐般黑亮黑亮的方形石手镯,那身像熔岩一样沉甸甸的黑衣掩盖着生活中的种种艰难与险恶,黑衣是如此地灼热,他真不敢去看它。埃丝特已经二十五岁,自韦德曼丝染公司由于战争需求量增加而被激活开始,她就在其办公室工作,至今已有五年了。一九一九年,染厂工人为增加工资和八小时工作日而举行的小规模罢工很快被压制下去。埃丝特穿着最时髦的巴黎式的长裙,裙边离地十英寸,细高的体型很像父亲。她吸烟,但从不在家里吸,怕母亲闻到。埃丝特知道特迪也吸烟,他是在回家的路上吸,不过她从不提这件事。父亲去世以后,他们就像内疚的密探,越过敌人防线,潜入那个真实的、喧嚣而又冷漠的另一个世界,然后又偷偷回到被寂静摧垮了的家中。他的房间,他的床,一切如故,日复一日,没有人睡在那里,虽说有的时候特迪会在半夜惊醒,好像听到父亲连续的咳嗽声。父亲总是先努力克制着小声咳嗽,接着声音会越来越大,并且越来越猛烈、痛苦,使劲要把卡在喉咙里黏乎乎的东西咳出来。但现在房中非常宁静。帕特森的夜晚一片寂寥,只偶尔听到一辆汽车隆隆驶过,或是从隔壁传来微弱的留声机声。如果仔细听的话,还能听见远处瀑布的轰鸣与车间里沉闷的咔嗒声,那里的夜班工人正忙着织出宽幅丝绸。这些声音组成了他生活的潜流,流淌在坐落于加利特山脚下河湾处的这个拥挤城市的生活中,可是现在搬家的事已提到日程上来。虽说房价已属最便宜的,可是仅靠母亲做清洁工和手工活的微薄收入和贾里德的小量支援,外加埃丝特的那点工资,远远不够支付这所房子的费用——再说,谁知道埃丝特还能跟他们在一起住多久呢?一想到埃丝特的婚姻,母亲黑亮的眼睛便流露出一丝哀伤,可是埃丝特总会做一个粗俗的表示厌恶的动作驱走这一想法。这已经成了她近来的习惯性动作了。“只要亲爱的克拉伦斯还活着,”母亲继续说,甜美悦耳的声音里夹杂着忧伤,她原先的声音谦恭有礼,很有风度,但是这种声音效果已经随着时代的快速运转和变化而消失了,“我们就要维持下去,为的是不打扰他,但是现在为了维持我们最低生活水平却让贾里德为我们付出那么多,这样不公平。他在纽约的日子刚起步,他需要穿好衣裳。他不该住在膳宿公寓跟那些可疑分子混在一起。他应该有自己的公寓,有门房,还应该参加俱乐部,跟那些和他打交道的要人多交际。”至于“要人”指的是谁,贾里德的公司除了收租还做些什么,她有意说得含含糊糊。她也不想知道得太多。贾里德与特迪不同,已经到了该有个人隐私的年龄。“我接到了你埃丝特姑妈从贝辛斯托克寄来的最好的一封信。”贝辛斯托克是特拉华州的一个小城镇,位于切萨皮克市和特拉华运河以北数英里处。父亲的姐姐跟她快乐的红脸丈夫霍勒斯·特鲁伊特住在镇中心一所大房子里,房后有一个长长的后院,院子里长满了枝叶下垂的铁杉,银铃状花朵像花环一样串在一起。夏天跟家人去拜访他们时,特迪总有一种困倦和不祥的感觉。霍勒斯是杜邦公司的化学家,在战前公司股份十分强劲的时候他有幸买下了一些,并趁机退休,退休后以整理自己的花园为乐;使他引以为乐的是被他叫做凉亭的木质白漆八角亭,一条小径蜿蜒穿过花圃通向凉亭;篱笆外是繁忙的洛卡斯特街,那边的房子小得多,也不那么漂亮,下一条街便是延伸到河边的市中心。他们夏天来这里时,总要乘坐霍勒斯姑夫的汉普摩比尔牌轿车穿过数英里的沼泽地到海滩去玩,一条沙带绕过突出的岩石,特拉华河在这里的河段要比一般的河面宽很多,不过仍然能看清河对岸新泽西一侧岸边丛林的棵棵树木。特迪每次去那里都很兴奋。他喜欢特拉华小巧玲珑的一切和弥散在空气中的海水咸味,它们预示着将要发生在家乡不可能发生的事情;可是到第三天他就厌倦了,开始烦躁不安,因为他发现什么事情也不会发生。他开始怀念自己的房间,那里有他的邮票,有棒球卡片和飞机模型;他还可以窥视邻居的窗口,有时候他能看见只穿着衬裙的德博拉·利瓦伊,不过她总是一转身就不见了,待一会儿再出现时已经穿上了睡袍。“嗯,她坚持认为,自从霍勒斯——”母亲犹豫了一下;霍勒斯姑父几年前逃走了,跟另外一个贝辛斯托克的女人私奔了——“做了那件不可饶恕的事以来,一直是她一个人住在空荡荡的房子里,她觉得我们要是搬去住就最好不过了,我们先住下,直到找到我们自己的住处。那里的东西全都比这里的便宜,而且离开了这里的作坊和糟糕的环境对小特迪的健康成长有好处。”

“我不想离开这里去什么地方的市中心。”一天晚上,他跟姐姐讲了自己的想法。这一晚他睡不着,就在房间里用轻木制作索驼式飞机模型和从转动着的螺旋桨后面发射子弹的机关枪,模型最难做的部分是双翼之间的支架与铁丝。埃丝特刚和韦德曼公司的一个男人约会回来。他是推销员,已经跑遍了东部的各大城市。特迪进了厨房,他听见她从冰箱里取出一杯柠檬水来喝。她的样子凌乱不整,一脸怒气,鲜艳的绿裙子衬着浅栗色的头发,在厨房灯光的照射下她显得很靓丽。她的头发也像母亲的黑发一样梳起后在头上盘成一圈,她总说要把头发剪成“娃娃头”,可一直没剪。她的裙子腰部系一条带饰针的腰带,穿裙子的时候要从头部套进去,有一次她的房门开着,他看见她是那样穿的。这是十一月的一个夜晚,她很不耐烦地把身上那件水獭边拉格伦式呢大衣顺手扔在厨房的一把椅子上。在强光下特迪发觉她长得并不算漂亮——身材过于瘦高,前后身都过于扁平,嘴唇也太薄,透着伶俐与急躁,但是令他赞叹的是她白皙的皮肤和果断的举止,她的干练、坚韧以及永不服输的劲头使她充满了朝气。他的个性则与他父母的相同:他们都很温柔,他们为这个世界所左右。“干吗不想?”她问他。“帕特森对你有什么好的?”

“我的朋友。”

“朋友。你从来没有带他们来过咱家。”

“咱家又没什么好玩的。”

她笑了,笑得干脆,而且格外低沉,听起来像是咆哮。“跟在别人家里差不多吧,我想。如果这里没什么好玩的,那你干吗不离开这儿去贝辛斯托克呢?你需要改变一下。咱们都需要。帕特森给了咱威尔莫特家什么好处?

贝辛斯托克是个很悠闲的小镇，咱们在那里会找到生存机会的。”

“咱们？你也跟我们在一起？”

见他突然紧张起来，她那扁扁的、涂了红唇膏的嘴绽开了笑容。她问道：“你想不想让我去呢？”她走到厨房门口打开门，等一会儿抽烟的时候好让烟味从纱门飘出去。

“对，当然啦。”他说。“我可不想整天跟两个老太婆呆在一起。”

“你会交上朋友的。”

“他们都是乡巴佬——别拿好听话哄我。”

“特迪西，亲爱的，我在这里有一份不错的工作呀。我还有风度翩翩的男朋友们。”

“是呀，我早猜到了。有没有你真正喜欢的？今天晚上跟你在一起的那一个怎么样？你们出去的时候我看见他了。他漂亮得过头了，如果你问我的话。”

“干他那一行的漂亮点有好处。他很会勾搭女孩子，他们是这么说的。”她掏出一包香烟，是好运牌的，装在绿色的薄荷糖盒里。她摇了摇盒子：“来一支吗？”

跟贾里德在一起的时候也是这样被拉下水的。他拿了一支好运烟把它点着，也凑到纱门前，免得妈妈下楼来闻到烟味。也许她不会下来，也许她并不会像他猜想的那样在意。爸爸过去吸烟，不光抽烟斗，有时候还抽便宜的卡普罗牌烟——“有医疗作用，”有一次他冲特迪挤了挤眼说。把烟吸进去就像把什么粗糙的东西捅进他的嗓子眼一样难受。他的头开始发晕，如同在桑迪山公园游乐场荡秋千时的感觉。埃丝特滔滔不绝地说：“漂亮过头了，可能吧。他能让一个姑娘觉得面前的这位是个值钱货。你又想买，又不想买。懂吗？”

她不是在问他，实际上她是在自言自语。不过特迪还是点了点头，好像他懂了似的。他闻到了她为约会而洒的香水味，还有点汗味，一定是跳舞跳的，加上她吐出来的烟味，混杂其中的还有一种令人恶心的腐臭味。特迪马上联想到扔在河边煤渣路旁高高的野草地里那种方形酒瓶子。哎。烈酒。不合法但是阻挡不住。埃丝特近来总爱眯着眼睛，可能是长时间打字造成的，也许是因为吸烟太多，要么就是她不愿意睁大了眼看这个世界而已。父亲辞职给她的打击太大了，那时她本该读师范学校做教师的。“男人，”她说着眯起眼睛从他头顶望过去，“他们都是不中用的东西，从某一方面说。我看他们改不了。天啊。他们是一帮无聊的家伙，就会说‘我干过这个，我还要干那个，我，我，我’。不要长成大男人，特迪西，会变得跟那些人一样无聊的。”

“今天晚上他带你去哪儿了？黑酒店？”

“你知道什么是黑酒店，我的大男孩？”

“太多了，沿河边到处都是，藏在地下室什么的。学校里有几个意大利小伙子，他们的兄弟和爸爸就贩卖私酒。”

“他们不该制定那么多法律让老百姓来破坏。”埃丝特说。她的话使他想起父亲过去也曾经这么说过。他们两人都不需要多么费劲便能将事物看透，这使他们极易受到伤害，就像动物头上用来探路的触角。

他向她恳求道：“如果我们非搬家不可，你不跟我们一起走吗？去吧，求你啦。只住上一两年。你并不想呆在这儿整天泡在黑酒店里。”

“我不想吗？”她眯着眼问道，同时仰头朝上方把口中的烟吐出，她的脸只看得到一半，显出成年人才有的冷漠与刻薄。当你还是个婴儿时，他们是不把你放在心上的，他们所关心的首先是他们自己，就像婴儿只顾自己一样。特迪觉得眼前一片雾蒙蒙的。他为在自己家里抽烟而有一种犯罪感，莫名其妙地眩晕起来，这么晚了还不去睡觉，只管在这里聊天，姐姐今晚的表现又是如此地粗俗，简直像个街头浪人。他的眼泪不由自主地涌了出来。屋里的索驼式飞机模型和新鲜胶水的好闻气味是他本人天真无邪的象征，然而他们正在迫使他将其丢弃。她开玩笑地问他：“在贝辛斯托克有什么等着我呢?”

“你也许会遇上一个好男人,一个漂亮得不过头的男人。”

“你可真会说漂亮话,小弟。想让我嫁给一个脾气古怪的渔夫,或者做皮活的好老头儿?”那座小城中心有一个旧鞣革厂,工厂旁边是一条小河,下游形成一个六英尺高的瀑布,然后蜿蜒流过沼泽地汇入大海。“你看,既然我们有了选举权,还能上大学了,那我们这些女孩子脑袋里装的可不尽是穿裤子的糟男人了。”埃丝特用力吸烟的时候嘴唇变得更薄了——涂得不甚均匀的红唇线条有棱有角。她现在是把他当做她的异性朋友交谈的,她生硬的玩笑使他想起父亲的样子,那时候他还很快活,没有像后来那样凄惨。特迪一想到父亲的样子——哪怕只是匆匆的一瞥所见到的——都会心痛,无限的惋惜噬咬着他的心。他极力控制着不让眼泪流出来。埃丝特看到了这一切。她说:“十七了吧?还需要你大姐拉着你的手吗?”

这和她刚才的话有关系:长成一个大男人。他现在依然很柔弱,翅膀还没硬,假如只剩他一个人和母亲跟埃丝特姑姑住在一个陌生的镇上,他不需要,不过翅膀也许会长歪,对此他无法用语言描述,但是能够体会到。从在学校里的情况他便知道自己是个谨小慎微的没长大的孩子:学校楼道里和马路上别的孩子们把明晃晃的刀子玩得啪啪响;男生和女生相爱就跟真的似的。他们一个个打扮起来玩真的游戏,只有大男人和大女人才玩的那种游戏,极力把性伙伴抓到手。他不打扮,实际上他仍旧是个孩子,就知道收集些幼稚的东西——外国邮票,一张小小的纸片一旦成了邮票便被赋予周游世界的特权。学校里的几个要好的朋友时常把他们的亲戚从欧洲寄来的邮票送给他,或者以一分钱的价格卖给他。有的邮票甚至来自土耳其和突尼斯,还有的来自捷克斯洛伐克和黎巴嫩这样新成立的国家。这些小邮票上艳丽的色彩、美丽的图案以及上面那些他看不懂的语言深深地吸引他,唤起他无穷的想像,使他全身心地投入其中,并有置身避风港的感觉。对纸上之物的兴趣是父亲遗传给他的。要想成为一个成熟男子,不论是什么样的男子，他需要一点时间和一个大一点的空间，还需要这位能看透世事的栗色头发的姐姐跟他一起去那个叫什么镇的地方，住进埃丝特姑姑的大房子里。然后，她可以再回到帕特森来找一个漂亮但不过头的男人，一个当推销员或者经理的好男人。过去他除了向母亲提出过要求，没有向任何别的女人提出过任何要求，可是现在他这样做了。他比他自认为的要成熟得多，因为他也跟学校那些向女孩子提出非分要求的晒得黝黑的小伙子们一样，发现女孩子们很爱说“行”。他们想得到的越多，提要求时冒的风险就越大。埃丝特把烟头在绿色皮鞋后跟上捻灭，又勾起手掌等着特迪把烟熄掉，然后打开纱门把两个烟头一同扔过利瓦伊家的篱笆墙。从埃丝特斜眯的眼神中特迪看出来他已经打动了她的心。“让我想一想。看妈妈是怎么打算的。我在韦德曼的那份工作不值得死乞白赖地非干下去不可。关于这里的小伙子们——有谁愿意在帕特森呆一辈子？男人们整天想的就是下一次罢工什么时候开始，巴黎时装更换潮流会不会影响丝绸的销售，还有，他们是不是应该到煤矿区工作，因为那里的傻瓜们不敢轻易罢工。去他们的吧，特迪西。你才是我最好的好男孩。”

她朝他迈了一步，他往后退去，后来才明白她是要拥抱他一下。尽管他们上楼时踮着脚尖，母亲还是出现在了楼梯的拐弯处。她浓浓的灰发长过肩头，披散在宽大的睡衣上。

“苍天在上，你们两人干吗把纱门开来开去的？”她问道。她的声音可比父亲卧病在床，侧身睁着蓝色的眼睛瞪着虚无时高多了，听着也幽默多了。

· · ·

贝辛斯托克镇的名字由来已久，一六九〇年从英格兰南汉普顿乘船而来的殖民地开拓者们因为思念故乡，便以其故乡汉普郡的一个小镇的名字命名了该镇。瑞典人及荷兰人已被逐出纽卡斯尔地区，约克大公也已将大片土地传给威廉·佩恩，包括特拉华州南部的三个县，而这三个县被迫从宾夕法尼亚州分离出来，从一开始就使其处境十分不利。殖民者宣称，他们宁肯效忠国王也不愿接受贵族奎克的统治，因为他的和平主张使他们饱受来自海上的海盗和法国人的骚扰。这片被分割出来的土地上的人们，在佩恩和卡尔弗特伯爵的统治之下生活日趋艰难，思乡情绪浓浓地笼罩着这里，从河里和近乎平坦的潮湿河谷的丛林里迷漫升起的美丽如画的雾气更加重了人们的思乡情怀。河流被命名为埃文河①，虽然它很早以前就被印第安人的南梯科克部落称作马尼托河了。

他们到这里的第一年夏天，特迪刚好十八岁；他一时还难以适应这里的环境，每天早晨邻居鸡舍里的公鸡打鸣撕破了宁静，也中断了他的睡梦，他便睁开眼睛，欣赏太阳初升时将浓雾染成金黄一片，慢慢地腾升消散；有的时候雾气沉入周围那片郁郁葱葱的沼泽地。环绕其中的七百所房屋中许多是木板房，更多的是砖结构的，用带有特拉华州特色的露头砖与顺边砖相间的砌法砌成，这里便是贝辛斯托克三千居民的聚居地。镇区的房舍建得十分密集，因为当地的农庄很富有，土地十分珍贵。两个谷物磨房以埃文河缓慢的水流作为动力。它们比不上山北的磨面坊和军工厂，那两座工厂是以布兰地威恩湍急的河水作动力的。早在十八世纪埃文河畔便建起一座鞣革厂，在不到一百年的时间，周围树林可用于鞣革的橡树皮便全部被剥光，从而便不再向埃文河倾倒含酸和铬盐的污水，河水才逐渐变清，各种鱼儿包括鲑鱼、鲈鱼以及凶猛多刺的鲶鱼才重新繁衍。目前镇上惟一一座具有一定规模的工厂生产一种新型全金属瓶盖，代替过去木塞加铁丝的旧产品。工厂从匹兹堡购进表面光滑的低碳薄钢板，他们将钢板从工作台的一端塞进去，经过一番噼里啪啦、叮叮当当、嘶嘶啦啦的程序后，瓶盖便从工作台另一端带着响亮而有节奏的刷刷声落入木盒子里。这些褶边的瓶盖上已经用鲜艳的颜色印好鲁特啤酒、桦木啤酒、沙士啤酒和其他碳酸饮料的生产厂家标识。饮料厂设在其他地方，有的厂甚至在亚特兰大那么远的地方。在那些

---

① 英格兰的一条河流。

车间里一摞一摞的瓶盖被装进机器，然后瓶盖对准玻璃瓶口，由一个垂直向下的小槌呼地一声将其卡在瓶口上，以每分钟数个的速度进行。由于瓶盖恰到好处的张力和弹力，盖子把饮料瓶口封得严严实实，直至某一天顾客用启瓶器将瓶盖掀掉，瓶中储存多时的二氧化碳气才会带着泡沫噗地从瓶口冒出来。这里可以看到的地方工业只有这个生产小产品的工厂，背街处有几间生产枪支的车间，几个汽车修理车间和一个又大又破的造船厂。造船厂一度很红火，现在每年只生产一条带斜桁帆的牡蛎船，而且是靠锤敲手刨来完成的。除此之外，贝辛斯托克的百姓只有靠互通有无过日子，加上附近农庄的果园和饲养场，还有菜园和大田。那些农庄生产的农产品还能供给威明顿和费城。杜邦公司战时靠卖炸药大量盈利，战后则在化学工业方面扩大生产，规模之大一直延伸至南方，从而使得贝辛斯托克从中受益。城市的面貌几乎没有什么变化，新建筑物很少，原有的建筑依然保留着原样，栅栏被涂成东一片白西一片白；年迈的寡妇设法找个邻居的男孩或者黑人孩子帮助她整理院落，以阻止墙外的矮树蔓延到她的花园里。罗德尼街是最主要的街道，它以凯撒·罗德尼的名字命名。当年罗德尼半夜策马赶到费城，为祖国的独立投下了宝贵的一票，他这一英雄之举是特拉华州人人皆晓的重要历史事件。这条主街沿河而建，呈 S 状，两侧的商店出售土产品、农具、衣物、表链、鸟食、冰淇淋、苏打水，还有药品专卖店。这里的经济形势跟帕特森的截然不同，在那里劳资对抗十分强烈，广大劳动者满腔怒火，不断地与那些不肯作出让步的业主发生摩擦。而在特拉华则是另一番情景，梯·科尔曼·杜邦居然自己掏钱为民众修筑从该州中部穿过的公路。

特迪住在埃丝特姑妈位于柳树街的大房子的三楼上，刚搬来时能让他意识到自己到了一个新地方的是每天早晨将他唤醒的从远处传来的声音，这声音跟帕特森的全然不同。这地方的南方气息更浓，空气令人昏昏欲睡。这里的人们不像帕特森的人们那样有朝气，也不像那里的人们来自欧洲的许多国家。这里的每一个人都有一个英国名字，惟一不同的族群是黑人，他们住在路面破损的背街或棚屋里，跟特迪一样怯生生的而且十分小心谨慎。一个叫埃德温娜的黑人姑娘每天来干家务，就像梅维斯过去在他家一样，每次他跟她说话时她都把脸转过去——她那毫无光泽的脸黑得像铁锅——好像他有多凶似的。她只要张口，就会叽里咕噜含混不清地说一大串，还夹杂着不安的笑声，他根本就听不懂她在说什么。他不认识这所房子以外的任何人。母亲在迪尔霍尔特先生的帮助下卖掉了房子——卖给了银行，没有利润——但是他们一直住到他毕业以后才离开。在三百一十二名同学中他的毕业成绩排在第五十一位。是他求母亲等到他毕业后再搬家的，但是他现在发现，自己失去了一个在贝辛斯托克中学结交朋友的好机会。与他年龄相同的人在柳树街上来回游逛，要么开着破旧不堪的铁皮老爷车呼啸而过，而他则像一条呆在缸里的鱼，只能眼巴巴地朝外边张望。他已经长大，不能再跟小孩子一样别人踢球或者打棒球时他在场边溜达，偶尔说几句话，然后就被吸收到游戏中去。进入这个新的环境，他很局促不安。短粗体魄但很柔弱的特迪想尽快融入到这里来。在第一个夏天，他每天独自到镇上散步，几乎把所有阴暗的街道丈量了一遍。镇中心的街道弯弯曲曲，房屋排列参差不齐；市政厅像座小型希腊神庙；粉刷漂亮的长老会教堂、美以美会教堂、浸礼会教堂及新教圣公会教堂内，人们通过不同的教义与他们共同的蓄着胡须的神进行沟通。带有很深前廊的狭小房子还不算不舒适，而那些连接成排、式样刻板的房子，房顶的沥青瓦已经斑驳脱落，倾斜的前廊只高出路面一个台阶，这些房子与已人去屋空门窗破损的暗红色制革厂和繁忙的瓶盖厂为邻。瓶盖厂刚建成不久，地面用炉渣铺就，工厂大门用黄釉砖装饰，看上去很一般。市中心的后边是一条河，从建筑物间的空隙可断断续续看到河水在阳光照耀下的粼粼波光，耀眼的波纹刺得他睁不开眼睛。清清的河水流经老制革厂的红色废墟时，六英尺的瀑布搅起团团褐色泡沫，变浊的河水继续滚滚不息流向大海。特迪还走到了城边地带，黑人居住的板房稀稀落落地分布着，而且都没有涂油漆，打扫过的土院内满身尘土的母鸡在刨食，不时会有公鸡跳上背去交配；继续往前走便是茂密的玉米地，宽大的玉米叶被风吹得沙沙作响；斜坡地上是经过修剪的果园，再往前是被砍伐后剩下的阔叶林木，这便是贝辛斯托克镇的地界。这个镇应该是在两条铁路线之间，这两条铁路线都经过帕特森市。特迪是凭印象中的地图勾勒出它的位置的。

最使特迪心神不安的是父亲的死以及他永不再现。他始终怀着百分之五十的希望，盼望时光倒流，盼着父亲依然是瘦瘦的，依然固执己见，讲话依然那样轻柔，盼着他重新撑起这个家。特迪觉得一定是一种神奇的力量使他父亲彻底从地球上消失的。他始终沉默寡言，随着日复一日的外出，他对父亲消失的怀疑已变得麻木，也不再想公平不公平，不公平的想法看来有点荒唐，因为谁也不曾许诺过公平。特迪觉得他和父亲还没来得及对许多事物进行探讨，对许多甚至是重要的事情的处理办法父亲也还没有来得及教会他。走在贝辛斯托克僻静的街道上，他心中在想，如果当时他能找到哪怕一页纸，上边是来自父亲充满爱的一封信，他定会非常惊讶，也会特别满足的。那本是他的责任。

埃丝特姑妈和她那位不值一提的离家出走丈夫霍勒斯——特迪仍然记得他的样子，秃头顶、红面颊，抽起烟斗来吧哒吧哒地响，笑的时候跟女人一样咯咯不停——在他们半公顷土地上向阳的地方开辟了一个菜园，园中一个很大的菜畦种的是芦笋。他们搬来的第一个夏天姑妈和母亲实在不知道该如何打发家中这惟一的男子汉，便派他去锄掉疯长了几个夏天的杂草，还让他把草皮铲松，把草根拔出来，种上莴苣、小萝卜以及别的什么，只要是能够在稍晚的季节生长的叶类蔬菜就行，种上之后还要锄菜垄、除杂草、收获芦笋。收芦笋是个技术活。当芦笋紫色的笋尖上嫩叶长成鱼鳞状、笋杆高出地面一定的高度时便可以用箭尾状的铲子将其铲出来了。每十二根芦笋捆成一把，在黄昏的时候趁着新鲜卖出去。在贝辛斯托克人们互相出售农产品是司空见惯的事。钢镚儿落进口袋里的声音听着是那么悦耳。就连住在彩漆房子——有钱人家的房子,他们住得离城较近,房子都是涂过漆的——里的人们也愿意买。可是挨家挨户卖货使特迪想起父亲当年逐户推销大百科全书的悲惨遭遇。姑妈和母亲总是把芦笋捆成把,用红绳系成一个美丽的蝴蝶结,然后把它们在篮里摆放好交给他并送他出门。每当此时他都会因不堪忍受羞辱而显得惊慌失措。有人来开门时他会出一身汗,而且口吃起来,好像这些挤在一起、散发出隐隐清淡香味的紫头芦笋是见不得人的东西似的,就像他在推销自己的某个器官。他母亲发现让他去卖菜会如此折磨他,便发善心自己去卖,而且干得十分开心。她一家接一家作自我介绍;她的南方口音很像这里的乡音,听起来很自然。她带出去的那些菜,走不了几户人家就卖完了。他悄悄地跟在她后面观察,十分羡慕她走上门去时的自信及与人交谈时的坦然。令人高兴的是,卖芦笋的日子很快就结束了。七月的菜畦被破土而出的毛茸茸的新绿所覆盖。进入八月份以后种植逐渐减少。吃晚饭的时候母亲在餐桌上提高嗓门说:“哎,你们能想个什么法子给特迪找份像样的工作干干,好让他忘掉烦恼?”

“工厂倒可以雇用他,可是像克拉伦斯这样有学问的人的儿子干那种工作,恐怕不大合适。”埃丝特姑妈说。她跟已经去世的弟弟一样瘦,头发也是浅茶色的,中分式向后梳成异常庄重的发髻。年轻时的美貌余韵犹存,英俊的相貌对她弟弟极不适宜,因为那使他看上去是那么脆弱,但是同样漂亮的相貌却使她显得强干与自负。结婚以前她教过钢琴课,婚后就不再靠教课为生。特迪一直在琢磨是什么吸引了那位一文不值的霍勒斯姑夫的,又是什么最终把他引出家门去。她的体型很标准,年轻的时候一定很美,但是她永远不把心中所想的表露出来,就连关系到她切身利益的需要也从不轻易显露,在这方面堪与母亲相比。不过,母亲至少是热情洋溢的。他问母亲埃丝特姑妈为什么没有孩子,母亲小心翼翼地说:“嗯,我不敢肯定,不过她始终以自己的体型为骄傲,所以我想她是不想给自己带来麻烦吧。霍勒斯不仅严重地伤害了她,而且引起了公愤,这儿的人们把他干的事全抖搂出来了。”特迪没有想到，按照埃丝特姑妈的看法，他不应该蹲在家里当一个贪婪的食客，他应该走出家门去挣钱。霍勒斯不时地将一张“请罪支票”装在不写地址的信封里寄来，贾里德也按月从他在纽约的那个不断扩大经营的公司寄些东西给他们，但是日子仍然过得很拮据，就连一个黑人女佣都快用不起了。埃丝特姑妈是采石场老板的第二个女儿，过惯了舒坦日子。她对母亲谈起她弟弟时说：“他小的时候可怪了，整天埋在书堆里，自学了好几门外语，好像要游遍世界似的，可到头来他哪儿也没有去过。有其父必有其子，就是这样。”

母亲思虑重重地笑了，目光深处略带着气恼。她骄傲地反驳姑妈说：“特迪是像他爸爸，很会自己找快乐，也会连续几个小时安静地呆在自己的房间里。我最大的愿望是能在一两年内有能力送他上大学。瞧他的大宽脑门和庄重的神态，难道他不会成为一名成就卓著的教授吗?”

由于亲眼目睹了父亲垮掉的过程，特迪现在对很多事情感到厌恶。每当想起早晨拎一个铝饭盒去工厂上班的情景他就恶心，上学的念头也同样令他厌烦。无论是去工厂还是去上大学，他都得使自己适应周围的人，他们或者爱寻衅闹事，或者爱钻牛角尖，他甚至还不得不跟他们竞争。他不喜欢竞争.然而竞争是美国人的生存方式。要么挨打，要么抗争。

“妈妈，”他争辩说，“咱几乎连饭都吃不饱，你可不能把钱白扔给学校。大学给了爸爸和贾里德什么好处?”

“噢，给你爸的好处说不尽。他受的教育造就了他一生，也使他有工作做。”

“然后使他把工作都丢掉了。假如他什么都不懂，就不会辞去教会的工作。”

“他不得不辞职，因为他身体坏了。”她要让人们相信她说的话，说着将头转过去，给他们一个梳盘头的后脑勺。“他的头脑到最后仍然很清醒。”

“太清醒了，这才是麻烦，您不记得啦?”特迪说，“他失去了信心。”他被这个话题激怒了，几乎要哭出来。她总是歪曲事实，连最明白不过的家庭事件也是如此，他们的关系不由得紧张起来。他过去总想不通，假如耶稣的神迹和他的复活不是真的，为什么能在全世界传播呢？现在他母亲给出了答案。

“他没有失去信心，他失去的是说话的能力。”她镇静地向姑妈解释说。埃丝特和他弟弟一样也是长老会的，不同的是她仍然信心坚定。

小埃丝特，在这里人们这样称呼特迪的姐姐，对他说：“嘿，你可不能说鲁特格斯对贾里德没有好处；他在纽约公司的生意很多都是通过他在鲁特格斯的朋友们做成的。大学的同学总有交情，哪怕他们没有把学上完。”

“是呀，我甚至还没开始呢。”

“噢，亲爱的，别这么说，”他母亲劝他说，“你很有头脑，要是闲置不用那可是犯罪呀。要记住那个关于天才的寓言。”

“我的头脑并不聪明，真的。”他说。他矮胖的身材也不理想。他很有自知之明，所以情愿将伟大的抱负留给其他人；事情这样解决会容易得多。“听我说，我愿意工作，我想工作。只是不知道做什么。”

“这要看你的学校教了你些什么，”埃丝特姑妈说，“你最喜欢哪个科目？化学？这个州的人都在谈论化学。”

“财会，”他姐姐插嘴说，“韦德曼的会计一星期能挣到二十块钱，从来不会弄脏手，星期五早早就溜了。社会上懂数字的男人总是挺缺的。干什么也离不开数字。”

特迪开口说：“我什么也不想卖，什么也不想教。”

“得，能把人活活给气死。”埃丝特姑妈冷冰冰地评论说，同时也从这一毫无结果的争论中得到一丝满足。

“我什么都不想干。”他又补充说。他的脑海中浮现出那些可怜的爱尔兰人、意大利人、波兰人，他们成年累月辛劳在作坊里，他们的孩子即他的同学们均在成长时期发育迟缓，长大之后等待他们的依然是织布机和大染缸，手烂了，耳聋了，肺堵了，所以米拉蒂才有可能在头发上扎根大丝带。

“行啦，你可真有本事，”她姐姐挖苦说，“你总不能什么都不干吧。”她已经找到了一份工作，在当地两家律师事务所之一的普尔西弗-麦克雷迪-邦迪事务所当秘书。“当飞行员怎么样？”她开玩笑说，“开飞机可时髦了。我见人们都在谈论开着飞机送信的事呢。”

他有点喜欢这个主意，但是不喜欢它的冒险性，飞到那么高很可能会掉下来，就像希腊神话里那个男孩，他飞到离太阳很近时用来粘翅膀的蜡化了，他就掉了下来。不过特迪倒觉得成为大家关注的中心怪有意思的，而每否定一次，他对这几个女人的影响力就膨胀一次。

“菜园里的活你干得挺好，”埃丝特姑妈说，“威明顿北边的一些旧农场正在改成苗圃，需要有园林工人管理。”

“汽车机械师，”另一个埃丝特乜斜着眼说，“你有耐心，就像你组装那些模型的时候的耐心。汽车，这个国家对汽车的需求没有止境，现在正到处修公路。你将来一定会有自己的汽车行，就像原来那里的二十六街跟市场街交叉口施瓦茨考伯夫车行一样。咱们离开那的时候他已经雇了八九个工人，办公室还雇了个全日工作的姑娘。”

“克拉伦斯不会愿意让他的儿子整天呆在油腻腻的汽车底下去呼吸对人体有害的废气的，”母亲说，“而且相当危险——汽油爆炸。”

“看来只好放弃了。”特迪说。

“天啊，这孩子到底能干什么呢？”埃丝特姑妈问道，她对这场游戏已经厌倦了。“这个世界实在配不上他。”

“在家的时候——我指的是在帕特森——我有一份送报的工作，天不亮就起来，气温在零下。”

“这个地方只有周报，要是本·雷德福先生出去寻欢作乐的话，它还不能按期出版。想读就到下边珀西店里买一份。好像一连几个星期都没有什么消息，只有结婚启事和海潮。”

“我不想干室内的活。”特迪说，那口气好像是他在帮助她们解决难题似的，其实是她们在帮他想办法。

小埃丝特笑了。“所有的活都在室内，除非那些粗野的工作，而你又太高贵不能去干。真是个难伺候的家伙，我说。这也不干，那也不干，干脆靠几个女人养活你算了。”

“行啦，行啦，”母亲打断她说。“他需要时间考虑自己适合干什么。克拉伦斯去了还不到一年，我们都需要逐渐走出痛苦。”

“没有哪一条法律说不许边工作边走出痛苦。”埃丝特姑妈说着用两只大手推着桌子把身子坐直。她的手上跟父亲一样有雀斑和太阳斑，只是没有金黄色的汗毛。“我听说瓶盖厂还要增加一班。现在正是大发展时期，共和党已经使一切走上正轨。小西奥多，没有任何理由说一份工作也找不到，况且有份工作也是向上精神的体现嘛。也许，”她说着用威尔莫特家族的深蓝色眼睛瞥了她侄子一眼，她的眼睛比爸的更清澈，“在瓶盖厂上班你还会遇上一位贝辛斯托克的姑娘哩。”

贝辛斯托克人给他的印象始终是乡巴佬。

“哦，特迪还没有这种打算呢。”母亲说。

“我倒想知道他的打算是什么。”他姐姐说。她问他：“你那传统的博爱之心哪儿去了？难道你一点也不想为你的同胞做点事吗？”

“我想。”他说，同时为自己的回答感到吃惊。“但是我刚十八岁，干吗那么着急？难道人人都得每时每刻干点什么不成？有的时候你只要不把事情弄糟就行了，不是吗？”

“对呀，”他母亲惊喜地说，“克拉伦斯就是这么说的！”

特迪仍然不好意思进企业，不过到了秋天，他还是去瓶盖厂找工作了。他们安排他在流水作业线末尾部看管一台中空的黄铜舌状机器，机器从上而下为圆形软木垫涂上防水胶，然后由流水线上的女工用她们纤细的手将软木垫塞进翻转过来的瓶盖里，这些瓶盖源源不断落进帆布传送带，输送到另外的机器，在瓶盖上打印商标并压出边褶。管子里的胶水会变干变硬，因此他还要在下班前作业线关闭的半小时内用溶剂清洗机器。溶剂会伤害皮肤，如果不戴橡皮手套手就会被烫伤，同时，胶水的气味进入鼻腔，蛰得他火辣辣地疼，使他晕眩。车间里单调嘈杂的声音与混乱的环境好像是有意安排的，致他父亲于死地的压力现在正向他步步紧逼。他只觉得自己的灵魂变成了一个极细的管子，里面被逐渐变硬的胶水所堵塞。负责往瓶盖里塞小垫的姑娘们——多数都长得白白胖胖的——总是嘲笑他那副笨手笨脚昏头昏脑的样子。每天两次十五分钟休息时间是她们调情的好时机，可是他对她们的挑逗毫无反应，这让她们很不高兴。冬季的一天，他病得很厉害，没能按点起床去上班，埃丝特姑妈的医生——海杰医生，天气好的时候总是骑着马出诊——无法判断他身体欠佳的原因，既说不出名堂又找不出病因，惟一的理由是他对工厂的工作有恐惧感。为了健康原因，特迪辞掉了那份工作。

在那段不稳定时期，特迪总觉得那三个女人，包括母亲和两位埃丝特，在小声谈论他，她们叽叽喳喳地交谈着，情绪变换不定，但是对他的关怀照顾始终如一，总之都是为他好。他的姐姐埃丝特坚持认为自己的弟弟很有天分，又很敏感，在瓶盖厂或别的什么劳什子工厂干活太委屈他了。她的秘书工作干得很成功，每天上班都很愉快，所以凭她的经验，她建议特迪尽管上大学很不现实，但找一份公司办公室的工作还是十分适合的。他在学校时表现很好，能够耐性熬夜苦读，或者研究和反复排列他的邮票或别的东西，而他的同龄小伙子们则热衷于打落袋台球，或者追女孩子，这足以说明他具有办事条理性强的品质，完全可以当一名会计。因此，他在贝辛斯托克附近农场和自家地里又干了一个夏天的打草、摘樱桃和种芦笋的活之后，开始去威明顿的奥康耐尔实用技术学校上课。他每周三乘电车去，中途在纽卡斯尔转一次车。该学校刚成立不久，所以奥康耐尔先生亲自打点学校的事务。红脸膛的奥康耐尔先生工作极其认真，经常是一走进打字室便大吼

"F,J,G,H;F,J,G,H!"将另一教员的声音淹没。他最见不得废纸被团成团扔掉。纸团不但在废纸篓里占地方,而且显示了学生漫不经心的态度。"把纸撕成两半,一下,一下,只许撕一下,"他怒气冲冲地说,"然后扔掉,这样碎纸才能平放在纸篓里。"他凶巴巴地拿起黄色练习纸来亲自示范,他把纸撕碎,然后猛地把拿着碎纸的手举起来,接着轻轻地把碎纸放进铁丝编的纸篓里。他的样子很好笑,那一排黑色莱明顿打字机后边的女孩子们直偷着乐。要是发现哪一个姑娘在窃笑,他便朝她走过去,把红红的圆脸凑近她。"公务不是篮球,"他咬着大板牙对她说,他的牙齿总让特迪想起帕特森的迪尔霍尔特先生。"公务不是篮球,公务不是游戏。公务不是"——说着就会直起身来,对着这些初级班的女孩子们讲起大道理——"给你们提供机会嘲笑男孩子的。公务是——我知道你们这些年轻的女士们不爱听——是严谨的工作方法和满怀信心的重复劳作。严谨的工作方法,满怀信心的重复劳作!F,J,G,H! D,K,S,L! 手指弯曲,手腕平伸,腰背挺直! D,K,S,L! L,S,F,J! 啊唷! 骗你们呢,是不是? 注意! 注意!"他好像一下子忘了让她们注意什么了,过后又接着说下去:"谁要是再让我看见把纸揉成团扔进废纸篓,就上大街去,那里有的是游戏! 上大街——去,别想要你的学业文凭!"

学校既授予文凭又为单科课程颁发学业证书。所设的科目有打字、格雷格速记法和皮特曼速记法,速记机速记法,档案管理技术,和一系列以复式记账为基础的财会课程。左边是借方,右边是贷方,就像水龙头里的冷水和热水。A－L＝P,代表业主对产业的所有权,也叫产权。收入减支出等于利润。决算表借方和贷方数额必须相等。这些东西很单调乏味,倒挺容易学,直至学到公债支付才困难起来。公债是长期债务,其中又有复杂的借贷、隐藏资产和举债经营,这最后一项是资本主义运作的灵魂。特迪又开始觉得受到了捆绑和挤压,感到惶恐。他开始逃课,乘电车去威明顿市里,浏览这座小城的大街小巷。这里很像帕特森,只是更优雅,更多有色人种,更多殖民地时期的石头建筑和白色的木屋,每件东西都显得小巧,或许是他长大了，相对而言周围的一切就变小了。这里的电影院也像帕特森一样集中在一条街上，这条街也叫市场街。那所名为格兰德的影院原为市歌剧院，里面有一架价值一万元的维尔利策风琴；加里克电影院里也上演基思轻歌舞剧；里阿尔托影院曾是利里克歌剧院；马耶斯蒂克，门前有大理石的大遮檐和希腊式装饰；歌剧院；新阿卡蒂亚，它的装饰还包括通往楼厅的过道上悬挂的金丝鸟笼和一个金鱼游弋的喷泉；最豪华的影院当属奎恩，它坐落在新装修的老饭店克雷顿楼内，克雷顿大饭店已被杜邦饭店挤垮。特迪惊叹宽大的弧形台口，绘有科学、音乐、美神的壁画、精巧的雕塑和以日式花园为背景的天幕以及宏大的金色拱顶，那上面隐蔽着灯光设备，灯光将墙壁照成灰蓝色、象牙色和深玫瑰色——这些色调，正如说明书上所讲，可以把你带到法国国王统治的时代。连接饰有浮雕的包厢的弧形栏杆格外优雅，特迪在帕特森从来没见过可与之媲美的东西，连邮局涡卷形的佛兰德前脸也大为逊色。威明顿市中心还有一座专为有色人种修建的剧院，叫国家剧院，允许白人进去，不过特迪从未进去过。

他不像他父亲那样对电影着迷。电影光斑闪烁、画面晃动、忽明忽暗的效果把克拉伦斯・威尔莫特从已坠入的漆黑之中推向了光明，却让特迪觉得它有点可怕，而且既奢靡又俗气。故事片全是在加利福尼亚州或者欧洲生产，无论是东边的还是西边的，两地均距此地三千英里远。这些电影特别青睐乌七八糟的东西，而那些东西恰恰是理智的人们在日常生活中极力回避的。特迪周围的观众爆发出邪恶的欢呼，响亮的钢琴声把人们的疯狂推向极致，无声银幕上的人物迅猛地冲向毁灭的边缘，甚至更糟。戴高礼帽的男人酗酒赌博，从而成了穷光蛋；珠光宝气的女人将婚姻与生命扔到一边，只为隐蔽在慢慢垂落的床幔后边，在赤裸的四肢中销魂片刻；还原最近的那场战争的影片将头戴钢盔的演员扔进爆炸后满是泥浆的战壕里；北方皑皑雪地里的爱斯基摩人也被摄进镜头。这些电影总是让你看到你不想看的东西——贫困、战争、谋杀，还有男女单独在一起时常干的那种事。就连喜剧片也让人提心吊胆——特迪眉头紧蹙地瞅着那些人野蛮地扇人耳光，或被绊倒，戴草帽和大眼镜的好人在高耸的建筑物突出部分的边沿上摇摇欲坠，令人胆战心惊。灾难与不幸总与小丑形影相随——戴草帽的大学生；双腿无论怎样剧烈地抖动，面部表情竟然毫无变化的男人；白脸庞、小胡子、头上戴着脏兮兮窄檐圆礼帽、脚上趿拉着大皮鞋的小个子流浪汉。卓别林的笑总是那般惨淡与神经质。怪不得他在电影中总是错误百出，被人误解，身无分文，警察干涉，疯狂追逐；对于红颜屡追屡败。冒险与误会接踵而至，不给那些目光凄惨的主人公以喘息之机，使他们一而再地经受羞辱与惩罚，一次次地陷入绝望。这样的喜剧与其说好玩不如说令人压抑，但特迪身边的观众并不理解其中意味却狂笑不止。然而，深究其意，演员的衣衫褴褛礼帽平塌的破落形象表现的恰恰是我们自己的噩梦，只不过他们以这种滑稽闹剧的形式让人们暂时忘却那些噩梦罢了。但噩梦实实在在地存在着：我们就像一群蚊子，因饥渴而疯狂，到头来却被拍死。生活的残酷无边无沿，但没有人为此哀痛——父亲的一生证实了这一道理。与此同时，生活的核心，那使得日子一天天地过下去的促动力，竟是一些本应该永远掩埋起来的令人难以想像的粗俗与污秽。电影把一切该隐蔽的事物赤裸裸地搬上了银幕，除此以外还有痛苦、拳斗、爆炸、暴力、甚至还有死尸以及龙·钱尼扮演的妖怪。恐惧困扰着特迪，即使在看那些轻松与浪漫的情节时，也无法让他释怀，因为他知道，这些光影闪烁的银幕影像要使他远离隐匿在放映室地板底下那沉重的生活现实。死亡与湮灭正在那里静静地等待电影结束。电影试图对人们说事情不是那样的。生活并不那么严肃；生活是假象，是故事，虽然令人苦恼，使人不安，但是本质上并没有痛苦，只有仁慈。人们熟悉的影星们在银幕上遭受磨难最终死掉，而在一两个月之后重又出现，还是那个人，只是服装不同了——那个男人鼓着自鸣得意的圆腮帮子，从墙头往下跳，顺着楼梯扶手边往下滑边用一把利剑在人胸前画“之”字；那个头发卷曲的女人经常扮演孩子，还同时扮演一个男孩跟他的妈妈；那个表情严肃嘴唇极薄的男人头发油光，有时打扮成一副花花公子模样，有时又像斗牛士，还有时像个舞男（自然是女人花钱让陪她们做爱的那种人，在帕特森或是威明顿很少见到这种人）；那个戴单片眼镜、身穿制服或者小礼服的光头德国人一出场观众就哄他——这些明星们在银幕上的生活常换常新，从一部电影进入另一部电影，任何伤害都不是永久的，然而特迪深知，只要是伤害便会是永久的。一个人真实生活的胶片只能放映一次。眼下电影界的肮脏内幕正不断从好莱坞传出来，例如，关于法蒂·阿博科尔谋杀案和导演威廉·泰勒谋杀案，后者是一起涉及玛丽·毕克馥的对手玛丽·麦尔斯·明特的神秘案件，连毕克馥本人也卷入其中。"美国的宠儿"不是天使，这是公众在得知毕克馥在内华达草率离婚之后又以闪电般速度与道格拉斯·费尔班克斯结婚的消息后得出的结论。璀璨夺目的银幕掩盖着大量的自尼禄罗马时代以来未曾有过的触目惊心的罪恶。

"你还想再要几个证书呀，小哭孩儿？"一天在埃丝特姑妈不常使用的客厅里他姐姐问他。这是九月，哈丁总统刚去世，他死在从阿拉斯加回来的路上，当时他的朋友弗尔在出售公共石油产地过程中搞欺诈的丑闻正被曝光。医生诊断他死于脑溢血，不过特迪认为哈丁得的是突发性心脏病，跟威尔逊总统一样，父亲也是因此而死的。近来他姐姐总爱眯着她碧蓝的斜眼，闪亮的眸子露着尖刻，剪成齐眉穗式的头发染成了红色。她现在已经公开在屋里吸烟，长满雀斑的细胳膊上带着丁当响的手镯。她近来有一些麻烦事缠身，或者说是丑闻，他是从家里女人们的嘀嘀咕咕和眼泪中悟出的，是关于她跟普尔西弗-麦克雷迪-邦迪公司里的邦迪先生关系暧昧的事。他是已婚男子，好像在犹豫了一阵子之后，他们的关系仍然保持现状。恐怕为避免传闻的蔓延埃丝特要辞掉工作才行。谈话内容是关于她回帕特森，还是去纽约，或者去费城，要么到西部去。她都听厌了。现在好像是要在离开之前亲自把特迪的事情安排好。

"嗯，我不知道。奥康耐尔先生——他很吓人，除非你意识到他的本意是想逗人——他把我叫到一边跟我说，只要我上整日班而且再多干点活，就能得到他的毕业证书，说不定明年六月就可以拿到。”

“说得好听，他不过想从咱手里多诈点钱罢了，公司才不在乎什么毕业证书呢。哪个像他的那个公司呀，还兼着华尔顿学校什么的；奥康耐尔只是训练技术工人而已。你已经把该学的都学会了，我是这么想的。”

“嗯，当会计并不是我的主意。”

他没有说是她的主意。她也没有说来贝辛斯托克至少一半的原因是为了他。是他求她来到这个与任何城市都不临近的地方，当地人认为最愉快的时光就是在长老会教堂或美以美会教堂的聚餐，奥德费洛大厅顶层的电影院是镇上惟一的一个，每周只在星期五和星期六晚上放映两场电影，要想喝点酒，跳跳舞，最近的也须跑到十英里远的那家小客栈去，而惟一对她感兴趣的男人是个有老婆的人。父亲曾经把传道看得过于神圣，埃丝特则对贝辛斯托克寄予过高的期望。她现年二十八岁，接近三十岁的危险年龄，她比以前更显坚韧，唇膏掩盖的嘴唇更薄，下巴线条更有棱角。还好，看来她并没有真生他的气。“说吧——有什么打算，大小伙子？”他的个头可不算大，只有五英尺八，不过长得健壮罢了，为挣零花钱他夏天干了不少地里的活，因而胳膊粗了，肩膀也宽了。

他不安地扭动着身子说：“哦，啊，我到处都打听了，除了瓶盖厂没有什么像样的工作，而且车间的工头还记着我是在两个月以前刚辞掉工作的。可那是这里惟一的一个大厂子，不是那种老板每周只用一个晚上就可以在店后的小屋里把账目结清的小单位，而威明顿的情况则是老板根本不要会打字并且懂格雷格速记法的男人——那些都是女人的活。他们觉得对着一个男人口述不舒服。他们认为男人应该做生意或者当工程师。”

“那么，你是想上工程学校啦？甭指望我，特迪。去找妈，她非常伟大，一定会再送你去上学，哪怕缝衣服把眼睛缝瞎。”

“我并不想上工程学校。学已经上够了。”他的脸直发烧；他被她数落得无地自容。

“兴许贾里德能帮你，他好像干得不坏，瞧他穿得那么讲究，还开着马尔斯维尔车，尽管他守口如瓶。”

“我说过我不想上学。我就喜欢呆在这儿。”

“坦白地说，或许我知道为什么——已经三年了，可你连一个人都不认识，我要是说错了的话，就不是人。”

“贝辛斯托克的小伙子都是势利眼，而且是乡巴佬。”

“你应该学着跟他们打成一片，伙计。就算挨了人家的算计，也要跟他们混熟。你太像咱爸，他就成天把自己关在办公室里，惧怕生活，光想着死。”

可是对特迪来说，他们，房中的四个人，全都惧怕生活。霍勒斯离开埃丝特姑妈以后，她曾经挂起一块“宾至如归”的招牌，还在二楼的后部接出两间卧室和一个洗澡间。来住的人不多，凡是来住的都吵吵闹闹，而且是些名声不好的人——男男女女都干那见不得人的事，要么是戴便宜戒指的小姑娘，要么是满身酒臭、长期旅行在外疲倦的推销员。如果不是因为这儿便宜或者为了得到藏身之地，他们也不住在这里。有一次来了两个偷运私酒的黑衣人，他们是来这里寻找走私地点的。贝辛斯托克以外的世界发展迅猛异常，城市的娱乐场所铺天盖地，而且娱乐方式也疯狂之极。黑帮集团互相残杀，人们兴起了马拉松式的跳舞，德国马克总值达四千亿美元。看来威尔逊是对的：同盟国应当对德国人好一些。

“如果你谁也不认识，他们就雇你当奴隶使唤，”特迪对他姐姐说，“我开始明白帕特森的工人为什么痛苦了。”

她笑了。“你不需要亲自去干就明白了一切！”

这样说不太公平；她忘记了他的送报差事了，为了送报他失去了当棒球队员的机会。他们的谈话传到了两个年纪大的女人的耳朵里，一天晚饭时间，埃丝特去参加晚会了，母亲对他说：“特迪，你应该回教堂去。去那里的尽是受人尊敬的人,他们有可能提供工作机会。多亏了埃文长老会的朋友们,我才能有更多的缝缝补补的活干。活儿多得几乎干不过来。快成灾了,老花镜不得不换更深度数的。还有,唱诗班里有许多漂亮的女孩子。贝辛斯托克的好人不了解你,特迪。不知道有多少人问起过你——他们总见你在外边闲逛,你瞧,可是从来不见你参加聚会。你看上去挺不好接近。他们觉得你是个非常神秘的人。尤其是那些年轻姑娘们,她们总打听你。"

由于几个再明白不过的原因,他对此番甜言蜜语早已听不进去了。"妈妈,"每到这个节骨眼上特迪都会装出很坚强的样子,"很对不起,我不去长老会。什么教会也不去。"

斯特拉叹了口气转向她的姑姐解释说:"他就是以这种方式表达对克拉伦斯的忠诚。不过,我了解你父亲,"——她又转向她儿子——"他可不是离开上帝就能享清福的那种人。他只是在那个阶段不能再为全教会的人点亮火炬。他要不是身体垮了,肯定还会恢复信仰的。这迹象是有的,我们最后几次的谈话就已经显示出来了。我说到天堂时他听得非常认真,甚至还对我说:'别让孩子们离开上帝,尤其是特迪。他是最需要上帝的人。这孩子太敏感,太胆小怕事。'"

"妈妈,请别说了。你在幻想。"这个词是他刚从一本书里学来的,书名叫《思想的形成》,作者是詹姆斯·哈维·罗伯逊。"是我经常进他的屋,还常给他读报听的,可他从来没有对我说过这类的话。"

"是呀,他不会。克拉伦斯是不会那么做的。他从来不会指挥别人。况且他的声音早已彻底消失,一切都结束了。"

"我非常爱你,你们三个我都爱,"特迪艰难地把想说的话说出口,"可是你们不要逼我在上帝对父亲做了那一切以后还去赞美他。"

埃丝特姑妈一本正经地说:"可有人会说上帝对克拉伦斯什么也没做。如果说做了些什么的话,倒是反过来才对。我弟弟离开了上帝,逃离了光明,这才是可悲的事实。"

“可悲的事实是，”特迪说着激动起来，表现出的男子气概赢得了几个女人的赞赏，但他尽量克制自己不要在她们面前显得过分，“你们已经落后时代一百年了。读一读门肯。读一读萧伯纳。再读一读伯特兰·罗素。”他在三楼自己的房间里通宵达旦地读书，他所选中的书被只会写自助手册、精神保健和《大街》之类书的美国作家认为过于理智，而且十分可笑。

埃丝特姑妈说：“有一次我们上威明顿的老莱西姆剧院看萧的话剧，那时候它还不叫帝国剧院，后来给大火烧了。我没大看懂它的情节，不过好像它跟救世军的观点挺像的。他过去偶尔读一读巴尔的摩《太阳报》上登的门肯的文章，读完之后能激动好几天。”他们都清楚，“他”指的是她不愿意提及的霍勒斯，也是“我们”中的另一半。

“他认为我们这些人都是愚民。”埃丝特姑妈说，这一次“他”指的是门肯。“嗯，对我来说，他聪明的一面是怪可爱的。接下来的后果就别提了，那些人一点都不快乐——就拿他们用劣等威士忌把自己灌得酒精中毒这一点就能看出来。”

特迪很可怜母亲，她的好意被冷落了。“妈妈，”他说，“我很爱教会的人。”说着碰了碰她放在桌布上的手，这是一双久经风霜的手，是一个寡妇布满皱纹的手，其中一个手指因为长年带顶针而苍白变形。“他们都很优秀，只是自从父亲经历了……”

“他以他的经历带领我们走了过来。”她以责备的口吻纠正说。

“不管喜欢不喜欢，我们都得归于某一个地方，”他的姑妈说，“要不然人也就不能成其为人。独自一人是什么也干不成的。”

特迪有一种漂浮的感觉，这种感觉他父亲也一定有过，尤其是在他意识到自己已经与所在的这个世界格格不入时——他周围的一切都是这样光滑，连一个凹凸面也没有，甚至找不到一个扶手。但是特迪爱周围的人们，就连瓶盖厂蠢笨的胖姑娘们和威明顿的长脸速记女学员们他也爱。与人们在一起时他感到那是他最快活的时刻，只要人们不紧围着他。他爱大众，但是不得不与他们保持适当的距离。

“昨天晚上的读经会上，我听说城里塞思·艾迪生药店需要一个年轻人。”埃丝特姑妈突然说道，同时脸上绽出宽慰的笑容。“学了点记账的知识没坏处，虽说主要的活是卖苏打水。塞思店里的麻烦是，要是卖货的人太年轻，他那些朋友就会拥进来，到柜台后边偷着拿苏打水和他们调制的各种饮料——一来就是一群人。年纪稍大一点而且大家都不认识的人可能更适合一些。去见个面没坏处，西奥多，如果秋天你不想再乘电车去奥康耐尔那里的话。跟塞思说你是埃丝特·特鲁伊特的侄子就行；我们刚搬到这儿的时候，他跟他妻子艾米和我跟霍勒斯常一起去捉螃蟹，那是一九〇八年的时候，我们乘坐老诺亚·沃森的橘黄色平底小渔船出海。跟他提一提老诺亚——他是我知道的惟一能让塞思松口的人。”

艾迪生药店——出售烟草、香水以及各种各样的杂货物品——坐落在镇中心。镇上与河平行并随河道的弯曲而弯曲的罗德尼街在这里与埃尔姆街交叉呈丁字街。药店对面是商业街区，整个街区只有一个石板瓦的双色砖结构建筑，四个门洞长，四层楼高，容纳了珀西日用品店、杂货店和克氏五金暨种子店，它们中间夹着一家理发店和一家干洗店。艾迪生药店的大玻璃橱窗里陈列的物品呈金字塔形，货物晒褪了色，物品上方垂下两个供观赏的球体，一个里面装着碘酒样的红色液体，另一个里面装的是蓝色液体，像个倒置的墨水瓶。从角落里的门口进去，门左侧是杂志架，门右侧是一个接一个五英寸大小的斜面货物陈列盒。盛香烟、鼻烟和雪茄烟的盒子旁边放置一个镀铬的小型汽灯，每天从早晨七点半开业到晚上九点打烊，汽灯喷嘴始终冒着火苗。一个转笔刀一样的切烟机嵌进木头里——像个小型断头台，小孩子们总想把手指头往里伸。货物陈列盒的斜面角度恰到好处，盒里盛的是糖果、盒装巧克力，还有香水。香水是艾米·艾迪生太太从带软木塞的大玻璃瓶中分装到管状小玻璃瓶里的。对面是苏打水柜台，柜台前放置着可以旋转的凳子。瘦弱的红发女艾米没有固定的工作职责，只要家里的事不忙就到店里来转一转，因为女人到店里购物尤其是一些精细物品时，总爱跟另一个女人商量一下。苏打水是一九一九年新开的业务；关于苏打水的药疗作用早就传开了，但是直到颁布了禁酒令后，全国上下各个城镇对苏打水的需求才真正火爆起来，遵纪守法的男人们需要一张可以坐的凳子和一个可以安放胳膊肘的地方。

往后去是一片放置圆桌和藤椅的地方，它的后部有一处高出地面的台子，那才是真正的药房。塞思·艾迪生和他的助手，药剂师查理·温赖特，在这里鼓捣他们神秘的制药工作，称量、调配、研磨，以及添加酊剂，把拌在一起的六七种草药和化学药品滚圆再做成片剂，或者把它们用酒精溶解或稀释后制成“滋补剂”，高高的柜台把他们挡得严严实实，只露出他们的头来——只见艾迪生先生闪亮的光头和他助手那油亮的黑发随着他们的点头或摇头动作一上一下。他们身后暗处的三个架子上摆满了新老药酒，那些陈货包括霍斯泰特驰名的健胃苦药酒，利迪亚平卡姆草药，以及基尔默医生的理想海草血液净化养心药等。由于工作的便利，特迪很快发现在架子后边有一间小屋，里边有一张破旧的皮沙发和几个柜橱，里面装满金属用具，艾迪生先生就是在这里用疝带给病人治病的。还有一间大一点的房间，里面存放着空的或装满货物尚未启封的箱子，上边还贴着价签。一条很短的过道里亮着又脏又暗的灯泡，尽头有一个已成棕黄色的小洗脸盆和一个专供店员使用的摇摇晃晃的马桶。从昏暗过道的旁门出去会猛地跨进阳光下炫目的停车场，场地不大，脏兮兮的。这里停放着艾迪生先生的帕卡德车和温赖特的廉价福特车。这条鹅卵石铺就的后街叫渔场街，现在已经没有人知道当年殖民地时期的渔场究竟在哪里。药店里货物品种齐全，单是护发用的就有图来波牌护发去屑油（上面印有一妇女侧面头像，她的波浪形长发是一种为大众所接受的标志）、威尔都特牌头油、菲奇牌洗头膏；为护脚准备的药膏从爱足牌脚膏(可以消除烂脚气引起的疼痛)到肖勒医生贴在黄纸上的各种形状的膏药;护理神圣下体的埃克斯-莱克斯卫生巾、卫生带以及红胶皮的冲洗器、止痒粉和一种产于新泽西州的新产品——托阳牌避孕套,这东西从不摆在外面,而是存放在像放酶片的罐子一样小的罐子里。这种物品只卖给成年男子,他们总是鼓足勇气才嘟嘟囔囔地说出他们要买的东西。顾客们通常会涨红了脸,但是特迪很快就学会了漠然处之,在耐心等待他们表达出自己的意思时,他则保持着律师一样的狡黠与冷漠。

无论他继承了什么样的清教徒式的纯洁,也都被手上沾着的各种药膏、膏药所玷污。有的时候老板让他制作栓剂,用的是一台黑色铸铁机器,只要转动把手作栓剂用的蜡便被挤进子弹形的壳内。此药的成分由艾迪生先生调制,以可可脂为主。夏天气温升到人体温度时蜡会融化,要想成形不得不把装满碎冰的袋子放在机器上面,就好像机器患了头痛病似的。人类有体温、半液态、极易患病的可怜身躯不仅裸露在外,而且受到种种侵害,而特迪四周这五颜六色的大小包装能除去人体的每一个疱疹,减轻每一种病痛,满足每一种需要,清洗每一颗蛀牙。奥利威罗香皂七分钱,马罗女子爽身粉五角二分,索迪芬尼药水两角一分,泰拉得马通便剂八角九分,常备胡刷四角九分,阿华田四角二分。店里还有许多为健康人士准备的商品:玻璃盒里的雪茄上贴着华丽的商标,上面印着烫金着色的古巴和西班牙风光;糖块和口香糖,口香糖口味繁多:来福牌薄荷味的、黑杰克牌甘草味的、奇可利牌裹糖衣的,糖果则有芭比鲁斯牌巧克力花生糖、惠特曼盒装巧克力等;象牙海岸的香皂纯度达 99.44%,拉瓦牌香皂具有石头的作用,可以轻易洗掉油污,还有二十九骡子队牌清洁剂。杂志都放在斜对角门口处的架子上,有《自由》、《柯里尔杂志》、《邮报》、《妇女杂志》和《麦氏画报》等。它们来自纽约和费城,封面上是清一色靓丽的女人头像,运来时均用明晃晃的包装打成结结实实的捆,比他在帕特森时不得不送的《晨报》沉重得多,散发出高级光面纸的清新气味。上午和下午学校放学之前是一天里最悠闲的时间,他就拿一本杂志在饮料柜台后一页页浏览。他非常欣赏那些令人眼花缭乱的家用电器广告，还爱看那些关于美满家庭的画页——除了书中描述的那件不大但却不可挽回的不幸事件之外——以及卡通故事，他能“看懂”其中的大部分。这些杂志慷慨地向诸如贝辛斯托克这样小城的人们展示人类社会的高度发达及其无穷魅力，还展示了站在加利特山上便可看见的曼哈顿高高耸立的大厦群的轮廓。身居小城的人们除了牧师与政治家的说教外，对其他的事情一无所知。奥德费洛大厦内的毕尤电影院放映的电影也能达到同样的目的。现在又有了电台，每天晚上主要播放舞曲——有迈耶·戴维斯管弦乐团和埃尔默·格罗索管弦乐团演奏的音乐，口琴吹奏曲及鸟鸣口技——也广播棒球赛事结果、市场情况报告、天气预报，还有由桑顿·伯吉斯高声朗读的情理故事。他曾求埃丝特姑妈和他母亲买一台晶体管收音机。艾迪生先生有一台，放在后边用作办公室的房间里，遇到特迪每周三次工作到九点的时候他便能听见从那里传来的微弱的、嘎嘎啦啦的音乐声，跟他在二十七街时听到邻居家留声机的声音差不多。《印第安人爱的呼唤》、《有人喜欢我》、《神韵》、《我喜欢快活》：这些都是时下流行的歌曲，男人的声音或尖细，或哀怨，或低沉，女人的声音则是从鼻腔挤出来的又细弱又跳跃的声音，像是在下等酒吧里被烟呛着了似的。那些亮闪闪的管子是如何将这些音乐从空中挑选出来的呢？对那些看不见的电波人们怎么就感觉不到呢？贝辛斯托克邮局位于罗德尼街上越过埃尔姆街的那一头，那里也有一台收音机，放在那所半砖房子一侧带栅栏的窗户旁边，霍尔利先生总是坐在窗户旁。这位邮局局长整日弓着腰全身心地埋头工作，浑身上下污渍斑斑，一支铅笔夹在耳后，浓浓的鼻毛长到了鼻孔外面。他穿着过时的条子衬衫，袖口扎着松紧带，外面罩一件灰蓝色坎肩，这好像是他一年四季的制服。他总是把收音机朝向大海，或是朝向环抱德尔马华半岛的海湾上那些一动不动、无声无息的船只，而且一直播放到傍晚。特迪在为药店处理完邮件之后，总爱停下来听一会儿，万一有哪一条船像泰坦尼克号或者露西坦尼亚号一样开始沉没，船上便可能有一位勇敢的无线电发报员，此刻正站在没膝深咆哮的墨绿色海水中发出呼救信号。

一天的日子糊里糊涂地就过去了，日复一日，年复一年，时间按照同一节奏消磨掉。早晨艾迪生店里总是最忙的时候，来自威明顿和巴尔的摩的报纸送到了，贝辛斯托克上班的人占满了所有的座位。他们匆忙地喝上一杯咖啡，吃上一块下街的布林德利太太面包房烤制的甜甜圈或者葡萄干面包，然后缓缓离开这里。大多数来买东西的顾客是妇女，她们在市中心连买东西带闲逛，接着便是紧紧张张的午餐时间，之后是吃着糖块和锥形杯装冰淇淋的孩子们出出进进，再往后便是很长一段时间的闲静，直到孩子们从学校回来。这时候，特迪就会觉得时光正从身边悄然流逝，自己既无长进又看不到光明的前途——他能听见保存冰淇淋的雪柜中的冰慢慢地融化滴到下面的盘子里。雪柜旁边的罐子装的是用来制作苏打水的压缩二氧化碳和搅拌乳酪的一氧化二氮。查理·温赖特去多佛的雷克萨尔药店当了掌柜，艾迪生先生问特迪想不想去医药学校学习，他如果去，就意味着重新开始乘电车往返于贝市和威明顿市，还意味着又需向家中的女人们伸手讨学费。埃丝特姑妈近来身体不好——神经性的毛病，海杰医生来家里给她看病时是这么说的。他们整夜不停地帮助她上厕所。母亲要想不瞎，每天只能做这么一点缝纫活。她总想培养一名助手，结果不是因为姑娘怀了孕，就是因为掌握不了制衣的精细技术而半途而废——“我认为，”有一次她郑重地说，“现在的姑娘们可跟从前的不一样了；她们一心只想着快点下班，然后去跳舞喝酒，坐敞篷车兜风。过去的优良——于俩——传统错了?”特迪一旦拒绝了艾迪生先生，便永远失去在他眼里的价值，就像当年他拒绝了帕特森高中那个棒球教练一样。特迪心想，莫非他的一生将摆脱不掉对机遇审慎的拒绝？在美国机会并不总是送上门来的。她姐姐终于没有离开普尔西弗-麦克雷迪-邦迪公司，因为她的辞职会使人们更加相信关于她和邦迪先生的谣言。一九二五年夏天，人们正把兴趣集中在对田纳西州的斯科普斯案的审判上，埃丝特突然爆出了新闻：她和普尔西弗——不是邦迪，他还没有准备好，也不是麦克雷迪——准备结婚，建立家庭，只等他一离婚马上就办。在这期间，为了躲避传闻她去了纽约，暂时跟贾里德和他妻子住在一起。贾里德的妻子露西尔活泼、苗条、有金黄色头发。贾里德过去替她父亲收房租，现在她父亲已经是一位大房地产商和大企业投资人。她曾经来贝辛斯托克认亲，但是这对新婚夫妇没在这里过夜。"金黄头发，可长着爱尔兰的黑头发根。"他们走了以后埃丝特姑妈冷冰冰地这样说道。

"你怎么知道，"特迪问他姐姐，"普尔西弗会遵守诺言跟他老婆离婚呢？"他一直觉得成年人的生活荆棘丛生，充满了冒险，稍不留心便会出错。

"嗯。"她说着，乜斜的眼睛透过吐出的烟雾看着他。她现在抽的是一种新牌子，切斯特费尔德牌烟，"他要是不离婚，我到时候会告诉你下一步怎么办。办公室我一天也呆不下去了；弗兰克·邦迪总对我怒目而视，好像是我背弃了他似的。这个笨蛋。我给过他机会。"

"可是你去纽约能干什么呢？"

"我也不知道——去看电影，参观博物馆。坐在华盛顿广场，写诗。贾里德说他们会带我去所有他们喜欢的娱乐场所。他和露西尔在第五大道上有一所四间卧室的公寓——我愿住多久都行。我需要强烈的日光，特迪。嘿，我可从来没有说过要在这儿呆一辈子。你已经基本上安定下来了，对不？我已经帮你适应了，是不是？"

"是的。"他壮着胆子说。"只是——母亲和埃丝特姑妈越来越老了。你从来都是家里惟一精力充沛的人。你也是我惟一谈得来的人。"

"那就另找一个人，没有多难。嘿，你二十二岁了，正迈向八十二——难道你的腺体出什么毛病了？"

她总有办法使他脸红。"什么毛病也没有，只是，对这里的正经姑娘们来说，我不过是个制造苏打水的机器。假如我找一位特厉害的姑娘，不是给妈添乱吗?”

“*Au contraire*①,孩子。你是怎么想的,你还指望密苏里州的每个人都白璧无瑕?她就想要个家庭。放松一点。上教堂去跟人交往,或者干点别的什么。”

“教堂不合我的意,你是知道的。”

她犹豫了一下,一时不知如何回答。“在这样的穷乡僻壤,教会是惟一的社交场所。要么打败他们,要么跟他们打成一片,我看这是惟一的办法,”她耸了耸肩说,“让自己适应起来。我把自己的生活搞得一团糟。也许你是对的——坐下来静观其变。”此刻,在姑妈家有棕色瓦楞铁皮顶的阴暗厨房里,埃丝特说完后轻松地把身子倾过去,用自己涂了唇膏的薄嘴唇在她弟弟宽大的前额上轻轻地吻了一下。

世界好像变得更加性感了。在电影里身穿泳装的麦克森尼特姑娘们的大腿越来越暴露,还出现了由名叫波拉·尼格利什么的外国女演员扮演的专门勾引男子的荡妇。现实生活中这样的年轻女子叫“轻佻女郎”,她们穿着超短裙疯狂地跳一种叫查尔斯顿的舞。一天,药店的几个伙计专程到费城看明星加莉·芬尼尔的粗俗表演,她不停地摇动奶子上和屁股上的穗子。不过那里的人不管那叫奶子和屁股。全国这种变化迅猛俗不可耐的潮流也把贝辛斯托克城的年轻人卷了进来——姑娘们换上筒状短裙和紧身袜,小伙子们穿起宽臀部的白色帆布裤。令特迪吃惊的是,连在瓶盖厂上班的工人的孩子们也买得起模仿长岛及芝加哥富家子弟才穿的服装。贝辛斯托克的花花公子们常因喝私酿杜松子酒过量而醉倒,第二天上午都跑到店里来买苏打水和开胃剂,年轻的女子则在香水柜台旁边向艾迪生太太拼命求教,以期消除因醉酒后的不轨引起怀孕的可能性。在药店里工作如同站在罗德尼街和埃尔姆街交叉口目睹该镇的痛苦。颤颤巍巍、呼吸困难、眼圈发黑的

① 法语:正相反。

上年纪人走进来，离开时带走的是治心脏病的洋地黄甙。年轻的母亲来买能使孩子大便顺畅的含矿物质的牛奶和止泻的复方樟脑酊。中年人买保持青春活力的含铁肝精和起镇静作用的溴化钾和巴比妥。吗啡和阿司匹林可止痛。咳嗽糖浆治黏膜炎和喉痛。吐根制剂催吐。秋水仙治痛风，至少能减轻痛苦。碘酊治甲状腺肿大，胰岛素治糖尿病，奎宁治疟疾，洒尔佛散治梅毒，维他命C治坏血病。不过这最后三种病在贝辛斯托克不多见。颠茄、檫树皮、洋菝葜根、药属李、薄荷醇、消炎痛、沸腾散、罗谢尔盐、草药——很难说究竟哪一种药能治病，归根结底是为了让病人觉得他们受到了关注，而且某种治疗方法也在他们身上试过了。埃丝特姑妈的大夫海杰医生有一个得到批准的标准药方——酏剂I，Q和S，药里含有微量铁、奎宁和马钱子碱，它们溶解于酒精溶液内，该酏剂跟波旁威士忌一样性烈，也许起作用的是酒精。生活本来就需要忍耐。大自然在与你作对之前会为保卫你付出一切。

一九二六年的春天姗姗来迟。特迪注意到前来买药的慢性病患者中又多了一位顾客，这位跛脚姑娘是镇上的新居民，她每次都由父亲护送来药店。她父亲原来是种植烟草的，卖掉了靠近路易斯的几公顷土地后搬到贝辛斯托克来，买下了卡尔弗的暖房。那暖房在两个街区远处的渔场街上，有一半的窗玻璃都破碎了，自从杰克·卡尔弗家的几个男孩子从国外服役后回到特拉华，他就不停地酗酒，直到把自己灌死。特迪已在这里住了五年，他总是从邮局里或者饮料柜台前人们的谈话中了解镇上发生的所有事情。尽管镇上的人一致认为他们决不可能也不愿意支持他的鲜花生意，但是暖房铁锈斑斑的窗户框重新安上了玻璃，毕竟使人感到舒服了些。问题是，丹尼尔·西福德并不缺这点钱；他刚刚从一个房地产投机商手中赚了一大笔钱，那个房地产商认为，把雷霍博特海滩改造成南新泽西避暑胜地会非常舒适，而且有大利可图。西福德买下这暖房以及两公顷土地，还有附带的一八八〇年建的庄园，纯粹出于他的爱好，他喜欢用双手摆弄土地。他的块头大却步履蹒跚，衣裳胡乱地穿在身上像是穿着带前胸的工装裤，脸上皱纹纵横交错，猛一看酷似一张特种狗的脸。他倒是有妻子，可她从不到商店来，甚至很少出屋门，顶多在晒衣服时出来一下，而且只要她以为有人像要与她交谈，便马上退回屋里去。至于孩子，只有这个跛脚女孩和一个比她大得多的男孩子，那男孩早去了西部的什么地方，印第安纳州，或者尼布拉斯加州什么的，他把那里的一个农场卖掉了，差不多有六百四十公顷。

用贝辛斯托克的标准来衡量，这姑娘的穿着不太合时宜——有的时候她穿得过于花哨，脑后高高盘起的头发用一根已不时兴的丝带扎住，而另一些日子她又穿得过于简朴，格子布裙上沾着泥渍，袜子上挂着草根。她需要通过药店订做新的腿支架和千层牛皮底矫形鞋，她需要的东西必须反复几次寄回一个在坎姆登的地址，才能得到海杰医生的认可，之后方可使用。她算是给攥在海杰医生的手心里了。从她带来的处方——APC、吗啡硫酸盐、外搽去痛酊、止痛外敷剂——可以猜出被她一双漂亮灵秀的大眼睛和表面的快活所掩盖的身体的不适与痛苦。她的白眼球比一般姑娘的都大，很像罗克西电影院门前海报上电影明星格洛丽亚·斯旺森或莉莲·吉什的眼睛。罗克西影院专为放映电影而建，深色砖墙，门前有一个三角形的大遮檐，除去星期日，天天都有电影上映，它很快就取代了奥德费洛厅楼上的毕尤剧院。姑娘的体形像村妇般丰满，但是皮肤却像锦缎般完美无瑕，似乎她因右脚畸形所受的痛苦与尴尬使她的精神得到升华而绽放异彩，正如牧师对痛苦的探讨。她的腿支架和特型鞋不断地在坎姆登和贝辛斯托克之间送来寄去，特迪在为她的腿支架进行准确测量的过程中对她有了极大的好奇，并产生了好感，出他意料的是，她对他却一点反应也没有。他从记录上知道了她的名字：艾米丽·珍妮特·西福德。她很腼腆，喜欢喝加一小勺核桃奶油冰淇淋的苏打水。她坐在柜台前，绿色大理石面上微微映出她圆润的前臂和粉红的臂肘，因在暖房里帮父亲干活手指甲不太干净。她用一只手把散到前额的细细的棕色头发向后梳去——她的头发非常柔软，从丝带里散出来的一小撮几乎看不出颜色来——嘴唇皱到一起迫不及待地用吸管吸吮苏打水，剩下最后一点时发出啧啧的声音，然后她用长柄银勺把剩下的冰淇淋舀起来吃掉。她不化妆，也缺乏高雅的气质，是一个不折不扣的良家女孩。她吃完苏打冰淇淋后总是用手背把嘴唇一抹，然后茫然地又带点满足地打个饱嗝抬头望去。他总爱拿她跟在银幕上跳舞的那些浑身油亮闪光的健壮女人作比较，相比之下她是那样单纯与清秀。她的前额很高，下巴开始重叠，像她这么年轻就双下巴似乎早了点。她的眼睛有时会扫他一眼，因为她意识到他在注视她；她眼睛的蓝色既不是乳蓝也不是碧蓝，跟威尔莫特家人的蓝色不一样，那是一种天鹅绒蓝，花一样多层次的蓝，它吸收了柜台顶部的绿色，并且反射出映在苏打水罐上的各种亮点、各类物品和广告的五颜六色。特迪身后有一面镜子，能够照见所有的顾客，她可以从中看到自己以及他的后脑勺。“忒好啦。”有一天，她趁柜台前没有其他顾客的时候对他说。

“你指的是什么？”他回答说，同时被她的声音吓了一跳，尽管在此之前他听见过她用这种缓慢、谨慎、轻微的声音跟她父亲和艾迪生先生谈话。也许正是这种缓慢，才使她的声音听起来那么悦耳。

“苏打水。你调的冰淇淋苏打水很好。”

“嗯，我已经干了一阵子了。”他觉得自己笨嘴拙舌的。他效仿真正药剂师的样子穿一件染上污渍的白大褂。是艾迪生先生让他穿上白色长衫的，这可以让人觉得他们到了一个干净无菌的地方；可是他太不愿费力，所以不常洗它，穿上一个星期白大褂就快成抹布了。“没什么难的。”他说。似乎还应该多说一些。“现在新添了香蕉片冰淇淋，那需要一点技术，还有巧克力圣代，要做得跟照片上的一样。”他侧一下头，指的是立在他身后地上的广告牌，上面印着冰淇淋公司生产的各种形状、颜色诱人的冰淇淋——船形的、假山形的、雪人形的——都是用冰淇淋加搅打过的奶油加碎果仁加巧克力加糖浆制成的。“你应该尝一个香蕉片冰淇淋。”特迪说着脸红起来，因为再往下不知该说什么了。

她也有同感，于是捡起他的第一个话题。“你干了多长时间？”

那是一九二六年。那一年他退出了威明顿商业学校，哈丁总统去世；接着，第二年夏天，卡尔文·柯立芝总统的十六岁儿子小卡尔文·柯立芝去世，全国人民都为他哀悼；第三年夏天，斯科普斯因教授进化论被认定有罪，处以罚款一百元，但是出庭作证反对他的那位知名人士和著名演说家威廉·詹宁斯·布赖恩却霍地一起身，倒地死了。要捍卫神的圣言得付出多大的代价啊。“三年了。”特迪对她说。她那么好奇地瞅着他，使他感到紧张，于是他开玩笑说：“促使他们生产更多的瓶盖。”这是当地名言，被用来应对一些难以回答的问题。

他万万没想到，这位来自运河下游的跛脚姑娘竟会在凳子上直起身子，带点挑衅地对他说：“嗯，这话不该我说，不过我想一位又聪明又漂亮的男士应该找一份更能发挥自己天资的工作，而不应该只做跟广告上一模一样的香蕉片冰淇淋。”

聪明？漂亮？男士？他像被蜇了一下，只说了一句：“哦？是吗？”过了一会儿又说：“也许说得对，不过这话怎么也该不着你来说呀！我也没见你干什么呀，不就是在你老爸的暖房里挖泥嘛。”

这时，就像施了魔法一般，她的身穿灰不溜秋松提拉垮衣裳的父亲突然出现在门口杂志和香烟盒子之间；她满脸怒容，从凳子上滑下来，试图控制着那条病腿使它走得顺当些。她随父亲走出门去，柜台上留下了两个一角钱硬币。

她好几天没有来，很可能就为了这个。他认为她没有理由永远不见他，这个镇这么小，况且暖房就在两个街区远的地方。有好几次他回柳树街时专程绕过暖房，可是一次也没遇见她。吃晚饭的时候他尽可能显得十分随便的样子问他母亲：“你了解不了解那个买了卡尔弗暖房的叫西福德的人？”

“不了解，怎么，亲爱的，我对他一点也不了解。我没有什么机会走到渔场街去。”

“我以为从教会或者别的……”

“他从来没在长老会露过面，对这一点我敢肯定。你想知道什么，亲爱的？”

“噢，没什么。”

他们都没再说话，她踢踏踢踏地走出去，接着又转回来，问也不问就给他添了一勺甜土豆泥。“也许埃丝特姑妈知道你想问的情况。把巧克力布丁给她送到楼上时可以问问她。”

埃丝特姑妈一天的大部分时间都呆在床上。对她的病海杰医生叫不出名来，病症顽固不退，弄得他毫无办法，每次下楼梯时总把他的秃头摇来摇去。他的面颊一抖一抖地颤动着，怀表链在深蓝色马甲下摆处来回摆动，脚上那双黑亮的皮鞋好像比谁的鞋皱褶都多。埃丝特姑妈屋里的气味很像药店后排架子上的味儿，樟脑味和结了糖霜的陈糖浆味与发自她身体夹杂着痛苦的腐臭味混在一起。她最近在楼上这间卧室里安了一部电话机，最流行的黑色电木壳的，她把它摆在床头桌上，旁边是她用来装治疗神经类药布罗兹片剂和艾斯凯磷酸酯的药盒，当把喇叭形的话筒对着她蜡黄的瘦脸讲话时话筒就像一朵绽开的花，一朵黑水仙。“美以美会教友，”她说，“西福德家的人去美以美会做礼拜。他自己去，从来不带他太太。大孩子去西部了，剩下一个不幸的女儿。他们的日子过得可不算快活。”

他把他的问题说了一遍，她也跟他母亲一样敏感起来，她问道：“你为什么想知道这些？”

“不为什么。我常见她一颠一跛地跟她父亲到药店来取药和支架。我想我是可怜她吧。”

“你不必觉得她可怜。她爹从地产生意中得了不少钱哩。谁也不知道有多少。”这位羸弱的病人瘪了瘪嘴唇，又说，“有人说从在娘胎里就成了那样，可也有人说她妈是酒鬼，她还是婴儿时被她妈掉到地上了。她妈的确是个怪人，总是大门不出二门不迈的，一见来人就躲到楼上去。无论那姑娘发生过什么事，一定是很早以前的事了。我猜她是存心躲起来。”

当艾米丽再次来到药店时，一点都不躲躲闪闪的。她坐到柜台前，连个招呼都不打便说开了：“至于你说过的关于在我父亲暖房里挖泥的无礼之词，我们的情况是不能相比的。你是男人，我是女人。男人就应该走入世界，可女人除了做男人让她做的事之外是不需要做什么的。”

女人。单纯而且不加修饰，她居然会想到男人和女人。他意识到，多年来为了那条跛腿她已经习惯了说话带刺，对于别人会怎么想她是不放在心上的。明白了她是这样一个人，他便不像听见别的人这样说话时那么吃惊了。他说：“做女人就那么糟糕吗？无论怎样，我向你道歉，如果我伤害了你的感情的话。你愿意在什么地方挖泥就在什么地方挖吧。”

“这也是无礼。”

“哦，嗨，我算看出来了，你这人真难交谈。”

她听后反倒笑了——嘴角边娇嫩的面颊上立即现出一个酒窝，水灵灵的大眼睛飞快地眨了一下。“你是这么想的？”

“我是这么想的。真傻，我。我好像一直在幻想。”又一位顾客坐在了柜台前，他过去招待他，接着又过来第三位客人，等到他回到她那里时，只留得郁金香形碟子在那里，碟里的阿月浑子冰淇淋已吃光，只剩一小滩浅绿色液渍，她早已不见踪影，留给他的是柜台上一枚一角硬币。接下来的一周她没有再出现，他开始怀疑她改去镇上的另一家药店——利格特药店，它在对面街上，往鞣革厂废址方向走一个街口。利格特药店把每一项货品的价格都降了一分至二分，但是店铺只有艾迪生店面的一半大，而且雪茄和杂志也不像这里有那么多可供选择。艾迪生店备有所有最新杂志——《时代》、《读者文摘》、《美国导读》，据说这后一种杂志很激进，并且对上帝大有不敬。人们总是偷偷翻阅架子上的杂志，所以常常露不出封面，不过特迪一发现便马上将封面翻出来。他喜欢门肯，然而此时美国正掀起萧伯纳和威尔斯热。

一天下午他五点半下班，回家时特意沿着小街走，从渔场街绕回到柳树街。小街两侧的车间外表是用仿真石头的水泥块砌成，模仿石材的粗糙效果是用模子制出来的，枪械车间不断传出研磨的声音，还散发出热金属味。特拉华的秋天，埃文河的蓝色河面波光粼粼，沼泽地的草变成黄狸猫色，不过头顶的树叶依然能产生叶绿素。枯叶飘零落满草坪，除了受到勤快的主人精心浇灌或是有蓄水沟流过之处，大面积草坪已干枯，像平坦的褐色地毯——夏末时节，暗淡的景致加上蝉鸣，特迪心中油然升起一股悲凉之感，就像春天听到唧唧鸟叫声的心情。暖房生锈的窗框都安装了玻璃，里侧涂上了白浆，因而很难看见暖房里的情况。特迪在一个车间附近徘徊，车间旁边有一只改成燃箱的旧油筒。他透过涂了浆的玻璃研究着屋里模糊的人影，确定那些深色的影子是那位父亲及两个黑人帮工。那点点片片浅色的衣服肯定是艾米丽的，她那来来去去的动作竟如此意想不到地灵活。艾米丽·珍尼特。她的名字含在他口中，即使不说出来也像是放在嘴里的薄荷止咳糖片，苦兮兮的浓郁芳香。然而她是两种不幸的集合体：跛子和乡巴佬。

他担心母亲和埃丝特姑妈等着急了。他们的晚饭越吃越早，因为她们不愿意误了听广播的时间，那个节目开头是所谓的晚餐音乐，由著名的音乐会歌唱家演唱，六点钟开始，纽约 WEAF 广播电台，接着 6∶55 是棒球赛报道，不过只有他才关心比赛结果。这一年，贝比·鲁斯不得不遵照医生指示休息，扬基队大有稳拿锦旗之势，只是特利思·斯皮克的印第安人队正迅速赶上来；在全国联赛中罗杰斯·霍斯比的红队有打败辛辛那提红队的可能。特迪对棒球已经不像过去那么关心了。他正想转身回家，艾米丽走出了暖房。暖房门太低，她不得不缩一下脖子。她的头发用一块蓝格子三角头巾包着。她意识到他在盯着她瞧，立即像被空气中的电流触了一下似的，把椭圆形的脸扭向一边。她朝他迈了一两步，他急忙——是不是太急急忙忙了？——大步跨过脚下的小路好让她少走几步，因为地上刚铺上碾碎的牡蛎碎渣。“你在偷看谁?”她问他,语气仍然带刺,他知道她不是故意伤人,完全是出于本能。在秋季下午六点钟柔和的光线里,她包着头巾的脸看上去十分朴素,但是它的每一个部位都像一股电流——湿润晶莹的杏仁眼、因好奇而高挑的眉毛、高高的鼻梁和小小的鼻头、被她的手抹脏了的粉红色鼻孔、还有丰满的嘴唇,各个部位的线条巧妙地组合起来,实在无可挑剔。

“谁也没看,”他撒谎说,“六点钟回家,只管走我自己的路。”

“走远道回家。”

“可能的。我可能去那边办点事。”——他指了指渔场街末端,在那半公里远的地方是河边的芦塘,一个早已废弃长满秋麒麟草的码头,草丛里散布着被海鸥敲碎了壳的蚌和正在腐蚀的沥青块。

她见他找不到恰当的措辞,便问他:“想不想看看暖房?”

“噢,当然想。当然想。”

“小心。下一步台阶。”

涂了白浆的玻璃把室内遮得更加阴暗,西福德先生在里边——在这人造的倾斜天空下,他的大块头被刚出土的小苗苗衬得似乎更大了——他满腹狐疑地匆匆跟特迪打个招呼便小心翼翼地移开了。一个黑男孩正把盆栽植物的小苗整平,另一个男孩正把新制作的粗糙育苗床涂成白色。每一件东西都涂得尽可能的白。“能反光”,艾米丽解释说,“植物需要四种物质——阳光、温度、水和二氧化碳。”

“我知道二氧化碳,”他说,他不仅想到制作苏打水,还想起在帕特森时上的生物课。

“咱们把二氧化碳呼出来,”艾米丽说,“植物把它吸进去,这就是为什么暖房喜欢有人在里边。”她越说越快地向他解说圣诞节上市的一品红,还有唐昌蒲、菊花和长茎玫瑰。她指给他看一个大冷藏箱,里边存放着等待买主的鲜花,还有连着暖房末端燃煤锅炉的蒸气管道,这些管子沿着墙和苗床的下边铺设。这些电扇是为了让空气流通,这些杠杆和链子是用来打开顶上的玻璃窗的，它们分管不同部位的窗户。可是他并没有听进去，他在想这次没有预料的造访带给他的尴尬。在药店里他算得上是她的主人，可是现在是在她的生意领域，她在扮演着女主人的角色。该轮到他做点什么了。做什么呢？他知道母亲和埃丝特姑妈正焦急地等着他回家吃饭呢。想到此他心里火烧火燎，几次不安地示意离开，可是她兴奋地说个没完。棚内明亮安静的气氛给她注入生命力，使她充满青春朝气；玻璃墙内花香浓郁，沁人心肺。

终于走出了门。他有点后悔来了这里，为了结束这次相遇，他唐突地问道："你看电影吗？"

她显得很紧张，润泽的面容加上轻微的双下巴有点像正降落的椭圆形雨珠一触即碎，并会流走。他心想是不是自己的话吓着了她。她的声音放缓而且谨慎起来。"干吗？不，不看，不常看。"她又说："父亲不信那些东西。我们是美以美会教友，你知道吗？但是很多年以前有一次我们去马里兰州的剑桥参观时，我跟表姐偷偷地朝一个黑黑的厅里瞧了一眼，看见人们在一张屏幕上干这干那的，后来领票员说我们得交钱，要么就出去。"她不说了，但是特迪并没有抓住她留给他的机会，于是她又接着说下去："不过现在我可以了。随着时间推移，我们教会的这个支会允许我们去剧院和参加舞会了，我想是这样的。现在就剩吸烟、玩牌，还有喝酒是被禁止的。"他又没抓住机会说点什么。"不过这些禁令太愚蠢，你说是不？都是人想出来的。我认为人们有做自己想做的事情的自由，除非他干的是伤天害理的事。"

他清了一下黏住的嗓子，说道："噢，我去看一看下个星期罗克西电影院放映什么电影。"他不由得朝这个肯于接受新思想、热情洋溢的姑娘靠近了些，忽然发现自己会开玩笑了："有一些外国电影实在太粗暴，我不想把这么好的美以美会姑娘吓着。"

他朝柳树街跑去。他母亲说："天啊，我的孩子，你跑到哪儿去啦？猪肉排烤过了火嚼起来可比皮鞋还要硬，土豆泥也成冷泥了。"

“对不起——他耽搁了我一会儿。”

“哦,那就怪了,埃丝特姑妈给药店打过电话,查理·温赖特说你一个小时以前就离开了。”

“嗨,难道我就没有自由到处走一走吗?哎呀,我都二十三岁了呀。”

“甭跟我说这个,亲爱的,你出生的时候我就在你跟前。不管你多大也不能免去你对家人应有的礼貌。你现在就告诉我们,是不是以后就会常常被那个或者那些神秘的人拖累住。”

“不是那些,就是一——”

“不必说了。”她说着,孩子气地用手捂住两个耳朵,手里的木勺从头的一侧伸出来,活像一只兽角。“你说过你已经二十三岁,上苍宽恕你妈妈多嘴多舌!来,坐下慢慢嚼吧。我可要在五分钟内把饭吃完,看还能不能赶上那可爱的女低音罗克珊娜·厄尔布。我已经跑上跑下侍候好了你姑妈。瞧我费的这些劲给你做的最爱吃的东西,瞧这带脆糖皮的桃子派。你听不成棒球比赛的结果了。”

他赶紧坐到餐桌旁,浓浓的甜香味一下子冲进鼻腔,浸透全身;但是与暖房里永远不变的沁香相比较,这过量香料调出来的味有点让人恶心——煮熟了的已死亡的植物怎么能与正生长的活鲜鲜的植物相比呢?

他的生活规律开始改变,在上早九点班的那些日子里,他下午回家吃晚饭的时间比过去晚了一些,如果按时回家,晚饭后必定要出去融进晚夏的黄昏之中,深夜回家时除了门廊的灯亮着外,室内的灯已全部熄了。他能感觉到母亲和姑妈正努力克制她们的好奇心,好给他这位男子汉留下自己的隐私权。但是这一天,当他安排好与艾米丽去看电影并准备溜出家门时,她们再也忍不住了。“新浆过的白衬衫!”他母亲高声说道。“好像你从来没有坐下来看一眼我花了多少劳动把它又浆又熨的吧。”

“我得下楼去,”埃丝特姑妈声言,她穿着那件中式睡袍显得十分高雅。“这屋里的油味太大,连油炉都快炸了。不过我猜这只不过是特迪倒在头发上的头油吧。好香呀！可别站在明火旁边啊！”

被取笑跟取笑人一样，都让特迪觉着不舒服。“别大惊小怪的，”他无奈地说，“我不过随便出去一下。”

“我们看得出来。”埃丝特姑妈说。

“去看电影。”

“从打扮就知道你的确是去看电影。”

“我倒觉得他蛮漂亮哩，”他母亲说，好像是站在他一边似的。“我从他今天晚上的样子看到了他父亲的当年，还是在杰克逊布拉夫斯的时候，他参加星期六晚聚会时就是这个样子。”“那么，”她接着说，说话声音忽然像冷却的糖浆一样变浓重了，“那位幸运的姑娘是谁呀？”

他既想保护艾米丽，又不想伤害母亲，于是说道：“谁也不是。就我们一伙儿的一块去。”

“你可从来没说过什么一伙儿的。那些新朋友都是谁呀？”

“哦，你都知道。”他描述着跟他年龄相仿的年轻人，声称是在药店和罗德尼街经过观察后相识的，其实他们只不过在街上与他打个照面和在药店里开个年轻人的玩笑而已。“安格斯·惠利，朱迪斯·菲利普斯·安和肯·戈迪，哈利·洛，还有别人。他们说为什么我不同他们一起去？现在上演的是一位新的瑞典女演员，她还上报了呢。”

“他们说她是女瓦伦蒂诺，”埃丝特姑妈说。“瞧那个瓦伦蒂诺都干了些什么呀。男人化妆太浓可不是什么好事。”

“噢，亲爱的，”他母亲说，“希望她别太超前。这些欧洲人在有的方面跟咱们想法不一样。”

“你们现在是不可能超前啦，”特迪见有了机会，赶紧开着玩笑朝门口退去，“尊贵的夫人们，你们听说过燃烧的青春没有？还有，嘿，你们是不是也留恋麦氏咖啡屋的好时光？”

他急匆匆地走上柳树街，然后抄近道从树阴遮盖的榆树街转向槐树街，再向上走半个街区便是渔场街。西福德的家就在槐树街上,他的住宅后边是暖房。艾米丽正在明亮的门廊里等他。西福德先生站在前厅的末端无声地向他挥了挥手,这是对他的认可。没看见她的母亲。艾米丽湿润的眸子透着不安。她打扮得有点过分,他心里想,过了时的丝裙前胸皱褶太多,裙身又肥又长不合潮流,几乎把她腿上难看的金属皮革支架全盖住了。他曾设想她也许会用一些化妆品来突出她的白眼球。她的浅棕色头发剪短了些,不像春天刚来时那么长了。她还用夹发器把头发烫出了弯,使她看起来比将直发简单地系在脑后显得大了许多,这令他失望。他们走过罗德尼街上的一家家店铺时,他意识到她走路的姿势不太对劲,他从眼角扫过去,见她的头急促地一上一下地点着,于是放慢了脚步。他总担心迟到,这是当年在帕特森送报时养成的习惯,早晨街上人群拥挤,他总怕把报送迟了。这时候人群——有十几个人,包括他骗母亲的安格斯·惠利和哈利·洛——正在售票窗口前徘徊,影院门口的大遮檐下面灯火通明,在夜幕笼罩的大地上辟出一小片光明区。数不清的飞蛾扑向电影名字周围的灯泡。"噢,上帝,"艾米丽说,尽管她可能已经知道了放映什么电影。

"《荡妇》,"他读道,"糟糕,希望它不太过分,别让你的家人不安。我倒希望是一部冒险片像《孤胆英雄》,上个月演的,不过一周只有一次周末,我不想老等下去了,你呢?"

"噢,是的,"她说,"我想,看这部电影也可以。"听她的口气像是早有思想准备似的,他想她一定心里早就急着进到那铺着红地毯垂着天鹅绒幕的电影厅里去呢,然后散场,回家。特迪觉得她好像跟她母亲一样羞于出门,直到他们几乎摸黑进去找到座位坐了下来,她的笑容——娇好、开心、诚恳的微笑——才又出现。他递给她一块薄荷糖,这是他从放在收银机旁边的糖架上的罐子里抓来的。"谢谢,"她小声说,"现在不吃。"

厚重的紫色天幕拉开了,橘黄色壁灯暗了下来,随着逐渐大起来的嗡嗡声,在他们头顶出现一束颤动的光,几只昆虫像颗颗星星在光束中翻飞。电影开头是化装舞会。这位高个子的冷美人动作缓慢迟疑,她跟黑黑的意大利人双双坠入爱河,舞会之后在花园里,他们两人的侧影被柔和的光簇拥,瑞典女演员的表情如此细腻,情欲如此明显、逼真,几乎不需要打字幕。后来才知道,原来她是结了婚的女人,她的情人是她丈夫的朋友。这个荡妇心狠手辣,她毁了自己的丈夫还逼得另外几个人自杀。她跟随安东尼奥·莫雷诺——扮演她情人的男演员——来到了南美洲,他打算在这里修筑一座大坝。更多的男人爱上她并且导致毁灭。这时艾米丽想吃薄荷糖了,特迪一粒一粒地将糖送给她时触到了她柔软的手心。电影里大难临头:电闪雷鸣,洪水咆哮;她把手中的糖豆放到另一只手上,用腾出的手轻轻抓住他的手指,两只手在椅子扶手上紧紧地握在一起。葛丽泰·嘉宝的丈夫被枪击毙,大坝在暴雨中坍塌。特迪看出来这大坝是假的,是一个小模型,是被从大水龙头里冲出来的水冲垮的,即便如此,他的心也揪到了嗓子眼。她的情人发誓要重建大坝。他高度赞扬她对他的鼓励与支持,她则被他的奉献精神所感动,声言他是属于她的。电影结束。辛苦伴奏的钢琴家将华尔兹乐曲逐渐变弱,变弱。观众在令人炫目的灯光下站了起来。她难道不该受到惩罚吗?至少应该剩下她孤独一人,让她罪有应得。如果允许女人如此张狂地在世界上为所欲为,那还有什么神圣可言?

由于坐的时间太长艾米丽走起路来更跛了。她挽着他的胳膊走到门口明亮的遮檐下,抬眼看了看他,她的嘴角上黏着浅黄色糖渍,可她自己并不知道。他不知怎样才能从她的臂下脱身。安格斯·惠利和哈利·洛已经超过他们走进温暖的黑暗之中,并且脸上带着明显嘲讽的表情瞅着特迪。他故意拐个弯走下便道,艾米丽被他拽得直踉跄,这时他从眼角瞥见安格斯正学着跛脚走路的样子,哈利笑得前仰后合。飞蛾不断地朝一家亮着灯的商店窗户上撞去,这是刚开业的蓝鸟冰淇淋屋。

"想不想歇一下,哦,这样吧,来一杯带冰淇淋的香草苏打水怎样?"他问道。透过窗户可以看见店里的层层木架上标着冰淇淋的各种不同口味,烟雾腾腾的屋里聚集着城里的年轻人。从柜台那里传来阵阵女人的尖叫声和大笑声;他看见安·戈迪留起荷叶边短发,衬得脸像肿了似的,她把裙子撩到膝盖,两只裸露的胳膊摆来摆去,好像两根耀眼的船桨。

虽然他的邀请十分友好,仍然透出一点调侃味,因为他太知道她喜欢吃什么味的冰淇淋了,他的语气使她警觉起来。她说:“谢谢,特迪。不过我父母不太习惯让我晚上出门,我不想让他们着急。别的时间再来好吗?”

“当然啦,”他松了一口气,他不必陪着她——一位穿肥大裙子的乡下姑娘——进入那伙狂呼滥饮的年轻人中间去,在他们眼里他只是一个制作苏打水的小伙计。他们走在安静的渔场街上,经过一个个车间大门,街的另一侧是罗德尼街店铺的后身和一个个空的燃桶。他问她道:“你觉得她怎么样?”葛丽泰·嘉宝,不是安·戈迪。

“她真漂亮,不过你注意没有,她的动作有点不协调,她的脚和手太大,所以他们从来不演她的全身,不是特写就是远距离镜头。”

“我指的是人物,不是说演员。”

“噢,我喜欢她。我喜欢她千方百计得到她想要的。现实中妇女还做不到这一点,不过想到有一天她们总会做到,就觉得挺好的。”

“你替妇女想得太多了。”他说。

“作为女人,我不能不想。”

“我是说,你们已经获得了投票权,西部还有了两个女州长,又出现了这位格特鲁德·埃德尔,她刚刚游过英吉利海峡。你还想要什么呀。”

他们一边往前走,她一边思考,她的头不住地上下点着,手把他的胳膊抓得更紧。“尊重,”她说,“我们要尊重,平等。”

她家的房子里有一位幽灵般的母亲,有点让他害怕。走廊上的灯仍然亮着,他没敢吻她。刚才在暖房旁边的暗处他本来有一次机会。不过他还是在她向他表示感谢时用力攥了攥她的手。她走进门时他转过身来,刚好从门上斜楞图案玻璃的清晰部位看见艾米丽的脸部,她正侧着脸跟什么人说些什么。她小心地从盘发的两侧各取下一枚发卡，然后摇摇头把头发散开来，似乎在说，行啦，结束了。

他的家人不赞成他跟艾米丽的关系，他自己也没有足够的信心反驳她们。“不是因为她不是好姑娘，特迪，”他母亲用基督的爱心慈祥地说，“我肯定她是个好姑娘，虽然她有残疾或别的什么。不过她家的人跟咱威尔莫特家族不像是一类人，再加上她母亲，她绝对不是正常人。”特迪忽然意识到他父亲曾有多么孤独；母亲真正关心的是邻里会怎么看待他们。

“我不想争辩，妈妈——不过，谁才是威尔莫特一类的人呢？住在克氏小五金及种子店那边的可怜的皮特·普尔西弗？他妻子非但赖着不肯离婚，还到处去说他是怎样一个无赖；或者是贾里德的小女人？她是那么傲慢，好像她娘家不是姓麦克穆兰，她父亲的钱不是来自爱尔兰监牢和靠贩私酒赚来的似的。”

斯特拉眨了眨黑亮的眼睛，像这样的争吵是不会甩掉一个在密苏里浸礼会长大的姑娘的。“那是麦克穆兰先生的父亲，”她说，“他拥有第五大道的酒店。露西尔的父亲拥有自己的出租产业，还替富豪客户管理一项房地产生意；他对你哥哥很好，对他帮助很大。天底下没有十全十美的事。亲爱的特迪，小看人家的出身不好。”

“可是你刚才还说——”

“要看往哪里发展，这一点在这个国家才是最重要的。我从来没听你父亲说过不同种族和不同信仰的人一句不好听的话，甚至当年圣约翰教会的麦克纳尔蒂神父自认为是帕特森的非竞选市长时，他也没说什么。我的意思是，跟一个拐腿姑娘约会会让你难堪，正因如此，你才这么烦躁不安呢。”

“嗯，”他小声说，极力扭转话题，“我并不认为跟她在一个晴朗的月夜去看一次电影就是约会。我们两人都没有可以聊天的朋友。”

“你不该出于同情就带那姑娘出去，”他母亲教诲说，“会引起别人误会。你以为你是出于善心，可是人家不能不想你是有动机的。”

“嗨,你的动机是什么?”有一次他姐姐埃丝特私下问他。她只是偶尔回来看一看。

“干吗非得有动机?跟她在一起感觉挺好的。她很有自己的看法,比你想像的要多。她认为女人就应该按自己的意愿行事,你把普尔西弗夫妇拆散后对别人的议论嗤之以鼻,她对你的做法就非常赞赏。”

他这样说太直率了些,连埃丝特也难以接受。“去你的,我可没有拆散任何人。他们的情况多年来一直非常糟糕。从大战停战日以来他们就没在一起睡过觉。她说那种事太肮脏,除非为了要孩子。”

特迪实在不清楚他该不该知道这些。他觉得很尴尬。“哦,反正你明白我的意思。”

“这个思想封闭的小镇上的人们也只能说这些了,但是我可不想从我小兄弟口中听到这样的话。不过我可以再告诉你一些,只有你我知道,在离婚问题上她给了他太大的压力,我担心他能不能承受得住。她利用孩子来要挟,还有钱。她手段多得很,一天一个招来诈那个倒霉鬼,她如果把他送上法庭,那么他要想继续在贝辛斯托克当律师可就没那么容易了。去他的,干我什么事?本来海里有的是鱼。我在纽约跟好几个时髦绅士约会呢,”她发现他脸上显出诧异的神情,于是把手伸进镶金珠子的手提袋里问他道,“来一支切斯特菲尔德?”

“不啦,谢谢。”

“怎么,背离艾米丽的信仰?”

他脸红了。“她不喜欢我有烟味。”

“噢,小子。近乎得都互相闻味了,是吗?”

不管他多长时间邀她出去一次,她都耐心地等待,从不抱怨。他是她惟一的追随者:这既令人惬意又令人担心。她已不像夏天一样勤快地去药店了;冬天是适合跳舞的季节,接着到了圣诞节,暖房开始忙碌,一品红、装饰花、还有长茎玫瑰。暖房里特有的热带气候和白色的木器是镇上独一无二的，艾米丽也以“暖房的女孩”出了名。现在他们去看电影时，人们会淡淡地跟她说一声你好，如此而已。在沉寂的冬夜，电影散场之后他们冒着严寒匆匆往家赶，面颊被冻得生疼。她常把他请到前厅，给他一杯奥沃尔泰酒和一块宝石牌饼干。他们坐在铺着深红栽绒罩的老式长沙发上，街灯把窗棂的影子拉长投向地板。这时他又会像看《荡妇》电影时做的那样，把他的手指长时间搁在她柔软的手心里。角落里的收音机——六声道，桃花心木匣，雄狍牌，从西尔斯店买的——常常是开着的，好掩盖他们可能发出的各种响动。远方的曼哈顿或者芝加哥的某一大酒店里，乐队正唧唧喳喳、咯咯嘎嘎、呼呼哧哧地演奏“在西班牙的小镇上”、“当红红的罗宾来的时候，鲍伯，鲍伯，鲍宾也一同到来”、或者“有人在瞧着我”。他们玩纸卡片做的假牌就当是在玩真牌，因为美以美会认为那彩色纸牌上的点、王、后、王子是罪恶的象征。多数情况下，她的穿有背带的皱巴巴灰裤子和工作衫的父亲会从正读的报纸上方跟特迪打个招呼，别别扭扭地说点什么，然后便离开，先去厨房，然后上楼去，从那里可以传来他跟妻子说话的声音，接着又从天花板传下来他们上床时踩地板的吱吱声。特迪见过她母亲几次，她的个子很矮小，艾米丽站在她身边时反倒被衬高了。西福德太太是方下巴，肤色黑得像核桃皮，头发黑而无光泽，像被烟熏黑的灯罩。她从不正眼看他，除了经常捂嘴，看不出有别的不正常。她的嘴好像是个没长牙的黑洞，看来她害羞是因为牙有毛病。

沙发上除了他们俩还有屋里的其他房客——两只比哥狗和一只经常下小仔的花猫。艾米丽的表现让他吃了一惊，她似乎很知道该做些什么。她是从哪儿学来的？她十分镇静，什么也不说，只是微笑。她把他往沙发深处拉，就像把他引进一朵湿润温暖的白色大花朵之中，他们并肩卧在花中间，犹如两个大花瓣。她欣慰地叹了一口气，随着她父母的脚步在楼上地板上发出的踢踏声，花朵慢慢地展开来。艾米丽比他更喜欢接吻；吻一会儿他就需要喘一口大气。她的脸上现出揉擦过的痕迹，在一个长长的吻之后她会用手轻轻地抚摸他的脸，他会向后倾一下身子，以便把她的明眸看得更清楚些。她开始学葛丽泰·嘉宝在《肉与魔》中跟约翰·吉尔伯特接吻的样子张着嘴接吻。有一天晚上，她不但没有把他的手从她胸部推开，反而让他隔着厚厚的布裙、裙下的衬裙和胸罩，感受一下乳房的弹性和它沉甸甸的分量。逐渐地，他们越来越胆大，超越了接吻、拥抱以及用手触摸脸颊等行为，增加了握住她乳房的动作。再往后——还需要几周时间他对她的要求才能达到一定程度，使他有足够的勇气面对家庭的反对——她甚至允许他解开她带荷叶边的上衣，褪下衬裙的吊带，松开身后胸罩挂钩，一共有三个小钩子，当然是在她父母脚步声停止之后；虽然他感到不好意思，也觉得不够光彩，但无法阻挡对她袒露的胸部的好奇，那是从未被太阳照射过的锦缎般的女人胸部，上有暴露在细嫩敏感皮肤上的青筋，玫瑰色的圆圆的乳头，她让他吸吮它，只是不许吸疼。小圆乳头就像小猫的鼻头。他的唾液和她的兴奋涨红了她湿漉漉的脸，脖子两侧的凹处被汗水浸湿，散开的头发乱糟糟地贴在颈上。接着，她开始在他身上摸索，起初还很害羞，逐渐地变得很自信和充满好奇，她摸他的裤扣地方，那里正在膨胀，在这一触即发的时刻他兴奋得浑身战栗。艾米丽的手在他充满神秘的肉乎乎肿胀部位摸来摸去，一点也不笨拙；她似乎是有备而来，好像她知道对她来说求爱的机会十分宝贵，她不能把时间浪费在假惺惺的调情上。不过她不让他摸她腰以下的部位，当他们正被欲火烧得难解难分时，若他的膝或小腿不巧碰到她腿上的木架硬撑，她马上就紧张起来，然后变得很冷静。

“对不起。”他小声说。

“不，是我对不起，特迪。你知道我想把一切都给你。可是我不能，至少带着这东西不能。”

他明白她的意思。他是偷着干的，而且目前他还不打算结婚，另外，她也不适合他的家庭，不但腿瘸，还有点怪脾气。他使劲地拉扯她，但是就像他裤扣下边被她抚摸和挤压过的硬物一样，始终没能看在眼里。他清醒了过来，开始担心会像他父亲那样走得太远，越过社会为保护人们的利益而设置的界限。回家的路上他感到内疚和疲劳，心情渐渐平静下来。他悄悄地沿着栅栏往前走，在刚下过雪的一寸厚的雪地上留下一溜脚印，路灯下，亮晶晶的雪花翻飞飘落，好似水面的涟漪，左邻右舍依然亮着的窗户在院子里洁白的雪地上投下一面面金黄色的扇面。他走近自家的房子时母亲屋里的灯亮起来。他在门廊上使劲跺着脚上的积雪，像是要踏出一个能将跺脚声扩大的空洞来。

一九二七年三月，克拉拉·鲍在由埃莉诺·格林的小说《它》改编的电影里扮演放荡不羁的女店员贝蒂·卢，她受到老板——由嘉宝前一部影片中的情夫安东尼奥·莫雷诺的扮演者所扮演——宠爱，鲍的成功演出在全社会引起轰动；四月，梅·韦斯特在百老汇演出的剧目只有一个字：《性》，她本人既是该剧编剧又是主演，她出于善意的即兴表演被地方法院指控为有伤大雅。四月初，贾里德带着娇小的妻子来访，她已不再漂白那头爱尔兰黑发。贾里德圣诞节时没有回来，他跟露西尔及其父母还有一个弟弟一同乘火车去佛罗里达了。佛罗里达是靠房地产发家的好地方。露西尔已有四个月的身孕，但她仍然爱穿青年男子的时装——不显臀部不显胸围，裤管膝部以上呈圆筒状，一条宽皮带松松地挎在腰间，着这种装束的妇女看上去很像苗条的枪手。她来这里本想逛逛商店，消遣一下，结果在罗德尼街上转了一圈很快就回来了，她说真不晓得这里的人是怎么活下来的，这里什么东西也买不到。“你们这儿的人一定都很阔绰，这真是省钱的好办法！”露西尔的嘴像一朵含苞待放的玫瑰——近乎紫色，因为唇膏颜色太深了——两鬓的卷发遮着因涂了红胭脂而更显高的颧骨。她把头发梳得像个光滑的黑盔，假如特迪不知道她的娘家姓，假如她不开口讲话，他会把她当成法国人或者血统纯正的西班牙人。她跟他小时候来他们家干活的长着满脸雀斑的爱尔兰姑娘毫无相同之处。他喜欢她。她是来度周末的,但是由于无聊,才愿意跟他打牌或者在后院玩套圈游戏。贾里德开着他的斯达兹敞篷车带他们去伍德兰德海滨,在海滩露西尔的泳装比任何人的都暴露。水很凉,人们没法下去,不过呆在沙丘背风的地方倒十分暖和。她很担心"宝贝肚子"会被人看出来,因此不断地问特迪。他机敏地跟她开了个玩笑,把她指的部位的侧影量了一下,然后跟沙丘上的一个坑对了对。他的经验使他觉得自己具有了处理这样敏感女性问题的能力。母亲终于开口了:"露西尔,放过这孩子吧——他自己的女朋友问题还让他发愁呢!"

第二天晚上,贾里德把特迪叫到屋外走廊上,女人们已经收拾好碗碟,正围着收音机听高亢的四重唱,接下来是埃姆林·爱德华兹,男中音,节目来自纽瓦克的 WOR 电台。特迪从贾里德深沉的男中音和坚定的口气判断,这次谈话一定是他母亲安排的,说不定贾里德就是为此才回家来的。贾里德坐进嘎吱吱的摇椅上。"特迪,"他说着递给弟弟一支拉帕尔玛雪茄,他已给自己点上了一支同样的烟,"还记得我说过的关于女孩的话吗?"他说着把脸侧过去,转过来那只好耳朵。

"女孩造就不了人,金钱造就人。"

"我是这么说的吗?记得这么清楚?看来我初出茅庐就什么都懂了。特迪,我的朋友,你妈可不高兴你跟这个女孩子交往。她说那姑娘的母亲不正常,她本人又是个瘸子。"

他说这话好像他自己没有耷拉着一只无用的胳膊,他也无需伸出左手去跟人握手似的。"没有十全十美的人,"特迪直率地说,"我不经常跟她见面。隔一段时间见一次,只是好玩,有那么一点。"

"还跟别的什么人见面?"

"没有了。"

"哦,是这样。这可是十分严肃的好玩。她一定以为把你牢牢控制住了。这可不是给咱妈帮忙——你把她的要求给忘了。"

“她的要求是什么？”特迪大声说道，数月来的失望与沉默终于发泄出来。“我必须跟什么人见面，总不能整辈子呆在家里，在药店做香蕉片冰淇淋吧。”

“这正是我想要跟你讨论的话题。你愿意给我干吗？”

“你？”

“是的，小子。跟我们这伙骗子一起去牛腰。露西尔的爹跟我有一片房产，由你管起来。”

“我能做些什么？谁也不清楚你们都在做什么。”

“有的时候我自己也不清楚。我负责收房租，其中包括我合伙拥有的那部分房产。这些年更重要的工作是搞投资，为我自己也为别人搞——吉米手里有资金，是从那些有大把钱却不知道该如何花的人那里集来的。如果你常读报就会发现，股票已经涨破了房顶，现在连傻子都能从华尔街捞到钱，相信我。我来教你秘诀。先付你周薪三十块，不出一年工资就能翻一番。”

特迪深深吸了一口拉帕尔玛烟，试图学贾里德的样子把烟含在嘴里，再慢慢把它吐出来。他说：“连傻子都能干，甚至我这样的傻子，嗯？”

“别神经过敏。你明白我的意思。机遇的王国，那里仍然是传统的美利坚合众国淘金之地。况且那座城市，老天，那里要什么有什么。表演场，俱乐部，在那些地方能看到的东西，你现在根本想像不出来，还有女孩子们——这不等于说我也出去参与那些不正当的活动，我已结了婚，露西尔又怀着孕，这你也看见了。你跟露西尔挺合得来，我已经看出来了，这很好。她可是纽约人，彻头彻尾的纽约人。你能喜欢她就能喜欢上百万富翁。或许六年前爹爹刚去世的时候这个小镇恰是你需要的地方，但是，从根本上说，它是一个毫无生气的城镇，只适合养鸡和生产瓶盖。你可不能被禁锢在这种地方——天啊。威尔莫特家的人要的可比这多得多，你应该有更多的东西。这姑娘，她的名字——”

“艾米丽。艾米丽·珍尼特·西福德。”

“她会死死地绊住你,你就哪里也去不了了。你就会在这破陋的小城结婚。这正是你妈所害怕的。”

“妈想让我离开贝辛斯托克?你这么想就错了。”

“她是这么想的。凭做母亲的本能,她是这么想的。她想让你彻底离开这里,去干你自己的事业,像我做的那样,还像埃丝特可能做的那样,如果她不是女流之辈的话。关键是埃丝特比咱俩有头脑——所以她才变得放荡不羁,你明白吧。”一种不舒服的感觉油然而生。特迪觉得前廊护栏晃来晃去,就像他多次从电影里看到的在海上航行的轮船一样。廊顶惟一的灯昏暗的光照在护栏上。顶灯灯罩里堆积着死昆虫,玻璃罩外边残留着飞蛾扑灯被撞破后留下的污物。他的体内出了毛病,像是有一块毛茸茸的布条从里边给拽了出来。他口中突然涌上一大口涎水,烟头从他嘴上掉下来。后院池塘里的雨蛙叫声如雷,此起彼伏,一浪高过一浪。那池塘是霍勒斯·特鲁伊特好几年前年挖成的,现在已变成一片泥沼。特迪闭上眼睛回想他跟艾米丽坐在红沙发上的情景,但是无济于事。他正失去力量,越来越软弱,连说一个字都要花很大力气。“我不知道,”他费力地说,“我讨厌依赖别人……”

“你不会的,”贾里德急忙说道,他急促的吼声使正处在犹豫和不平衡状态的特迪感到极不舒服。“每个人都要依赖他人,每个人又都帮助他人,尤其是对自己的亲属。你对我们很重要,实说吧——你不是学过会计吗?”

“差不多忘光了。只记得一些基本常识。”他找出了不舒服的根源:雪茄。蓝色的烟雾蹭着他的脸,他开始出汗了。

贾里德的红烟头在环绕他的烟雾中心胡乱地画着小圈,透过烟雾特迪能大致看清他哥哥的脸,一张大嘴巴讲起话来吧嗒吧嗒的,满头红发几乎竖着长,一双狡黠的眼睛半张半合,加上一副宽宽的眉毛,怎么看怎么像流氓。“肯定需要一段时间才能找到适合你的工作。我们是多面经营。哪一项有利你就干哪一项;你得学会利用时机。我们还得给你找个住的地方。在墨累山有不少还说得过去的住处,不贵。或许你跟埃丝特可以搬到那里住在一起。跟我们住一块儿的话,”——他把上身倾过来,压低声音说,整个前廊好像在随着他的动作倾斜,他的身子离开了摇椅,那支残废胳膊来回摆动——“会弄得露西尔神经紧张。她哪是在过日子,一点节制也没有。你可以跟埃丝特合住到普尔西弗那个笨蛋离了婚来娶她,如果还想娶她的话。她会带你熟悉纽约,等你不需要她了,她就会离开你,你懂我的意思吧。”

特迪并不全懂,他也讨厌弄懂他的意思。他知道,父亲死后他劝埃丝特跟他呆在一起的那次谈话已经是很久以前的事,早已被时间埋葬,烂掉了。他把烟蒂扔出护栏,努力在这些木头上搜寻——前廊地板、刨过的廊柱、用线锯锯出的钻石形和心形图案的隅撑——他想从某一处找到一块斑痕,好把目光集中到上面,也让他的肚子得到片刻歇息。贾里德总是在他毫无思想准备的情况下把他的生活向前推一步。特迪在昏暗的灯光下看了看自己的手心,他的两手湿乎乎的,布满斑纹,像是一本无法辨认的书。“准是这烟闹得我不舒服。”他承认说。

“吸得太多就不舒服。吸雪茄的诀窍就是,你主要是把它拿在手里,隔一会儿吸一下就得。就像喝白兰地——只能小口呷,那才叫喝酒。”

“贾里德……”

“嗯,特迪?”

“谢谢,谢谢你的慷慨,尽管是妈妈让你这么做的。”

“嘿,可别这么想。我这想法纯粹是自私。你能帮很大的忙,我们会使劲用你。你不像我一样容易头脑发热嘴巴不牢。我的毛病是脑子里想什么嘴巴就说出来,不像你心里能盛得住事。”

特迪打了个嗝,赶忙使劲吞了一下,只觉得肚子里的东西直冲嗓子眼。他努力把它压了下去。“我现在没法子考虑,什么也想不了。”香蕉、巧克力糖浆、冰淇淋三种口味,切开的水果黏乎乎的边缘,这一切不合时宜地涌进脑海。他说:“我能不能去院子里走一走?也许能看见月亮。”不太满的皎月看上去像赤裸的乳房。

“随你便。”贾里德说,他噗噗地深深吸了一口烟,把摇椅狠狠地向后一倒,那椅子像要散架似的嘎巴巴直响。“新鲜空气从不伤人。听我说——我跟露西尔明天一早就调头回去,要赶在高峰之前;在岛上我有个午餐会。海鲜餐厅。不过你再好好想一想,伙计。想好了告诉我一声。我欢迎你来加入我们。你,我,埃丝特又到了一起——就像又回到斯特雷特街一样。”

虽然贾里德一直在劝他去,但从他平淡的语调和匆匆忙忙的语气中特迪看出来,他哥哥已经猜到他的建议不会被采纳,而且贾里德说完之后好像很欣慰。尽管如此,他仍继续推销他那套家庭理论。

“来‘地铁上的巴格达[①]’吧,到那儿去发展,建立新的关系。你知道他们怎么谈论女人的,对吧?既然牛奶这么便宜,还买奶牛干什么?”

特迪笑不出来。只要他一站起身,不等离开前廊他就会失去平衡把腹中一切都吐出来。就好比苏打水制冰机下边盛水的方盘子,当盛满了水的时候稍微一动水就会溢出来。人怎么能天天这样损害自己的内脏系统呢?他乞怜地说:“咱别再谈了吧。我的直觉告诉我,纽约太富了,让我承受不了。”

“怎么也不会太富,年轻人。有多少车子也能载得下——这是新发现的哲学观点。看你明天怎么想吧,等明天你的脸色不像现在这倒霉的菜色了再说。跟你最亲近和最亲爱的人商量一下。”

“跟艾米丽?”

“哎呀,不是。这是最不能让她知道的事,你是要跳出她的手心呀。”他哥哥在椅子上把身子向前倾过来,伸出完好的左手把晃荡的右臂抓在手中,全然不在乎这个动作有多难看。“你知道我的直觉是什么吗?直觉告诉我,

---

① 美国著名小说家欧·亨利把纽约称为“地铁上的巴格达”。

今年会是了不起的一年，无论是对华尔街还是对扬基队。如果格里克追不上来的话，贝比就打到六十了。”

特迪把贾里德的邀请详细地讲给母亲听，她好像很不自在，虽然他一直怀疑这是她的主意。“噢，我一点都不知道，亲爱的，怎么办对你最有好处——但愿你爸能在这里给你出个主意。我跟每一个认识你爸的人谈起你时，他们好像都认为你爸一定愿意让你出去闯一闯世界，趁你还没有把自己变成一事无成的贝辛斯托克人在这里了此一生，赶紧出去还来得及。”

“那有什么不好？你和埃丝特姑妈——”

“哦，是的，亲爱的，但是我们是女人，女人是没什么出息的，我们一分钱都不值。再说，你姑妈的身体很不好，我也——”

“您怎么啦，妈？”他突然感到害怕，立即警觉起来。

“我已经不再像从前年轻的时候了。”她收住了要说的话，像是要遮盖什么不幸。

“你近来感觉不好吗？”一想到母亲会像父亲一样逐渐走向死亡，他立即感到有一条小虫正惊慌失措地在肚子里翻腾。

“没有，亲爱的。每一分钟我都感觉到自己已经是五十九岁的人了。”今年五月她将满六十岁。她已经老了，况且生他的时候就已经三十六岁。他无法想像爸爸妈妈都三十五岁了还——“我替你祈祷，特迪，”她突然说。“等你的回答有多费劲啊！你一直是让你父亲最牵挂的孩子。总是没有胆量面对这个世界，不知道为什么。”

“嗯，我总记得他回家时的样子，每次当他试——”

“哦，可我们也不必找理由不活下去呀。上苍给了你机会，可你全然不接受，这是最大的罪恶。”

她说到祈祷和罪恶时他浑身起鸡皮疙瘩。“对，对——可是谁说纽约才是生存的地方？那里充满幻想与怪诞，母亲——大批贪婪的人互相倾轧。”然而，当艾米丽的父母回到楼上去只剩他跟艾米丽在一起时，摆在屋角的收音机低声放出的音乐却是来自纽约华道尔夫大酒店里的舞厅或是别的什么地方，收音机后边的那些电子管就像微缩的纽约城，而那些灯丝则像条条火蛇。这飘在耳边刚能听得见的音乐便是他心目中的纽约。

“那可是世界奇观之一，”母亲对他说。“是我们的新世界景观。”她说话时夹杂着南方口音，语调平淡但是口气很重。“我和你姑妈会十分寂寞的，不过我的确认为，既然贾里德给你这么好的一个机会，你要是不肯杀一杀，可就大错特错了。”她把“试”说成了“杀”。

见他仍在犹豫，她便说了一些话，特迪事后怎么也不肯为这些话原谅她。“如果你担心西福德家的小姑娘会离开的话，那你就放心吧，她准不会离开这里的。没有第二个人会把她带走，相信我吧，你就。”她带着蔑视的口气急促地说——女人评价女人时惯有的蔑视。

母亲对他从无所求，所以这一次他很难拒绝母亲。他决定去纽约跟贾里德住在一起，并为麦克穆兰工作。塞思·艾迪生的头比四年前更秃了，人也显得更苍老，他边弯腰忙着波欣酒生意边对特迪说，他很遗憾他要走了，不过，他连气也不喘地接着说，他本来就没打算特迪会在这个柜台干这么长时间。艾米丽听了他的消息表现得很有胆识，她十分诚恳地相信了他的保证，连他自己说的时候都没有那么地诚心诚意。但是这天晚上又坐在她家的沙发上时，她没有让他解她的衣扣。她的声音像得了感冒一样沙哑；从侧面看，她的眼里噙的泪珠像是一层镜片。她的泪眼表明她已预感到自己将被抛弃，尽管没有讲出来。她深知，一旦说出口便会使破裂一半的关系彻底破裂。

特迪终于获得了自由，他准备好好欣赏一下春天的纽约，偶尔也会忘掉搅得他五脏翻腾的恐惧与不安。齐格费尔德表演的姑娘们披着粉红色羽毛，带着熠熠发光的优雅白帽，乐池的交响乐声音越来越大，把踢着长腿的姑娘们的裙子越掀越高；坐在双层公共汽车里，他感觉两侧的人造峭壁悬崖正向他头顶压过来。这里的人们以其不知疲倦的操劳和饱满的激情把所创造的辉煌推向登峰造极的地步。令特迪惊奇不已的是黄昏时候有这么多人挤在深深的谷底，天空仍显微蓝，而自下而上似乎是倾斜的排排窗口已亮起了闪忽不定的灯光。面色苍白的纤瘦女子头戴钟形女帽，身穿狐皮或貂皮边大衣，漫步在繁华的南北大道或东西大街，以及偏僻的小街，俨然一支情欲大军，然而她们中没有一位理睬这个身体结实、无精打采、神情紧张的不值得回眸的独行者。在帕特森，他亲眼目睹父亲受过的那些苦难，他感觉自己无能为力，如今在这由众多个体组成的人流中，他感到自己比那个时候更加软弱，更易于受到伤害。对他来说，位于第五大道、麦迪逊街和公园街的围有铁栅栏的一幢幢大房子就像封闭的金字塔一样辉煌，然而从公共汽车拥挤的情况可以看出，大多数生灵则蜗居在鳞次栉比的褐砂石建筑内，出租车和侨民也争相前来抢夺这块地盘。四月下旬下了一场雪，特迪发现这座繁忙的城市披上了一层白色面纱，格外迷人。然而数小时后积雪变脏、融化，把各种垃圾冲向排水沟，便道沿下生锈的护排篦上积满煤渣、纸屑、烟头等物。

他发现贾里德、露西尔和埃丝特的生活每天都充斥着烟草和私酿劣质酒以及从种族分界线另一侧传来的令人无法忍受的节奏——爵士乐。特迪跟他们一起出去玩，有时只跟他们三人去，有时还多一个贾里德的滑头朋友，他扮作埃丝特的男友，他们去黑酒店，去夜总会，还去格林威治村的晚会，他们说在这些地方能找乐子，他跟他们一起抽烟，喝酒，直至他适应了这一切。黑人的摇滚乐以鼓、短号、单簧管和铿锵有力丁当作响的钢琴为特征，奏出他内心的狂喜，这本是他与生俱有的，现在终于又回归到他身上。露西尔的“宝贝肚子”已能明显地看出来，她明眸闪动带点幽默地说个不停，就像是隔着一个贴在她身上的人的脑袋使劲喊为的是让别人听见她似的，而她自己并不意识那个人的存在。她的侧影非常优雅，心口处凹进去，凸出的腹部把裙子前部撑得短了一两寸露出膝盖，有时候，她会不自觉地把夹着香烟的那只手的手腕放在腹部凸起部位稍事休息。她就像一个梳着黑黑的钢盔头的大肚天使。在她父母位于五十二街的大房子的披屋里举行的晚会上，特迪心想兴许她会表现温柔一些，岂知她叫喊起来嗓门更大，跳起舞来更加疯狂，轻佻地随着身上的假珍珠项链摆动，高兴地扭动着。她父亲的脸和衣服前襟像煮过一样的皱巴，麦克穆兰太太穿一件缀着金银线的无袖长裙，露出肘部以上松软下垂的皮肤。他们夫妇二人正开心地笑着，为能生出如此奢靡的美国小宝贝儿而无比骄傲。晚会上，贾里德和埃丝特如同带了电，在吵吵嚷嚷的人群中他们从这里转到那里，无论在哪个角落都能见到老相识，他们面颊绯红，声音尖厉，歇斯底里地装出兴奋的样子显得和大家都十分亲热。有的时候他们也拽上特迪，他不得不跟他们一起兴奋起来，但是第二天上午醒来后，总觉得肚子里令他害怕的那个痛点在扩大，因头天晚上酒喝得太多，此时嘴里又干又渴，被香烟熏过的眼睛还在流泪。在这间贾里德和露西尔为他布置的只有几件简单家具的后屋里他感觉自己像是在坐牢，虽然不记得犯了什么罪，但敢肯定是有罪。从没有挂窗帘的窗户往下十层楼底，城市交通的喧闹声和过往汽车的隆隆声已经开始；事实上这种交通轰鸣从来没有中断过，只是他因酒后疲劳，六个小时之前就什么声音都听不见了。城市跟海洋一样，汹涌的波涛奔流不息，从未有一分钟的停歇。在这些顶部装饰着怪异雕塑的排水口和模仿乡村风味木水槽的高楼大厦之间，悬挂着一片无人理睬的如洗蓝天，新的一天在这一片玻璃般透明的空白之中懒洋洋地开始了。

贾里德把自己刚开始替麦克穆兰家族干的工作交给了特迪——当收租员。他冒险去的地方与曼哈顿五光十色的繁忙街道截然不同。他拎着皮包和收据来到第九、第十街低矮的砖房区，华盛顿广场南边闹哄哄的意大利人和斯拉夫人区，再过去是东区，这里的街道用字母顺序排列，还有的地方大街不见了，只剩下用人名标出的小街道如亨利和海斯特街、沃特和布鲁姆街。过东河时他总是习惯性地乘地铁，而不走从曼哈顿边界即可看到的高耸的桥。过了桥便到布鲁克林区和昆士区了，在这里，更多的房租正搁在租房人像鸽子窝一样的屋内抽屉里等着他来收缴。特迪想念贝辛斯托克的野生动物时,便透过他第五大道的卧室窗户观察那些鸽子,它们在干粪堆上转来转去,从五彩斑斓的脖颈里发出咕咕声,他一敲窗户鸽子便猛地展开翅膀扑打着朝远方飞去。

租房者多为工人,为生存而苦苦拼搏的劳动者,他们中间大多数刚从埃利斯岛搬到这里,由于紧急移民法的出台,埃利斯岛的宽阔大门终于在六年前关闭了。从看不见的屋里传来用听不懂的语言交谈的声音,还飘出炖土豆、洋葱、羊肉的香味。通常会走出一位妇女,她的身后总有一张瘦瘦的半藏半露的孩子脸;从她口中说出的话几乎让人听不懂,好像是在说为什么他们现在不付,但是下个星期,答应上帝,她丈夫病得太厉害不能干活,好一点了,明天准去,答应上帝。特迪不禁想起帕特森,不过那里由多种语言组合而成的群体可比这里的健康,有希望,那里的美国精神更易于滋养出前途光明的人,而且丝绸街上一个个小院子里还种着倒挂金钟,有的还摆放着身披蓝袍的塑料圣母像,那里比这些拥挤不堪、难闻透顶、昏暗污秽的陋室有生气得多。那时他是群体的一部分,是一个全身心投入竞争和憧憬远大前程的孩子,同时,他也曾卷入孩子间相互勾心斗角的活动中,在那些争斗中他是那样积极参与,以至于失去判断对与错和表示同情心的能力;而现在他是旁观者,高高在上,是所有者与权力的化身,是强加者,复仇者,是制度的代表,而这种制度就是要靠铁的法律压榨社会底层,用积累的利润使社会上层更加富有与强大。特迪回忆起父亲替大百科全书走街串巷征求订户而一无所获的情景,那大百科谁也看不懂,谁也买不起;至于他自己的客户,虽说很多情况也是收效甚微,但凭着基本的资本主义法律的约束力总算在一点点地进步,列入他那份租住者名单上的地址在不断增加。他很喜欢按照地址寻找住户,日积月累,他逐渐从不断搜寻的困惑中绘制出一张准确的地图储存在大脑里。但是在收房租时,特迪不够理直气壮,心肠又太软,听他汇报工作时贾里德越来越失去耐心。每一次特迪试图解释欠租人这样或那样的借口时，贾里德就会打断他说：“每个人都有自己不幸的遭遇。我有不幸，你也有不幸。可我们干的工作就是要账。麦克穆兰投资的目的就是付给我们工资让我们把账收上来，就是这么个道理。吉米有他的花销你别忘了——交税、付贷款、维修房屋。银行可不关心他的不幸。他们只想着他们的账，所以我们就得拿回我们的账。我们是供应者，你所同情的那些挨饿的犹太佬和意大利穷鬼是索取者。他们从我们手中得到。是他们在抢我们，他们自己很清楚这一点。你是在跟会演戏的骗子们打交道，要记住这一点。没有咱们，孩子，他们就没地方遮风避雨，没有咱们，他们的暖气就不热，窗户也不会有玻璃。在美国没有东西是白给的——难道你没在帕特森学会这个道理吗？这么说，他们太艰难了，实在付不起房租？这就是全部理由，艰难。吉米本人已经艰难到了极处，还捎上我。你得先从银行贷款，再以最低收益点去买进——你必须让一美元得到三美元的实惠，因为别人都是这么对待我们的。我以前没有给你讲过吗？如果讲过就别让我再讲了。”

其实特迪并没有认真听他讲；他正在琢磨，贾里德会认为他的——特迪的——不幸是什么。贾里德的不幸很明显——他受的伤，也许还有在此之前使他受挫的神秘的鲁特格斯事件，使他的伟大抱负与所能做的事情极不相符，这在一定程度上促成了他的婚姻，也给了露西尔压他一头的机会。那么特迪的呢？他的不幸遭遇是什么？他觉得到目前为止他算是幸运的人。他已经躲过雷电的击射。他惟一的困扰是怀念贝辛斯托克，想吃母亲做的糖皮点心，还想念艾米丽。夜里他独自睡在空荡荡的后屋时，温热的床单更让他想起她的身体——乱糟糟的湿发贴在脖颈上，尽管她强装镇静，实际上早已全身大汗淋漓，她在想怎样设法触摸到那可以把他的兴奋点推向高峰的敏感处，在她的摩挲下他禁不住发出呻吟，同时达到一触即发的地步，那是在舒服的沙发里，而此时却是在纽约的一张窄床上。

他们不想让他在这里长期住下去。露西尔打算孩子生下来以后把这间屋留给保姆住。贾里德建议他和埃丝特共租一所公寓，可是这个主意不合埃丝特的心意。她隔着贾里德和露西尔的玻璃茶几——一种新式家具，管形支架是弯的，而玻璃桌面是平的，德国进口的新款——斜视着他说："我不知道你的生活方式会怎样，不过这肯定会妨碍我的生活。"

"我会避开你的，"他主动说，"你可以有自己的房间，把门关起来就是了。"

"对。对。把画也给我。就算这不是问题，那做饭呢？还有收拾屋子呢？你想指望我来干这一切，对不，跟个妈妈一样？"

"不是这样的，我会帮着做，你只需告诉我该做些什么。"

"我不是你妈，特迪。我不敢说自己是否愿意当妈，况且你已经有了一个。你有一位极爱你的母亲，而我的生活依然受到限制。至今我仍不知道皮特有什么选择，或者我是不是依然在乎他。"

"是呀，"他说，同时对她能把这一切讲出来感到高兴，"到底是怎么回事？"

她风趣地吐出一口气，一缕烟从她收拢的唇间带着嘘声喷出来，好似从龙嘴里喷出的烟雾。"我也闹不懂。他仍有信来。他太太说同意离婚，可我怀疑他现在还常跟她发生性关系，就在小五金店的楼上。咱来分析一下吧，他是个很精明又很软弱的男子，一方面他把自己想像成上层社会的人，可在工作上却把自己死死拴在那个小城里。他的信总是写得卿卿我我的——这些当律师的，他们特会写官样文章，干的就是这个嘛。"

"他知道不——"

"我跟别的男人约会？他知道，而且不喜欢我这么做。但是他有什么办法？——他没资格管我。你还想知道什么？我的最后一次月经是什么时候来的？"

他脸一红狂笑了一声，不过他确实对神秘的女人肚子很感兴趣。他姐姐对他说："你需要有性生活。你应该对贾里德引荐给你的那些姑娘们好一点。艾米丽并不知道你这么忠诚，或许她对这种事并不像你以为的那样介意呢。”

这一想法着实令他惊愕；他常常感到，就与他一奶同胞的哥哥和姐姐的聪明与智慧而言，他们的行为似乎太过分、太世故，也太放肆，丑化了他本想了解的生活中那一美妙的自然现象。他不想使生活像毁在他父亲手里一样毁在他的手里。

埃丝特对他说：“艾米丽的想法跟我们是一致的——使你长大成人，成为一个真正的男子汉。”能够成为几个女人心目中的人物，使她们对他寄予如此厚望，他真有受宠若惊的感觉，然而他却对埃丝特的说法表示怀疑。经过这几年的磨难，他对她的预言早已失去原有的信任，因为她显然对自己的未来都没有预见性和把握能力。她正沉浮于美国的贪欲、金钱和爵士乐的海洋之中。

五月末，一位名叫查尔斯·林德伯格的明尼苏达年轻人一边吃着自制三明治一边猛地向下一头扎到距离白色海浪仅十英尺的高度，接着又急速爬上一万米高空，完成了史无前例的独自驾机不着陆横跨大西洋的飞行。六月，特迪透过麦克穆兰投资公司的玻璃窗观看了百老汇下街的抛掷彩带热烈欢迎的大游行场面——雪片般的纸屑和螺旋飘飞的彩带纷纷落在下边的长方形敞篷车上和与之并行骑马的警察那豆子般大小的肩背上——这鼓舞人心的场面令他冲动，也使他相形见绌：以如此胆略和坚毅精神创造奇迹，这不正是世界要求年轻人去做的事嘛。特迪二十四岁，林德伯格二十五岁。林迪载着超量的汽油几乎是擦着树梢飞离纽约罗斯福机场，第二天夜里十点钟他看到了巴黎的灯光。楼顶飞檐的砖掉下来，吓了他一大跳，但是为了检验自己的神经系统，特迪把身子探出窗外（一个小个子尖脸速记员兴奋地抓着他的胳膊；在深深的街底，乐队正在前进，阳光照在镀镍乐器上反射出光芒四射的簇簇光团），他油然生出一个念头：离开纽约，回贝辛斯托克，请求艾米丽·西福德嫁给他。

她并不像他所想像的那样惊讶或者过分高兴。炎热的六月，他们漫步在从渔场街到旧码头的小路上，她向他解释说："你去看一看是对的，特迪，看那个世界究竟是个什么样子，那里是不是你能找到答案的地方。"

"那是个让人讨厌的地方，加上那里的许多事情。好像在纽约能有成千上万的选择，实际上每个人都在干着枯燥乏味的工作，而且永远摆脱不掉。每一天你都干相同的活，遇见相同的人。我认为只有一个人真正属于纽约，这个人就是麦克穆兰。他跟我说话并不多，可我挺喜欢他的。当我告诉他我要辞职时，他说他认为我作出的决定是正确的。他是惟一说这话的人。别的人谁也说不出这样的话来，告诉你吧。"

她意识到他最后一句话的责难与挑衅，故意回避说："他真像别人说的那样是个大走私犯？"

一切都好像是很早以前的事了。在特迪记忆中印象最深刻的是那一次，吉姆·麦克穆兰到贾里德和露西尔的公寓来，他边给他脱大衣边吃惊地发现，那件大衣是那么光亮、那么柔软、那么昂贵，好像是天使的黑绵羊被施了魔法后变出来的似的。"我也不清楚，艾米。不知道是他本人亲自做那种肮脏买卖还是他认识干那一行的人。他反正得从什么地方弄到钱用来投资，这我知道。贾里德谈起要在康涅狄格州买房产好让他的孩子呼吸到新鲜空气时，兴奋得脸都涨红了。我猜只要我仍呆在那里，他将来准会酬谢我。可是无论如何我也不过是他的小弟弟。正像我说过的，当一切无关紧要的事过去之后，我忽然产生了这个念头，我甚至看到了这条笔直的路的尽头。你就站在路的另一端。"就像林迪所看到的巴黎的灯光一样明亮。这是特迪所希望的最能与宗教联系起来的体验。

听了特迪的恭维话，她并不显得惊讶，而是坦然接受了。她庄重地问他："你真想我了吗？"

"有多想？"

她感激地用双手捏了捏他的胳膊，就像平时他走得太快她让他放慢速度时做的那样。那一次，他们坐在她家的绒面沙发上，为了不让他们的情绪受干扰，他们把收音机关掉了。他向她求了婚。打那以后她走路都轻快了，走在他身边时，她的一瘸一拐竟变成了轻松的跳跃。

“我真高兴，特迪。我曾经担心，有那么多时髦姑娘……”

“有很多时髦的姑娘，没错，可是她们跟我一点关系也没有。在街上她们擦肩而过。麦克穆兰公司的速记员们尽是些小傻瓜，她们跟男朋友们去矮树丛里鬼混。”

“你得去追求，”艾米几乎是斥责地说，“别指望姑娘们会像蜜蜂采蜜一样地来追求你。我知道你很害羞，这是我特喜欢、特喜欢你的原因之一，可是我怕贾里德，他不知道羞，他会找一个姑娘来……”

他知道她会不停地说下去。“嗯，我想他会的，只要我感兴趣的话。但是我总感到——不能准确地说是感到害怕，但是——你是不是有过呆在了不属于你的地方的感觉？一觉醒来心里是一种空荡荡的滋味？”

“嗯，有过，从搬到贝辛斯托克来以后就开始有这种感觉。我母亲比我还严重。”

“既然咱们已经定下来，那我就要问一问，她是不是有什么毛病。邻里谈论你家的事情之一就是，她好像有点，哦，不正常。”

“我母亲，”艾米丽毫不犹豫地说，就像一位妻子在陈述一件事实，“她是摩尔人。你在特拉华住的时间很长吗？了解不了解摩尔人？”

“哦……当然。”

“我敢肯定你不了解。殖民地时期特拉华海湾常有海盗船出没，传说有一条从北非来的船在萨塞克斯县附近沉了，于是他们就上了岸，开始种庄稼等等。在肯特县靠近切斯沃尔德曾经有一个非常繁华的摩尔人聚居区。另一个说法是，在奴隶制时期他们抓到一位摩尔人王子，在刘易斯拍卖的时候他被一位住在安格拉耐克附近的漂亮爱尔兰妇女买走了。”

“我喜欢这一个。”特迪见艾米丽那么严肃，像是在讲课，便开玩笑说。

“有人说摩尔人是黑人和白人的混血儿，但是从教育和其他方面来看应当属于黑人。运河下游的南方是很保守的地方,我父亲卖掉财产搬到这里住的原因之一,是他一直在设法保护我的母亲。我仍然记得他们讲的一件事,福音布道会聚会时那些人不让她跟他坐在一起,他宁肯转身就走也不愿跟她一起坐到后边黑人的板凳上去。你就能明白这种经历是怎样迫使人们按自己的意愿办事的。”

“我当然能明白。”他说着,心中已然开始敬重未来的岳母。他为终于解开了谜团而高兴。艾米丽的肤色跟别人的不一样,有光泽,但不是粉红色。

艾米丽好像明白他的心思似的说道:“她身上可是没有一滴黑人血液。关于摩尔人,你最多只能说他们可能跟特拉华的印第安人有关系。”

“亲爱的,别这么紧张。”他说着拦住她,把她紧紧地搂在怀里,此时他们正站在渔场街尽头通往埃文河边沼泽地的蜿蜒小路上。“这辈子你都是我最亲爱的人,这才是最重要的。”

“我有一只严重残废的脚,但是没有黑色的血液。”她说。他使劲抱着她潮湿柔软的身体,穿着水兵服式宽领上衣的艾米丽在他怀里挣扎着,任性地把脸扭向一边,故意不看他。这是六月的一天,大海的魅力尽现眼前。几只海鸥安详地在水晶般纯净的天空展翅飞翔,宛如一幅玻璃蚀刻画。酷热的阳光当头照,海浪覆盖的沼泽地一直延伸到远处地平线,隐约可闻的有节奏的水声显示正是退潮时辰,栖息在湿泥和芦苇中的小生命——螃蟹、水鸟、小老鼠、乌龟——正蠢蠢欲动。半英里以外有一条小渔船正向上游划来,船桨有规律地划着水面。艾米丽依偎在他臂弯里抽泣着。

“亲爱的,亲爱的,”他说,“我并不关心你有还是没有。”

“你怎么会不关心呢?”她哭着说,他的话未能打动她。“你怎么啦?”

“没怎么,”特迪说,“只不过这小小的拥抱解决不了我的问题。”

她哽咽着笑了。他们爬过生锈的栅栏找到一处隐蔽的地方,在一棵苹果树下的高草丛里坐下来。他靠着树让她的身体贴在他身上。他用一只手轻轻抚摸她的脖子,另一只手解开她上衣的纽扣,沿着衬裙和胸部的曲线滑向她的乳房。因走路和哭泣而弄乱了的头发散发着被太阳晒过的干草味。他没有问就把她的发卡拽了下来。他充满自信地将上身向刚平静下来的她压下去,并且开玩笑说:“你有没有害怕我不回来?”

“有,”她说,“可是——我能怎么办?”她耸了耸肩说。他全身抽搐了一下。“全掌握在上帝手里。你要是不回来我也不会比以前更糟,因为我们已经有过在一起的美好日子。”

“你相信上帝有手?”他懒洋洋地瞅着一只在空中飞来飞去寻找花丛的蜜蜂说道。他躺在地上轻轻抚摸着艾米丽,她玩弄着他的衣扣,特迪的幸福感在裤扣下边急剧膨胀成一个充满快感的小拳头。多奇怪呀,你会觉得另一个人已属于你——一起玩耍,一起聊天,把你的一切在另一个人面前暴露无遗。

“噢,当然有,”她像一惯的那样抢白地说,不过声音依然是甜甜的,催人欲睡,他能感觉出来,他的判断一般不会错。“为什么没有——所有这一切,怎么创造出来的?”看看这环绕身边的平坦苍翠的特拉华风光。远处田野里十几只黑白花牛正沿地平线的青绿色边缘吃草,那里该是世界的尽头吧。

“我是说,你相信他们在教会里所说的?”

“相信,相信,特迪,我信。我知道你不信,或者说我想你是不信的。”

他叹了口气。“你说得对。我想我不信。跟我父亲学的。我可怜的父亲想要相信,也需要相信,可上帝只是保持沉默。”

“他不对我沉默。”

“他对你说过什么?”

她的手向他的裤扣下边敏感的鼓包摸去。“全心全意地爱你,”她说,“服侍你,相信你也会服侍我。”

她的话,她的声音,美丽的远离喧嚣的一天,加上安详地在天边吃草的牛群,以及正向远方飘去的有节奏的轻轻划桨声,他又像刚才听到她哭泣时一样冲动起来。她是这样美好,她的手这样白皙,这样轻柔地放在那个部位。

“你在乎吗?”她问的声音太小,只有把耳朵放在她嘴边才有可能听见。

“在乎什么?”

“我仍然相信。我知道所有关于他的争论。”

“不,”他脱口而出,可是他的心却在流血,“我不在乎。我喜欢你这样。”接着又补充一句:“我愿意你信。”

这是他们第一次发生性行为,她在光天化日之下把那个样子怪怪任人摆布的生殖器从他的裤子里拉出来,顿时冲出一股刺鼻的味儿,很像碾死的臭虫味。他们一起瞅着她用恰到好处地勾起的手上下抚摸它松弛的皮肤,直到它将含有繁衍后代种子的白色精液喷射出来。他闭上眼睛,陶醉在狂喜之中,他知道她仍在目不转睛地看着它,便又鼓起勇气把眼睛睁开。他俩都被这一从未见过的情形惊呆了。“它蹦得好高啊。”她小声说,同时把手在草地上蹭了蹭。

他把那黏乎乎的物件放回裤子里,她深深地舒了口气重又依偎在他身上,当她把手搭到他肩上时,他闻到一股碾死的臭虫味。对于她善意的举动他本应充满感激之情,恰恰相反,他觉得有些不是滋味。“这算不算犯罪?”他问,存心拿她的信心开玩笑。

她并没有生气,而是陶醉在这暖融融的草地上,心中充盈着女人的自信。“你要是肯娶我就不算。”她笑了笑说。

改变现状和作出决定的时刻到来了,这一时期,这个家里,发生的许多事情都乱糟糟地纠缠在一起——毫无起色的大萧条年代,各种事件接踵而至。不错,特迪就要娶艾米丽·西福德了,这已成定局;可是特迪怎么办?他不可能再回药店干调苏打水的活计,即便塞思·艾迪生没有雇用查理·温赖特的即将成为注册药剂师的弟弟鲍勃,他也回不去了。他所受的教育好像也不管用，虽然他很聪明；何况他的聪明只能深藏不露，似乎一旦曝光就会变成粉齑。他需要一个受人尊敬的工作，因为他属于威尔莫特家族，但又不能给他太大压力，因为他是特迪。这一次又是埃丝特姑妈帮的忙，没费她什么脚力，她本来也只能呆在楼上她的房间里。她通过那朵黑色电木水仙花打听到，下边邮局的杰布·霍利正在招聘投递员。瓶盖厂生意愈加兴隆，威明顿和费城对牡蛎、鲜桃、玉米、螃蟹的需求越来越大，城市的发展更具规模，每天来取邮件的人把个小小的邮局挤得水泄不通，邮局只占半栋楼，另外半栋被刚从切斯特搬来的中年夫妇开的糖果店占了去，上午邮局简直无法开展业务，堆积如山的邮件无法分发出去。设在华盛顿的邮政部部长决定扩大边远地区免费递送邮件的业务，贝辛斯托克分两条线路递送，一条是郊区线，由汽车投递，一条是市区线包括西端黑人棚屋区，步行投递。老维斯·夫利曼一直在做这份工作，他开着帆布顶篷 T 型车把城里城外全包揽了，一直干到腰弯背驼再也干不动为止，这时他们需要一位年轻人接替这份工作，每天徒步往返两次，一次三英里，每周工作六天，年薪一千元，按每月两次付薪，头两年按每年一百元增薪，并且享受每年带薪休假十五天。申请人需到丹佛参加国家公务员考试，再由邮政部长批准，邮政局长任命。经过奥康耐尔实业学校的严格审查之后，杰布·霍利让申请人读出一批手写的人名和几串数字——这对特迪来说好比做儿童游戏。除此之外还需要做体格检查。海杰大夫给他出具了完全合格证明。“你们家的孩子体质都随母亲，”特迪穿衣服时大夫气喘吁吁地说。“密苏里的棒小伙。你准长命百岁。现在威尔莫特一家在蒸蒸日上啊。”

只剩下工作态度和才能的考核了。特迪满腔热情地对穿着松紧袖口的衬衫和旧的蓝灰坎肩满身污渍的邮政局长陈述自己多么需要这份工作，他为自己能够如此侃侃而谈感到十分意外。他即将娶妻成家，而他最缺的就是一份可信赖的稳定工作，可什么工作会比在政府部门工作更可信赖呢？而且就此而言，什么工作会比通过投递邮件来把社会编织在一起的工作更光荣呢？他哥哥曾在世界大战中受伤，或许特迪对霍利讲这些是多余的，尽管他当时还小，可他的确有为国家效力的想法。他补充说，还是小孩子的时候他就开始收集邮票，现在他仍然保存着自己的集邮册，就存放在埃丝特姑妈家的阁楼上。“从霍勒斯带着埃丝特搬到这里来住时就认识她了，”霍利先生出人意料地主动说道。“奇怪的是，他怎么征服了这么一位美人做他的新娘？你也正准备把西福德家的女继承人娶回家。你这个小胖墩儿，恐怕不光是看对眼了吧。”

从他沙哑的快乐口气，特迪判断他肯定会得到这份工作。于是九月来临，这一年的九月格外暖和，贝辛斯托克街道两旁的槐树、杨树、柳树、椴树的树叶渐渐变黄，不同形状的叶片轻轻飘落在弯曲的人行道上——不同地段的人行道各不相同，老城区是石板面，其他地区是三英尺宽的水泥板面，较落后地区则是马路边高低不平的土便道——他回到了初到此时经常光顾的那些街道，所不同的是他现在被装满邮件的大皮袋子压得不得不倾斜着身子前行，身上穿着灰蓝色制服，脚上穿着像警察穿的那种黑色厚底靴。邮递员的工作服需要自己花钱买——冬天是精纺毛外衣，胸部是两层的，带马海毛编织滚边，夏天是单层棉哔叽的，衣服上有十个铜扣，上面印着一个小邮袋和一个突起的字母，裤子两侧沿裤缝各缀一个宽布条。天冷的时候按规定发给斗篷或两用长大衣，不过霍利认为斗篷不适合贝辛斯托克的风格——其实，据说殖民地时期这一带的拦路抢劫者穿的就是斗篷。

特迪过去从没留心过大街后头还有这么多的房子，各家房前通道或铺水泥，或铺石板，这条小街使他的递送路线多了一两英里，加上爬上爬下各家台阶，相当于每天爬两次华盛顿纪念塔。一些内战以前靠奴隶种植园得来的钱盖的大房子已经被分割成一家一户的公寓，遇到不断更换的姓名和住在后楼的住户需要花时间去寻找。他走的是比沃尔街，邮件量虽不大，可他得在遍街觅食的鸡群和赤脚光腚的黑娃们中间寻路前行，还经常有狗吠不止。他踏上台阶走向信箱口时，这些房子好像屏住了呼吸等待他的到来：

吸尘器倏然关住，婴儿的啼哭忽然停止，刺耳的吵架声突然没了。下雨天他穿一件黑油布雨衣，戴一顶渔夫帽，雨水从帽檐流到他的背上；雨中小城色彩加重许多，在绿草黑路红墙的衬托下他更显得形单影只。他是惟一的雨中行人，跳上跳下一家家的前廊，就像在一条有无数破洞的长长隧道里穿行。十一月的早晨阴冷昏暗，他在制服里边套一件毛衣，帽子里垫上艾米丽替他用毛线织的帽衬。他愿意七点三十分到达邮局，这时维斯·夫利曼刚从四英里外的运河车站拉回邮件来，邮件放在他的T型车的后座上，那里的带扣皮座椅早已被拆掉了。到下午四点或四点三十分，他通常已经送完第二批邮件回来了，一般来说第二次较第一次轻一些。上午九点三十分，他背起的邮件里装的是令人心满意足的沉甸甸的责任，而下午晚些时候他放回分检台上的空邮袋里则装着轻松怡人的自由。星期五来杂志，星期一把周末耽搁了的邮件统统送来，所以这两天最累；圣诞节之后邮件量骤减一半。在十二月的一些日子里，刚刚诞生的耶稣好像存心要[illegible]似的。

过了圣诞节两周以后，特迪和艾米丽在位于罗德尼一侧第三街上的美以美教会举行了婚礼。这是星期六的下午，突然天降暴风雪。真奇怪，又回到了教堂——那些装有大钉的木架，还有空气中弥漫的鲜花、蜡烛、煤气和尘埃的混合气味。结婚誓言像风穿透窗户一样穿透了他。他从眼角看去，艾米丽披上白纱，又被可笑地称作“为人之妻”，好像一下子膨胀了许多。他们双双站在圣坛上，显得笨手笨脚，她欲笑又止，伸出颤抖的手等他给她带上结婚戒指。出了教堂，雪粒打在他们脸上，几小把米撒在他们缩起的肩上又弹开去。来宾连前三排凳子都没坐满。埃丝特姑妈很想来参加，可是身体太虚弱，而且一离开床就恶心，而露西尔怀孕的身子太笨也来不了，不过贾里德倒是把他的车开来了，负责接送新娘和新郎。教堂前的草坪硬得像石头，而且很滑；艾米丽那只健康的脚上穿着一只银白色锦缎鞋，里边还放了一枚一分的英国镍币。鞋子有点大，是过去她母亲穿的，这枚旧币是几年前她父亲在种烟草的地里犁地时捡到的。刚刚当了五分钟丈夫的特迪见她在有一寸厚积雪的路边犹豫不决，便抱起她跨了两步，把她放进贾里德的带折叠顶篷的褐色大斯图兹车里。她身穿不带长拖纱的朴素真丝结婚礼服，头上戴着头饰和面纱，虽然她比邮袋沉得多，但是包在丝裙里的臀部摸起来很是光滑惬意。

杰布·霍利已经批准他去度蜜月，但是考虑到他刚刚被录用，怎么好意思离开太久呢，于是他们于五点钟搭上从威明顿到费城的快车，然后住进贝勒福-斯特拉特福大酒店。酒店客房多得足以容纳贝辛斯托克的所有市民，厅也大得不光能把贝辛斯托克所有的教堂装进去，而且高得让教堂顶尖碰不着花枝灯。听那位无所不知的查理·温赖特说，从百老汇街车站步行就能到达酒店，但是查理忘了这是在又黑又冷的晚上，况且带着脚有残疾的妻子，步行起来便没那么容易。不过夹裹在熙熙攘攘的被霓虹灯照得变了形[illegible]力，让他们感受到了一种热烈气氛，同时意识到，他们来到了一个[illegible]他们的世界。他们经过市政厅灯火通明的院子，又走过三个街区，中途停下来两次好让艾米丽喘口气，一次是抬头欣赏好似固定在高处的天使的彭威廉头戴宽檐帽的雕像，一次是靠在联邦同盟俱乐部双层台阶石栏杆上稍事休息。从酒店大门到屋门这一段路似乎十分漫长，特迪始终拿不准该给提行李的时髦招待多少小费才合适，二十五分到底够不够，这只已磨损褪色的旧皮箱还是当年克拉伦斯和斯特拉在中西部旅行时使用的呢。浴室的澡盆好大呀，艾米丽先洗，特迪后洗，洗的时候还都羞答答地关上浴室门。水从长鼻子的龙口喷出来，力量大得像喷泉，水热得像火山喷出的岩浆。蒸气给镜子罩上一层纱幕，在窗户上结成霜花，特迪把手放在窗缝的地方感觉到了嗖嗖刮进来的一月寒风。窗户透出光亮的地方，雪花正纷纷飘落，越飘越远，落进肮脏的市区。两个人躺在房间的大铜床上，枕着带边饰的枕头，盖着有薰衣草香味的毛毯，他们战战兢兢地相互抚摸，在失去各自的童贞后以异乎寻常的速度进入梦乡，他们几乎来不及重温在这一重大而又充满活力的日子里所发生的一切。

回荡在山崖的教堂钟声唤醒了他们,教堂在什么地方?艾米丽在为这次简单的蜜月作准备时曾读到一个叫利顿豪斯的广场,那里有漂亮的连栋房屋,圣公会教会的教堂,该教堂的牧师在南北战争时期写下《小城伯利恒》那首歌。她不好意思地表示想去圣公会教会做礼拜,不光为了那位已故牧师,还因为教堂的建筑非常著名,可是特迪求她从窗口回到床上来,如果经过昨夜的折腾之后她不感觉疼痛的话。窗外的天空跟他在纽约时从睡梦中醒来所看到的一样,既寒冷又远不可及,但是现在有她跟他在一起,她的玉体包裹在薄薄的睡衣里,正跛着脚朝他走来。在这高屋顶红天鹅绒窗帘的大房间里,窗帘拉得严严的,他们不能把对方看得很清楚,完事之后她到浴室洗澡,他便拿起床头电话让招待把早餐即刻送上来。煎鸡蛋、烤面包片、玉米饼加糖浆,全部盛在银盘里送来,送早餐的是一个穿制服的黑人,耳边露出的灰发弯成一个个小圆圈。特迪学着贾里德的样子给他半个美元作小费,这个老人的眼睛一下子睁得好大,可能给多了——只有乡巴佬才给这么多。

他们终于出了旅馆,来到沃尔纳特街时已近中午了。他穿一身黑色套装,她穿一件新的亮丽的绿色纯毛连衣裙,从腰部向下是直筒式,裙边太靠上了,把连接厚底靴的支架都露了出来。他们朝利顿豪斯广场走去,街边的房子像用绳子串着一样一户紧挨一户,光线照到这些房子又反射到他们身上。在公园里,这对新婚夫妇混杂在刚从教堂走出来的裹着毛皮大衣戴着高帽子的费城人中间。一个干了的喷水池里布满被人们踏出的纵横交错的小道。一个公山羊雕像被爬上爬下的顽童们蹭得锃亮。千姿百态的秃树枝条裹上了银冰,在冬日阳光下光彩熠熠。昨日的大雪积存在树丛根部像是投下的白色影子,积雪将所有物体勾勒出清晰的白色轮廓。保姆们身穿颜色单调的深色大衣戴着用羽毛或绢花装饰的毡帽在长凳上坐着休息,身前是大轮婴儿车,车里的宝宝用毛毯裹着,只露出小红脸蛋、小红鼻头和花边小帽。广场远端就是著名的三位一体教堂，不大，特迪觉得它好像比帕特森的圣约翰教堂还小，它的顶部还不如帕特森市政厅的气派呢。天气很晴朗，所以显得暖和了一些；特迪的双腿由于递送邮件跑来跑去，锻炼得结实有力，他真想在城里到处走一走，但为了照顾艾米丽，他还是租了一辆车。出租车放慢速度，使他们可以浏览从切斯纳特街到独立大厅的地段，就是在这个独立大厅里，独立宣言签名人签上了他们的名字，这里的自由钟一直敲着，直到破裂才停。司机把车停下，给他们足够的时间让他们走出汽车，穿过马路，到钟的跟前仔细看一看。那口钟挂在一根装饰十分讲究的撑梁上，曾被千万双好奇和崇敬的手摸过的裂缝处闪着金光。事情就是怪，特迪心想，这条裂缝，事物的不完美之处，反而成了最有意义的东西。更令他感兴趣的是《周六邮政晚报》的办公处，因为他曾为它扛过数不清的报纸。柯蒂斯大厦恰好就在独立广场边上。早晨连胡子都没刮的司机因长时间开车兜圈子有些迷迷糊糊了，他建议他们参观柯蒂斯大厦的门厅：那里的“了不起的东西”真值得一看。他们走进宽阔的大理石大厅，尽管是星期天，大厅照常对公众开放，凡是进到里边的人无不由衷地赞美帕里什美妙绝伦的玻璃镶嵌画《梦之园》。缤纷的色彩比我们这个星球上的彩虹美丽得多，更像是悬挂在太空另外星球上的彩虹。这一惊人的艺术品让他热血沸腾，加上快到返回贝辛斯托克的时间了，特迪问邮政总局大楼是不是很远，司机说不远，过去几个街区就是，在第九街和市场街上。

“我在邮政部门工作。”特迪自言自语地说，同时隔着艾米丽的鲜艳绿裙子在她大腿上拧了一把。一份工作，一个妻子：他是一个真正的男子汉。他爬出汽车，面对这座占据整整一条街的雄壮邮政大楼——四面厚重的挑檐，复折式的塔顶，上面飘扬着美国国旗——他感到无比自豪。高大庄重的正门和数不清的窗户告诉人们，今天是法定的休息日。“谢谢你，”特迪回到车里对司机说，然后又对艾米丽说，“你有什么特别想看的地方吗？还是回旅馆赶在火车开车之前吃一顿快餐？”

她在座位上把身子向前倾了倾，她的脸比他把她变成妇人之前红润了许多，她清一清喉咙对司机说道："哪里有博物馆呀？"她又眼睛朝上看看特迪，此时更凸显她的白眼珠了，她问他："亲爱的，你不介意吧？我想看点好东西，带一些美好的回忆回去。"好东西还不够多吗？失去了她的童贞，看过了柯蒂斯大厦。灰白头发的司机也不太明白她的意思，心想她也许想看几年来报上不断登载的那个花费巨资修建的博物馆吧。他沿市场街继续开，绕过他们现在才看出来是市政厅的建筑，开上一条宽阔的斜向林荫道，又绕过一个有三个裸体印第安人和一只天鹅雕像的大喷水池，最后朝一座小山丘开上去，上边是一座很大很宽有许多廊柱的殿堂，花岗岩和大理石还是崭新的哩，殿堂前有很高的台阶。不过这座被司机称作"费尔蒙特"的博物馆刚刚落成，还没有对公众开放，只是在最近才对新闻界展示过一次；这座雄伟建筑的墙根仍胡乱地堆积着木板、石料、脚手架等杂物。

特迪不安地看看自己身边穿着露出脚撑的艳绿裙子的女人。"好不好？"

见她眼中噙着泪花他一点也不感到奇怪。"它就像我们一样，"她说，"才刚开始。我想看已经完成的十全十美的东西。"她开始不讲道理了。他倒是听说过女人发作起来时不通情达理，但是还没有亲自遇上过。司机也开始担心，也许他担心随着车费不断上升，这一对新人是否付得起车钱。他向左转弯开出富兰克林公园路到了切里街，在一座多种特征结合的土耳其式建筑前停下来，它的两个洞口式的门上方标着"宾夕法尼亚艺术研究院"。特迪把司机要的四块钱给了他又外加五十分小费；这一次他并不觉得给多了，虽然司机加重语气说："谢谢您，先生。"四块钱比他拖着邮袋转一天挣的还多呢。金钱成事，女人败事。

他们进了大开的门洞和阴凉的门厅，眼前霍然出现一个令人眼花缭乱四层楼高中间带台阶的大厅，厅内镶着金边、银边、铜边和红边，瓷砖和墙上雕着花，顶部是缀满星星的人造天空，只有透过中间一方大玻璃才可见到真正的天空。地板、墙壁、台阶，到处是奢华的装饰，上楼的时候艾米丽像是踩着痛苦朝天堂攀登。楼梯顶部一侧是一幅题为《遭排斥的基督》，画面上人头攒动，个个指手画脚；它的对面是出自同一画家之手的《马背上的死亡》，画面更乱，又是马又是戴冠的人，有的人在跌倒，有的人在挣扎，全都出自《启示录》，艾米丽解释说。看到画上乱涂抹的油彩特迪感到十分压抑，就跟当年在帕特森他父亲书房里那些高高的书架给他的感觉一样。那储存历史的地方保存下来的是梦幻般的恐怖、疯狂与混乱。这些画家及其作品也已沉淀进将把我们大家吞没的历史深渊之中。他们在有廊柱的尖顶走廊间穿行，所经过的墙壁饰有立体的钻石形花朵，有的墙被漆成亮丽的跟眼睑底一样的粉红色。他们穿过一间又一间因空间太大而发出回音的大厅，那位不出名的苏丹的王宫。又一大幅油画，也是本杰明·威斯特画的，画上的彭威廉正跟三个印第安人讨论协议，也是用那个夸张的使基督受排斥的手势。高处的尊尊雕像被打上灯光，十分明快，天使和众神就像是用雪白的香皂雕刻而成，天使们身穿皱褶重叠的宽松长袍，只露出一个乳房，而众女神则是全裸，乳房上方煞白的脸上表情十分宁静安详。她们裸露的部分虽不像艾米丽的那样白里透红，但也不会比他自己的差，如果他胆敢伸出手去，而且违反展厅门口告示的规定摸它一下的话。还有那已变黑的凝聚着高贵与庄重的青铜裸体雕像，华盛顿和富兰克林和其他身着华贵服装的自由缔造者们的半身雕塑及画像，他们揶揄地朝下看着正一步步迈向朦胧未来的人们。艾米丽因踮着脚尖走路，头抬得较高，在高光的照射下她的脸泛着光，跟画上的人物一样。她让他看这看那——雪地里的一只尖耳红狐狸的侧影；几个妇女在招呼一条从芦苇丛中划出来的渡船——他被她对美好事物的渴求所感动并为之骄傲，虽然他也为以后不可能给她太多这样的生活来满足她的欲望而难过。

他们回到百老汇大街时，街上早已熙熙攘攘热闹非凡，卖货的、乞讨的、推水果车的、跳舞的、吹口琴的、拉手风琴的，各色人物一应俱全。电车在卵石路上颠簸着开向市中心,他担心车会在他不熟悉的地方拐弯,那么他就可能迷路。他看见了熟悉的市政厅轮廓,它高高在上俯瞰着四周林立的建筑,那是在前边两个街区远的位置,于是估计出他们住的旅馆比它再远三个街区。能对街道布局心中有数他感到特别高兴,这使他增强了控制事物的信心。“艾米,你能走到市政厅那么远吗?”

“当然能,亲爱的。”

“火车站就在它右边。你先进去喝一杯苏打水,我回酒店把行李取来。”

“亲爱的,我可不想一个人吃东西。咱可以上车以后吃个三明治。”

等他们到了车站门口天已经全黑了。他给她两个二十五分的硬币,剩下的钱刚够结账和付小费的。他心想,做事要替两个人着想,花钱速度比单身快一倍,这就是结婚的意义。他匆忙赶着路,并暗自为自己的责任感到高兴。后来,当他们告诉人们是在费城度过蜜月时,人们都嘲笑他们,可是费城的确让他们度过了十分美好的一天。

结婚初期他们跟埃丝特姑妈住在一起。他们同意每个月付六元钱房租。他们住在三层,房间很大,两边都有窗户,从其中的一个窗户可以俯视后院荒芜阴湿的花园里那座白色凉亭。卧室门外的楼梯口连着一个宽阔的大厅,虽然太透风,用作客厅还是可以的。她父母送给他们一些家具包括那个长绒沙发。第一个冬天他们给自己买了一台小收音机,晚饭以后欣赏一会儿音乐,收音机播什么就听什么——纽约卡匹托尔剧场梅杰·爱德华·鲍的演出,费城新闻台鲍博叔叔讲的催眠故事,被静电干扰时有时无的舞曲和歌剧唱段。三楼没有下水道,不过二楼的浴室只有母亲和埃丝特姑妈使用,所以他们去用也不成问题。家中又多了一位年轻人,两个上年纪的人装作——也许是真的——很高兴的样子;艾米丽十分乖巧地跛着脚在厨房里转来转去,可是母亲并不希望她把做饭的活接过去:“对我来说做饭是一种享受,亲爱的,现在我的动作越来越慢,做饭是惟一能让我保持精力不衰的活动。”然而她恰到好处地逐渐让出了大部分的家务活——就连当初埃德温娜都无幸得到的十分重要的那一部分——以及对她那位越来越下不了床的大姑姐的陪伴。艾米丽在埃丝特姑妈的屋里一呆就是几个小时，她们聊呀聊，直到艾米丽把贝辛斯托克的历史和各种谣传熟悉得跟本地人一样。特迪自信地意识到自己作为家中惟一男人的责任，他会在晚上抽时间上楼去看望姑妈。回顾往事，是她把他们一家迎进了这个家，是她带领着他，为他找到一份又一份的工作，现在她又把新娘的手握在自己手中，就像是她的精神支柱，可是每当他想到她时，脑海里却总会出现她古板的冷面孔。埃丝特·威尔莫特在霍普威尔女子学院时曾是一八八九级的校花。也许是意识到自己成了人们心中的宝贝儿，于是她把自己封闭起来，进而变得超然离群；一个人长得太美了往往只关注自己，甚至到了自恋的程度。她挺直身子坐在床上，慢慢枯萎的脸上仍然凸显她笔直的鼻梁、高挑的眉毛、清澈而冷峻的眼睛以及带有吉布森笔下的“吉布森少女”[1]的男性特征的方下巴。在这灯光暗淡的病房里，他仿佛看到父亲的浅黄眉毛和深深塌陷的眼窝，他正目不转睛地瞅着他。无论如何父亲在弥留的日子里还是快活的，就像一个在上学的日子得以赖在床上的小学生一样快活。他姐姐没有他得结核病的羸弱病态，可也没有他的快乐情绪；支撑她的仅仅是毫无价值的女人的虚荣心以及对基督教教义的坚定信念。依然紧绷的嘴阻挡不住死神的降临，它正悄悄爬上她的面庞；她的上唇皱褶叠起，先出现竖纹，后又出现越来越多的横纹，呈现出纵横交错的网状，猛一看极像木乃伊的嘴。特迪看得出来她疼得很厉害，海杰大夫给她调配的包治百病的药不过是稠稠的带甜味的酒精加鸦片混合液。

一天，埃丝特姑妈非常热情地对特迪说：“你是咱身边惟一的男子汉，你怎么考虑这件事呢？”她问他。

---

① 查尔斯·吉布森(1867—1944)为美国插图画家，以其妻为模特儿所作的《吉布森少女》曾广为流传，成为代表1890年代美国女性的典型形象。

她递给他一封寄自马里兰州一个叫黑格斯托恩的旅馆的信，上面用清晰的斜体字写道：*亲爱的埃丝特，听说你身体欠佳深感不安。在这种时刻，是否准我为你尽微薄之力，无论在生活方面还是在经济方面？尽管我们有许多合不来的地方，我依然在名誉上和法律上是你的丈夫，我以全部爱心向你表示诚挚的问候。*

"霍勒斯姑父。"特迪说。

"怎么样?"她说，这位生命垂危者的嘴唇拧出一丝微笑——可以说是骄傲的微笑。

一九二八年春末，股票市场戏剧性地波动不定，政府报告说失业现象遍及纺织业和其他工业领域，全国上下为之震动，霍勒斯是在这种时刻回到这所房子里来的。他的头发更加稀白，但是他的脸膛依然红通通的，讲话还像以前一样快、咄咄逼人和缺乏耐心。关于如何整理这所房子，他提出了整整一打意见，首先要清理花园，他希望特迪每天下班以后做这个工作，尽管他每日长途跋涉归来累得要死。他根本不把特迪当作男子汉看待，虽然他穿着邮差制服，而且每个人都说他送信比从前的维斯·夫利曼强多了；夫利曼常把一沓沓的邮件装在T型车后车斗里，一个星期不往外送。艾米丽在这个家中感到地位尴尬，霍勒斯已经回来，他正以十二分的热情照顾着他的妻子——斯特拉对他所表现出的忠诚赞赏不已。"要判断一个人可真不容易，"她在厨房里吃饭时跟特迪和艾米丽说，"离开家整整十年，又像个爱情鸟似的飞回来了，完全抛下他在外边的生活。"

特迪知道霍勒斯在邮局租用了一个邮箱，来自他在外边的生活的信件便可以通过这私人邮箱到他手中；终于，每周都有一封发自黑格斯托恩的出自女人之手的信到达这里，有时也有公函，霍勒斯生日的时候还来了几封孩子们用幼稚的笔画写的彩色方块信封。特迪什么也没有说；他知道邮政信息是神圣不可侵犯的。他只说道："妈，我认为艾米跟我还是搬出去住好。这房子太挤了。"

斯特拉的杏仁眼霍地亮了,她又同情又不解地看着他,当年她丈夫对她说已经失去信心时,她也是以同样的神态看着他的。“你要留下我,自己走了?”她说。

“你不是一个人,”特迪口气坚定地说,“现在比你送我去纽约时还多了一个伴呢。再说皮特·普尔西弗已经离婚,埃丝特很快就回来了。”

贝辛斯托克的每个人都不期望发生的事终于发生了,这件事同样发生在这一年的夏天,就在纽卡斯尔的旧法庭。

埃丝特姑妈日益衰弱;霍勒斯用他的新克莱斯勒轿车把她送到威明顿的医院做检查,他们说海杰是江湖骗子,根本不会看病,专家告诉他,她的癌细胞已经从子宫扩散到全身。假如发现得早,手术治疗也许能挽救她的生命——谁知道呢?——现在太晚了。她已不能进食,只吃一些鸡汤和面包片,由他用托盘把食物给她送上楼来;她仍然保持着原有的威严,虽然已经瘦得像十字架,还是硬撑着端坐在床上,她长长的秀发由她丈夫给梳好,再盘起来。在电话里她聊天的声音比以前更尖更高;当听说邻里这样或那样的不幸事件时,她嘲讽的笑声满屋回荡,而这屋子里此时正埋藏着另一桩即将到来的不幸。

艾米丽把特迪的忧虑告诉他父亲之后,西福德先生便把北边槐树街上那座双层木结构小楼的房价减了500块钱卖给他们。从楼前侧的卧室窗户可以看见南边她父母房子的侧廊和暖房的玻璃。分期付款的房子——每个月付二十八块,分三十年付清——终于属于他们了,共占地四分之一公顷,位于两所大房子之间,从路边往里缩进一些。这所房子最后一次涂漆恐怕是十年前了,原房主用的是铅灰色,看上去像一艘战舰,也许这种单调的油漆在五金店里标价最低。然而特迪自己动手涂漆时,他又毫不犹豫地选择了同样的颜色。他喜欢房子的隐蔽性,而这所房子恰好处在两所十分显眼的大房子中间,位置又比较靠后,色彩暗淡一些岂不更好。他还把刚到贝辛斯托克时跟埃丝特姑妈学到的本领全用上了,在花园里种上蜀葵花和毛地黄苷、蝴蝶花和天竺葵，牡丹花和福禄考花，鸢尾花和橘红色的萱草花。人们都以为精心培植花草的是艾米丽，因为她与暖房有密不可分的联系，事实上这些都是特迪干的，他在晚饭后借着夏日的余光，穿着背心弯着腰，在地里除草、施肥和嫁接。艾米丽不喜欢在户外干活，她的皮肤对小虫子过敏，被太阳一晒还会起荨麻疹，她的眼睛被花粉一蜇，又痛又肿；她的身体有一种韵味，只有在室内而且保养好才会有的韵味，她娇嫩的皮肤和丰满的体形被认为是近来体重增加才造成的，其实特迪从一开始就看出来了。他们夫妇漫步在槐树街和渔场街，再去罗德尼街的罗克西电影院，成为一个感人的——一位老邻居说是"优雅的"——景观。罗克西新安装了音响设备，用来放映华纳兄弟公司的"有声电影"。在有声电影的新闻片中，一个优美浑厚的声音有节奏地讲述着齐伯林飞艇、捣毁非法酒店、微笑的约瑟夫·斯大林宣布新制订的五年计划等事件。

埃丝特和皮特没有住在贝辛斯托克，因为普尔西弗太太和三个孩子仍住在现在已经属于她的房子里，即那所位于朱尼珀街斜顶带墙外楼梯的漂亮住宅。这一对普尔西弗新人是在纽约市政厅举行的婚礼，证婚人是治安法官，出席婚礼的只有贾里德和露西尔，她的怀里抱着刚四个月的儿子詹姆斯·帕特里克。他们从巴巴多斯旅行回来以后便在六英里以外的雷德利翁定居下来，住进一套宽敞的可以看见海边景致的公寓。普尔西弗长得很帅，人很和蔼，已经三十五岁，弯曲的金发高高地向后梳去，后脑勺隐约显出银币大的一块斑秃。他具有律师的天赋，善于处理各种类型的案件，但是当这对夫妇需要安顿下来，决定是住在贝辛斯托克还是雷德利翁或者两者之间时，他毫不掩饰地显示出他的不安，因为他将与一位邮差和一位农夫的女儿成为亲戚。他有时表现得自命不凡，把他们当做取笑的无知孩童，用嘲讽和不以为然的口吻与他们交谈；有时两眼朝天目中无人，似乎在反思自己为什么要抛下妻儿和豪华住宅与这些社会下层的二等公民联姻。特迪去柳树街看望姑妈和母亲时，碰到埃丝特在那里，他便对她抱怨说，"你那位丈夫是个十足的势利小人。艾米丽只要不去暖房就成天看书看杂志，我也不像外表看上去的那么笨，可是他却把我们当成乡巴佬。你能看出来，当我们试图跟他谈话时，他总是一副不屑的样子。”

她想了一下，说道：“皮特有许多麻烦。他那位倒霉的前妻总想从他那里榨去比协议多得多的钱。因为我们的缘故，他的客户明显减少，他也为这事发愁。我对他说：‘可别得了神经病啊——尤其是在这个时期，还有你这个年龄。每个人都处心积虑，谁也不白给一个镚子儿。谁管谁呀。至少你没让自己的老婆像贝比·鲁斯一样在供膳处饿死。’不过邦迪和麦克雷迪的生意比皮特的强很多，这倒是真的。要想把那些世俗之人争取回来，我们还真得费一番功夫才行。”

“那，嗯，那他也不该轻看艾米丽呀。她很聪明。她刚刚读完关于秘鲁塌桥事件的小说。”

他姐姐努了努下巴，轻轻碰了一下他的肩。“嘿，放松一点。我们刚整理好床，咱们来躺一会儿，*Toujours gai*①，怎么样？”

一九二九年二月，埃丝特姑妈去世了；霍勒斯端着她的早点——一小片面包、一杯燕麦粥，一点随便什么使她不至于饿死——进了屋，发现她的头倒向一边，电话放在床上她的身旁，看样子她在临死的前夜想给什么人打电话。第二周的星期天，母亲在去教堂之前急冲冲地走进特迪家的后门；特迪和艾米丽正在厨房里拥抱，见她进来赶紧羞愧地分开。不过斯特拉心里正烦着，根本没注意他们脸红，或许她曾挥了一下手以驱散他们的尴尬。她的眼睛睁得大大的，迫不及待地把消息告诉他们。“霍勒斯正急着卖掉房子搬回黑格斯托恩去呢！那里有他的第二个家，他已经回去看他们了，他还有脸把这事告诉我。他连一个星期都等不及就开始出售了！我不愿意这么说，可我真的相信，他这一次回来根本不是出于对埃丝特的关心，而是为了要房

① 法文：先高兴高兴再说。

子——确保她不把房产留给我们当中的某个人。”

“我一点也不觉得奇怪。”特迪说，为自己早已知道从马里兰来信的事而心中有愧。尽管早有思想准备，他仍觉得难以相信霍勒斯姑父会是这么阴险的人。他留给这个侄子的印象仍是他让孩子们骑在他的背上爬到凉亭那里再回来，他们在厚得像地毯一样的草坪上咯咯地笑呀，叫呀。他从鼻子里发出尖细的声音，像学鸭子叫，粉红的脸膛好像永远不需刮似的。埃丝特姑妈的葬礼那一天，天气特别冷，他们全家人围在用镐刨开积雪和冻土后掘成的长方形墓穴四周，特迪第一次见他哭了。

斯特拉在桌旁坐下，解开专为去教堂才戴的海军蓝帽子。夹杂着缕缕银丝的浓发不但失去当年的光泽，而且成了压在她头上的沉重负担——她身上穿的是很早以前在明尼苏达州买的曾经非常华贵的水獭皮大衣。“我问他：‘我去哪里住呢，霍勒斯？’他瞧着我，那样子要多狡猾有多狡猾，说：‘你有三个孩子呢。’可是，贾里德的生活那么奢侈，哪里容得下我这老婆子呀，埃丝特就算有心收留我，他们也没有地方啊，何况他们现在的日子过得很勉强……”艾米丽正站在新安装的陶瓷水池边，旁边是橡木冰箱，她费力地朝前走了几步，忽闪着大白眼珠，无助地瞥了特迪一眼，说：“特迪和我会特别高兴，威尔莫特太太，如果您愿意搬过来跟我们一起住的话。楼上那间大卧室空着，只有楼下光线暗了的时候我才上去做点针线或者看看书，浴室又是在两个屋子中间，咱们都可以有自己独处的地方，而且……而且我们已经讨论过多次，自打知道埃丝特姑妈……而且特迪的姐姐刚刚搬进他们的公寓……”她满腔热情地一口气奉献出那么多，声音越来越轻。至于自己的空间与单独相处，过去的这六个月就跟在那张红沙发上度过的一样，世界被关在门外，没有人责备，没有人干扰，而且——他们几乎不敢相信——享受的是正当合法的快乐。

她婆婆有点将信将疑。她的目光从她脸上移到他脸上，特迪感到太突然太矛盾，一时不知说什么好。“嗯，”他母亲十分勉强地说，“再考虑考虑吧。”说完之后打算笑一笑，她终于对艾米丽笑了。“亲爱的艾米丽，”她说，“你该管我叫斯特拉了。”

艾米丽终于又有话可说了：“我们愿意你跟我们住在一起，斯特拉。我对上帝发誓。”

这位牧师的遗孀用戴着黑手套的手抓起《圣经》，匆忙朝槐树街和锡达街拐角的埃文长老会走去。又剩下他们俩了，艾米丽问她丈夫：“我刚才说错了吗？好像除了那样说没有别的办法。我错了吗——难道你不想让我那么说？这话必须由我来说才合适。”

“是呀，你能怎么办呢？”他叹一口气站起来研究着脚下的油毡地板，仿砖图案红色和黄色交错，砖块仿效水泥板的排列法，这么一块那么一块。“亲爱的，除了你，我不愿意跟任何人住在一起，”他告诉她说，“可是，正像你说的……”他感觉受到了侵犯，但是并没有不高兴。两个女人来服侍他，保护他。“走着瞧吧。如果合不来咱们可以另想办法。”

“一定会合得来。你母亲有一颗善良的心。她会让我们独处的。我喜欢她，特迪，真的。”但是从此他们不得不压低嗓音，同时也不能再像以前那样在家里为所欲为——他们甚至在楼下也像亚当夏娃一样赤身裸体，街灯的光像伸长的舌头舔着屋里的一切；从便道上经过的人有可能看见他们从沙发上偶尔伸出来的裸露的身体的某一部分。“你真好，”他说，“在关键时刻能够恰到好处地说出那样的话来。”

“我必须说——如果咱们支支吾吾的，准会伤她的心，她就再也不会来了。我很怕你生气，可是我不能不说。”

“生气？她是我的母亲，要知道。是你在帮我的忙。”

“我要是不喜欢她就不会说那么多了。我知道我不是她想给你找的新娘，但是她尽量显得很热情。她已经超出了一个母亲，真的……”

她不需要把话说完。超过了她自己的母亲。

柳树街的房子并没有马上卖出去——钱并没有长在树上，跟华尔街老板们所想的正相反，又一位共和党人当选了总统——所以霍勒斯请斯特拉继续住在那里直到房子卖出去的那一天。四月，有人出价九千九百元，他接受了。五月，斯特拉搬进来，七月，她发现艾米丽的腰变粗了，那不光是因为吃了她做的饭，还因为槐树街这所灰房子里的又一名新房客已经长到三个月大了。艾米丽喜欢“依偎”，她是这么说的。在床上她的坦率与欲望是他以前所不敢奢求的；他感到诧异，感到受宠若惊，并且设法适应她的激情，但是心里不免怀疑，这里是否有什么圈套，按照基督教教义，过分沉湎于肉欲是堕落行为，当受惩罚。她只要想跟他做爱就光着身子上床；她还拿她的“夫妻权利”跟他开玩笑。有时她的皮肤被欲火烧得十分敏感，他轻轻一摸她就呻吟起来。可是结婚已经好几个月，她还是不让他看她那只脱下了支架和厚底鞋的脚。即使是在浴盆里他给她用肥皂擦洗前胸和颈部时，她也要把那只脚放在另一条小腿下边让翻着泡沫的脏水将它淹住。一方面是她泪水涟涟地拒绝，一方面是他一再强调自己受到的伤害，双方总是相持不下。这天晚上，皮特和埃丝特顺道来看他们，还带来一瓶马提尼酒，特迪借着酒劲扒下艾米丽的睡衣，任凭她又哭又叫，奋力抓住她踢腾的右腿看了个够。她的坏脚很小，像儿童的小脚丫，还从脚踝处向里扣。他低下头去吻了吻它——它是那么娇小，那么苍白，因为常年穿着特制的高帮紧带鞋而产生一种美妙潮湿的脚味。艾米丽安静下来，她不再挣扎。他不停地又吻又摸，这可怜的怪样子，这小小的脚趾头，忽然间她开始抽搐，臀部剧烈地扭动，两手在身体两侧乱抓乱拽。特迪抬起头，见她的脸涨得通红。她尴尬而无助地向他张开双臂。“看来我身体的每一寸都已属于你了。”他把自己的雄器送进她那湿湿的地方时她在他耳边说道。

一九二九年五月，曾经鼓励特迪抓住幸福机遇的查尔斯·林德伯格在新泽西州的安格尔伍德结婚，那里是新娘的家乡。好莱坞，第一届美国电影艺术学会金像奖授予了电影《翼》、演员埃米尔·詹宁斯和珍尼特·盖诺，二十二岁的盖诺在这一年主演了三部电影。芝加哥，阿尔·卡彭因携带枪支被捕入狱。华盛顿，石油大王哈里·辛克莱因蔑视参议院罪而坐牢，因为五年来他一直拒绝对他在蒂波特多姆丑闻①中的作用的质询作出回答。亨利·福特签署协议准备在苏联建造一座年产十万辆汽车的工厂。贝尔实验室演示了可以通过“电视”转播彩色画面的系统。洲际航空运输公司宣布开始横跨美国的服务；乘客从纽约市佩恩火车站登上火车，白天改乘飞机，夜里再乘火车，四十八小时后到达洛杉矶郊区的格兰代尔机场，单程机票为351.94元。犹太人和阿拉伯人在耶路撒冷交战；中国和俄国在满洲里边界地区打了起来。

十月。纽约股票市场暴跌，对贝辛斯托克影响甚微，几乎看不出什么动向。拥有股票的人很少，这一小部分人企盼着股市反弹。瓶盖厂继续把一箱箱丁当作响的货箱码上储货台；罗克西电影院连续两周放映约翰·福特的有声电影《黑色怀表》，默娜·洛伊在片中扮演一位光彩照人的女性，名叫玛蒂，她梦想征服印度。特迪·威尔莫特照旧日复一日一成不变地按照固定路线送信。

贾里德从纽约回来，看样子不像从前那么张狂了。“我们曾经抓住了机会，这是毫无疑问的，”他承认说，“保证金在证券交易中耗尽了，吉米砸在手里的债券多得都能把他埋住——不能说到‘屁股’，那才是一半——没了他的头顶。他的一些客户不是好人，现在他和特莉莎去阿迪朗达克度长假了。至少我得告诉人们他已经走了。”

“你打算在贝辛斯托克住多久？”特迪问他。贾里德是十月的一个夜晚突然到这里的，他们把他安置在为将要出世的小宝宝准备的小房间里。

“哦，不会太久。我需要喘口气。是露西尔的主意。她说：‘你显得精疲力竭。’她还说：‘你需要去看看家人，呼吸点带咸味的空气。’”贾里德大笑起来，还是通常的干笑，不能引起别人跟他一起笑。他的下齿向里扣得更厉

① 1921年美国内政部长受贿将该地的海军石油产地租让给私人石油商，造成丑闻。

害，上下齿几乎对不上，他的牙齿让特迪想起“帕特森”那个词来。

艾米丽的婆婆与这位挥金如土的大公子坐在厨房的桌旁谈话，她站在一旁没有参与。贾里德高声对她说：“别担心，艾米——我不会把育婴室据为己有的——女人应该多养几个孩子好阻止那些不开化的中国人。”

艾米丽脸红了，尽管她的体形变化已无法掩盖，她仍不希望人们提起。“露西尔和小吉米好吗？”

“很好，”他含含糊糊地答道，“挺不错。那小子走路说话像个地道的爱尔兰人。说真的，他说话和走路还真带点自命不凡的劲头；我们给他找了一个英国保姆。我告诉露西尔要常跟孩子在一起，可她就喜欢参加晚会。现在她又爱上了现代艺术。叫我看那不过是把油彩甩到画布上而已，可是她极力吹捧他们，尤其是那些法国画家。”

“后印象派，”她羞怯地说，“塞尚和凡·高。”

“对。他们还要建一个属于他们自己的博物馆，她也参与了。又是筹钱又是到格林威治村看望那些流浪汉艺术家们，我也不知道是什么吧。你应该抽空过来看看，如果你对这些东西感兴趣的话。至于我，他们即便把画挂倒了，我也看不出来有什么不同。”

母亲看出来他在隐瞒什么事情，便插嘴道：“贾里德，发生了什么事？是麦克穆兰，还是你的工作和投资，要么是别的什么？”特迪从她眼中看到了恐惧，就跟当年爹爹为了生计每周从戈尔德曼时装公司拿回十一块钱，以及后来上门推销带回更少的收入时她眼中的恐惧完全一样。她深知一个人失去工作意味着什么，不管他多么装腔作势借以骗人。

“别自寻烦恼，”贾里德对母亲说，他用左手灵巧地把她垂到耳边的一束头发捋上去。但是他的好听的男中音已经变得低而平。他抓住过机遇，可是又失掉了。他抓那只坏胳膊的姿势都变了，更加扭缠在一起。“市场还会反弹回来，”他肯定地说，“这个国家的每一个乡巴佬都买股票，把价格炒到了离奇的价位。聪明人看到了这一点就退出了。大银行家们像摩根、米歇尔和皮尔森会让平衡局面再出现。胡佛已经插手干预，他开辟了许多公共事业增加就业机会。吉米跟我栽了跟头，不过他仍然有一些积蓄。不那么高兴罢了，妈。会解决的，我会重新站起来。要知道——威尔莫特家族有吉运。”

贾里德冒的风险太大，所以很难恢复元气。他从小就会用开玩笑和狂傲对待一切，然而他的行为举止不免显露一副可怜相，他甚至病态地讨好他人，包括他弟弟。他俩呆在前廊时特迪拒绝了他递过来的拉帕尔玛雪茄，点上一支老古德烟（“吸卡洛德保证不咳嗽”）。贾里德对他说：“你在这里有一个好的开端。假如我的岳父也做暖房生意，我此时也不会介意了。”

“他从不参与我们的生活，可是当我们需要他时他总是有求必应。他崇拜土地……”他的声音弱下来；如果他接着说“艾米丽继承了他的衣钵”则大错特错。

贾里德很清楚他的意思，他看着天花板讲起自己的老婆。“露西尔太会装了，大美人儿不假，可是”——他叹了一口气——“是个糟糕的母亲和挥霍的混蛋。还心肠冷酷，后来才看出来的。我原以为信天主教的人都古道热肠懂得爱人，你知道——这不是他们的教义吗？也许只有意大利人才是这样的？”

特迪意识到贾里德要对他的性生活品头论足了，便不再开口。贾里德感觉出来他不愿意谈此事，便接着说：“瞧你的艾米——你跟她正是我理想中最般配的一对。从爸瘫痪以后你也在一定程度上残废了。”

贾里德没有住到孩子出生。他在这里白吃了一个星期，开他们的雪佛兰上威明顿买过一份《华尔街通讯》，花他们大笔的电话费打了几个谁也听不懂的电话。在一个特别暖和的星期日中午，他和特迪去钓鱼，埃文河宽阔的河口平静得像一面镜子。贾里德还真在花岗岩大堤边上拉起来一条鲽鱼，就像从碧蓝寒冷的天堂拉下来一位天使，那条鱼扑棱棱地上下翻腾，飞溅的水珠五彩斑斓。孩子——一个七磅重的女婴，于三十年代的第一个二月来到人世，那一周恰逢情人节，也是埃丝特姑妈逝世一周年的日子。为了这个缘故以及其他原因——出于对他父亲的尊崇，而且，无论如何这是威尔莫特家族的后代，这个姓氏已用在了一代又一代人身上——有充分的理由给孩子起名叫埃丝特。艾米丽从她娘家找不出可以给孩子冠名的名字；她母亲的名字塔比萨听起来十分古怪。不过她母亲开始在这个家出出进进了，在这里她跟另一位长住的祖母共尽祖母的责任。虽然她仍改不了一说话就把黑黝黝不大的脸扭向一边的习惯，但是只要跟小宝宝在一起，她总比另一位祖母更活泼，更温柔，斯特拉毕竟比她大十岁，而且现在胖得一上楼就喘大气。

祖母太多了，艾米丽有时会抱怨说。她现在一心扑在小埃茜身上。这孩子完整无缺。他们从医院回来一个星期以后，特迪有一次看见艾米丽弯腰依在孩子的小床上，感到很奇怪。她正入迷地用两只手抓着女儿的小脚丫——圆圆的后跟、厚厚的脚面、红得发紫的皮肉，这样的一双小脚就像初绽的花蕾，多皱的皮肤则像茱萸花瓣，而且比丝绸还要光滑。没等艾米丽发现他过来，他就上去把她揽在了怀里；她那电影明星般的大眼睛朝上看着他，内疚的目光一下子变成泪汪汪的恳求，他装作没有发现她的赞美背后那件她说不出口的事。

“她十全十美。”她歉疚地说。

“你也是。”他撒谎说。她离开孩子投进他的怀抱让他抱紧自己，这是她好不容易才得到的安全保障。但是刚才这一幕，她那么痛苦地弓着身子伏在孩子身上，将是又一件让特迪永生难忘的事。如此痛苦。

第三章

埃茜/阿尔玛

光线从暖气上方的绿色窗帘底下爬进屋里，照到她的床边。那令人不快的乱麻似的梦散了，她大着胆子睁开双眼。阳光像是从缝隙流进一个漆黑的大罐子，把屋里她所熟悉的东西统统洗了一遍——清漆松木桌子、放着穿纸板做的椭圆形小鞋的娃娃的油漆直背椅子、上面有突起的谜一般的常春藤图案的银色暖气片、布满针尖大的小洞的深绿色窗帘、爹爹用锤子和钉子钉成的书架（不小心敲着了拇指，所以指甲变成了蓝色）以及镶镜框的图画，画中杰克和吉尔正带着吃惊的表情往山下走，一位身穿素装扎粉丝带的夫人正朝你走来。埃茜的眼睛把它们扫视一遍，然后转向天花板的四个角落。世界是完整无缺的，它没有被她的梦击碎，她的梦充满尖叫声和火焰，还有到处飞溅的东西。世界好硬好硬，如一块大石头，无论是梦还是思想只能从它表面一溜而过。她又朝相反的方向把四个角落看了个遍。她用两手拿着熊先生，这样熊先生那两颗松松的像跳子游戏的圆盘一样的玻璃眼珠就能跟她的眼睛同时转向房角。它是特迪熊，但是她爹爹的名字也叫特迪，所以她就叫它熊先生了。她用目光画了一条对角线，又在另两个角间画了一条。空气像是在颤抖，好像有什么东西在动，是比雨还美妙的东西。她如果不从两个方向画出两条对角线，就会失去平衡，那么上帝就会不高兴。自己一个人呆着让她感到惬意，快活感轻柔地在这个七岁女孩的皮肤上流动；那种感觉强烈得使她直想喊叫或者笑出声来。她记得，首先让她有这快活感的就是她自己而不是别的什么人——不是千千万万的不幸者之一，他们只是别的什么人而不是特拉华州贝辛斯托克市槐树街二十七号的埃丝特·西福德·威尔莫特。

啊，她知道有的姑娘比她有钱也比她有名，像雪莉·坦普尔和迪翁五胞胎，以及那两位英国小公主，但是名誉和财富总可以在将来得到，何况那两样东西是无尽的，可以是无限大，无限多的。她敢肯定，她现在住的是这个辽阔的国家里最好最美的城市，她生活在最幸福的家庭里。这个家只适合他们这五口人，就像只适合五个手指头的手套一样。看着父亲穿着蓝工作服进城去她别提多骄傲了；人人都认识他，跟他打招呼，他简直像看望子民的贝辛斯托克国王。妈妈则像这所房子和斜对面暖房里的皇后，她在阳光下轻快地走来走去，身边是菊花、大岩桐和别的什么漂亮名字的花草，还有，她用手腕擦眼眉时垂下来的一根根头发像电灯丝一样闪闪发光。妈妈有的时候很疲倦，她那条软弱无力的腿有时很痛，埃茜记得，有一次她熨衣服的时候突然抬起手拍自己的脸，那是因为她的牙忽然钻心地疼，尽管如此，她每天早晨总是起得很早，当埃茜依然伸着懒腰在黑暗中回想她那甜蜜的梦时，她已在楼下转来转去，把屋子收拾整齐，使它充满温馨和生气。这就是女人的职责——保持家里的整洁和自己的美丽。妈妈知道怎样让埃茜感觉到漂亮。早晨给她梳七遍头发，晚上再给她用手梳七遍，所以她的头发跟埃丝特姑妈的金黄头发一样油亮，尽管她的头发很黑，像黑缎子，准确地说不是纯黑，而是闪亮的深棕色，妈妈年轻的时候头发也是这样的，这是爹爹说的。虽然她外婆也是黑发，可是没有人说起过她的头发。然后你必须刷牙，刷完之后还要用黄色的李施德林漱口水漱口，再用沾了温水的掏耳勺清理耳朵的皱褶处，但是千万别进长耳屎的小洞里，要是捅破鼓膜就聋了。为了让脸蛋显得红扑扑的，妈妈用手巾使劲给她擦脸，还用力地擦她下部那个区别男孩子和女孩子的地方。要是爹爹帮埃茜上床就从来不洗她的下边。

暖房旁边住着妈妈的妈妈和爹爹。他总是穿宽松的衣服，衣服上总带有一股味，一只口袋里还总是装着包着糖纸的杏仁糖，或者硬糖块，或者赫茜之吻牌糖果，上面有一个小纸签，只要一拽就把锡纸打开了。他的脸和脖子也是松松的，脖子的后部全是交叉的皱纹，风雪天气和寒流来的时候他睡在暖房里，每隔三小时起来一次往大炉子里添些煤。他亲自做这件事是因为他雇来的黑人小伙子们经常睡不醒——尽管他给他们的工钱很高——如果炉火熄灭，所有的花都会冻死。西福德奶奶十分安静，还因为没了牙感到害羞，所以总用手捂着嘴，但是她知道很多秘密。埃茜一生病她就过来把她大骨节的手搁在埃茜发烫的前额上，还用树叶和树枝什么的煮一碗浅绿色的热汤给她喝，喝起来不算太苦，渣滓也不多，每次都得喝好几勺。然后埃茜就可以一整天呆在爹妈的大床上听收音机，从罗兰左·琼斯听到伦·阿布纳；床上还有她的布娃娃、纸娃娃以及熊先生、掉进毯子缝里的蜡笔和彩笔，它们会滚到她用膝盖支起的鼓包下面找不见。她得麻疹那一次必须卧床不起，窗帘子拉得严严实实。他们把她与住在鞣革厂一带的孩子们隔离开了，因为他们从来不洗脸不洗手，身上还带有细菌。夏天不准去河里游泳或看电影，因为会得小儿麻痹症，瘸得比妈妈还厉害。有的穷孩子不得不靠人工呼吸器度过一生，你能在正片开始前的新闻片上看到他们。电影正片开始之前，领座员会拿着纸箱来回转，好让你把钢镚扔进去。她是她自己而不是别的人，这有多幸运啊，有的时候她想起这来就感到头昏。她是谁这件事就好比是陡峭深邃的悬崖，她就像是关于苏格兰故事的图画书里画的披着美丽长发的小姑娘，她正站在崖顶越过脚下的一切向远方望去。

她爱暖房里的爷爷奶奶，但是更爱阿奶。她叫阿奶因为刚开始学着叫“奶奶”时总叫不成。阿奶跟他们住在一起，她从早忙到晚，比妈妈还忙。妈妈喜欢安安静静地看书，要么听收音机。阿奶从来不把时间浪费在这方面，她忙着做针线活，烤蛋糕，跟教会的人在电话里聊天。她是教会里的重要人物，人们有事都通过电话跟她商量。她穿老式的锈红色裙子，发髻高高地挽在头顶，用好多梳子和弯成U字形的龟壳发卡把它别住。埃茜小的时候，当阿奶把头发披散开时就让埃茜在床上玩她的发卡。阿奶给埃茜看过从抽屉底部拿出来的缠成细长束的别人的头发，阿奶就管那叫"老鼠"，她改变发型时就把自己的头发缠绕到"老鼠"上面。她有个银脊发梳，一个象牙把的纽扣钩和又长又光滑的象牙条，阿奶说那是紧身胸衣的撑条，用来勒肚皮的。埃茜小时候还以为这些东西都是让她拿来玩的呢，包括衣服的别针、空线轴，还有红橡胶圈，妈妈和阿奶把桃子块和梨块放进罐子里蒸的时候就用上它。现在她懂得了每一件东西都有大人们的用途。阿奶曾教过她怎么样使用大粗毛衣扦子，可是太难了，直到现在还不会用，毛线老从毛衣扦子上往下滑落，不从线扣里穿过。就连厕所里用碎布头织的小地毯也有大人们的用途。它也被她派上用场，每一次她坐着小便桶等着大便下来的时候，她就看地毯上那一个个的小圈圈，它们很像人的头顶，也像她脚下的一群人，挤在一起等待他们的小公主向他们发表演说。有的时候这个世界让她发狂，世界上有那么多事情，那么多让人高兴的事情。现在她已经上二年级，他们开始允许她自己去不同的地方，只是她必须在过马路时朝两边来回看，而且要从路口的地方过去。星期六只要她告诉妈妈要去什么地方，就可以独自跨过槐树街，经过不同的住家门前的草坪和西福德爷爷长满野草的空地，再踩着铺满碎蚌壳的路去暖房。这里充满阳光、鲜花、绿叶，即使玻璃上积满雪花，室内依然可以闻到夏天的气息，这里还有调整窗户用的摇把和滑轮，生锈的蛇形蒸气铁管，从管口排出的热气直吹她的脚踝。她曾两次在散落着干草的泥地上捡到钱，一次是一枚五分钢镚儿，另一次是两角五分的。电风扇不停地吹着，好让空气流动起来，植物就不会憋死或者烂茎。摆放植物花盆的架子不是硬木做的，而是生锈的铁箅子，这样空气可以从下面透过来。别的时候爹爹让她到邮局去，邮局里的墙上画着身披蓝色大氅梳着辫子的人们，这条街名叫罗德尼街，肯定和这些画有关系。她在那里看他爹和霍利先生在快下班的时候分拣全天的邮件，把邮件扔进用很粗的管子做的支架撑开的袋子里，将它们发送到全国不同的地方。霍利先生甚至可以捏着信的边把信旋转着扔出很远，一直投进加利福尼亚的袋子里，从来不会失手。每天早晨醒来都让她感到兴奋，所以别的孩子妒忌地说她"傲慢"，她从来不跟他们生气。她不是傲慢而是事事如意，而且为此感到高兴。

阿奶跟他们住在一起，因为她的丈夫——埃茜的另一位祖父，已经去世。这是她那小世界的一个小小的缺憾，是丢失了的一角。她经常看那四个角落，并且用目光画两次对角线，因为那一位祖父的死说明什么可怕的事情都可能发生。不过，阿奶总说他是天堂里的天使，时刻看着下边他所爱的人们，尤其是住在特拉华的头发黑黑的小孙女。埃茜试图想出他们家族中的一员生活在天堂的情景，那一定像埃丝特姑妈跟皮特姑父和两个顽皮的男孩子小皮特及杰弗逊一样，他们住在瑞德里恩一所豪华的大房子里；还像贾里德伯伯在远远的科罗拉多拥有一座山，而且在山上采红铜一样，虽然每提到贾里德伯伯爹爹就会摇头，好像发生了什么可悲的事情似的。特拉华的人们经常谈论杜邦家族，可是威尔莫特家族也是一个十分特殊的家庭。杜邦一家住在北方遥远的山里，他们还不如上帝更真实呢。上帝住在云彩里，他把耶稣送到地上来才有了圣诞节和复活节，他把爱从天堂撒下来，就像澡盆里的热洗澡水一样浸透她的全身。其实耶稣下到人间说明上帝不光呆在天上，还呆在人们中间，只不过是看不见的，他不像鬼一样吓人，而是像血管里的血液，你枕在枕头上有时候能听见它在流动，医生把他带着消毒水味的冰凉胖手放在你的手腕上时，他也能感觉到它。海杰医生太老了，他在给你听诊时舌头老是搭拉在下唇上，他还以为你没看见呢。

上帝在贝辛斯托克市的不同教堂里。妈妈过去总去美以美会，可是阿奶每个星期都去长老会，现在她决定也去长老会了。这就更好了，每个星期天上午九点四十五分，他们出发去教会，埃茜总是走在她们中间。她穿着只有去教会才穿的皮鞋，弯下腰都能从鞋上看见自己朦胧的小脸，还能看见白色长筒袜和袜带，如果不是在排队走步的时候有本杰·惠利那样顽皮的男孩推她，袜子是不会掉下去的。长老会的男孩除了本杰以外，别的男孩都不像那些去美以美会、浸礼会和真言会的孩子们那么粗野。真言会教堂连尖塔都没有，比沃尔街上的黑人教堂顶部还有一个呢。在所有教会中长老会是最好的。天堂里的祖父曾经是牧师，他有资格穿教袍，祈神赐圣餐，就是那切成小方块的饼，她太小了，没有资格吃。圣餐放在浅浅的银盘上由发圣餐的人沿着过道传递给大家，有一次一个坏孩子把他嘴里嚼的口香糖放在了银盘上。阿奶教主日学的大班女孩子，霍利先生教大班男孩，霍利先生是镇上的重要人物，他比爹爹还重要。菲利普斯先生是监督，他拥有那家银行，他总是穿套装，连星期六也穿。美以美会只有珀西先生一位老师，他开着一家杂货店，就在药店对过，就是爹爹最初认识妈妈的那家药店。珀西杂货店在万圣节的时候卖蜡做的假牙，那里还卖包装盒上印着艾林·杜恩或者多罗雷斯·德尔里奥或者珍妮特·麦克唐纳的照片的写字板，德尔里奥的头发跟埃茜的一样黑，麦克唐纳唱歌的声音那么尖，电影里的声音都跑调了。美以美会教大班男孩的是肖蒂·斯特吉斯先生，他开着一家斯特吉斯汽车修理店，他的每个指甲盖上都带着一个黑圈。长老会的主日学在地下室，墙的顶端有几片毛玻璃，所以在阳光明媚的日子里也需要开灯。耶稣来到世上，他把泥巴糊在盲人的眼睛上让他们重见光明。在此之前，约瑟的弟兄们嫉妒他的五彩外衣，于是就把他丢在死人坑里。《圣经》里的人是牧羊人，他们穿紫色斗篷，穿草鞋，互相洗脚。妈妈或者阿奶给她洗脚时，尤其是洗脚底板时痒得她又是扭又是笑，有时候还放出屁来。

楼下厨房里，丹尼正为什么事尖厉地哭喊着——这个小哭孩儿，也许是为了早晨的鱼肝油丸，因为油丸总得停一下才咽得下去，但是它保卫你一天不受细菌侵犯。丹尼总是对抗和拒绝一些比较容易做的事情——这个世界知道什么事情对你有好处，而且对人们来说与它对抗根本不可能，因为它太大了——谁愿意是丹尼呀？他总是流着两筒鼻涕，头发乱蓬蓬的，还老跟人打架，被大孩子打了以后哭着回家来。他活该。妈妈把他从医院带回来以后，她偷偷地掀开尿布看了看，只见他的小鸡鸡像个小门铃，只不过比门铃胖一点，下边是一个胖胖的粉红色肉垫，中间有一条跟袜子上的皱纹一样的线，谁喜欢那东西？她喜欢自己那东西的样子，平平的，一切脏东西都藏了起来。

核桃木五斗橱上的米老鼠钟显示已经八点了，可是瓶盖厂的汽笛没有响。今天是星期六，不用上学，收音机里也没有爸爸爱听的路厄尔·托马斯的声音，平常托马斯节目之后是阿莫斯与安迪，阿奶喜欢这个节目——它让她发笑，她说，在那些艰难的日子里，全国三分之一的成年男人失去了工作。除了这个节目还有什么能让人发笑？接下来是(星期六的坏事情)钢琴课，然后是踢踏舞课。九点钟，莉芙小姐带着一大捆乐谱来了，她的蓝鼻子肿得好大，妈妈说她小的时候跌倒在结冰的台阶上，把自己摔丑了，因此结不了婚，毁了一生。如果埃茜练习完了贝多芬的G调小步舞曲或者格鲁克的升F调芭蕾舞曲，她就在那一页上贴一个金星，在她赶到下一个学生马文·戈迪家之前喝一杯咖啡，吃一块阿奶做的玉米面发糕。她说戈迪很聪明，但是不如埃茜用功。然后和妈妈匆匆赶往克氏种子暨小五金店楼上的练功房。约瑟夫斯先生过去在一个叫杂耍班子的什么地方工作，他教班里的学生做跳一，跳二，踩、踩、踩、转。他告诉他们该如何抬头举手，要像上边有绳子拉着你使你轻得没了重量一样，这样才可以把观众的心提起来。他说到“观众的心”时声音焦躁刺耳，听着别扭。他头发的颜色跟橘子一样，与他的脸色很不相配，练习室有一股让人不舒服的尘土味，从铺着油毡的台阶走上来就是这个单独的房间，厕所在室外，男孩和女孩共用，不知道是谁在使用，你得特别小心。室内沿墙根是一排椅子，妈妈们在等孩子的时候可以坐在那里。埃茜越来越喜欢这样的安排，她把她们当成是坐在被踢踏坏了的地板下边的观众，而她又是这个初级班的八个孩子里跳得最好的。转圈的时候她就能感觉到自己是最好的，因为她总是比别人先转回来面对约瑟夫斯先生，她按照他教的样子把重心放在右脚上，左膝盖触地，双手伸出做一个表示“你好”的动作。妈妈说即使一生中一分钟踢踏舞也不跳，这也对她训练姿势与锻炼肌肉和保持“高雅的体态”有好处。埃茜非常爱自己的身体，爱它的健康和柔软，抬起脚左右旋转练习灵活性时，脚面会叠起很多皱褶，这也同样让她喜欢；有的时候，她早晨赖床不起，把双臂伸向照进来的光线里，还伸直有闪亮的细细汗毛的两条腿，把脚趾头叉开来。她对自己许诺，等她长大了些要涂脚趾甲盖，那样就能像马林·迪特里希和多罗雷斯·德尔里奥一样穿线条优美露脚趾的凉鞋了。

回家的路上，她们路过罗克西电影院，人门廊檐上登出电影广告《一百个男人和一个少女》，由迪安娜·德宾主演。“求您啦，妈，”埃茜乞怜地说，“我想看。”

“可是爹爹和我都不能带你去，”妈妈对她说，她以母亲身份说话时声音总是像唱歌一样高高低低，一清二楚。“今天下午我得去暖房帮助爷爷奶奶，晚上还要跟爹爹一起陪埃丝特姑妈和皮特姑父玩牌。阿奶要照顾你和丹尼。”

埃茜安静下来，她在想，父母从埃丝特姑妈家回来之后怎样上床睡觉，然后妈妈怎样匆匆穿上去教堂的衣服，爹爹怎样盖着被子不起。他从来不去教堂，只有那一次唱圣诞颂歌时她扮演牧羊人他去了。升入二年级以后她看了很多电影，以前爸爸妈妈只是在保证第二天没课时才带她去看晚上七点钟的电影。今年她已经看过《大地》，是关于穷苦的中国人的，说的是漫天的蚂蚱；《消失的地平线》，当人们把那个女人从魔谷里弄出来时，她美丽的面孔可怕地变皱了，成了一个很老的人的脸；《王子与贫儿》，埃罗尔·弗林主演，街上那个肮脏的男孩与王子互相换了身份。电影中有许多非常穷和非常阔的人，可是像威尔莫特和西福德这样在两者中间的人不多。像这样生活在中间，这是让埃茜感到幸福的又一个原因。常有流浪汉们找到后门来，一些人的脸比他们身上的脏衣服还黑，阿奶总给他们准备一个纸袋——一个三明治、一个苹果、一块酥饼——再说几句祝福的话，送他们上路。他们说他们想干活，可是这所小房子和小院子哪里有活给他们做呢，爹爹把该做的全做了。连阿奶都很难找到做衣服的活计，因为妇女们越来越喜欢买成衣穿了。有的流浪汉身上发出酸味，有的男人看她的时候样子怪怪的，但是阿奶说我们都是上帝的孩子。她从来不去电影院，好像黑黑的电影院里有什么罪恶似的。《一百个男人和一个少女》说的是一个会唱歌的女孩，唱的歌曲激动人心，埃茜是前天在学校从罗雷塔·惠利那里听说的。她的父母就连第二天有课也带她去看电影。"我自己去看。"埃茜口气坚定地说。她们路过罗克西门口时门正好开着一点，她刚好看见她班里一个叫艾迪·巴彻勒的男生的哥哥，他正用吸尘器清洁紫红地毯，为下午两点的电影作准备。"我会沿着路的这一侧从暖房那里走，"她保证说，"我走以前会收拾好屋子，收拾所有的东西。我洗午……午饭的碟……碟……碟子。噢，求、求、求您啦。"

她为自己口吃而脸红。她不知道是怎么回事，有的时候好几天都不出现这种情况，可是忽然她会觉得嘴里像是含了一个气球，想说的话就是吐不出来。她兴奋的时候会因为说得太快而口吃；或者她觉得自己犯了错误时也会口吃。不一定是犯错误，只是有的时候找不出合适的词解释一件事，还有，要是她说话的时候别的人没有用心听，或者她总是插不进别人的话里去时也会这样。

"你还太小，不能独自去看电影，"妈妈又慢又镇静地说，像在教她怎样发音似的。她的声音很甜而且流畅。妈妈讲话的时候你能把每个单词都拼出来。

"男……男孩子们自己去，"埃茜脱口而出。"比我小得多的也去。"

"男孩子能去的地方女孩子不能去，男孩子能做的事女孩子不能做。"妈妈说。

“那是为什么？为什么？这不公平，你知道的！”

“女人和男人不同，也许这就是不公平，”妈妈说，她朝下看着她，脸上带着沉重的微笑。“可事情就是这个样子，埃茜。女孩子很容易受伤害，男孩子不。”

“什么是伤……伤……伤……？”

妈妈把脸扭向一边，她为埃茜不能把话流畅地说出口而难过。她脸上难过的表情和她责备人时的表情相差无几。她有两个下巴，埃茜抬起头，发现她从来没有这么难看过。“受欺负，”她像一本大部头字典似的解释说，接着又补充说，“男孩子跑得比女孩子快。”

埃丝特说服阿奶和爹爹时从未遇到过困难。他们属于威尔莫特家族，她心中暗想，就跟她一样。爹爹中午回家吃午饭，在他返回邮局送火车刚运来的邮件之前，她对他们所有的人说她想去看午后电影，还说他们二年级学生中，有许多人已经单独去看过电影了。爹爹笑了。“你才当了几个星期的二年级生啊，”他说。

“四个星期了，爹。罗雷塔·惠利已经看过了，她已经看过了，不然我会请她一起去，是关于一个女孩，她救了一队……队的音乐家，就……就……就是靠她唱歌。”

爹爹不紧不慢地转过身去把饭嚼完后，轻轻地对妈妈说：“我看不会有危险。在帕特森的时候像她这个年龄——”

妈妈打断他说：“你是男孩子。你是城里的机灵鬼。”

妈妈来自真正的农村，从运河的南部来，而爹爹是在新泽西州的大城市长大的，从那里能看见纽约的轮廓。他们怎么会在药店里相识的，真是不可思议。埃茜常常暗自想，假如他们没有相遇，那就不会有她了，这才是最重要的。

“噢，不对，”阿奶说，她那可爱的大嗓门把友好传递给所有的人和事，“特迪可是个幼稚的孩子，他总是躲在自己的房间，守着他的棒球明星卡片和书本。电影的出现也许是后来的事。像埃茜这么大的时候，那也许是一九一〇年——啊，亲爱的，那是多么美好的年代啊，大罢工和大战之前，克拉伦斯……克拉伦斯对电影是那么着迷，我敢说埃茜喜欢电影就是从他那里继承的。她跟他一样对另一个世界充满幻想。”

埃茜看到妈妈丰满的嘴唇在颤抖，威尔莫特家的人都反对她，那个幽灵祖父也在背后支持他们。爹爹隔着桌子看了看女儿，所以她能看清楚他的整个脸，它被太阳晒得黑黑的，由于整日在外风吹雨淋，眼角起了很多皱纹，夹杂几根黑眉毛的浅黄眼眉把脸分成两部分，眼眉以上戴帽子的部分颜色煞白，他的嘴形也变了，像大盘子上的一条裂缝。他十足的男子气让她感到了走在雨中雨点打在脸上的感觉。他那件带铜扣的灰蓝色制服已经脱掉，只穿着衬衫，挎着制服吊带。衬衫是灰色的，连吊带也是统一的颜色。他转过身抚摸着妈妈的手背温和地说：“让她去吧，艾米，就这一次好吗？这个城市十分安全。她每一步行踪都逃不过那些知道她是我们女儿的人们的眼睛。”

“不错，而且每个人也都知道哪一个是林德伯格的孩子。”

“艾米，你不能把她像暖房里的花一样总是关在玻璃罩里，”爹爹说，他的声音一提高，就成了男人特有的既威严又柔中带刚的声音。“得把这棵嫩芽放到室外去生长。”

“克拉伦斯常说‘干中学’，”阿奶说，“‘上帝给予了我们自由，斯特拉，’他说，‘所以我们会犯自己的错误。’过去我们的埃丝特去克拉克街小学上学时要走半英里的路，她经过的地方住着不同肤色不同信仰的人，有些孩子的父亲甚至是地道的无政府主义者哩。”

“我并不想把她放在暖房里，”妈妈跟爹爹争辩说，不过语气已平稳了许多，表明她想服输了，“但是我也不想把她冻坏了。”妈妈笑的时候哪怕只是微微一笑，两颊便会像两块小方垫轻轻提起，显出淡淡的酒窝。

丹尼这臭小子可会看风潮了。他那胆怯的眼睛很快地从一个人扫向另一个人,接着抽搭起来:“我,也去。我也跟埃茜去。”

阿奶赶快捍卫他们刚从妈妈那里赢来的胜利。她对丹尼说:“嘿,别傻了,小子。你跟我留在家里,咱们来做葡萄干糖浆饼。你来帮阿奶把面包皮碾碎,再把它撒到红糖上。”

然后,爹爹便去邮局分拣下午的邮件。妈妈把碗碟洗好后陪她走到暖房那里,为了表示她的爱,她多给她一枚五分钢镚让她买糖吃。埃茜感觉得到母亲目送她走过渔场街,这条街原先是土和石子路,一跌倒土和石子就硌进膝盖的肉里,现在它像其他街道一样铺上了沥青,还用蒸汽压道机压过。埃茜一旦走上这条路,便不需要横穿马路了,这里只有奥德费洛大楼和那所神秘的砖房之间的水泥路。砖房的窗户内侧涂成深绿色,从里边传出落袋弹子游戏的弹子互相碰撞的咔咔声——声音尖厉清脆,很像鸟叫,接着变得静极了,她都能听见男人喘气和说话的声音,他们说的尽是小姑娘不该听的话。早晨从她房间的窗帘下边射进屋里的阳光现在变成了灰色,还带着一股暖暖的雨味。她设想,她从电影院出来时天可能会下雨,除了影院门口遮檐下边是干的,周围的地面全是湿的,雨点叭叭地在地上飞溅,黑色的街道亮闪闪的;她仿佛看到自己从一家门口跑到另一家门口,因为妈妈忘了让她带上伞,要是下一整夜,明天早晨会有第一批黄叶落在草坪上,落在她窗外走廊檐顶的沥青毡上。脑子里这一幅幅情景使她觉得幸福在压迫她的胸口,勒紧她的腰带,随着这种感觉的蔓延,她几乎叫了出来。就要走完了男人们在涂绿漆窗子里边打弹子游戏的那座砖房子,拐到安全的罗德尼街上。

今天没有人陪伴,所以这条街显得又危险又长——一长串的梯形物由大变小直到消失。有那么多商店、遮阳篷、路边停放的汽车和她不认识的人,他们就像《大地》电影里那些逃避水灾和敌兵的中国人。她照约瑟夫斯先生说的把头高高抬起,两眼直视前方,就连一条带方格呢项圈的苏格兰狗要挣脱皮带咬她裸露的小腿时,她依然如此。她经过一家又一家深漆大门的商家,牌子上写着她不大懂的字,“房地产经纪人”,“按摩师”,“足病专家”,“钻石州保险公司”,“邦迪与麦克雷迪联合律师事务所”,这最后一家跟她的家有点关系,一件不愉快的事,是关于埃丝特姑妈和皮特姑父的,皮特姑父喝好多好多的酒,妈妈说的。接下来是克雷斯吉商店,橘黄色鸟食盒子上方挂着鸟笼,笼中披着黄色和绿色羽毛的小鸟啾啾地欢叫,从门里飘出浓郁的巧克力点心味,菲利普斯先生的银行门前那两根廊柱也涂成巧克力点心的颜色。“蓝鸡冰淇淋店”里的大小伙子正朝外张望——他们是最吓人的,虽然长得跟大人似的,他们中还有的会开汽车,可他们从来不按大人的规矩办事,吸烟的样子也怪怪的,跟二年级的坏学生一样野蛮。他们会把你的裙子撩起来,要么就把你推到河里去,反正都一样;在他们的眼里,要想整治她就跟捻死个小臭虫一样容易。从画着蓝色母鸡的大玻璃窗里边的那些人的嘴巴蠕动的方式和左顾右盼的眼神可以看出来,他们除了自己,谁都不放在心上,包括他们的老师、父母、天堂里的上帝或者任何别的人。

埃茜又经过了小礼品商店,该店的最里头有一个儿童画书的专柜(不过那些书都不够亮丽,也不如珀西店里的笑话书和克雷斯吉店里袜子内衣柜台后边书架上的大小人书有趣),还有一个结婚礼服店,它的橱窗里成年摆着一个落满灰尘的白色新娘礼服、一篮绢花和一块硬纸板做的蛋糕。埃茜终于来到电影院,人们已经排起长队,她也排到队里,并向四周瞧了瞧,发现有几个她认识的三年级学生和一帮四年级的坏黑孩,可是没有一个像她这么小的。妈妈是对的,她感觉自己裙子下面已经湿了,羞愧难当。那些坏孩子们推推搡搡,大声狂笑,她真怕他们发现她。她把自己藏在两位妇女中间,她们一胖一瘦,正在她的头顶谈论黑人如何盛气凌人,还说他们中间又多了一个拳击冠军和四个强奸犯,可是那些黑人竟然被从阿拉巴马监狱中释放出来,这太令人吃惊了。“接下来,”瘦女人说,“我们就该把整个国家交给他们去糟蹋了。”胖女人哼了一声好像是同意,可埃茜猜得出来,她不一定非表示同意不可。这时队伍在向前移动,一位面带倦容的慈祥老妇接过她的一角硬币后,递给她一张蓝莓色的电影票,还朝她笑了笑,埃茜走进亮着灯的影院后找了靠边的一个座位，这里恐怕不会有人坐得离她太近，这样她就可以安心吃用妈妈多给她的五分钱买的泡泡糖了。

灯光暗下来，来得晚的人急急忙忙找座位坐下，这时她感到寂寞得发抖，就像那一次在宾州海滩浴场，她左看右看也找不见自己家的人，周围全是穿泳装的人，个个都是大白胳膊大白腿和黑身子。她真希望在明亮的暖房里跟身边堆满各色闪亮的丝带轴的妈妈呆在一起。

随着特殊的迪斯尼音乐颤抖地响起，米老鼠突然出现在银幕上，缕缕黄色的光线从头戴寡妇帽伸着两个圆圆的耳朵的脑袋后边射出来，埃茜这时才感到了安全。比起唐老鸭，她更喜欢米老鼠的故事，因为没有那么多打斗和嘎嘎的叫声。她老是不明白唐老鸭干吗总嘎嘎叫，艾迪·巴彻勒在休息的时候学唐老鸭叫，学得像极了，他咧着闭上的嘴，脸憋得红红的。米老鼠总是单独行动（就像今天她独自来看星期六的电影一样），感情温柔，他采摘盘子一样的鲜花送给穿着大鞋爱脸红的米尼老鼠，还有老鼠的孩子，那些小老鼠在有趣的圆形家具上爬来爬去，身上穿着底部缝在一起的袍子，跟幽灵穿的衣服一样，只是后边缝着一小片布，从布片底下露出尾巴。丹尼小的时候穿的睡衣有点像那个样子，只是他的小脚丫是露在外头的。就连假腿皮特在卡通里出现时也不再是那么坏，你从它的耳朵就能看得出来，它只是狂吼乱叫，还总不刮胡子，就跟邮局的霍利先生似的。假腿皮特向上的尖耳朵说明他是只猫，可他的走卒们下垂的耳朵又说明它们是狗：这真叫怪。今天的卡通是关于猎驼鹿的故事，猎动物总是十分悲惨与残酷的事情，埃茜怎么也笑不出来。从她得到的《米老鼠》杂志上，得知《白雪公主》的完整故事将要在圣诞节上演，可是如果整部片子很恐怖，如果片中有一个跟大坏狼一样坏的女巫，她不敢说到时候自己是不是想去看。有一些卡通片比真人演的电影给你的印象还深。她喜欢卡通是因为它的音乐伴随着快速的动作丁当作响，上下起伏，你如果不是存心要听的话几乎听不见。

长方形银幕的四边开始出现弧线，圆圈越收越小，终于把一切都关住了，卡通在可笑的号角声中结束。深褐色的旅行纪录片讲的是美丽的泰国，那里有大肚子金佛，有头发比她的还黑的姑娘，她们穿的裙子亮得像圣诞节彩纸，边上被切开了，河上漂着编得像复活节花篮一样的小船。新闻片中那个非常严肃的声音在空气里回响，很像上帝的声音——虽然听起来似在斥责，其实你心里明白他是爱护你——片中是西班牙和中国的逃兵以及那里发生的爆炸，旧金山的一座桥和纽约新开的一条隧道，还有那个留着小胡子的希特勒，他生气地说些人们听不懂的话，比唐老鸭的话还难懂，还有那个乔·刘易斯，就是刚才那两个妇人谈到的那个人，在一个四四方方的绳圈里打倒了一个白人，那白人就像躺在一块银幕上。一家工厂里人们像机器一样把汽车攒起来，一个很大的声音说福特汽车厂是怎样生产出第两千五百辆汽车的，接下来的另一个工厂里有旋转的三角形线轴，那个声音说杜邦工业发明了一种神奇的线，叫尼龙线，靠养蚕生产的丝绸将不再时兴。杜邦工业就在特拉华州，埃茜为此感到骄傲和光荣。电影预告影片是《拿破仑》，另一部是《龙卷风》，但是她知道妈妈和爹爹喜欢看那种挺蠢的片子，经常是一个女人和一个男人打架，结果发现两个人深深地相爱，主演是加利·格兰特和伊琳·杜纳。埃茜总转过头偷偷看她的爸爸妈妈，见他们手握着手，她感到十分难为情。

等到放映正片时她已经把泡泡糖都吃完了。泡泡糖心是橡胶，外面包一层糖皮。今天晚上她必须多刷一会儿牙，不然就会像西福德姥爷一样每天晚上把牙取出来泡在水杯里。有一次他挺自豪地给她看，他的牙泡在水里显得大了。这就跟《消失的地平线》里那个布满皱纹的脸一样可怕。她最不想看的电影就是恐怖片：电影预告上出现了那个长着黑黑的薄嘴唇用两手抱头的大怪人、令人毛骨悚然的城堡和大宅子后边的电闪雷鸣，埃茜在座位上弯下身子把眼睛闭得紧紧的，那可怕的住宅就跟柳树街上爹爹的埃丝特姑妈死后卖掉的那座房子一样。不过正片开始后，她模仿迪安娜·德宾的无所畏惧的神态，大大方方地坐直身子，任凭《一百个男人和一个少女》的镜头在眼前闪过。独自一人看电影的感觉就像单独呆在一艘黑黑的大船甲板上，在看不见的海洋上漂呀漂。她看入了迷。这个电影使你发笑，让你心旷神怡。尽管女主人公试图做的事几乎是不可能实现的，她追求大导演（在现实生活中他确实是大导演，他演自己），可让你觉得是可能的。“神话故事永远变不成真的，”电影之父阿道夫·门尤对迪安娜·德宾说，米沙·奥尔的卷曲头发在灯光下像是一团火，当他从钢琴键盘上抬起头来听她唱歌时，这种可能性实在得就像用一个光滑的金属块擦你身体时的冰凉感觉，你知道她的每一个梦想都会成真，是通过她优美歌声的感染力来实现的：她把臂肘放在钢琴沿上，张大带着笑容的嘴巴，银铃般的颤音便从她口中飘出来，这时，在那看不见的深色海洋上，埃茜正在那条大船有点倾斜的甲板上随船向前漂流。她喜欢一个人看电影是因为没有父母的握手和呼吸声她能看得更好，听得更清楚，她可以更好地呼吸，使电影成为她自己的东西。等她回到家后，定向妈妈要求上音乐课，那她就可以张开嘴巴，让那冰块般清脆的声音飞出她那藏在迪安娜·德宾式的发丝带下的可爱的脸庞。

出了罗克西影院，外边依然是星期六。天这么长，她都不知道人怎么还会变老，将来又是多么遥远的事情啊。灰蒙蒙的天黑多了，人行道上开始被星星点点的雨点打湿，跟她预想的一样。埃茜很喜欢下雨的感觉：外边下着大雨，排水沟里丁当作响，她蜷伏在暖气上方的窗台上，窄窄打开的窗户恰好能让她听见那丁当的流水声，雨中夹杂的木头味像在外面打滚的一头不太危险的大动物，而她自己正安全地呆在屋里。雨下得不大，她也就不需要从一家的门口跑到另一家的门口。她像约瑟夫斯告诉他们的那样，把头抬得高高的，边走边编织美好的梦，回味着对这一天的感受，就在她把自己藏在电影院里时，时间跳过了两个小时。有一种感觉是她喜欢的，那就是她蜷缩在椅子里，任凭大腿和喧哗声从她身边擦过去，但是没人知道她在那里。她偷偷地看这些人，他们似乎比在外面时更高大更难猜测了。从某一方面说，人总是隐蔽的，脑子里的东西是看不见的。走在罗德尼街上时的那种危险感觉消失了。街上的人看起来都是又高大又愚蠢,就像在田野的一个角落里挤挤嚓嚓的一群牛。做了妈妈的胖女人正从手提包里把头巾抽出来抖开,盖住她们烫过的发卷,一两个男人正撑开他们带来的雨伞。她心中的电影像一片银灰色悬崖峭壁,越往下滑动颜色越深,越让人头晕。电影以它不断闪动的镜头、快速大声的谈话以及像是被剪刀断开一样转瞬间完成的动作,把你推上悬崖却又保你平安无事,所有影像都定格在快乐的结尾,然后它把你又送回你的星期六去。这个真实世界里的人们就像形态丑陋的动物,互相碰撞,玷污着耀眼的白昼。悬崖与深渊的危险在现实生活中是存在的,因为你认识的人或者你听说过的人就陷入过这种危险之中——一个七年级男生去年就在南方的佩恩港附近淹死了,埃丝特姑妈和皮特姑父认识的一对夫妇开车离开路边的一所房子后,撞上一棵粗粗的老榆树,在她自己的家族里也有那一位埃丝特姑奶奶和死去的爷爷。在由两个爷爷和两个奶奶组成的长方形里,这位死去的爷爷就像被割掉的一个角,有的时候她想起他时便会有一束慈祥的光像细盐或者精糖从他那里向她撒来,鼓励她向前,使她感到自己也具有了银铃般的歌喉,她对上帝的认识就来自于他。

因为电影总叫人害怕,所以她几乎不喜欢看了。就连最有趣的电影里也有能置人于死地的拼命追赶,要么是那个瘦子把那个胖子往死里揍。现实世界不像电影那么坏;罗德尼街上的小学生过马路时警察会保证他们的安全,学校老师也设法阻止坏男孩干出比拽女孩的辫子还坏的事情。有些电影危险得很,简直失去了控制,这时妈妈和爹爹就把她换到他们中间的座位,免得她动来动去的。她最喜欢看那些有女人的片子。她们轻轻地掠过——那个女人穿着闪亮的裙子,头戴皇冠式的帽子,她的酒窝比妈妈的还多,她在冰上滑来滑去;另外一个女人跟一个穿礼服的男人跳舞,她穿的裙子像用褶裥堆起来的小山,鸵鸟毛长披肩蛇一样地缠住她盖住了她的下巴,不管他让她在光滑的舞厅地板上转得多么快,她的眼神安详而热烈,始终平视的目光非常有神,如同她脑袋里点亮的两盏灯。那个长下巴戴白领结的瘦男人让她快活。他们彼此相爱，但是他们有的时候却认识不到这一点。

路上有几个大人挺面熟的，他们低下头来朝她笑，不过她只顾急着往家赶了。你的身体是你的惟一，它有很薄的皮肤，里边是好多好多的血，血液按照顺时针的方向流动，不过比时针动得快得多。小丹尼跌了跤把头磕破，能看到一个永远去不掉的白色伤疤。假如你犯了严重的错误，哪怕不是你的错，那个错误也会永远去不掉了。她的第二颗门牙已经长出来，如果她跌倒把牙磕掉，她将再也不漂亮，就像莉芙小姐的蓝鼻子一样。奥德费洛旁边的大砖房子半开着门，她闻见了烟味，听见男人们愤怒地吵吵嚷嚷，同时夹杂着弹子球咔咔的碰撞声。无窗高墙过去是个狭窄过道，进去之前她察看了一下，确定身后没有人跟踪，前头出口处也没有人拿着刀等她。电影里海盗的剑是弯的，阿拉伯人的剑更弯，而《赞达的囚犯》用的剑是直的，那个跟《消失的地平线》故事中的男人留一样胡子的人在片子里被说服假装当某一个地方的国王，一个懒惰的国王，跟英国国王一样，那个英国国王为了一个来自巴尔的摩的女人放弃了王位，正因为这，他们家族里下一辈的两个小女孩才成为了公主。过道末端什么也没有，只有渔场街在等着她，街上排列的铁皮垃圾桶就像岸边的撑柱，一个农夫赶着装满西瓜的农车吱吱咯咯地过去了。埃茜喜欢西瓜的味道，可是不喜欢西瓜籽粘在衣服上，也不喜欢两只手被弄得黏黏糊糊。在通向暖房剩下的一段路上她跑了起来，一方面是雨越下越大，另一方面是因为她喜欢跑。妈妈正在里边干活，暖房总是比别的地方明快，下雨天也如此。雨点敲打着斜面玻璃，每一滴雨都发出极大的响声，使得这有遮掩的泥地暖房好像在与那些叶子一同颤动，似乎这里的植物也能听见雨声，并且想要冲出顶棚到雨里去。外祖父正把架子上栽着小苗的花盆搬到桌子上，他允许她帮忙，一次只准搬一个花盆。她搬呀搬，直到搬厌了，把一个花盆掉到地上打碎。此时她的脑子里正想着电影的一个镜头，观众们都把头转向那个女演员，他们的脸像一排排盛开的鲜花。妈妈正在前边的桌上用玫瑰和蕨草做花束，再用锥形纸包起来，这是为某一位有周末约会的先生准备的。外婆正躲在后边的屋里往植物上喷洒一种非常难闻的褐色的东西，用来消灭蚜虫、蓟马、蛆和粉蚧。“嘿，”埃茜说，“外婆，这难闻又难闻的是什么东西呀？闻着像陈旧的烟草。”

“是尼古丁茶，埃丝特。”她总叫她“埃丝特”，跟别的人不一样。这是她们两人之间的秘密，是埃茜使用自己大名的权利。“我用陈烟和雪茄蒂做的。”她用麦氏咖啡罐把它们煮成这种深褐色的水，面上还漂着烟丝。“别吸进去，亲爱的。把手指头拿开。有毒。”

“爹爹吸烟。老戈尔德牌的。”

“那他就是吸毒。不过没有这水的毒性大。小心，孩子，我要喷了，憋住气。”

一股股难闻的雾喷洒在卷了边布满斑点的天竺葵花叶上。埃茜喜欢这个祖母，因为她从来不强迫她吃得太饱，也不假装说埃茜特别乖。这位腼腆老太太黄褐色的脏手指十分有力。每当跟威尔莫特祖母在一起时，她就变得娇气柔弱，想吃大量的甜食，还要叫她搂抱；而每当跟西福德祖母在一起时，她就变得坚强和成熟了，好像她们是这个充满危险的世界里一对可以分享秘密的伙伴。“我们在老家常用的杀虫办法是大蒜，”老太太说，她不像那个祖母那样一跟她说话就提高嗓门，好像她人小就该耳朵聋似的。“六七瓣蒜加一夸脱水煮二十五分钟。但是人们买花是为了美，谁也不愿意闻大蒜味。如果女孩子每天吃蒜，”她接着说，同时把她深褐色的眼睛转向埃茜，把孩子看得直抿嘴唇，“就永远不得感冒。不过也就没有男孩子愿意吻她了。”

埃茜哈哈笑起来，祖母也用她弯曲的褐色大手捂着塌陷的嘴笑了。

屋子暗了，因为妈妈皱着眉头出现在后屋的门口。“妈，你在毒害她。”她说。“我告诉了她别把毒吸进去，”西福德祖母小声说。祖母不和她争吵，好像还有点怕她，至少从来不正眼看她。妈妈该带埃茜回家了，看威尔莫特祖母给他们做了什么好吃的。雨比刚才击打玻璃的时候小多了，虽说已经是九月，白天与夜晚时间相等的日子已经过了一段时间并且即将结束,但天还没有完全黑下来,以后白天会越来越短。到圣诞节时她将要摸黑去上学,而且不等爹爹送信回来天就黑了。“电影怎么样呀?”妈妈问她。

“很好。那个姑娘救了整个交响乐团,避免了他们失业。妈妈,我想学唱歌,跟她一样。”

“唔,像迪安娜·德宾一样会唱歌可是上帝赐予的天赋。一百万个人里才有一个唱得像她那么好。甚至还少。”

这个打击使她跌到了《消失的地平线》里那个把女人变成满脸皱纹的老太婆的地方。这是对事物的可怕的限制,是向她压来的令人沮丧的重负。“为什么上帝不把这天赋也给我一份?”

“上帝已经给了你许多好东西,”妈妈坚定地说,她的身体和脑袋很不自然地前后摆动,似乎地上有接连不断出现的洞口。

“给什么了,妈?比如说?”

妈妈笑了。“他给了你完美的身体,渴望成功的本性和充沛的精力。”

“就这些吗?”

“有人会认为这已经很多了,一个小姑娘对这些还不满足的话就是贪婪。”妈妈的话让她吓了一跳,同时也有点让她生气,妈妈那么严肃认真地一字一句地跟她说,就像教她如何说话一样。妈妈口气缓和了些,又说:“也许,有一天你的舞蹈学得很好了,我们再考虑唱歌课,如果爹爹交得起学费的话。”

“爷……爷爷交得起。”这有点过分了。

“爹爹和我不想要爷爷帮助我们。他已经为我们做了很多。丹尼也需要上学,要受教育,再说,你还太小,没到学唱歌的时候。你的童声还没有变呢。”

埃茜刚出电影院时的情绪一扫而光,她不想再听下去,便开始蹦蹦跳跳,一方面是来到濛濛的雨中让她感到异常兴奋,还不用穿雨靴和带着一股橡胶味硬邦邦的油布雨衣，另一方面也为了夸大妈妈瘸的程度。她在妈妈前边跳着走，又返回到她的一侧，像是在环绕一个被套索套住的蠢笨的动物。童声。她要让她知道。“从现在起我要单独去看电影了。我喜欢没有你和爹爹在身边。”

“噢，天啊，”母亲说着放慢了脚步，似乎要夸大自己的跛行姿势。“好大的口气。野心不小。”

为了表示和解，她停止了蹦跳，拉起了妈妈的手，美丽、白皙、完美、湿润的手。槐树街两侧都没有汽车，可是大人嘱咐过她过马路要小心，而且每次都这么说。爹爹仍在院子里，他正在收尾，把满满的一车野草和枯玫瑰茎堆到篱笆旁边的草垛上。篱笆前边是用铁丝编织的网状的垃圾筐，爹爹在筐里烧报纸、丽芝饼干盒和撕开的信封，在雨中，他嘴上的小火冒着蓝烟，厨房里的灯亮着，看见了阿奶弓着的身影。她端着锅到炉子跟前去，因为锅很热，她只能快速地迈着小碎步朝前移。这所窝在里边的灰房子，院子里有父亲，厨房里有祖母，楼上有正在床上等她的熊先生，屋里的阳光正从暖气上方缓缓退去，暖气片上有神秘的纠缠在一起的常青藤图案，她忽然感到这一切是那么凄惨，那么不真实，像一所鬼房子，像是从银幕上看到的那个世界，里边漂亮优雅的人们清脆地交谈着，在没有天花板的大屋子里轻快地来回走动，做出令人震惊的事情来。现在依然是星期六，每天都长得过都过不完，今天晚上如果她好好说，也许他们会答应她呆到八点钟听奎兹教授的节目，有的时候爹爹想听同一时间播的埃德·温。温能把他逗笑，他说能让他忘掉世上的不幸，这听起来也挺凄惨，挺寒酸，像屋里的角落一样，那里的餐桌布已经老化，表面光滑的格子图案一片片地脱落，露出下面黑色的亚麻。手指碰一下煤油炉就会沾上黑，木质冰箱里的金属格子上放着一大块有裂纹的白东西，不停地淌水，而且越来越小。埃茜像是从云彩上边鸟瞰她的家，并且意识到将来不定哪一天，她将离开这个位于槐树街的家，就像夏天她见到的一片从那棵十七年树龄的槐树上掉下来的树皮，皮上没有长虫子，它挂在了一棵她总想爬上去的小野苹果树上。

战争①十分恐怖，所有的年轻士兵都被打死，孩子被炸弹炸死，纳粹分子杀光了整个利迪泽村的人和动物，不过幸好这些事发生在非常遥远的地方，在许多被他们叫做“战场”的地方，战争使电影明星们忙着买债券，随同劳军协会为部队演出。战争使每个人都有事做。邮局的年轻拣信员莱尔·德赖斯汉姆应征入伍了，老维斯·夫利曼已退休，他一个人住在沼泽地旁边的棚子里，不久前去世了，因为坏了一个肾。霍利先生已经到了退休年龄，但他同意“延期”，爹爹上班的时间延长了，但是一天只送一次信，不再送两次了。要是去郊区，包括比沃尔街，他就开一辆卡奇吉普车，那是军队借给邮局用的，好让贝辛斯托克市的母亲们及时收到军邮。在城里，他把吉普车停在离绿色邮筒很近的拐弯处，步行一段路把信送出去，然后再回到车上。每次埃茜坐他的车都十分开心，因为它开起来一颠一簸的，使她知道了当兵的感觉。瓶盖厂改产子弹壳了，妈妈在那里得到一份工作，她接替一个故去的男人上夜班。回到家时，她那沾满污渍的脸上带着愉快的笑容。根据厂里规定，她的头发要向后梳，还要像男人一样穿一条棕色长裤和蓝上衣，她碰上正走出家门去上学的埃茜，总要吻她一下。十三岁的埃茜已经上七年级，也就是说，她已不再去东罗德尼街的小学，而要朝相反的方向走，向西朝那所初中高中合校的大楼走。大楼是一九二三年建的，就在那座不景气的农庄边上，足球场在运煤渣的铁轨内侧，棒球场看台的那边是农田，种的大豆，因为农村已经没有那么多猪了，所以不再需要那么多玉米。

中学教学楼是砖结构的，颜色像人的呕吐物，坏学生都这么说。大楼旁边是一座木屋，屋顶铺着油毡，剪草工人把割草机存放在这里，体育部也在

---

① 指二战。

里边存放女子曲棍球棒、四方形的棒球垫、以及五边形的本垒板。学校有两个场地，一个是垒球场，就在储藏室旁边，这样，一个投向第三垒的成功长界外球便可以打在墙上或是罩着铁丝网的窗户上。垒球场过去便是有草坪的棒球场——供校队和两个市队使用。棒球场过去是市体育场，那里有一个亭子，一个更小的器材储藏室和下棋用的桌子，一个用水泥固定由两根管子支撑的篮球板，两个金属滑梯，滑梯表面用包三明治的蜡纸打磨过，以保持光滑；一个四个一组的大秋千，秋千的踏槽已经被人们踢坏了；还有一套三个一组的小秋千，下边是带栏杆的小椅子，供小孩子荡；一套由曲杆和梯子组成的攀爬器械，早晨在上边玩剥猫皮游戏时，你能感到腿窝下边的铁管子又湿又凉。埃茜十岁时玩剥猫皮游戏，谁也别想玩得过她；玩的时候世界颠倒了过来，血涌上头顶，裙子翻下来露出了内裤，她非常喜欢这种感觉。到了十三岁，她就不再玩这种游戏，因为男孩子会看见从裤衩边露出来的阴毛。体育场的器材越来越显得只适合小孩子了，但是由于春天到来，白天长了，她仍然喜欢在高中旁边的小屋和有破房子的桃园旁边的亭子之间徘徊，这里是两个球场的延伸地段，包括菱形垒球场和棒球场的看台。这片空场地有宽阔的地平线，有不必匆忙回家的自在，能让你感受放学之后的轻松气息。她把自己的活动范围延伸到这里是她危险生涯的第一步，她深深知道这一点。懒散、肮脏和期待是这里的气氛，满地是踩进土里的烟头、吸管和开启了的瓶盖，亭子的后壁被涂鸦和文字覆盖，有些她还不完全看得懂。

在这里瞎转悠的小伙子们虽然来自城市风气不好的那一侧，但是她喜欢他们。他们在看台上闲逛，如果有浓浓的云飘浮在低空，笼罩着他们，便可使他们暂时免受空中轰炸的威胁。杜邦工厂和运河可能是敌人轰炸的首选目标，人人都这样说。战争在地平线的各个方向激烈地进行着，利比亚、缅甸、瓜达尔卡纳尔岛、斯大林格勒等这些报纸上大黑字标题里出现的和通过收报机键嗒嗒嗒地收集起来登在电台新闻简报上的各地地名。在新闻片中，坦克碾过沙漠地区卷起强大的沙尘，盟军飞机投下成千上万的带尾翼的炸弹，它们旋转着落向德国的城市，燃起冲天的熊熊大火；飞机冒着滚滚浓烟向下俯冲，战舰在下沉，空降兵的降落伞散布在南斯拉夫上空，好似水中芙蓉；华沙隔离区里的犹太人在挨饿，他们用石头作武器进行战斗；在俄罗斯大地上，遍地都是冻得硬邦邦的德国士兵的尸体：面对这恐怖大宴席，新闻片里原本低沉严肃的上帝的声音变得更加庄重、义愤，但在电影行将结束时，他用坚定的美国男中音把绝对的安全感灌输到观众的心中。埃茜毫不怀疑德国人和日本人必将滚回老家去，他们会像万恶的臭虫一样被捻死。连他们的名字，德国鬼子和日本鬼子，听起来都像臭虫一样讨厌。意大利人已经投降，举起的胳膊像空中的树林。意大利士兵个个都邋里邋遢，胡子拉碴，心惊胆战。希特勒真可笑，一发疯就啃地毯。裕仁天皇是个小个子黄种人，他穿着肥大的白色军服，佩带一把傻里傻气的长剑。教主日学的菲利普斯先生说，这就像《圣经》的《启示录》里的哈米吉多顿[①]，所有那些残酷的人都来自那个无底洞，领头的是那个说话像撒旦的人，他给每人额头或手上都标上记号，他的名字叫666号，而这正是希特勒的代号。埃茜对这一说法很感兴趣，但是她并不担心；罗斯福、上帝、丘吉尔和斯大林正率领几百万勇敢的年轻人，美国大兵，环绕着她，保护着她。今年六月她将在教堂行坚信礼，阿奶正忙着给她做连衣裙，下边是用网眼纱打褶的裙子，上边是布满小网眼的紧身衣。

然而，特拉华沿海所有地区都在实行灯火管制，夜里只要消防站的警报一响，你就必须关上所有的灯，钻到楼梯下边去，像是大胖子戈林的纳粹空军真的隆隆飞过你头顶似的。一天晚上，飞机真的从头顶飞了过去，埃茜的心都快不跳了。阿奶紧紧搂了搂她，爹爹轻轻说了一句："是咱们的。"阿奶为去外国的部队缝衣服，织毛衣，还为英国的孩子们收集罐头食品和旧衣裳。现在人们到休比德鲁杂货店买罐装食品、糖和咖啡，要用配给券，找的

---

① 世界末日善恶的决战场。

零钱是纽扣大小的红配给券，也可以是真正的零钱，如一分的、五分的和一角的钢镚儿。买鞋也一样用券，不过埃茜不太介意，因为她从四月到十月宁愿光着脚走路；她的脚底板已经磨得又厚又粗糙，都可以在上面按图钉了，她常以此吓唬丹尼，吓得他连看都不敢看。好运牌香烟全部送到战场上去了，埃茜替爹爹把烟叶用卷烟纸在机器上卷成香烟，只需要来回一拉一支烟就做成了，每做一支爹爹就给她一分钱。战争掠走了日常生活的每一样必需品：黄油和肉，面包和圣诞卡，运动鞋和汽油。爹爹因为邮递员的特殊身份可以为他的吉普车弄到汽油。丹尼打心眼里喜欢战争。他总用他的小型铅制 P－38 和 B－29 轰炸机还有斯皮特法尔战斗机做俯冲投弹的动作，同时发出“呜——”的呼啸声。他收集军队不同部门的军徽，还在学校里做毁物比赛，随着一声“杰罗尼莫”①的高喊，跳上罐头盒将它们踏平。他现在上四年级，因为收集了很多锡箔，还得到了一枚海军陆战队军士的肩章条杠呢。夜里她听见他在自己房间里发出“嗒嗒嗒嗒”的机关枪声，也许是在发疯，也许是在做梦。他时常给她讲从学校听来的可笑的事情，比如在太平洋上美国战舰如何跟踪小日本，并从后边把他们的战舰卷进螺旋桨里；希特勒只有一个蛋，还有，他如何把犹太人都变成肥皂泡和烟尘什么什么的。这时她便对他说：“安静点吧，小大人儿，别太撒欢儿了。”这是她在体育场附近闲逛时，从那伙人那里学来的。他们并不算“好”，但是他们都对埃茜很好，好就好在他们让她参与一些事情，那是她在家里学不到的。他们有些无法无天，可现在正处于无法无天的时期，每一个家长都被战争弄昏了头。

他们住的都比埃茜离体育场近，几个街区就到了——艾迪·巴彻勒，罗雷塔·惠利和她的双胞胎兄弟本杰，朱尼·莫尔荷兰，胖子洛，他本来高一个年级，但是留级了，还有其他几个人。另一些人来自城的那一端，过了鞣革厂，而不是靠近旧渔场码头的东区。他们吸着从父母那里偷来的烟，清凉

① 二战时期美国空军伞兵跳伞时的呐喊声。

牌的，抱怨着老师是笨蛋，可是埃茜暗忖情况不是这样；她认为教初级代数的朗福德先生长得很帅，黑黑的眼眉几乎在眉心处相连，跟蒂龙·鲍尔的一样，芬恩小姐几乎算得上光彩照人，假如她不把头发梳成老式的向后背，而是跟弗罗尼卡·莱克一样披到肩上并且直起背来，那她也就不会总像从锁眼里看人一样窥视她的学生了。若不是约瑟夫斯先生因为战争离开了这个城市，她本可以参加他的形体课；现在就业机会多了，反正他的踢踏舞班学员只剩下五个女孩子了。在初中生的午餐短袜舞会上，只要轮到芬恩小姐作陪护，她就会站出来与一位九年级女生一起跳舞，她的舞步可好了。埃茜要达到她的个人目标，成为班里吉特巴舞跳得最好的人。其他目标还有：一、别再这么瘦；二、在班上站起来背课文时不再脸红；三、不再打磕巴，在“d”或“l”开头的单词后面连一秒的停顿也不要再出现。住在纽卡斯尔的音乐老师洛林太太教她用腹部呼吸，唱歌时从丹田出来的气息不要中断——“用腹部呼吸——腹部，埃茜！”——可是，她一紧张或者感觉没有唱对时，就把她的腹部给忘了。她从镜子里看到的自己瘦得像麻秆似的身体上顶着一张又胖又圆的脸，鼻头特宽，鼻梁上有一个肿块，跟妈妈的一样，又红又大形状不美的两只手在两只胳膊末端甩来甩去。在七年级学生中她属于高个子，她继承了威尔莫特家族喜欢四处漂泊的习性，但是没有继承埃丝特姑妈所具有的甩胳膊和说俏皮话的习惯。她经常琢磨自己这张脸，既害怕又好奇地想像这面镜子是一口深不可测泛着陈味的井，她把头这样侧一下又那样侧一下，试图找到一个最好的角度，就像她从十岁起就开始收集的照片上那些电影明星一样，在灯光与阴影衬托下选择最好的角度。你只要寄上一封十分客气的信，告诉她你如何崇拜她，再附上一张三分的邮票，数月之后爹爹就会穿着邮差工作服把回信送上门来；为了使来自好莱坞的信不被折坏，他会打开门把信扔在门厅地毯上。马琳·迪特里希是第一个把自己的照片寄给她的，那是大战之前的事。她拿着烟嘴，戴着高帽子，一条腿搁在一个小白盒子上，接着是金杰·罗杰斯的，她的明眸跟她跳舞时一样充满激情。最近埃茜又收集了琳达·达内尔、多萝西·拉莫、艾丽丝·费依、卡门·米兰达、罗雷塔·杨、拉雷恩·戴、奥萨·马森、简·格里尔、安·谢里登以及丽塔·海沃斯等人的照片。明星的签名花里胡哨，透着轻松与骄傲。有的用紫墨水签，而艾丽丝·费依则用绿墨水。她写道："埃丝特，谢谢你令人愉快的来信。"卡门·米兰达则像你所期待的那样戴着水果装饰的帽子，穿着拉美式样带荷叶边的裙子。多萝西·拉莫可没穿她的纱笼，耳朵后边也没戴花，而是穿了非常合身的套裙，就是她战时到处卖债券穿的那一套。丽塔·海沃斯穿的是参演反映"快乐时光"的电影《金发女郎》时的衣服，她的签名像是印上去的，贝蒂·格拉宝的签名也是一样。琳达·达内尔是她一贯的忧伤样子。她的下唇挺厚，眼窝涂了很重的眼影。她所写的内容才是最忧伤的：给一位亲爱的小姑娘，她写道——希望你梦想成真。埃茜把各面墙都贴上了照片，如果把她最崇拜的男明星们的照片也算上的话，已经超过了五十张。这些男演员包括——罗纳德·科尔曼、乔尔·麦克雷、埃罗尔·费林，还有乔治·桑德斯。除了在圣经故事的电影里，乔治从来没有担任过主角，尽管如此，埃茜依然喜欢他，就连他在《埃迪斯·卡维尔护士》和《蝴蝶梦》里演的令人厌恶的角色她也喜欢。她喜欢他超然的态度和优雅的讲话方式。当她在自己的房间里表演和练习流畅的谈话时，她把自己当作贝蒂·戴维斯或者凯瑟琳·赫本，但也有的时候自以为是乔治·桑德斯。他说话慢条斯理，在圣经故事里杀人时镇定自若，睡眼惺忪地眨一下眼，轻轻收拢他那英国人文雅的嘴唇。她嘲笑丹尼并把他惹恼或者她对他摆架子时，他便威胁说他会闯进她的房间把她辛苦收集的明星照撕碎，再撒上蓝墨水。她知道他决不敢做这种亵渎圣贤的事，因为她会从此再也不搭理他——她惟一的亲兄弟。

她不喜欢自己的脸蛋，可又不能不喜欢，因为那是她的。她觉得自己的脸太宽，可话又说回来，默纳·罗依和葛丽亚·嘉逊的脸也挺宽的。她的皮肤跟妈妈的一样有光泽，到目前为止，惟一的一颗粉刺长在嘴角下方的皱纹处——确切地说，那个地方只能算是凹窝，不能算是皱纹。她的眼睛大而清澈，像妈妈的眼睛，但不像她的矢车菊色，也不像爹爹柔和的牛奶巧克力色，而是更浅的浅褐色，甚至比阿奶的还浅，近似于西福德奶奶神秘摩尔人带斑点的蜜糖色，但是她眼睛的颜色会根据天气情况和她所看物体的不同而时常变化。去年冬天普林顿先生在他位于罗德尼街的照相馆二层楼上给她拍的照片上，每一个瞳孔旁边都有个小白点，黑白分明，令人叫绝，白亮点是对光线的反射，黑的部分则深邃无比，看不到尽头。在黑白照片中，她的浓发看上去很黑，但是在夏日的阳光下，近乎金黄色，就像染过一样。她的头发跟阿奶的一样浓密，而且很直，不同的是她的头顶没有梳着寡妇的盘头。埃茜希望跟《金发女郎》中丽塔·海沃斯的头发颜色一样。跟她合演这部电影的还有詹姆斯·卡格尼和奥利维亚·德哈维兰。奥利维亚·德哈维兰和琼·芳登是姐妹俩，她们以及费雯丽都没有理睬她的请求寄照片来。也许是因为她们都在英国遭受轰炸，也许埃茜没有在索要照片的越洋信上贴够一定面值的邮票。埃丝特姑妈的头发又浅又细，摸起来像玉米穗一样柔软。她几乎没有眼眉，而埃茜的眼眉又长又尖，恰到好处地长在额骨的弧形边沿；每一根眉毛都长得那么顺，微微上扬的眉形让她陶醉，那么俏丽，很像文森特·普莱斯动坏心眼时的样子。有一次妈妈说她的眼眉很像成年妇女的，这让她看上去比十三岁的孩子成熟，埃茜非常爱听这一类的评语，这可以帮助她从旁观者的角度看自己，就像别人看她一样。

战争一开始埃丝特姑妈就不再剪头，也不再烫发了，她把头发留长，然后梳成辫子，再绕头盘成一个圈，好像是为了不让头发碍她的事，因为她已经是三个孩子的母亲了——三个争吵不休的淘气包：小皮特，杰弗逊和艾拉。他们的父亲皮特头发已经脱光，他现在长住华盛顿，为一家战时代理公司工作。他不能告诉是什么公司，因为怕泄漏军事秘密。战争也给贾里德叔叔带来益处。在几年前造成经济大萧条的市场大崩溃中，他妻子的父亲——一个大骗子——为了堵住他的嘴送给他一块山地，在那块山地上有一个废弃的铜矿，这是一天晚上，趁阿奶不在屋里时爹爹和妈妈告诉她的。现在对铜的需求大增，政府便给他很多钱，让他把采矿业维持下去。“这个贾里德，”爹爹说着还轻轻地笑了——他从来不哈哈大笑。“我哥哥总能时来运转。也可能要花上几年时间，但最终会交上好运。”埃茜特别爱听爹爹夸耀威尔莫特家的人如何非同一般，他们命中注定要比贝辛斯托克的人能干。而她自己的头发又多又不听话，可不像埃丝特姑妈的那么柔顺亮丽，每次从棒球场跑回家或者在又热又湿的暖房里干了活回来，头发总是乱蓬蓬的像个疯子，妈妈总这么说，而且让她先回屋去梳头。埃茜在镜子前学丽塔·海沃斯在《我的萨尔姑娘》中的样子把头发盘上去，或者学《小狐狸》和《喂，旅行家》中的贝蒂·戴维斯，或者像葛丽泰·嘉宝在《两面女人》中的样子把头发散开，或者学《卡萨布兰卡》中的英格丽·褒曼。她们的头发更自然，不像用了发胶，也不像艾琳·邓恩那样烫成大花。她对着镜子在脸上涂胭脂时，看到自己的脸像一块大蛋糕：鼻子圆塌塌的，嘴唇不像明星们的那样有曲线，而是一条直线，像面团上的一个切口，它既没有弹性也不向外翻，别说比不上贝蒂·格拉宝的，连妈妈的也不如，尤其是当她在厨房听收音机播放的舞曲时。埃茜的嘴唇跟爹爹的一样，又薄又谨慎，一点不像艾丽丝·戈迪的那样又红又俏皮。她用妈妈的唇膏练习时，感觉就像是把一块大蛋糕的中央给涂红了似的。尽管她从去年七月就开始来月经，可是至今乳房仍不高，然而罗雷塔·惠利已经有了好看的尖尖，把她的衬衫都顶起来了；朱尼·马尔霍兰也一样，她穿着毛衣你都能知道它们的部位。

埃茜坐上看台，胳膊肘放在上一级台阶粗糙的座板上，她叹一口气，身体向后仰去，把重心压在胳膊肘上。她需要有什么能救她，朦朦胧胧地延伸到远方，四月的天空如一张洇湿了的纸，不知是谁在上面用灰颜色刷了几道子。尽管天色已晚，绿色的新芽，松软的土地，还有体育场另一侧盛开的桃花，粉红色的海洋散发出沁人心脾的香气，使她不忍离去。罗雷塔和朱尼把书本抱在她们幸运的胸前回家去了，艾迪和胖子正跟几个来自鞣革厂区的年龄小些的男孩在篮球场打篮球。球有点漏气,所以运球时,球一次比一次蹦得低,令他们笑个不停,有一个人干脆把球踢到一边去了。惟一一个与她同在看台上的人是坐在三层以下的本杰·惠利,他正在看连环画《马尔弗船长》,不过他已经注意到了她,她看得出来。她把穿着白袜子的小腿叉开又交叉起来,然后把腿伸出去,由于伸得太紧,她都听见肌肉咯吱地响出声来。至少她的腿很漂亮。她已经长得跟妈妈一样高,但仍然没有阿奶高,不过阿奶高是因为她的头发老是盘在头顶,就像一个灰色面包圈扣在了脑袋上。埃茜又叹了一口气,声音太大了,她不得不说点什么。"连环画好看吗,本杰? 我怎么没听见你笑呀?"他没有回过头来,这更证明他已经注意到了她的存在。"一点都不可笑。"

"不过,有的故事挺可笑的,"她说,"那些恶棍们。还有他说'活见鬼'时的样子。"

本杰说:"活见鬼!"他说的声音非常大,本想显得可笑一些,但是由于他太紧张了想不起该说什么,才迸出这么一句。

"你别以为画画的人不认为它可笑,"她说。"我猜他们一定在笑话那些像你一样把它看得太认真了的傻瓜呢。"

"没有像我一样肯花钱的傻子,"他说,"他们就得饿死。"他现在看着她了。他身子后仰头向后抬,把脸上下颠倒过来,本该是头顶的部位成了尖尖的下巴,眨眼睛的时候眼皮动的方向也是反的。这张脸太难看了,简直像从火星来的怪物,或者是一个找不到眼睛和嘴的大螃蟹。其实他的下巴是圆乎乎的尖形,像女孩子的下巴,比她自己的还女性,她的下巴有点方。她真希望长一个他那样的下巴。本杰过去一直注意她,不是推她一把,就是拽她裙子后边的带子。升初中以后他老实多了,学会了克制,似乎是因为随着圣乔治附近小学生的到来,而且是坐汽车来的,原先的班变大了,他才忽然认识了自己,知道自己也许永远不会比他父亲更能干。他父亲在雪蒂·斯特吉司汽车修理店工作,还在路边开了一家一人经营的枪支店,只在晚上营业。特拉华人喜欢猎野鸭，他们爱起大早，往芦苇丛里一蹲等鸭子出现。该逗一逗本杰。她把穿着系带凉鞋的脚收拢，抻了抻红格裙子，往下挪了几层坐到他身边。她小心翼翼地往下瞧着，惟恐掉下去摔折腿，在这种旧看台上这样的事很可能发生。她看见下边草地上堆积起来的纸屑和空瓶子。看台底下的草丛因为阳光被遮住所以长得很不好，都变黄了。

"让……让咱瞧瞧，"她说着轻轻地靠在他的胳膊上。马维尔船长正跟一个秃头科学家搏斗，这个科学家差一点就掌握了与轴心国一起统治整个宇宙的秘密。一个画面显示他正给希特勒打电话，曲里拐弯的电线正缠绕着地球。"真笨，"她说。本杰没说话，继续翻页。她不相信他会读得这么慢。"你……你昨天晚上听没听杰克·本尼？"她说，"他下储藏室数他的钱的时候，那里丁零哐啷、稀里哗啦地响，真好玩——连我爹都忍不住了，笑得好厉害。星期六晚上我们都在家里听杰克·本尼，一直听到费尔·哈里斯和艾丽丝·费依。他讲到一半就开始嘲笑查理·麦卡锡。"

"我忘了，"本杰说着放下连环画，眼睛朝地平线望去。"我们有的时候也听。我父亲说他们都是犹太人。"

"我认为埃德加·伯根不是犹太人，他是瑞典人，"埃茜说，"不过，那有什么关系？"

从侧面看，本杰的嘴很有趣，双唇带点恼怒地紧紧闭在一起，很像《飘》里费雯丽的嘴。那部电影非常了不起，虽说她很不喜欢那个小姑娘从马上跌下来摔死的那一幕。她更喜欢《绿野仙踪》，因为别的人都还活着，只有女巫死了。虽然多萝西还是个小姑娘，可是她的胸很高，你一眼就可以看出来。"我们卷入战争，"本杰说，"都是因为犹太人。"

"真的吗？我还以为是因为珍珠港事件哩。"

"犹太人本来可以制止珍珠港事件发生，他们希望打仗，因为这对他们的银行有好处。"

她很后悔挪下来与他坐在一起。她意识到了远处的妈妈正在为她担心。空中水气凝重的扫帚云越聚越多,更厚更黑了。每次下雨她都感到十分兴奋,仿佛上帝在抚摸她。埃茜想起她自己屋里那满墙明星的秀容和签名,心中感到无比幸福,忍不住去捅、去掐本杰这个笨蛋。

他依旧盯着棒球场远处那轮廓模糊的蓝色小山。一个绿色储水罐看上去像来自火星的太空船,云彩下端飘散开一缕缕的云丝。本杰突然说道:“再有两年多我就要去打仗了,会被杀死,也许。”

“噢,本杰,”她说。她听着自己的声音怎么那么像带南方口音的贝蒂·戴维斯呢。“你当然不会的。到那时候战争就已经结束了!现在各地方的德国人正在投降呢——在俄国,在亚洲。”

“不错,可是还有日本人呢。打仗的时候他们真玩儿命,每个人都是这样。他们是发了疯的小猴子。”

“难道麦克阿瑟没有把他们踢……踢出瓜达尔卡纳尔岛去?”

“麦克阿瑟让我恶心。他只会炫耀自己。”

“你怎么啦,本杰,人家还以为你不是美国人呢!”她还没有回家的意思,仍坐在那里不动,尽管从这里到家要走九个路段。他使劲地合上书,像卷报纸一样把它卷起来,握着书的灰黄色大拇指很有力量,手指关节十分突出而且很脏。汽车的油泥都渗入他的血液中了。真有意思,他居然跟罗雷塔是双胞胎,她可一点也不像他,她要成熟得多。本杰的脑袋很窄,浅得几乎发白的头发跟白化病人差不多,剪得很短,像小平头,所以她能看见他耳朵后边突起的形状怪怪的骨头。他的耳朵紧贴着脑袋,猛一看上半截就像是用胶粘住了似的。她不喜欢自己身上的某些部位,其中也包括耳朵——它们没有支棱起来,可也没有完全贴在头上。

“我够美国的了,”本杰说,“要是他们召我去我就去,我要尽我的义务。”

她咯咯地笑起来。置身于眼前如画般宁静悠闲的风景之中,他竟下了这么大的决心。这说明他是经过深思熟虑的,就像她经常在一个人的时候反复幻想某些事情一样。她轻轻地对着他那好看的瘪耳朵吹一口气。“这就是你要做的，本杰，做别人要求你做的事？”她看到了他优美的体魄已无用武之地，他将永远被禁锢在这座小城，被愚蠢的偏见所包围，被无聊的工作所束缚。

他转过头来，气得脸色煞白。他龇着牙说：“我操，埃茜·威尔莫特！”

她并不吃惊。这句话已经不仅用粉笔写在了亭子上和学校附近的棚屋上，还用指甲刻在了墙上。有一次她在电车上听见一群大兵反反复复地大声说那两个字。“我没有一点坏意思。”她说。

“对，那你能做什么，”他问，“不做别人要求你做的事？”

这些长时间在看台和体育场上滞留不归的孩子们的家长跟她的家长不太一样：他们去酒吧，去木球场滚木球，参加夜间无休止的争论，打架斗殴，有的时候他们的所作所为还会传到学校里去。有些学生的家长甚至不住在一起——母亲上班，父亲去俄亥俄州或者弗吉尼亚州种地。战争如同飓风一般把不牢固的东西统统搅了起来。它搞得人们个个心神不安，就连妈妈也一样。在军工厂里她整夜被丁当声所困扰，天亮回到家后猛喝咖啡，一摘头巾头发就竖了起来，看上去还挺像珍·阿瑟的，要是珍·阿瑟再胖点的话。

“哦，我做这种事，”埃茜说着歪着头慢慢朝他靠过去。她在心中描绘着英格丽·褒曼在《卡萨布兰卡》中的一幕：在里克的楼上有威尼斯百叶窗的房间里，她用枪对着他，身着漂亮白套装的他说：来，开枪吧，你就帮了我一个大忙。可是她下不了手。这时镜头移向他们的侧影，她的面颊闪着泪水，头发罩上一圈光环，然后慢慢变虚，她的嘴唇僵住了，嘴唇很厚，微微张开，在这个被战争毁坏了的世界上，她绝望了，放弃了。埃茜以前吻过男孩子，那只是小孩子做游戏，或者在邮局的晚会上，或是在学校的存衣室里，她使劲扭动，以保护自己，事后还会扇那男孩子一个耳光。本杰的嘴唇很孩子气，而且很硬，他那么使劲地压着她的唇，他们的牙都快磕在一起了。但她喜欢这种强烈的感觉，他和她的身体推来搡去，通过两个极度敏感湿润的点，本杰的身体撞击着她的身体，好似一个星球在撞击另一个星球。他有一股味，是他经常吸的菲利普·莫里斯烟味，还有他经常吃的口香糖味，除此以外还有淡淡的咸味，她猜想准是肉味，或是从他口中冒出来的另一个家伙的味。她想像着他的唇是怎样调整形状，又怎样展开以适合她的唇形，使他们的唇更好地吻合在一起。但是他马上就不自在起来，虽然打篮球的孩子们并没有人注意他们，他还是胆怯地向后退去，就像一个瞪着白眼珠子的汽车修理工从汽车底下退出来时的样子。什么也不必说。刚刚发生的一切是那么突兀。但是她从他羞怯的眼神判断，他准还会再要，她体内的令她难为情的躁动告诉她，她也希望再要。就在此时，她盼望能够再来一次。虽然槐树街上的灰房子在召唤她，可是这件事更重要。她从他帅气的脸上显出的羞涩以及他的手指判断，这是他的第一次。她开始收集男孩子，而不再收集她的明星照片了。每一个男孩子的味都不一样，推人动作也不相同。正是他们满足了她面庞中心部位的需要。上帝明白。毕竟是他造了我们。

不就是去多佛参加农业交易会嘛，妈妈竟会如此兴奋，真可怜。交易会每年九月的第四周在特拉华州举行。妈妈年轻时在这里长大，在运河南部萨塞克斯县，不是肯特县，不过没有什么区别——它们都有开阔的平原，缓缓流淌的河流，房子离道路很远，有带廊柱的游廊，看上去像破旧的舞台。过去妈妈常和她父母亲来交易会，她还记得在她眼里那场面是如何壮观和喜庆。对于一些埃茜已注意到的东西她却看不到，旋转木马费力地发出呼哧呼哧的声音，而且已经倾斜。杂耍节目十分拙劣，动物让人可怜又厌恶——禽类、奶牛、羊、猪——它们从各地农场运来参加评比。埃茜本人也是来参加评比的，竞选一九四七年特拉华小姐。学校在一次集会上向高中学生宣布了这一竞选消息，大家在下边偷偷地笑，左顾右盼，看哪一个人那么“自以为是”，那么“出风头”敢于报名。只有四个学生报了名并填了问答调查表，还交了一篇小文章，题目是《特拉华为市民提供了什么》。埃茜被选中了，但是她觉得选中的原因不是她的相貌，也不是她的作文，而是因为她有一位热情极高的母亲。爹爹允许她们使用三天新买的翠绿色斯塔贝克车，西福德爷爷赞助她们七十五块零花钱——这可是令人胆战心惊的一大笔钱哪。妈妈把她鼓鼓囊囊的棕色钱包打开又合上，走到哪里就把它带到哪里，连去洗澡的时候也要带上它，惟恐女招待或者男招待进来趁着埃茜没看见把它从抽屉里拿走。旅馆是位于多佛市中心的一座很旧的砖体方形建筑，名称是“纽克公爵”；大厅角落里依然摆着黄铜痰盂，中间的地毯织着州议会大楼图案，不过地毯已经旧得脱绒了。三十八位参赛者及其陪同都被安排住在这里，埃茜努力不让自己为母亲感到尴尬。母亲自从战争结束停止工作重操家务以来胖了许多，她的跛脚恐怕是干家务活干的。她无意间瞥见正洗澡的母亲的光身子，又看见了母亲只穿着内裤艰难行走的样子，埃茜不仅大吃一惊，而且由于自己的某种道德观念对此十分反感，心想一个人的身体为什么能容忍接纳那么多不成形的、颤颤巍巍的赘肉呢。艾米丽注意到了自己女儿挑剔的目光。她摆了摆腕部已堆起几层肉的胖手解释说：“都怪你奶奶，总烤那么多诱人的甜饼。我希望能把她请出厨房，然后让全家吃上可口的现代化的健康食品。”

“不过，妈妈，只要你别老是再多吃一块就行了。”

“我不过是想表示我很欣赏它，”她用老家的口音说，埃茜在槐树街的家中，可从来没有听见过她用这种口音说话。“像她那样的年纪还能在厨房里忙活，实在了不起——不过说实话，如果她允许我多干一些，我就不会这么胖了。噢，”她见埃茜并没有信服的样子，又接着说，“这是一个大缺点，我知道，希望你不要继承下来。你和你父亲也不跟吃鸟食似的呀，可你并不显胖，而你父亲倒比我当初认识他的时候瘦了很多呢。他的父亲就是个瘦人。”

“妈，您见过我威尔莫特爷爷吗？”

“哦,没有——你爹爹一家搬到贝辛斯托克之前他就去世了。据说又英俊又聪明,可是他并没有因此而过得愉快。可怜的人,真的,听你父亲说的。有的时候我想,假如他死的时候没有把你父亲的心带走一大半该有多好啊。”话说到这里已经触到痛处,她想只有再多说一些,才能把事情解释清楚,“我的意思是,我总琢磨,他死后还留给你爹多少余地去爱别人呢,当然啦,对他儿女的爱除外。”

“什么呀,妈妈,您在说什么呀!他爱你。”甚至超过爱我,埃茜心里说。

“嗯,”她没有露出严肃的神情,也没有把心中的不满全部表达出来,只勉强地说,“他需要我,有那么一段时间——他需要一个女人,而我恰是他能找到的最不具威胁性的女人。我肯定他并不是不喜欢我,甭管怎么说。但是你爹他是个十分谨慎的人。似乎在经历了那些变故之后他只想在余下的时光里——战争时期他们怎么说来着?——受到最低限度的伤害。他似乎就是不想让上帝满意。几年前阿奶跟我谈论过这件事,试着解开这个扣,不过现在阿奶心里的克拉伦斯已经完全变了,已经成了一个圣人,既不曾有过缺点,也不曾有过痛苦。”

这天晚上,两个小时以后,姑娘们七点开始就要到体育场报到参加泳装比赛,所以埃茜现在需要休息,养精蓄锐。但是,初出家门又急于显示自己的女孩子们过度兴奋,把整栋六层大旅馆从入门的大厅到斜顶观景休息室搅得喧闹杂乱。受这种气氛感染,埃茜也在屋里跟妈妈平起平坐地聊起天来,听她敞开心扉生动地甚至有点诱人地向她讲述过去的事情。埃茜认为她的父母不会有什么秘密可言,不会像她一样,自从开始接触男孩子便有了自己的秘密。然而妈妈却暗示过去有过已封存的秘密——过去的激情与失败,那是在历史上曾经存在过的事实,永远不会消失。

埃茜唐突地问道:“我像—像—像不像他,你说?我的威尔莫特爷爷?”

旅馆房间的每一件物品上都粘着孤独的旅行者吸烟的烟味。妈妈坐的绿色长绒扶手椅很像火车上娱乐车厢里的椅子,她穿着白色棉内裤,松软的胖腿上有被撑架勒出的红印，为晾干头发，她把一条大白毛巾披在肩上。她眯起杏仁眼，以女人对女人的口吻真诚地夸耀女儿："哦，你的确是威尔莫特家的人，没有人能否认这一点。你的颌骨、下巴，还有嘴唇。他们家的人嘴巴不大，不像土人的嘴。可你也是西福德家的人啊。你小的时候，穿着嗒嗒响的小鞋和海军服，十分可爱。我常听他们夸咱们长得像，那时候我的体型还不错。就是你爹说的我是容光焕发，约会的时候说的。但是最近我却从你脸上看到我母亲的样子，这么说挺怪的。我说'这么说挺怪的'，是因为她一生都在回避人们的注意，然而她出现了，是我小时候看到的她的样子，就在你的脸上——宽宽的颧骨，还有——我怎么说才好呢？——还有点野性，异国特征，而且有点危险。你父亲和我，我们都不是危险的人。总体来说威尔莫特家族的人都不算危险人物，除了你贾里德叔叔——我不知道，已经好几年没见他了。"

埃茜心跳加快了，每遇到她成为谈话的中心时就会如此。她也见过自己的样子，在镜子里——小时候的胖乎乎脸蛋已变成摩尔人绷紧的脸型，她慢慢地转动自己的头，一次转动一个小角度，可以看到紧凑恰当地组合在一起的许多有棱角的小平面。线条清晰的嘴唇透着聪慧，嗅觉敏感的鼻子泛着光。她把脸转过来，面对妈妈深棕色的眸子、玻璃般的白眼球、弯弯的粉红色双唇，稍为显平的面庞将她的思想与情感展露无遗。她爱西福德祖父母，他们在暖房里整日操持着，把它管理得井井有条，但是对她来说，他们只是土壤，是散发着香气让人贴近的土壤而已；她敬仰的是那位死去的、早已离开尘世的爷爷。他在虚缈之中允诺带她上到那个属于天堂的国度，电影明星们在那里飘来荡去，电台节目从那里播送下来，明星们则是特邀嘉宾。埃茜祈祷的时候觉得自己是在向天上一个教堂形状的棕色收音机发出乞求电波，虚幻朦胧的爷爷正坐在它的旁边收听。她要使他的痛苦得到补偿。她不能把这些告诉妈妈，这是她的诸多秘密之一。

体育场的舞台在这一天的其他时间举行过乡村音乐比赛和猪叫比赛，

埃茜款步走进强烈的灯光和凉爽的空气里，她只穿一件深蓝色弹力尼龙泳装，背后开得很低，有一条拉链，带一条极小的硬裙，舞台下坐在靠台边的裁判们能清楚地看见她的大腿，甚至再往上看，能看到大腿叉和臀部。腿末端是涂了指甲油的脚趾和带子系在脚腕上的高跟凉鞋，鞋跟太细，她不得不格外小心免得崴了脚，否则将给裁判留下极坏的印象。他们的脸——四男三女——在脚灯后边显得很模糊。下午穿着便装彩排的时候已经介绍过他们了。其中一位妇女是演员，十年前她在百老汇扮演过某些角色，一位男士是杜邦公司的人，可是没有一位是埃茜心目中的名人。这天下午，她遇到的最有趣的人是一个金发小伙子，他跟本杰·惠利一样留着平头，头发颜色也是一样的浅，但是无论从哪方面说他都比本杰来得文雅和聪明。他是费城新闻社的摄影师（人们在安排今天晚上的活动，包括从多佛市长冗长空洞的讲话到墨水点乐队的表演，在等待的时间里，他俩被搁在了台子的一边，那里还有四个黑人青年正跟周围的人堆打哈哈开玩笑），他对她说他想当多萝西·朗格和乔治·哈洛尔那样的艺术摄影师。埃茜从来没有听说过他们，但是明白他说到他们时所用的语气：他们是他心中的明星。轮到她和另外三十七个女孩上台了，她们开始排练歌曲，来自威明顿几所中学的交响乐队以传统的爵士乐团的演奏方式为她们伴奏，集体曲包括：《跳个轻快的嘀—嘟—哒舞》、《几乎坠入爱河》、《小伙子需要大姑娘》、《娱乐业胜于各行各业》。歌词写在了纸上，要求记住。通过排练埃茜才发现，她左右的姑娘们根本没有接受过发声训练，她们的声音直接来自喉咙的最上部，再从鼻子发出来。而她的声音则发自丹田，并从口腔通畅地发出来，正像洛林太太教她的那样。白天这场衣冠不整嘻嘻哈哈的预演结束了，台下交易会场的各种声音立即传了过来——旋转木马的蒸汽笛风琴声、过山车的隆隆声、样子很凶的获奖公牛的哞哞叫声、人群的嘈杂声、扩音器传出的杂耍表演招徕观众的吆喝声、过山车猛烈下降时乘车人狂喜的呼叫声——她那位摄影师朋友不见了。这露天舞台和南特拉华州差劲的盛会实在是寒酸。

然而到了夜晚，当湿润的深蓝天空和无法触及的点点繁星罩在耀眼的舞台上方时，一切都变得紧凑与集中，此时的大地变成了一个等待榨汁的水果。交易会场上远处的声音更刺耳更吵闹。地上的牲口粪便味、干草味、棉花糖味和汽车排出的废气味，像喷雾香水似的弥漫在空气中。体育场打灯的灯光束呈长方形，光线照得埃茜所在的角落朦胧一片，令人目眩。该她上场了。她朝灯光闪烁的舞台走去，冷空气刺激着她的皮肤，威明顿乐队在《是谁的还给谁》越来越快的节奏中跳动。她的紧张消失了；所有灯光和心醉神迷的目光全部投向了她，场内立刻鸦雀无声。闪光灯嘭嘭地响着，她连眼都不眨一下。她几乎什么也看不见：近台是一张张充满期待、模糊不清的脸；灯光之上是很近的黑色天空，它有自己星星密集的峡谷和星星稀疏的高原。她依照很多年前约瑟夫斯先生教她的那样把头高高抬起，仿佛上方有一根绳子拉着她的头似的。她走到粗糙台面上用粉笔画好标记的地方；她慢慢地转过身，把脚踝和大腿的后部亮给观众和裁判，还有臀部（有的时候她觉得它太圆太鼓胀，跟她修长的腿不相称），以及大胆暴露的V字形后背（后背被太阳晒成的棕色还没有褪下去，那是夏天和这个或那个男孩在海滩或游泳池游泳时晒的，她白皙的皮肤加上摩尔人的血液晒出的肤色非常好看）。她亮给他们她的后脖颈（她和妈妈花了半小时用了整整一盒发卡才把褐色的乱发固定好露出脖颈来）和格莱葆式的似有似无的微笑；然后她走到舞台的对角。她走得非常直，像是在走钢索一样，穿着高跟鞋的双脚似乎离她下巴有一丈远。表演结束时掌声在她身边响起，听起来比其他姑娘得到的掌声要大，不过欢迎下一位姑娘的掌声跟着响起来，她是个非常漂亮的红头发姑娘，穿的是纯白无肩鲨皮呢装。

用来隔离前后台的背景屏幕很简陋——粗糙的松木柱子支撑着用金属丝固定的绘有图案的硬纸板，台上那一侧涂了颜色——埃茜在后台感觉有点冷，而且不太高兴，那根拉着她的头、使她把头高高抬起的绳子断了。她环顾四周看妈妈在哪里，原来她把妈妈撇在了舞台的另一侧，她还拿着一件专为这次活动做的绒面大衣呢。新闻社摄影师碰了一个她裸露的肩膀。她跳了起来，很不高兴。他说："对不起。只想告诉你，你刚才在台上真是棒极了。你成功了。"

她笑了，力图使自己平静下来。刚才处于广场中心使所有人大饱眼福，现在只面对一个人太乏味了。

"成功什么？还当我们不知道你那一套呢。老一套。每个姑娘都成功了，噗。"

在恍惚不定的强光照射下，他显得很有涵养。"不。是真的。很不一般。你的魅力、风度、美貌，等等。好啦，我叫道格，你叫埃丝特——对吗？——如果明天能找个时间让我花一个小时给你拍照的话，我将十分感激。"

"拍照？"

"给你照几张相。现在我只能用闪光灯，但闪光灯太不自然了，我想试着用自然光拍，然后散发出去。"

"散……散……散发给谁？"她一时想不起他的名字了，虽然他刚刚告诉过她。她仍处在登台后的兴奋中。"给谁，道格？"她想起来了。

"新闻社，首先。还有我自己，为了保存。跟你也有点关系——我要冲洗成8×10英寸的光面照片，寄给代理公司。"

"代理公司。你能成吗？"

"模特代理公司——你知道我的意思。快答应，别浪费我的时间。我该去那儿拍照了。嘿，我是认真的，诚心诚意。这是我的名片。上边写着我的房间号码呢。明天早上给我打电话。要么不打，随你便。我说的都是真的，你很不一般。"

她迟疑着没去碰它——这张小纸片是她从台上走下来后所感到的寒酸与羞愧的一部分——但是她屈从了。这是一张名副其实的工作名片，上面的字母是凸起的，她能用手指摸出来。"在……在哪儿照……照相啊？"

他又看了看她，这可不是第一次听见她口吃了。这给了他一个小小的压过她的机会，反过来她也可以稍稍压过他，有时坏事也可以变成好事。他带着商人的口气慢慢说道："室外，不远。如果你实在没时间，就在旅馆院子里也行，那里有一个游泳池，这个季节没有人游泳。光线也很好，直接用太阳光照。你可以坐在椅子和别的什么上面。我会拍几卷黑白的，然后再拍点柯达彩色的。带几件更换的衣服来，包括这件泳装。游泳池里有更衣室。恐怕你得给我两个小时。"

"可是我……"

"我知道你还没决定。嗯，就这么定了吧，埃丝特。会有损失吗？这不但不会伤害你，还会对你有帮助。"他说得尽量温和，好像怕吓着小孩子似的。他努了一下嘴做了个怪样子说："别胡思乱想。我是个可靠的人；我诚心诚意愿意这么做。"他的嘴唇比本杰的丰厚、灵活；他说话很快。

"为什么呢？"

"对你对我都纯属商业目的，埃丝特。我是职业摄影师，而你是特拉华美女。"

妈妈拿着长绒大衣一瘸一瘸地走过来，她听到了他后面说的话，狠狠地瞪了他一眼，如果不是他已经拿着闪光灯照相机转过身去为其他选美成员拍照，这一眼肯定会吓他一跳。正如埃茜所预料的，妈妈坚决反对。她们计划完成上午的预演之后，下午去路易斯她的老家看一看。她们听说开发商，就是一直租用那个农场的人，准备把那里拆掉，改建大批的夏季别墅出售。畜舍、粮仓和牛棚早已荡然无存，但是房子和房后的果园在经历了大萧条和战争之后依然存在。"他说只需要一个小时。"埃茜对她说。

妈妈严厉地说："一个小时之内能发生很多事情。二十分钟之内就能发生很多事情。"

"就在这旅馆的院子里，游泳池旁边。"埃茜恳求地说。

"他是这么说的。看他会不会把你叫到屋里去。他已经把房间号码给了你。你别以为我不了解男人。”妈妈气得脸都红了，就跟埃茜叫了她一声“瘸子”似的。

埃茜也红了脸。“你来看着，行吧？来吧，给我做伴。什么也不会发生。妈，真的。如果我能在贝辛斯托克照顾自己，那在这里我同样会照顾自己。”

“贝辛斯托克的小伙子是另一回事——”妈妈刚要说就住口了。其实她并不完全反对这件事，埃茜看得出来——她也为这次无法预料的机遇动心了。她们来这儿不就是希望会发生点什么事吗？至于是什么事是很难预料的。“我不喜欢那个年轻人的神态，”妈妈敷衍地说，“他是个色狼。”她自己也意识到近几年这个词已经过时了。

这时，在她们周围姑娘们唧唧喳喳、推推搡搡，准备再登台做最后的集体亮相。星光下的音乐声比阳光下的听着更优美更有力。“……我知道根本不是什么商业目的……”穿泳装的姑娘们手挽着手站成两行，她们从相反的方向一摇一摆地走上台，就像轻柔的天鹅绒幕布拉开又合上似的。表演结束，当人们热烈鼓掌时她们互相拥抱并预祝明天好运。被另一位姑娘拥抱，而且只穿着泳装和高跟鞋，这对埃茜来说可算是一种新的体验——尤其是被那个红头发姑娘拥抱。她的头发带着很浓的香味，她的胸部比男孩子的弹性大。

回到屋里后，她意识到妈妈因为要失掉去南方路易斯的机会而难过。那里是她过去生活的重要部分，而埃茜却是她未来生活的全部。她们达成妥协：明天上午的排练一结束马上就让道格拍照，留下足够的时间让她们开车去路易斯，五点三十分之前赶回来。参赛者将在旅馆的舞厅集合，她们要穿戴打扮起来出席告别宴会，然后跟陪同人员一起乘坐两辆大轿车到体育场进行当晚决定胜负的比赛。埃茜唯恐自己被搅得太兴奋，睡不着，便祷告说：“亲爱的上帝，求您让我睡个好觉，明天好在台上保持沉着，不走错步，不口吃，容光焕发。”然后她用目光在暗暗的屋顶上画了两条交叉的对角线，这时她母亲早已在旁边那张床上做均匀的深呼吸了。街灯的亮光透过百叶窗射进屋里来，很像《卡萨布兰卡》里的情景，或是《长眠》，在这部片中亨弗莱·鲍嘉并不很漂亮，还有《杀人凶手》，波特·兰卡斯特演被击败了的拳击手，他势必要被害。破破烂烂的城市，拼命逃跑的男男女女，以及他们凄惨的生活，这一类电影让埃茜感到恐惧。《邮差总按两遍铃》由拉娜·特纳主演，这个电影让她感觉好像被一把肮脏的刀子刺了一下，难受了好几天。《哈维女孩儿》，朱迪·加兰驯服了西部，在重建被烧毁旅馆的过程中连妓女们也都拼命地干活。她喜欢能显示妇女力量的电影，像《吉尔达》，片中戴手套的丽塔·海沃斯的舞跳得十分卖力；还有《暴徒》，她本不打算看这部电影，但是杰米·英格拉汉姆一定要带她去看。他的胳膊偷偷搂住她的肩膀，另一只手悄悄从她的膝部往上摸索。再有《阳光下的决斗》，为了扮演本娜德蒂，珍妮弗被涂成褐色，而且穿上紧身衬衫。那部电影太动人太恐怖了，文森特·普莱斯死于癌症，他紧靠在栅栏上，当他确信自己患了癌症时已为时太晚。尽管埃茜不是天主教徒，可她依然哭得很痛。她闭上眼睛，同时试图闭住耳朵不去听五层楼下的车辆噪音，而去回忆今天晚上结束时跟她拥抱的那位穿白色泳装的红头发姑娘，再体会一下触到一位妇女更柔细皮肤时的感觉，以及碰到她胸部时的刺激。一个女人很知道如何得体地接触另一个女人的那个部位，而且不马上离开。接下来她所知道的便是从一场令人恼火的梦中惊醒过来，只见妈妈正在充满阳光的屋里一颠一颠地走来走去。人无完人，但是上帝对埃茜的祷告总会作出回答——这确实非同寻常。

她让妈妈往道格的房间打电话，对他说她女儿可以在十二点半去游泳池边与他见面。道格一定是说阳光太强，因为妈妈说："那好，最迟1点钟。2点钟我们必须走，年轻人——我跟我女儿在别的地方有个重要约会。"

妈妈的声音听起来真刺儿头：埃茜发誓一定要找机会单独跟道格谈一谈。他这个人挺不错的，讲话的时候表情丰富，瘦瘦的脑袋透着精明。排练的时间格外长，因为谁都没有想到，在她们展示个人才能之前要回答的"你如何使这个世界更美好”这一问题只能用一两句话来表达，而有的姑娘说起来就没个完，又是铁幕又是印度大屠杀什么的。然后又练习像带表演的游行那样的节目，乐队伴奏的乐曲有《老巴特米克的天空》和《他们说很棒》。等她们气喘吁吁地赶回旅馆时已经过了一点。道格非但没有气急败坏，反而替她们从服务生那里买了三明治。她还从来没有为一位摄影师摆过姿势，从前只去过两次普林顿先生的照相馆，在蓝鸡冰淇淋店两门之隔的房子楼上，一次是在五岁的时候拍的，另一次是十三岁时，她穿的是阿奶为她的坚信礼亲手缝的裙子。道格对她说，下巴要抬起一点，嘴要张开点，面部表情要放松：“有的时候什么都不想才是最好的。看我，埃茜。”他听见妈妈叫她埃茜就马上这样称呼她了。但是他又说：“看别处，再用眼睛扫过来看我。好。再来一次吧？非常好。你的头发，那一撮——天啊，这么多头发，还真不好卡！也许你母亲可以拿着这把梳子——”他想亲自动她的头发，她看得出来，只是被直挺挺地坐在圆玻璃桌旁的母亲吓住了。游泳池已经有好长时间没清理了，水面上漂浮着烟头和枯叶。他让她坐在池边的帆布椅上，头向后仰，一条腿高高抬起，太阳裙边滑落到大腿上。她看着由三堵满是窗户的高墙围起的天蓝色方块，心中在那个地方画了一个X，把它们的四个角连接在了一起。“漂亮，”道格说，“漂亮的脖子。我知道你会觉得不好意思，不过你再向后仰点好吗？对。手。左手做点什么行吗，埃茜？离开身体远一点，就像——就像轻轻地拿着什么东西。对。好。”他昨天晚上用的是笨重的格拉非克，今天他带来一架小一点的相机，叫康泰克司。“用三十五毫米的，代替4×5的，”道格解释说，“更好使，可以连续拍摄，更方便挑选。德国造。”

这可真够文明、真够新潮的，我们刚刚把德国人恨得要死，接着就用上了他们造的照相机。每照完一卷三十六张，她都想这是最后的了——在威尔伍德度假一个星期，爹爹才用了一卷十二张的，而且是圣诞节照的，到来年二月她生日的时候胶卷还在那架老柯达机里——可是，道格还在不停地说:“再照一卷彩色的你们就可以走了。你看这光线——天啊,光线太好了。”他拿了一件深粉色套头衫让她穿,腰身很紧但领口很松。他的胆子越来越大,妈妈就在一旁看着他,他过来把肩部向下拽一拽,太像简·拉赛尔了。他又靠近了些,把镜头对近,用她妈妈听不见的声音轻轻地说:“跟照相机亲密亲密。看镜头,想点你想做的事,你特别想做的事。”

妈妈隔着泳池高声喊道:“埃茜,已经过了两点了。告诉杰尔曼先生到点了。”道格·杰尔曼,他名片上是这么写的。这个名字特好记,她怀疑这是不是他自己给起的名字呀。

“你的面部刚开始放松。”他小声对她说。

埃茜大声说:“妈,再有十分钟就完了。回房去休息一下或者干点什么。您太让我紧张和分心了,道格说从我的脸上都看得出来。让我们单独呆上十分钟,然后咱们跳上车就走人。”

“我们会完成得更快,埃丝特太太,”道格说,“假如埃茜不分神的话。”

妈妈一瘸一拐地回到了旅馆,埃茜跟相机表达了亲密之情。她瞅着镜头的黑洞,心里想着薰衣草的香味,想那成摞的钞票以及那些钞票所能买到的漂亮衣服。她想白色的敞篷凯迪拉克。她想自己愿意去哪里就去哪里,想飞上院子上空的蓝色方块,并从那里冲出去。她还想解开道格的深棕色旧衣服纽扣,拉开他的拉链,给他一个贝辛斯托克男孩们说的突然袭击,就在此时此地,在这水中漂着污物、水面反射着破碎粼光的泳池旁边的瓷砖上,伴着池中微波发出轻轻的溅水声。“棒极了,”道格说,“真迷人。用舌头舔舔嘴唇。好。下巴低一点,低一点,向前伸出一些。上唇向外鼓出点来,试一试,只是别紧张。来一个半笑不笑。再收敛点。真美。真美。”她能看见拍照的瞬间镜头中的叶片展开又合住,就像水下生物捕食的小嘴。道格把照相机放低,两手飞快地倒着卷。“可以啦。结束了,埃茜。你的眼睛非常亮。”

可是她仍然不满意。照相机透过她薄薄的脸皮一点点地窥视她的内心世界，她总感到有种神秘感。她从小就知道自己是宇宙的中心，现在随着每一咯嚓声，这一感受便进一步得到证实。

他说道："听着，埃茜。我希望能在我的住所给你再照一次。我那里有整套的灯光和背景幕。你有没有可能到费城来呀？"

"噢，当然可能，很容易的。"她对他说。这时妈妈又出现了，道格十分客气地对他们说声再见便离开了。不到一个小时，妈妈在密尔福德附近的113号公路上哭了起来。"没有时间去路易斯了！调头！"

"我们有办法，妈妈。一过了密尔福德我就提速。我们能到。"

她母亲梳理一下汗津津的额头上那撮被风吹散的头发。九月的天气很热，多佛以南好像更热，车篷敞着也无济于事。她终于下定决心，说出令女儿难受的一番话："噢，不。冒着出车祸的危险，太不明智了。这一趟来完全是为了你，而且今天晚上你要上台，需要保持冷静。那里有个小餐馆，在它的停车场转弯。不。进去吃块馅饼吧。时间足够。"妈妈吃完东西挺高兴，再回到车上时，她说："回到从前呆过的地方，再看到被拆得破破烂烂的，只会让我难过。最好让它在我的记忆里保持原样。"

埃茜认为自己失败了：她第一次看到，为了她的事业，哪怕就像这样的事业，她让别人把他们自己的需要放到了一边。那天晚上在舞台上，虽然她的礼服很漂亮——粉红色软缎无肩带长裙，配高袖白手套，礼服有三层衬裙，一个乳房部位缀着一朵做工精巧的真丝玫瑰——它的花费超出了父亲的支付能力，但是表演进行得并不顺利，如同摄像机里的一个棘轮打了滑。穿礼服在台上行走使她变得十分僵硬，没了真实感，不像穿泳装走路那么柔软，那么富有弹性。布玫瑰和硬边衬裙在多处摩擦她的皮肤使她发痒，她觉得自己像是被捆绑住了似的；她只能告诫自己不要烦躁。这些灯光昨天晚上柔软地环绕着她，神圣感油然而生，然而今天晚上它们却使她觉得像是在用强酸洗澡，把她的缺点暴露无遗，使她感到自己如此脆弱。展示个人才华的独唱曲目，她选的是格鲁克在《巴黎和海伦》里唱的《啊，我的爱！》。正如她所担心的，高音部分她没能唱上去，纯正的银铃般的声音也没能鼓起听众的情绪来，无力的掌声稀稀拉拉。红头发姑娘用低沉洪亮的声音演唱《演艺船》中的《不能不爱那个人》和莱娜·霍恩在《云开雾散》中的歌，唱得比她好。迪安娜·德宾的唱法已经过时，加上“色狼”这个词和大型乐队的伴奏。将来埃茜会好好地唱给他们听，但是现在她怎么也摆脱不了紧张的情绪；她实在无法掩饰自己，结果真实的自己方方面面竞相曝光。轮到用少于五十个字说出如何使世界变得更美好并接受主持人的一分钟采访时，她怎么也想不起来事先记得清清楚楚的头一句话了，因此她的演讲比她预料的糟得多：“我认为如果众……众议员小帕内尔·汤姆斯，不再去好莱坞千方百计地搜……搜索根本不存在的共产党人的话，世界会变得更美好。好莱坞电影事业是我们国家最爱国的事业，战争时期他们做了所能做的一切来鼓励美国人民的士气，那个时候，请不要忘记，俄……俄国可是我们的盟友呀。”

司仪的脸化妆成橘红色，一绺假发遮着秃顶，呼出的口气像杰米·英格拉汉姆用他父亲的酒狠灌一通之后的气味。他靠近话筒用甜美流畅的声音说：“我是否可以这样理解，埃茜，你不相信存在共产主义的威胁？”

“存在，”她说，她已经意识到自己的话出格了，但是不知道如何收场。她的声音通过麦克风传向台下惊呆了的黑压压的听众。“但是被……被夸大了，被……被那些为了提高自己的知名度的政治家们利用了。是电影明星、作家和导演告诉我们什么是自由，是他们，而不是政治家们。”

“嘿，埃茜，你是真正表里如一的人。”他这一次用的是真嗓，而不是表演式的假嗓，听众接受了他的暗示，对她予以体谅并报以热烈的掌声。决赛时她只获得第二位亚军，冠军被来自西福特地区的一位染黄头发的高胸脯女孩夺去。她说，如果印度的印度教徒和穆斯林教徒不再互相残杀并且学到宗教的精髓，即真爱，世界就会变得更美好。第一位亚军是来自威明顿北边杜邦故乡的红头发姑娘，她说如果全欧洲都能接受马歇尔计划，世界就会变得更美好；还说吃饱肚子是捍卫自由的最好办法。公布优胜者名单的一刻跟参加舞蹈淘汰赛一样折磨人，埃茜跟其他姑娘一起边笑边拍手，似乎她们都成了那位高胸脯黄头发的小女子，然后她们再一次互相拥抱，埃茜努力克制自己不哭出来，也试图不使自己显得难看，更不要显出妒意，这么一来反倒什么感觉也没有了。要想肉体快活，首先得精神快活才行。

“埃茜，我们都为你骄傲。”回到家的第二天爹爹对她说。头天晚上她们疲惫不堪地回到家，就像足球运动员失利后一样浑身酸痛。她真不想明天在学校露面，尽管深知这是不可能的：这不过是一场商业性的表演而已。“你讲话比哈里·杜鲁门还胆大呢，他让每个人都做愚蠢的效忠宣誓。见鬼，假如我不忠，我就第一个宣誓。”爹爹很少诅咒，他这样说其实是很想安慰她。

“就跟一九一三年在帕特森时一样糟，”阿奶说，“他们用粗暴的语言称呼那些在作坊里干活的穷苦意大利人，他们的要求不过是得到一份像样的工资，好养活他们所爱的人罢了。有一个人在自家门前台阶上被韦德曼·戴英打死了；我相信这件事也促使克拉伦斯更快地走向坟墓。”

“我讨厌共产党，”丹尼说，“他们没有公平竞争。他们偷着选举。他们把每一个持不同意见的人关进集中营。”

“得了吧，大人物，”埃茜说，“你什么都知道啊？那你说是谁打败了希特勒，机灵鬼？要是没有共……共产党，哪儿来的总……总攻日？”十四岁的丹尼虽然个头不高，还没长胡子，但是又聪明又健壮，在学校里他比埃茜学习好。他们正商量在他中学最后两年送他去圣安德鲁或者塔诺尔上学呢。对埃茜来说贝辛斯托克的高中就已经很不错了。她并非有意袒护共产主义，她甚至描绘不出共产党人的样子，也想不出为什么有的人想要推翻美国的生活方式，这里有足球运动，有啦啦队长，有蜀葵花和汽水，还有新斯塔贝克车，这车没有前挡，只有光滑的绿色内壁。

也许是因为这一天是星期日，爹爹不用上班，也许是因为他的女儿荣获特拉华小姐比赛亚军的事实使他恢复了自信，爹爹今天摆出了家长的架势。

“威尔莫特家族的人生来就是共和党人,”他在家庭聚会上说,“我的名字就是用西奥多·罗斯福的名字命名的。但是到了富兰克林·罗斯福时代,我看出来了,胡佛他们那伙人一屁股坐到了有钱人那边,只管保护他们。”

“我亲爱的,给你起名叫西奥多是我的主意。”阿奶说。“我是百般无奈才信手拈来的这个名字,因为你父亲要让你叫科尼利厄斯,那是他的一位住在普林斯顿的最要好的朋友的名字。”

“科尼·惠尔赖特,”爹爹想起来了。“他从不上家里来,不过他给过我一个十分钢镚儿。爸不爱笑,可是他能让爸笑个痛快。有一回他带我们去纽瓦克看职业棒球赛,在威顿美厄公园,由老国际联合会的成员纽瓦克印第安人队对泽西市蚊子队,人们都叫它害虫队。当时我特兴奋,第二天就开始收集棒球明星照了。”

母亲的新闻打断了他:“一个从费城《新闻报》来的自以为是的摄影师在埃茜比赛那天来找她,非让她答应给她拍什么明星照不可,在旅馆院子里花掉那么多时间,结果我们都没来得及去路易斯,在老家被拆掉之前我再也看不见它了。”

在那一刻埃茜感到十分厌恶,她想母亲一定会哭出来。她说:“妈,他并不自以为是,而且,既然您这么在乎,下星期我可以开车专门带你去嘛。他是一位完全值得尊敬的可靠的摄影师;他有印刷名片和一切该有的东西。他甚至没有要求我穿泳装拍照,尽管旁边就是游泳池。”

“是没有,”母亲插嘴说,“可是他让你去费城的照相馆,他的照相馆,在那地方我敢说恐怕不只是有灯光和布景啦。”

埃茜不禁大笑起来,她笑她的胖妈妈既无知又分辨不出好坏。

“哦,我这老脑筋可觉着不怎么正派,”阿奶插言道。她今年就八十岁了。埃茜认为她是把自己的高龄当作“和稀泥的手段”来调和家庭戏剧的冲突和矛盾。

爹爹主动说:“艾米,我们自己很清楚费城人并不都对你不好呀。”

“共产党从咱们鼻子底下把匈牙利偷走了，”丹尼接着往下说。他上三年级的时候因为散光不得不戴上眼镜，再加上脸上的丘疹，看上去就跟邻居家的全家福里那个挺丑的女里女气的小男孩一个样。

“我们家的女儿，”妈妈一个字一个字地对爹爹说，“决不能去费城当妓女。”

埃茜感到极度压抑——在多佛接受记者采访时的屈辱感尚未消失，观众那令人震惊的沉默依然在目——她必须马上离开房间，离开这幽闭恐怖的厨房，离开新换的白色福里吉代尔电冰箱，黑色的旧炉子，悬挂在空中飘忽不定的黄色粘蝇纸，钻石州保险公司送的已经变得油腻腻的月历，那每一页上都印着苏格兰猎狗，它们打扮得要么像巫婆，要么像早期居民，要么像圣诞老人，或者别的什么蠢样子。厨房的餐桌刚换上了新桌布，是浅蓝色的塑料布，像浴室里的帘子。她站起来对着餐桌旁边那一圈忧郁的白脸说：“你们都不必着急上火。我已经把一切都搞糟了，再也不想听见什么道格拉斯·杰尔曼了。请你们大家让我走行吗？我有一篇历史论文明天必须交，另外我还答应了福兰齐·斯特吉斯去罗克西看下午场的电影呢。”

周日的下午场电影恢复放映了。战争时期这场电影曾遭到宗教界人士的反对，而现在大家上班都很累，谁都需要在空闲的时间娱乐一下。另外，电影观众越来越多，甚至有消息说准备再开一家电影院，虽说小镇的市民不足四千人。

“我可不知道福兰齐·斯特吉斯是你的情人。”妈妈说，她实在无法保持冷静，尽管她一度想控制自己不开口。

“他不是什么情人。他只不过邀请我去看一场电影。难道不行吗？”

“我想是的。”

“噢，妈妈。斯特吉斯先生在美以美会主日学教书，你因为信任他才让他给你修理汽车。福兰齐总有一天会把那个汽车行买下来的。”

“可是这电影不——”

“《永不褪色的琥珀》，不错。我知道这本书的舆论很不好，但是罗雷塔·惠利说电影没什么。我想看的惟一理由是乔治·桑德斯在片里演国王。我喜欢乔治·桑德斯。”

在这一刻似乎乔治·桑德斯成了埃茜惟一喜欢的人。

妈妈还在生气，她想把事情处理得策略一些，便站起来一颠一颠地走来走去，可这反倒使她更生气。“埃茜，我想经历了那么多兴奋的场面，再加上缺觉——”

埃茜打断了她，她尽量克制自己不让自己喊叫出来：“爹！让她别说了吧。”

“你妈累了，”他说，“艾米，让她去吧，她需要放松一下。”他又装着用严厉的口吻对埃茜说：“先要写完历史论文。看完以后马上回家。”

“他也许还要带我去蓝——蓝鸡喝一杯汽水呢。”可能是撒了谎，所以又口吃起来。

“五点到家。最晚六点。”

在这个和睦的家庭中，她感觉到了自己的力量和越来越大的脾气。蓝色桌布周围的张张白脸像新闻片里的火箭助推器一样向后退去。要是他们也跟她一样了解男孩子就好了，他们裤子拉链底下的东西，那个硬得像石头的物件，以及他们把颤抖不止的发烫的脸埋进她的大腿根里，等他们再抬起头吻她时，她能闻见一股像麝鼠的味道。她只满足过杰米和今天已经上了大学的托德·米德尔顿；托德教过她特洛伊牌避孕套是干什么用的。去年夏天在担心了一个月之后她又允许杰米使用那东西。

“你等着瞧，”丹尼在她上楼去的时候继续说着，“下一个就轮到伊朗了，然后是土耳其，然后是希腊。”

“就在这儿死了吧。”她大声说。这个词是沃尔特·温切尔发明的，现在学校里的小玩闹们都这么说。她喜欢福兰齐·斯特吉斯的长头发，黑黑的额发乱糟糟地垂着，后脖颈上还有小卷卷。电影乏味时她就玩弄他的小发卷。她开始认为,琳达·达内尔和另外那些厚嘴唇的女演员比如拉娜·特纳和贝蒂·格拉宝都很像雕像,她们那元宝式发型仿佛是雕出来的,那种发型在现实生活中怕连一小时都保持不住,她们的身体好像缺了点什么东西,缺少一股欲将喷涌而出的能量,令人战栗的激情的火花,这能量与火花存在于空气中,存在于她的体内。福兰齐用他父亲那辆用战前的索托流线型车改装的大马力车送她回家时,顺道带她去运河边的小树丛,那里是情人们相互爱抚的处所,所有的小伙子都知道它。在贝辛斯托克可以找到许多可用的地方。不是那么回事——她的情绪坏透了。

忘记道格是件很容易的事。她是啦啦队员,又是女子曲棍球队员,现在正为十二月份的高中话剧表演排练《在路易斯与我相会》。她在剧中扮演母亲而不是朱迪·加兰在电影里的角色。道格的信终于来了,一个大信封上贴了一排三分一张的邮票,除了信,还有八张她在旅馆院子里的照片——光彩照人的面部和美丽的肩膀,宛如一个电影明星,只差她的签名了。她研究着自己的嘴,研究它的每一点突起与凹陷,以及它的形状。上唇薄了点,还有点像兔唇,鼻子略宽了些,脑门也讨厌地高了点,这是从母亲方面遗传来的,但是深褐色的眼睛很迷人,正像他教她的那样迷茫地瞅着什么,又哪儿也没瞅,金杰·罗杰斯的眼睛就是越过弗莱德·奥斯泰里的肩膀看着哪儿却哪儿都没看,随着音乐声起,她的双脚开始随着他的步子毫不费力地滑动,每一步都是那样协调;眼型像妈妈的,又大又清澈的眼白恰当地置于下眼睑内,如同鸡蛋在蛋杯里,敏感的眼睑边缘环绕着柔毛状的睫毛,这双眼睛把世界尽收其内再返送出来。如同她曾有过想跪下来给道格咬的冲动一样,现在她又有了想弯下腰亲吻这些光灿灿的照片的冲动。他的信是用新闻社的信笺写的,用的是那种又黑又软的铅笔。信上说:

埃茜,你好:

这些是一大沓照片里最好的。我认为你很美。我把它们给编辑看了，但是他不准备采用，因为这类比赛已经老掉牙了，不过，如果能利用摄影室内灯光拍出全身照的话，我可以把它们送到纽约一家模特公司去，我认识那里的一位工作人员。你能于下月某个星期六或星期日来费城吗？越快越好。按这个电话号码给我打电话，分机号是403。

向你及你妈妈致以友好的问候。

道格

结果她发现得到家人同意并不难。十月份，家庭开始产生矛盾。就是在这个十月里，卡克·伊戈驾驶贝尔X-1型喷射机突破了音障；黑人杰奇·罗宾逊参加了世界职业棒球锦标赛。贝辛斯托克邮政局局长杰布·霍利该退休了，每天晚饭时厨房的餐桌旁便一片沸腾，大家热烈地讨论爹爹是否应当成为下一任局长。杰布说只要他申请，这个职位便是他的，没有理由不提升投递员而提升普通职员。根据规定邮政局长必须住在局所管辖的邮区内，他不能是乡村邮递员的配偶。第一条他符合，第二条他也符合，他只要交些押金，宣个誓，再由总统亲自任命就成了。可是爹爹——顽固、害羞的爹爹——说他不想日复一日地埋在纸堆里，不想卷入政治，也不想跟城里那些穷极无聊的人一起传播不着边际的闲话；他就愿意在城里的街上走来走去。杰布·霍利的烟斗已经把屋里熏了四十年，而且还将再熏它四十年。就让莱尔·德赖斯汉姆接了这份工作吧。莱尔是从南太平洋回来的，他带回了严重的疟疾病和满腹的寄生虫，他开着威利斯邮车在城近郊送邮件，现在不再用吉普车了；他刚成家，正雄心勃勃。埃茜和丹尼都认为他们的父亲过于谨慎，他如此无情地拒绝了他们和妈妈的请求，未免太自私了（他们没敢把话说得这么明白），尽管他们列举了增加工资和提高地位等好处；但是阿奶站在了她儿子一方，她私下对他们讲："这样最适合他，这是他能自己控制的工作。你爹爹是有脾气的人。在密苏里人们常说：'别叫犁地的马赛跑，别叫母鸡打鸣。'"

妈妈在暖房里忙得不得了，西福德奶奶的健康出了问题。她吃不下东西，还经常疼，不住地发抖，皮肤越来越黑了，比北非的摩尔人还像摩尔人。海杰医生的接班人，年轻漂亮的杰索普大夫，送她到南布鲁姆街上的威明顿总医院检查，通过 X 光查出了肿瘤，有好几个小瘤子。只有埃茜明白癌症的原因：那些毒药，像尼古丁茶等，外婆用这些药杀害虫，治病斑，抗枯萎，暖房的气候特别适宜各种病虫害生长。可怜的妈妈不停地跛着腿来回奔跑，在多雨的秋天，她斜插过去上槐树街给外公做饭收拾房间，以自己残疾的身体像妈妈一样照顾着她的行将离去的妈妈。

正因如此，埃茜宣布她下星期六去费城让道格·杰尔曼再给她多拍几张照片便容易多了，她说她最晚在六点至七点之间到家。"保证准时回来，"妈妈就说了这么一句。她看上去很疲倦，很不耐烦。"那小子催得还挺紧。"

"妈，那是他的工作。您看这些照片——不是挺棒的吗？"

妈妈把一缕头发顺着圆圆的白脑门往后撩了撩说："他瞅你的那神气当妈的可做不出来。"允诺和默许夹杂在她冷漠的话语之中。

"有机会的话，"爹爹说，"去柯蒂斯大厦看一看，那里有一件非常神奇的东西，一幅巨大的壁画，完全用玻璃做的。相信我，那可远远超出了世俗之物。"

道格住在松树街，他的两居室在四楼，前室为他的摄影棚，室内有一张老式的天鹅绒面长沙发，后边挂一块带斑纹图案的布帘作背景。出乎埃茜意料之外，他这里有一位女伴，她有一头较硬的染成金黄的头发，年龄在二十岁左右，名字叫格洛丽亚。埃茜看不出他们是什么关系，因为她一到达，他们的注意力马上就集中到了她身上。格洛丽亚教她如何使用代替唇膏的唇刷，如何装上假睫毛——弄得她的眼睑边缘直发痒，神经都紧张起来，但是听到格洛丽亚赞叹地说"你的眼睛真上相呀"就又放松了下来。他们在她的脸上和肩上涂了很多油，为的是让灯光效果更有艺术性。他们还在她的头发上大作文章，直到她觉得脑袋都快折腾熟了。格洛丽亚的手指非常灵巧但不够轻柔，她花了差不多一个小时用各种颜色给她化妆，甚至用上了白色，设法突出她鼻子的线条，并使面颊更凹一些。“阴影，”道格说，他不像在多佛时那么随便那么爱逗乐了。“我们要用阴影效果塑造你的形象。”他不停地移动灯光，拍照时还让格洛丽亚举着一块反光纸板。这里的照相机个头很大，前边是一个手风琴式的盒子，后面罩一块黑单子。他把照相机向她跟前移了又移，直到她不得不努力克制自己别眨眼。这么近地看镜头，就跟装了假睫毛一样又刺痒又不安全。一根白绳子上连着一个小球，他与她谈话的功夫捏一下小球，照相机的镜头喀嚓一声响，相就照完了。“非常好。非常好，埃茜。再单拍一张，给我们来点斜光，不要照到颧骨上。”他不断地要求她很不自然地摆出各种歪歪扭扭的姿势，面对聚光灯的强烈刺激，她几乎什么也看不见，从强光后面的暗处传来的格洛丽亚的声音使她镇定了一些：“你现在的样子简直像天使，亲爱的。”又是道格专注呆板的指令：“不要作态。面部表情要祥和。开始吧。显出梦似的心境来，表现女孩子的内在气质。不要想得太多；想多了嘴会紧张。上唇往外点。想像有什么又大又软的东西从后面过来扫过你全身。好。好。现在看镜头。有魅力——太迷人了。‘这个美人儿是谁呀？’不错。肩抬高一点。再高点，还要再高。‘这个傻美人儿是谁呀？’噢，对——非常好。”他让她脱下粉红色裸肩的简·拉塞尔式套头衫，换上一条紧包臀部与膝盖的琼·克劳馥式的锦缎裙子，肩上披一条表演用的羽毛长围巾。经过多次努力，终于把围巾搭在了脸上，只露出两只眼睛，那样子令人销魂。头发上抹了油再涂上胶，跟涂了漆一样，硬得像做帽子的布，埃茜感觉自己完全被包装起来，脑后是一个难看但十分牢固的造型，像一块硬壳夹心巧克力。道格干得汗流浃背，他作着各种努力，试图把她不会表现的内在气质诱导出来。她发现当她把他当成自己的熊先生时，他显得格外高兴，在她眼中他就是个大个头的纯洁无瑕的熊先生，他的肘弯和口鼻处都已磨损，照相机镜头是熊先生的用跳子游戏的圆片做的凹形圆眼睛。熊先生曾是她的第一观众，她可以责备它，跟它亲昵，对它诉说她对每一件事情的想法。跟熊先生谈话时她从不口吃,她深知,身披美丽甲胄的她面对隐藏在那冰冷的灯光后面的观众群时同样也不会口吃。

道格和格洛丽亚带她到下一条街拐角处的一家小餐馆吃了一顿便饭。费城人不光说话声音大,而且会强颜欢笑。无论是在格间里还是在柜台边,都有黑人混杂在白人中间,他们也跟别人一样说说笑笑,好像没人对此介意似的。在贝辛斯托克你可别想见到如此亲密的情景。吃完午饭他们又回到老地方,道格进了另一间屋,格洛丽亚问她愿不愿意只穿内衣裤拍照。埃茜穿的是她最好的紧身内裤和胸罩,她原以为道格给了她这么慷慨的帮助,结束时会跟她做爱,然而当格洛丽亚向她解释是广告商越来越远离传统模特造型而追求内衣和泳装效果时,她犹豫了。虽然报纸与家庭杂志对此仍持谨慎态度,但广告商们则喜欢能以自己风格攫人眼球的名副其实的模特。

埃茜很谨慎,她能猜出妈妈会怎么说,爹爹会怎么想。格洛丽亚态度认真起来。她以老资格的口气说道:"干还是不干,亲爱的,你决定吧。干这一行就别想玩儿正经。你就是产品。在这个地方有什么隐私都得用来为你自己服务。"格洛丽亚拍着自己的胸口,她的乳房比埃茜的大,但是已经开始下垂,而且上部因长时间暴晒已经失去弹性。你可是只有几年的时间呀,格洛丽亚的皮肤如此告诫她。埃茜腼腆地点点头,开始脱衣。她把衣服褪到尼龙束腰下边的尼龙内裤以下,不过,几分钟之后呆在这灼热的聚光灯下的感觉就跟穿着泳装在伍德兰德海滨浴场时一样坦然了。她自信自己具有运动员瘦瘦的体型,所以她毫不担心这一点;这是因为她曾以狩猎为生的祖先的基因通过她胖胖的父母遗传给了她。等格洛丽亚要求她脱掉胸罩并说"拍几张光彩照人的,主要从背后拍"时,她根本没作任何反对的表示。他们所做的仅此而已。然而当她下了火车乘电车风尘仆仆地回到贝辛斯托克时,她预感所要隐瞒的事情比跟道格睡觉还严重,之前她只预料会与道格亲密,而那才是妈妈所担心的。

"妈,有一位妇女一直在那里,她帮他管灯光和别的。这是工作,相信我。非常坦荡的工作,不过相当辛苦。”

母亲并没有被她说服。在摸黑去父母家处理那里的麻烦事之前,她敏感地盯了女儿一会儿,说:“你不再是原来的你了。他们一定对你干了些什么。”

“他们对我什么也没干,只拍了无数的照片。我敢打赌那些照片根本不会有人看。真的,妈。如果你只想让我在这个破破烂烂的贝辛斯托克默默无闻地过一辈子的话,又干吗硬拉我去上那些课?”

这句带有圣经哲理般的指责使母亲不得不认真想一想。“也许咱们俩,”她思考了片刻说,“都有不现实的期望。埃茜,我很抱歉,如果我对你的爱超过了理智的话。”

妈妈抚摸了一下她的面颊,两个女人突然紧紧拥抱在一起,以弥合横在他们之间的鸿沟。不知道怎地,母亲总认为埃茜已经委身于道格,还认为摄影室的暗室由于可以在其中偷情而渐渐成为他们的一方宝地。她的家庭给予她的一切和贝辛斯托克的男孩子们笨手笨脚地教给她的东西现在转化成了商品。拍照后还不到三个小时,埃茜就感觉到她那已经被搅动的心在渴求人们的注意,盼望在美丽甲胄的包装下尽情地展示自己。

“冒一次险吧,”埃丝特姑妈劝她说,“没什么了不起的。”在高中最后杂乱无序的一年里——糊里糊涂、心烦意乱地打发时光,那感觉就如埃茜想像中怀孕的日子——她认识了自己的能力,因为她能够开着家里那辆斯塔贝克车到雷德利翁去看望埃丝特姑妈和皮特姑父了。他们过去一直居无定所,先有一所公寓,后来在大萧条时期他们炫耀地买了一所带有一个十分规整花园的大房子,房子的管道响声很大,燃气账单上的钱数高得惊人。现在他们建造了一所新房子,占有两公顷林地,厨房和客厅安装了花窗,二层楼卧室外是一个外伸的红杉木阳台,后院有一个石头烤炉和一个网球场,三个男孩常跟他们的父母在那里打球。埃茜觉得这所房子比她现在的家舒适多了。十一月，西福德奶奶终于离开了人世，同时也带走了阿奶的某些东西；阿奶面部开始抽搐，肩膀不断地抖动，虽然她还想和从前一样快乐地在厨房里忙活，但是不知哪一天大家就会没饭吃，要等到妈妈从西福德爷爷那里回来后再开始做。西福德爷爷越来越离不开妈妈了，自从爹爹拒绝接受邮政局长的职务，妈妈似乎另找了一位丈夫，就是她的父亲。有的时候埃茜从学校回来，家里一片荒凉，前窗被百叶窗遮着，以免太阳晒旧了家具，阿奶在楼上穿着内衣和带卷边的老式袜子坐在床上，两眼瞪着墙上的壁纸。埃茜就会问她有没有要往烤箱里放的东西，晚饭有没有要煎的东西。阿奶一谈吃的马上就又回到现实中来。这个时间丹尼通常还在学校。丹尼因为个头矮小不能加入任何运动队，便成为学校乙级队的组织者，同时还是辩论队的成员和九年级学生会的成员——俨然一个小政治家。一切都如此压抑；这座缩进去的灰房子已经陈旧，战前样式的旧家具发出霉味，而且污渍斑斑，那台假核桃木的、前脸像教堂的老费尔科牌收音机总喀吧喀吧地响，那本书页都翻烂了的阿奶让她查食谱的书已经散了开来，但它却是过去家长制传统的象征。那个时候总得有一个女人整日忙不迭地围着炉台转，看看这里面包烤得怎样，尝尝那里甜饼做得如何。

然而，在雷德里翁，就连寒冷的冬天也是阳光充足，一切都充满新意。这里没有印着穿裙子的苏格兰人照片的日历，也没有那幅油乎乎的宗教照片，那上面画的是耶稣身穿紫袍在一块平坦的石头上祷告，一束光映出他坦然的面容。普尔西弗家有装在镜框里的伯纳德和马蒂斯作品，虽然是复制品，却不失颜色的真实感。还有他们朋友的油画，画的是运河边上的沼泽和废弃的房屋。自己家中只有几本早已过期的《读者文摘》和《周六邮报晚报》摊放在爹爹的扶手椅旁边那个又脏又旧的枫木书架上，而他们这里却有非常新的《洞察》，封皮上有一个洞，还有《生活》杂志，上面登的尽是人们在聚光灯下拍摄的流光溢彩的照片。槐树街家里的书架上摆的是布面书，厚厚的书脊晒褪了色，上面印着的名字有索顿·威尔德，埃德纳·费伯和辛克莱·刘易斯，那还是战前妈妈喜欢读书的时候买的呢，还有大量的已辨不出颜色的令人压抑的书，都是从帕特森带过来的关于《圣经》和上帝的书，其中夹杂着欧·亨利和吉卜林的作品。书架底层的书更令人窒息，那是一整排皱皱巴巴的棕黄色皮面书，叫《通俗百科全书》。埃茜从来没有打开过它们，因为它们带有死掉了的过去的浓重的味道。可是普尔西弗家到处摆着书皮依然崭新的新书，作者也都是当代的，像菲利普·怀利，安妮·弗兰克，欧内斯特·海明威和小罗斯·洛克里奇。还有呢，这年秋天他们买了一台电视机，这可是埃茜在家庭中见到的第一台电视。电视放在客厅里就像一家小电影院，正上演一部十分松散的电视片，看了前头就能猜出后头来，对埃茜来说，晶体管创造的形象不但朦胧不清，而且脏兮兮的，比环球电影公司的乙级电影还差劲，而且不如电影高雅，充其量只是高中生演的滑稽剧：一个男的钻进了一个女人的裙子底下，又跌倒在她的高跟鞋前，情节乱七八糟，粗制滥造，甚至连预先的排练都没有。滑旱冰的女人互相打闹，那个男人在一个点着蜡烛的地窖似的地方玩扔铁环，这样的电视剧看的时间长了让她倒胃口，有吃糖太多的感觉，但是普尔西弗的三个男孩一踹开家门马上就喀哒一声把电视打开，他们出来进去，吵吵嚷嚷，与伙伴们玩着各种运动器械，任凭电视在那里开着。与她在贝辛斯托克的朋友相比，他们是一伙被宠坏了的纨绔子弟。皮特姑父下班回来便到厨房或是带遮阳的红杉木阳台来找这两位埃丝特。“这对双生女孩谁使用了托尼烫发剂[①]？”他说着弯下身吻他那薄嘴唇的妻子，但是埃茜猜得出来他更想吻她。皮特姑父在华盛顿的战时任务结束后又回来工作，他年轻时的朝气也重新焕发出来。他的秃顶光得像婴儿的屁股，周围有一圈灰黄色的卷毛毛。依靠战争时期的人事关系和对政府运作的新的了解，他在纽卡斯尔成立了一家独立公司，他只有去

---

① 美国20世纪40年代著名托尼牌家用烫发剂广告，一对双生女在发廊烫发，其中一位用的广告所示烫发剂。“这对双生女孩谁使用了托尼烫发剂？”成为当时的流行语。

法庭和南下多佛市时才穿黑色套装，平时只穿粗花呢运动装和灰法兰绒裤子以及锃亮的棕色平底皮便鞋。无论是小伙子还是成熟男子，他们的魅力是与他们的权力融合在一起的，与他们具有漫游世界的便利条件融合在一起的，在这方面皮特姑父算是得了满分。“还有我这位迷人的侄女，你好吗？贝辛斯托克的克劳德特·克尔伯特！”

他之所以想起过去的这位明星，恐怕是因为她们两人有着相像之处吧。其实说劳伦·科考尔才是对她更大的恭维，可惜他不常看电影。他和埃丝特姑妈的周末通常是在乡村俱乐部度过的，他们打高尔夫球或网球，然后跟他们的同龄人共进晚餐。进电影院是对他们才智的贬低和时间的浪费。

“她还定不下来去不去纽约，”埃丝特解释说，“我刚对她说一定要去。有什么了不起的。”埃丝特姑妈依然把头发梳成辫子盘在头上，她吸烟时或者想俏皮话时两眼总眯起来，透过两条蓝色缝隙，从眼角向斜下方看去。跟她在一起时埃茜总要把眼睛睁得大大的，免得全家人都变成眯缝眼。

皮特姑父经常在回家途中停下来喝一两杯，所以他肉乎乎的脸显得红红的。“你把头发剪短了，”他对埃丝特说，“新潮！”他放下皮包，使劲拧她脖子后边暴露的部分。她耸了耸肩，想摆脱掉他的手。她现在不想显得无礼，因为她太喜欢呆在他的房子里了。

她像是要为剪了时髦短发而道歉似的解释说：“我常提的那个道格把我的照片寄给纽约模特代理公司里他的一个叫韦克斯勒的朋友，等了几个月也没回信，可现在他却问我是不是在纽约，为什么不抽空跟他谈一谈。”

“我不喜欢他给她的那个地址，”埃丝特姑妈对他说。“在切尔西，西十九街。我在纽约的时候那里除了非法酒店和干洗店外什么也没有。如果是合法的公司，干吗不离市区近一点？”

“你怎么知道？——你说的是二十年前的事。那时候地铁票也不过才五分钱。如果他们只想跟咱埃茜见个面，还怕她损失掉什么不成？”

“存着什么心见埃茜？”埃丝特姑妈问道，“一些所谓的模特代理——”

“我能照顾自己，”埃茜说，其实心里并没有底。贝辛斯托克的小伙子和汽车后座是一回事，而纽约有权势的模特代理公司则是另一回事。

皮特姑父大声问道：“谁想上来喝一杯？”接着又尖着嗓子自答道，“‘我想，大人，’泰尼·蒂姆[1]扔掉双拐说。”他对文学还挺精通的。

“她需要有人照顾，”埃丝特说，对她丈夫的玩笑不予理睬。“我在想，帕特里克怎么样？”她又对埃茜说，“你的堂兄。知道吗？”

“我记得他来过槐树街一次，贾里德叔叔回东部那一次来的。不过那是打仗以前了。我十岁左右。他好像挺大的了，也挺傲慢的。他认为我和丹尼是乡巴佬，而且明显瞧不起我们。”

“其实，他不过比你大一岁。来参加我们婚礼的时候他还在妈妈的怀里抱着呢。但是露西尔和贾里德分手之后就跟那伙有钱的艺术家们泡上了，我想他在这个圈子里长大，所以成熟得快些。从那以后他的身边再也没有一个男人可以效仿了。”这话里有些埃茜没听出来的意思，她从姑妈看她的眼神里看得出来。埃丝特姑妈接着说：“贾里德奔他那西部倒霉的山里去了。不过饥不择食嘛。帕特里克可懂得做事的诀窍，也可以说他的窍门很多。皮特说得对，在你卷进像道格那种人的圈子里之前先去找他谈一谈没有坏处，道格会像挤奶一样地榨你，而那个韦克斯勒未必是合法公司呢。”

怎么这么怪呀，埃丝特姑妈太不相信人啦！很像爹爹，只不过表达方式不一样。埃茜说：“如果你的担心是当模特就是当妓女，我可看不出那对道格有什么好处。他想让我成功。他说我长得很漂亮，不过我自己倒看不出。我觉得自己不过相貌平平。”

姑妈的眼睛突然睁大，有那么一会儿两眼甚至瞪圆了。“亲爱的，你的容貌很美，真的。你看上去虽然并不总是那么美，但是从照片上看的确非常漂亮。看了其中几张照片我有一种我爹变成了天使的感觉。我爹可是个美

---

① 狄更斯《圣诞颂歌》中的人物。

男子，他的美只在你的某些部位表现出来。我们只是不想见你走错路。当初我来这里只是为讨你爸的喜欢，结果把我原来具备的城市姑娘的机灵劲儿全丢光了。”

姑妈的赞扬如同一束透明的 X 光，照出了她深藏在肋骨下的秘密，即她始终深信不疑她就是宇宙的中心，她走的每一步都不会出错。皮特姑父对于他们当着他的面谈论威尔莫特家族的事不予理睬，摇摇晃晃地走过来，重重地在他妻子跟前放上一杯浑浊的褐色饮料，杯子发出砰的一声。他说："埃茜，拿点什么给你提神呀？一小杯樱桃酒怎么样，尽管我知道你不会同意？朗姆酒加可乐，很弱的，童子军常喝的。"但是他却开玩笑地把手指抬起来做了个牛角的样子。爱喝酒的人喜欢你也跟着喝。尽管自从接受坚信礼以来她差不多有两年不去教堂了，宁愿星期日在家守着爹爹和报纸，但她仍坚守长老会的教规。酒精吞噬生命，它从外向里慢慢侵入，先占据你的橱柜，然后变成两三个人聚会的心照不宣的原因，直到有一天，人们幡然醒悟他们的生命正在被酒精侵蚀。另外，喝酒会使人发胖，臃肿，而她需要保持自己面部的清秀。

"你不该给开车的姑娘让酒。"埃丝特姑妈对他说。对丈夫的话她很少像这样提出反对意见。她曾经追求过他，那是在埃茜出生之前的事；种种流言蜚语使她为他付出代价；她终于使自己成了他的人；这是她自己的床，她想什么时候睡就什么时候睡。埃茜身边的人们在二十年代经历的风风雨雨的婚姻，如同特拉华州那被烟雾笼罩的蓝山。每当她想到那些婚姻——姑妈和皮特叔叔的，自己父母的，以及贾里德叔叔和露西尔婶婶不幸的婚姻——就觉得为上一代人树立的纪念碑已被彻底打碎，他们是懦弱、迟钝、羞涩的一代。她决心要有很多男性追随者，但她决不做他们任何一个人的奴隶。

"是呀，是呀，"皮特叔叔防范地说，他在教一个年轻姑娘学坏时被抓个正着，有那么几秒钟他感到很难堪。"埃茜闭着眼都能开车。她肩上的脑袋是聪明过人呢。”正如她预感的那样，他利用这个机会，把他有力的胖手放在她剪短了头发的脑袋两侧，一松一紧地挤她的头，好像挤了很长时间。埃茜对他的所作所为表示了容忍，算是一种告别的方式吧。

詹姆斯·帕特里克·威尔莫特住在花园街的一所公寓里，公寓属于她母亲和继父特拉法根先生所有。特拉法根先生——传统的德国名字——是一位不得志的艺术家。他的家在珍珠街，经营陶瓷品进口生意。他在家生活了三十年之后及时放弃经营家族生意，集中精力从事绘画艺术。为了更好地集中精力作画，他和他极不情愿的妻子长期住在缅因州，居住的时间越来越长，现在依然呆在那里，往炉子里添着木料，观赏着十一月初的海浪拍打岩石。埃茜已从父亲和姑妈那里听到很多。爹爹很少谈及她的嫂子，只是说：“只有圣人才能跟贾里德结合，可露西尔不是圣人。她父亲侥幸没被投入新新监狱。至于那孩子，他没变成少年犯真是奇迹。我和你妈结婚的时候露西尔正怀孕，行动不便，没能来参加婚礼，但是埃丝特结婚时她抱着孩子参加了，而且她喧宾夺主成了人们注意的中心。他有爱尔兰人黝黑的漂亮脸蛋，不知从谁那里遗传来的。吉米·麦克穆兰可是个其貌不扬的老家伙——总像个穿礼服的卡车装卸工。”埃茜想，为了给她去纽约鼓劲才会从四处冒出来这么多关于这个家庭的故事。

在家的时候他们就告诉她怎样从佩恩火车站到时代广场的区间车站，然后乘车去东区，从那里到八十六街和列克星顿路交叉口只需一角钱。但是她提前了一小时到达，于是改为步行沿第五大道向北走去，呼吸着城市刺鼻的空气，感受着石头般的寒冷，聆听着从收音机里传到街上来的圣诞歌，救世军令人神经紧张的铃声，擦身而过的有黄色出租车、绿色公共汽车，还有急速移动的人群。一路经过的商店，从洛德-泰勒往北一直到萨克思和邦威特，橱窗里都陈列着华丽、炫目的圣诞节装饰：边点头边旋转的圣诞老人、寻找耶稣诞生地的不同肤色的东方三博士、还有带着纽约老式皮手套的乘雪橇的人们。她从前只来过纽约两次——一次是跟父母来参观博览会，另一次是到城市电台音乐厅听罗科兹乐队演奏——可现在这座城市就像一个外表裹了巧克力又脆又滑的大苹果，被切成一片一片的展示在她面前，使她一目了然。两侧编了号的街道恰似一排排的书本，等待她有朝一日再翻开来细细阅读。纵向的大道在她脚下向前延伸，末端便是哈莱姆区。她在公园一角有铜塑像的地方向右拐，一直走到公园正门，再朝北向特拉法根家走去。尽管她的两脚已经走得生疼，但是她仍然高兴得呼吸都加快了。守门人对着一个小扩音器讲了她的名字，扩音器也同样发出几声嘎嘎声。一位戴白手套穿黄铜扣栗色工作服的电梯工把她送上要去的楼层，一位身穿浆过的黑裙外罩白裙的女佣迈着碎步过来替她开门。这么多人为她服务啊。公寓里铺木地板的门庭有一张半月形嵌花细工桌，上面摆着一瓶鲜花——菊花和唐菖蒲，用蕨草作陪衬，还有那些年她从暖房里知道的桉叶和矮绿。

客厅里摆着钢琴和沙发，沙发很大，有普通沙发的好几个大。屋子的空间就别提了，这么多精美光滑的家具都没能把客厅装满；你往深处走呀走，就像把摄像机镜头往前推呀推。挂天鹅绒窗帘的窗户正对着砖与花岗岩的峭壁和陡峭的峡谷，在谷底深处一辆辆汽车正向前爬行。她曾身历其境，是在电影里。帕特里克从庞大公寓的某一间屋里走出来，他和预料的一样，高高的个子，很英俊，文质彬彬。听他讲话时她不得不从椅子上把身体抬高。叙说自己的生活时他既风趣又慢条斯理，一副谦和的样子，很像具有加里·格兰特作派的詹姆斯·斯图尔特，眼眉则像罗伯特·泰勒的，不过他的头发是竖着长的，很像法雷·格兰杰的，也像她自己没有剪短时的头发。他是纽约大学的学生，学校就在华盛顿广场。他主修美术，可他并不认为自己将来会成为一名画家。他已目睹了特拉普是如何因过分努力而心力交瘁的。特拉普？他的继父。埃茜想，多么复杂，这里有个继父而他的亲生父亲在远方的科罗拉多拥有一座山。其实是一爿山。战争已经结束，靠开采残余铜矿已无利可图，但是贾里德——他叫他自己的父亲“贾里德”，只能这样称呼，当一个男人在谈论另一个男人，一个很疏远的男人时——和他的合伙人希望把山坡改建成滑雪场。体育运动是一项新兴产业。中产阶级全家人一起外出参加某一项活动，是当今花钱不多又时髦的事情。埃茜以浓厚的兴趣从帕特里克身上搜寻自己的影子——威尔莫特家族特有的将头侧向一边的姿势，像是在聆听；优雅的手势和线条生硬的嘴唇——她感觉自己比跟本杰·惠利在看台上时更专注成熟了，那个时候他们只会昏天黑地地做爱。

他们继续谈着，她努力用与他相和谐的温柔谦虚的声音来回应，公寓在向她展示它的富有与静谧以及视线以外房间的宽阔。这里有不少老式家具，也有许多跟埃丝特姑妈和皮特姑父家里一样的时髦的箱式家具，只不过更大更昂贵，然而所有的家具都笼罩着一种浪漫的、被遗弃的气息，暗示着主人的离去。他们完成了这高品味的装潢，却在厌倦了这一切之后拂袖而去，任凭窗户为尘土所封盖，纤维织物被晒褪颜色。好吧，他堂兄说，他愿意陪她去韦克斯勒先生那里参加面试。还有别的代理公司，更好的代理公司，不过既然韦克斯勒已经对她表示出极大兴趣，又已经审阅过她的艺术照，那就从这家公司开始吧。先抓住一家再说其他的。他会替她打个电话，事实上他认识一个人，那个人在韦克斯勒手下工作过。不麻烦，真的。他愿意这么做，现在是两个学期中间，他已经闲得无聊快成傻子了。他用极低的声音快快地谈着，好像在给她施催眠术。不，在回答埃茜的一个十分坦率的问题时他说，他一点都不怀疑，尤其是亲眼见到了她的身材之后。她是一块美玉，只不过需要——帕特里克窘迫地用手在空中做了一个含糊与不安的动作——雕琢一下。发声练习和形体练习恐怕是需要的，等她在该城安定下来以后再说。受没受过体验派表演法训练？这是关键。就是闹着玩儿，他解释说。当然，他们可教的东西是有限的，例如他们就不会做真丝钱包，等等。但是教练们技艺高超，再加上一点小窍门即你自己的悟性，你内心的体验。……什么都可能发生，他十分有信心。这些年来他经常听亲爱的埃丝特姑妈说起她。其实,他母亲常说要开车去特拉华看望他们,但是……没关系,大山终于向穆罕默德走来了。不过,当务之急是她必须允许他带她出去吃午饭,然后他可以指给她去博物馆的路——必须去现代的,他的母亲是现代博物馆的创建人之一——或者远一点去百老汇。那是一条被过高评价了的不夜街,它在白天其实一点也不好看,庞大却乏味的电影厅和巨型广告使它显得十分沉闷。很多人打老远来到纽约后直奔电影院,一头扎进那黑屋子里,你相信不?

但是埃茜此时,就在这喜人的安静的客厅里,正幻想着一场电影呢。他以为她什么也不知道,是个乡巴佬,其实她很知道一些事哩。"在去之前,"她说,"我能不能先洗个澡……澡?我一路上挺辛苦,出了一身汗,我特兴奋。这个城市绝对是天堂。"

"不,"帕特里克说,他那副正经样子让她猜不透是真的还是装的。"天堂是完全不同的地方。"她在心里揣摸,不知道他受天主教的影响有多深。天主教的人说话特爱直接引用神父的原句。埃茜十分庆幸自己的上帝是基督新教的,他相信你会用自己的脑筋解决自己的问题,直到去世之日。

洗澡的时候她一直在等待他进来,欣赏她的玉体以及露出泡沫的闪亮的乳头。她在柜子里找到了他母亲的香皂,但是这个浴盆已长时间无人使用,有好几个死蜘蛛呆在里边,有一个还活着,放水时还突地冒出一股铁锈水。多面镜子在她的背后从不同的角度映出她白里透粉的完美体型。在她内心期待别人分享她的完美的时刻,她把一只结实的脚踝和带着玫瑰红色趾甲的脚伸出泡沫堆,接着又伸出另一只,欣赏着突出的筋腱,以及小溪般蜿蜒的血管。她向后靠去,颈部立即被水和肥皂泡浸湿。她的目光从天花板的一个角落扫向另一个角落,然后把另两个角落同样扫视一遍,画出一个X。她精神紧张地等待开门的喀哒声,正像从任何一部电影里都可以看到的那样——尤其是在喜剧片里,战战兢兢地享受私通的神秘——然而,泡沫破了,黏滑的水凉了。她只好披上一条印着字母图案的米黄色浴巾去找帕特里克。小个子女佣恰好走进大厅来，见到此情景被吓呆了。但是埃茜从她身旁走过时只淡淡地笑了笑，她知道仆人们只不过是为爱情服务的工具。她赤脚走过花木地板、东方地毯和北极熊脚垫来到书房，这里满是书籍和栗色的皮革，很适合男士呆的地方。帕特里克正在这里佯装读杂志。杂志叫《纽约客》——她从来没有听说过，也没在艾迪生药店的杂志架上看见过——封面是一幅粉笔画，白脸的购物者们在夜间行走在她刚刚走过的那条街，正经过一个商店的橱窗，他们手里拿着圣诞树和眼睛凹陷会骗人的圣诞老人。

他也许真的在读杂志，似乎没有听见她进来，只是在她把浴巾扔到脚垫上时他才抬起头来。帕特里克眨了眨眼，两道忧郁的浓眉锁在了一起。他跳起来从北极熊乱蓬蓬的方脑袋上把湿毛巾捡起来推给她，遮住她前边纤柔的充满魅力的部位。他的呼吸加重了，她很清楚自己也在喘粗气。他在她的面颊上冷漠地轻轻吻了一下，又用那催人入睡的声音快快地说道："你的确很美，要知道，可是难道你不该好好保护自己吗？"

"为谁了？"她说完马上又纠正道："为了谁？你是最合适的。"

"嗯，是这么回事，亲爱的。我不行。我不合适。在这方面我最了解我自己。很抱歉。你必须允许我吃午饭的时候向你解释。穿上衣服——你会让可怜的玛利出丑的。"

生活中有很多事情有待她去学习，这一点她知道。但是就在此时她敏感地意识到，她将受到多方面关照，不许她遭受任何损失。有许多只眼睛在瞧着她，有鬼魂的，也有真人的。为了转移这极其尴尬的处境，她在回洗澡间穿衣服的途中在心里描绘这样一幅情景：她赤裸的后背正渐渐从他长方形的视线范围消失，帕特里克塞给她的随便缠在胸部的毛巾、那有曲线美的颀长白皙的双腿，以及不知廉耻来回摆动的屁股，都明确告诉他充满好奇与色欲的他放弃了的是什么。她想，也许他已经有了未婚妻。但是，没有，在吃午饭时他向她解释说，问题是，十四岁的时候他就发现自己属于那不幸的一类人,只对男孩子感兴趣。他母亲不知道这些;老特拉普——他本人就有一点同性恋癖,猜出来了,但是什么也没有说。寄宿学校——乔特学校,在康涅狄格州的沃林福德——使它完全地,也是可怕地,表现了出来。嗯,这就是他的麻烦。在餐厅的小圆桌旁,桌上的菜单全是法文,就在这里,他拍了拍她的膝盖。他们找到了一个共同点:两个威尔莫特都不太守规矩。也许威尔莫特家的人都有点不守规矩吧。

像什么尴尬事也没发生过一样,他带她去参观在美国圣公会教会另一端的博物馆。如此绚丽的色彩,如此玲珑的造型!身着双排纽扣套装的绅士和穿由迪奥设计的时髦喇叭形长裙和束腰套装的女士们非常认真地观赏每一件展品。短短的一天就快过去,她的脸被冷空气刺得很疼。帕特里克带着她沿百老汇走到时代广场车站,并且告诉这位从乡下来的堂妹,如何在这钢筋水泥的庞大的地铁里、在人如潮涌的情况下,按照标识找到抵达第八街的那条线,到达佩恩车站。在返回威明顿的火车上她才有时间悟出一个道理,性固然是演艺业的核心,但却不可滥用。

她不相信帕特里克会是同性恋。她认为她有能力把他纠正过来,如果他肯的话。贝辛斯托克惟一的一个同性恋是一个老家伙,他住在克氏小五金暨种子店楼上的一间屋里。中学的男生们经常恶意地捉弄他,但是他从来不发火,也没向警察局报告过,似乎他没有权利这样做。他像一条丧家之犬鬼鬼祟祟四处转悠,弓背弯腰带着邪念到处搜寻着,期待着好运降临。而在纽约这个地方情况不至于那么糟糕,他们这样的人为数颇多,足够组成一个自己的社交圈,而且无需秘密行动。艺术界,尤其是非主流艺术像橱窗设计等,几乎被他们所垄断。她由同性恋者带到了模特代理公司。她得到了对方的认可,深感欣慰。

这一极富魅力的行业都是由那些很有特性的人经营的,贝辛斯托克根本没有这样的人。韦克斯勒个头不高,光头,是个忙忙碌碌的人。他严厉地说:“亮出你的腿来,亲爱的。”又说起道格·杰尔曼给他的那一捆照片。“有一些我喜欢。邻家女孩,带点邪恶。掏五块钱把你的头发做一做,真乱。还没有光泽。弄得亮一些,黑一些,不管怎么样吧。好啦,年轻人,你想到大城市来碰运气,那我们就把你放进我们的档案里。没有承诺,没有保障。客户喜欢的东西总是变来变去的。一些女孩来了,你认为'哇,好漂亮啊!'但是仅靠黑白照片什么也看不出来,通常是鼻子。你问鼻子,从根本上说,它长得不够标致。眼睛嘛,还有嘴——效果全靠它们啦。至于你的鼻子,嗯,可以修复,不过现在还不是大问题。建议你每天晚上都要感谢上帝给了你这么好的牙齿。你爸和你妈一定花了大笔钱呢。"

"一分钱也不要,"埃茜说,"阿奶——我祖母——说每顿饭后都要刷牙,特别是吃了甜食以后。我一生有过四颗龋齿,她说都是因为当地的菠菜里含碘闹的。我的弟弟丹尼长了一口坏牙,他对什么事都抱怨不停。"她喜欢上了韦克斯勒,她以为他也喜欢上了她,以一个犹太人的粗鲁方式喜欢她。他们是她的人,是演艺圈的人——像电影里的杰克·奥基和杰克·黑利,他们中的一位哆嗦得直打磕巴,唱歌时唱成"科……科……科……凯蒂"。她设想自己出生在特拉华海岸,由好心的当地人收养,但是她心底清楚自己属于另一族人,讲另一种语言;电影与广播把她的人们的消息告诉了她,现在她正跨过那条界线投入到他们之中去。

"每小时七块五是我们公司姑娘们的起点;有的可以涨到 25 块。我们从中扣百分之十。听起来钱不少,不过只是干活才给钱。规定嘛,一些有钱的老家伙会跟你约会。要处理好,别丢了尊严。谁要是收取了上床费,我们一知道就开除。T 台表演,不成问题。行吗,小伙子?你说你们是堂兄妹?"

帕特里克点点头。"首先,不准接吻。"

"你从中抽一份?"

"一分钱也不要,拿她的话说。"

"她可以找一个代理人——帮她推销自己。你,年轻人。看着像个有教养的人,我对推销可没有好感。兜售——这可没有替代品。女孩儿的漂亮脸蛋可不是天天都能见到的。对不起，埃茜，如果我说话太损的话。”

“不，不。我明白。你说我是不是应该退学马上到纽约来？”

“可别，我的天。先把毕业文凭拿到手再说。说不定哪一天你要找份正当职业还需要它呢。你还没有到法定的成人年龄吧？”

“没有，情人节的时候就到了。”这是一月份，两天前，靠大西洋中部沿岸地区遭受了一场暴风雨袭击。在贝辛斯托克呈现一幅如画的景象：压弯的铁山树干垂在便道上，山雀在交织的葡萄藤下跳跃，整条槐树街鸣奏着铁锹铲雪的交响乐曲。而在纽约则完全是另一番景象：路面飞溅着被车轮搅起的夹杂着尘土与冰粒的湿雪，恼怒的汽车吼着喇叭。然而对埃茜来说暴风雪过去却带来一些说不出的令人愉悦的东西，比如清晨从窗户缝隙偷偷潜入的凉飕飕的空气。纯净的雪依稀可见，地下室的门道里、窗外花坛以及太平门前，或斑斑点点，或为细细的直线。被碾压过的脏雪在便道旁堆积如山，掩埋了人们丢弃的罐头盒，穿着昂贵衣服、拿着昂贵礼品的人们在雪地里踏出一条弯弯曲曲的狭窄小路，好似林间小径。她非常爱看电影里下雪的场面——成桶的力士皂片漫天飞舞，多么华丽——现在这里就是那番景象。西十九街很像一条铺着褐石的乡村街道，人们呼出的哈气清晰可见，柠檬黄的狗屎与烟头混在一起散布在雪地上。她甚至喜欢今天一早起床喉咙冻得发疼的感觉和雪花落进长统靴里的刺激。她心中想到：*亲爱的上帝，不要让重感冒把我击垮吧，让我像大人一样顺利地抗过这场感冒吧*。此时她正乘火车穿过新泽西州的田野，那里村庄轻烟袅袅的田园风光本已渐渐成为过去，一场暴风雪又使它复原了。

“快到了，”韦克斯勒说，“你的生日可真好，姑娘。保护好你这张脸。可别跟野蛮的投手打垒球啊。”

不过他并没有耽误多久。两个机会来了——在六十八街军火库的五金产品展览会上展示地板打蜡机，还有布鲁明代尔的广告，一群女模特展示一种非常大胆的新款比基尼泳装——韦克斯勒觉得埃茜很适合参加，于是，到了五月，她已成了旅行常客，乘火车去，佩恩站下车，伴随着铁轨震颤的嘎啦啦的轰鸣在地铁里穿行，身旁闪过口香糖自动售货机、报刊亭和拱形通道，贴着被成千上万人的体温烘热了的肮脏墙壁而行。高中最后一年——篮球比赛场上她和其他拉拉队员的大呼小叫，一周一次的考试和每周一次的报告，蜂鸣器刺耳的尖叫声和存衣柜金属门的乒乓响声，女学生从药店买来的草药香水的味道和男生身上充满活力的汗味，偷偷弄来的香烟，讨厌的嘁嘁喳喳的嚼耳朵：她说了什么，他说了什么，谁谁又说了什么，男生的花招和许诺，发动机依然开着、挡泥板反射着微光的停在路边的汽车，四月份班里上演的话剧(《变心》，她在剧中扮演母亲，受苦受难的丹勒普太太)，五月份的宫廷舞会(她没能演皇后，甚至连国王的未婚侍女也没当上，只演了五个所谓宫廷侍女之一)，中学生舞会(她跟杰米·英格拉汉姆一块去的，尽管他们四月份已经分手，他仍喋喋不休地说他多么想娶她，说只要他父母答应他就跟她结婚，直到有一天在汽车后座，她靠在后边撩起令人发痒的内衣让他进去了，他这才闭上了嘴)，对受庇护生活的厌倦和痛恨，她的少女生活就此结束——所经历的这一切似乎并不曾真的发生过，就像从罗克西电影院出来走到罗德尼街上的感觉。

她六月份就搬到了纽约。帕特里克打听了不少地方，最后认定位于六十三街与列克星顿街交叉口的巴比逊妇女旅馆是最好的住处。房间装饰为粉色和绿色，浴室在走廊尽头。高大粗壮的男电梯工把堵在大厅想上楼的男人拦在下边，但是没有规定女士不可以夜不归宿。在接下来的一年里，埃茜有过许多男朋友——有的跟她年龄相仿，有的年龄较大而且已婚，还有一个跟联合国有关系的又蠢又有钱的伊朗花花公子——然而当她回首这段转型时期的日子，她首先想到的是巴比逊旅馆里的女人之间的友谊。在贝辛斯托克时她没有多少女朋友，她和罗雷塔从高二就分道扬镳了，埃茜为学位和理想而奋斗，罗雷塔则为另一种生活而抗争，她从十年级起就苦苦追求的艾迪·巴彻勒终于与她结了婚。从这对夫妻的生活方式看，他们已经加入到他们父母那代人的行列里，经常出入保龄球俱乐部和周末晚会，在这类晚会上通常男人聚在场所的这一边，女人们围在那一端。罗雷塔一开口就是他们将拥有什么样的房子和什么牌子的汽车，会生几个孩子，以及去什么地方度假。她甚至变成了邋遢女人，头发末梢分了叉，指甲凹凸不平，十分粗糙，嘴里不停地嚼着，即便里面没有口香糖也还不停地嚼，毫不掩饰其懒散粗鲁的举止。埃茜知道无论多么粗俗也要把自己包装起来，而威尔莫特家族的优雅高尚恰是她跳出贝辛斯托克的台阶——除此之外还有暖房的新鲜空气。高中阶段缺少朋友的另一个原因是放学之后和周末她要在暖房里干活，在那里她沐浴着闷热的白光，呼吸潮湿的、氧气充足的空气，接待顾客，给他们帮忙，根据里边小气候条件的需求不断地搬动培育花苗的盘子，一会儿从热处移到凉处，一会儿又从北边移到南边以吸收阳光。她在巴比逊旅馆找到了另一间暖房，这里培育的是如花似玉的少女；带着潮气的自信、源源不断的关于男人和衣裳的消息、当女招待的工作、必须要看的电影等信息从嘴巴传到耳朵再传到另一张嘴巴，直到震撼了大楼内那个独立存在的女性神经系统，早晨，这根神经，穿透从各屋飘出的同样咖啡味，伴着敲击耗尽最后一滴水的空水管的当当声，震荡着整座拥挤的大楼，傍晚，它又使女孩子们脚蹬特细高跟鞋争相涌出大厅去约会，只留下她们身上的香水味儿弥漫在空气中，在万籁俱寂的夜里，两个如玉的女孩因初次来潮从朦胧的梦中惊醒，转瞬又沉入梦境。这期间埃茜想要保持矜持已不可能，姑娘们的咯咯笑声以及穿着睡袍和薄如蝉翼内裤的嬉戏打闹声早已冲撞了她的平和心境。

每周至少跟帕特里克先生见一次面并聆听他的劝告，但遇到与男人有关的事则不去找他。如果事事都按他说的去做，那么她就别和别人约会了，除非是和他自己喜欢的同性恋们。在他的建议下，她参加了一所学校的表演培训班和演说风度培训班——这是五十七街上一个又脏又乱、没有地毯的排练场——越学越发现他们教的初期体验派表演法非常陈旧。他们不管内在情感的表达，只教表演技巧，不过帕特里克认为她需要这方面的训练。

声乐老师是一位上年纪的英国人，他用玻璃吸管从一个有银盖的锥形器皿里啜饮马爹利，他一听见她嗓子挤出来的带鼻音的特拉华音就把身子往后缩，叫她用衣裳夹子把鼻子夹住迫使声音从喉咙深处发出来。为了纠正她的姿势，他们让她平躺在地板上，直到那位在三十年代当过合唱团演员的女老师从她脊椎下边看不到任何缝隙为止。其他课程还有剑术、搏击、哑剧表演，甚至还练习从楼梯上往下摔。当某一位高贵的舞台明星应邀来讲学时，她们必须带帽子和白手套，理论根据是，如果做到了注重外在表现，那么内在的东西自然会流露出来。好的表演需要一定的镇定与稳健，让观众自己投入进去，最好不要表现得淋漓尽致，就像所有具有诱惑力的事物一样，要给观众留有一定的空间，让他们亲自进入剧情并且按照他们自己的理解去解读。假如上帝急于取悦于人，那谁还会敬拜他呢？

不上课的时候她就去摄影棚。时装设计师嫌她不够瘦，但是地板蜡、灭虫剂、牙膏和护肤霜的生产者对她很感兴趣，喜欢她在家乡练就的强健的外表、整齐的牙齿和坦诚的微笑，加上她摩尔人又黑又粗的眼眉和她身上令人称奇的光泽。这位几年前还像顽皮男孩一样的姑娘长着一双颀长美腿，恰恰适合展示无缝高筒袜和它的“裸腿”效果。在电扇冷风的吹拂下她的姿势具有贵族的酷，而在电热器的烘烤下她的神态又具有撩人的热情。她付过学费和房费后仍有剩余，可以大大方方地用来买礼品，给父母、阿奶和西福德爷爷买生日礼物、周年纪念礼物等。施托伊本玻璃碗、英国进口的修剪花园的工具、新式电动厨房用具，还有两把古老的月牙形牛角梳子，是送给阿奶卡她的大盘头用的。她也收到过礼品——那位伊朗花花公子送给她一只祖母绿手镯，一位已婚朋友送给她一个银质香烟盒，上边写着十分感伤的句子。不过她跟别的野心勃勃的女演员和业余模特不一样，她从来不做陪酒女郎，也不接受邀她外出过夜的现金交易。她这个时期的情夫们在以后比较开放的几十年里不断对采访者披露出大量的细节，他们都承认埃茜突出的一点是她性格的开朗、耿直与天真无邪，有时快活得像个孩子，她赤裸的身体美丽得令人难以忘怀：丰满的胸部，修长的大腿，腕部和喉部的脉搏跳动着她年轻的生命，阴部覆盖着密密的黑毛，而且她具有阿耳忒弥斯[1]一般的处女魅力。

四十年代末的好莱坞大片包括《复活节大游行》、《碧血金沙》、《夺魂索》、《约翰尼·贝琳达》、《红河》、《小镇》、《亚当的肋骨》以及《参孙和大利拉》。观众人数自一九四六年达到高峰之后便开始锐减，但这只有影业圈内人士注意到了，或者说他们理解了反垄断法要将几家大电影公司与其连锁影剧院分隔开来的意义。埃茜在纽约看到有外国电影涌来——来自英国的影片有《红菱艳》和奥里弗主演的《哈姆莱特》、《仁心与冠冕》，在这后一部影片中，亚力克·吉尼斯滑稽地一人扮演八个被害人角色。法国影片有杰拉德·菲利普主演、有英文字幕的《帕尔玛修道院》，还有《淘气包》和《沉寂的大海》。埃茜还从来没看过这么让人幻灭、这么令人绝望、这么坦率地无视上帝的影片，就连《黄牛惨案》也没有它们这么过分。过去在罗克西影院看的电影不过是为愈合人的创伤，把人们拉回到现实中来，使他们成为更优秀的美国人，更虔诚的基督徒。而最让她震惊的则是意大利电影和他们的新现实主义——一个喝醉了的士兵带走一个妓女，他不停地跟她讲他偶遇的一位纯朴的姑娘，可他不知道那个姑娘实际就是这个妓女；在另一部电影里一个男人丢了一辆自行车，他便与一个小男孩走遍全罗马城寻找那辆自行车；虽贫穷落后、道德败坏却充满活力和坦诚相待，这一切在银幕上展现得如此淋漓尽致，以至于《奇迹》和《苦稻》只能背着成千上万体面的观众不事张扬地在十四街的一个地下小放映室里放映。帕特里克则带她去现代艺术博物馆内的高雅剧院看另一类电影。无声电影第一次把她带入一个既荒唐又有震撼力和威严并存、万籁无声的世界——她好像被带回到出生以前的宁静之中，那个时候阿奶的头发还没有花白，威尔莫特

① 希腊神话中的月亮和狩猎女神。

爷爷依然在世上漫步。他读的书太多了，于是躲进电影院逃避现实。这是家里反复谈论的两件事，给她的印象极为深刻。博物馆放映的电影还有关于俄罗斯人的——爱森斯坦[①]塑造的身穿绚丽长袍的巨人们，他们在城堡的大厅里正相互靠近，那里像是思想狂热的人们聚会的场所。在另一部电影里，戴着遮面头盔冲锋陷阵的条顿骑士们手中的旗帜随风飘动，她第一次看到，旗上的基督教十字架竟然是罪恶的象征。那些电影对她来说都很新，它们为她解开了一个深奥的谜团，虽然她七岁时就开始坐在父母之间看《消失的地平线》，可是从来没有真正想过它；一张清秀年轻的面孔忽然被岁月揉上了深深的皱纹，这个事实揭示了无限的时间与空间的残酷性，而多年来她一直生活在好莱坞和槐树街上的家的庇护之下，她的祈祷也总能得到回应。但是为了忠于她的祈祷，她必须面对这可怕的幻影并继续成长，尽管这是痛苦的。此外，通常，与她约会的人和她一同走出电影厅时对电影的评论却是那样的肤浅，看得出来他们并没有从电影中学到任何东西，也根本不懂得故事给了人什么样的启示。关于电影帕特里克总能说点什么，这里太空洞啦，那里很真实啦，这一点引人发笑是因为它贴近生活啦，等等。同性恋的特征是他们属于敏感型的人。然而他们又很令人失望，不仅在性方面；身心不健全把帕特里克阻隔在生活之外，学习绘画自己却不动手，还嘲讽那些动笔作画的人；恋爱了，却爱上纽约大学里跟他一样被视为“同性恋”、“好男色”的男生。早在寄宿学校时他就发现了，但是他既不能改变，也无法享受他的这一本性。埃茜从未存在性方面的麻烦——性是通向极乐的紫红境界的平坦滑道——她向他保证他能爱上姑娘，可他说：“你又要弄掉那条倒霉的浴巾了，是不是？”

“我掉毛巾的时候，你就没什么感觉吗？一点都不心跳？或者也不好……好……好奇，它究竟是什么样子？”她看过那么多电影，从中学会了如

---

① 爱森斯坦（1898—1948），苏联电影导演和电影艺术家，对蒙太奇理论作出重要贡献。

何勾引男人，可是偏偏不记得哪一部教过她碰见这种特殊情况怎么办。她把这叫做短路现象。

“我很会保护人，”他说，“现在依然如此。你是我亲爱的堂妹啊，看在上帝的分上。”或许在他引导她接受各种教育和在与她保持距离的情况下关注她工作的同时，她已经使他变得有些男子气；而他则使她有了成就感，他壮了她的胆子，并使她得到全面的发展。他好几次提出希望把她拖出“服装行业”——模特公司越来越频繁地派她做短睡衣、带刺激性的半裸服装和文胸的广告。这些广告登在像《绅士》一类男士杂志的封底，阿奶、妈妈和爹爹是不会看这类杂志的，但是放荡不羁的丹尼不但看到了一份，还把它给贝辛斯托克的每个人都看了。帕特里克责备她说：“韦克斯勒正是利用了你的魅力和爱出风头，差不多把你当成他的情妇了。接下来你的裸照就会出现在日历上了。”

埃茜耸耸肩，羞耻可不属于她的宗教信仰范畴。“有什么好隐藏的？我是说，我就是我。”

“你把自己贱卖了，亲爱的，有时候是的。这就是来自小地方的害处。你不了解自己的真正价值。认真想一想，你真的想要什么？”

“一所房子，丈夫和孩……孩子？”

“蠢话。噢，天哪，不折不扣的蠢话。你只要一所房子、孩子和一条柯利狗，跟我一样？你要的是电影，不是吗？你想要表演。你需要一个演出经纪人。我已经四处打听并且替你找好了一位。他为一个叫做‘美国音乐联合公司’的机构工作，不过别担心，他们不仅限于制作音乐。在电话里我提出了要求，然后我们为你约定了在广播城见面的时间。”

“噢，帕特里克，”她边说边隔着他的厚大衣在他胳膊上拧了一下。“真希望我能……为你做点什么。”

公司位于溜冰场旁边大厦的第十六层，高居溜冰场之上的整座建筑犹如飘浮在便道上的一位神灵，高大的圣诞树，树上的大红球，旋转门，大厅里被黄铜条隔成方格的绿色大理石地面，整面墙的壁画，上面有亮着精瘦的屁股劳动的棕色的裸体人，头戴巴拿马草帽的男人获得了自由，转动着的形状怪异的巨大机器和齿轮，象征某种革命，一排带折叠拉门吱吱作响的电梯，还有带白手套穿镶边制服的黑人电梯工。埃茜很紧张，因为他们在乘坐哀怨声声的电梯上升时她感到了身边一向稳重的帕特里克的紧张情绪，不过当他们被领进经纪人的办公室时她反倒放松了下来；经纪人很像皮特姑父，只是稍矮一些，而且长得像犹太人。他给她一种不安分的感觉，好似脚下踩着皮球，而且总像是想要摸她。他叫阿诺德·法恩曼。他的头发又红又卷曲。埃茜强烈地意识到她迟早会跟他上床。她极力保持沉默，十分得体地两腿并拢，坐在椅子上，戴着手套的双手交叉放在黑色鳄鱼皮手包上面。见她沉默不语，帕特里克只好替她述说她如何当模特，如何在表演班和讲演班接受训练，以及如何在去年夏天参加巴克斯县的剧团演出。

“是这样？你演过什么呀？”

埃茜开口了。她说：“我在桑顿·王尔德的《千钧一发》里演女仆。萨比娜。”

“演得怎么样？”

“棒极啦，”帕特里克严肃地说道，“后来她又扮演弗罗伦斯·麦克里基特，在《纵火者》里。”

“观众好像挺喜欢我的，”埃茜认同地说，“你要是干得很努力，而且每天晚上都感觉比前一天要好，一周的时间很快就过去了。导演说我的声音还应当更有力一些。”

“在干草棚里当然啦，”阿诺德·法恩曼说，“甚至能把埃塞尔·默尔曼的嗓子糊住。别的时间还登过台吗？”

“在高……高中演过戏，”埃茜结巴地说，“我总演母亲。四七年的特拉华小姐竞选我得了第二……二名，那时我十七岁。”

她的口吃引起了他的兴趣，使他产生了恻隐之心。“现在你多大？”

“十九岁。到二月份二十岁。”

“不再年轻了，嗯？”他越过堆得满满的书桌伸手够到一盒蝴蝶牌过滤嘴香烟，手腕轻快地一抖，将两支烟抖出一英寸，先让了让他们，然后点上一支吸起来。他的眼睛透过烟雾乜斜着，样子十分像埃丝特姑妈，他对工作特别严肃认真，这可不像爱调情的皮特姑父。她对自己会不会跟他睡觉产生了怀疑。他问她：“看来你想拍电影？”

“我想是的。”她又补充说：“超过想做任何其他事情。”他叹息一声。“为了达到这个目的，你做点什么好吗？”她本想说好的，但是又犹豫了一下，想要弄清楚“做点什么”指的是什么，这时他给了她一个台阶下：“动一动。在屋里走一走，假设走进上海的酒吧。等一等，现在上海已经在共产党手里了。换新加坡吧。”

埃茜穿一件柔软的灰色羊毛裙，长度到膝盖，很具中国风格，高领，黑扣，从前襟垂下一条黑穗，后脑上戴一顶灰色筒形圆毡帽。她想像着狄特里奇或者艾达·鲁皮诺那种行为不端的女人，眼睑重垂，衣服紧绷皮肤，步态悠闲地走来，用一只手和一个膝盖拨开珠帘，轻快地进入弥漫着东方香烟雾绕的酒吧。皮特·洛里在那里，或许还有悉尼·格林斯特里特，他穿着白色宴会套装，在酒吧里吸着烟，慢慢地啜饮着，以疗陈旧的伤痛……

“好了，好了，”阿诺德·法恩曼说。办公室高处的威尼斯百叶窗把阳光切割成一条一条的，墙上贴满了有签名的明星照，跟她卧室里的一样。

“噘个嘴。”

“噘……噘嘴？”

“冲我噘噘嘴。就是法国佬们说的 moue。把嘴噘起来嘛。想一想接吻的动作，埃茜。想一想热到快融化的劲头，裤子都湿了。”她把两手放在大腿上，身子弯成 S 形，脸朝阿诺德·法恩曼低去，直到与他的头平行。她脸红了，有帕特里克在场她觉得很丢脸。她还担心这样的表演会使他更加远离异性恋。然而来自身后的轻轻一推鼓舞了她，立即进入了状态。她的眼睛半睁半闭地抖动着睫毛向法恩曼的脸移去，心想你这个混蛋犹太小子，总有一天你会为此付出代价。

法恩曼轻轻地笑了。她发现他还是挺慈祥的，而且替人着想。他不仅个子矮，还有点曲肩，像驼背似的。“好啦，埃茜——演得不错。演得非常好。你还可以充分利用上嘴唇。也许多用点唇膏就好了。头发——需要让它向四面张开些。你的男朋友说你会唱歌。给我唱一首听听。”

“没有钢琴伴奏？”

“我用嘴哼。就是别唱《伦道夫，这红鼻子驯鹿》，上帝。”这支歌响彻喧嚣的十二月上空；她在心里找调子，怎么也找不着。《运骡子的火车》和《空中鬼骑士》——巴比逊旅馆里，一个姑娘用吹发器当麦克风把弗兰基·莱恩模仿得惟妙惟肖。“‘在那令人心醉的夜晚’，”法恩曼出人意料的男中音唱了起来，“‘你将遇到一位陌——生人……’”

“‘你将遇到一位陌生人’，”她用颤音跟唱道，为他选中一首歌剧的插曲感到惊讶。他们的二重唱一直唱到想不出歌词来了，两个人便大笑起来。“好啦，好啦，”他说，“虽比不上迪安娜·德宾，但我还是服了你了。从我这方面讲，这是生意。从你那里抽百分之十五，我会抓紧时间，一旦安排好就试镜头。摄影厂现在正一片恐慌——票房收入下降，报刊上负面的评论在增加——不过，什么时候又不是这样的呢？从我坐的这个位置看，你的样子非常特殊，埃丝特。缎子般光滑细腻的皮肤绷在铁框上，不错的一对乳房，还有从帕拉·尼格里以后再也没有见到过的眼睛。这鼻子——对，没关系，他们会通过化妆和灯光把它弄低一些。只有另一件事我不太喜欢。你的名字。谁会掏半个美元去看什么埃丝特·威尔莫特呀？听着像是一位主日学老师。咱们来商量一下。坐下吧。”

她坐下后直觉得软缎般细腻的两颊被他粗俗的赞扬烧得难受，很像在运动场的运动架上做倒悬动作时面颊受到压力的感觉。法恩曼瞪着眼睛张着嘴，样子怪怪的，活像一只待哺的小鸟。他断断续续地说：“阿……阿……”

“安娜?”帕特里克建议说。

“我们管我奶奶叫阿奶。”她说。

法恩曼闭了一下嘴唇,然后说道:“阿尔玛。很甜但不性感。听着有点像神秘的欧洲人,却是美国人中的佼佼者。阿尔玛。它属于你。就该属于你。你能想出另外一个叫阿尔玛的明星来吗?”

“明星?”她问道。

“还能是什么?”阿尼·法恩曼问她。“这不是你梦寐以求的吗?”

“会不会听着有点……像黑人?”帕特里克问道。

“让它去,怎么着。瞧上一眼他们不就知道了她不是嘛。阿尔玛·威尔莫特。不好,太难听了。威尔莫特。唯尔莫听。威尔莫特不行。不行。不行。纳内特。觉得怎么样,你们两位?”

“最好是,”埃丝特说,“保留一部分我的真名。我不想对……我的家庭……”那些小白脸眼睁睁看着她这枚火箭飞上天空,越来越小,而下面的特拉华州则变成一个狭窄的长条,它的头部像水蛭一样钻进宾夕法尼亚的下端。她想起了杜邦,如此庞大,距贝辛斯托克如此遥远。“迪……迪……”她说。

“迪迈尔,迪·哈维兰。”帕特里克提示说。

“迪莫特。”她肯定地说。

“怎么拼?”阿尼不太信服地问道。

“大写‘D’,中间不留空隙,大写‘M’。阿尔玛·迪莫特。”

他把它写了下来。“穆特,迪某特,不知道,孩子。”

“没错,”阿尔玛坚持说。“对我自己的名字我当然有权决定啦。”

“等一会儿再说。今天吃晚饭的时候咱们再讨论吧。五十二街二十一号,你觉得行吗?”阿尼想起帕特里克也在场,于是佝偻着背站起来,对他彬彬有礼地做个鬼脸说:“除非……”

“哦,没关系,这样很好,”阿尔玛打断他说,“他不是……他是我堂哥。”

她克制自己没有说出“他不是我们家的人”。但他确实是，他是她正在抛弃的那个家的成员之一，甚至都是一个姓。

在接下来的几年里，阿尔玛既与加里·库柏在电影中联袂演出，又与克拉克·盖博在新兴的宽银幕电影中搭档。其实她的知名度始终不高而且片酬很低。五十年代初，大的电影公司正逐渐解体，著名影星开始索要高酬金，因此他们不得不从其他方面缩减开支。到一九五一年库柏和盖博都已五十岁，一个后来才明朗化而当时并不明显的事实是，三十年代成就卓著的影帝们在他们的事业尚未完成之时便纷纷离世。这些影帝也有人间的烦恼。动作片的拍摄加重了库柏的背痛病；他还有溃疡病和风湿。他的天主教妻子拒绝跟他离婚，而他与帕特里夏·尼尔的恋情又闹得沸沸扬扬，使他不得安宁，心神交瘁。在摄影棚里他对待阿尔玛温柔礼貌，却难掩他这位天使般潇洒男子在过去岁月里玩弄无数的早已记不清的漂亮女性的惊人本领。已习惯了成为被瞩目的中心的她对此大为不悦，甚至不屑。在导演面前库柏总是沉默寡言，一本正经，十分听话，行为举止近乎愚钝。阿尔玛是电影圈里的新手，可她在摄影棚里却表现得桀骜不驯，很有主见，甚至要按照自己的想法塑造形象。她在第七次镜头重拍时仍与第一次一样充满激情，在库柏的拥抱中她充分感觉到自己的年轻、朝气以及强烈的欲望。然而看了第一部毛片（他们通常不准许年轻演员看样片）和首映式上的正片后，她确实为库柏控制镜头的能力所震惊——他粗糙沧桑的脸庞、北欧人的忧伤眼神和略显冷漠的嘴唇，在喧嚣的乐队闪闪发亮的乐器前显得那样沉着，这都显示出他稳健的功力，与他相比，她塑造的形象是不稳定的，缺乏连贯性，而且过于紧张。她听见自己特拉华式的发音，看见自己眼神的恐慌。导演与编辑人员通过剪辑手段使她的表演多了几分光彩，他们的这一本领令她惊讶与着迷，直到有一天，库柏在午餐休息时间开着他那辆银灰色的美洲豹轿车带她去马里布吃饭时对她说出实话:“不要抗争,威利。”他已从别处知道了她的真名字,故而拿她开心。“相信机器的作用,否则你会跟我一样遍体鳞伤。好几百人投入到一部电影的拍摄中来。你已经看到了——八十个人制作布景和灯光。你的工作就是熟悉台词,在摄影机前恰到好处地表演两个小时。”风从耳边呼啸而过,阳光照耀下的太平洋波光粼粼,他把身子靠过来,弯起的手心放在她随风抖动的头巾上,像摇动罐子一样轻轻地把她的头前后摇了摇。“这就是你的全部责任,将你内心的东西表现出来。让制作人去管其他的事。要提醒自己,他们知道该干什么,尽管有的时候好像他们并不知道似的。”是他们——不可思议和神秘的力量,制作人及其助手们,导演,女场记员,技工,摄影师,调焦师,服装师,还有化妆师,是这些人将他们的容貌和声音制作成上万个镜头。他想了一下,又说:“作为一个职业,报酬相当不错了。比当牛仔强多了,我可以坦率地对你说。肯定超过特拉华某些工作的收入。”他闭着的嘴唇自嘲地抽搐了一下,又加上一句,“对吧?”

盖博更具魅力,绝对是备受女性青睐的人。他是踏着由一系列女赞助人搭起的梯子从俄亥俄州的油田爬上来的,第一个使他受益的是他的继母。他跟阿尔玛调情时,紧闭的嘴唇慢慢挤出一个颇具威力的冰冷微笑。在干燥和尘土飞扬的内华达拍摄场地的几周里,他跟她多次同床,如同一头困倦的雄狮在取悦一头雌性幼狮。但是几次同床并没有改变什么;盖博太空虚了,绝不是一个阿尔玛可以填补得了的。库柏在当群众演员之前画过卡通,当过牛仔,四处流浪过,他的升迁带有偶然性,而盖博则一出道便是一位踌躇满志的演员。他善于表现自己。他爱过隆巴德;在好莱坞他是与演艺界大腕琼·哈罗和阿瓦·加德纳等齐名的人物,而在他心中与之齐名的只有享誉盛名的隆巴德。隆巴德具有温柔、活泼、坚韧的性格,同时又以爱讲粗话和庸俗笑话而闻名。她在一次推销战争公债归来途中撞山殉职。他当明星时间太久了,以至于忘记了什么才是满足;在经历长时间的孤独之后他终于娶到一位同样富有魅力又门当户对的女人,她是老道格拉斯·费尔班克斯的遗孀，她的名字极具神韵——西尔维亚·阿什利夫人，然而三周后他便明白自己犯了一个不可饶恕的毁灭性错误。在他与阿尔玛联袂演出时他正经受离婚时为经济问题而争吵带给他的痛苦。二战以后他的手因麻痹而颤抖不止，他不得不在镜头前极力回避着。阿尔玛觉得他太看中那些无足轻重的人们的赞许，那些随同电影组来到沙漠的辅助人员中的劳工和特技演员，也过于依赖威士忌；早晨他口中从假牙缝里呼出的气味与头天晚上埃尔库镇酒吧里的劣质酒味混杂在一起。但是他呼出的气从电影上是看不到的；所能看到的——被镜头放大到跟埃及狮身人面像一样大——是他特有的宽宽的额头，匀称威武的眼眉，嵌入到面颊、嘴唇和下巴里的宽厚与温存（如此完美与和谐）以及一点不带粉脂气的男性美。阿尔玛喜欢玩他的扇风耳，它们比她的更突出。他叫她阿尔，她叫他大伯。库柏和盖博都比她的父亲年长两岁，他们使她进一步懂得了自己的父亲——在艰苦岁月里成长起来的一代人。他们的大多数像牲畜一样背负着沉重的担子，不会替自己作辩解，也不会为物资匮乏而辩白。作为仍受《圣经》支配的美国的儿子们，他们身上有很多局限性，这是因为基督教教会他们蒙受苦难，并且坚强面对。跟盖博和库柏在一起，连他们的冷峻都是性感的，而父亲却从来没有给她留下这种印象。他是她所认识的男人中最缺乏性感的人。

“第二十一俱乐部”曾是一个可以轻松谈话又不拥挤的场所，天花板上悬垂着飞机模型和其他战时纪念品，她的未来即将在这里实现，尽管还尚未到来。阿尼·法恩曼的头一句话便是：“你觉得电视怎么样？”

“我讨厌电视。”她急促地说着，一口银灰色的鸡尾酒已经顺着喉咙滑进肚子里。她不会喝酒，但是从埃丝特姑妈和皮特姑父的谈话中得知，威士忌会令人发胖，而杜松子酒则不会。

“怎么会呢？”

她知道她只喜欢电影，对一切跟电视一样让人难受的东西她都讨厌。“电视又贱又难看，”她说，“它很接——接近生活，不过它是装在一个小盒子里的，而且商业性太强。”

阿尼把宽大柔软的手放在她的头上，那只手很像她父亲的，不同的是他的指甲是精心修剪过的，而且手上没有膙子。她的头发在他的指缝间闪闪发亮。他的一根手指上戴着嵌黑宝石的戒指，另一根手指上也戴着一个硕大的戒指，她知道那是结婚戒指。他说：“讨厌也好，喜欢也好，它实实在在地存在，而且它在吸引着每一个人，宝贝儿。对一个姑娘来说，这是最快的曝光途径。韦克斯勒难道没有让你拍过广告片吗？”她说没有，于是他说：“我会找他谈的。成千上万的人都看那些无聊的东西。另外还有那么多的电视剧，白天黑夜地上演。那种经历也不坏嘛。一两个星期就拍成了。排练一下，上了镜头，然后走人。就跟当初好莱坞拍片一样。好莱坞在走下坡路。即使有合同，也得央求一个月才能得到一个试镜头的机会。咱可别让可爱的屁股整天坐冷板凳呀！”

她喝下的第二口酒在肚里惬意地翻腾着。餐馆里男人们喧闹的谈话声似要将她轻飘飘的身体举向空中。屋顶悬垂的飞机模型在做倾斜飞翔，她感到如同做日光浴一样地温暖，舒适。她意识到了这位新的经纪人要比韦克斯勒或可怜的帕特里克给予她更加专断的关切，今晚阿尼无论问她什么问题她均会给以肯定的回答。他在西六十六街有一套小公寓，有的时候他会在这里过夜，将妻子和两个已成年的儿子留在他们在斯卡斯代尔的固定住所。听他在电话中说他如何因为紧急公务而不得不留在城里过夜时她几乎陶醉了；这就像演戏时你站在幕后，心中会想，台下的观众怎么会那么投入呢，其实这一切明明是假的嘛。

她拍了几部电视广告片，演示新型伊莱克斯吸尘器前后移动如何便利，管口和刷子又怎样紧凑地安装在一个带轮子的圆筒内。她做的一两分钟现场广告节目中还包括新产品戴尔香皂和雀巢速溶咖啡。在戴尔香皂的广告里她大胆地做了沐浴，炽热的灯光下吊一个带孔的大桶，她下半身穿着泳装，上半身打满香皂泡沫，她转过身背对镜头，那小小的镜头自上而下扫过她时被欲火烧得红红的。那些早期电视制作棚是临时搭建起来的，十分简陋，它们分布在克莱斯勒大厦和联合广场附近，要么乘坐运货电梯上到第六层楼，要么下到有奶黄色围墙和铺亚麻油毡的地下通道。每个人都跟她一样是刚出中学校门的年轻人。她的工作不全在曼哈顿。在布里兹波特的一个小电视台她拍了皮尔斯伯利打蛋机的广告片，一个画外音解释这个能把你繁重家务解放出来的、奇迹般的东西——“不再在厨房里浪费时间，不要再辛苦地和面、放糖、打黄油和鸡蛋！把旧打蛋机扔掉吧！”——另一次是在纽瓦克，她是克莱罗尔小姐染发剂广告的三位模特儿中间的那一位。有几个星期，她是瑞戈尔德小姐的候选人，她留着齐耳根大波浪烫发的靓女照如同飞艇一样悬浮在时代广场上空。速熟米饭，科宁玻璃器皿——阿尼担心她的表演会定型。“看在上帝的分上，别再吃啦，”他决断地说，“你的形象会变得十分乏味。越吃越胖。”

“这是因为我的体内有我奶奶的成分，”阿尔玛解释说，“噢，我过去多喜欢跟她一起呆在厨房里啊！她让我搅拌糖霜，还允许我品尝，当时我觉得自己的责任多么重大呀！”

阿尼替她找到了电视剧里的角色，她参加演出的次数便急剧增加，以至于达到不分黑夜白天的程度。力士影剧院，好年景电视厅，罗伯特·蒙哥马利演出公司——她总是在节目播出前几天才被召去，演过衣帽间女服务员、遇到麻烦的年轻修女、愚蠢的同屋、心神不安的家庭主妇和既沉着又会精打细算的“别的”女人。排练总是很乱，而且次数寥寥。有的时候排练一直折腾到正式开拍的当天早晨。她不但学会了速记台词，还学会在导演于现场直播前十分钟又更改台词后将它记住。有人在摄像机后边高举着字写得很大的台词提示牌。不过把注意力集中在提示牌上是极其错误的做法，你会忽略与你配戏的演员的面部表情，因为说不定此时他正设法激起你的情绪。她有一次口吃，那是因为有人把提示牌拿倒了。阿尔玛已经不再犯口吃的毛病，除非她想起了自己是埃茜。拍电视时动作和情绪要紧迫，有连贯性，中间不得有半点犹豫。酒洒了，台词窜了，电话没按时响，关门时墙上的画掉下来，这些都无关紧要。剧的情节转向了客厅，这里酒正洒出来，人们正起身去洗澡间，孩子们正打打闹闹，狗正蹲在门边哀号着要出去。电视就像一群人，杂乱无章，随时都会出问题，但是人们不会彼此抱怨，还有那一捅就破的假屋子和摄像机后边绞缠在一起的电线。它跟埃茜过去在罗克西看的好莱坞电影里的奢华、精美与完善大相径庭。

阿尼终于为她谋到了哥伦比亚电影公司试镜头的机会。他和某一人物有关系，而那个人又与哈里·科恩有关系。“即便如此，孩子，这也需要时间。人物越大越不喜欢被人催促。还有，我要提醒你，在这个荆棘丛生的行业里，科恩绝对是个举足轻重的人物。连他最差劲的影片都能得到奥斯卡奖。”

阿尔玛以前没有坐过飞机，不单纯是害怕，还因为当女乘务员丁丁当当送食品过来时她不知道如何把小餐桌放下来。阿尼与她同机而来，他那长满红色汗毛的大手亲切地伸过来帮她拉出撑架，还小声向她解释为什么飞机发动机不停地改变音量，以及为什么这个庞然大物，这个装了这么多人的长长的大罐子，一会儿倾斜，一会儿下降。有个声音在她的腹内呼喊，上帝离开她了，上帝不存在了，她会从天上掉到地下，就跟从一棵高高的树顶上跌落下去一样可怕，她将永远是皮尔斯伯利广告上的那个不知名的女孩。她本不该追求这样的高度。她感觉出胸部已经湿了；这是因为恐高而在出汗。阿尼用粗哑的嗓子小声说：“这跟在海上随浪漂浮是一样的，宝贝儿。你看不见浪，但是它确实存在。空气跟水一样总在流动。我们乘坐的这条铝船——嘿，这种 DC-9 型飞机，非常坚固。”他敲了敲身旁椭圆形小窗边上的凹形舱体，舱壁发出沉闷的响声。

然而洛杉矶本身——高大的棕榈树，低矮的红房子，四处洋溢的西班牙风格，看不到边的偌大城市，空气与贝辛斯托克的晚春相似，却没有横扫特拉华的凉风侵入——的确令她着迷。市里各个区域相互交错，到处是人、商店、汽车，与东部城市没有什么两样，只是全然不见显示坚忍和勇气的历史与工业。这里除了西班牙名字和拉布里亚沥青坑外，一切都是新的，沥青坑在威尔夏大道上，杰克·本尼节目里也是这么说的，每次提到这些坑，就会招致一片笑声。杰克·本尼节目中提到的和火车上播音员广播的名字和地方全都在这里：阿那海姆，阿苏萨和库卡蒙戛。那里是布朗德比餐厅，还有高低不平地矗立在山坡上特大号字的“好莱坞”。好莱坞是个跟贝辛斯托克差不多大的小镇。她没想到这里街道和便道会这么宽，通向贝弗利山两侧种着棕榈树的马路蜿蜒曲折，更没想到这里除了正从夹竹桃和倒挂金钟树丛缝里清除枯棕榈叶的日本和墨西哥园丁，连一个活人影子都看不见。半隐半现的瓦顶大房子好像电影布景只供拥有而不供人居住似的。这里的财富是文明的财富，甚至是幽默的财富；这些财富来自艺术、幻想，以及个人的丽质，与家乡的财富截然不同。那里的财富是靠河边作坊里残酷的劳动，通过生产像特洛伊牌那种丑陋蠢笨的生活日用品或者瓶盖等等积累起来的。

阿尼告诉她为什么她会有幸跟哥伦比亚公司签约。“听我说，”他说，“现在是一九五一年，不是一九三七年。二十世纪福克斯，米特罗，派拉蒙，华纳兄弟——他们都被那些负债累累的连锁影院弄得焦头烂额。哥伦比亚从来没有自己的影院，直到战时它也只拍 B 级影片和弗兰克·卡普拉导演的片子。更重要的是，它是惟一一家对电视的态度比较实际的大电影公司。如果你无法击败它，那就加入进去：科恩也许是个大猩猩，但不是人们所认为的笨猩猩。他创建了一家子公司——哥伦比亚电视精品制作中心——专门制作电视片。他们依靠把过去的老片子卖给电视台来赚钱赞助拍片。聪明吗？聪明。恐龙已经被哺乳动物取代了，亲爱的，哥伦比亚是惟一的一家还能赢利的公司。”

做黑白片测试时，阿尔玛选了《九死一生》中萨比娜的两段结束语（开头是“安德罗伯斯先生，不要介意我说些什么，我不过是一个普通的姑娘……”和“噢，噢，噢。六点了，可是先生还没有回家”），然后又唱《叫我怎样不爱我的他》。彩色片试片时没有声音，摄影师靠近调镜头时，她跟他闲聊起来。他给她看摄像机如何工作，哪两个轮子是为了调上下左右用的，当你真正有了成就时如何拿起拴在镜头上的钢笔签名。他邀请她共进晚餐时她说，她和阿尼必须马上返回纽约去。两周以后来了回话，哥伦比亚公司的人对他们看过的样片十分满意，不过，那位跟科恩有关系的人说，哈里对她的嘴唇不感兴趣——尤其是上嘴唇。它太薄了。手术很轻松，阿尼告诉她，注射一针胶原蛋白就成了。

可是感觉并不轻松。她在病房里醒来后，面对东河与福利岛昂贵的灰蒙蒙景致，感觉好像脸被男人万花筒般连续出拳揍了一顿。他们在施手术的同时还把她的鼻翼内侧打了两个褶，又把鼻梁拉直。好在她才二十一岁，伤口愈合得很快。到她第二次飞往西部在飞机上镇定地穿过通道去蓝色的小厕所时，所有的男人都把脸转向了她。新秀部门的头儿一见她，便立即依照上边的规定提出跟她签订一份可变的七年合同，起薪头六个月每周二百五十块钱，逐渐增加到第七年每周三千五百块。她说这听着还可以，不过在得到她的经纪人的认可之前她不能签字。阿尼过度劳累了，何况天气又不好——他几次提到戒烟，在跟她睡在西六十六街时还出现了几次阳痿，阿尔玛不得不自己飞来飞去。她三番五次地推托，引起那位聪明的重要人物，一个叫马科斯的男子极大的关注，在通过数次电话之后终于告诉她，科恩先生愿意见她。

比起派拉蒙公司和米高梅公司的庞大地域来，哥伦比亚公司的十四公顷面积实在寒酸得很，然而就连这不成形的地盘也还是从贫民区一块一块买来的呢，它在日落大道上的高尔街与比奇伍德街之间，一直延伸到泉水街。但是哈里·科恩的办公室却大得很，门上常被手摸部位的漆皮已被汗水浸融脱落。屋里弥漫的雪茄烟味很像过去艾迪生药店里的味儿，一下子就让阿尔玛放松下来。这最后一位影业泰斗已上六十岁，他的哥伦比亚公司正步入事业的巅峰。他更具有商人气质，而且比她想像的要客气得多。

他穿浅灰色套装，白色领带上印着银色的草体字，一看便知道是玛拉贵妇人牌的；带红边的手帕蓬松美观地插在上衣胸袋口。快掉光的眼眉非常宽，很像野牛或犀牛的眉毛。他的头稍向下低，这是他最有威慑力的武器。他一直在办公桌后边站着，直到侍者拿过来一把灰色椅子，她坐了下来。他咄咄逼人的相貌使她想起邮局的霍利先生——霍利先生外表显得很严厉，实际上他一直很喜欢埃茜，就从那一次他把她装进邮袋并系住袋口说要把她邮到辛辛那提去，她就深深感受到了这一点。

“很多姑娘看了这合同就会跳起来。”科恩板着面孔说。

“我也在跳，科恩先生，”她说，“但是俗话是怎么说的——先思而后跳？您的朋友阿尼·法恩曼一直对我非常好。我完全信赖他。”

“谁是我的朋友？”他问，接着又说，“干这一行昨天还是朋友，今天就他妈的来伤害你。”他瞅着她肿起的嘴唇直眨眼——或许是她太敏感以为他在注意她的嘴？她笑的时候仍感觉到上唇发紧。哈里·科恩也对她报以微笑。他皱眉蹙额直愣愣地瞪着你，一张大嘴歪向一边。因为经常这样做，这副表情已让许多人厌烦，反而失去它的效力。“看了你的样片，”他说，“现在你根本不能参演，不过你身上隐约有一种丽塔的气质。”他并没有完全放弃那些曾在四十年代帮他支持电影事业而正在褪色的影星们，不过目前他正在寻找新秀。他与她谈话时更像她的中学校长普里查德先生：精心梳理的稀疏灰发，蛙嘴一样的大口，以及被威严的外表所掩盖的企图挖出青年人秘密的狡猾等方面都是那么相像。一个学生真正做了坏事时普里查德先生会变得特别严厉，但是他在跟犯错误的学生谈话时，眼中又会闪出愉快的光芒。“肉是很有趣的东西，”哈里·科恩声称。“肉太多了，即使你看着她很漂亮，拍出的照片也只是一堆苍白的肉。人们喜欢的是蜡质的肉，哈利·洛就具有这种特质。克拉拉·鲍也有。我说的不错吧？”

“不错。很有意思，科恩先生。我从小就喜欢电影。”

“我知道你喜欢。不光你，别人也一样。洛杉矶到处都是漂亮姐儿，别忘了。抬起头来，是的，不错。你的嘴和身材倒也般配。修正过的鼻子也不错。我直率地告诉你，在你身上我看不到赫本的影子。你的屁股太大了，赫本的就没这么大。这么宽的骨头架子，还有比这更大的吗？你的侧影太难看了，怎么能拍电影？你连他妈的艾丽丝·亚当斯那点模样都没有。你的眼睛像荡妇的眼睛，已经不时兴了。你的头发——阿尼或者阿蒂或者别的什么人没跟你提过吗？那算什么颜色，不伦不类的棕黄色。”

“这是天生的颜色。”

“别对我说那不是天生的。在我眼里那就是和荡妇的眼睛相配的褐色。咱还是别说得太多。还没有签合同呢。我没告诉你嘛，很多女孩对这份合同高兴得要死哩。”

“我会签的，我保证。阿尼同意了我就签。不过我在想，既然你们这里拍电影不多——也许别的电影公司会让我去拍呢？”

他重新点燃手中熄灭了的大雪茄，透过烟幕斜着眼看着她。“那我们就跟他们达成一个协议，”他说，“这就叫借调演出。可是你还从来没拍过故事片呢。你还从来没有在公众面前露过脸呢。你不过刚刚起步，迪莫特小姐，要想得到机会，你要做的还多着哩。”

“这我知道，科恩先生。所以我非常想马上开始。”

“我的意思，对，你已经在电视上出现过了。但是什么是电视片？那是让孩子和不能走出家门去看电影的瘫子们看的。”阿尔玛就喜欢别人谈话时谈到她和描述她，哪怕批评的言词十分激烈，她也喜欢；但是她从他的眼神看出他像在沉思，似乎把她视为讨厌的东西。“知道一九一二年我在干什么吗？”他问道。

“不知道，科恩先生。”

“跟哈里·鲁比一起玩杂耍。哈里·鲁本斯坦。我唱歌，哈里弹奏拉格泰姆音乐。在那以前我不但赌博还卖热销货。我还当过电车售票员，后来因为从票费里抽取得太多被炒了鱿鱼。他们只准你从中得到一点点，可绝不准你胃口太大。我们家人人皆知的笑话是感谢我晚上开回来一辆电车。从十三岁举行成人仪式以后我就辍学了。我的嗓音很好——男高音。你信不信?”

“信,我信,科恩先生。”

“我的第一份工作是在《至关重要的婚礼》里担任唱歌的角色,是合唱队的一员。总而言之,这就是那个时候的我,四处奔忙,后来对电影的狂热刺激了我。它先刺激了我哥哥杰克。他在卡尔·利莫尔手下干——听说过他吗?”

“没有。我想没听说过。对不起。”

“了不起的德国佬。我是电影插曲的普及者,在电影短片里插歌就是我的主意。《去都柏林海湾的路上》是第一首歌——你别笑。剧院老板喜欢这些歌。杰克跟我接二连三得到利莫尔的赞许。卡尔雇我到环球当秘书。就是这样,我才走到了今天这一步。我从来不回头看。电影狂热刺激了我,成了好事。关键是,我付出了因而得到了。我们都需要为应该得到的而付出。想唱支歌让我听吗?”

“唱歌?”

“对。你明白,就是唱歌。大声唱。试片里那个矫揉造作、黑不溜秋、小声哼哼的人,那根本不是你。”

阿尔玛站起来咽一口气,准备用膈膜呼吸,给他唱《哦,我爱你》的前十六小节。她看出来他比多佛的听众喜欢听她的歌,尽管他偶尔点下头,深深吸一口重新点燃的雪茄,再把烟冲着她吐出来,也许并非有意。“阿尔玛,我有一条游艇,”他告诉她。“你想不想找个时间来玩儿呀?”

“那我太高兴了,”阿尔玛说,“我还从来没有坐过游艇呢。太平洋上的什么船都没有坐过。科恩太太也去吗?”

他像头要出击的犀牛一样把头低了下来。接着他转动一下令人猜不透的犀牛脑子笑了起来,一声干笑。“琼,”他对她说,“你会喜欢琼的。她也会喜欢你。她总说好莱坞有非常好的人，可她从来没有碰见过。我的第一位妻子，罗斯，是基督教科学派的。你也是吗？”

“哦，不是，”阿尔玛说，她确实感到惊讶。在贝辛斯托克基督教科学派的教友被认为是疯子——那些人连腿摔断了或者即将死于肺炎也拒绝叫杰索普大夫给看病。“我是长老会的。”

“我猜你就是。嗯，别管什么教会的，都能帮你平安度过漫漫长夜。”他说着示意她可以走了。

刚刚签过合同哥伦比亚便给她安排了角色，当然是不必开口讲话的角色——在海伍德导演的无聊的《特立尼达艳遇》中演一个夜总会的黑发女郎，她是一名匪徒的情妇，在《从这里到永恒》中她是舞厅里的“伴舞女郎”之一，在《飞车党》里演一个骑摩托车的妓女。能留下印象的则是在那部赶制的喜剧《底层与甜蜜》中她跳的两分钟吉特巴舞，跟她对跳的叫杰克·卡森，一个醉醺醺、胖墩墩的越狱犯（在逃避两名受雇刺客的追杀途中，在舞场里被抓获）。她出演的第一个有台词的角色是胡塞·费勒的代表作《虚假的黎明》中那个傲慢的女售货员，后来又在欧内斯特·博格宁的《购买格兹坦》里出演一个美丽动人却不忠的墨西哥姘妇。以上经历促成她在不太成功的《正午》续集《炎热的下午》中担当主角与库柏配戏。作为剧组中惟一的女性——一位试图对印第安儿童进行初级教育的女教师——她受到组里男士们连续的追求，上午拍戏时导演对她的黑眼圈很恼火。她为此与搞化妆的胖家伙吵个不休。在外景拍戏时有外出度假的感觉，所以容易进戏。阿尔玛发现，原来当明星是件非常乏味的苦差事，要花掉很长时间跟机械师和机器操作员们混在一起。为了赶七点钟化妆，她必须六点钟起床，离开好莱坞西部她住的公寓时刚好跟从日落大道归来的妓女们打照面。还有语音训练，舞蹈训练，为树立公众形象而拍照，接受《当代银屏》和《银屏天地》的采访，全部行头穿戴好后要站在那里数小时，任凭他们这里抻抻那里拽拽，直到把你摆弄到他们认为的最佳状态，还要再花个几小时让理发师两只不怎么温柔的大手把你的头发整来整去——多数工作日一直要工作到晚上八九点。那个时期剧组总是星期六照常工作。她经常是在背着星期一的台词时便睡着了，星期天还要在即将登船奔赴朝鲜的士兵面前露面。

跟盖博在内华达配戏之后她再也不想拍西部片了，坚持回哥伦比亚公司。她十分厌恶用粗棉布裙子遮住双腿。在成长的过程当中她的魅力与日俱增，她知道如何运用自己的魅力去感染他人。科恩像往常那样对她连骂带吓唬地发泄了一通，但是在一九五三年他们又与派拉蒙电影公司安排了一项暂借计划，准许她去参加一部音乐片的拍摄，在当时来说片名算是很长的，叫《最后一次见到托佩卡》。派拉蒙公司准备用这部辉煌的片子回应二十世纪福克斯公司的全景宽银幕电影，这样的影片拍摄时使所摄的影像沿水平方向压缩，放映时则可根据电影银幕不同的宽度放出不同宽度的电影来。通常阿尔玛和其他演员（包括丹·戴利、薇拉·艾伦、奥斯卡·莱文特、凯瑟林·格兰特、乔治斯·格特利）按先后顺序等候拍摄宽银幕电影的机会，排名靠后的演员则担心会不会被剥夺了拍摄普通电影的机会，因为大多数电影院仍在放映标准银幕的电影。凡是看过那部电影（尽管票房收入不算高）的人都不会忘记阿尔玛伤感地唱出的《忧伤的孩子》一歌。唱歌的时候她把身上的红色锦缎裙子拉开，开口处一直向上暴露到她丰满的大腿根部，很像卡迪拉克车上没有鳍状稳定器的防护板。然而她留给观众印象最深的不是魅力无穷的王后，而是有着火一般热情的流浪女的形象：被人勾引的同时又去勾引别人，有过多的欲望却又缺乏耐性和安分，为社会所不容，终于导致彻底的毁灭。她在其他五十年代发泄不满情绪的片子里的形象也都给人留下深刻的印象，比如《少年犯》、《有险无危》、《街头的吼声》、《曼菲斯城的困扰》以及她在《带颜色的入口处》里最大胆的表演，在这部片中她是头一位在镜头上与黑人接吻的演员，虽说那只是在他额头上的一吻。在《有险无危》里，她冒险出现了一个虽转瞬即逝却彻底暴露的全裸镜头，是用不清晰的中距离暴露出她的后身，她在雾气缭绕的树林里裸泳时被一个手持猎刀的在逃疯子(理查德·威德马克)看见了。在所扮演的角色中她的头发始终保持黑色,只是有时短而弯曲,有时则是带刘海的向内卷曲的齐肩发,她还时不时地像郁郁寡欢的斯坦威克那样把头一摇一甩。

她曾经出现在那里,观众能感觉到——在普利茅斯发出臭味的后座上,在午餐时间非正式舞会上,在药店或冰淇淋店后边的过道尽头,在偏僻空旷的荒凉小镇边缘。阿尔玛在一个一味挣钱、花钱、吃吃喝喝、欣赏音乐的非主流的美国历经磨难,付出的努力是格蕾丝和奥黛丽公主们所没有付出的。金和玛丽莲已经或正在付出她们的努力,但她们至少具有醉人的金发碧眼。阿尔玛敏锐的洞察力使她悲哀地意识到——不是言语所能表达,不是台词所能包含,甚至不是剧情所能容纳的——她最终会被逐出电影圈——被谋杀,被流放,被捕入狱——因为她不按常规行事。根据一九三四年颁布的《保护法》,每部电影都应是一个道德教育的途径,它的作用在于消除社会弊端。由于阿尔玛之流的角色未能按照苛刻的要求端正台词,观众便觉得他们认为最可宝贵的东西被抽掉了,而在这块充满希望的国土上,人们的欲望与渴求从来没有因为有了一件可令人满意的事情就停止过,恰恰相反,这种追求不断地深化与升华,一直进入腹地。

她十分惊讶竟然能够这么容易地调动自己的悲情,她可是在一个温情脉脉的小城长大的,父母与祖父母又是那样地慈祥可亲。每当剧本要求她哭泣或歇斯底里地喊叫时,她马上就能从记忆中搜索出足以使她痛苦不堪的可怕事情来:妈妈可怜的跛脚;爹爹因为惧怕一切因而只能像一个上紧弦的傻乎乎的玩具每天在城里团团转;阿奶年纪轻轻便成了寡妇,她整日忙忙碌碌在厨房里制作那些有害健康的甜食,或者不断地给教会圈中的病人和精神不愉快的人打电话,给他们送去精神食粮;西福德祖母死于癌症,她在病榻上全身发抖,简直像中了毒的蚜虫;她去后留下老伴在暖房里独自操作,倍感艰辛,萎蔫病和坏斑病蔓延迅速,玻璃窗上的油灰一块块往下掉,那么多事需要顾及而他根本照管不过来。生活中有太多的孤独,太多的损耗,还有太多不可挽回的损失。她未曾谋面的爷爷早已被一个光芒四射的白洞吞没并永远葬身在那里。那个嘴形很美脑袋瘦长的汽车修理工本杰·惠利整天像个满身油污的脏猴子,他只会抱怨生活的不公和痛恨自己的命运,就像动物园的动物一样,直觉告诉它,栏笼之外是另外一个天地;尽管随着时间流逝帕特里克不再那么傲慢和闲散安逸,将他一心想当《红书》杂志故事里的新娘的飘飘然浪漫梦想也深深埋在了心底,但是他的处境并不算好;阿尼与住在斯卡斯代尔的妻子及孩子不和睦的关系,日渐衰弱的身体加上不断的咳嗽,他现在连上一层楼梯的力气都没有了,更别说接受曼哈顿特级应召女郎的服务;那用挑子游戏圆片做眼睛的可爱的熊先生,它永远忠诚永远耐心地听她孩子气的谈话,永远让她拥抱,她只有抱紧它才能睡着觉,可现在已经被丢弃在槐树街的阁楼,身上落满灰尘,两眼茫然地张着,好生奇怪它的小姑娘为什么不再来跟它一起玩耍,不再来跟它道一声你好……每想到这一切,她的眼睛便会被咸咸的泪水蜇红,嘴唇因用力扭歪而酸痛,而且不止一次如此,几乎回回都是这样。

“停。可以出拷贝了。太棒啦,阿尔玛。我们再推进一点;你的眼神太好了。”

她的反应总是不卑不亢。“啊,弗莱德,如果你打算再拍一次的话,我可要让我的眼球休息半小时。我的穆兰尼在哪儿?”

“回你的宿营车上了,迪莫特小姐。要我跑去把它带来吗?”她现在有了自己的雇员——美发师里昂诺和私人秘书帕莱蒂。

齐南曼依然情绪高涨;他那双小提琴家的手来回甩动,说话时维也纳口音不时流露出来。“你咱(真)是戛(个)了不起的引(人),没跑啦,结(绝)对。音效说听见麦卡(克)风里有招(噪)音,假如我们叫你再强(唱)的话,让声音轻点,跟以前一样。是‘轻’,不是‘很轻’,就像你只唱给自戛(个)的脑袋听。”

阿尔玛喜欢电影的拍摄流程,她连看都不用看,就可以用身体带动双腿走到粘着胶带的地点，重复已经说过十遍的台词，以同样的激情和活力投入拍摄，而此时她注意到，与她配戏的演员们都已精疲力竭萎靡不振，失去了耐心与节奏，并且即将出戏。她的头上压着帽子，身上披着戏装，脸也化着妆，感觉像是被裹在精致柔软却不透气的甲胄里一样。那个照亮的孤岛被各种架子、电线以及操纵设备的机械师们的黑色身影所环绕，形成一个大容器，一艘已点火的人造飞船，将把她和其他演员送到绝无伤害、千古不变的地方，在那里安全是永恒的。来自宇宙的关怀炙烤着她的皮肤。当她还是孩子时，上帝便观察着她的每一个行动，记录下她每一次的祈求和渴望，没有一件事能躲过他的视线，就连头上有几根头发也在他的掌握之中，埃茜和特拉华的麻雀——到处都在卖的半分钱两只的小麻雀，栖息在棕色矮树丛中的棕色小麻雀——也不例外。她便是从这样的棕色矮树丛里被托上天的，她现在光彩照人，小有名气，简直是一个神迹。

摄像机不放过任何一个微小的颤抖、眨眼动作和面部表情的细微变化。没有它捕捉不到的东西，甚至透过皮肤或眼睛流露出的潜意识也会被它抓住。虽然她努力挖掘内心深处以求把握住感情，但她接受的是反方法派的训练；西五十七街的学校强调外部动作，形体是发出明确信号的载体。“动作要准确，”她的教练、严厉的波索夫教授反复地强调这句话。“动作要准确，要让观众一下子就准确无误地看出你在做什么。在舞台上不允许有半点不明确的、犹犹豫豫的动作，尽管这在生活里是司空见惯的。”埃茜不理解为什么现实生活中的现象在舞台上被剔除了，等她成了阿尔玛才恍然大悟，原来这种准确无误无论对演员还是对观众来说，都是一个避难所，这使他们逃避了在现实生活中对真实的苦苦追求与探索，这样做反而更显真实。就连脸部动作，特别是面对镜头尤其是特写镜头表演时，也属于运动技巧，包括眼睑、虹膜以及能使嘴巴做各种表情的微小肌肉的运动。她从经验丰富的前辈那里学会如何使这一运动保持其最低运动量：主角有权镇静地保持中心地位，其他演员则需围绕着她团团转，演绎着各种动作。有的时候，她费很大的劲，试拍几次都不能使导演满意，于是就关闭掉一切回忆，让脑子一片空白，这时一种来自上帝的东西便会悄然从她身后爬上她的面部，齐南曼或者王尔德或者瓦尔特·朗便会在黑暗中大叫起来："就是它！你抓住了，阿尔玛。开拍！"

她深知随着这一声"开拍！"她这不易挖出的宝贵的自我与这准确无误的一刻将再次进入超越时间与空间的领域——除非这位导演或编辑或制片人或电影公司的哪个老板嫌片子太长把它剪掉——先被装进"盒子"里，再通过成百上千台放映机以她高尚的品德和留给人的不可磨灭的印象去打动成千上万观众的心。她的好运使她又赶上了好时机。过去的硝酸酯纤维胶片既易燃又会因长期保存而粉化，自从一九五〇年以来电影业有了新的发展，现在使用的是醋酯纤维，从理论上讲这种胶片既不易燃烧又能长期保存。玛丽·毕克馥的大部分影片都已不复存在，但是这个世界永远不会失去阿尔玛·迪莫特。她将永远存在于档案室或是复映时的银幕上；她将循环不断地被召回到现实生活中来。

"你到底吻过他多少次？"有一次她回贝辛斯托克时罗雷塔上气不接下气地问她。她平时很少回家。当时她正在谈论威廉·霍尔顿，在影片中她扮演战争时期一个士兵的妻子，她对丈夫不忠，因为她以为他已经在瓜达尔卡纳尔岛被打死了；虽然她犯的错误责任不在她，她却为此付出了代价。这一年是一九五七年，罗雷塔·惠利嫁给艾迪·巴彻勒已经六年了，现在已是两个可爱男孩的母亲，两个孩子出生日期太近，她去罗德尼街散步时甚至把他们放在同一个儿童车里推着走。

"哦——一百次吧。"

"一百次？你受得了吗？"

"不那么容易，他们让你一次次地重来。有时候有人把门摔掉了，有时候那个男演员打嗝了，也有的时候移动摄影机时操作员没有对准镜头，可这不是你的错呀，但是你必须重新开始，好像真值得你为吻那个陌生人的脸去死似的。这是剧本的要求，你也没有办法，等拍到最后一卷的时候你真的快死了。”

“噢，埃茜！——阿尔玛。那是一种什么样的感觉呢？”

“过一阵子以后就没什么感觉了，”她带点妒意地对她说，“老演员们很严谨，他们从来不张开嘴，就像吻拉链一样。可是年轻演员像霍尔顿这样的，他们会咬你，其实摄影机根本拍不到那么多，就像从来不会有唾沫星子的镜头。”在她内心深处潜藏着对罗雷塔的嫉妒；两个圆脸庞蹒跚学步的娃娃用亮晶晶的眼睛看着他们身穿圆点图案太阳裙的愚蠢的母亲，似乎她是世界上最重要的人。他们具有艾迪纯朴欢快的性格以及巴彻勒家族纤细的浅黄色头发。埃茜一直挺喜欢艾迪的，倒不光是因为他的哥哥在罗克西电影院当领座员。她真希望那一天在一起的不是本杰而是艾迪，他那时很害羞，可是现在他时常酗酒。罗雷塔说他刚被斯特吉司汽车修理行开除。他们的父母为此伤透了脑筋，但是一点办法也没有。朱尼·莫尔荷兰跟一位从圣乔治市来的小伙子结了婚；那个跟他整天喝得醉醺醺的母亲住在靠近黑人区平房里的最恋家、像肉丸子似的胖子洛，已经像他对人们说的“去流浪了”。后来他去了俄勒冈的什么地方，据说他四处游荡，还吸毒。他的情况越来越糟糕，跟他妈妈一样，只不过走的公路比她妈妈当年走的路修得好一些。

“我是说，”罗雷塔没完没了地问道，“你会不会热得烦躁起来？我知道当我跟艾迪——”

阿尔玛不想再听了，她背过身去，把脸转向洒满阳光的方砖便道，那里的艾迪生药店曾经陈列过两个老式的玻璃瓶，瓶里装的是碘酒色和蓝墨水色的液体。老塞思去世了，他的遗孀把店铺卖给莱克索尔连锁店，那个大玻璃橱窗里有一个用 L&M 香烟盒摆成的弧形金字塔，旁边是一个纸板做的女模特，她只围一条浴巾，笑眯眯地拿着稀客牌刮脸刀在她光光的下巴上刮着。阿尔玛觉得她突然半转身的侧影如同一把看不见的长柄大镰刀，直指贝辛斯托克夏末朦胧的天际。她即使不化妆不穿戏装也线条鲜明，是那些走路笨拙没有体型的人们所望尘莫及的，她第一次单独去电影院那一回被那些人吓坏了，散场时他们简直就是瞎冲乱撞的一群牛。罗德尼街中部的罗克西电影院正上演下午场《怪脸》，这更让她恼火。一次在乔·曼凯维奇的晚会上阿尔玛认为奥黛丽·赫本冷落了她——面颊有酒窝的赫本具有欧洲人的灵秀妩媚，是那样纯洁、迷人，而在好莱坞这个地方这也只能为欢娱与金钱服务。当人们把阿尔玛介绍给费勒太太[1]时，这位高雅的夫人冷漠地瞪了她一眼，犹豫地伸出纤纤嫩手，像是怕被从金刚科恩的沥青丛林走出来的蓬头女主角把她的手弄脏似的。电影产业的另类。好像阿尔玛只能做这些，也只会做这些。她对阿尼表白心迹："要是科恩想到我时只是在又一部差劲的《汽车站》里再一次为了赚人眼泪演脱衣镜头，要是他一想到我就只想到暴露——《洋娃娃，洋娃娃》——为什么不考虑让我在《搜寻者》里演娜塔丽·伍德的角色？我要是穿上那套印第安女人的服装，我他妈的准不像她那么装腔作势。为什么我不能再演音乐片？我肯定比那个赫本唱得好。给我些轻松的歌唱个试试。"抱怨和争吵声一直在她脑海里萦绕，甚至到了贝辛斯托克也停不下来。

"当我和艾迪，"罗雷塔还在唠叨不止，"看电视的时候，孩子们都睡下了，我们就开始互相调戏，我知道——"

"罗雷塔，"阿尔玛果断地说，"拍浪漫的情节可不是互相调戏，那是工作。非常辛苦的工作。有时候为了一英尺胶片的镜头需要从不同的角度拍摄，而且需要好几天才行，这是为了蒙太奇的需要。你的感情全部集中在那个在强烈灯光照射下一直和你呆在一起的家伙身上，尤其是他的年龄足够

---

① 即奥黛丽·赫本，她的第一任丈夫是梅尔·费勒(Mel Ferrer)。

当你的老爹。你必须模仿性交的动作,但是并不真的发生关系。”在好莱坞“性交”一词已不再是言语中的秽语,而是表示一个基本的程序,是代表那一类动作的流行语。

罗雷塔现在不会比二十年前给埃茜详细讲《一百个男人和一个少女》的电影情节时有更多的想入非非。“我的意思是,当你们的激情上来的时候会怎么样,那个男人——”

“你就跟他周旋呗。”阿尔玛说,这时她高兴地从眼角扫见一个追逐明星签名的人,他迈着那种典型的既犹豫又不甘心退缩的步子朝她蹭来。

“迪莫特小姐,我不想打断你们的谈话——”

“噢,瞎说,过来。”阿尔玛大声冲他喊道,因为她想到赫本和娜塔丽·伍德,正在气头上。

“——可是我对你们家的人太了解了,你的父亲一直给我们家送信,自打我——”

“他给所有人送信,”阿尔玛对这个年轻人说,“他还曾经给我送过信呢。”这位打断她们谈话的小伙子拿出一支旧钢笔。她在一张脏兮兮的报纸上花里胡哨地签了名,她的字体一天比一天大。这是从威明顿《消息报》上剪下的一片报纸,上边登着《有险无危》的剧照,是地方影迷们经过二次曝光并拙劣地放大后印上去的,他特意将它保存下来,如同一条狗保存一根沾满涎水的骨头一样;然而她还是认真地在两个“t”上划了横杠。她始终相信不要犯规——在好莱坞常能看到这样的情况,饮酒的习惯,哪怕不严重,导致体重增加和记忆力受损,午饭时的一小杯啤酒会勾引起第二杯、第三杯,以至于浪费掉全剧组五十人的整整一个下午时间,偶然吃下一片安眠药会引发持续不断的瞌睡。纯粹为钱而导演的一部平庸的片子会使一位成功的导演毁于一旦,一次水平不高的表演能败坏一位女演员的名声并将其逐出电影业。她始终保持自己的表演水平,保持健康的体魄、清醒的头脑和爱整洁的习惯,决不做劳而无获的事情。这就是加尔文教牧师的孙女阿尔玛。她看了一下食指，果然不出所料，上面沾着那个讨好者的钢笔漏出的墨水。

“天啊，我真喜欢你的《带颜色的入口处》和《有险无危》，哇，我想我看了有十几遍哩——”这未免太夸张了，就算是电影迷，也不见得看那么多遍吧。她终于仔细地看了看他——高高的个头，很苍白，嘴唇湿乎乎的，那副绿色太阳镜和方格子百慕大短裤使他更像个白痴。过去在罗德尼街上根本看不见成年人穿着短裤在街上走。他虽然还年轻，但也到了该知道好歹的年龄。他的双肩和两臂晒得通红，带有歉意的眼睛暗淡无光。她看得出来他身上潜藏着某种东西，那是破败的迹象：他身上有一股前途与远景被尘封的腐朽味和彻底失败者遗传下来的臭味。没错，比起脸色煞白的菲利普斯先生来，他只不过比他高，比他更木讷，更缺乏自我管理能力。菲利普斯先生曾经拥有贝辛斯托克储蓄银行，他还是主日学的负责人。这一位一定是他的小儿子韦恩。埃茜最后见到他是在她上高中的时候，他那时还是个十三岁的蠢笨的男孩，她则正奔波于贝辛斯托克和纽约之间。储蓄银行被特拉华第一银行兼并，银行家的儿子成了阿尔玛·迪莫特的影迷。

“十几遍？”她问，“不觉得烦吗？”

“不，天啊，阿尔玛，从来不——每看完一遍我都发现一些新东西。你的表演，譬如说，开枪的那一幕，就凭你的眼球那么一闪，连闪动都不是，只是瞳孔的一个小亮点，我就能看出来你在想：是呀，死亡并不那么可怕。接着他就朝你开了枪，刚好打中你的肚子。”在她的影迷俱乐部里不乏怪癖和行为乖戾的人——他们时常令她恼火。

“很高兴见到你。”她说，她的平淡语气显然示意这位狂热的追随者闭上嘴巴。她转过身用肩膀对着他，这时她仿佛又感觉到体内那看不见的光束如同长柄镰刀横扫天空。

韦恩小心翼翼地攥着那张有花体签名的报纸顺着榆树街走了，但是罗雷塔还呆在那里，她认定埃茜交了很多朋友，但她要向她索要自己作为她最要好朋友的特权，事实上她也的确是她最好的朋友。罗雷塔站在珀西日用品店和百货店对面的拐角处，全然不顾太阳的灼晒，可是小车里的两个孩子已经哼哼唧唧地哭闹起来。她感到自己受到了怠慢，于是也开始傲慢起来。“你当然知道，”她对阿尔玛说，“杰米·英格拉汉姆，他和一个从布朗迪万搬过来的可爱的金发女孩结了婚。她爸爸在杜邦公司一个部门担任很高的职务。他们已经有了一个女儿。”

是的，头发像钢丝一样的罗雷塔虽然不怀好意，但她说得对，这件事的确伤了她的心。杰米让那个可爱的出身高贵的金发女郎怀了孕，不是在他父亲那辆蓝色克莱斯勒汽车的后座上，是在一张宽大舒适的床上，而且得到了教会与企业权贵的祝福。

回到家，阿尔玛扼要地讲述了她在城里和人们见面的情况，妈妈说：“是呀，可怜的韦恩受过伤害。记得她妈怀着她的时候丹尼刚会走路，你有四五岁了吧。那时候正担心贝辛斯托克储蓄银行会被大萧条压垮。我真不知道那胎儿保不保得住呢。”

“妈！这是什么奇谈怪论啊！”

“哎，”妈妈说着生气地一颠一颠地绕过吃饭桌子（随着年龄的增长她的腿瘸得更加厉害了）过去察看烤箱里的火鸡烤得怎么样了。“你还没有怀孩子的体验，不过你相信我，妈妈与孩子之间是有交流的，从第五个月就开始了。小东西会听你的思想，还能让你知道。”

坐在桌旁的阿奶颤颤巍巍地说：“克拉伦斯过去常说，孩子受洗的时候要是大声哭，就说明父母的爱情生活很好。”阿奶五月份就满九十岁了。阿尔玛本打算回来参加她的生日晚会，但是当时她正在英国的拍摄现场，拍的是一部催人泪下的《现在便是永远》，故事背景是美国中西部。在外国那小得多的摄影厂里跟人少得多的当地摄制组合作拍片成了影界的最新趋势，这是因为电影事业正面临观众越来越少、花巨资拍摄的电影惨遭失败的缘故。但是《现在便是永远》的外景拍摄很不顺利，总是下雨，即便没有雨，天气也不合乎要求。英格兰的浓云飞速掠过天空，英国的公路被当作美国公路使用，怎么拍也不像，即使把道路封住好让租来的美国汽车从右侧行驶也不行。最终一算，把盖一所美国式的路边咖啡屋和修建一段宽阔的中西部城镇主街所需要的费用加上去，花的钱比在伯班克摄影棚拍摄加上花在堪萨斯拍摄现场一周的费用还多。电影界跟输疯了的赌徒一样经常干些傻事。不光是英格兰的天气让人压抑，阿尔玛还发现，自从弗兰克·卡普拉在辉煌时期拍过迪兹先生和《消失的地平线》起至今，已有二十年了，他现在变成一个既古怪念头不断又固守陈旧观念的人，阿尔玛所代表的模糊道德水准、小心翼翼处事、带伤的悲观情结，在他那多愁善感的关于美国的观念里是无立足之地的。他指导她如何露出欢快的表情。"让观众看出来你爱那个倒霉鬼，非常爱。火花一碰就是爱情。"多么陈旧的民间心理学观点。无论如何，阿尔玛已经厌倦扮演善于挑逗异性的蒙难美女形象。她深知，如果演音乐剧，她会比呆头呆脑的朱迪或者身体扁平的多丽丝更富于性感，更能煽情。阿尔玛觉得对不起阿奶，跑到哈罗德商店选中一件昂贵的黑色开司米立领宽袖斜兜长大衣，作为礼物送给了阿奶。看到眼前的阿奶，她意识到，对她来说那件大衣不但过于时髦，而且也太长了。印象中这位前辈高大粗壮，可是现在已经萎缩变矮了，灰发中夹杂着缕缕干枯的栗色，头发也少了许多，被厨房的灯光一照连头皮都看见了。

即便如此，阿奶依然能把阿尔玛逗笑。"啊，阿奶，威尔莫特爷爷还会说这种话呀！"

"哦，当然啦，"阿奶说，如果阿尔玛闭上眼睛，她的声音除了有点颤抖外仍跟当年给小埃茜和熊先生讲催眠故事时的声音一样。"他也是普通人嘛。早年在杰克逊山地的教会圈子里，他不得不千方百计摆脱女人们的纠缠，包括已婚的妇女。他肯定不会跟别的人一样贬低我可爱的孙女，就因为她向世人露了一下她那其实是人人皆知的美丽娇小的后背。"

阿尔玛拍摄《有险无危》难道就是为了让人们记住她那个瞬间即逝的裸体镜头？这一镜头在"圣经地带"引起了抗议并使票房收入锐减，虽然比《带颜色的入口处》中跨种族的一吻引起的抗议声小一些。在自己的家乡听到人们对她电影的议论，使这位明星心烦意乱；那些电影竟然被传播到了如此偏远的不同气候、不同时间的地区，但是如果一点不懂技术知识，对电影的艺术性又缺乏悟性和理解的话，是不可能知道电影所具有的挑战性和取得成功的艰苦性的。她更希望她的家人假装以为压根儿就不存在什么电影。糟糕的是，爹爹和妈妈经常像尽义务似的去罗克西影院，他们说电影院的观众少得可怜，都数得过来，但是这个家的忠实观众们不光自己去看，还荒唐地把干瘪了的可爱的阿奶也拽了去，让她忍受两个小时那假装出来的疯狂爱情以及越来越逼真的男性暴力的折磨。暴力片是好莱坞促进电影发展的另一种试验，它破除了电影生产模式，不但增加了银幕的宽度，突出影片的色彩和提高立体声效果，还要让观众看到更多他们在自己温暖的家里那个小屏幕上无法看到的东西。阿尔玛的演员生涯已使她成为世界名人，但是在贝辛斯托克却让她遭遇尴尬——她的直觉告诉她，对待自己从事的事业就像一切隐私，像见不得人的事或者不好解释的事一样，比如她儿时的梦想、手淫以及跟异性朋友对性行为的尝试，最好三缄其口。她恼火地认为，大家围在厨房餐桌旁从家人的角度谈论她的电影是一件十分倒胃口的事情。

埃丝特姑妈一手夹着肯特烟，一手端着盛满纯威士忌的玻璃杯，首先说道："讨厌的伪君子。他们可该知道二十年代——贾里德常带我们去哈莱姆区和东村的低级电影院看后半夜的电影，看得让你头发都竖起来了。禁令揭下了他们的伪装。你能违反一条法律就能违反所有的法律。在巴黎约瑟芬·贝克让人们头痛，至少她还穿着一串香蕉呢。"她的声音含混不清，她用眯缝的蓝眼睛扫视一下大家的脸，不敢肯定谁在听她讲话。

皮特姑父支持她说："更别提贝辛斯托克周围集市上的帐篷表演了——贝辛斯托克一向被认为是个非常单纯的地方。"当时社会正回避他，客户在减少，现在想起来还叫人不快呢。他一只手托着盛威士忌的无脚玻璃杯，另一只手搭在他妻子的肩膀上。他的姿势告诉人们是他造就了她;事实上他们互相造就了对方。

阿尔玛很不喜欢别人把自己与帐篷演员相提并论,又把她的电影跟低级电影院联系在一起,但是她知道只要她开口表示不满准会口吃起来。善于观察别人痛苦的父亲看见她那人所仰慕的性感的嘴可怜地张了张又合上,便说道:"埃茜,我们不过是对你的成就感到有些困惑。我想在座的人都不大懂它的意义,对不对,妈?"

"是这么回事,"妈妈说着脚不自觉地踧了一下。"不过我可从来没有感到吃惊。她刚生下来就那么完美无瑕。"

丹尼正在客厅里看六点钟的电视新闻,他觉得自己被忽视了,于是进了厨房。"喂,苏联试验成功了一颗洲际弹道导弹,"他挑衅性地宣布说,"这么说他们有了一枚,可我们还没有。先是鲁道夫·阿贝尔①,现在又是这东西。大间谍在布鲁克林一呆就是九年,还守着一个无线电发报机!"他说话的口气就跟小时候对允许埃茜做的事不允许他做而不满意一样。他虽然是男孩子,但是干了许多埃茜该干却没有干的活儿。她在好莱坞期间,丹尼个头出奇地高,威尔莫特家人的瘦身架顶着西福德家的圆脑袋。他从鲁特格斯学校毕业之后没有去商学院或者别的职业学校学习(虽然阿尔玛愿意资助他完成学业),而是选中了国务院下属部门的一份工作,他们送他去学校学斯拉夫语,一天学八个小时。他戴的眼镜镜片厚厚的,配肉色塑料镜框。"还有,对了,姐——这条消息你准感兴趣。参议院的南方佬放弃了阻碍议案的通过,所以关于投票权的提案就能摆到艾克②的办公桌上了。"

"嗯,好啊,"她说,心中有些震惊。"不明白你为什么认为这会特别让

---

① 鲁道夫·阿贝尔(1903—1971),苏联著名间谍,克格勃上校。1957 年 6 月 21 日在纽约被捕,供认于 1948 年非法潜入美国,以美术家和摄影师的身份在布鲁克林一家美术室工作,并在该室藏匿短波无线电收发报机,进行间谍活动。

② 艾森豪威尔总统。

我感兴趣。我想它会引起每一个美国人的兴趣的。已经晚了一百年。”你这个亲吻黑鬼的女骚货。一封来自影迷的信这样开头，并且越往下写越出言不逊。但她不想在贝辛斯托克这里被人当作一个越轨的好莱坞自由主义者。她烦躁起来；假日期间一家人总像这样团团圆圆在厨房里，把做饭人的路都挡住了，做饭的热气越来越多，味道越来越大，有点让人不舒服。由于很少回家，每次回来都像过节一样，城里人从门前过时放慢脚步使劲往屋里瞧，凡是上过贝辛斯托克高中的人都声称自己是她的同班同学，她父母显得很不自在，甚至谦卑顺从。只有阿奶和另一位依然健在的爷爷丹尼尔·西福德才使她觉得自己又回到了孩提时期——她又享受到了安全和无拘无束的爱。他们两人都太忘事了，根本不记得她已经变成了什么人。这位老农已被关节炎和浮肿折磨得举止缓慢，现在只有妈妈跟几个黑男孩帮他，所以他们在讨论要不要让爹爹从投递员的岗位上退下来，以便和妈妈一起把暖房接管过来。“如果我五十五岁退休，”他对女儿解释说，“就能拿到三分之二的养老金，既然你的状况很好，足以替我们偿还房子的贷款，就不需要依赖固定收入了。不过妈跟我都想在作出决定之前先听听你的意见。”

“哪儿的事儿呀，爹，这是你的生活。你想退就退。钱已经不是问题了。”她说的时候意识到从门廊射进来的光恰到好处地照出她面庞端庄的侧影，她娴静地低着下巴，既镇定自若又热情洋溢的一双孝女的明眸微微抬起——很像扮演财产继承人的奥利维亚·德哈维兰。

“这么说吧，”他说，他的样子透着智慧，但也让人难过，虽然浅棕色的头发还没有掺上白发，风吹日晒也没使他变得老迈和憔悴，“钱这东西就没有不是问题的时候。”这倒是真的。她挣的越多，被阿尼分去的就越多，人们愈加盼着她花得多，政府拿走的也越多，好付给像丹尼这样的人去打冷战。四年前她第一次结婚——跟一位导演的助手，他渴望成为导演，可是他一无勇气二无灵气，即电影业刚刚兴起时由欧洲犹太人带过来的大胆和聪明的灵气——阿尔玛为此在贝弗利山买了一所房子，它坐落在冷水峡谷的日落大道以北的一条叫电视山路的蜿蜒小路上。这房子在加利福尼亚州就算很老的了，它和它周围全是仿都铎式木结构带侧翼的建筑，西班牙花砖，跟维多利亚式完全不同。它的屋顶是石板瓦复折式，顶上有一个用细锻铁装饰的六边钟形小阁子；她后来才逐渐意识到，这所房子简直就是她的埃丝特姑奶奶在柳树街那所房子的缩影。他父亲曾搬到那里住过，并且在那所房子里娶了新娘，他们一直住到跟电影里的坏蛋一样的霍勒斯姑姥爷从外地回来把他们全都赶了出去为止。小埃茜从来不敢进到那所房子里，只从外边欣赏它，孩提时的她总是把目光集中到后院那个白漆凉亭上。第一次婚姻只延续了一年多，但她仍然拥有这所住宅，一所石板瓦不断脱落、老式水泥游泳池不停漏水可还得缴税的房子。

一提到钱她就烦了，他转向丹尼说："你学了斯拉夫语打算干什么？"在她的生活中他的存在好像就是为了让她老跟孩子似的冲他大声喊叫。假如她真像妈说的那样完美无缺，那干吗还要让他也闯入这个家呢？但是现在的丹尼已经变得文质彬彬了。他跟华盛顿那些人一样，千篇一律的灰色套装，面带笑容，而心中却装着无数的秘密。"干什么？跟斯拉夫人谈话，姐，替美国交朋友。我会帮助美国在那些目前被看作是没有人情味的国家立足。你觉得这样做挺傻的吧，你的语气就是这个意思。难道比拍电影还傻吗？"

"噢，丹尼，亲爱的，电影纯粹是娱乐，它从来不假装是别的什么。可是你干的那一行却装作是在做好事。"

"装作是历史，"他急切地说。"它本来就是历史。亿万人上演的历史。整个地球前途未卜。我不骗你。"他环视了一下围在厨房的家人们，没有一个人插嘴。是因为阿尔玛太多疑了，还是他们想看一看这个弟弟能在多大程度上压过姐姐？

"哦，"阿尔玛做了一个极有风度表示不在意的姿势说道，"我相信你是对的，亲爱的丹尼，可是这太像小孩子的游戏了。两个光头大男孩①，现在赫鲁晓夫已经挫败了一次小小的政变。”

“可不小，事实上，”丹尼以内部权威人士的口吻说，“那是要倒退到斯大林主义，变成原来的样子。我想就连你们好莱坞的赤色分子也不愿意出现那种局面吧。”他诚恳地向她靠过来。他的眼镜片反着光。“姐，那帮混蛋去年在匈牙利干了那些事以后你怎么还是这样掉以轻心呢？他们非常残酷。”

阿尔玛想摆脱这个令人头痛的政治话题，于是说：“要是没有斯大林和斯大林格勒，这个国家也不会这么大这么强盛。”

刚才跟丹尼一起在客厅看电视的杰弗逊和艾拉·普尔西弗，趁他离开的时候将所有的频道扫了一遍，现在也跟到了这闷热的厨房里来。这个夏天他们的哥哥小皮特正在遍游欧洲，这在现在的年轻人中可流行了，好像大西洋还没有特拉华州宽似的。这两个小伙子具有富家子弟的举止和母亲的白皙皮肤，以及看透一切的谈话方式。“阿尔玛姨妈，”十五岁的艾拉称呼道，“你什么时候上电视呀？”

“刚有电视的时候我就上了，”她对他说，“那时候的电视节目一团糟，天哪。”她很自然地又换上了接受采访时的神态。

“电视就是要快，”小名叫杰弗的杰弗逊插言道，“鲁西里·波尔演强盗演成功了。”

“戴娜·萧也上电视，”艾拉补充说，他在别人好奇的目光下谈起名人来情绪激动，声音大了也嘶哑了。“杰克·本尼，阿尔弗莱德·希区柯克。”

“一些人退出了，杰弗，”她说着把烟灰磕进小茶盘里，那姿势就像拿着绣花勾针，二十年前罗克西电影院就是把绣花勾针作为周二晚场礼品赠送给观众的。“也有人愿意为这门艺术坚持下去。”

两个孩子觉得这观点很可笑，于是大笑起来。年轻人的饥饿感使厨房

---

① 指当时的苏联领导人赫鲁晓夫和美国总统艾森豪威尔。

的温度更高了。爹爹起身帮妈妈把火鸡从烤炉里取出放到大肉盘上，然后把炉子上煮甜薯的锅端到一边。他们虽然买了一台新冰箱，又添了一个与其相匹配的搪瓷电炉，胶合板的工作台也贴上了带有飞镖图案的单面胶纸，但厨房依然是老式的，水池上方的窗台上摆着天竺葵，护墙板是印花的槽舌式接合板，苍蝇在空中乱哄哄地飞舞。特拉华的人们还在使用粘蝇纸——淡黄色螺旋纸条，上边粘着即将死亡却还在嗡嗡的苍蝇。阿尔玛已经忘记特拉华的八月有多么闷热。过去这种闷热是她身体的一部分，晒得黑红的瘦瘦的四肢淌下的汗水浸湿了运动场，滴在她回暖房和回家的路上，滴在延伸数英里直到大河边的沼泽地上。那里隐藏着很多龟和鱼，还有鹭鸶。她发现自己开始思恋南加州沙漠的干热天气了——夜里很凉，需要穿一件薄薄的毛衣护住肩膀和胳膊，明亮的星星在头顶闪烁，灯火通明、棋盘式布局的街道从圣莫尼卡山麓向南延伸出很大一片。从游泳池里爬上来时眼睫毛上就像涂了上光油一样出现一条彩虹，当把自己撂倒在塑料布的折叠躺椅上，你会因水分蒸发而浑身发抖；你能听见园丁和女仆用西班牙语谈话以及从多恩尼路和冷水峡谷路隐约传来的汽车声。空气中还飘荡着在靓丽的人们中间公然进行的各种交易和行动的声音；沙漠碧蓝的天空已准备好迎接冬季的到来，天空丝绒般柔软的靛蓝背景衬托着被干草覆盖的丘陵地金光灿灿的冬装。

阿尔玛只能趁两次约会的间隙于劳动节[①]前在贝辛斯托克呆三天，一次约会是在纽约——阿尼感到越来越无力乘飞机去洛杉矶了，虽然新式的喷气式飞机比以往省了一半时间——另一次约会是参加洛杉矶贝尔艾尔区的一个晚会，陪她去的是一位剧作家，很年轻，头发自来卷，他跟阿奶一样会逗她开心。但是三天似乎也太长了些。父母像是有点怕她，而且对她不太满意。她的名字被谎言制造公司传来传去（可笑地被说成跟洛克·哈德逊

① 美国的劳动节是九月的第一个星期一。

私通，看在上帝的分上!)，数不清的记者们为明星的父亲是邮差而光火，而他们的出现也破坏了父亲与世无争的生活方式。每当记者到来时，妈妈便急忙一跛一跛地躲到楼上去，就像当年她的母亲避而不见外人一样。

阿奶一阵子头脑清醒，充满活力，一阵子又陷入杰索普大夫说的“衰败”状态。第三天，她感到十分疲倦，不想下楼，便让埃茜到她床边来坐一会儿。她把虽然枯瘦却依然温暖的手放进孙女优美滋润留着长指甲的手里，目光透过棕黑色眼睛上的雾翳快活地盯着她，瞧个不够。她的针凿超群出众，正因如此才一生劳累过度，结果黑眼圈在厚厚的眼镜片后边迅速扩大，不戴眼镜时她的眼睛则小得可怜。“你是个完人啊，”看够了之后她终于开了口，“可我不明白他们为什么要把你的头发染黑了。还把你非常好听的美国姓改了。我早就知道这一切早晚会发生。哦，我早就知道。当克拉伦斯——当他——跌倒，”她说，“那么突然，连喊一声都来不及，一定是什么东西——你知道，我特别相信那东西就是魔鬼，没有别的什么可以解释得了，是魔鬼在引诱他，我这么说你会把我当傻瓜——”

“不会，不会的。可是您说一定是什么东西——”

“使这一切发生了。”

“多像电影啊。”阿尔玛笑着说。

“像电影，亲爱的宝贝儿。的确像。用你那漂亮的嘴唇亲亲我们吧。”

阿尔玛的嘴朝阿奶干瘪的面颊靠去，但她却把脸转了过来让阿尔玛吻了她的唇。当阿尔玛退着离去时，老太太的眼睛又被无光泽的翳遮住。“我争取在你下次回来的时候还在这里，”她像盲人一样摸索着阿尔玛的手，“不过我没有办法许诺，你知道，”她换了一种语气补充说，听起来十分痛苦，“——既然你不再姓威尔莫特了，我就可以告诉你这件事——这个威尔莫特家族，嗯，他们有一种特性，假如我能给它起个名字的话——”

“怎么样呢，阿奶？您说什么？特性？”

老太太脸色开始发红。“他们，嗯，很自私。表现方法不一样，但是特性一样。你爷爷本来可以继续当牧师——我们都是这样猜想,不过我们都不把它提出来,任何事情都顺其自然。天啊,就是这样。”

西福德爷爷正在这间到处反光的大玻璃房里走来走去,一个参观者走了进来,只见这里的地下长着青苔。他没有像从前那样爽快地跟来访者打招呼。保持沉默本是他的作风,让大自然按其规律去做吧。他颌下的脂肪没有了,只剩下皱褶下垂的肉皮。“吓了我一跳,亲爱的,”他承认道,“你刚进来时的样子太像我第一次见到塔比萨时候的样子啦。他们那时正在摘南瓜,就在杰斯沃尔德那边,她是那地方在地里干活的最小的女孩子,倒拿着最大的箩筐。好啦,埃茜,既然你来了,我的腰也就挺起来了。仙客来花夜里太热了,我想把它们搬到北边的桌子底下去。替我浇花的小伙子嫌麻烦不愿意避开叶子,拿起龙头就浇,边浇边做他的白日梦。现在的人不听使唤,想怎么干就怎么干。他现在出去了,你能相信吗,参加高中橄榄球队训练去了。这是头一年球队进行——那个词怎么说来着?”

“混合训练?”阿尔玛按照外祖父的老习惯跟他一起干了一个多小时,把放置六盆植物的木板连同生锈的铁架子和白漆木架一起挪到暖房的另一个位置,那里的阳光不那么强,而且通风好,可以使绿叶生长得更茂盛。几个顾客进来又走了。他们没有认出她来,因为她把头发包在三角头巾里,并且没有化妆。或许他们是因着那个新建的炼油厂和大储油罐才到贝辛斯托克来的,炼油厂和大油罐修建在咸水沼泽地上的那条河边,南边是埃文河的入海口,河水通过几条曲折的带有海水倒灌的河道和一堆一堆的岩石流入大海,男孩子们经常来这里钓鱼。现在已经没有人钓鱼了,一个八英尺高的带电铁篱笆和几处农场的房舍分散在那片地方。或许他们就是本地人,一直按照小镇的生活方式盘算自己的生活,因此认定当年的小埃茜·威尔莫特从来就没有离开过家。

她来来回回地搬着那些花木——把盆栽的黄色跟橘黄色菊花摆在南边阳光直射的位置,检查叶子背面有没有蜘蛛卵;红色和粉红色的凤仙花在悬吊的盆里含苞待放；一些五颜六色的架子上放着长寿花，老人管它叫火红的凯蒂，现在需要抑制它不让它过早开花，等到秋季再绽开——她把自己想成是它们中的一员，被挪来挪去，每挪至一处会更快活，成长得会更好。干完活她的胳膊都疼了。他带她到燃煤大锅炉后边的根植栽培地下室，二战后锅炉已改为自动供油的燃油炉了。那条宽宽的木板凳和脏床垫还在。“辛苦了一周再坐那个木板凳就觉得特别硬。”他说。在这间阴凉昏暗泥土地的地窖里，小苍兰、风信子、水仙和百合的球茎栽培在大塑料盘里的土里，像一座座注定要复活的小坟冢。当它们长到一英寸左右并有了很好的根须时，便要悬挂在四十华氏度的黑暗中，等到一定时候才拿进暖房在阳光和一定温度的环境下生长，圣诞节时便可上市了。老人家不无骄傲地缓慢检查着他这笔埋在地下的财富，阿尔玛默默地陪伴着他，有那么一两分钟她几乎忘掉了自己。

“姥爷，咱们在一起的这几小时多高兴啊。”分手时她说，说着泪水就快流出来了，她已经学会了在恰当的时候哭泣。

“在这里可以远离是是非非。”他说着颌下松弛的皮肉抽搐了一下，他暗示阿尔玛现在的生活中充满了是非。

根据埃茜的经验，她的祈祷总会得到上帝的回应，尽管不是每一次都回应得如她企盼的那么及时。她终于如愿以偿地得到了拍音乐喜剧的机会——华纳兄弟公司重拍《金发女郎》，由她主演光彩照人的维丝塔拉玛，搭档是平·克劳斯贝，迪克·凡戴克替代杰克·卡森出演，珍妮特·雷则替代奥利维亚·德哈维兰。克劳斯贝没让人从银幕上看出他与他的女主角有三十岁的年龄差距。他刚刚跟比她还年轻的女演员凯瑟琳·格兰特结婚，她曾与埃茜合演过《最后一次见到托佩卡》，她来参观华纳公司时怀孕的肚子挺得正高。在这部电影封镜后一个月小哈里·里利斯·克劳斯贝出生。这对电影中的夫妻——阿尔玛染成猩红色的头发蓬松地向上卷，老哈里·里利斯·克劳斯贝戴红色假发——跳着华尔兹从弧形宽银幕的这一端飘向另一端，他们两人的声音柔和地交织成美丽的二重唱，此片给他们赚了大钱，制片人格外高兴。“他们想给我授勋，”阿尔玛在一九五九年度格莱美奖颁奖大会上说，引起观众哄堂大笑。好莱坞圈子里的人对她的态度好多了，因为她不再是那个天不怕地不怕、随心所欲的天真的年轻女演员，而是一位成熟老练应变能力强的老演员了。

她之所以成为一名成功的喜剧演员，是因为受到了克劳斯贝轻松自如的表演风格的感染，即使经过精心排练，他也能即兴发挥，把该逗乐的部分演得格外成功。与跟她合作的其他男主角不同的是，他认为他不是借助外表漂亮取得成功，而是依靠精湛的表演征服了电台、唱片公司和电影业的。少年时期他在斯波坎长大，他的各项体育运动技能都卓尔不群，在学校里也是绝顶聪明的优等生，当时耶稣会会士们想把他培养成出庭辩护律师。非同一般的工作效率是在这些成就的基础上产生的。这位已上点年纪的歌剧演员偶尔表现出的不耐烦和冷漠也就不会影响她的热情了。通过对他的观察，她进一步看清自己已意识到的自身问题，自己的确存在为表演而表演的职业演员的危险，情绪也容易受观众多寡的影响，如果观众很少，就容易精神不集中。她很了解爱尔兰人——比如帕特里克，还有贝辛斯托克教代数的单身教员奥布赖恩先生，以及斯宾沙·特利西和唐纳德·奥康纳，实际上在大批犹太人涌入之前支持美国娱乐界的不就是爱尔兰人吗？——懂得一个半途而废的牧师如何用镇定自若的魅力与非凡的智慧将自己饱受磨难仍矢志不改的品格掩盖起来。她也有信仰。她怎么也不明白为什么会有人怀疑上帝的存在：他明明就在那里存在着，离她那么近，与她交融在一起，甚至可以触摸得到。他跟她感知灵敏的皮肤一样充满活力，跟她从镜子里看到自己影像一样可以信赖。拂晓时她起床后便坐到惨淡的化妆灯下，用油彩、海绵、眉笔和睫毛刷在脸上试探地勾画着，扑打着，再把头发紧紧地向上梳，盘在一只像死老鼠一样难看的发卷周围，那个发卷是她在阿奶的抽屉里找到的，恰好用来做吉卜赛姑娘的发型时使用，腰部用贴住骨头的紧身胸衣束住，大披肩式衣领花边的每一个褶裥和天鹅绒丝带以及镶着荷叶边的抽褶束腰裙，均做工精细无可挑剔，嵌宝石和珍珠的白色硬领恰到好处地在脖颈处扣紧，盘得高高的头发上扣一顶大黑天鹅绒“唐斯博罗”帽，帽子上配有鸵鸟羽饰，一辆林肯轿车把她像圣像一样从化妆室送往摄影棚。在汽车后座上她只用半个臀部靠着座位边，戴着手套的手指用力支撑着椅背，以免衣服的皱褶被压坏或变形，涂着浓浓的眼影和百拉多娜的双眼用力睁着，涂满唇膏的嘴无声地张着，她走出林肯车，神圣肃穆地把自己呈献在摄影机的镜头面前。

然而她需要等一年零四个月才能拍下一部片子。评论界认为这位以全新面貌出现、舞姿翩翩的阿尔玛·迪莫特“表演上乘”，但公众却不以为然。重拍的剧名是《凯西与他的金发女郎》，比原片名长了。在这个物价飞涨、消费超出预算的时代，它并没有带来它所需要的票房收入飙升的情景。仅凭彩色银幕上一位会唱歌、活泼可爱、天真无邪的女演员是无法把人们从如同毛毛细雨般虽小却从不间断的电视节目前拉回电影院的。音乐片已成明日黄花，只有米高梅公司廉价制作的猫王系列片例外；电影佳丽们也都莫名其妙地失了宠；这些女人，无论环绕她们的光环多么绚丽，各种困扰多么令人沮丧，她们对票房的影响力已不复存在，这也许是因为家庭妇女宁愿围着她们的锅台转。嘉宝、克劳馥和葛丽亚·嘉逊等需要那些不知足的充满幻想的妇女们的捧场。五十年代女权主义运动不断高涨，其实美国妇女在大萧条时期和二战时期已经得到了越来越多事实上的平等，由于妇女也能赚钱了，她们的精神状况得到很大的改善。哥伦比亚提供给阿尔玛的剧本以道德败坏的男人世界为主体，不是托尼·科迪斯舔伯特·兰卡斯特的靴子，就是本·戈扎拉在军事院校挑起同性恋暴虐，她只能在其中扮演一些小角色或者很令人讨厌的人物。她对阿尼抱怨说：“共产党还是回来吧——至少他们为妇女写剧本。现在的剧本都是小伙子为小伙子写的。”也包括，她没有往下说，跟她住在一起的卷头发的小伙子。

阿尼正跟阿尔玛光着身子躺在贝弗利山旅馆的套房里，她的那位年轻剧作家马特·拉兹罗因整日忙于“工作”已经搬到她在电视山路的家中去住了。她亲爱的经纪人抽了一口药物性的塞勒姆烟，以遮掩阳痿的尴尬，他们已经大汗淋漓地试了一个小时，结果还是不成功。他刚要成功思想便开小差，一下子想起斯卡斯代尔或者在洛克菲勒中心楼上的美国音乐有限公司的办公室。也许是他那物件在她嘴里刚刚有点硬时她却变得心不在焉了？这是地中海人特有的皮肤黑黑的生殖器，你还以为是从非洲人身上移植过来的哩，虽然他已经依照传统做了包皮环切手术，可还是去不掉那股腐臭味。它变得十分娇气，需要心无杂念只有对性的渴望才能勃起。这跟摄影机一样，一点点作假都逃不过去。而跟她的年轻情人在一起时阿尔玛的思想即使跑到十万八千里以外，他照样能在三分钟内搞定，而且认为她是自克娄巴特拉以来无人能比的性伙伴。“宝贝儿，整个影业在动荡。”阿尼解释说。他很高兴用语言来掩饰尴尬。“再不会有一成不变的事了。连埃丝特·威廉斯还让米高梅遭到了惨败呢，接着就是那桩闹得乌烟瘴气的代理权纠纷。只要旗舰上出现哗变，整个舰队都出麻烦。皮克弗德和卓别林背叛了美国文艺界人士。休斯把雷电华电影公司搞成一团糟，然后弃它而去。华纳兄弟公司廉价出售了自己的资料馆。电视是鹰，我们则是发臭的死尸。宽银幕电影市场疲软了。人们对花样翻新感到厌倦，甚至开始对声音也不再感兴趣。那些强硬分子们，那些对公众反应敏感的人们，正在消失。梅耶，还有你那位科恩，”他大笑一声，燃着的烟灰掉进他前胸灰白的汗毛下面，发出一股焦糊味。她在想是不是去洗澡间漱漱口。“那可是个会打哈哈的人，”阿尼说，“那个科恩，人们要什么他就给什么。在他的葬礼上真来了不少人哩，因为他们知道那是他们的葬礼。”

“我喜欢哈里。”

“我知道你喜欢他。他也喜欢你。基督教的好女孩是不跟他上床的，他很尊重这一点。”

“谁说我没有跟他发生性关系?”也许嫉妒可以恢复他的性能力。她因性交失败而生气,跟电影票房大跌一样令人恼火。你的全部身心都投入进去了。男人们没准认为追求处女会让他们神魂颠倒,但是她在好莱坞的经验却证实了男人拼命追求的是曾被大人物玩过的女人。保持接触的途径,是渠道。

“我的一个朋友说的,”他深深吸了两口烟,一股浓浓的黄绿色烟雾随声从口中飘出。“别说我的消息不灵通。”她用鲍嘉回应别人敬礼的方式开玩笑地拧了一下他干瘪的赤膊。他可能误解了她拧他的意思,眼睛瞪着天花板,说:“说到死,阿尔玛,必须把我算在内。医生说我的心血管系统跟八十岁老人的一样。可是在家乡波兰,我的爷爷和姥爷都活到了九十多岁。”

“离开波兰得花不少钱吧,我猜。”

“留在那里花的钱更多。”他叹了口气把话从这个深奥的题目中扯回来。“你干得相当好,孩子。我百分之百地为你骄傲。一个来自特拉华的小脏妞,刚来的时候连鼻子都是歪的。”

她抚弄着他耳朵边卷曲的银发,那半透明的耳朵上长着一层细细的绒毛。“那我怎么会没有活干呢?”

“问题就在这里。你是大明星嘛,你的身价太高了。”

每周三千五百块的价几年前就已经算很低的了。后来又重新谈判过两次,还有两次她威胁要罢演,最后哥伦比亚公司才解除了她最后一年的合同。在这场不停变换规则的游戏中她独自为一方,虽说有一位经纪人,却是一个连阳器都无力勃起的人。

“那么你不能降低我的价码吗?”

“亲爱的,没那么简单。那样对其他的天才演员就太不公平了。我们把你降了价,就会使整个天平失去平衡。找便宜的人太多了。”

“阿尼,我必须工作呀。他们把我给忘了。”

“要忘掉你还得费点时间呢。你才二十八岁。听着,阿尔玛。让我给你说说是怎么回事吧。制片厂造就了大批废物,可是他们雇用这些人,把他们安置在各种岗位上:舞台工作人员,特技演员,场记小姐,木匠,什么都有,直到高层管理人员。他们一直在培养明星,一旦能拍戏,他们就让你试试,看看你能有多大发展,能抓住多少观众。只要观众一星期一星期不减少,不管是西部片还是惊险片,A级片还是B级片,他们才不在乎呢。你知道银行是怎么想的嘛?不管是什么电影,也不管电影有多糟糕,只要能让他们收回百分之六十的成本就好。所以只要你的电影能收回百分之六十的成本就没有人发难。可是这一切都已成为过去。电影生产从每年五百部减少到了每年两百部。电影厂成了出土文物。剩下的就只有交易了——独立制片人和代理商们。美国音乐有限公司已经签了好莱坞三分之一的合约,斯特恩和沃萨曼在电影厂裁人的时候买下了一批合同。我们的天才们比我们能推荐的多得多。我们该做制片厂过去做过的事,可是制片厂都是大规模的,咱们没有他们那样的厂子,他们也没有合作连锁单位。其实要是美国音乐有限公司最终买下一个制片厂也不奇怪。我们刚刚成立了雷威影视中心,专门制作电视系列片。嘿,你再拍电视片怎么样?等我们有了大片再说?你那一部《金发女郎》——你可把别人都压住了。德宾格尔也在你面前黯然失色。"

他对她角色的评论使她感到愧疚与不安。"我不想再去拍电视。拍电视的都是根本进不了好莱坞的不入流的人。我去参加夏季剧团的演出吧。我真的不行了吗?什么时候开始的?怎么会呢,阿尼?我才二十八岁呀!"

他朝天花板吐出最后一口烟,然后把最大号的香烟在这张最大号床那一侧的玻璃桌上的烟灰缸里熄灭。"我该戒了这东西。好啦,听着,阿尔玛。我们日夜都在为你奔忙。耐心一点。去度假,参加个吉他班。去度假牧场住一阵子吧。你就会让腰部瘦下一圈去。我已经看出来了。"

他的话更使她因性欲没能满足而躁动不安。马特至少每次都能使她满足,必要时哪怕用舌头或全部用手。他在这方面是一位欧洲绅士,电影脚本写得很有生气——间谍片,科幻片,男性操纵的科技大战。阿尼闭上眼睛。

阿尔玛盯着白石膏天花板，目光在屋顶的四个角画着想像中的对角线，使之构成一个X，可惜的是远处那个角被切进了那间豪华的浴室里：旋流浴盆是淡紫色下沉式的，它上方的玻璃支架上摆了一溜阿尼的药瓶子。她突然想到这缺了的一角意味着厄运，不由得打了个寒战。“我想，拍音乐剧是个错误，”她说，“使我更难得到同一类型的角色了。”

“嗯，”阿尼闭着眼睛说道，“你不能老是演不听话的孩子一类角色。耐心点，宝贝儿。”他叹口气下了床，无力地站起来，脊背驼得更厉害了。他那个无用的酱红色器物沉重地垂在一堆爹起的白毛之中。毛茸茸的耳朵被午后太阳的强光照得透着血色，加州的这一天格外宁静，窗外院子里棕榈树的一条大影子像西洋镜般照在窗玻璃上，看上去真像在战场厮杀场面里由临时演员扮演的即将死亡的战士垂下的一只手。

没有时间耐心等待了。镜中的阿尔玛下巴的线条已不再清晰，眼睛周围肌肉也开始臃起。在她与阿尼生气的过程中，她其实已经被她的编剧男友马特·拉兹罗弄大了肚子。他的名字马特不是马修的小名，而是马赛厄斯的省略。他的父母都是匈牙利人，一九二一年，他们为了逃脱霍尔蒂[①]摄政反自由、反闪族的过火行动，来到加利福尼亚。他的父亲叫乔治·拉兹罗，过去在松博特梅伊时是音乐教授。在这里他找到一份为钢琴调音的工作，同时在帕萨迪纳教书。马特在成长过程中被视为天才少年，长大后他投身艺术，从事剧本创作。阿尔玛跟他的婚姻没有维持多久——她早期的婚姻没有一桩是长久的。她的几任丈夫个个爱嫉妒，行为粗野，一桩失败的婚姻导致了另一桩的产生。马特比较温和地退出了，他不像她第一任或第三任丈夫那样贪婪地抓住不放。那第三任丈夫是一个始终未成大气候的摇滚乐队的器乐手。阿尔玛对丈夫或者情人总是缺乏耐心——小时候她受到了

---

① 霍尔蒂(1868—1957)，匈牙利海军上将及政治家，他领导了针对贝拉库恩的反革命运动(1920年)，之后成为摄政者，于1944年被纳粹军队绑架，1945年又被盟军俘虏。

太多的关爱和夸奖，总觉得他们给她的爱不够。

她惟一的儿子出生在一九五九年四月，就在这一年，她的演艺生涯进入第二个阶段，在这期间她在喜剧《奶油干酪鱼子酱》中扮演的是成功、大胆、甚至带有女权主义思想（别忘了此时依然是艾森豪威尔时期）的女性，与她配戏的是保罗·纽曼。给她这个一脸庄重的婴儿起名叫克拉克很不吉利，因为第二年克拉克·盖博就突然去世了。盖博活着为艺术作了贡献，死时也是为艺术而献身：据说在沙漠里拍摄《格格不入》时，他在完善自己精湛表演的同时还要努力与染上毒瘾的玛丽莲·梦露相处，结果被燥热的天气夺去了生命。然而六十年代是死神降临的最频繁的十年。阿尼·法恩曼死于同一年，他死在自己斯卡斯代尔仿都铎式的家中，阿奶则在第二年离开人世，跟着在一九六三年去世的有丹尼尔·西福德爷爷和约翰·肯尼迪。

在她扮演过的诸多角色中，扮演母亲是她演得最不成功的少数几个角色之一。她的孩子，一个十分可爱腼腆红脸蛋的蹒跚学步的娃娃，长大以后变得郁郁寡欢、缺乏生气、干什么什么不成，完全没有威尔莫特家人辨别是非的能力和拉兹罗家族欧洲人的艺术才华。他具有他最爱的姥爷特迪谨慎的性格和敦实的身材。在争名夺利、无章可循的好莱坞他始终找不到适合自己的位置。凭他妈妈的名气在代理公司或者独立制片公司替他找到一份工作是完全能办到的，但是由于不断地与人争吵或者不守约，他最终未能有所建树。他遇到的各种麻烦——与女孩子的瓜葛，毒品问题，以及车祸等——不计其数，超出一般人的纪录。一九八七年，克拉克在科罗拉多中部他大姥爷贾里德的滑雪场当缆车工，阿尔玛被告知，他被一位叫耶瑟·史密斯的虔诚教徒所吸引，加入了他的所谓乌托邦公社，全名叫“真理与真正信仰的圣殿”。动机非常怪诞，但是她分析，他总得设法满足自己出名的欲望，无论她有几个儿子，他们都会这么做的。脱离她的怀抱，投入上帝的怀抱。顺其自然吧。一大解脱。

第四章

克拉克/以扫/斯利克

“关于我，没有太多可说的，”克拉克结交朋友时常常这样说，为的是抵挡一下人家对他的不良看法，可他是阿尔玛·迪莫特的儿子而且是独生子的事实早晚还是会真相大白的。“啊，她已尽了最大的努力，”对别人必然会引出的那个话题他就这样来回答。“除了周末我很少见到她。每天我起床上学之前她就离开了家，很多时候我睡了觉她还没有回来。别人可不知道这些可怜的明星工作有多辛苦；他们这些傻瓜全都是奴隶，她甚至在周末也要工作——在特殊场合露面、不值一分钱的福利工作、接受采访、去纽约参加脱口秀。她原先那位经纪人——据我所知他就是个甩手掌柜的——死了以后，她找到这位西海岸土生土长的雪莉·弗鲁格西做她的经纪人，可她一点人情味都没有。她让我母亲到处奔跑——伦敦、纽约、罗马，只要能引起人们注意的地方全让她去。她回来之后，我指的是我妈妈，不得不接着露面，出席各种能带来好处的聚会，那种场合有很多洛杉矶醉鬼和看霸王戏的人。妈妈也去，可你不能说她是醉鬼。这是她和雷克斯婚姻的主要创伤——雷克斯·布鲁德奈是摇滚歌手，你可能从没听说过他——她那没完没了的应酬比追星族们的纠缠，也比她在一九六九年事业上的碰壁和他事业的一事无成更让人伤神。在好莱坞你的婚姻可以失败一次，但不可以失败第二次。”

克拉克放学后他妈妈的司机开车去贝弗利维斯塔小学接他，雷克斯必须在他到家前两三小时起床，他们按计划该去水泥游泳池边较平坦的草坪上打空心棒球了，这种球是用橘黄色的塑料拍子打。雷克斯曾在德克萨斯中学校队里打过这种球，直到他辍学当了音乐人。他能让克拉克明白他准备打给他的大腾空球是什么样的：这是高球。这是边线球。准备跑，超人，我可要把球打到他妈的栏杆那儿去了。雷克斯戏称他超人，因为电影超人的名字叫克拉克·肯特。回首往事，克拉克认为，对他来说雷克斯是一位最像个父亲的父亲。他不胖，有运动员的体格，但个子不高，妈妈穿上高跟鞋跟他差不多一般高。他的胡子又黑又浓，总带着啤酒味和熏香似的甜味。克拉克猜想，他恐怕从来都是醉醺醺的，但是并没有影响他打球的技术。他让克拉克先接五个球，然后他自己上阵。雷克斯接球的技术简直令人叫绝：不论是球呼啸着直奔脚下，还是旋转着高高跳起，他都不止一次在泳池边或跃入泳池上空把球抓住，接着连人带球掉进水中，将大量水珠抛向加利福尼亚干燥的空气中。他会从水里爬上来并用高雅的姿势展示手中握着的那个白球，沾了水的胡须在皓齿四周指向各个方向，脸上露着坦荡的微笑，头顶开始稀疏的头发滴着水珠。雷克斯已快秃顶，可是他那帮人，布鲁德奈和他的伙伴们，仍然未能进入排行榜，也未能改掉老习惯，他们一去圣莫尼卡和莱顿多海滩娱乐场便又喊又叫地跳舞跳到半夜，只要鼓点不停他们就一直跳下去。虽说借着妈妈的名望他们参加了德卡和哥伦比亚歌唱会，但是唱片一直没有走红。人们说他们的歌像甲壳虫的，但少了保罗多愁的音质和约翰辛辣的锋芒；像滚石乐队的，但没有米克的狂怒；像狮子乐团的，但缺乏灵气；或者像莱德·齐伯林的，但缺少激情。雷克斯对克拉克承认说他的歌缺少生命力。他每天晚上费尽心血与一帮无组织无纪律的吸大麻的孩子们混在一起，这使他精力耗尽，瘦得像个长跑运动员。下午，那帮孩子来到他家的房子外边时，在阳光下你会发现他们个头有多小，人有多瘦，头发有多长，胡子还是毛茸茸的呢。他们虽然穿着紫色贴身短背心和皮坎肩，可仍然是孩子，是一群力争有所作为的孩子。克拉克虽然只有十岁，但他们有意识地互相打闹好让他看，还从眼角看他有什么反应。他们很礼貌地跟妈妈谈话，好像她是个上年纪的人，事实上她确实年纪不轻了。她跟雷克斯结婚时已经三十一岁，而雷克斯才二十五岁。克拉克十六岁时曾问过她，为什么和雷克斯结婚而且维持到一九七〇年他成了不可救药的醉鬼才分手。她漂亮的长眉毛下的一双眼睛瞪着他，像是在说你他妈到底是谁？然后捋了捋帽子下有意弄乱的银灰色头发镇静地说："雷克斯就是一个鸡巴。"尽管儿子正在长大，并在积累自己的人生经验，但克拉克无论过去还是现在都认为她对儿子说这种话是不合适的。这件事让他大为震惊，并且留下深刻的印象。他看出了她说那句话时的明显不满：小娃娃，少管我的事。她用染红指甲的手指夹着弗吉尼亚细支香烟，蓝色的烟雾悠然盘旋飘向她耳边的上空。耳廓白色的边沿从漂白的头发间露出一点来。那些关于她的漫画总是突出她那两只招风耳，可是细细看来，这样的耳朵正配她的脸型，使她看上去朴实无华，虽然她看上去有些倦怠，却并不缺少生机与活力，尽管有些饥不择食。他对她绝不会产生不满，因为她太质朴太单纯了。

克拉克曾用过一点迷幻药，后来因为害怕就放弃了。幻觉在他头脑里打开一个缺口，这里有时会像演电影一样映上各种画面，其中之一便是妈妈说雷克斯是鸡巴——这无异于打在他脸上的一记耳光，而且是正当他试图在种种原因的基础上与她友好相处时——他们毕竟生活在同一屋檐下。按他当时的年龄，他应该已经从圣安德鲁的学校放假回家来了。他舅舅丹尼去上罗格斯大学和到政府部门工作之前曾在圣安德鲁上过两年学，势利的妈妈为了求得心理平衡，坚持在他读完贝弗利维斯塔八年级后把他转到那里去上学。克拉克十分眷恋加利福尼亚，非常痛恨特拉华无情的冬天和一年四季潮湿的气候，因为在那里双脚总是湿的，鼻子要么堵得严严实实，要么没完没了地流鼻涕。人们说特拉华风景宜人，但在克拉克眼里它却像一小块再现历史面目的肮脏地带，历史陈迹已在这恶劣的天气中暴露了很久很久，一切都是砖结构，哪里都黏乎乎的，到处杂草丛生，无处不散发着工业化的气味，那里的河流是他所见过被石油污染最严重的。东部地区处处都是这类黑色的河流，全部河流加在一起也抵不上好莱坞水库里一加仑清澈透亮的水的价值。他彻底明白了为什么妈妈一遇到机会便马上离开那里。

头脑里小电影的另一个画面是雷克斯飞身抓球跃入泳池的那一瞬间。雷克斯抓球的时候表情既严肃又可笑，这都是为了让一个十岁的小男孩高兴，而克拉克则为自己击出那么多旋转高飞球而惭愧。他过于着急，所以一次次过早挥棒，总是击中空心棒球的下端。"别慌，别慌，"这位前德克萨斯运动员说，"想好了再打，小超人。"雷克斯从不埋怨他，顶多在顺着水池的扶梯上来后用很重的鼻音学着第三者的口气说一句："他太急于求成了。"接着从玻璃桌上拿起冷饮罐喝上一口，像只营养不良的狗一样轻轻抖一抖身体，抖一抖水淋淋的牛仔裤和T恤衫，重又猫腰站到自己在地毯般草坪上的位置，水珠不断从胡子梢和长发的发梢向下滴，虽然他的头顶已显出白头皮，可他本人并无察觉。克拉克甚至还能从小电影上看到雷克斯T恤衫上的丝质小方块，前面的方块里是"越共万岁"，背后的是那位太空人的像，他穿着北极熊一样的衣服，站在他们插在月亮上那面静止不动的小旗旁边行礼，不过那面旗子是北越人的，红底上有一颗黄星，宇航员头盔里是胡志明微笑的脸庞。妈妈也想让越南北方获胜。这让克拉克觉得奇怪，美国可从来没有亏待过她呀。

"其实雷克斯人真的不坏，虽然在舞台上他总像个疯子似的。事实上他的演出让他耗尽精力。我们在院子里玩空心棒球或者飞盘，然后回屋看第九频道的老电影直到妈妈回来，或者看到他该去演唱会的时间。他们分手的时候我十一岁。他喝得烂醉，竟然在睡梦中把尿撒在客厅的沙发上了。妈妈说真正的原因是他再也不配当迪莫特先生了。当然啦，从来就没有这么一个迪莫特。”

“当然啦。”

“迪莫特这个名字是杜撰出来的。”克拉克多余地解释说。他觉得有点不知所措了，而这个滑雪的小姑娘就在他前面几步远的地方。她个头不高，长得一般，看上去像茜茜·斯培塞克过去的模样——黄里透红又细又直的头发垂在脸旁，脸上的雀斑稍显过密，鼻头挺大，像狗鼻子一样能看见鼻孔——坐在山脚下这间主要的咖啡店里，小店的名字叫“采金人”。刚滑过雪的人们在长长的桃花心木栏杆外来来往往，有的去路的另一头吃墨西哥饭，另外的人则挤进一辆车里准备去另一个山谷，那里叫泰谷，他像是计划好了似的跟这位姑娘留在了这里。他不知道这是怎么回事，但是任其自然发生。她面色苍白，害怕见人，双眸闪亮，像一个来自边远地区的女人。带防风镜留下的白色印记很明显，好像黄色电影里女演员身上留下的泳装印记。克拉克觉得今晚有可能与她上床，但这一想法并未使他产生兴奋感。女人是陷阱——像毒品，像烈酒，像名誉——这个看法是在他离开洛杉矶前不久形成的，他后来离开那里到了这美丽的群山之中。这里是上帝的国度，人称科罗拉多。

你不得不去尝试诱饵，这是人的天性，可你必须在铁栅落下之前逃离。从她脸的下半部晒得黑黑的、雀斑也格外明显的情况看，估计她刚从海边或者丹佛，要么是东部地区过来，在纬度比这里更高的地区已呆了差不多一周时间。这些不要脸的女子正盼着与人性交呢，如果不能与滑雪教练上床，找个管缆车的人也行。

大姥爷贾里德对他说照顾游人上下缆车只是过渡性的工作，一旦有了空缺就把他调上去。过去他母亲常带他和雷克斯到斯库谷过圣诞节，那是当时电影界人士的时髦活动。克拉克喜爱白雪皑皑的山坡，喜爱充满紫外线的碧蓝天空，更喜爱滑雪时急速下滑的刺激。妈妈让他整天呆在儿童滑雪车里，那时他们每年去两次——另一次是华盛顿生日的那一周——到他十二岁时他们便不再去了，或许是因为雷克斯已不再跟他们在一起了的缘故吧。雷克斯滑起雪来简直像个职业滑雪运动员，一直滑到早餐和午餐时喝下去的啤酒使他浑身发懒，无力再滑。克拉克的滑雪技术老也提不高，一连三次教练员资格考试都没有通过，当地那些仍长着娃娃脸的二十岁的乡巴佬们皮笑肉不笑地用土得掉渣的乡音对他说："雨果（如果）内（你）到了西七水（十七岁）还未（没）把生体（身体）练灵河（活），再练就完（晚）了。"这话原是罗尔夫·凯尼格在安慰别人时说的。凯尼格来自奥地利的"西部荒原"滑雪场，他是比格霍恩滑雪场的首席教练，留着小平头，下巴上有个酒窝，总带点纳粹的派头，他能像飘落的羽毛一样轻盈地沿缆车线拐五十个弯从山上滑下来。

克拉克在比格霍恩滑雪场的官僚机构面前屡屡碰钉子。贾里德和他的丹佛合作伙伴们在四十年代给滑雪场起名叫比格霍恩，当时那里的风景线只是这索道、单座椅和雪靴固定带。滑雪场创始人的外甥既不喜欢接受指令，也不善于发号施令。他认为滑雪场的小饮食店不应光卖奶酪汉堡包、炸土豆条和油亮亮的甜甜圈这些人们已吃厌了的东西；他还认为如果巡逻部门主任阿特·马林继续开放专业人员滑雪道，终会有人死在光照充足的某一天，因为到了春天坡上的雪融化，石头和树墩就露出来了。"专业滑雪运动员是不会往石头上落的，"阿特对克拉克说。

"是的，可是很多技术很差的人也去没有用铁链拦着的地方往下滑，你也看到了，还有很多没学会滑雪的女孩子，她们是被男朋友纵容到那里去滑的。"

"那就是他们自己的问题了，滑雪道都标得清清楚楚。"阿特边说边用他一贯正确及我说了算的眼神盯着克拉克，这种眼神总是让克拉克火冒三丈，尽管最终他总会退让。他在比格霍恩最厉害的一次争吵是跟约翰尼·波尼福特[①]。波尼福特是中年人，地道的犹他州人，那个星期天他负责操纵新安

---

① 字面意思是"小马蹄子"。

装的三座位缆车送游客上半山的叫银马鞍的地方。下山的滑雪道很宽敞也很平缓，但是由于周末人太多缆车便高速运行，致使座椅在上下乘客的圆盘上前后甩动，像大砍刀一样打在等候的滑雪者背上。坐中间的游客由于无法抓到两边的扶手，受到的威胁最大。那天上午，一个小孩试了三次都没有来得及把穿着高尔-泰克斯滑雪服的屁股放进座椅里，结果头朝下栽进下面的雪泥地里，父母花上千元钱给她买的华丽的滑雪服溅满了泥浆，像一幅色彩艳丽的图画。以这种速度运行着的座椅上的雪杖一旦被绊住，就会戳在人身上弄伤胳臂或大腿。三人一组的滑雪者站在半藏在泥水中的标志以外，伸长脖子等你把椅子抓住让它停下来，然后像塞尿盆一样把它塞到他们的屁股下面；接连不断的椅座撞着你的脊梁，让你神经紧张，再加上那永不间断的响声：不啷，不啷，噗气；不啷，不啷，噗气，这样干活没法不让人恼火。他第三次把那个掉进泥里又惊又怕的孩子抱起来放进停下来的椅子里时，向约翰尼做了个放慢速度的手势，可是得到的回应却是更快的速度，致使那些滑雪者咯咯笑着急忙跑向预备线，准备在一秒钟内坐上飞来的座椅。克拉克火不打一处来，他一边用手关机，一边在下一个椅座到来之前冲到了中间，豁出去让它把自己撞倒。索道闸住了，半山的空中椅座都被甩得悠来荡去。克拉克推开门跨进棚子对约翰尼说："喂，看在上帝的分上，慢点好不好。你这样会出人命的。"

"还没呐。二十年内不会。机器造的就是这么快。滚回原地去送你的人吧。"

"开慢点，要不我就向上边报告了。"

"我还要报告你呢，迪莫特。"

"那不是我的名字，印第安人。走着瞧。"

排队的人越来越多，那些脸蛋冻得通红、带着风镜和头绑带的孩子们都在听他们谈话。克拉克想打退堂鼓，可是双脚还是朝管理处走去，他的牛仔靴已经被索道周围土豆泥般的稀泥泡透了。他走开时听见约翰尼·波尼福特的电话响了——山上的操作员在问出了什么事——他知道不等他到达管理处，那里的人已经听了约翰尼的一面之词，这使他心烦意乱，灰心丧气。他的背开始疼起来，脚趾头又湿又冷。让这些土老冒儿们占有他们这些混账山吧。可是他又能去哪儿呢？他所熟悉和热爱的加利福尼亚是属于童年的事了，那是年轻人的主题公园。

他问茜茜·斯培塞克："想吃点什么吗，你？我可累惨了。"

"我叫哈娜。可能你第一次没听清楚。"

"哎，你，别一上来就责备我。我怎么会知道你跟我会在一个孤岛上相遇呢？忽然间人们都走了。你可以在这儿吃牛排土豆片，要么去路那头吃墨西哥饭。新世纪素食餐厅九点就关门，咱们赶不上了。"

"要么咱们去我那里随便吃点。"

"你那里？就这么容易？"自从有了艾滋病，人们已不再那么草率了。

"离这儿大约半个小时多一点，在下河。"

"下河。是那地方的名字？"

"曾经是个挺大的镇呢。"

"属于那种矿镇。现在已经没有矿了。"

"过了铁道线就是，在伯尔镇。"

"天啊。"他说，其实他也不知道为什么这么说。

她告诉他："整个科罗拉多曾经叫做杰斐逊，你知道吗？叫杰斐逊领地。是那些矿主们凑到一起给起的名字，可是国会说它不合法。这是河溪大屠杀以前的事了。"原来她是个小教员，怪不得呢。克拉克一直坐在这里不停地喝玛格丽塔葡萄酒，她则用白兰地酒杯喝越橘苏打水。她将在那一刻过后长时间清醒地躺在床上，而他则会昏昏欲睡。十年前他可不知道这种事也会叫人累得想睡觉。他曾认为每一回都是一次胜利，然而现在这种事也成了另一件他不在乎的事了。

"老是觉着怪有意思的，"他说，"经他之手买了这么一大片土地，可是没有哪个州是用他的名字命名的。安德鲁·杰斐逊。不对,等等。托马斯。对吗?”

大姥爷贾里德对他这次吵架的事感到难以理解。他办公室的位置在像舰长指挥塔一样的管理处的角上,透过平面玻璃窗可以看到外面白雪覆盖的山坡,山坡上浮动着三座椅索道缆车,那片耀眼而又广阔、利益不菲的山坡上,点缀着左摆右摆的滑雪人。他们从山上急速滑到山下,又像吃角子老虎机吐出的银币一样马上被塞了上去。这个坡是四十年代开发的,起初只有T字形上山吊椅,后来装上了单座椅,接着又换上大号双座椅。那双座椅吊在由巨大管状支柱撑起的钢缆上,将比格霍恩直插云端的峰顶变成了咫尺之地。滑雪道的名字都很野蛮好斗,如“冒烟的枪”,“射击”,“老子天下第一”。贾里德包裹着那条已萎缩的残臂的法兰绒衣袖安全地别在他帅气的衣身上,别着牛头饰领带卡的亮得像蜡般的黑条领带衬托着白鹿皮覆肩。他已老眼昏花,当他朝外面雪野望去时,昏花老眼的眼球上映出绿色的冷光,给他这被太阳晒得枯槁的身躯嵌上两小片宝石绿。他转过身来亲切地说道:“克拉克,你使我想起了我弟弟。他一辈子胆小怕事,总是怕这怕那,觉得对不起所有的人,尤其是对不起他自己。操他妈的那么多心干吗,这就是我的做法。事情最坏莫过于死,人到了我这个年纪,死也不全是坏事了。这次吵架又是为什么?”

“先生,约翰尼·波尼特尔①开缆车速度太快,非常不安全。我送三个孩子上椅座时他们当中的一个,一个小女孩,没坐上来就给摔下去了。”

“你的工作就是不让这种事发生。约翰尼的任务是让人们上山。约翰尼之所以在这儿干,是因为他知道并不是人人都愿意雇用犹他人,虽然政府说我们应该雇他们。人们认为他们不可靠。我则说:‘看看再说吧。’约翰尼跟了我很长时间了。你对他是印第安美国人有什么看法吗?”

---

① 字面意思是“小马尾巴”。

“绝对没有。”

“是他们先在这儿的，别忘了。他们当然他妈的不会忘。”

“咱们是后来的，先生，可是——”

这位颤巍巍的老人半个屁股坐在桌子上眺望着这座山，他说着慢慢地将身子挪下来，就像厨师从火炉上端下一口沉甸甸的锅。“你有特迪的消息吗？你姥爷怎么样啊？”

“他不像从前那样常给我写信了，可是要有什么变化妈妈会告诉我的。他和姥姥整天忙着开车，互相送去见大夫，在暖房里打发日子。埃丝特的一个孩子艾拉现在经营着那个暖房。”

“我曾经把特迪叫到纽约跟我一块儿干——让他在麦克穆兰公司当一个小股东。正是老吉米帮助我们赚大钱的时候，没经验的股民们拼命往我们肚子里塞钱。可我那可怜的弟弟跟不上时代，自己跑回家去找艾米丽了。”

“我想咱们不能都那么雄心勃勃吧。”克拉克说。这些故事已经因讲述的遍数太多而磨圆了，他不会是为了惩罚他才又把陈年旧事搬出来的吧？

“我一向很喜欢艾米丽。长得漂亮，腿算不了什么。可你妈真是个有胆识的人。”

“她挺了不起的，”克拉克蹩脚地加了一句。这时贾里德小心地护着那只残疾胳膊，将瘦瘦的身体挪进一把老式木头扶手转椅里。“甚至现在也一样，”克拉克想了想补充道，“两个星期以前我给她打了电话，她跟这位新交的男朋友结婚，高兴得不得了。这位波士顿银行家正参与对哥伦比亚公司的赞助行动，该公司现在归可口可乐所有。他曾经结过婚，但妈妈不在乎。”

贾里德说：“从来就没弄明白她是从哪里得到那份胆识的。我爹没有，这我知道。生来就窝囊，让我们全家跟着受罪。”老人的两眼正看着克拉克永远无法看到的东西，一个消失了的景象——一张桌子、一个房间、还有那带方格的窗户，它面对着铺有电车轨道的鹅卵石上坡路——这一景象夺去了那宝石绿的光辉。他不耐烦起来。“孩子,你来这儿是因为她说了话,”他对克拉克说,“别以为你比我手下的其他人干得好。”

“我没有,先生,只是——”

“假如你那个倒霉姥爷不那么胆小怕事,他今天就可能也得到了比格霍恩的一部分。一九二九年,债券持有者被催收保证金,吉米·麦克穆兰不让我声张,他认为把债券抛出去不合算,他自己也被套住了。八千公顷不毛之地。露西尔——那时她还是我的老婆——”

“我知道,姥爷姥姥给我看过照片。”

“她说那八千公顷土地里什么也没有,她是这么说的,然后冲我狂笑。这片土地没能保住我们的婚姻。”

“是的,我想也不能。”

“可是我拿下了这块地。到我手里时东边的矿已开采完了,当时在那些老矿道里还能找到金子和银子的痕迹。在那里干过活儿的人还在,也有的本人不在了,孩子们还在。那时在坑道里干活儿得爬着前进,头上顶着一根蜡烛,一天能挣上两块钱就不错了。后来,二战的时候,铜又值钱了。战争,他妈的这个国家经历过的最棒的一件事,那场战争。上帝保佑战争,这就是我学会的考虑问题的方法。一下子一切又都活了。头一次战争夺去的我的东西,第二次战争又还给了我。我们甚至回到老矿区用先进的办法重新干起来。亨德森还回炭渣溪开他的冶炼厂,这样运输起来经济些;还铺上了铁轨。黄铜矿必须冶炼,氧化铜需要除渣。战后钼矿又吃香了,从前那只是副产品,人们用矿车把它扔到一边去。可是后来我的几个精明的丹佛朋友看到了娱乐市场的发展前景,我们就再也不到矿肚子里忙活了,虽然里边还有不少好东西,可是要开采一来需要市场,二来得换新设备。刚开业的时候滑雪场发展很慢。对周围的农场主和苹果园主来说,山上的雪向来都是令人头痛的无用之物。冬天结束之前你别想见到一个从东部来的人。有的冬天几乎没雪,可有的冬天下的雪又太多。六十年代有了雪猫牌履带雪地车,在那之前这里根本没有平整滑雪场的机器。我们得用双人横锯把雪道上的雪墩子锯掉。说老实话，锯雪墩就跟锯树桩子一样难，可以说那简直是要命的活儿。今年的一月我已经九十三岁，可我还记得自己的名字，甚至在做嘎小子梦时那玩艺儿还能撅起来呢。"他不服老地在转椅上转了几圈，椅垫里生了锈的弹簧嘎嘎直响。"所以问你自己，他为什么在那关键时刻走开了？你们是一家人，克拉克。亲情是个奇怪的东西，它老跟着你，可又说不出理由来。自从在我们的母亲葬礼上分手以后，我再也没有见到我的小兄弟，可是如果他从这个门口走进来，我会用脑袋着地跳吉格舞来表示见到他我有多高兴。我们曾是同住一个屋檐下的帕特森小子，虽然时间不长。他当然需要按自己的想法行事，就跟我一样。这就是威尔莫特家族的风格。"贾里德吃力地将屁股挪到转椅边上，用模糊无神的目光看了看克拉克。放在膝盖上的那只好手就像鸡骨头上裹了一片烟叶。这只手有些颤抖，那只坏手倒不颤。"但是，年轻人，你没有权利破坏一个老人的事业。学会接受命令，不然就回你妈那里，要么就老老实实听着那些老粗讲脏话，说你的坏话。"

克拉克边听老人的教诲，边对他那双靴子着迷：乳黄色的皮靴，粗粗的线，密密的针脚，皮面上有压出来的叶状凸饰，后跟一英寸多高，靴头是尖的，典型的年轻人穿的式样，他的红格子化纤裤腿塞进斜面扇形皱边的靴筒里。

"听着，假如我明天蹬腿的话，谁也不会觉得奇怪，"贾里德说，"可我要给你一句我的至理名言：金钱给予，女人夺取。该想想办法了，孩子。你需要有自己的专长。"这就是贾里德姥爷说过的话。

他和那个姑娘——哈娜，茜茜，他拼命想回忆起来——出了咖啡店来到停车场，脚下厚厚的高低不平的积雪发出咯吱咯吱的响声。虽说空气中已嗅到春天的气息，山南坡的雪也已经化了不少，可是这里的停车场四周被铲车堆积起的雪仍高达十五英尺。她带他来到她的车前，一辆已用过两三年的福特越野车，车灯是方的，车下部被斜向溅上的泥水痕迹盖满。他那辆一九八四年产尼桑千里马六缸小型车就停在几步远的地方，它似乎在叫他回到自己索道旁的两室小屋去，回到自己的床上去，回到他正读的小说中去，回到自己的睡眠中去，准备明天早上六点三十分起床。“咱们是不是换个时间，”他建议说，“你自己回去吧，我去那边的温迪商店买个汉堡包吃。”

“别那么胆小，”她站在福特越野车旁边睁大眼睛微笑着说，“我又不咬人。”

女人夺取。克拉克在有暖气的狭小车厢里眯了大约十分钟，脑袋不断碰在车窗上，他把滑雪帽叠了叠当枕头。他觉得全身透过一股寒气，怎么也驱不走，然而他为什么要怕这个长着雀斑的小教员呢？她开着车一路下坡往南行，途经商店、饭店、滑雪用品店和有尖顶山墙的公寓楼。各种灯光和霓虹灯忽闪而过。他们行驶在双车道公路上，灯光映在路两旁的窗玻璃上，透过树林望去，颇像圣诞节灯火。汽车突然驶过一家明亮孤独的木棚式饮食店，广告牌上的字已经褪色——“袒胸娱乐夜总会”。前边是废弃的灰不溜秋阴森森的亨德森大规模铜冶炼厂，他们从它左侧驶过，只见铁皮顶车间、倾斜的送料槽和传送带卧在堆积如山的矿渣中间，如同在战争中被击毁后生了锈的武器装备。工厂遗址仍为某公司所有，这场矿业之战还能再打起来。汽车里的收音机小声报告着一九八七年三月初的新闻：人们仍在那艘沉没的英国自由企业先驱号轮渡上寻找尸体，该轮渡是从比利时的塞布律格开出后沉没的。新泽西州的柏根费尔德，有四个青少年死在一个充满汽车废气的车库里，显然是自杀，他们中的三人是高中辍学生，第四个刚刚被勒令退学。罗马，梵蒂冈反对试管婴儿和人工授精。华盛顿，人们对里根总统宣称对伊朗事件“负全部责任”反应平平。据统计，日本投资者去年购置了价值六十亿美元的美国房地产。

车子开出几英里后，这位神秘的姑娘离开大道从一条两边长满稠密的松树和枞树的很窄的小路朝山上开去，然后又朝山下开。昏睡中的克拉克感觉到了汽车上山下山的颠簸。他已经在极危险的境况下走出去很远很远。他睁了一下眼睛,发现就像从飞机上往下看一样,瞧见下方远处有一个面积非常大的湖,但不知道是什么湖,湖面平静如镜,把它的寒光反射回天空的月亮上去。月光下显现出黑森森的树林边上白杨树和桦树纤细的树干和山坡上杂乱的常青树。克拉克很少到这西南方向来,他出行时一般向北上七十号公路去丹佛,再从那里走另一条路经犹他州和内华达州到加利福尼亚州。

哈娜的刹车声唤醒了克拉克。她在一连串破旧招牌的地方拐了个弯,一块牌子上写着"下河"。那片森林——可能是一个国家公园——已被甩在后边。他们来到了高原地区,广袤的草地夹杂着片片树木,除了倾泻在大地上的惨淡月光外看不见任何灯火。他开始胃疼,从胃里反上来的是玛格丽塔酒的咸味,腹腔内膈膜也针扎般的难受,大概是喝可乐的缘故(他坐在"采金人"的厕所马桶上连喝了两听可乐)。越野车向左拐上一条土路,两人颠簸了大约半英里,在这样的路上车速快不了。这个娘儿们骗了他:他原以为她在离比格霍恩不远的地方租了房子,也许还有一两个女友同住。得,到了云雨的时候他准会对她失去兴趣,只是他还得靠她开车把他送回去呢。他们开到了有铁丝网围栏的地方,铁丝网像是新装的,因为在车灯照射下铁蒺藜反射着强光。到了入口处她下车把门打开。她去开门时,他读了读一块牌子上的字,字体不大,涂成银色,写的是"**下河——圣殿入口**"。

"圣殿?"他一下子醒了过来,清了清嗓子说,"这是什么地方?"

"我们管这里叫圣殿,是我住的地方。"哈娜说。她跟茜茜·斯培塞克一样侧身形象很一般,至少在汽车的黑影里看不算好。她的声音变了,像家猫的鼻子发出的声音。

"你有个山庄?"

"我和别人共有的。"

"和谁?"

"精神弟兄姐妹,"她说,"我们共同努力,有钱的出钱,有力的出力。你可以叫它公社。”

上当了。事情越来越蹊跷。他既不喜欢她那催眠般的嗓音，也不喜欢这地方教养院式的外表。那座老式两层木板农舍有一个带柱的前廊，廊檐的装饰很俗气。农舍还加了侧翼小木房，显示出实用主义的风格。小木房有的封了顶，有的刚刚装上竖板条，用两英寸宽的板条横向固定住，看上去像鸡舍似的。越野车开进车位时，车头灯环扫过四周，克拉克发现，在黑暗中正在扩建和另建的木房子竟有那么多。他立即想到，万一着火这些木屋就会像一个个干草垛一样烧起来。这一想法可能来自那些透出灯光的窗口，灯光是浅橘黄色的，显然是煤油灯发出的光而不是电灯。

送他来的汽车散发着热量，车周围的空气中弥漫着与比格霍恩不同的气味，那里的是机油和走气的啤酒味，以及被皮靴磨损的红木地板在中午阳光的照射下发出的气味。这里的夜空中充满燃烧的木头、动物粪便和干草垛的混合气味。不知从荒野中的哪一间屋里传来一只羊的叫声，接着便有另外几只羊盲目地跟着咩咩叫起来。宽宽的走廊通道上堆着劈好的木柴，前门很窄小，藏在没涂油漆的防风小木厅里。房子的蓝色油漆已经褪色，木板上到处是裂纹。窗户很不像样，玻璃上结了一层蕨草状霜花，像印在牛仔靴上的图案。他们推门进去时，挂在生锈弹簧上的老式铃铛丁零当啷地响起来。跨进小门厅，他们面对的是很窄的楼梯，钝头角柱旁边放着一张樱桃木缝纫桌，桌上的锡罐里插着十多穗去年夏天的小麦，它的上方是用棕色粗绳把两根棍子扎起来做成的十字架。这个十字架令克拉克毛骨悚然，但这一标志又表明他不会马上受到伤害。右侧是一间长客厅，大卵石砌起的壁炉散发着热量，红红的火苗不停地蹿动，映出四周的椅子和人影，几个人影站起身朝他们走过来。他们的年龄跟他和哈娜差不多，分别叫什么汤姆、吉姆、波利、默西和路加等，他们愚钝地跟他打招呼：“欢迎”，“你好”，“平安，弟兄”，等等。他们站的位置不同，眼睛反射炉火的光点也不相同。他们的手很有力量，握起手来带点乡下人的笨拙。一些人看上去像久经风吹日晒的又瘦又结实的农民，另一些人则像克拉克一样有点专长可又难以下定义。“这位是耶瑟。”哈娜说，她说话的声音跟她刚才谈到精神弟兄姐妹时一样叫人难以捉摸。

“啊，真是稀客，”耶瑟说着用一只手握住克拉克的手，另一只手抓住他的胳膊肘，好像要把他引到什么地方去。刚才耶瑟跟炉旁的人说话的时候，其他人都保持安静，所以耶瑟的声音就显得特别地大。他比克拉克高几英寸，大约年长十岁，有山民一样的宽胸和瘆人的挑衅目光。他的头发跟二十年前雷克斯·布鲁德奈的差不多，说不上是什么发型的头发贴着领边脏兮兮的灰色衣领颈部的部位。他上身穿一件驼色法兰绒衬衫，里边是黑色高翻领毛衣，毛衣系在蓝色牛仔裤里，裤筒的膝盖部位肥得像口袋，臀部却包得紧紧的。他大概已有三天没刮胡子，眼球像揉过一样地红，许是观火的时间太长了。他字斟句酌地说着，像是在照着看不清的文字宣读，声音沙哑，声调低沉，充满自信。“哈娜姐妹常常带跟我们情投意合的人来访问。她很有眼光，带来的人到头来会感受到有我们做伴是一种福气。”

“他还饿着呢，”耶瑟声音的回音在室内停止回荡后站在克拉克身边的哈娜说。她的正常声音听起来又轻又拘谨。“他本来要去餐馆吃饭的，但我答应他这里有饭吃。”

“食物与友谊都属于上帝手中的武器。‘你在我的敌人面前为我摆设宴席。’亲爱的妻子，你去厨房看看能弄点什么吃的，我在这儿跟咱的新朋友聊一聊。”

假如克拉克有自己的车，他早就冲出门去了。人们就这样把他看成了他们中的一员，这令他焦虑不安。不过，他会很轻松地胜过他们一筹，如果必要的话。其他人有的回到火炉旁的座位上，有的则连句晚安都不说就离开了。有两三个小孩子正耷拉着脑袋趴在父母肩上睡觉，他们的小脸被火光映得通红。这幢木结构农舍大概是世纪之交建造的，门把手是陶瓷的，塑料墙壁已经裂缝。客厅的屋顶低矮，里面的家具要么是自制的，要么是廉价买的。有几把机场候机室里那种塑料椅,还有几把弯木椅和七十年代风行的藤椅。炉前那张紫绒面沙发像是被一窝狗当床睡了多年似的,那破了的地方用一条方格子印度地毯盖着。克拉克感到这里像是社区的什么活动中心或是获释人员过渡教习所,人们聚到一起靠慈善机关和各界捐款过日子。塑料墙上有几幅工艺粗糙的丙烯画,画上有正瞪着眼睛看你的耶稣和他的十二个呆头呆脑的门徒,还有施暴者们。克拉克对这几幅画非常反感。主人又轻轻扶起他的胳膊肘,引他来到屋子一角的厨房,这里有两把旧绿椅子,椅子后边有一个空着一半的书架,上面摆着几本黑皮书——《圣经》和圣诗——还有几本复印的小册子,封面是手绘的杂乱图案:火焰、眼睛、光线、金字塔、楼梯和星星。主人给自己拉过一把较结实的椅子,让他坐在一张破旧的椅子上,榫头都松了,他不敢往后靠。"妻子?"克拉克问道。

"只是一种说法,在这座圣殿的基督里面,我们都是配偶关系。跟我说说你自己吧,孩子。"

"关于我没什么可说的。"

"哦,如果是这样的话,只要不是为了支应我,那你就是头一个,宇宙史上头一个没有惊天动地的故事可讲的人,头一个上帝留给他无限可能性的人。"他那像是揉过的红眼珠在将明将暗的灯光下泛着黄光。他看东西时总是先凝视一两秒,似乎所看的东西先要从一种外国语翻译过来。尽管耶瑟那经过训练的沙哑嗓音充满来自上苍的信心,但他的样子却像过去受过不少苦难,今后仍将受更多苦难似的。

克拉克对他说:"我妈妈曾经——现在,她喜欢我这么说——是电影明星,我想你一定听说过她:阿尔玛·迪莫特。"现在提到这个名字,听起来已经不像他儿时那样响亮了,在他整个童年时期,这个名字响得震耳欲聋。

耶瑟笑了,但是笑得很不自然。勉强咧开的嘴露出满口参差不齐的灰牙,其中一个还包了金。"我的朋友,只怕我不记得这个名字,因为我对电影从来不感兴趣。我母亲和继父都是传统的虔诚信徒,是基督复临安息日会的教友，他们认为电影这玩意儿直接来自地狱的深渊。我们从一个农场到另一个农场，后来又回到了这儿——”他用大拇指朝肩膀后的方向指了指，克拉克明白他指的是那些山——“谁雇我们，我们就给谁干活。我继父手很巧，会修理各种各样的东西，用起拳头来也毫不逊色。你还没来得及知道自己犯了什么错，就已经被打得两眼冒金星趴倒在地了。十六岁时，我摆脱了家长金科玉律的束缚离家出走，像条小野狗似的四处游荡，直到歌革王，我是这么叫咱美国政府的，把我征去当兵。那时候当兵是义务，因为我们正在海外跟敌人越南共产党打仗。我要说的是，歌革王肯定是为了分散我们这些犯罪的穷小子们的注意力，不让我们老想着他们叫我们干的坏事，才在基地和附近城镇的娱乐区给我们准备了大量的电影。如果我没记错的话，有一部电影说的是一个天真无邪的大学毕业生如何被他母亲的一位妓女朋友在豪华旅馆里引诱的。我敢说肯定还有另一部，说的是一对年轻恋人犯下滔天罪行的故事，那个小伙子很无能，但他犯了杀人罪。你可爱的妈妈在这两部电影里有角色吗？”

“没有。听起来那两部电影像是《毕业生》和《雌雄大盗》。事实上那两部电影拍得都非常好。”

“它们太让我震惊了，我要说的是，电影的每一个细节都是制作人精心安排的罪孽的样板：色彩艳丽炫目，细节拍摄面面俱到，让你以为就是在看现实生活。魔鬼的工作做得真好——如果为撒旦说句公平话的话。妓女们盛装游行，披红挂绿，珠光宝气，簇拥前行，像冰淇淋一样顺溜地往下淌，一直淌进无所不能的死亡里。银幕上的那一对死在了枪林弹雨里，而银幕下的人们却毫发无损地站起来离开座位走人。罪孽的形式真是多彩多姿啊。明亮之星[①]原是上帝最美的天使，可是上帝却像扫羊粪蛋一样将他从天堂赶了出来。”

---

① 早期有关基督教教义著作中对魔鬼撒旦堕落前的称呼。

克拉克力图使谈话变得客观一些。他说："说真的，一九六七年可是电影业大发展的一年，恢复了电影的伟大。你看过《放大》吗？或者《炎热的夏夜》？那时我八岁，妈妈常带我去，只有看电影时我俩才能在一起呆会儿。我想我最忘不了的是《雷霆谷》——有史以来拍得最好的詹姆斯·邦德电影。这是我的看法。"

"你瞧，克拉克，关于你还是有的说的——你用那些垃圾把自己喂得太饱了，因为是垃圾，所以你能记住每一个空罐头盒，每一块橘子皮。"

"请别管它们叫垃圾。我们在家吃的是电影，呼吸的也是电影。在她拍片的空当，我们总看午场电影，吃饭就吃爆米花和葡萄干。也有的时候一下午连看两场。你也许以为，出于职业习惯，她对那电影准是特挑剔，其实不然——什么电影她都喜欢看。"

"你母亲是一位好母亲吗？"

"就像我常对别人说的，她一直在努力。她天生幽默，可是她不是忙着工作就是担心为什么没有工作，整天看雪莉不停地送来的那些毫无价值的剧本。雪莉，她的经纪人，雪莉·弗鲁格西，本打算叫我母亲在《大家笑》里客串个角色，或者参加像被人议论的多丽斯·戴那种乏味的电视系列剧演出，不管什么，只要能让雪莉拿到她那百分之二十佣金就行。是的，我猜你准会说她的事业耗尽了她生命的精华。这人啊，一当上明星就有了自恋癖。"

他瞅一眼这位高地农场的弥赛亚[①]，看他听懂了没有。耶瑟点了点头。一九八七年的人们都晓得什么是自恋。

有些事迫使克拉克一吐为快。他接着往下说，在引用母亲的原话时模仿着她的腔调："你准听说过，比如：'我需要再做一次整容吗？'你知道，越整容越老得快。整过容的和没整过容的皮肤同样没有弹性。"他演示地把脸上

---

① 救世主的意思。

的皮向脖子后推去。“要么就是‘我需要再找个丈夫吗？一匹小种马是不是能滋润我，让我再浪漫几年呢？’她常抱怨已经没有多少像过去电影圈里那样的人了，没有人关心你，而且越来越多的从电影学院和演艺学校毕业的年轻人进入演艺圈。过去可没有这种事儿。对那些电影后生来说，你已经是老古董了。”他怀疑是不是那两罐可乐使他一口气讲了这么多话。

“克拉克，从你所说的我听出来你非常爱你妈妈。你跟着她受了不少苦，当然你是无能为力的。”

“我受苦了吗？我可不那么认为。她太有名望了，我惟一能跟她平起平坐的是拿她开玩笑，真的。她有五十年代的派头——眉毛一挑，冲着镜头一噘嘴——这都容易作为开玩笑的内容。在学校里我经常模仿她，大家都觉得我模仿得太妙了。嘿，能来罐啤酒吗？我渴坏了。”

“朋友，咱这圣殿里是不能见酒的。我们还认为每一个人都是一座小圣殿。”

“连啤酒也不行吗？那天我看书，书上说科学研究证明啤酒实际上对人体有好处——”

刚才耶瑟碰他的肘，现在又来碰他的膝。“科学研究证明，弟兄，酒和烟有损性功能，影响一个男人传播种子。《创世记》、《利未记》和《雅歌》里都主张要传播种子。《雅歌》六章七节说：‘君王有六十王后，八十妃嫔，无数的宫女。’”说话时他那颗金牙闪了一下，茶色的眼睛亮起来，本来轻轻搁在克拉克膝盖上的手一下子攥紧了。紧挨着他的耶瑟身上散发着潮气，他自己的喉咙直发紧，像是被里边一个硬衣领勒着似的。他可能有这样或那样的毛病，但他为自己没有继承母亲那有点怪的口吃而感到骄傲。“保持这座圣殿的纯洁吧，”耶瑟对他说，“它会有用武之地的。”

“啊，是的。我想说什么来着？对啦。我不想让你讨厌。”

“耶瑟从来不会感到讨厌，从来不会因为谈论真理而厌烦。是的，有时会感到疲倦，为人类的痛苦而饱受折磨，但从不感到厌烦。”

近来克拉克的记忆经常令人恼火地出现空白，现在谈到了电影，空白得以弥补，内心的电影又恢复上映了。他爱母亲。贝辛斯托克，槐树街和暖房。“是的，我也不完全清楚对我母亲我是怎么看的，可我爱她的父母。妈妈送我到特拉华离他们住的城市不远的一所预备学校去上学，我就认识了他们。他们把妈妈小时候的故事全都告诉了我，我想我还真有点妒忌她了。她从一出生就是他们的掌上明珠，他们把一切注意力都放在了她身上。”

“注意力是好事，但能体会到上帝的爱更好。‘爱我的，我也爱他；寻找我的，一定找到。’《箴言》八章十七节。”

“不错，可你知道，妈妈从来没有跟我提起过上帝。我姥爷姥姥很少到西海岸来，有一次趁他们来住的机会妈妈带我去好莱坞的北高洼长老会教堂受了洗，那是我的全部宗教活动。全家都知道她爸爸是从来不上教堂的。”

“作假见证比不作见证更可悲。”耶瑟在椅子上挪了挪身子，弄得椅子嘎吱吱地响。他的手臂很长，头顶又宽又秃。克拉克在他身上看到一个猎人的影子，一只茶色的眼睛在准星后头眯了起来。耶瑟的声音温和了许多。他解释说：“你母亲妒忌她的上帝，不想与他共同分享这个世界，甚至不愿和她的儿子分享。”

“嘿，这么说可有点——”

“上帝和我们所有的人都有关系，不管是朋友还是敌人，有神论者还是无神论者。是上帝带领你母亲走过相当长的一段路，你母亲准是这样想的，上帝让她在淫荡的娱乐圈里占有一席之地，她为了不破坏他们的合同，连一个字也不肯吐露。她所说的上帝实际上是撒旦，对你说，她甚至不愿意跟撒旦分享她那不体面的幸福，包括她与人的性关系和对上帝的亵渎。”

克拉克不得不大笑起来。说不定撒旦就是男子气十足呢。这一番谈话使他力量倍增，并使他头脑清醒，得以把杂乱无章的事件重新组织起来。这家伙的头脑比他自己的更疯狂。“喂，我倒要问一问，你算老几，竟来跟我谈论我的母亲？你连一部她拍的电影都没看过，这一点肯定没错吧？看过她跟保罗·纽曼合演的《奶油奶酪鱼子酱》吗？看过紧接着的更加色情的那部《及时补救》吗？是关于模特行业的，史蒂夫·麦克奎恩演那个既吸毒又女里女气的女装男裁缝设计师——这是惟一的一次他们让麦克奎恩显示了一下他究竟有多滑稽。”

“我是你遇到的惟一对你母亲不感兴趣的人，”耶瑟·史密斯说，“我只对你感兴趣。”

“你刚才提到了一九六七年的那些电影。也许你在一九六八年看过《婴儿劫银行》，她在片中第一次饰演母亲。一下子长了一辈儿，可难为死她了。‘下一次，’她对我说，‘我就该演贝蒂·戴维斯的姐姐了！’后来在银幕上看见她时我真服了她，她在银幕上演的妈妈可比当我的真妈好多了——那么温柔，那么活泼，对孩子和孩子的需要了解得一清二楚。她可真棒。”

“一九六八年，”耶瑟闭上发红的眼睛，“我没有看电影。托歌革王的福，我正在越南，当一等兵，在稻田里急行军。”

“啊，越南！你在那儿？好酷哇。那里真像《现代启示录》里说的那么疯狂吗？到处都是刺耳的滚石乐和爆炸声？”

“那儿有音乐，”眼前的这位山民沉重地说，“那儿有毒品，那儿有战争，那儿还有死亡。我们祈求受伤，这样就可以被送回国。当时我们流行一句话‘一伤值百万’。我不能说在越南上帝把我拉进了怀抱。克拉克，我不能说我从祈祷里得到了安慰。我去那里不是要靠近上帝。在那种时刻，那不是上帝的目的。我去那儿为的是经历罪恶，是要坠入地狱。”

“我舅舅是中央情报局的，当然啦，他没有亲口说过，那是他们的纪律。”

哈娜又露面了，她仍穿着那身紫红色喇叭腿紧身连衫裤，还有滑雪穿的红色人造毛皮靴。她走近耶瑟时眼睛睁得大大的。她很怕他，不敢离他太近。“我本来不想打扰——”

耶瑟哼了一声从椅子里站起来，沉重身躯的重心移到被牛仔裤包裹着的细长腿上。他脚上穿的不是牛仔靴，而是毛袜子和带卷边的拖鞋，德国牌子，叫什么来着？耶瑟将一只沉重的手搁在克拉克肩上对他说："我的弟兄，你的先辈们可不够神圣，然而'泥瓦匠所丢弃的这块石头已成为最重要的基石！'《诗篇》第一一八篇，《马太福音》第二十一章里也有。我真心爱你。你的品质还有待发掘。我想你会学着爱我的。哈娜来了，说明饭做好了。走，吃饭去。"

在一间稍微粉刷了一下的简陋厨房里有一个黑糊糊的火炉子，它的上方挂着铁锅和铜锅，她给他吃的是一碗很稠的扁豆粥、一块自制粗面包和一盘辣酱梨片。她说，梨是农场的老梨树结的，由圣殿里的妇女负责保存到现在。

"你们这鬼地方究竟有多少人？"克拉克问道。刚才他跟耶瑟的谈话令人昏昏欲睡，还让他窝了一肚子火。他很想现在就赶回比格霍恩好好睡上一觉。明天早上七点十五分一开业他就得照看双座缆车，把滑雪者送上山去，因为有些滑雪爱好者想在夜间落下的新鲜雪上滑行。他还记得来的路上车灯前飘落的亮晶晶的雪花。他们头顶上方有一个橱柜，上头放着一个手工上弦的木头座钟，表盘上有一个红色的月亮，座钟"喀嗒"、"喀嗒"地响，把空洞的时间一下下地敲进他的脑壳，在里边回响着。

"将近四十人，包括孩子。有来的也有走的，这里没什么规则，耶瑟不相信规则能制服人。"

"那么他相信什么能制服人呢？"

"爱心和教诲，"她答道，同时被自己《教理问答》似的快速反应逗乐了，她咧了一下干裂的茜茜·斯培塞克式的嘴唇。

"起作用吗？"

"起作用，真的。"

"你多长时间滑一次雪？那是你们的业余活动吗？"

她给他端饭菜时那身化纤的连衣裤发出轻微的摩擦声。"我们在世上活动，”她说，“直到总结算日到来。有几个男人在外边工作，一个是会计，一个是木匠，受雇在外。我们办了一个牧羊场，还有两个女人做陶瓷出售。我们有开销：农场的汽车、主楼的暖气、还有一台柴油发电机。我们设法像百合花一样活着，可我们得吃饭，得穿衣。我们不是天使，克拉克，我们是等待被拯救的人。”

“在总结算日。”

“不错，是那个时候。”

“什么时候到来？”

“比我们预料的要快。耶瑟一直在研究《启示录》，以便找出确切的日子。”

这时他的头脑里响起刚打开电视机时的嘶嘶啦啦的声音，如同由于静电干扰在图像清晰之前屏幕上出现亮斑时电视上的声音。“你不认为你的同伙耶瑟是个十足的疯子吗？”

她连批评带挖苦地看了看他。“你跟他谈了那么久，怎么还这样说呢？对有些客人他连一句话都懒得说——他根本不喜欢他们。可他没有不喜欢你。”

“主要是我一直在说。”

“是的，亲爱的，他引导人们说心里话，让你想把一切都告诉他。我对他说我想滑雪，他就说‘去滑吧’。”她接着表情郑重地说，“他喜欢实干的人。”

“我跟他谈的可都是旧电影。你为什么管我叫亲爱的？”

她来回走动着，清理桌上他吃过饭的那一端，用一块蓝色海绵把桌面擦干净。“为什么不能称自己的丈夫亲爱的呢？”她问道。“想喝杯草药茶吗？”

“我不是你丈夫。上帝啊。别喝什么草药茶了，我只想回比格霍恩去。”

“如果那就是你的要求的话，我可以开车送你回去。”海绵不再画圈。她把面包屑擦到桌边，另一只手勾成杯状在桌边接住面包屑。洗碗池是个大钢槽，上方的架子上摞着一摞一摞的碟子和方底茶杯。制作客厅里的耶稣受难图的艺人又在这里制作了《最后的晚餐》。画上的桌布下边有十三个人的赤脚一溜排开,猛一看就像面包店架子上的一排粉红的面包。雪花打在黑洞洞的窗户上。

“你不能去送我,要花你两个钟头呢。”

“要是雪别再大,一个半钟头就行了。”

“有什么地方能让我过夜吗?”

“当然有啦,在我的房间里。”

“那你这儿的那位外星人会怎么想?”

“外星人?”

“你们的精神领袖,耶瑟。”

“他会同意的。我们谁都不许自私自利。跟你睡觉从一方面来说就是跟他睡觉。”

“嘿,太棒了。”

“也就是他的好媳妇。”

“你是他的媳妇。”

“圣殿里所有的女人都是他的媳妇。”

“老不要脸的。他把你们都操过了吗?我刚才看见的那些小孩子都是谁的?”哈娜正弯着腰,脸在他上方离得很近,她的脸红了。她说:“不是我的,一个都不是,还没有我的呢。”接着,她认真地做了一件特别让他高兴的事,一件正常社会里的恶作剧:她把手心里的面包屑撒到他头上,面包屑掉进他的头发里。克拉克开心地笑起来,连忙跳起身用手拍打头发,把面包屑抖下来。他站在那里感觉到了她结实的身体,她瘦而健壮的身躯作为物质的个体正向他发起挑战。

“你是去滑雪,”他说,“还是去钓鱼?”

“我的确喜欢滑雪,在明尼苏达州的时候我还是少年组滑雪冠军呢。至于钓鱼嘛,有时要靠运气。得看准要钓的鱼。”

“那我怎么就该钓呢?”

“你显得不知所措。跟你谈话时我发现你并不打算去哪儿,可是不去哪儿你又不甘心。你喝醉了,可内心里你并不喜欢自己变成那个样子。你有雄心,就像你那位了不起的母亲。咱睡觉去吧。你不一定非跟我做爱不可。”

“太谢谢了。就这一件事还算明智。”

架子上有几个四节电池手电筒,哈娜从中拿了一个,领他走过洗碗池旁边的白油漆镶板门,通过一个储藏室,里边放满无需冷冻的罐头食品,又下到冰冷的临时走廊,走廊有的地段是未上漆的胶合板,有的地段上面铺着化纤地毯。他们一路上经过几扇关着的门和没亮灯的外接房间。离刚才那幢主农舍越远就越冷。她手里那个水牛眼电筒扫过棵棵松树和未经整治的大块石头。从几个房间里传出咳嗽声、小声说话声和准备睡觉的声音。有个孩子问了句什么,没有人回答他。克拉克还听见一男一女的交替说话声,从“免我们的债”他知道,他们在背主祷文。他闻到空气中的湿泥土味,感觉到砖头发烫,他猜出他们正走过瓷窑。在特拉华的圣安德鲁学校上学时他去过不少教堂,而眼前这个斯巴达克式的教堂却让他想起一节《圣经》——耶稣抱怨说,狐狸有洞,飞鸟有巢,而人子连放枕头的地方都没有——一节非常富有人情味的经文。伯肯袜——这就是那种时髦的翻边拖鞋的德国名字。哈娜停在一扇没有涂漆的门前把它推开,门上没有装锁。

她屋里摆着一张不带床头挡板的单人床、一张书桌、一张饭桌和一盏煤油灯,墙上有几个钩子可挂衣服。房间里灌了一天冷气,他们的呼吸在手电筒越来越暗的光线下冒着哈气。虽说已到三月,可还不是春天。她找来火柴点上床头的灯,然后又点燃了没铺地板的地上那个立式圆柱形火炉。带花边图案的炉口被火光映到屋顶上,不停地来回晃动着,像一朵抽象的玫瑰花。屋顶的塑料板露着缝,由于安装太粗糙,有些胶带已开始脱落。洗手间在厅的另一头,里面的设施全都是冰凉的,各管道的接口也接得马马虎虎。

她先去，他去后，他用手指蘸了点食用苏打代替牙刷和牙膏刷了牙——他回来时她已经像个小孩子一样躺到了床上，头发在枕头边散开成扇面形，两只眼睛像两个小黑洞，还有两个鼻孔也一样。

“关灯吧，我亲爱的丈夫。”她的声音又带上了那种超然的味道。虽说取暖炉咝咝地冒着火苗，不停地在天花板上画着玫瑰花，但屋里的每一件东西都是冰的，包括他的皮肤和煤油灯的铜旋钮。油灯橘黄色的灯头跳了一两下缩进了捻管。哈娜那张正凝视他的脸消失了，过了一会儿又在取暖炉的微弱玫瑰光线下再现。炉火的光亮充满了整个房间，仿佛所有的胶合板墙壁也会跟着燃烧起来。

“你穿的什么？”

“我的绒内衣。光身子太冷。内衣可以撩起来。”

“用不用避孕套？”

“耶瑟说——”

“在这种小事上还是咱们自己拿主意吧。用那东西是有点腻歪，可是省得你痒痒。更别说——”

“我知道。不要说出来。我不想听那几个字。你有吗？”

“像我这样无忧无虑的单身汉当然有啦。跟我的驾驶证放在一起。”

“你真可爱，真的。你是一条可爱的鱼，克拉克。”

“咱们不一定要那个，你要知道。”

“你就这么不喜欢我吗？”

“不是，我喜欢，喜欢，只是太累了。”他连扭头的地方都没有。“我都冻僵了，牙也在打架，你听见了吗？”

她仔细听了听，两个人都听了听。又起风了，窗户框抖得厉害，一块天花板响了一下，远处传来丛林狼的嗥叫，近处的一只羊吓得直咩咩叫。过去在贝弗利山住的时候他偶尔能听到丛林狼的叫声，它生活在远处的冷水谷或者比峡谷更远的地方。可能这是同一只狼，它在西部四处漫游。克拉克脱了靴子，没有脱厚袜子，脱了挪威毛衣，仍穿着高翻领毛衣，接着又脱下工作裤、长丝内裤和底裤。他像握着一张入场券一样握着用油乎乎的锡纸袋包着的特洛伊牌避孕套上了床。她身边的被子边沿碰到了他光着的臀部，冷得他直打哆嗦，赶紧抱住她取暖。穿着绒衣的她给他一个既踌躇又笨拙的拥抱，他们毕竟还很陌生。他们想接吻，可是两人的嘴唇总碰不到一块。她的嘴唇带着药味，像是氧化锌，还有唇膏味。他们的交欢倒很像结了婚的人——不慌不忙，本本分分，一个进，一个受。她没有装出高潮时的兴奋，他也因为又冷又烦，所以在这被焐暖的窄床上，他也没有做出冲动的动作。反正这是她的主意。终究还是有高潮的，音乐般的高潮：当他掀起她碍事的内衣抚摸她身体的曲线时，感觉又毛茸茸又光滑；当她向他分开大腿时，他听到她在他的耳边发出轻柔的"唉哟"声。

他连摘避孕套的力气都没有了（他妈的阴毛总是被夹在里边），他把它摘下来扔到地板上，还没来得及翻身就睡着了。床太窄，哈娜没有办法，只好把一条胳膊搭在他身上，让自己的身子顺着他的身体。月亮，这重又露面的女神，不时地从云朵间的空隙透过看不见的风把她借来的光洒向大地。窗框还在颤动，丛林狼群一呼一应，叫声悲恸。连狐狸都有洞。

她把他叫醒时天已蒙蒙亮。煤油灯一动不动的影子怎么看怎么像个大屁股女人。炉子着了一夜，房间里热得很，他的脖子直流汗。哈娜猫着腰轻声对他说："克拉克，六点了。我开车送你回比格霍恩好吗？"

"比格霍恩，"他说。这时他从梦中醒过来。刚才的梦像贾里德姥爷那双炫耀的皮靴上的花纹一样又乱又浮浅。"他们认为我是个笨蛋，"他对她说，"让我睡，心肝儿。过一会儿我给他们打个电话。"这就像他小时候跟母亲去欧洲旅行一样，经过一天的紧张和兴奋——弯曲的街道，装着铁栅栏门的商店，说得又快又听不懂的语言，看似灰色纪念碑一样敦实、有韵律、风格迥异的建筑——在他心里便会产生一种强烈的需要，需要下落，落入一片朦朦胧胧的空白，落入这个醒着的世界底下那个无底洞里——用妈妈那微风般的话说是需要“换换空气”。

在尼克松放松了越南并开始访问中国的那几年里，丹尼舅舅经常往返于远东和华盛顿之间，有时会顺路在他家喻户晓的姐姐家住上一两天。克拉克直到一九七三年十四岁时才去圣安德鲁学校上学的，所以舅舅来时他总能见到他。他和舅舅常趁妈妈外出拍片时开着她的美洲豹折篷车上高速公路兜风。舅舅好像只有灰色套装，所以在休闲场合他只能脱掉西服上衣，摘掉领带，挽起白衬衫的袖子来。在克拉克眼里舅舅高得不得了，但是姥爷对他说丹尼尔并不比曾外祖父克拉伦斯高，更不如他漂亮。丹尼舅舅的头发像全家人的一样浅棕色无光泽，他把它剪成生意人的短发型，在人们热衷于留长发的年月里他的头发显得短得出奇，快跟军人的发型差不多了。他戴着一副厚镜片眼镜，镜片后斜视的眼睛带着些许困惑与回避的眼神，但并不是不知所措的神情。他坐在美洲豹的方向盘前就像个孩子，头发被风吹乱了，一缕一缕毫无光泽地趴在头顶上。他开车时只用两个指头轻轻地扶着方向盘，克拉克对此感到万分钦佩。丹尼舅舅很敏锐，他可以在多个喧闹的滚石乐电台和愤怒的脱口秀节目中间调出经典音乐台并停在那里。他还带克拉克去洛杉矶县城艺术博物馆参观过一次，就在拉布利沥青湖旁边。那时布鲁德奈已经离开他们家了。在他十一二岁时，他跟舅舅常花上一天时间开车去迪斯尼或者诺茨草莓农场。到他十三岁时再去那些地方就不合适了，而开车兜风才像大人干的事。他们或去南边的圣克利门蒂，或去北边的圣巴巴拉，或者向东去沙漠；一路上可以享受一英里一英里地征服路途的激情，闪过一所所粉红色、钴蓝色和土黄色的房子，或远眺无垠的太平洋，大洋之大可以使你看到地球的弧线，在沙漠里骄阳炙烤下则可看到大洛杉矶的边缘地区变成散开来的一个个小城镇，那些小城可以追溯到加利福尼亚仍属于墨西哥一部分的时代。“你想拐弯就拐，别光照顾我。”克拉克说。

“完全是我情愿的,克拉克。工作时我开车不多,我是坐车的,可那种感觉不一样。你听这音乐,真是美不胜收,牛奶,蜂蜜,还像火焰。这就是莫扎特。你应该学会欣赏这些人的音乐。”

“你的工作是什么——可以问吗?”

“当然可以问啦。我是咱们驻柬埔寨金边大使馆的国务院政治官员。那个国家很美,可麻烦也不少。人长得都很漂亮,克拉克,那里的庙宇更令人倾倒。吴哥窟是世界上最大的宗教建筑,人们是这么说的。要是不去那里看一看死都不安生。那个国家的地理位置不好,跟波兰一样。他们经历了动荡的时期,那个小国王是个两面派,不过现在我们在那里有了一个可靠的人,我想是叫朗诺。听说过他吗?”

“我想听说过。”他知道舅舅会猜出来他在说瞎话,知道谁在撒谎本来就是他的工作。“你整天都干些什么?”他问。

“哦,难说。看文件,会见人,收集情况向上级汇报。我想我是一个联络员——我这样的人是其他国家和咱们国家联络的渠道,咱们国家也通过我联络他们。有没有联络是一九一四年跟一九七四年的不同之处,这就是为什么能使冷战变得这么冷的根本原因。知道对方容忍的极限,走到极限但不要超过极限。如果回头看看第一次世界大战就会知道,当时的人们根本不知道他们在朝哪里走。弗朗茨·约瑟夫还没来得及从度假别墅出来,他的大臣们就已经向塞尔维亚宣战了。”

越过和蔼可亲眯着眼睛的舅舅的侧影,可以看到沙漠尽头矗立着的光秃秃多皱的山脉。克拉克在公路边看见一个高尔夫球场——修剪过的草坪全空着,看不见打球的人——还有一个加油站、卡车休息站和水泥块似的商店,店门外贴着“百事”、“英雄三明治”和“天达食品店”等广告和招牌。克拉克心想,来一颗氢弹把这些东西毁掉会是什么样,可这地方太大也太美了,半透明的空气笼罩着这人烟稀少的微蓝、平静、温暖的旷野。“你对越南怎么看?”

“已经过去了，只剩下嚷嚷了。亨利管着呢。”

“美国为什么会犯那么大个错误呢？”丹尼舅舅努了努嘴唇做出思考的样子，从侧面看就跟妈妈显得性感时一样。“什么错误？”

“嗯。死了五万五千个士兵不说，南越的情况比刚开始时还要糟。”

“可是战争使我们敲开了中国的大门，”丹尼舅舅对他说，“它使我们签署了两个限制战略武器协议。咱使毛泽东和勃列日涅夫都想跟咱们套近乎。越南人干了大蠢事，可是谁也不想挑明这一点。超级大国们都认为北越人诡计多端。他们得到了老挝，可他们别想得到泰国，也别想得到柬埔寨，假如我都能帮上忙的话。”他转过脸来看了看外甥。他用两个指头轻轻地握着方向盘，车速表的指针在八十左右徘徊。“越南是个难对付的主儿，”他说，“我很高兴你不必去那儿打仗。你跟我可以安全地在大街上行走，之所以会这样，是因为街上有带枪的警察。年轻人说美国是一个有组织的武装暴力的国家，他们说得也对，问题在于谁在组织，是国王乔治第三呢，还是乔治·华盛顿？是约瑟夫·斯大林和他的门徒呢，还是我们这些官僚主义的政客？咱们国家的年轻人好像不明白，他们能蓄长发，能吸大麻，能随便骂警察，是因为有人愿意去为他们打仗。你的东西要是保护不好就会叫人家拿走。一个阶级，一个部落，一个国家，要是不会打仗就只能等着被人吞掉。我试图冷静地看待这一切——我是说，瞧瞧你，老天爷：这长头发，还有马球衫上印着的大麻叶——说实话真叫我恶心，克拉克，这些都是堕落的象征，整整一代愚昧无知却在吸毒之后高喊口号的年轻人，宠坏了，腐败了，忘恩负义。幸好我每次回到这个国家停留的时间都不长。我可能会转向保守主义。”一辆崭新的装有不透明玻璃的梅赛德斯从旁边追了上来，两辆车并行时好像都停了下来似的。“美国并不想找麻烦，”丹尼舅舅接着说，“我们一不想要更多土地，二不想要更多附属国。南越对咱们到底有什么好处？我们损失了大量金钱和生命，连句感谢话都没有得到。可是我们不能躲在大洋的这一边任凭那些政治打手们把地球上的其他地方占去。他们所谓的制度糟透了——我去过那些国家。随便说一个共产党国家吧，那儿的公正选举不会把无赖之徒排除在外的，他们进来了，他们偷梁换柱，破坏决议。如果你妈妈不是我的亲姐姐，我真的会很生她的气。她和好莱坞那些左倾的阔佬们以及假惺惺的改革者们谈话的劲头，好像是说那位已故的胡志明的思想才最适合他们呢。让他们在那里生活一个星期试试，往好处说他们都得进劳改集中营。别让我谈这个话题。我不想发火。我总想别就这个问题太动感情，可我就是爱这个疯狂的、浪费的和自我憎恶的国家，尽管它有自身的问题。”

“我想妈妈并不是真的关心政治。”克拉克没有兄弟姐妹，所以他对妈妈和舅舅的关系特别感兴趣。他俩可能刚为米歇尔或者麦戈文吵得不亦乐乎，紧跟着就又说又笑，似乎刚才那一幕是在演戏。她总把他当喜欢收集玩具枪和铅制士兵的小孩子看待，但他与真正的战争毫不相干，这里说的战争是指好莱坞的战争，她可是为这场战争付出了一切：她的容貌、她的外交手腕、她的感情以及女性的魅力，所做的一切都是为了应付银行家和老奸巨猾做人肉买卖的商人，还要挑战刚从电影学校毕业的青年人的嘲讽与冷落。她有时对丹尼大发雷霆，说他是法西斯；身穿灰西服或者泡泡纱西服、身高六英尺二英寸的他则向她行希特勒式军礼，还把两个手指放到鼻子下边当希特勒的小胡子，这一定是他们小的时候在那场战争期间常玩的游戏，这时她的表情会马上松弛下来，变得笑容可掬。她爱他，克拉克知道，因为他了解她，了解过去的她，了解成为阿尔玛·迪莫特之前的她，因而他是少数几个亲眼见过她从小到大奇迹般变化的人之一。

“你不了解她，”回洛杉矶的路上丹尼舅舅说，“那一次她信口开河说我们不应该镇压国内的颠覆活动，结果只落了个特拉华小姐亚军。”他们回洛杉矶走的是波莫那高速公路，右边是圣荷塞山脉，左边是普安特山商业中心，商场外数公顷大的停车场上，各种汽车在阳光下闪着耀眼的光斑，被蒙蒙烟雾遮避的太阳像一轮红月悬在天空。“那样也好，如果当了冠军她可能会自以为了不起，而跟一个像她现在约会的英格拉姆一样傻的本地傻大款结婚了事，那样她就不会努力奋斗了。"他像个教授似的眯着眼睛，透过厚厚的镜片看了一下太阳。"要想成功就必须做点什么去实现它。你该趁贾里德伯伯蹬腿之前去见见他。"

"你给我安排了这么多事情做，又是见贾里德伯伯，又是去看吴哥窟。"

"我是不想见你这么坐着当沙滩流浪汉。我想有一个有出息的外甥。我爱我爹，可不想像他那样过分求稳。你听，这是《狂飙》，贝多芬的。莫扎特的统治结束，轮到贝多芬充分显示自己了，每次都是这么安排的。"

在克拉克眼里，丹尼舅舅简直是一件宝物，是属于他自己的天外客，很像他小时候认真看过的《迷失太空》里说话时回音很重、全身不停地闪光的威尔机器人。他始终认为《迷失太空》比《星际迷航》好看。他问舅舅："你用什么话交流，在柬埔寨的时候？我想你准学会了像俄语那样的语言了。"

"我正在一点点地学高棉语，但是法语很有用。不知什么原因，我学习语言从来没遇到过麻烦。秘诀是不要老是难为情。我喜欢什么都试一试，看看结果到底怎样。你妈可不是咱家惟一的蹩脚演员。"

山脉的影子被拉长了，依稀可见的半个月亮出现在右边的天空。克拉克从来就弄不明白月亮的圆缺跟太阳的关系，尽管贝弗利维斯塔中学八年级的老师索利安先生在黑板上画着图给学生们讲解过。渐渐凉下来的空气，克拉克膝前收音机里传出的震耳的贝多芬音乐，洛杉矶那烟雾笼罩的市中心，下班回家车辆的车头灯的强光，他身边这位穿着白衬衫、充满朝气和全身心保护自己的舅舅——这就是他头脑中常出现的电影，其实在现实生活里这样的经历只有过三四次。九年级时他转到了圣安德鲁中学。丹尼舅舅后来又改驻捷克斯洛伐克了，那时整个印度支那地区反对共产党的势力已被彻底铲除，在柬埔寨，波尔布特取代了朗诺，这么一来他就不再飞经洛杉矶了。实际上他已经完全离开了家，在跟一个柬埔寨姑娘结婚有了自己的家以后就更远离了他外甥的生活轨道。

克拉克已在圣殿里住了几个月，夏天的一个早晨，耶瑟带他来到羊圈里用草捆搭起的伪装墙后边的阁楼上，让他看他们的枪械：短枪、长枪、机枪和手枪，枪筒、枪栓和扳机是黑金属的，它们或放在木箱里，或用塑料布裹着，散发着机油味。这些武器具有毋容置疑的美，同时高傲地显示着制造死亡的力量。克拉克意识到这是明目张胆的违法行为，但并没有露出惊慌的神情，因为站在近处半明半暗之中的耶瑟正仔细地观察他的反应。克拉克问道："要这干什么？"

"弟兄，为了最终结算日。"

"有许可证吗？这么多，可够武装一支部队的。"

"什么？是的，西布伦有成吨的许可证，就在他的文件夹里。其他地方也有许可证，在正义的上帝的账本上，盖上了印，记载着日期，放在万能上帝坐的宝座里。"耶瑟说话的声音还是那么沙哑，语流还是那么连续不断，震得微小尘埃在从房顶空隙射进来的光线中旋转浮动。"有些是合法买来的，在利德维尔一家枪店买的，买的时候他们可没问那么多讨厌的问题。还有一些是通过别的途径——可以分开买各种部件，回来自己拼装。路加弟兄特别精于此道。他从前在一家机床厂开车床。"他从箱子里抽出一支步枪，把它举到脸前。"在这样一支老式 AR－15 枪上加上一个 AR－15—M－16 的上安装机匣，就成一支全自动的 M－16 步枪了。一扣扳机它就哒—哒—哒—哒——拜拜吧，外国佬。在越南时他们发给我们的就是 M－16。要是不卡壳可真是件好玩艺儿。很多死了的士兵生前抱怨它总卡壳，所以他们重新设计并且起名叫 M－16A1 和 M－16A2，好使多了。给，孩子，你拿着她。"

这支枪也真叫绝：它像女人一样具有挑逗性，既比想像的轻，又比想像的重。七八磅重的金属互相搭配紧密组合，端在手里像有浮力，随时会变成一支魔杖。枪托不是木头的而是塑料的，瞄准器很像一个精密复杂的小黑屋。

“以前拿过枪吗，以扫？”

以扫这个名字是克拉克跟比格霍恩彻底脱离关系后得到的，最后一个晚上在“采金人”小店里，他与约翰尼·波尼福特和阿特·马林一通豪饮之后告诉他们他对他们二人的看法，然后就来这里长住了。他现在仍不觉得以扫这个名字是自己的，在他头脑里那片尾字幕上他的名字依然是克拉克。他甚至觉得这新名字具有讽刺意味，这是他读了《创世记》后才发现的：以扫是以撒与利百加的头生儿子，出生时全身通红还长了许多毛，后来成了一个彪悍的猎手，他父亲非常宠爱他这个儿子。他的孪生兄弟雅各后来欺骗了他，使他失去长子的地位。雅各是抓着以扫的脚出生的，他是妈妈的宠儿。在他母亲的默许下，雅各在瞎眼的父亲为长子祝福时用小兽的皮盖在自己手上欺骗了父亲。以扫也太没出息了。

但是哈娜说，这个故事的奥秘在于后来以扫原谅了他那个奸诈的双胞胎弟弟，因此说，克拉克有一副好心肠。他原以为会允许他跟哈娜住在一起，可是没有，而是让他住进院子另一头的男宿舍里，他每天晚上都不得不强迫自己在仓房里其他人的鼾声中入睡。乡巴佬，他来到了一群乡巴佬中间，跟他们一起生活。如同以扫所建立的以东国对以色列人来说十分陌生一样，他来自的那个地方对大多数住“圣殿”的人来说也同样是陌生的。这些男男女女全都来自乡下，他们一心想着天启预定基督复临。基督复临论从一产生就走到了尽头。这一主张的创立者威廉·米勒一八四三年遇到了“第一次失望”，后又在修正了的日子一八四四年十月二十二日遭到“更大的失望”。人们无论给基督多少次机会，他都拒绝再来。然而乡下人习惯了失望，米勒派的人在没有米勒的情况下仍然坚持他的主张，他们不断变换手法，又分裂成派，其中一派对耶瑟·史密斯的秃头情有独钟，认为上帝将通过他复临。

“我记不得了。”克拉克答道。

“你肯定记得，”耶瑟挑逗地望了他一眼。“玩枪和跟女人睡觉一样，你是不会忘的。记得吗?”

事实上，克拉克是会忘的。在海滩上或酒吧里突然出现在你面前的女孩子，第二天便如同迷幻药和可卡因一样成了你极想忘掉的东西。耶瑟谈及性生活，使他很不自在：性生活像一条越来越宽的裂纹，破坏了耶瑟在他脑子里的上帝与救世主形象。他像着了魔似的让圣殿里尽可能多的女人怀孕，这样在总结算日之后的十四万四千个被救者当中便会有他的传人。哈娜怀孕了，克拉克认为他不可能是孩子的父亲，因为他们那偷偷的几次都用了避孕套。

耶瑟意识到了他的不安和他初次拿枪的无知，便从一个隐避的地方取出一件更大的武器。“这才是咱们要好好瞅瞅的真家伙。这是所有自动步枪里的老祖宗，AK－47，又老又好使的卡拉什尼可夫，俄国最先生产的，现在主要在中国制造。这是所有反对歌革王的人都选用的武器。看见这个像香蕉一样的小片片吗？这是它的特殊标志，三十发子弹，一次可装三十发。全世界大约有五千万支这种老家伙，叫魔鬼跟他的随从们的日子好过不了。”耶瑟站在阁楼暗处把枪端起，枪筒正好把他的脸一分为二，他的两眼慢慢集中到准星上成了斗鸡眼。

耶瑟这突如其来的小丑举动意味着什么？他不仅使自己保留性生活的权利，还保留开玩笑的权利。他是开谁的玩笑呢?

克拉克不记得从什么时候起下决心跟从耶瑟的，这个大人物闯进他的生活就像一个流浪汉占据一个空草棚一样轻而易举。在耶瑟面前他感到自己有了价值，这是在别处不曾有过的感觉——在他母亲面前他都没有这种感觉，因为对他母亲来说，做母亲本身就是对她自己生活的侵犯；在其他任何人面前也都没有这种感觉，因为对他们来说，他首先是他母亲的儿子。狡猾的耶瑟绞尽脑汁从克拉克灵魂的角落里找到了被他自己忽视了的东西。

克拉克是耶瑟所有孩子中最无足轻重的一个，但却与其他人一样受到呵护与怜爱。他无法理顺他皈依的那一刻，当他仍在局外时他不知道哈娜是如何引诱他上钩的，而一旦入局，他又被这位救世主那不可预测的轨道深深吸引而无法脱身。

“‘我要命我的诸山发刀剑来攻击歌革，我主说；人都要用刀剑杀害弟兄。’知道这段话的出处吗，以扫弟兄？”

“《以西结书》的什么地方。”耶瑟没完没了地研究《圣经》，让克拉克发困。对《圣经》的研究和他在圣殿里的其他工作一样使他厌倦，尤其是帮路加、约拿和米非波设为部落里日益增多的儿童修建住处的活，夏天，高低起伏的山坡上被羊群吃剩下的草在热风吹拂下泛着白光翻动起伏，他们在热风炙烤中挥锤造屋。

“《以西结书》三十八章二十一节。‘我必用瘟疫和流血的事刑罚他。我也必将暴雨、大雹与火，并硫磺降与他和他的军队，并他所率领的众民。’这种事你害怕吗，孩子？”

“只要你是我的朋友，我就不怕，耶瑟。”这是在学习《圣经》时惯用的回答用语。

“你知道上帝说的是谁吗？”

“他的敌人。上帝的敌人。”

“不仅仅是他旧有的敌人。在这里他说的是歌革，说的是玛各领地上的那个歌革，米煞和土八该隐的王太子。你一定记得我告诉过你都有谁是歌革吧？想一想这个名字——**歌，革**。”

克拉克任凭这个名字在头脑里翻腾，他只记得这个名字的拼法与**上帝**的拼法是何其相似[①]。在他看来这些狂热的信徒总是处在亵渎神灵的边

---

① “Gog”（为《圣经·新约·启示录》中预言受撒旦迷惑必将作乱的两个民族之一），与“God”。

缘。对上帝的亵渎无处不在,如同电影"拍摄准则"被摒弃之前的性镜头,"准则"被废之后电影中的性镜头变得更清晰明了,让人讨厌。他眼睛盯着用塑料布裹着装在泡沫塑料匣子里的那支小短枪。他用阿诺德·施瓦辛格的电影来判断,那是一支乌兹枪。"圣地制造,"耶瑟在他耳边轻声说。"是给你制造加利尔步枪的同一伙以色列手艺人造的。乌兹枪的特点是发射很小的手枪子弹,九个毫米,全金属外壳。枪托能折叠。**歌**,**革**。听到这个名字你想些什么?"

周围的干草触动了克拉克的神经,他的脑子里飞快闪过一个景象:如果划上一根火柴,整个建筑便在瞬间燃起冲天烈焰,羊在下面哀叫,军火在上面爆炸。

"没有上帝的政府[①]",耶瑟得意地边说边放下那支卡拉什尼可夫。"这就是歌革的含义,这就是我们的理解。那个假牛仔里根说他信上帝,可他从来不去教堂,你稍留心一下就知道了。自从另一个演员朝他开了一枪,他就吓得不敢出门了。"

"不是个演员,"克拉克说,尽管耶瑟不喜欢人家纠正他的话,他认为听了半天关于枪的教诲,也该轮到他说了。"是一个精神变态的年轻人,他爱上了女演员朱迪·福斯特。"他手里的M-16终于交给了耶瑟,心里感到释然,因为那家伙在他手里真的要活起来了。

耶瑟没答理他,接着说:"他准许教皇来到这个国家,让他到处散布邪恶的毒素。最终,结算日一旦到来,他们俩便是头号和二号反对上帝的人物,就会乞求把这些大山压在自己身上,让他们躲开愤怒的羔羊。真正的臭狗屎。"

克拉克还太年轻,没能看上总统当年演的电影。但电视九频道常播《纽特·洛肯尼——全美英雄》这部电影,令克拉克着迷的是,一个穿着休闲服

---

① 英语"没有上帝的政府"是Government of the Godless,取三个字头G,O,G便成Gog。

的旁观者捡到了球，他快速奔跑，闪动跑过整个球场，他向帕特·奥布赖恩打手势，一个奇迹即将产生。要知道，像乔治·吉帕这样的完人是注定要死的。这个世界容不得完美无瑕的人，它将一切容忍都抛到九霄云外去了。令人奇怪的是，里根当上总统之前，他的伟大只表现在床上：临死前在病榻上要求为了吉帕再赢一个触地球；在《皇帝的座位》里他则跟波恩佐一起躺在床上，他问他自己身体的其他部分到哪里去了。

克拉克头脑里的电影飞快地闪着；在这个阴暗的三角形阁楼上面，他开始对木乃伊般的枪捆感到恐慌。一捆捆的枪都涂了油，以使它们永葆青春。耶瑟以他超凡的警惕性察觉到克拉克的不安，他两手各抓起一杆步枪像牧师一样把它们高高举起，以此来延长他的门徒此时所受的折磨，耶瑟深信，折磨是使一个门徒追随师父的好办法。折磨人也是很有趣的事情。

"这样我就能使自己变得更伟大，更神圣，"耶瑟说，"宝剑的力量。过去他们是这么说的。现在是枪杆子的力量了。'那女人生了一个男孩子；这孩子将来要用铁杖统治万国。'《启示录》十二章五节。我敢说你在想，耶瑟的杖就是我的生殖器，是吗，以扫弟兄？"

"我没那么想。"克拉克边说边绕过草捆走到搭在阁楼上的扶梯前，它将指引他到下边去，离开这个能导致幽闭症、使人心烦意乱的充满机油味的阁楼。

耶瑟也跟着下来了。克拉克看着这位长者摸索着往下走，非常小心但很不稳地踩着每一级磨损的阶梯。当他下到散着干草和羊粪蛋的羊圈地面时，面颊微微泛红，大喘着气。他在红绒衬衫外面套一件鹿皮马甲，他的心脏像巢里未长毛的小鸟翅膀一样扇动着，克拉克可以看见他的马甲随着心跳而上下起伏。通过对耶瑟思想与行动的观察，克拉克发现他也跟自己一样落入了陷阱，不过他的陷阱是他的使命，是他头脑里某种像活着的小虫一样的东西。耶瑟具有激起人们怜悯与服从的双重天赋。他好像是为了刚才在阁楼上吓着了克拉克而道歉似的说："我们需要保卫自己，以扫。邪恶是无所不为的。歌革不断地说我们欠他们的税。县里的，州里的，下河税务所的，我们不断收到他们寄来的开着小窗口的信封。我问西布伦这是什么，那是什么——他不知道。他是个信心极强的信徒，办法多得很，西布伦，但是他对数字一窍不通。我也一样，以扫弟兄。这世上的方方面面都跟我格格不入。”

又矮又胖的西布伦是个年轻的夏威夷人，属于多种混血儿，是马太在一次太平洋钓鱼活动时把他召来的，钓鱼的人都是急切盼望“基督复临”的基督复临安息日会的教友。这一支复临派教友的人数最多，他们对“大失望”的解释是，一八四四年十二月二十二日，天堂里进行了一次调查，为将来终将到来的“最后审判日”打好基础。如同其他英勇的信徒一样——摩门教徒，文鲜明统一教团信徒，或者亚大纳西信经的信守者——包裹着他们非凡想法的是世俗的皮肤以至伤疤，他们穿凡人的衣服，有成功的事业，也有落落大方的行为举止；然而在这一切的下边，有着他们沮丧的脓疱与迟迟不能出现的希望的火焰。马太，像他的同名人一样，许诺：“近了，甚至已经到了门口。”马太对西布伦说先知已经来了，就住在科罗拉多的伯尔县下河以北几英里的地方。西布伦的父亲在比革岛上拥有房地产和菠萝园，他的财产拥有权使他成了圣殿的财务会计，而在克拉克眼里他只是个胡桃皮色皮肤的弱智儿，他是被耶瑟的花言巧语弄昏了头。那些枪支肯定是他出钱买的。

耶瑟继续抱怨道：“歌革手下拥有的暗探比真地狱里的鬼怪还多。卫生委员会的调查员听说我们的下水道不合格，就想派人来闻闻化粪池。有的混账社会工作者甚至进到了里边的门，他们说有人举报这里虐待儿童——虐待儿童，要知道我们是把惟一正宗宗教传给我们的孩子们，使他们不致受到永不熄灭的烈火的煎烤！那一天是路加站岗——他一枪打中了她的汽车前轮，他说下一次他决不会再打偏。”

“我能不能说句——”克拉克犹豫地说，想试探一下。

“说吧，以扫。”

“你需要有更好的公共关系。有办法避免这类事件的发生。在好莱坞的时候我曾经在诺娃人才服务处工作，我们的工作之一是使年轻的影星免遭伤害。”

“我真不该到这山下来，”耶瑟向他倾诉心里话，同时摘下刚才欣赏枪械时戴着的圆形金丝眼镜，卷起手指头揉了揉眼，好像要把忧伤挤出去。“我真不该到这么低的地方来。”他们通过羊圈的方门眺望着东方，看见高居他们之上的山峰，越往上长满青草的山坡就不见了，只有嶙峋的峰顶，再朝远处望去，高不可及的峭壁悬崖化入八月的皑皑白雪之中。“在我住的那上边你不欠任何人的，别人也不欠你的，你吃你打的猎物，烧你砍的柴火。”

“那后来呢？”

“我受到召唤，信心像火一样充满了我，又热又冷。我必须与世人分享这一信息。”

半轮月亮渐渐出现在蓝蓝的天空，像潮水退去后显露出来的一块石头。“那种感觉一定很好吧？”克拉克礼貌地问道。

“不，很恐怖，这责任让人害怕，绝对恐怖。这就是我为你们这些人所做的事——由我来驱散恐怖。为全人类驱散恐怖——相信我，我曾祈求上苍让这痛苦的命运快点过去，但是它没有过去。从越南回来后的两三年里我四处寻找安身之地，想找个被别人荒弃的农场为我所用，上帝就把这块地赐给了我。”

耶瑟所信仰的事情当中，有一件就是不要经常洗澡，所以他身上的气味不时随风飘过来，令人难以忍受。克拉克很想走开，找个地方思考一下刚才见到的那些枪械，他深信那些家伙对他有着不可言喻的深远意义。

“我就像被大灰熊抱住了一样被这一召唤紧紧抓住，”耶瑟还在说，因为过去的影像正在他头脑中重现。“它给我的思想造成了负担，几乎使我发疯。太孤独了，作为宇宙等待的新郎，太孤独了。”耶瑟紧紧盯着克拉克，试探着他，看他会不会背叛自己。“我对你说的话一句也不要对别人讲，总的说来，他们头脑太简单，一下子听到这么多神秘的事情他们接受不了。”

克拉克像作总结一样简明地说：“你最好对西布伦说你要我去帮助他，如果我对他说，他准不会相信。”

七十年代中期他在圣安德鲁上了四年学，平均每月去看望姥爷姥姥一次。他很喜欢姥姥，只是不明白她的腿为什么一直没有做手术治疗，其实那些手术很简单，在电视上常常见到，他也不明白为什么她总让他吃乡下那种很甜的饭食，那些甜食让她胖得连从炉旁走到饭桌都十分困难。他真正爱的是姥爷——虽然他已过七十岁，人们仍叫他特迪。他爱这位老人活动时的耐心、听人讲话时的耐心和对痛苦默默忍受的耐心。如果有什么事情是妈妈做不到的，那就是她不会耐心地默默忍受痛苦。在他的成长过程中，她也有几次心血来潮想当个好妈妈，可是她总离他很远，即便不在天涯海角，也是在墨西哥或者路易斯安那州。一九七〇年她四十岁，已不再走红，便开始接电视台的节目——去年一年她参与了四到六部由畅销小说改编的电视剧，以古装的故事为主，在民族问题方面起到教育作用，她扮演的多为中年妇女角色。她的头发不再金黄，而变成了很深的颜色。在一部片子里她演一位墨西哥母亲，她那出身名门的女儿爱上一个后来成为革命者的苦力，受到她的阻拦，后来她终于想通并原谅了女儿，同意他们相爱。在另一部片里她演新奥尔良一家妓院的克里奥尔老板娘，后来因接纳混血儿客人，妓院被烧毁。老修女、企业女高管、有着苦难经历的女人等形象又纷纷来找这些中年女演员——虽然电视片的质量较差，可它们毕竟为步入中年的女演员提供了展示才华的场所。大银幕电影由于摆脱了审查的约束有些失去方向，过分偏重年轻貌美的形象，新面孔不断出现：阿里·麦克格劳、凯瑟琳·罗斯、卡伦·布赖克、玛丽亚·施奈德。妈妈说她们都不会像她一样走红那么长时间，可她也没有像克劳馥一样红那么久呀。

由于特迪的外甥艾拉主动接过了暖房的活计，他现在有了较多的空闲时间。有这个十几岁的外孙来做伴，他的高兴劲难以言表。他们两人在体征上很相似——敦实、粗壮、浅褐色眼睛和暗无光泽不打弯的头发。特迪与外孙在城里散步时指给他看哪些空地过去曾经有过房子和哪些房子过去曾是田地。他还告诉他哪所房子过去曾是杂货店，哪幢废弃的别墅是那个创建瓶盖厂的人住过的，还告诉他说那所大公寓楼的地盘曾经是他姑姑房子的所在地，他与艾米刚结婚时就住在那里面，后来因太破旧拆掉了。他还让他看当年黑人们住过的简陋棚屋，按现在的眼光看，那种居住条件简直可怕得要命。由于他曾经当过邮递员，所以知道多年以前住在那些房子里的每一户人家的姓名。很多人家至今仍住在里面，有一些则已搬家。在不违反规定的情况下他还能讲出每家的一两个故事来呢。作为邮递员他每天都要上门，所以对这些房屋非常了解，也看到不少事情——身着浴袍的女人问他想不想进屋喝杯咖啡；汽车停在属于城市另一部分的街道上；楼上无人照看的孩子嚎哭不停；走出一所油漆剥落门窗纱烂掉的旧房子时他心情沉重。“你能通过人们得到的邮件，”他对克拉克说，“知道他们哪家有兴趣订阅一两份杂志，哪家收到了明信片和朋友从世界各地寄来的手写地址的信件，哪家收到了许多盖着‘注意’印章的账单，哪家的挂号信需要在回执上完成法律手续。克拉克，一所房子的主人开始走下坡路时连房子也跟着下沉，那情景真叫惨哟。”

这孩子从字里行间听出了说话人的悲哀与苦衷。他问道：“您的爸爸就走了下坡路吗？”

“是的，是的，他走了下坡路。我不想老提他，你可别在意。”

“不过，后来您的女儿成了有钱的大名人。”

“那倒是有点帮助，可她是付出了代价的。没有不花钱的午餐。看看现在他们叫她在电视里演的那些无聊节目，一点也不比肥皂剧更好看。不知道艾米怎么会从早到晚看不够。她本想攒够了钱就退休，你妈妈，可她办不到，这就是成功的惩罚，谁知道什么时候才能打住，没有人是知足的。”

他与克拉克常开着家里那辆克莱斯勒——一辆庄重淡雅的灰蓝色轿车，是他们允许阿尔玛给买的少数几件奢侈品之一——在特拉华兜风，或者往北去威明顿，在那里他给他指出那些老电影院和奥康奈尔应用商学院旧址，那都是在市中心被黑人占据以前的事了。“后来这里就一天不如一天了，可那并不是他们的错，”他解释道，“他们没有钱支撑这一切，没有钱是因为他们没有受教育，没受教育则是因为他们自从废奴以后就没有人肯用他们。你知道吗，内战时期这个州还是奴隶制呢。直到一九〇一年他们才正式批准第十三条修正案。凡是想投票的黑人都会招来大麻烦。我们对他们无所不用其极——私刑、鞭笞全用上了。有的白人连畜生都不如。”克莱斯勒车在门窗封闭破旧不堪的威明顿街上呼啸而过时克拉克的姥爷开心地笑了。“瞧，结局就是这个样子，美国的城市成为黑人报复的对象。他们占据了市中心，白人在天黑以后都不敢到那里去。过去这里到处是店铺，漂亮姑娘开着敞篷车戴着帽子在街上兜风。别以为那个时候我们不瞅女孩子，也别以为她们不知道我们在瞅她们，尽管她们刚开始上街，还没使出浑身解数来。”

什么事也不会让姥爷生气。他是心境平和的人。他依然对这个世界充满好奇，却从来没有对改变它抱有任何希望。河边过去是他和贾里德钓鱼的地方；这里曾是整片的沼泽地，鹭鸟、麝鼠和水龟比比皆是，可是现在八英尺高的围栏里庞大的白色储油罐占据了数公顷土地。他从这里看到了人类消费与工业化的胜利，并不得不折服，折服于人类将自己强加于大自然的能力。他们把车停在路边摇下车窗，闻到了从汽油罐散发出的经过复杂化学反应提炼出的汽油的味儿。阳光灿烂的天空中一大块触须四伸的云彩在新泽西州上空飘浮，似要将油罐外的油漆一块块剥下带到天上去。那年秋天，科学家声言，从各种汽化瓶罐喷出的氟利昂雾化气正在破坏臭氧层。克拉克当年十五岁，在圣安德鲁中学上课时接触到一点马基雅弗利和柏拉图，拜伦和加缪，甚至还有一点尼采——即使是一点点也足以使他知道，天上有的东西比他过去模模糊糊认为的要少。每次的登月都从上帝那里掠走点什么。他妒忌妈妈，因为她曾有过一个上帝，在贝辛斯托克这片亲热的蓝天下；而她在好莱坞接受的自我主义使她不愿意费点事把上帝传给他。他不知道该信仰什么，只知道有朝一日他要死去，而那简直无法想像——一切都会像灯泡一样熄灭，人们在没有他的情况下仍然生生不息，星球在他死后依旧不停地转动，哪怕太阳爆炸变成粉齑，一切依旧在运动。晚上他躺在黑乎乎沉甸甸的被子里，一旦暖和过来便可闻到身上的成年人气味。虽然手淫时的瞬间可使他从那可怕的想法中解脱出来，好像内心见到一缕光明，可是事后那想法又痛苦地回到脑海中来，即使在他拿手帕胡乱地擦被子时也无法摆脱它。他一边擦，一边希望学校洗衣房的人会将他的精液当成鼻涕。他也在头脑里拍电影，演员是他在贝弗利维斯塔的八年级女同学：莱内特、安妮·博比和又脏又无能的阿丽莎，然而电影一结束，那无底洞一样的黑色真理依然存在。在好莱坞棕榈成行的街道两旁有不少非常漂亮的基督教堂和犹太教堂，可是他妈妈从不带他进去，只去过一两次，还是参加某个明星的追悼会；摄影师忙着拍照，不准进入会场的影迷站满了街道两旁，他注意到教堂内为这位已故明星致悼词的语气以及关于这位名人的笑话引起的哄堂笑声。这位人人都在谈论却从没有人见过的上帝在哪里呢？在圣安德鲁中学那个新圣公会小礼拜堂里的礼拜仪式既敷衍了事又无足轻重，每次说的都是同样的话，像他从来没有学过的外国语一样，教工的讲道听起来即便不算彻头彻尾的嘲讽，至少也只算是闲聊和拉家常。藏而不露的奇迹究竟在哪里？除了姥爷——他对一切都是那么温和与宽容——他还能跟谁谈论这个话题呢？十一月的一天，他们开车去海滨，回来时风很凉，但是他们坐在温暖的克莱斯勒车里感到很惬意。他问道："妈妈小时候是怎么信教的？"

这个问题本来可以问得更明确一些，但他姥爷还是抓住了要点。"她跟妈妈还有阿奶去的是北榆树街长老会。西福德夫妇本来是美以美会的，艾米丽有了孩子以后他们很自然地转到了长老会，因为我母亲是长老会的忠实信徒。家里人常说当牧师的本该是她，而不是我父亲。”

“您说我妈是真信吗？”

特迪想了一会儿。“我不记得她谈过这个问题。每个礼拜天她都去上主日学，十三岁时受的坚信礼。她穿着我妈妈用她昏花的老眼给做的白连衣裙，像天使一样好看。我平常不去教堂，不过那天我参加了她的坚信礼。是为了我的女儿。”他仔细看看外孙，脸上浮现出一丝忧虑。他不知道这孩子在想什么。“后来她到了你这个年龄开始跟男孩子接触的时候，去教堂的次数就越来越少了。要么跟我呆在家里做作业，要么出去看朋友。这是正常的，连她妈妈也同意了。她说孩子到了这个年龄你就要准备失去他们，而一旦他们有了自己的孩子就会回来的。我母亲原来是密苏里的主日学老师，我爸爸就是在那里认识她的。”

“那您为什么不去教堂？”克拉克问道。

这位退休邮递员朝有色挡风玻璃转过身去，他的嘴唇绷得紧紧的，一副好斗的样子——典型的威尔莫特家族的嘴型。“从来就没感觉到有那个必要，”他终于开口了。“我父亲死了以后就再也没去过。”他思考片刻又接着说，“我一定是带着怨恨哩。”他脸上那几根没有刮净的胡子在阳光下露着白茬。白色围栏外有一长条尚未遭破坏的沼泽，从里面冲出两只蓝色鹭鸟，它们吃力地扇动着暗暗的翅膀，将箭一般的身体带上天空，S形的脖子倏地伸长了。

“怨恨？”

他姥爷慢条斯理地抓了抓下巴，正好抓到那几根胡茬。“按照常理这是有点怪。可是我总觉得上帝本来是可以先给我爸爸一点神迹的，可以帮助他渡过那一难关。只要一点神迹就行，再说也花不了上帝多少力气。从那以后，我要是还去教会赞美他的话，还能算人吗？我妈妈也没有催我去，因为教会对她也不过如此。其实我想，准是我让她害怕我了。艾米丽来了以后就站到了我一边。我决不会从得到教会好处的人那里夺走他们的好处，我也不是想用这些话让你的思想混乱，克拉克，既然你问我，我就拣我记得的回答你。这些都是很久以前的事了。现在连咱们总统都辞职了，还有什么是神圣的呢？”

他等着克拉克说点什么，也许会与他争论一番。但是克拉克想不起来要说什么。想到上帝，又想到远处草地上的白色储油罐，它们会像原子弹一样炸成一团火球，他心中发慌，只觉得舌头胀得又大又麻。

姥爷把钥匙插进点火器，慈祥地对他说：“什么时候等你再回来过周末，我该带你去一趟帕特森，看看还剩下多少我记得的东西。那个时候好像帕特森就是宇宙的中心；丝绸厂大罢工成了全国各地的头条新闻。”他说着给克莱斯勒挂上挡。“咱回家吧，看看妈妈给咱们做什么好吃的了。”这里的“妈妈”指的是他的妻子。

他从圣安德鲁中学毕业后回到韦斯伍德的加州大学洛杉矶分校学习，当他得知一个由年轻人组成的独立电影制片公司要利用超人热拍摄超人电影时，他退了学（不过这个角色不会叫做超人，或者说不会模仿任何有版权的超级英雄，所有的超人特技——握弯一根铁棒、举起一台蒸汽机等——都不会有，因而可省去不少拍特技的费用），然而他从傲慢的制片人那里没有捞到可演的角色，因为这位负责人好像存心要让一个电影明星的儿子抬不起头来，起因不过是些鸡毛蒜皮的小事，加上克拉克把自己对他的看法明确地告诉了他，这样他便又回学校上了几门课程，在等待合适的搭档组合重新工作期间，他经常一觉睡到大中午，看音乐电视，或有线台放的老片子，边看边琢磨，在这些怪诞的黑白喜剧片里人们为什么说话那么快，还那么大声音——当时的观众肯定明白他们在说什么，可是他听不懂——有的时候他给一圈人打电话，还带那个相貌不错的姑娘去高级宾馆、饭店、夜总会，如玛梅森、吉米、斯帕哥或者柯罗尼，那姑娘穿一条迷你皮裙，透明衬衫，高跟又细又尖的紫红色仿真皮靴，左肩头上刺着一只蝴蝶，尽管如此，她仍不失为一个心地善良的不错女孩，她和他一起靠吃大量药物来稳定情绪，心中企盼的是，只要在那些地方露面，就会在各种因素的作用下取得某种意义上的成功，这些因素会魔术般地将她送上成功之旅，他们还趁着某人的家长不在时到他家聚会，每个人都喝得酩酊大醉，酒醉之后一个人一个味儿，游泳池里的水在泳池底灯的照耀下泛着金黄色的水泡，池底像是黑暗中的一片蓝天，那条俄罗斯狼犬满面愁容地卧在草坪上，想用它长长的白爪子拨弄那只被它咬过无数遍的黄色网球玩耍，但是没有人爱跟它玩，人人都十分投入地自娱自乐，或者趣味相投者聚在一起，谁也没有心思逗狗，经过艰苦奋斗得来又由墨西哥人清扫干净的万贯豪宅成了他们百无聊赖、胡侃神聊的鬼地方，谁也说不出个所以然来，叫人心烦，连做爱也提不起精神来，一提到爱情人们就感到痛苦，感到恐惧与厌恶，电影人制作爱情，音乐创作者写爱情，MTV里的爱情更是杂乱无章，一个接一个地遭到嘲讽与肢解，像关于大堡礁的纪录片里食物被大鲨鱼贪得无厌的大嘴巴撕咬嚼碎一样——在那段日子里，他姥爷时常从贝辛斯托克耐心地给他写信，信封上盖着邮戳，地址上的数字写得工工整整，洛杉矶的大数字门牌号让这位退休的小镇邮递员觉得可笑。那些信件是回敬这孩子对姥爷所表现的敬爱与温情的，并试图回应他所发现的外孙的需要——信仰。然而特迪实在没有信仰可回应，他有的只是日常生活的经历。天气、家事以及当地的变化。

亲爱的克拉克：

到目前为止，这个冬季还不算很冷，可眼下才刚进二月，天气怎样变化还很难说，我就曾见过三月份下一英尺厚的大雪。

艾米丽的腿又难受了一阵子，呼吸也不顺畅，这些病当然会给老年生活带来麻烦，但她从来都不抱怨。在她照顾我这么多年以后，我能够照顾照顾她，的确是件高兴的事。

你还记得她和我第一次见面的药店吧，就是罗德尼街和榆树街街角的那一家，它又一次换了主人。药店空了好几个月，降价大潮时期，连街上头的列格茨药店也竞争不过购物中心里的红狮子店了。

看见橱窗里空空的，街角的门窗用木板封死，我心里很不是滋味。我像你这么大的时候曾想，要是有什么东西会永远存在的话，那就是塞思·艾迪生药店和街另一头的韦恩·菲利普斯银行，可是后来证明它们存在的时间都不长。

整个街区都变了——罗克西成了一堆废墟，奥德费洛大厦因为缺少客户已经关门。过去的台球厅现在成了音像商店，人们对商业大街感到不满，可是那不是商业街的错呀，问题在于人们已经不像过去那样对社区抱有忠诚感了，再说，年轻人不得不量入为出。

你外婆和我从你妈那里听说你最近的一份工作没有做成，我们感到很惋惜。他们好像并不真的喜欢富有创造性的人。他们只想墨守成规走已经成功的老路。这是一贯的商业思想，哪里都一样。

别灰心，克拉克。我们都知道你有能力做该做的事，开创自己的未来。过去左邻右舍常有人笑话你妈妈，可她紧紧抱住自己的梦想不放。现在同是那些人来找我，希望我能给他们施些魔法。我对他们说，埃茜是靠自己干出来的。我们从来没有期望过我们家会有这样的好事。

你舅舅丹尼到东德任职去了，关于他的工作他只说了这么多。他每次回华盛顿度假，我们都能见到他和他的家人，多好啊。他的孩子个个聪明伶俐。他胖了点。亚洲妇女太会照顾自己的男人了。

连邮局都迁走了，新址过去是菜地，因为它现在要为三个社区服务。可是现在连邮票你都得从机器上买，柜台窗口的工作人员大多数是有色人种，他们不认识你，也不在乎你。我在邮局干的时候对每个人都热心服务，连只有姓名没有地址的信都能送到收信人手里。

好啦，不再说这些陈年旧事了。我们这里还有你在圣安德鲁上学时周末带回家来的书和磁带呢。每次我们想打包寄给你时心情都不好受，所以一直懒得动它们。下次你来的时候把它们带走吧。

我姐姐埃丝特死了以后，皮特急着将他们的住处清理出来准备出售，可是要我去他家阁楼上把她在帕特森时用过的旧东西清理过来，我实在办不到。她本不想来这里，是我求她，她才来的。她是个好人，总是替别人着想，从来不为自己想。

妈妈在叫我吃饭。六点的新闻说一场暴风雨正从卡罗莱纳过来，周末会到达这里。可我想它顶多是一场雨量不会超过几英寸的雨。大风暴来的时候你能闻见空气中的铁腥味，胳膊上的汗毛也会在雷电中竖起来。

妈妈说她拥抱你，让你早点休息。充分的睡眠是必不可少的。我的爸爸过去常这么说。

爱你的外爷

威尔莫特

1983年2月19日

有时候克拉克想，要是自己长得漂亮些问题就好解决了，好莱坞这地方的立足之本是相貌，谁要是达不到起码的要求就不算是一个人。人们都盯着你看。倒不是说他长得丑：他跟姥爷一样慈祥和蔼，但是他没有继承母亲那副匀称的骨架、发光的皮肤以及浑身紧绷绷撩人性欲的体型，也没有继承他父亲柔软轻盈的魅力和卷曲的头发。马赛厄斯·拉兹罗像是一个美丽传说在他儿子生活中出现又消失。作为剧作家他是失败的，因为他创作的路子总沿袭老一套，没有一点新意，但是这并没有毁掉他的事业。人们喜欢跟他在一起。他是匈牙利血统，美国出生，一个完全融入这个社会的有魅力的金发小伙子。好莱坞，它充分的阳光、大量的色情、无尽的欢乐与它对全球热心观众不断涌现的怪诞念头的死死依赖，这一切都让他兴奋不已。他爱享乐，但不堕落，这就使得人们愿意与他相处。克拉克的母亲认为，电影业犹如满载危险的航船,又如脚下越转越快的轮子,而她的步伐正日益放慢。而在马赛厄斯·拉兹罗(他每年出一部片子)看来,电影业是群英荟萃之地,在这个行业里吃苦耐劳的专家们投身到美丽与激情之中,他们英雄史诗般的工作目的,是以娱乐的方式从消除一个国家的痛苦到消除整个自由世界和第三世界的痛苦,包括东欧的一些国家。对他而言,做父亲只意味着晚上带孩子去道杰体育场看一场球赛,在蔡森饭店开个生日晚会,去希尔克莱斯特俱乐部打一场网球,在斯特里普街上的卡尼餐馆吃两个低脂肪蘑菇汉堡包,或者,几年以后,在拉布里坚石咖啡厅试着用点兴奋剂。令人沮丧的是,他父亲经常在外面与女人鬼混,例如跟那个品红色头发的女孩,她的眼睑上闪着点点银色,穿一件深浅不一的牛仔马甲,戴着肉色胸罩,还袒露着肚子。

因此他喜欢呆在忠诚与真正信仰的圣殿里,在这里他算得上是文雅的人,善于处理外事的人,耶瑟不愿出屋接受电视采访时便由他出面。西布伦是个钱袋子,可他的脑子过去在他的菠萝园里被烤坏了。马太嘛,就是那个宽脸庞近视眼说话挺快的人,原印第安纳州基督复临会传道士的儿子,他具有用很呆板乏味的方式不屈不挠地规劝别人的能力,但他只跟基督复临会的教友谈话,如果遇上不相信先知也不相信世界末日将近的其他教派的人,他便会不知所措,被怀疑论丰富的内涵弄得张口结舌。马太从在襁褓中就开始接触对《圣经》不同诠释的激烈争论,对他来说,《圣经》并不是每句话都是神圣的,它上面的逗号更不是什么重要的东西。路加和约拿跟随耶瑟很久了,几乎从一开始就来到他的身边,因而也具有了他那牛仔般的刚毅,却不具有他的另一气质——令人难以猜透的神秘性。再看他们身上穿的,除了皮带上发亮的银搭扣外全身都像在畜栏里滚过一样。他们瘦长而健壮的身躯和布满皱纹、不够宽容的面孔,反倒使得克拉克以宽厚仁慈的心态来看待他们。他知道他们讨厌什么。他是外来人,又不是乡巴佬。在其他人心里车轮是圆的,一切在圈外的东西都是阻碍车轮前进的障碍。米非波设则温和得多,他是讲求实际的人——一个熟练的木工和业余电工兼管工。他与妻子默西是在读了《大联合》报上的一篇对圣殿持敌对态度并对其大加嘲讽的文章后皈依圣殿的。信心不可解释地同时充满他俩的心灵。他们那天晚上就这个问题谈了一夜，都在对方心灵中发现了这一神迹，于是第二天就开始变卖家产，还带来了三个未成年的孩子。他们按照过去在家里干活的方式全心全意地为这个公社有序地工作着。汤姆和吉姆情况跟克拉克差不多，都是三十岁左右，和他一样发现外面世界的生活没有意义。他们两人也都受过教育，汤姆是受过训练的康复中心理疗医师；吉姆（汤姆的堂兄）和妻子波利都是高中教师，一个教商业数学，一个教西班牙语。按说克拉克跟他们在一起时应该觉得如鱼得水，他确实也没有不喜欢他们，可他们对信仰半心半意的无所谓劲头——“对呀，为什么不？”——打破了他心中的宁静，加深了他思想中尚存的疑虑。他们太像他所要躲避的加利福尼亚人了。他更喜欢与技术高明、办事慢条斯理的米非波设做伴。米非波设总说他与默西过去“在地狱的深渊里陷得太深，连自己正被大火燃烧都感觉不到了”。他也喜欢和西布伦做伴。西布伦思想里的巨大空白被他深如太平洋的波利尼西亚慈善心肠填平。每一天都有令他感到吃惊的事发生，让他不断绽开笑容，发出格格笑声，这笑容与笑声总是突然出现又突然消失。他活着就是为了取悦耶瑟，去得克萨斯和内华达买回枪支。他去那些美国超级自由州买枪就像去给情人买玫瑰花一样。这些信徒之间的关系如同满满一监狱犯人之间的关系：他们亲密与团结的基础是人人都无法对自己作出客观的评价。

亲爱的克拉克：

妈妈去世以后我整天无所事事，每一天都显得太长，总也过不到头。一觉醒来我就好像被人家扔到了山脚下，自己又没有力量爬上去，连刮脸似乎也难以办到了。

那些年月我们和你妈、丹尼、还有我妈，都住在这里时，我可从来没有想过有朝一日这所房子会显得太大，可如今它却大得像个总督府。

罗雷塔·巴彻勒的一个女儿每星期都来用吸尘器把屋子清理一遍，为了减轻她的负担，我几乎只在两个房间活动，从卧室到厨房，再回到卧室。艾米后来活动不方便了，我们在两间屋里都安了电视，免得她来回走。

他们一直在煽动反伊朗情绪，但他们永远不会像扳倒尼克松那样扳倒里根。美国人民太喜欢里根了，而且我们也对煽动感到厌倦了。电视里那个罗斯安很让我感兴趣，有的人会说太俗气，可她演得恰如其分。

我承认你刚加入圣殿教时我很吃惊，可是如果你觉得在那里能安定下来并能得到安慰，我就不反对。我从不在意别人的信仰，也许是因为在我身边有两个好信徒的缘故吧，我可以在上帝的宽容下自由自在地生活。回过头去想一想，可能是我爹只相信他所了解的事，所以到末了他才会如此安详宁静。希望等我的那一天到来的时候，我能像他老人家那样不大惊小怪。

我想我不会像我哥哥贾里德那样把死亡排除在日程之外。我必须说，我们威尔莫特家有两个人上了科罗拉多山是很不寻常的事。在帕特森时我们眼里最大的山莫过于加里特山了。每到星期天半个城的劳动者都到山上去玩，那副景象也挺壮观的，那里有漂亮的爱尔兰姑娘，也有意大利裔印染工人。

提起帕特森，我还真的回去了一趟。艾拉与克里夫顿的一家托儿所有些业务联系，他问我，既然只剩我一人了，想不想搭车北上去逛一趟。他和本杰·惠利常来给我解闷。本杰修理电器干得很出色，可我也不是一个普通的本地老汉，我是你妈的爸爸。

重返故里真让我百感交集。那些瀑布还在，水量比我小时候多了，因为工厂不再从瀑布抽水。那些大建筑物——市政厅、法院和老邮局这些我认为最漂亮的房子——旁边都变成了破房烂屋。

城里几乎全是黑人，白人只见西班牙裔。市场街像是把海地的一条街搬来了似的。这里像过狂欢节一样热闹，满街的鼓乐队，女孩们穿着艳俗的半遮半露的不整衣衫，周围的男人们纵声大笑，似乎他们每天都在过节假日。你还真不能不为咱们的社会福利制度感到自豪。

城里到处都是停车场，面积相当于种植烟叶的农场，河边的工厂全没了，有一些改造成了博物馆。下了高速公路就进了改成单行道的街道。

靠近图书馆的我父亲当年传教的教堂已改为非洲浸礼会教堂，看样子不怎么兴旺。

砖结构的牧师寓所连同里边漂亮的核桃木家具已经全部拆掉，为斯特雷特街的长远房屋规划让路。

艾拉有事要去克里夫顿，所以我没有执意叫他带我去看从牧师寓所搬出去以后住的那条二十七街。奇怪的是，我怎么也想不起来具体的门牌号了。

别以为我会因健忘而烦恼，因为记忆中的事并不都那么让人高兴。许多回忆是关于那些工厂丑陋的一面的，它们产生的噪音覆盖了全城，一点一点吞噬着人们的生命。噪音和满街的马粪。无论是现在还是过去都存在种种问题，我宁愿看市场街上人们躲着马粪走，也不愿见到比沃尔街上的人们住在拥挤、肮脏、窄小的棚屋里。

从你寄给我的资料看，这个耶瑟·史密斯像是一个心诚的人，也很有趣。人们把许多老故事拿到今天来解释，有很多是我搞不懂的。有一件事我从来就不喜欢，那就是牧师们站在布道坛上讲道的声音——那声音好像既在乞求又在命令。我爹就是在这种压力下失去声音的。

我对死亡没有任何要求，可我对生活也从来没有过多的要求。这样你就不会有失望。事实上我得到的比我希望的要多。艾米和邮局对我的好处说也说不尽。

这些天我在努力不听她走路发出的脚步声，因为她的脚步声与常人的格外不同。你总能知道她在哪里。给我印象最深的是，我们刚认识时发现她竟能不管不顾地快步往前走。

今年夏天一直闷热，是我记得的最糟的夏天。西边每天后半晌儿都雷电交加，但是无助于事。七月下旬草坪一片枯黄，因此我想一定跟臭氧洞有关。达兰尼·巴彻勒对我说青蛙正在灭绝，因为它们的皮肤太薄，受不了宇宙射线的辐射。

年轻的克拉克，让你的星座指引你前进吧；同时希望你知道，在你新的责任面前我会辅佐你。

永远爱你的外爷

威尔莫特

1988年8月28日

总有一些追随者来了又走了。他们住在没有取暖设备的侧屋里，一到冬天就离开了。在过去两年里，尤其是克拉克到来之后的第三年，门徒们的来与走变得越来越难了，他认为，这都是因为耶瑟不断扩大他的责任范围，因而给外部世界制造了极大的麻烦。

若是没有外部的压力，可能任何改变也不会发生。然而有哪一个时代或王朝不从外部施加压力呢？就连地处边远、喝着苦咸湖水的摩门教徒不是也必须服从歌革的统治，接受总统指派的州长吗？圣殿里的儿童是社会关注的焦点。他们为什么不上学？他们受虐待吗？那个曾因路加要将其车前轮打穿而受到惊吓的社会工作者又回来了，她这一次从伯尔县带来一位州警察和一位县治安副官。从玛各领地上来的这三个代表穿屋过廊，怀疑地察看着那些简陋的营房、那些歪歪斜斜的附加厅堂以及米非波设之妻默西在墙上和门上精心绘制的晦涩深奥的宗教图案。这位艺术家还临摹了不少宝丽来照片上圣殿的全景水彩画，并把它们拿到阿斯本的一个画廊去卖。在男营房里，约拿信誓旦旦要干掉这些侵略者，路加则像被蛇咬了一样在一边瞧着。吉姆倒觉得很开心，他瞥一眼克拉克，暗示在此时此刻任何反抗行为都愚蠢透顶。“不是时候，”吉姆说，“要是伤着或吓着了这三位，便会有三百个全副武装的魔鬼开着坦克驾着直升飞机过来。他们正寻找消灭我们的借口呢。”尽管听到了这冷静的劝告，头脑简单的人们眼看着外人和非教徒闯入他们神秘又神圣的地方，仍感到像发高烧一样难受，这块地方可是他们用双手一点点开创出来的呀。

耶瑟已将一部旧校车埋到建筑群的下面，留下一个伪装的门，上面用妇女们用碎布片缝成的花里胡哨的地毯盖着。这一隐蔽之处的折叠门已被封死，窗口用泥土弄污，这里储藏着他们的枪支，不仅有 M－16 和 AK－47，还有手枪——贝雷塔 92、史密斯-威森. 357 麦格纳姆——和一支. 50 口径反坦克枪以及数十磅的炸药，此外还有几箱手榴弹和不止一台的 M－79 榴弹发射器。这些财富是圣殿的依托；耶瑟在祷告中引用《出埃及记》十五章六节：“‘上主啊，你的右手有无比的大能。’”他还背诵《以西结书》九章一节：“‘要使那监管这城的人，手中各拿灭命的兵器前来。’”他又宣讲《启示录》二十一章中关于新天新地代替旧天旧地的描述——城是四方形，长与宽各两千四百公里，城墙是用碧玉垒的，城本身是用纯洁无瑕的真金造的。城墙基石上镶嵌着各种宝石。他读道：“城不需要太阳或月亮的光，因为有上帝的荣光照耀着，而羔羊就是城的灯。”耶瑟就是那只羔羊：他们就是这样看他的，哪怕整个圣殿像那辆旧校车一样埋在了地下，他的亮光仍将在黑暗里——在那座黄金与玉石建造的圣殿里——照耀，那座圣殿存在于凡人的生活范围之外，在那人类无法理解的遥远境域之中。

他在小礼拜堂里会见造访者。带气楼的小礼拜堂是米非波设设计并建造的，这里是成年人研究《圣经》的地方，也是儿童的课堂。现在共有十七个儿童，有一些是家长带来的，大部分是圣殿成立之后出生的，其中有十一个被认为是耶瑟的，由孩子们的母亲所指证。“我们爱我们的孩子们，”耶瑟对那三位干涉者说，“我们对他们的爱是通过教给他们正确的东西体现的，这样等总结算日到来之时他们就可以毫不拖延地进入上帝的寓所。”

“我们要统计一下这里的学龄儿童数。”治安副官说。

“这个国家的公立学校，”耶瑟说，“是藏污纳垢的地方，以强凌弱、偷窃、吸烟、吸毒、吞迷幻药、接受与事实相反的教育，无所不有，甚至还免费提供避孕套。有性生活而不生殖，讲科学而不要上帝，这就是你们的口号。在那里孩子们学会了崇拜疯狂的摇滚乐和电视上商业广告里的魔鬼，他们对银幕上的形象崇拜得五体投地，除此之外一切都不重要了。上帝所创造的一切——野地里的兽和天空中的鸟——连屎都不如了。我请求你们，先生们和这位太太，不要把孩子们硬拖进那类学校让他们受无神论和电器化黑魔的熏染吧。”

那位社会工作者是个胖女人，龅牙，大大的乳房垂得很低。她说：“我是在摩门教家庭长大的，不能说不同意你说的那些事情。可是法律面对每一个人，要不然就不成其为国家了。我们得到的证据是，这些孩子长大之后会变得既无知又虚幻。还有，听说这里有不符合规范的性行为和人体侵犯。”

耶瑟的眼睛失去了亮光，眼珠上的黄斑点频频闪动。“我们的宗旨是爱，爱是我们所能互相感受到的。我们并不是总不实施惩罚，”他承认道，“可任何惩罚都是出于爱，都有正当的理由。孩子们心里明白，你问问他们就知道了。”

“我们爱耶瑟。”有一个孩子喃喃道，接着，僵住的场面被打破，响起了有专业水平的合唱声，站在孩子们身后的是满脸雀斑的哈娜。她又怀孕了，这是那年的初春，在把以扫带来后的两年半时间内她第二次怀孕。她弯下腰小声说：“咱们唱个歌吧。”于是用她那甜甜的声音轻轻起了个头，合唱便开始了：

“耶瑟是我们主人。

耶瑟是我们真神，

耶瑟使我们平安，

我们是他有福的羊群。”

第二段歌词不那么好记，也更难懂，最后一个词是“宝剑”。他们唱歌的时候那个州警察不安地站起来，他穿一件蓝衬衫和带黑条的棕色裤子。他转悠到墙上挂着的布告栏前，布告栏上钉着稚气十足的图画，有一幅画的是一个秃头顶满脸堆笑的人，周围的头发垂到了肩，两手呈祷告状，他的四周放射着代表神圣力量的不太直的光线。有些画上的耶瑟正闭着眼睛祈祷，有的则睁大椭圆的眼睛直直地盯着前方。年轻壮实的州警察没有幽默感，他下巴的肉挤成一道缝，猛一看像是伤疤。“宝剑”这个词一唱完，他便问耶瑟：“先生，你把自己当成什么了？上帝吗？”

耶瑟沙哑地微笑着对他说：“‘这是你说的。’《路加福音》二十三章三节。”

州警察没有像彼拉多那样回答说，“我查不出这个人有什么罪状”，而是哼了一声，说：“法律禁止虚假的主张和说法。虽然现今人们可以在电台和电视上想说什么就说什么，但总得有个限度吧。”

个头较矮年龄较大的治安副官穿一身灰色制服，戴着一枚失去光泽的警察徽章。他插言道：“据我们所知，你的居民当中有许多人把他们毕生的积蓄都交给你了，根据具体情况判断，这很可能是一桩骗局。”

孩子们意识到这是严重的挑衅，他们望着耶瑟，期望他出面，驳斥这些持怀疑态度的人。“我们圣殿里的人从不违反法律，”耶瑟掷地有声地对检察团成员们说，“相反，我们将真理的法律铸在了经过比最热的熔炉还热的处理后锤炼出的永不毁灭的钢板上。‘到了末日，作恶的人要像稗子一样给拨出来，扔到火里焚烧。’想想吧，我的朋友，”他对年轻的州警察说，“在那样的烈火里呆上一秒钟会是什么滋味，就别说十秒钟一分钟了，更不要说永永远远。你将被放在火里烤，你身体的每个细胞和每根毛发都会燃烧，你眼珠的细胞和你身上最娇嫩的部分都会燃烧，而且每一秒钟都会复原再烧一次。你会乞求消亡，乞求仁慈的毁灭，而这恰恰是全能的上帝所不肯给予你的。‘看哪，我将永生，阿门。我手里握着地狱和死亡的钥匙。’”

听到这里，州警察把一直盯着耶瑟的视线移向了窗外的草地，野外一片干燥，山坡上的野牛草和野黑麦在强烈的日光下波浪一样随风滚动。耶瑟叹了口气，用很随便的口吻对社会工作者和治安副官说：“你们和我的弟兄以扫谈吧，如果你们一定要孩子们的名单，他会给你们。那些学龄儿童在路的那一头，一会儿车开走就看见他们了。总结算日很快就到了，我没有时间跟你们费口舌。我们的孩子们知道上帝的真理。”

克拉克逐渐成了以扫。他留起了胡子。刚开始胡子长得较散乱，也没有颜色，可后来不仅长得很密，而且变成十分醒目的红色，有些又直又硬的还把胡须顶起来向外奓着，俨然一把大扫帚。那些蹭着脖子和前胸的胡须不断提醒他这个新的自我。当他对镜自照——圣殿里的镜子不多，男洗手间里有一面，是为刮脸用的，挂得不牢——发现自己的眼睛温和了许多，也比从前年轻了许多。他的嘴唇深藏在有弹性的大堆红胡须里，显得更加性感，虽说他最后一次与哈娜做爱已经是几个月以前的事了。他的性生活只能偷着来，因为五个年轻女人都是耶瑟的新娘。那一次她是让他从后面进的。她侧身躺着像绵羊一样平静安详，一点没有兴奋感，因为她这第二次怀孕从一开始就有反应。以扫的生殖器勃起进入她的里面，那种感觉很古怪，似乎将耶瑟那粒正在发芽的种子推到了一边去。这一想法既亵渎神灵又令人兴奋。她用手纸擦干净后又穿好内裤和裙子，她对他说以后她不能再让他这么干了，如果他忍受不了就去找别的女人，比如德博拉，或者吉尔，耶瑟近来正冷落着她们。可是——她的嘴紧绷着——如果他爱耶瑟的话，他就不需要这个；别的男人就不需要，只有汤姆有时例外，另外，波利愿意时不时地满足她丈夫的堂弟的需要。这么说，女人之间会互相传递有关性生活的闲话，以扫听了以后性欲锐减。他需要有自己的隐私。

他将三个来访者领到楼上一个房间里，那里有特许他安装的电脑和电话。这所房子还属于原农场主时，这个房间曾是农场的工人宿舍，而现在这间又脏又乱的屋子成了圣殿与外部世界的联络点。那张两头沉书桌是西布伦的办公桌，桌子底下到处散着收据、执照、账单、银行结算单据、最后通牒和法院传票等票据。在以扫的劝说下他花钱买回一台电脑、一张塑料贴面电脑桌、几个文件柜和一台激光打印机，还从通往下河的那条沥青路上引来电话线，沿着半英里土路通到了这里。耶瑟和约拿都说他们过去一直靠点煤油灯和烧木柴加上一台发电机过自给自足的日子，可是以扫争辩说，除非他们能主动宣传自己，否则在公众中他们的形象肯定是很糟糕的。耶稣亲自对门徒说，你们要到世界各地去。如果彼得和保罗还活着的话，他们也一定会使用电脑的。有了它，耶瑟解释《圣经》的小册子就能利用电脑中的印刷编排系统制成各种不同字体和规格，再配上图画，通过电子邮件和图文并茂的传真送到外面去。耶瑟道出了心里话："不喜欢把想法写在纸上，一旦写出来思想就死亡了，就不能生长了。"通过嘴到耳朵和耳朵到嘴的传播方式，见证就会越来越多，并深入到每个人的思想与企盼之中。"那条线，"他指的是电线，"是魔鬼的捆绑索，魔鬼会通过它进来，这就像鸟屎从树上掉下来一样千真万确。"以扫则向他保证说，他的设备会像汽车一样保持道德上的中立，它不光把信息传遍全世界，还为圣殿记账，并使政府无法靠近他们。

这个房间过去是工人宿舍，室内地板到处是马刺划出的痕迹，墙上钉满挂衣服的钉子。屋里最大的那张书桌是为耶瑟保留的，但是他从没有用过，桌子上什么也没有。耶瑟的大部分时间呆在楼上的另一间屋里，那是他的卧室，里边有他的妻子或妻子们；要么就在礼堂里，他在那里慷慨陈词，讲道不分时间，不分白天黑夜，灵感一来就讲开了；也有的时候他在由铁丝网围着的圣殿范围内散步，眺望他曾经住过的远山。夏季过去，成片黑灰色的云从西边沙漠上空涌向群山峰顶，遮掩了上面的积雪，这时他就会对以扫说："不会太久了。"说着，他那双黄褐色眼睛便会因他的预感而闪闪发光。"这电线可要把灾难给牵来了。"由于有了电脑，以扫就能将信息迅速调出并打印出圣殿里的儿童名单，上面有姓名、年龄、一式三份，那位社会工作者及她的两个保镖对此表示了谨慎的信任。

治安副官穿一身灰制服，佩戴的十字形徽章把制服的翻领坠歪了。制服里是支撑他瘦骨嶙峋身体的弯曲脊柱。三个入侵者中他的敌意最小，也最谈得来。他递给以扫几张订在一起的背面带复写纸的单子。"你们欠伯尔县三千七百二十一元房产税。"他说。

"我们知道，我们正在算，"以扫说着在键盘上敲了几下，调出了数字，在明亮的显示器上出现的大多是负数。"我们的头儿，史密斯先生，不同意说我们欠政府什么东西。我们依靠自力更生，没有要求提供服务。"

副官说："你们要用去下河的公路，需要给养和就业，你们的人在外面做工；你们也需要保护，免遭俄国人侵略。你们要我们做的事太多了，只不过你们不知道罢了。如果这么容易就可以逃避缴税的话，那人人都会这么做。他们只要随便信一个什么教就行了。"

"那好吧，我想我明白你的意思了，"以扫支应着说，"你看呢，西布？"

西布伦早已进来了，他的块头很大，显得有些烦躁不安、傻里傻气，他不安地眨着眼睛微笑着。他希望这些不受欢迎的入侵者的身影尽快消失，等着以扫施展魔法像按电脑的"消除"键一样把他们打发掉。"我没问题，"他应和着表示同意，可又满心狐疑地问，"大爹会怎么说呢？……""大爹"是几个年轻妻子和孩子们给耶瑟起的绰号，后来在开玩笑中传遍了整个圣殿，耶瑟似乎并不在乎别人这么叫他。

"大爹不想管这事，"以扫说，"他让我来处理。"他对那一位较通情达理、腰背微弯、不那么严肃的副官说，"原则上我们缴税。我们把它缴给恺撒。"

"还有别的问题呢，"大下巴的州警察边说边迈着小碎步威胁地朝他走来。“你们的左邻右舍投诉说一大早就能听见枪声，根据判断有的甚至是自动步枪的声音。你们知道那可是非法的。”

“我们有练习打靶的权利，”西布伦说完禁不住咯咯笑了。“靶场在峡谷里，周围净是石头。”他对他的枪的确喜爱备至。他和路加还有约拿时常进行激烈的打靶比赛。有一次，以扫也端起一把十磅重的卡拉什尼可夫，射击的准确度把他自己都吓了一跳，他发现原来自己是个不坏的射击手哩。把枪稳稳地举起，闭上一只眼，扣扳机，两百码外的一个空罐头霍地蹦起来，一个旧陶器砰地炸开了。

一想到要撒谎，以扫的大胡子遮盖的脸倏地红了(震颤的皮肤表明至少他还活着；他这是在玩命)，他又按了几个键，用鼠标画了几个圈然后点了一下，屏幕上便列出了他们的枪支清单，每种枪的许可证号都清清楚楚地列在上面。“这些就是我们的兵器，”他撒谎说，“不足每人一支，而且都是标准单发猎枪和运动步枪。你瞧，”他对州警察说，并慢慢地转向歌革的另外两名使者，请他们相信他的话。“你们并不想找法律的麻烦吧。这儿有宪法为证——宗教自由，携枪自由——在美国这片土地上，这两点可是喊得最响的。咱们的国家还算不算自由国度？当然啦，我们的神学理论不是你们标准主日学里那种用完就可扔掉的俗论，我们确确实实按照《圣经》的每一个字行事。真理与真正信仰——我们尽量按照上帝的话逐字逐句地执行。难道这不符合美国的传统？你倒是说呀！我们不想被别人打扰，难道这也不符合美国的传统？我们认为这才是真正的美国传统。我们‘大人’的话你们准也听见了。他说，好吧，你们比我们强大。当总结算日来临时咱再看谁更强大吧，可现在就算了，算你们赢了。我们把这里的学龄儿童交给你们，也补交税款，但别老是催我们。我是讲道理的人，西布伦也是讲道理的人，可我们的‘大人’是非常直率的人。你们已经见了他，也听了他讲话。他认为，人的生命只是我们生命的一个时期，一个十分短暂的时期而已。假如他对我们说，死，我们就会愉快地去死。这就是我们比你们这些人优越的地方。

我们心平气和地看待生命，并把它和那终极的事情联系起来看，而对大多数人来说——我没有说你们——生命是一种不惜任何代价也要紧紧抓住的东西。大多数人惧怕死亡，这便是一大障碍。他们不是自由人。我们不怕。我们是自由人。我们深知，无论发生什么情况，我们注定会得救。西布伦，对不对？”

“对。耶瑟会让我们得救。”

“他已经救了我们，兄弟，”以扫温和地更正他说，“我们现在过着不受伤害的生活。我们已经住进来自上天圣殿的光辉之中。‘拯救自己生命的，必将失去生命’——你们这些人可知道这句话？”

副官和社会工作者点了点头，强健的州警察又威胁地向前迈了一小步：“喂，让我们歇会儿吧，像这样的讲道我们听得多了，现在是星期二上午。”

“你瞧，”以扫耐心地总结道，“你们这些世俗之人仍在设法拯救自己的生命，所以你们要失去自己的生命。你瞧，我并不是白痴，我也在这世上生活过，酸甜苦辣都尝过了。吸过毒，玩过女人。但是，事后你会比以前更糟糕。现在我已经没有什么可以失去的了，西布伦也一样。这是十分微妙的情况。我要说的就是这些。你们是带着左轮手枪、法院传票和一套合法的歪理来的，而你们带回去的恐怕比你们想要的还多。我不代表我自己说话，我是代表我们的‘大人’跟你们对话的。上帝的真言如同炸药，不要跟他过不去。”

“你想威胁我们吗？”州警察问道，“可别忘了，伙计，政府也有政府的炸药呢。”

以扫耸一耸肩。他好像又回到了好莱坞，那时他设法向围坐桌旁的银行家们兜售自己的整套电影方案，即便他们不开口，他也能觉察出来，他们的抵制情绪在增强，气氛越来越僵持。他退了一步。“灵活些嘛，”他说，“我请你们拿出点灵活性来。我们犯什么法了啊？”

“人们都说你们这里是一夫多妻制。”社会工作者说。

以扫说道："耶瑟·史密斯先生没有和任何人结婚。法律上他是单身汉，跟我一样。这儿的结过婚的人一次也只能跟一个人结婚。更重要的是，我们有宪法给予的隐私权。"

"可能比你想的要少吧？"州警察说，"有保护弱者的法律，也有反对邪门歪道的法律。"

以扫看了看那个脾气较好的副官，眨着眼睛说："没错，还有反对把枕头上的标签摘下来的法律呢。"

他有时会想起一九八四年的事，比如那一次，他在一部电影里扮演一个白领阶级，是个小角色，他们想把这部电影卖给银行家，结果未能成功，拍摄计划只好告吹。不过他从后来发生的事情中得到了满足。他在辞职时对那个脂粉气十足、未成气候的导演说，他是个虚伪的妄自尊大的家伙；他还跟随几个向他兜售毒品的人去闯了一趟峡谷里新开的俱乐部。他们一样法西斯式冲浪运动员的打扮，全身晒得黝黑，穿着缀满金属片的皮坎肩，留着板寸头。每到一处他们就往边上一站冷眼瞅着，很像《银翼杀手》里那些从冰冷的未来世界侵入地球的木讷怪僻的一群人。有一次，克拉克一口气喝下四杯伏特加加橙汁，又上厕所吸了点毒，结果不仅胃里倒海翻江，连横膈膜也又痒又火烧火燎地难过，而且一擤鼻子就流鼻血。电视节目被奥运会霸占了；一个女人竞选副总统；艾滋病人一天天增多；埃塞俄比亚饥饿儿童的尸体同样一天天增多；头一位黑人美国小姐因为《阁楼》杂志刊登了她的几张裸体照而放弃"美国小姐"称号；吉姆·费克斯[①]跑步时倒地身亡；一个被开除公职的保安人员带着三支枪闯进圣易斯德罗的麦当劳快餐店开枪打死

① 吉姆·费克斯(1932—1984)，美国开始掀起健身革命的重要推动者，畅销书《跑步大全》的作者。

二十余人，其中不少是儿童。上述是那天克拉克在他房间从十点钟电视新闻上看到的。妈妈正接待一个叫人难以捉摸的胖子，花白的双鬓像是用气笔修过。克拉克下楼时他们请他坐下来一块儿谈一谈。他当时精神恍惚，加上胆怯，没敢拒绝。从混在空气中的气味他判断妈妈特意为这个人喷了香水，她还在他面前显出激动的样子，克拉克认为那个人的年龄怕跟自己的姥爷相差无几。

“亲爱的，向温特沃思先生问个好。温特沃思先生从波士顿来，是总部在哥伦比亚的可口可乐公司管理人员。”他们刚从什么地方吃饭回来，妈妈穿一件较暗的黄绿色宽松外衣，稍一动就发出摩擦声响，脚上是红条纹细高跟皮鞋，那双鞋穿在她被晒黑的小脚上像两只明晃晃的小鼠夹子。她交叉着双腿不停地扭动脚踝，好让人们知道她的腿有多细。克拉克常听她说，眼看着她妈妈像个气球一样迅速发胖的过程，她决不许体重再多增加一盎司。她说到做到，又节食又在跑步机上跑步，还举哑铃，以保持一双结实的胳膊。虽说她的体重仍跟十八岁时差不多，但是到了现在的年龄要想保持下去是相当困难的。她的脸刚做过整容手术，包括修整眼皮，看上去像是头发底下藏着铁丝把皮肤拉紧了似的。染成红棕色的头发梳成伊莎贝拉·罗塞里尼那种时髦的蓬松式短发型。她在跟那位穿烟灰色套装的男人谈她当年在哥伦比亚公司的事情：“我可喜欢哈里了，虽然有很多人讨厌他。他们说他粗野，不体贴人，这倒不假，可我认为很多人是出于嫉妒。他比电影界的一般人聪明得多，那些人多数是拾垃圾出身，要么就是拾垃圾的后代，可人家哈里的父亲至少还是个裁缝哩。他完全是从拍B级片的小公司发展起来的，当时只拍些可怜的只有两卷胶片、供在小房间里放映的短片——有一次在他的游艇上他对我讲过去他是如何地节俭。他说为了省钱他们从派拉蒙公司和环宇公司买剩余的胶片头，布景板两面用，还有，你简直不能相信，如果一位女演员的特写镜头只是侧影，他们就只给演员的半个脸化妆。他们的财富就是靠这样的办法一分一厘地积攒下来的。公司最初的名字叫科恩-布兰特-科恩，简称CBC，人们戏称它‘玉米牛肉加白菜’[1]。要知道，哈里是自尊心极强的人，和所有自以为是的人一样感情极易受到伤害。于是他便给公司起了个响亮的名字——哥伦比亚，接着，卡普拉便多次荣获奥斯卡奖，当然还有后来的海沃斯以及《永生》和《桂河大桥》等影片。他死的那一年公司财政头一次出现赤字。那个时期所有大电影公司都深深为赤字所困扰。后来英国人的影片占据了主导地位，劳伦斯什么的十分走红。再后来，高酬聘请女影星史翠珊挑大梁，使公司挺过了七十年代。噢，对了，你会说还有《逍遥骑士》和《两对鸳鸯一张床》，还有别的什么片子也起了作用，但是这些可算不上让人非看不可的影片，不是吗？我知道，他们荒唐地重新制作《消失的地平线》音乐剧，赔了不少钱，原片是我小时候最喜欢的影片。前一两个星期我又看了原片的录影带，不得不承认它的确粗糙得很，那些破烂道具和背景一看就是画的。无知的女孩子哪里看得出这些破绽。喂，克拉克，还是对我们说说你自己吧。今天晚上有什么好玩的？你们那部可爱的浪漫喜剧推销得怎么样啊？”

“没推销出去，完了。我也不干了。我对唐说他是臭狗屎。”

“我敢说他听了一定很高兴，尤其是从一个像你这样专门研究臭狗屎的人嘴里说出来的。”

温特沃思先生大声清了清嗓子，说：“年轻人，喝一杯吧？”他那张干净的圆脸紧绷绷的，脸颊上有色斑，两只小眼睛不太友善地告诉你他并非一无所知。蓝色的眼睛深得像老式玻璃瓶的瓶底，说话时鼻音很重，克拉克听着极像新英格兰口音。克拉克觉得他那套衣服像在向外发出震动波：那灰颜色一点也不正，它不断向外散播紫外线闪光波。可能这些都是克拉克头脑中的臆想，如同为使画面变模糊特意给摄影镜头涂上凡士林一样。

“谢谢，先生，我怕喝了酒会吐。”

---

① 玉米牛肉加白菜(corn，beef and cabbage)的英文缩写也是CBC。

妈妈使劲瞪着他，像是倒要看看他需不需要洗洗胃。她已有一年没拍电影了，所以她的脾气变得很坏。她演的最后一个角色是一位宇航员的母亲，他们给了她大额报酬却无法给她安排更多的台词，因而只能算个小角色。有一家公司请她出演伊琳纳·罗斯福，当然啦，要戴假牙。那是一部四集电视文献剧，写的是珍珠港事件。她为让她演那么大年纪的妇女而大发雷霆。他想了想，那是不久之前的事。电影圈里的克拉克同龄人把她当成笑料，好像她是迪斯尼乐园里的一个会说会走的老古董。人们总把她与默娜·洛伊那代人混为一谈，实际上她才五十四岁，保养得又好，而且，正如他所看到的.她还有能力用色相勾引男人呢。“如果是这样，宝贝儿，也许你想上楼回房休息吧，”她说，“肯奇塔和我给你记下了各种各样的留言等着你去看呢。你肯定又把钱借给朋友了，我一直在求你别再把钱往外借。正像温特沃思先生风趣地告诫我的那样，整个好莱坞都在勒紧裤腰带，你的朋友们一定跟咱们一样日子不好过。”

他上楼时听见她还在字正腔圆不带喘气装腔作势地说着：“如今他们对那部叫《鬼小子》的片子寄予很大希望，据我所知，那不过是另一部《周末夜现场》之类打打闹闹的少年片，连一点电影的吸引力都没有。”

克拉克在房间里朝窗外望去，从西好莱坞往下向南到英格利坞之间那棋盘状的灯光和高楼大厦上的串串灯火渐渐融入天空下海洋般的黑暗之中，灯光太亮，淹没并驱散了天上的星星，使得天空不再像天空，只有飞机起落时各种颜色的灯在闪烁。他还记得当年特拉华的秋天，初霜的夜晚大如李子的星星高悬于树叶日见稀疏的林木上空，然而连那些日子也快被驱散尽了。上学的日子，学习做人的准则的日子。他肚子饿了，但是想不起吃点什么胃里才不难受。他看了看电话留言，果然如妈妈所说，全是些向他索要什么的内容，没有一条是要给他点什么的。十一点的电视新闻使他更加厌恶与忧伤，尤其是那两个主持人照着电子提词机兴高采烈、不知疲倦地喋喋不休，他们的嘴真像是在脸上爬动的寄生虫。这个以娱乐为中心的世界早晚有一天会垮掉。他已有两天没在房里睡觉了，他自己的卧室成了早晨更衣的地方。一天晚上，他是和一个姑娘在她的卧室里度过的，她妈妈和她的男朋友在一墙之隔的另一间屋里拼命大干；还有一天晚上，他在萨米附近撞了车，他车上还有几个从金橘曼搭便车的小伙子。

他在床头桌抽屉里看见一支没吸完的大麻卷烟和一盘黄色录像带。他把那截大麻放进嘴里点燃，又把录像带塞进放像机按下播放键。他关掉所有的灯后，只见红烟头一会儿到嘴边，一会儿又离开，长方形电视屏幕的光亮忽明忽暗地闪动，身边洛杉矶的灯光像飞机起飞时从舷窗看到的一样向远处延伸，一直进入黑暗之中。毒品开始使他忘记最近那次车祸留下的伤痛；电视画面里楼上女主人被两个黑人捆绑并蒙住双眼后奸污，接着又切换到楼下女佣与男佣做爱的场面。褐色头发浅褐色皮肤的女佣身穿黑白两色超短工作服，脱下以后露出红色吊袜带，她身体柔软，舌头伸卷自如，已经为那一刻酝酿好感情：她的屁股坐在厨房硬邦邦的台子上，以便让褐色的阴部完全接受对方。她还戴着花边帽子和围巾。急促而富有弹性的举动、入迷地扇动着的鼻子、向上一翻只看得见白眼球的眼睛，使他想起一个人来。他的母亲。他母亲年轻的时候，还没生他的时候，头发还是黑色的时候。屏幕上那个像是法国人的女佣甚至也长着他母亲那样的上嘴唇：它高高地隆起像个凹形小枕头。当对方进入时镜头摇近她向后仰倒的脸，上唇两侧的肉和下唇构成一个三角形小黑洞，从小洞里流出冒着气泡的唾液，气泡反射着摄影灯的光。这个人当然不是母亲，但有可能是二十五年前的母亲，而且有可能就在那一次怀上了他：想到此他越发恶心不已。

那个像法国人的女佣显得很淳朴，像是一个急切地想得到欢乐的乡下女孩；在迪斯科快节奏乐曲背景下只能听见她短促而轻柔的声音："太好了"、"唔"、"啊，就这样"等。这些话与其是说电影台词，不如是说给那位男演员听，鼓励他不要泄劲。轮到她来表演这类电影那些千篇一律的镜头时她完全投入进去，她的整个头有点过分地向他那里扎去，将生殖器深深含进嘴里，用龅牙玩弄着青筋暴露的外皮，把嘴唇埋进他的阴毛里，蓄着妓女特有的弯弯红指甲的一双手抚弄着他的睾丸。那小伙子勃起的东西很粗大，把她的嘴塞得满满的。有些女孩根本不会使对方兴奋起来，不会用俏皮的温柔在强光照射下和紧迫的时间里勾起男人的性欲并且做到不把耻笑她的摄影师们放在心上。克拉克在峡谷的时候也拍过这类片子，他知道这其中的技术难题，即所谓的“精神障碍”。女人与女人的戏好拍得多。他在床上把长裤和内裤向下褪了褪，用左手配合那个女人的嘴，一下一下地抚弄着他自己那物件，此时那女人正满怀希望地仰脸望着画面外的男人——真像她妈妈的脸，最为纯真的脸。现在他很少见到她这样的脸了，因为她对他的期望越来越少了。他倒要让她看看，那个婊子：他的眼珠也向上翻，黑眼球缩进眉骨下，只看到白眼球，随着全身的抖动整个过程便开始了，接着是一连串的颤动。当他再看屏幕时，男佣正将精液射向女佣的脸，就像喷出的艾尔玛牌胶水，她一边舔手指头上的精液，一边像小姑娘一样做出讨人喜欢的样子。这时他感到一阵晕眩，手上、阴毛上和内裤的裤带上全沾满了精液。上帝啊，人真恶心。大麻烟还在右手里燃烧。他狠狠地往肺里吸了一口，下决心离开洛杉矶，离开这些混账电影。

圣殿既没扩大，也没缩小。西布伦的父母从毛伊岛遥远的地方来看他了，两个老人很腼腆，不爱讲话，像一对雕刻的娃娃不停地点头。他们没有留下来过夜，但他们离开时却留下更多的钱可供他们购买防卫武器，同时，因为有了电，还可用这钱买更多的罐头食品和冷冻食品储藏在地下那辆大轿车内嗡嗡响的巨型冰箱里。耶瑟越是研究《启示录》，越有不祥的预感。他要求给门徒们做白色长袍，学习《圣经》时人人都得穿在身上，因为《启示录》的7章9节是这样说的：他们都站在羔羊面前，“穿着白袍”。六章十一节说：于是，他们每一个人接受了一件白袍，又听见有话吩咐他们，要他们再歇息片刻，等着一同做仆的和他们的弟兄们也像他们一样被杀，凑满了数目的时候。以扫穿上圣殿里姐妹们用白床单做成的长袍时，感觉到死亡之手在轻轻抚摸他。然而他继续开着那辆越野车到下河去，经过那里的稀疏分散的尖顶房子、托特尔加油站和7-Eleven便利店，往下走，一个由公路形成的三角地带上还有米尔德莱德早午餐店、杰西咖啡屋、货真价实五金店，还有一个年久失修的非主流教会，旁边两层楼的水泥建筑是市政厅和警察总部所在地，警察总部设有一间拘留室。他去那里为的是与歌革的忠实走狗们打各种各样的交道——向税吏缴税、抚慰社会工作者、为说明圣殿的所作所为没有触犯州和县的法律与治安副官据理力争、安排重要报纸与电视台记者采访耶瑟、组织精心安排的到圣殿领地旅游观光活动。在下河受过堕落世界的玷污后他返回圣殿，立即穿上门徒的白袍坐下来听耶瑟讲《以西结书》、《耶利米书》与《启示录》中最恐怖的段落，听他将沙漠中埋藏的古时的灾难变成现今愤怒的利剑，直到他声嘶力竭，说不出话来。这种角色转换太平常了，不过是从人的一种生存状态转换成另一种生存状态，以扫想，无外乎从醒着到睡着，从衣冠楚楚地与人交谈到赤身裸体地默默做爱，从端坐桌旁吃上帝祝福过的早餐到弯腰驼背坐在马桶上费力地屙屎。人类就是一个什么都能盛的口袋，是沼泽的风景，是山洞，还是阳光明媚的山坡。现实就是自导自演的电影，特技师只需足够的资金用来将太阳变得像丧服一样黑，将天空的画卷收卷起来，将天上的星星抖搂下来，如同无花果树在狂风中摇曳将未熟的果子抖落在地。

一九八九年秋天，树叶脱落，天气干冷。默西与米非波设带到圣殿来的三个女儿中的老大卡伦从区高中放学回来后报告说，她们十年级的生物老师——丹佛五点区一个自作聪明的含①的后代——对他们说，虽然所谓上帝创造世界的理论仍然受到落后人群的信仰，包括州议员在内，但是大量证

① 《圣经》故事人物，诺亚的次子，传说是埃及人和迦南人的祖先。

据有力地排除了造物主的存在,证据表明,在宇宙中那些热得要命和冷得要命的行星在无序的运动当中产生了一颗适合生命存在的行星,当复杂的分子在初始的热汤或热淖中偶然发生改变,互相结合并自身繁殖起来,便产生了生命,按照英国那位独立自然学家查尔斯·达尔文——十九世纪最伟大的人物之一——的描述,从那时起,一切便按照大鱼吃小鱼、适者生存的法则发展下来直至今天。当卡伦战战兢兢地向她的非洲裔美国老师问及耶稣基督时,他当着全体学生说,自公元三百年起,耶稣以及有关耶稣的传说便成为由白人主宰的欧洲的文化核心,在那同一时期,世界上绝大多数人口在有历史记载的时间里信仰的是其他的神,有的甚至信仰泛神。他补充说,相比来看,那些人的生活可能不比我们的好,可也并不比我们的坏。老师接着又开玩笑地说,宗教像一个什么都吃的胃口,胃需要食物,宗教也需要大量的物质来满足它的需求,饿极了时候,什么怪异的食物也能吃下去。卡伦尽管知道学校里有罪恶存在,但是还从没听见过有人把话说得如此直截了当,况且说话人是一位老师,而不是出言不逊的孩子。

第二天一早,路加踩着露水来对孩子们说叫他们留在圣殿里,说完便掂着安装了瞄准镜的 M-16 步枪朝右手边低处的草地走去,草地上有一片洼地,长着浓密的小橡树。七点三十分,当那辆橘黄色校车从碎石路上开过来停在圣殿自己修的土路尽头鸣喇叭时,路加从一百五十码外开了枪,把靠他那侧的两个车轮子打穿了。这是十一月一个清爽的早晨,从风中可闻到冬天的气息,头顶的天空蓝得像羽扇豆,纸一样薄的橡树叶被染成卡其布般的黄色。他从架在低树枝上的枪的瞄准器里把一切看得清清楚楚。司机是位身材丰满的白皮肤金发女人,穿一件黄褐色麂皮夹克,他看见她摇下车窗查看车前胎,还看见那车的后视镜镀铬金属边的反光。他慢慢挪动着枪,看见一张张好奇的小脸贴在窗户上向外张望,窗玻璃使他们的脸显得脏乎乎的。他们全张着大嘴在喊叫,这么远他都能听得见声音。他转向后车轮看了看再把瞄准器对准汽车时,小脸全不见了——准是缩到窗户下面去了,他想——于是他便瞄准并击中了几个窗户。见到保险玻璃上立即布满裂纹，他不禁大笑起来。那个司机真蠢，要么就是不知道出了什么事，居然打开车门站到了外面，先朝马路上看了看，又朝他这个方向看了看。这个女人该减肥了。路加将瞄准镜上的十字对准她金发遮盖的圆圆的脑袋，他从镜中看出她的头发整齐地用发卡卡住，但他敢打赌，到了晚上她会把头发散开来。这个蠢猪一样的肥婆将这些天真无邪的孩子们拉去喝那无神论井里的肮脏的水。使她解除痛苦是正义之举，但他对距她头顶上方一英尺处的长方形反射镜产生了兴趣。枪响了，她猫下腰去，那速度快得堪比那飞速旋转的铅弹削掉这妖婆头顶上的黄毛的速度。一片寂静，他不想离去，因为他从瞄准器里清楚地看到一切的细微之处，就像透过窥视镜直接看到天堂，这着实令他流连忘返。然而他知道还是尽快跑回圣殿的围墙之内为好，反正他已经表达了自己的观点。

他抄小路回到圣殿。人们已听到枪声，并从楼上窗口看到了停在那里的校车。他来到厨房时，人们七嘴八舌地嚷嚷起来。“我真不相信你会干出这种事来。”以扫说。路加嘲笑地看着这位心慈手软的后来者的脸，发现这张长着红胡子的假圣徒的脸已经变得灰白。

“你和那些魔鬼的军队眉来眼去，时间已经够长的了，滑头。到他们那儿去吧，这正是机会。”

然而克拉克知道，不等他走远后背就会挨枪子儿。想到这里他出了一身冷汗，似乎看见自己被子弹打穿的身体正被这些狠心的人们撕得稀烂。这些人的铁石心肠既是天生的也来自教义。

耶瑟穿着宽松条绒睡衣像老妇人似的走下楼来。近来他上午总在睡觉，有时一觉睡到中午，因为他对女人的责任和对《圣经》的责任使他夜里难以入眠。女人们私下里传说，夜里他看到异象就大喊大叫汗流满面。他脸上的皮肤松弛下来，也没有刮胡子，睡袍底边露出的双脚有些肿胀，有的地方磨得红肿，有的地方长着硬皮，仿佛这双脚根本不是用来走路的。听完路加的报告后，他脸上露出紧张的神情，没戴眼镜的黄褐色眼睛直冒光。耶瑟站在那张又放食物又吃饭用的桌子尽头，举起胳膊宣告说："'时机成熟了，异象就要出现了。以色列人当中再也不会有假异象和迷惑人的预言。'《以西结书》十二章。这些话的意思，我的弟兄们，就是，肥油在火里。'这些人要与羔羊作战，羔羊将战胜他们，与他站在一边的人将受到召唤，被拣选并听从他。'"

人群中，路加和约拿发出胜利的欢呼，西布伦与米非波设除了瞅着他们的主人外，谁也不看。以扫看了看汤姆和吉姆，只见他俩与自己一样战战兢兢，后来吉姆，那个结了婚的，与以扫交换一下眼神，耸了一下肩膀。以扫知道他有了一个知音。他明白自己被拉了壮丁。由于年纪太轻没有机会服兵役，他所经历过的最危险的事莫过于吸毒和在大雾中飞车驶过穆赫兰道的弯道。他始终没有成熟起来，只想着怎么满足自己，而现在是将信仰变成行动的时候了。他认为耶瑟在讲完假异象和迷惑人的预言后把他那双病态的眼睛转向了他——似乎这位先知在说，以扫过去与周围市民的来往不是在为圣殿服务，不是在宣扬羔羊的好消息，而是对圣殿的背叛。等着瞧吧。

暴乱分子们把楼上的妇女和儿童带到楼下，还把走廊两侧房间里的也都叫了出来。"不要害怕，我的孩子和女人们，"耶瑟对他们说，"我们荣耀的日子临近了。"他叫妇女们作好被围困的准备，带上足够的保暖衣被跟孩子们下到掩体去。西布伦和米非波设受命去储藏室取枪。约拿与吉姆被派到房顶放哨，米非波设早已将屋顶打了个洞并在烟囱后边安装了一个小平台。几分钟后屋顶哨兵朝下喊道，校车司机已经把西侧的紧急出口打开，车上的人在公路上排成双行正朝一英里以外的人家跑去。"要不要教训教训他们？"约拿喊道。

"他们还都是孩子！"以扫对耶瑟说。

耶瑟换上了牛仔裤和运动鞋，上身穿了好几件毛衣，最外面是一件宽大的绿色马甲，有很多小口袋，那是他在部队时穿的。他行动敏捷，恢复了充沛的精力与风度,已经很久没有看到他这个样子了。“不准!”他向上叫道。“不准开枪!”

“那家伙疯了,”以扫对他说。

“也有人会说他是受到了召唤,”耶瑟沙哑地说着,两眼环视着整个房间,检查着每一扇窗户,看着人们出出进进。外面晴空万里。即使形势如此紧张,他也能找出时间来给他的羊群中的这一只讲道。“以扫弟兄,这样的事注定会来的,《圣经》上说得明明白白。愤怒的一天终究会到来,只拣选出十四万四千得救的人。就是这个数字,就是这个真理。总要有被扬弃的。害怕了吗?”

“不知道,从来没参加过这样的战斗。”

“有的人受得了,有的人受不了。你可能会吓着自己。”

耶瑟和路加计算了一下时间:司机把孩子们带到最近的农场需要半个小时,如果她能碰上骑马或开车的农场工人,时间会短一些,然后当权者还需要半个小时的准备才能把队伍拉出下河镇中心。

果然,半个小时以后圣殿楼上的电话刺耳地响起来。以扫急忙去接,让他放心的是路加正不慌不忙地作着解释。路加肩上佩戴着橄榄绿帆布子弹袋。他说:“不错,你瞧,那只是一种合法的抗议手段,抗议你们向我们天真的孩子们脑袋里灌输无神论思想。并没有人受伤呀,这也是我们的本意,可是假如有任何武装人员敢向我们靠近,那我就不敢保证了。我们有上帝赐给的受宪法保护的自卫权利。”

以扫拿起耶瑟从不使用的那张桌子上的分机话筒说:“艾迪,是你吗?我们赔你们汽车轮胎和窗户,给你们寄账单去,可是不要派任何人来。现在的事很难说,这里人们的情绪就像炸药一样一点就着。”

“克拉克,”艾迪副警官没精打采地说,“你们不该朝公家校车乱开枪呀。这种事情根本就不该发生。看来我们不得不派人去把事情搞清楚。还有,我们已接到记者们的电话,他们想知道事情的经过。”

路加插言道："先生，别听斯利克①的胡说八道，你别想从我这儿拿到轮胎钱，大爹也不给。"

对于这些山民们背后叫他斯利克，以扫并不感到吃惊。有的时候，他在下河跟艾迪去杰西餐厅喝杯啤酒或者跟伯尔县税务官查理·罗打打闹闹，当时他自己都认为自己是个滑头。可是耶瑟很赏识他，他十分清楚这一点。有钱出钱，有力出力嘛。

路加还在对着话筒嚷嚷："我们一直跟那些高贵的吸血虫一样缴税，可你们这些笨蛋拿那些钱干了些什么？白养了一批饭桶，往我们孩子们的脑袋里装进大量的魔鬼的垃圾。"说完就把电话挂了。

二十秒钟之后电话又响起来，以扫伸手去拿分机话筒，但路加使劲去拽主机，电线从接线盒那里断开了，以扫的电话没了声音。绝对的安静，面对他已无能为力的局面，他有一种完成大业的幸福感。他已经竭尽全力，可现在完全失去了控制。他向耶瑟报告路加的放肆行为，耶瑟笑了笑，那意思就像吉姆冲他眨眼睛一样。这位预言家挖空心思想出来这么一句语录："'在我的果园里，凡不结果实的枝条，都将剪掉。'"

耶瑟似乎比往常高了一头。他领导着一切，把人们派到指定的岗位，摸一摸集合好了的孩子们的头，看一看每个孩子的脸。在他们下掩体之前，耶瑟把所有的女人和孩子连同屋里的男人，集合到冰凉的壁炉前学习《圣经》。他读了《启示录》二十一章："'他要擦干他们每一滴眼泪；不再有死亡，也没有悲伤、哭泣和痛苦。以往的事都已经过去了。

"'这时候，坐宝座的那位说：看哪！我更新了一切！他又说：写下来，因为这些话可信的，是真实的。

"'他又对我说：都成了！我是阿尔法和欧米茄，我是初，我是终。我要把生命的泉水白白地赐给那口渴的人喝。

---

① 骗子、滑头等意思。

"'得胜的,必承受这些为业,我要做他的上帝,他要做我的儿子。

"'惟有胆怯的、背信的、腐败的、杀人的、淫乱的、行邪术的、拜偶像的和一切说谎的,他们的份儿是在燃烧着硫磺的火湖里,那就是第二次的死。'"

耶瑟抬起头对面前吓坏了的羊群说:"那些杀人的和拜偶像的,那些战争犯子和说谎话的,他们就要到大门口了。可是,可爱的孩子们,我就是阿尔法和欧米茄。我的敌人将被扔到燃烧着硫磺的火湖里,而我会把生命的泉水白白赐给有信心的人喝。我们不再有死亡,不再有悲伤和哭泣。孩子们,上帝保证过要做什么?谁还记得我刚刚读过的?"

他满怀希望地看着一张张小脸,谁都没有说话,后来一个吓坏了的五岁左右男孩用颤抖的声音说:"擦,擦干——"

"上帝说他要用自己美丽的手把我们的眼泪全部擦干。"耶瑟解释说,"说说,除了《启示录》里上帝的庄严保证之外,《圣经》里还有比这更美好的话吗?要相信,我可爱的小家伙们,听我的话,什么都不用怕。耶瑟在照顾你们。大爹保证,无论他走到哪里都会带着你们一同去。阿门。现在都扭着屁股跟着妈妈到地下室去,别出来,听见确实叫你们出来时再出来。"

突然听见"扭着屁股"这个词,几个年龄较大的孩子笑出了声,较小的孩子则显得麻木,他们没有笑,也没有任何表情。像动物对寒冷的反应一样,他们都已变得麻木,紧紧依偎在母亲的身边。有的孩子流着鼻涕。他们一齐拥向掩体时,一个女孩的鼻子在流血,但没有人管理她。

路加和西布伦各有自己的作战思想,但他们的计划都太温和,年轻人只相信耶瑟。近来一直笼罩着他精神的浓雾——因过分沉浸在《启示录》与跟女人做爱的汁液里而形成的浓雾——已经散去。他又恢复了克拉克初次见到他时那样平静,有点冷漠,像头懒洋洋的狮子。他派路加拿上他的安瞄准镜的 M-16 和便携式 M-79 榴弹发射器到房顶去,让汤姆和米非波设拿上 AK-47,去后院站岗,把约拿和吉姆从房顶上叫到二楼与马太会合，他本人跟西布伦和以扫在一层守候，组成第一道防线。耶瑟自己用的是一支 M－16 步枪，他还准备了几支备用枪，大部分是改装后的 AR－15，另外，靠着石砌壁炉放了一摞有关武器的杂志。西布伦负责那挺.50 英寸口径的勃朗宁机关枪。那挺机枪的三脚支架架在一个翻倒的书橱上，还用几本《圣经》将枪架垫高了几寸。半开的窗户上塞了一个生锈的拖拉机座用来起防护作用。这位夏威夷胖子受到领导的重用与信任，禁不住咯咯地笑出声来。他兴高采烈地在机枪后边试着不同的椅子，就像钢琴师调整坐凳的高低。

耶瑟说："斯利克，这儿有一位特别的姑娘，我知道你准喜欢。"说着把一支典雅的老式猎枪放到他的手里。当他抱住带细纹的核桃木枪托时，猎枪颤颤地前伸着的长长的瓦蓝色枪筒如同一柄既柔韧又有灵气的魔杖。"鲁格 M－77，"耶瑟说，"温切斯特三百火药筒。能打中五百码以外你女朋友鼻子上的小疱疱。"这是耶瑟与手下男人开玩笑的一种方式，似乎他们都在过着下流的性生活，殊不知，是他自己把别人的女人全弄到了手。不过他给以扫的不是那类粗制滥造、杀人不眨眼的自动武器，而是一支有活动枪栓十分秀气的猎枪，可谓枪械中的手术刀，这里隐含着耶瑟对以扫的敬意和认可。以扫知道，耶瑟是向他表白，他无论在哪方面都比那些榆木脑袋的乡巴佬强得多。

在以扫看来，这支鲁格的后瞄准器酷似一片轮廓不清的树叶，前瞄准器则如同珠状盘道。他把枪筒伸出窗外，心想，旋转出膛的子弹击中目标会像一滴水银落入杯子击中杯底一样准确。耶瑟已经把客厅里由他把守的窗口指给了他。以扫把他们首次见面时耶瑟坐的那把咯吱响的绿漆椅子搬过来坐在上面，用一根点火用的干树枝推开破旧松动的窗户，将脸贴在冰凉光滑的枪托凹面上，让枪口跟随下面山谷里一只盘旋的苍鹰移动着。十一月的山风刺痛了他的面颊，他欣赏着这美妙的上午时光，眼睛不由得湿润了：向远方延伸的山坡上翻动着片片野草，丛丛白杨和松树生长其间；太阳躲进浮动的云朵里，云彩四周白如鱼肚，云与蓝天接壤处如退潮时沙滩上留下的弯曲痕迹；顺着山谷放眼远望，阳光从云彩的另一边射出金色光芒，谷底边沿参差不齐的湖泊一片湛蓝；低地耕过的田野与围栏颇似用精细织物制作的棋盘。他不愿意放弃这个世界，可他必须相信这个世界的荣耀只是另一个更美好世界的淡淡的影子和浅浅的尝试。地上长的草明天将被扔进火炉，可今天上帝依旧关照它，那么你们这些缺少信心的人们，上帝还能不关照你们吗？他轻轻抱住这支钢木结构的枪，似乎它是一个女人，一个苗条的富有活力的母亲，她有能力伴他度过不安与恐惧，蹚过排泄器官之上的滚烫的水。他那高度紧张的神经似乎要把他托起使他离开地面，他那双穿着橙色弗赖伊牌旧皮靴的脚不再属于他，离他越来越远，像天上那只苍鹰消失在视野之外。他不停地吞咽着比唾液还浓的东西。忽然他想起他十分爱吃的东西——花生三明治，他小时候常用两片吉布勒牌咸饼干来做，饼干是方形，可以从中间掰开。雷克斯有时不在家，妈妈忙了一天回到家总是忙着喝她的汽酒，在她到家之前他就在从窗户能看到泳池的厨房里制作花生三明治打发时光。

在他二楼头顶，人们像在转圈子好使自己放松下来，等待的时刻显得格外地长，期间任何声音都听得一清二楚。“歌革行动真慢，”耶瑟慢吞吞地说，“玛各城准是在为筹款义卖蛋糕呢。”以扫忽然想到，耶瑟是把两个最不可靠的人——他和西布伦——安置在自己的眼皮底下。在这个盘石上。

楼上的脚步声消失了；克拉克听见汽车开过来的声音，那声音极为细弱，像是你猜出来的，又像穿过树枝的微风，或是头颅里蠕动的血流。早晨的宁静进一步被打破，尽管汽车仍行驶在比草场还低的路上尚未进入视野，坡上的羊群还在拱吃被秋霜打黄的草叶中残存的绿叶。两辆汽车终于出现在坡下远处的土路上——一辆白色警车，车顶的蓝灯不停地闪着，后边紧跟一辆浅蓝面包车。“凶手，嫖客，术士，”耶瑟用轻快的声调这样说，一方面是给自己找乐，一方面激励以扫和西布伦。“禽兽和地上的王把他们不信上帝的走狗们派来了。”

有四道栏杆的圣殿入口处的大门为防止羊群出入装了铁丝网，并用裹着塑料布的铁链锁起来。从州警车上下来三个人，两个戴着绿色宽檐警察帽和黑茄克式冬装，另一个穿一身灰，有点猫腰，他们在大门外站了几分钟，莫名其妙地看着大铁链子。一个警察瓮声瓮气地说了几句话，可是以扫因为自己脑袋里血流加快而发蒙，所以听不见他在说什么，只见他很着急地在那里大喊大叫。随即传来一声枪响，那枪声传入如此空旷的户外，显得微不足道。天空中飘着一团黑云，阳光从云的缝隙照射下来，云朵在光照下改变着形状。枪声可能来自上头，可能是楼顶的路加开的枪，也可能是某个警察朝牧场空地开的枪。接着，说时迟那时快，警车以飞快的速度冲破大门，门上的木板被撞得四处乱飞，这场景就像一部还没有进行枪声与呐喊声合成的电影，车开了五十码左右时，车前部挡风玻璃噼里啪啦地碎了，发动机罩上布满密密麻麻的窟窿，车停了下来。两个警察抽出手枪从车上下来，其中一个蹦了一下随即倒在后轮旁的土里，另一个赶紧躲到车身后边，但是不能完全被车挡住。从以扫的左边最远处窗口的角度，可以透过两块竖立在走廊上的木板中间看到车后边那个人的轮廓。有瓦蓝色枪筒的鲁格枪上的瞄准器自动地悄悄对准那个人。此时克拉克的头脑一下子清醒了，就像调好了屏幕的电视，连眼神也好使起来。他能看清警察身上的皮带扣，看见皮靴的反光甚至手枪黑皮套的光泽。以扫把准星对准他枪套上方扣动了扳机，后坐力像个调情的少女顽皮地推了一下他的肩膀。镜里的目标像在山谷打靶用的空罐头盒一样一下子崩飞了。他一下子变了一个人，一个使劲扭动着身体试图在车下找个更安全地方的黑影子，一个圆脸的男孩模样的无冠警察，甚至连男孩都不是，只不过是一个白脸哺乳动物，一只受伤后吃惊地从洞穴中朝外张望的生物而已。那警察本想躺下一动不动，但是某处的伤疼得他不停地在车下扭来扭去。那是一辆白色卡马罗，前盖上写着州巡警三个字，阵阵子弹打中它那薄薄的铁皮时，车身弹簧剧烈地颤抖起来。西布伦用机枪扫射上了瘾，屋里充满硝烟，空弹壳纷纷弹出撞击地板，发出丁丁当当的声音。从二楼传来步枪杂乱无章的枪声、人们从喉咙里发出的疯狂的喊叫声和嘭嘭的跺脚声，以扫在心里琢磨他们到底跳的是哪一种舞步。走廊顶上发出一声闷沉的碰撞声，一个影子闪电般掠过以扫的眼角，好似一只小飞虫或微型飞机飞过头顶时投下的影子。不管是什么东西他都看不见了，因为走廊的护板挡住了视线，只能看见走廊栏杆上的竖板条和上面剥落的油漆，从板缝间只能看见一窄条远处的风景。

那辆蓝色面包车没有驶进大院里来，车上三人中的两个倚着车角用步枪射击，另一人猫着腰朝挡风玻璃已粉碎、车身千疮百孔的警车跑去。这时警车上那个穿灰制服的人从车后部冒了出来，他挥动胳膊做出投降的姿势。克拉克认出来他是自己的朋友艾迪副警官。瞄准器的准星正好对准他的头部，但以扫开枪时显然没有击中目标，因为副警官仍在不停地像祈求上帝饶恕一样拼命地挥手。耶瑟正靠在以扫旁边的窗框上，他哼了一声说："看来他们已领教了羔羊的威力，现在来乞求大山的保护了。高兴吗，西布？你呢，滑头？"

以扫问道："总不能朝不开枪的人射击吧，你说呢？"

"他们侵犯了我们的地界，弟兄。他们再不会犯罪了。到了天堂应该感谢我们才对。"

西布伦问道："要我来吗？要不要我帮帮他们？"

以扫把枪栓退出来，好上子弹，离得这么近看这个涂满油的脏金属栓，马上使他想到狗的红乎乎的生殖器。

"'死亡和阴间也交出其中的死人，'"耶瑟引用《圣经》说。"《启示录》二十章。这些魔鬼在上帝正义的眼里已经死了，并永远受到惩罚，滑头。我必须找一天用真理的要点和信仰的真谛好好给你洗洗脑子。"

面包车旁的两个人已把枪扔到草地上，他们十分谨慎地朝前走，每次只迈一步，两只手往前伸着，显示要过来帮助搬动那两个倒下的。第一个蹦跳倒地的警察再没有动弹过，车底下被以扫打中的人——谁知道是不是以扫打中的，他的周围有那么多子弹——一直把头埋在土里，无法再看到他那张圆圆的白脸。他那顶好看的帽子早已不见。楼上又发出一阵枪声，打得空荡荡的院子里弹起一串串的尘烟，那些人僵在了那里。耶瑟端着 M－16 枪口朝下用力顶了一下窗框，离开了那里，走到堆满柴草的前廊最上一层台阶，走廊在他脚下吱吱作响。以扫从来没听见过耶瑟的嗓门会这么高这么大，简直高到山顶了。“把他们拖走！”他喊道，“把你们的尸体拉回城去再别来了！这里是上帝的家！”

楼上的人们欢声一片，在地上弹起串串尘烟的一串子弹扫向入口处一动也不敢动的人们，紧接着又转回来，把水泵旁的镀锌水桶打飞了。

以扫试图想起耶瑟开的枪，可是一枪也想不起来。耶瑟正在那里发呆，怀里仍抱着那支细细的枪，身上抖得像只刚交媾过的狗。天渐渐黑了，头顶那块大黑云彩压得很低，原先能看到的鱼肚白已经消失。羊群早已逃离了子弹的威胁跑到低处去吃草，只有空中那只苍鹰仍在徒劳地盘旋着寻找猎物。走廊外边落下几片尘土般干燥的雪花，一开始克拉克还以为是自己眼睛里出现的白斑点呢，然而不是，是真的雪花，匆匆飘落的雪越下越大。远处的三个小人影急急忙忙地将两具尸体抬到面包车上，以扫霍然明白过来，他们开面包车来本是为了拘押圣殿里的几个人的。现在他们都跟头脑发热的路加一样犯了罪。凡在生命册上没有写下姓名的，都将被扔进火湖里。在这生命转折的关头，以扫作了认真的内省，感觉到了《以西结书》所说“一个十分急促的声音”所带来的激动，震耳欲聋的纯生命的河流裹挟着湍急的旋涡与闪光的泡沫，流遍他全身，现世的不受约束的生命正在通过他这个小小的漏斗流淌，越流越快。

耶瑟从外面回来时，对着楼上大声说：“他们可能击中了路加，他现在正在郁金香花圃里躺着呢——从房顶上掉下去的。”

约拿用颤抖的声音说：“不该派他到那上边去，任何人都能朝他打冷枪。”

“是他自己要去的。”耶瑟说。他的神圣权力使他无法承认错误，何况即便是一个错误，也是路加先把大家引到这个地步的。即使他死了，也是该死。

面包车在公路上发出尖细的倒挡声，那辆弹痕斑斑的警车躺在那里像是堆在垃圾场的令人毛骨悚然的破旧汽车。耶瑟出了门走下走廊的台阶，用两个指头摸了摸路加的瘦脖子。他今天早上连胡子都懒得刮一刮。以扫和周围观看的人都在想，也许被枪击中的路加会在耶瑟的触摸之后站起来，但是关于让他站立起来的话耶瑟连一个字都没有说。没准儿他怕自己办不到，要么就是想让路加像这样死掉，因为路加总在捅娄子。以扫环视了一下四周，心里琢磨也许只有他自己在思考这个问题。当他碰到吉姆的目光时，吉姆微微一笑，并耸了耸肩。他与吉姆显然有共同看法，但又是什么看法呢？

圣殿的男女信徒们一起将路加埋葬在高处草场一角的羊圈后面，多年以前坚忍不拔的农夫曾在那里种过麦子。当晚下了四英寸厚的雪，大自然似乎要将圣殿笼罩在静谧与安全之中。雪不停地下，从十一月进入了十二月，土路被封闭了，几乎听不到汽车引擎的声音，只有一架新闻社的直升飞机——贝尔206——的发动机的轰鸣声，它是来给这个大雪围困的宗教犯罪分子们的建筑群拍照和摄像的；或者传来休伊直升机的隆隆声，这是联邦调查局或反恐同盟从科罗拉多国民卫队借的飞机。媒体在对枪战的描述中说，一名州警察遭枪杀，另一名因腿部受伤而将终生残废，烟酒及枪支管理局则深信圣殿里拥有大量非法作战武器及非法改装的猎枪。对有信心的人来说，直升飞机靠近与撤离的声音不过是命运天使机械地扇动翅膀时发出的；孩子们要跑出去招手，但耶瑟不允许他们出去，说他们会被机关枪打死。

直升飞机撒下传单要求他们投降。传单上说，有罪者将受到公正的审判，其余的人州政府将保证其安全和自由，并将得到宽恕。数小时后，官方切断了电力供应，圣殿里的人们点起煤油灯照明，用木柴取暖和做饭。为了保证大冰柜里的食品不变质，他们重新启动了柴油发电机。现存的食品够圣殿里的三十人吃几个月的。路加死后只剩八个男人，五个女人，十七个儿童，其中十二个是耶瑟自己的孩子。他们还有羊可以宰杀，加上有生蛋的母鸡。几年前他们就将手压水泵接到了井上，因此即使柴油告罄，纯净水也会源源不断地提供给信仰上帝的人们。

以扫认为目前最缺乏的是通讯联系。直升飞机撒下虚情假意的传单和最后通牒，高音喇叭安装在邻近的3H——汉克-霍顿斯-哈登——牧场界内，不停地播放心理攻坚专家的讲话、鬼哭狼嚎的迷幻摇滚乐、刺耳的尖叫声以及官方的声明，这些声音顺风传进圣殿里来。然而圣殿却无法作出回应，不仅路加早把办公室的电话弄坏了，而且在枪战正酣时狂热分子还把从二楼角进入室内的电话线也切断了。以扫向耶瑟解释说，没有通讯设备就无法向外界传递圣殿的信息。他说："人们只能听见歌革的声音，可是有成千上万的人还想听听你这方面的声音哩。"于是他跟吉姆和汤姆爬上羊圈，在屋顶斜面上用脚踏出了"电话"二字。虽然一架直升机像只大蜻蜓一样从羊圈上面低空飞过，但是他们好像看不清踏在白雪上的白字是什么。以扫他们试图用草摆成字，好有个深浅对比，但每次都不等弄完就被风刮跑，何况天一直在下雪。以扫想起来，圣殿受到的监视是多方面的，有望远镜，有瞄准镜，有建在东北方向哈登农场的政府行动中心，还有建在西南方向距道路半英里的门奈德斯兄弟农场——他们的另一个邻居——领地上的新闻记者营，人们戏称其为"卫星城"。

以扫从办公室爬到走廊顶上，像打旗语一样慢慢地前后挥舞断了的电话线。他的胡子更长了，在美国新闻社公布的传真照片上他不加修饰的长发在冬天的风里飘向一边，看上去特别像弥赛亚。不少报纸的图片说明错将他当成耶瑟·史密斯。第二天，一架新闻机构的直升飞机扔下来一部无线电话，电话放在装满塑料颗粒的盒子里，还有几节备用电池，这样通讯渠道就开通了。“我们的领袖想谈谈我们的看法，”以扫向新闻界说，“我们受到了攻击，一直在受迫害。我们的权利遭到一而再、再而三的践踏。圣殿里那个朝校车开枪的成员已在枪战中死亡。他是烈士。我们是受害者，不是侵犯者。”他虽不完全相信自己的话，但喜欢冲着这部小小的咖啡色松下电话讲话的滋味，喜欢外边那个如饥似渴的世界饮下他的话语的那种感觉。这可不像当年他在好莱坞的时候，那时他在马球厅开早餐会，有时在都帕餐厅，要么在布里斯托花园等地方，不管开什么会，情况大致都一样——电影找不到买主、支持者不再支持、喝多了可乐食欲锐减的婊子明星突然改变主意。以扫要求恢复供电，从而可以用电脑与外界联系。他知道自己讨价还价的筹码是他们自己已经成了人质，尤其是妇女和孩子们。政府承担不起再次发生败坏名声的大流血事件。他用电话对外广播道：“我们并不惧怕死亡。我们知道总结算日即将到来，不管是明天还是后天，都没有关系，请相信我的话吧。我们欢迎这一天的到来。对我们来说，死亡不过是去往天上的耶路撒冷的行程而已。同时，我们希望坐下来谈谈。上帝的羔羊想让外界知道他们的事情。”

起初，耶瑟总是疑神疑鬼的。长期的围困使他的羊群团结得铁板一块，耶瑟宣讲《圣经》一两个小时后会使人们变得如痴如狂，不时地会有男人或女人站起来，口中流着涎水念念有词，然后昏倒在地。以扫想把心里的话说出来，但是头脑中有个十分警觉的东西——一个嘲讽地静观其变的旁观者，哪怕它已缩成电脑芯片那么一丁点——不允许他随便说话。耶瑟的山民本性喜欢没有电的生活，除了在大院四周站岗的人外，其他人全都一个挨一个地睡在客厅地板上，石砌的壁炉里火焰很旺，燃烧的木柴噼啪作响，睡在厨房的人们也守着一个烧得通红的炉子。由于实行定量食品供应，人们开始消瘦，他们的食品包括燕麦面包、罐头豆和甜菜、烤鸡和烤牛肉。在死亡的阴影里，防卫队直升飞机的轰鸣声和高音喇叭没有规律的喊叫声在向他们的神经和决心挑战。圣殿的精神系统变得脆弱了。各电台联合播出的首次采访耶瑟的节目听着极不正常,每当他认为提的问题很无理或者与主题无关时,就用沉默表示愤怒与抗议。主题是永生得救,在此之前的是即将来临的毁灭。"'无知的人哪',"他引述说,"'你种在地里的种子,如若不死,就不能发芽生长。'《哥林多前书》十五章三十六节。这就是整个基督教教义的精要,可是你们这些成千上万自称基督徒的人却不相信这一点。你们害怕死亡,害怕失去从日本进口的老爷车,害怕失去用抵押贷款购买的一堆三合板和纤维板,还有一大摞信用卡。你们怕失去世上的肮脏污秽,怕在用七千元钱买的棺材里醒过来看见自己的鼻尖距棺材盖只有两英寸远。你们已在溪流里浪费了你们的生命,但是现在你听到了瀑布的轰鸣。你们怕受到永恒地狱烈火的煎熬。'因为你像温水一样,既不冷也不热,我要把你从我口中吐出去!'这是《启示录》里的话,三章十六节,这是上帝的声音,所以你们才如此惧怕。那两个州政府雇用的寄生虫想戴着州警察帽子捣毁我们的圣地,他们就是温水,我把他们吐了出去。他们缺乏火一般的信仰,假如他们有火热的信仰,那么他们此时也正从这里边往外瞧呢。对吧,斯利克?对吧,西布?"耶瑟忘了,他现在不是在二楼跟他有数的门徒们说话,而是通过神奇的电子向全国、全世界讲话。他直率的表达起到了很好的作用,一时间,亿万人为他所倾倒。

阿尔玛一直在土耳其拍戏,地点是其东边一个荒凉的岛屿,岛上传统的寺庙遗址几乎没有遭到破坏,只有地震和风化造成的损伤。她拍摄的是一部两个小时的有线电视片,讲的是一个希腊女人杀死了一个笑里藏刀的德国游客,因为他诱奸了她弱智的女儿,之后她还必须把怀了孕的女儿杀掉。该片是根据新闻报道的一个真实故事改编的。阿尔玛的脸由于受地中海阳光数日的照射,加上绷紧的眼角处用眉笔描出的皱纹,使她非常适合出演这个悲剧角色。她内在的摩尔人本性及无情的一面已融入她依然年轻美丽的皮肤，融进她少女般的肌肉内。《锋刃刀》的年轻女导演是珍妮弗·斯普拉格，她实习时曾拍过商业广告片——切换快得令人眼花缭乱的镜头和外表看来就十八岁的大美人——她瞧了瞧镜头，惊讶地发现，原来这位皮肤晒成古铜色的丑老太婆跟三十年前的那个女人是一个人，那时她曾与平·克劳斯贝一起装模作样地唱过那么甜美的歌，与杰克·莱蒙和杰里·刘易斯一起拍过《啊，我错过了演出》，片中有一段三人舞蹈动作，令人拍案叫绝：三重唱的三位演员为了逃避三个气愤的投资者，穿着四轮旱冰鞋逃跑，途中误入一家保龄球馆，他们既要躲避滚动的球，又要跳过一个个球道。不知需拍摄多少次才能完成阿尔玛的全部动作：头朝前冲向木瓶区再踏着旱冰鞋踩着滚动的球从自动摆瓶器那里出来？珍妮弗将录像带倒来倒去看了几遍也找不出是怎么跟特技替身演员接合起来的。阿尔玛肯定是摔得鼻青脸肿。她那自然的欢快表情与跳跃动作完全弥补了莱蒙与刘易斯之间不成功的合作，而现在她那坚忍刚毅、饱经风霜的面孔看上去好像她从来不会笑似的，尤其是当她头裹黑头巾身穿黑色寡妇葬服靠在白墙上眯着眼睛瞅着她的目的地——黑色死亡太阳——的时候。她会杀人，谁会对此有所怀疑呢？那些老同事们仍旧在给你应得的钱，珍尼弗心想，而令人不解的是，他们依然愿意给你钱。为什么这个年近六十的女人，这个不仅嫁给了一个有钱的丈夫，而且自己也因六十年代拍过的银发喜剧片仍可取得报酬的富婆，愿意在这烈日下受炙烤，吃土耳其饭，晚上孤单地住在满是跳蚤的旅店里，让一位年轻得可以当她女儿的导演来指导她拍片？他们几个人一起吃晚饭，除她俩外还有主摄影师和那位男演员，一个前东德人，他是地道的同性恋，这个土耳其岛又是漂亮男孩的天堂。通常一到晚上他就不见了，主摄影师去找那几个电工、舞台工作人员及其本地助手，撂下两个女人呆在一起。珍尼弗正在学习如何全身心投入电影拍摄这一既光荣又近乎堕落的艺术，而阿尔玛则开始意识到没有女儿的损失。

阿尔玛的丈夫凯莱布·温特沃思六天来一直在波士顿孤身一人四处奔波——在政府街的办公室,在栗树山的家里,星期一晚上在泰文俱乐部喝酒,星期三中午在乡村俱乐部进午餐,星期四在日落饭店吃晚饭,他根本没意识到这起宗教狂人事件——他们这个杀人团伙不仅上了《环球日报》的头版,而且有关他们的新闻每天晚上都在第五频道报道几秒钟——使他那根本不了解的继子也卷入其中。新闻记者们几乎与他同时明白过来。"五十年代大明星之子在被围困者中间。""从《在危难中得到安全》到真正的生活戏剧。"当她丈夫终于给她打通电话时,谁也听不清对方在说什么。她叫道:"我不能回去,还要拍三个星期,都是我的戏!话又说回来,我又能做什么呢?你知道新闻媒体有多么偏激。我最亲爱的,你竟然相信他们的胡说八道,我很惊讶。"她将要拍的情节包括杀死那个游客、被法庭宣判无罪、以及结束悲惨命运的最后一枪,它堪比欧里庇得斯的血腥悲剧。

距圣诞节还有十天,她回到了好莱坞,雪莉·弗鲁格西催她立即飞往科罗拉多,向世界展示一个母亲的爱心。阿尔玛的名字已有多年不在报章新闻上出现了。她不仅接到大量采访的邀请,还收到了实实在在的援助,包括请她在一部涉及黑白两民族的情景喜剧中扮演一位滑稽可笑的母亲,据说由于有考茨比基金赞助,这个剧至少能连续上演五年。

她从希腊回来不久就打电话,但是即使是母亲,电话也不那么好打,所有的电话都要通过联邦调查局中转,所以一直等了四个钟头她的身份才被弄清,克拉克也才接到电话。"希腊怎么样?"他问道,声音更低沉,也略显急促。

"很热,宝贝儿,我的皮都晒干了,还裂了很多口子,像个希腊毒蜥,但是那位神经绷得紧紧的年轻女导演认为一切都好。在她眼里皱纹越多越好。对这些后起的年轻人来说我不过是个怪物。他们都以为我已经死了;就像可怜的丽塔一样,只不过没有得早老性痴呆罢了。不过,你怎么样,心肝儿?这才是更该关心的呢。"

“我挺好的，一切都好，妈妈。我们的生活很有规律，耶瑟也很快活。只要他快乐，我们就都快乐。”

“哎呀，克拉克，”她大声叫道，“听你这么一说就知道，你已经被洗脑了！”

他像一贯对她的态度一样，非常礼貌，在这方面他是个真正的威尔莫特家族的人。他爸爸那匈牙利人敏锐的鉴别力到哪里去了，在这孩子身上怎么一点都看不出来？“人们好像也都是这么说，”他温和地承认道，“事实上，我的头脑从来没有像现在这样清醒过。想想我在好莱坞的日子，那时我一直感到茫然与困惑。那不是您的错——为了您的工作咱们不得不住那里。您当时干的是您的工作，而我现在干的是耶瑟的工作。他对我就像哈里·科恩对您一样——粗鲁，但能得到启示。真正的工作。”

“可是，可、可是，宝贝，会、会发生什么事呢？”

“别口吃，妈妈，您不必感到内疚。”

“你、你们实际上是被军队包围了，他们肯定会把你们都投进监狱，因为你们杀了那个警、警、警察，当然你和这没、没关系。”

“我说，请您镇静点。这只不过是生与死的问题。我是说我的性命。生有时，死有时——您一定听说过这句话吧。我们在这里感觉挺好，现在大家感觉我们是一个最了解真理的具有神奇力量的整体。我身上的肥肉掉了许多，但是我们有足够的给养，至少可以维持到明年春天。我们只有等待上帝的吩咐。如果您想多了解一些，那就读一读《启示录》，尤其是最后几章。一切都在上面写着，只要您懂得如何去理解它。”

“我要去、去你那儿。你说话就像个没脑子的人，说这样的、的话，真是荒、荒唐。”

“妈，我可不同意您来，方圆五十英里以内连个旅店都找不到。新闻记者会烦死您。他们都在这儿，好几百人哪，就等着出点儿什么事呢。你知道那些纽约人，他们站在高楼的边沿，下边的人们大声喊叫‘跳啊’，这就跟那一个样。可是，操他们的——我们才不跳呢，至少在得到征兆之前不。”

她大声笑了，因为她又听到了他从前的声音，至少是半个，因而放心了。“别跳，克拉克。我爱你。”

他好像根本没有听她说。“应该说至少在耶瑟得到征兆之前。”也许他听见了，因为他说话语气神秘起来。“这是个新闻闹剧，我是我们方面的联络员。我只希望那些在诺瓦的警察们现在能看见我，他们居然说我没有能力处理敏感性问题，因为我太毛糙。”

“我肯定他们正在读关于这件事的报道，宝贝儿。”她已不再像刚才那么心烦，也不那么缺乏自信了，因而讲起话来流利了许多。“雪莉对我说了一件事你一定感兴趣。他们到斯皮尔伯格那里说，他们认为如果允许肖恩·康纳里参与的话，就能使这部新《印第安纳琼斯》色情化。据说他说过——”

“妈，打电话进来不能超过三分钟。”

“哦，你是说联邦调查局——”

“不是，他们才不在乎呢，他们更愿意咱们唠叨一整天，好让他们从中找到突破点。这是耶瑟的规矩，他说外部世界会引诱我们远离上帝。”

“对他来说是这样。我了解他那种人，克拉克。这个城里尽是自大狂；环境造就了这种人。一个在一周之内天天晚上跟不同的女孩睡觉的人，自然会把自己标榜成上帝。他们越腐败越撒谎，就越不能自拔。我仔细研究了这个人在报纸上的照片，他就属于那种虚张声势的人。”

“妈妈。”

“在他们受到惩罚的时候，他们从不老老实实承认自己做错了。在哥伦比亚，即便所有的证据都对贝格尔曼不利——”

“妈妈，再见。”

“克拉克，再、再……”她无法说出“再见”。这本是一个极简单的词。在放电话的时候她仍试图把它说出来。他的亲妈妈，联邦调查局所有的监听者们都听到了她蒙受的耻辱。她回到卧室后对着镜子中的自己说：“再见。”

“再见，再见，再见！你这个白痴。”她对自己大发一通脾气。

他所说的旅店把她吓住了。在贝辛斯托克她有过住小旅店的经历——一片树林和道路中间，充满霉烂潮湿气味的简陋房子一个挨一个地挤在一起，旁边就是一所路边旅馆，床上的褥单被子如果只有霉味倒好了。她给比格霍恩山打了个电话，拨的是贾里德伯伯的私人号码。她抱怨说他无论如何也应对克拉克被卷入那样一个离奇古怪的团伙负责。可是她听到一个没有料到的声音——一个带纽约口音的声音。那个声音——成熟的中老年人嘲讽的声音，听起来很悦耳，像三十年代喜剧里的男管家——回答说：“对不起，小姐，我父亲今年十月去世了。请问我是在跟谁说话呢？”

“帕特里克？是你吗？你听不出我的声音吗？他什么时候去世的？”

“埃茜，天啊，你没接到通知吗？丹佛的报纸都登了，不过也许洛杉矶的报上没登。参加追悼会的人们以为你会来，都兴奋得了不得，可是你没有来。你爸也没来。我妈特伤心，说你们威尔莫特家的人从来就不喜欢贾里德跟一个天主教信徒结婚。”

“真是莫名其妙。我们都挺喜欢天主教的。阿奶从来喜欢弱者。我外出拍了两个月电影，我在电影里杀了一个人，是我银幕上的第一个牺牲品。非常成功。我的秘书只挑出重要信件给我看。宝贝儿，真对不起。他多大年纪？应该是老大一把年纪了吧。你呢，现在一定富得不得了吧，我猜。”

“总是充满希望——天哪，我爱你。永恒的舞台少女。不，后来才知道，我爹增加缆车项目时，只拥有这山的一小条地了，只占八分之一。那条滑雪道一直赔钱。聪明人都去了阿斯本山或威尔山，或者乘直升飞机上邦加堡斯了。我来这里只是为了收拾残局。你的儿子，顺便说一句，最近可出了名，如果你偏袒基督新教的话。比起你们的异端团体来，约翰·保罗二世则明智多了。”

“克拉克正在为此付出代价，你别再开玩笑了。不错，我就是为了这件事。我要去你那里，可是我住哪儿呀？”

“当然是跟我住啦，是谁使你成为今天的你的？埃茜，这可是天大的幸福，只是这一次别再把浴巾掉下来了。”

“我简直不知道你在说什么。我有一个十全十美的丈夫，一个典型的波士顿人。”

“天哪，要是你能看见你那天的情况就好了，我真该有个照相机。那么年轻，那么可爱，屁股还是尖的呢，真瘦。你的膝盖上贴着邦迪，胳膊也划破了。打威明顿南边来的小流浪女。你还以为是训练的一部分呢，惹人爱的可怜虫。”

“唔，通常是的，”她说着擤了擤鼻子。“听你这么一说，汽车旅馆倒是个不坏的地方呢。”

“别生气，表妹，咱们是一家人嘛。”

帕特里克到伯尔县飞机场接她。他胖了许多，配上那件黑色软领长大衣和白围巾，看起来十分魁梧，与当年吉米·麦克穆兰在报纸上的照片几乎一模一样，那剪报是阿奶在槐树街时保存在剪报资料簿里的，那位金融家正因涉嫌参与一起诈骗案被起诉。帕特里克的音乐家式的长发已开始变白，尤其是两鬓，岁月更加突出了他好斗的爱尔兰人粗糙的鼻子与上嘴唇。他们坐上贾里德伯伯的卡迪拉克布鲁厄姆车，朝东再朝北驶去。车前盖上装饰着一只银色大犄角公羊。上山时阿尔玛瞅着窗外的黑暗说：“太空旷了。”

“等一会儿看看下河镇吧，简直就是时代广场，只要那里还没被清理干净。”

他们的车驶过一个坐落在十字路口的小村庄便进了山。公路上的雪被堆积到电线杆下，埋住了半截杆子；远处微弱的圣诞灯光悬挂在一座水泥建筑上，那一定是镇政府大楼；街对面一座没有尖顶的教堂也装饰着圣诞彩灯。一堆堆的雪被一闪一闪的彩灯照得脏兮兮的，黑压压的人群——准是新闻界的人们，她猜想——像被惊动了的蜂群乱糟糟闹哄哄地挤在惟一一家酒店和惟一一家叫米尔德里德的低级夜总会门前，连托托尔车站荧光灯下的 7-Eleven 便利店里也挤满了人。大量汽车和电视台的小面包车杂乱无章地停在公路干线上，致使有的地方成了单行线。一个穿毛皮上衣头戴耳机的黑影招手让他们往前开，那人不是警察，而是一个喝醉了的新闻评论员。就在他鼓着劲大喊大叫时，从对面开来一辆车，差一点把他撞倒，造成交通事故。这种令人心惊胆战的闹剧只会在魔窟里出现吧。

汽车沿着蜿蜒曲折的公路开了四十五分钟，一路上经过之处右边是无垠的松林，左边山谷里可见一个边缘秀美的湖泊，湖水在月光下泛着白光；还路过山边一大片荒弃的灰色房屋，上边写着"亨德森"。阿尔玛终于到达他在比格霍恩山上的公寓。在贾里德伯父的五斗柜上镜框里的照片中，她看见了一张自己小时候二战之前在特拉华的照片，她像个小罗圈腿，旁边是穿着浴衣的小弟弟，年轻的父母脸上毫无血色，在阳光的照射下更是像猪油一样苍白。在接下来的数小时里，帕特里克一边喝着加苏打的轻度苏格兰威士忌，一边重新陶醉一番当年在纽约的时日。当年那些韦克斯勒及阿尼·法恩曼之流的肉体商人对年轻的女模特具有至高无上的权力；一个女孩只身一人敢在任何时刻乘坐地铁而毫无惧色；幸亏艺术世界尚能生产出可以称得上是艺术的东西，不像墙上的这种垃圾，它们则比舞台上的垃圾更糟糕，因为这用胶粘在墙上的陶片上的画是粗劣地从旧《生活》杂志上临摹下来的——这些具有讽刺性的破裂的东西会永久地留存在那里。"谢天谢地，再不会有人买这东西了；八十年代已经过去，现在金钱对一切东西都怕得要死，只有国债券例外。"她实在没有精力听他闲扯；阿尔玛在希腊时的辛劳和目前克拉克卷入的这场闹剧使她提不起精神来，她感到疲倦之极，眼皮都睁不开了。她失望地意识到，帕特里克仍在使劲地把她拉回他们共同的昔日，因为他是在她出道的头几年与她相识——她初见他时他是那么温文尔雅，那么高人一等，并事事显出把握全局的能力——这成了他一生中最精彩的部分，并以此证明他并非是一个不足为道、碌碌无为的平庸之辈。他一定没少向人们大肆显摆他们是如何相知相熟的；那个掉浴巾的故事肯定被他无数遍地对别人说过，又被一传十、十传百地散播开来，在人们的快娱之中将她出卖。那个无辜任性的女孩子和那个有同性恋癖、心疼过她的高傲的年轻人至少应该有一些隐私吧。帕特里克把她住的房间指给她，实际上是他扶她上的床，她只记得这些。当时她已困得迈不开步，连晚霜都没搽就睡了。在梦中她觉得有个很大的什么东西不停地挤压那扇弹簧门，又是嚎叫声，又是呼噜声。次日早晨，滑雪缆车启动时她才明白，那是夜里履带式车辆在山坡上修整滑雪道的声音。

"对我说说你最近这次的婚姻吧，"早餐时帕特里克对她说。在晨曦中他的脸因酒精作用显得有些浮肿，刚刮过的下巴光泽滑润，还挺动人，旧时的英俊小生只剩下高贵的大块头，而他的高贵与当前艺术界的混乱格格不入，目前艺术界充斥着缺乏教养的年轻人的身影和各式各样的追求。（"人人都变得四肢不全，个个都给自己打眼儿，那些女孩子把脸上打得像筛子，天知道她们的身上成了什么样子，太可怕了。"他头天晚上抱怨说。）这张刚刮过的脸就像古时候刁钻的皇后的脸一样红中泛青。

"非常好，"她答道，"一个稳重的上年纪的人。以前我干吗总跟那些荒唐可笑的年轻人结婚呢？"

"那是因为你自己就是一个荒唐可笑的女孩，亲爱的。你和这第——第几任？——第四任夫君在哪儿住呀？"

"啊，这个嘛，目前是复杂了点，"阿尔玛说，"可口可乐公司把哥伦比亚公司以数十亿美元的高价卖给索尼公司以后——可怜的小日本，真的——它就甩了凯莱布，连一份工作也没给他，无论如何他曾为三星公司的启动做过那么多，他当然就回了波士顿，因为他的心从来就没离开过那里。可是我真不愿意放弃冷水谷的房子，我在那儿住了这么多年。还有马利布的那所别墅，要是卖掉它，要缴纳的资本收益税还不把我毁了，所以也没卖。"帕特里克的嘴唇讥讽地动了动，而她以女演员特有的尊严接着说，"凯莱布跟我很长时间没在一起了，可是我们各自给予对方的不一定非从身体接触来得到。他爱的是我的名誉，而我爱的是他的可爱的钱财。”

从帕特里克的表情可看出他对这些事是多么厌恶，就像哗变发生时的查尔斯·劳顿，他所听到的并不是他想知道的。婚姻对他来说是一个全然陌生的领域，就连他父母的婚姻他都没有抓住机会好好观察一下，后来他母亲便跟随特拉法根先生献身艺术了。头天晚上帕特里克很让她心烦，所以阿尔玛报复似的接着说下去：“嗯，我知道你会说，我一定捞了不少钱，我确实捞了不少，可是，不是有人说嘛，好莱坞的钱会像雪一样化掉。凯莱布的钱是波士顿的钱，它不仅藏得严实，而且还会越变越多。这些新英格兰人从来就不知道享乐的原则。他们喜欢缅因，就因为那里住着不舒服。凯莱布在布鲁克林有幢房子，在玛莎葡萄园还有一幢，栎木瓦顶的。我挺喜欢那个葡萄园。卡格内去那里好几年了，人们都以为他们是什么明星，所以就没有人注意我了。在那里我连鞋都不穿，去买东西都光着脚。”

“听起来你过得挺快活嘛。”他像她所希望的那样认输了。

“哎，谁知道呢？当野心像小虫子一样咬你的时候，快活就不重要了。我应该快活，天晓得——我想我会快活的，只要克拉克和那帮神经病们不这么叫人揪心。可怜的帕特里克，亲爱的，你能不能开车送我回下河镇？要么，给我找辆落基山出租车也行？”

他们正赶上新闻发布会开始，由联邦调查局弗雷德·狄克斯先生在水泥建筑的市政厅楼上主持，每天十一点举行一次。这个人使她想起了站在主日学学生前头的那位韦恩·菲利普斯先生，他总显得不自在，躲躲闪闪，由于长期不出门，脸色十分苍白。自从离开主日学，她就再也没见过这种折叠椅——双人座、深褐色、嵌着木条、座面微凹。这个大屋子的窗户是工厂大批量生产的那种钢窗，屋角垂着一面国旗，虽然屋里摆满了椅子，仍有不少记者得靠墙站着。发言人说，情况没有根本性改变。根据史密斯先生的要求，他的关于巴比伦娼妇及有关内容的真正含义的两盘三十分钟录音已经在甘尼森、沙利达、利德威尔和格兰伍德泉的电台广播过了。史密斯先生仍在对释放妇女和儿童作十分认真的考虑。他们仍以人身安全为由不允许电视台有关人员到圣殿及其领域里去。上个星期摄影记者曾三次试图进入由治安部队设置的千码隔离区域内，结果都遭到了从主楼内射出的子弹的袭击。一个气急败坏的记者嚷道："先生，你们那个所谓的什么部队准备做点什么呢，还是只在隔离区外永远驻扎下去？"

发言人略抬一抬下巴，带着总统谈论曼纽尔·诺列加时的架势说道："眼下这件事情极其微妙，充满爆炸性。耶瑟·史密斯是一个病态说谎者，有名的杀人狂，他在那里控制着十七个儿童和五个女人。他如果想证明我错了，只需从那里走出来向美国的法律投降就行了。"这可是一个大胆的声明，意在让耶瑟听见后受到震动，此时所有电视台的摄像机都在运作。为了引起更大的震动，狄克斯接着说："冬天有利于我们，不利于他们。像这样每过一天他们的燃料就少一天，食品和耐心也少一份。他们之间的焦虑和争吵则会越来越多。我们可以等上一年，我们当然可以等到冰雪融化，不再给我们采取行动造成任何困难的时候。"

"再一次断电怎么样？"另一个记者问。

狄克斯的耐心其实并不像他所说的那么大。"我们要和平解决问题，全面交流是必要的途径。执行这一行动计划的是联邦调查局、反恐武装、科罗拉多州和县的维持治安部队，而不是新闻媒体。我们的目的是挽救生命，而不是为公众提供耸人听闻的故事。我们可不打算反客为主。"

有一个闲得无聊的记者突然发现了走进大厅的阿尔玛，于是记者们便像一头长着上百只眼睛和嘴巴的怪兽，冲到她跟前大嚼起来。她一个问题接一个问题地回答着，十分小心不让自己口吃，也不使自己在闪光灯前眨眼。"我来这儿是因为我不忍心走开——任何一个当母亲的都会这么做的……没有，我从来没有见过史密斯先生，也没有读过他写的小册子。这个决定是克拉克自己作出的，我从来没有打听过他的事。当然啦，我们每个人都有过自己宗教生活的权利……他是在好莱坞北高尔街的长老会教堂领洗的……我和他只在电话里谈过话，谈了三分钟，我不得不说，从来没听他这么专心和谨慎地讲过话……我当然会害怕的，你也会害怕的，可他并不害怕……总的来说，他是个很文静的孩子，他所感兴趣的事跟一般男孩子的没有两样。我一直觉得他很像我亲爱的老父亲……西奥多·拉·威尔莫特，W，I，L，M，O，T，贝辛斯托克，特拉华……是的，邮递员，事实上他已退休多年了……同性结婚？就像人们现在做的那样？这我可不知道。可是任何教会都要和时代合拍，我想，也包括长老会……是的，珍妮弗·斯普拉格有过人的才华，我肯定她会成为二十世纪九十年代美国电影界最具创造力的人之一……《锋刃刀》是基于真实的新闻报道……很严峻，但是很能宣泄……在希腊两个半月……也未必，想想我是什么时候出生的吧，我怎么会呢？我认为电视的一大长处是给成熟妇女提供了更多可演的角色；过去的好莱坞提供给我们的是拔高了的生活意义和矫揉造作的美，它给每一个人，包括演员和观众，都造成沉重的负担……那是传言，一点不符合事实。我们很幸福，尽管因为工作缘故我们没能像希望的那样常常呆在一起……天哪，不，我不那样认为，虽然我不能断定我明白你所说的‘全面进攻’是什么意思……完全有信心。对于J·艾德加·胡佛我的看法有所保留，但就整个联邦调查局而言我从来没有不信任过……是的，我认为造黑名单叫人厌恶，我仍然这么认为……这个嘛，我还什么也没有看到，就像我说的那样，外景是在欧洲拍的，可是我喜欢《性、谎言与录像带》里的安迪·麦克道尔。至于最好的演员……”

帕特里克走过来说：“好啦，够了，你们这些贪得无厌的人们。你们面前这位可是个快要发疯的母亲呀。”他后来私下对阿尔玛说：“天哪，埃茜，你没有必要回答所有那些无聊的问题嘛。你的麻烦过去是，现在依然是，你太爱出风头啦。”

她非常同情这些新闻媒体的人们，他们已守在这里的临时营地多时，吃得不够，而喝得又太多，个个精疲力竭、气急败坏，上头盼着他们每天发回一个故事，披露一点内幕或者奇迹，以满足广大读者。她现在能为他们提供一些新闻花絮又何必太在意呢？她可能会成为全国联网的新闻人物，除非布什入侵了巴拿马。

帕特里克带着她粗暴地从新闻记者中间穿过，他们仍在不停地问这问那，甚至要求在她方便时单独采访她。他把她带到弗雷德·狄克斯跟前时，狄克斯自己也正穷于应付一大帮刨根问底的记者。狄克斯从一名记者的肩膀上方伸出手和她的握了握，说："目前情况真糟糕，迪莫特小姐，但是能和您见面的确是一种特别的荣幸。我从小就喜欢看您的电影。您和卡格内合作的《金发女郎》是我最爱看的一部。"

她本想告诉他，联袂演出的是克劳斯贝，跟卡格内合作的是丽塔·海沃斯，不过这有什么关系呢？她已经是被遗忘的人了——事实上她过去认为是绝对不朽的事正在走向消亡，已难分清谁在谁的群体之中慢慢消失，就像由五颜六色的垃圾堆积而成的大山，正在腐烂之中慢慢地坍塌。"谢谢你，"她说。狄克斯被明星的突然出现惊呆了，一时语塞，所以她接着说，"那个电影是最有趣的，没有人会再拍那样的音乐片了。"

"那可真太可惜了，"狄克斯说，"如果他们多拍一些那种电影的话，世界上的暴力就会少得多。你说吧，阿尔玛——如果我能这样称呼您的话——你来这儿的意图是什么？"

她也不知道，是她的助手鼓动她来的。"哦，我想一想，我是不是能面对面地跟——跟克拉克谈一谈。"

"面对面，"狄克斯倒像是在表演了，他用硬汉般冷漠的神态变换着口气说，"现在世界上一半人口都想跟那帮蠢货面对面地谈谈话，尤其是调查团的人们。你知道吗？"——他把帕特里克也纳入他的讲话对象之中，因为他把他当成她的保镖或者经纪人，况且一个男人会更加理解另一个男人的难处——"有好几个新闻团体不断对我施加压力，说如果不让记者冒着生命危险靠近那所房子，他们就要把我送上法庭。他们说这是第一修正案给予他们的权利。第一修正案、第二修正案，这是这些天我听得最多的词。你信不信，竟然还有几十个疯子来找我，叫我允许他们进入圣殿，加入他们的团伙呢。从全国各地寄来了食品包裹，甚至还有来自加拿大的，让我们用直升飞机扔给里边的人。另有十几个神经不正常的人跑来说，应该把耶瑟·史密斯抓去坐牢，因为他们才是真正的耶稣基督，耶瑟不是，他们中还包括几名妇女——真是什么新鲜事都有。在这类事情上人们的病态表现搅和得你直恶心。对于同性结婚这类问题我只能一笑了之——我本人是个死心塌地的浸礼会教友，是坚决反对这种事的。”

阿尔玛一边听他长篇大论地述说，一边思忖下边她该说的话。“狄克斯先生，那我该怎么办呢？我想让我儿子知道，我来这里完全是为了他。”

“他会知道的，通过广播。已给他们空投了两台鼎盛牌收音机，耶瑟都听上瘾了，据我所知。他们的电费单要经过我们的手，电费正一个劲地往上增加。倒也不一定反复地听攸关生与死的大事，只是说，人都得时不时地有点能让你发笑的事情，否则的话非疯了不可。”

“那人说了，不论是谁，想走就可以走，是真的吗？”

“他是说过，可是别忘了，他已经把那些人迷住了，他们根本没有了个人意志，就像你养的狗，打它，它也不肯离开主人。另外，他们还必须面对那未知的指控。”

那形象——挨打的狗——使她泪如雨下。“他是上当的！”她哭喊着说。

帕特里克用胳膊搂住她对狄克斯说：“没准那孩子想见她呢，咱们怎么知道？”

“以扫——他这样称呼自己——每天和我们联系三四次。他把握着自己生命的时间。我承认，他在处理这件事上很像个专业人员。我们对他说她住在哪儿呢？”

“比格霍恩山，离这里四十五分钟车程。我把私人电话号码给你。”

狄克斯接过电话号码后，觉得有必要发表个有纪念意义的讲话，以表示他对仙女下凡到他们中间的一种报答。埃茜甚至怕他会上前吻她的手。他说:“夫人,这真是莫大的荣幸。今天的事说明电影并不是在夸张,它是在告诉人们一些最简单的道理。”

敬爱的上帝,饶恕我的错误和自私吧。我一直在努力按您的意志行事,使我的天才不致埋没,使我的光能照耀四方。饶恕我没有为克拉克做更多的事。把他从这场疯狂的闹剧里救出来吧,让他毫发无损地回到我身边来吧,他无依无靠,急于回到我的怀抱。饶恕我没有更多时间关怀照顾他,这您是知道的,因为我必须拍《奶油干酪鱼子酱》,后来纽曼又不参加了。敬爱的上帝,让我再当一次年轻的母亲吧,让我将他那小小的身体所需要的爱统统给他吧。拯救我们的生命,让我们回到您里面成为完人吧。上帝啊,为他做不可能做的事吧,正像您在我身上所做的那样。把他从那所可怕的房子里救出来吧。请您来到人间,除了我任何别人也看不见。我不会张扬出去的。我再一次爱您。阿门。

阿尔玛已经很久没祷告了,说出的话语无伦次,就像当年把熊先生抓在脸前祈祷的那个小姑娘一样近乎胡言乱语。那时候上帝就是她心中的秘密,现在依然如此。她仍能感觉出他正贴着她的皮肤,但是他对她的影响已失去了当年的力度。她在大伯的私人公寓里住了一个星期,周围是刺眼的白雪、登山缆车的轰鸣和成群的脸蛋通红、打扮怪异、萎靡不振的年轻滑雪者。她儿子一直没有来电话,只有她丈夫和经纪人的,还有她父亲的。从他温和的口气中可听出思想的混乱,他十分恼怒却爱莫能助。他甚至说:“这一切都在上帝的掌握之中。”可他一辈子都不去教堂做礼拜,只有一次他去了,还是因为她要行坚信礼。一大批虽有礼貌却无法阻拦的记者设法弄到了她的电话号码,不时地打电话来,一位年轻的英国出版商甚至通过雪莉的办公室传话给她,问她能不能用英国口音出演一部以小说《死亡的象征》改编的电视剧，还说，这是一部关于出类拔萃的老艺术家们的故事，写得既巧妙又有趣。“我们希望玛吉·史密斯主演，你只需转动眼珠卖弄一下风骚就行。”晚上，阿尔玛不打算跟帕特里克一块儿喝酒，以免吸收过多热量，但这很难办到，因为他有一辈子的苦水要倾诉。他认识她时她不过是个无名小卒，他是那由名人构成的强酸海洋中的幸运之岛，而像他这样的人越来越少了，他本应为此受到关注，但是他没有得到所期望的那么多。他已变成一个可悲的追逐名利的人，此时他想利用的是她这位名人，一个声名狼藉的过气名人。一天晚上她回卧室前，他给了她一个湿乎乎的吻，别人还以为是他在勾引她呢。

一九九〇年初，每天都下两英寸厚的雪，圣殿内的日常生活丝毫没受影响。一月份的主要事件是马太叛逃，全体成员为此祷告和讨论了数日。这位大块头、近视眼、叫人讨厌的乡巴佬过去很喜欢自己的传教工作，曾在夏威夷、澳大利亚、以色列甚至泰国传过教，并在八十年代克服了种种困难，建立了几个皈依者中心，他可能是因为在外面跑得多了，感到在这里过分孤寂。他在半夜爬了出去，护送他的警车及新闻采访车的响声惊醒了圣殿里正熟睡的人。清晨一场大雪掩盖了他爬出去时留下的痕迹。电视告诉大家说，他受到了如下指控：谋杀罪、密谋策划罪、杀人未遂罪以及干扰警方执行公务罪。有一两周，牢房里的他成为新闻媒体的宠儿，在这期间，他对耶瑟的“圣旨”仍坚信不移，他的的确确在继续宣传福音。然而媒体的注意力总是很短暂的，他很快便被人忘得干干净净，只剩下在牢中打哈欠，等待下一步法律程序的到来。对于他的背叛行为耶瑟的态度较缓和：“是呀，我看马太就是那没有照管好掉在了石头地里的种子。”

从一月底开始乃至整个二月都是接羊羔的时间。从清晨到傍晚，又从黑夜到白天，羊羔们不停地咩咩叫，男女成员们手拿取暖的灯和毛毯来往于羊圈和房子之间，他们身系带血的围裙和普拉特克斯牌手套，帮助这些新的生命来到世上——小小的黑羊羔从毛茸茸的阴道口挤出来，接着是一堆滑溜溜紫黄色的胎盘，小羊羔挣扎着想站起来，脐带仍拖在干草里。饿了一冬天的丛林狼嗅到血腥味，成群结队溜到附近来，不时发出哀鸣，于是本来武装好对付歌革的队伍现在不得不转而对付来自大自然的敌人。克拉克向设在下河的围困司令部解释说，枪声不是朝隔离区里的人打的，并向他们传达，耶瑟拒绝兽医队滑雪进入圣殿的要求。“滑头，他们就是通过这种办法对付飞机劫机者的，”耶瑟解释说，“派到厕所清除粪便的人竟是以色列突击队员。‘诡诈的仍然诡诈’。《以塞亚书》二十一章二节。”

二月的雪是入冬以来下得最大的，终于出太阳了，阳光一天比一天强烈，刺眼的光芒融化了南墙根的雪，露出泥土和钻出地面的第一片嫩芽；到了月末，野草长出来，雪莲花银白色的花冠下垂，深绿色叶片伸展，山赤莲乳白色的尖芽也拱出地皮。即使在十分晴冷的日子里，空气中也弥漫着丝丝暖意：烟囱里冒出的木柴燃烧的浓烟味格外好闻；蓝天白云取代了一月天空中薄薄的铅灰色云霭或阴沉的蒙蒙天色。云杉林和铁杉林里的小鸟、山雀、北美雀还有金翅雀纷纷飞出鸟巢，它们欢快清脆的鸣唱回响在清新的空气中，那复杂的小脑袋像是在分享以电波方式传来的新闻。到了三月，当晨雾从渐渐软化的积雪上消散时，松鼠、土拨鼠和丛林鼠等小动物便沿着小径到羊圈里偷窃为羊群储存的过冬粮食。两只赤鹿走出谷底向山上迁徙，它们路过房子的时候公鹿在木板墙上拼命地磨砺鹿角使其脱落。巨大的响声惊醒了床上的人们，他们霍地跳下床抓起枪跑向窗口，以为等待已久的进攻终于开始了。那一对赤鹿把尾巴高高翘起，幽灵般地消失在浓雾之中，进入属于它们自己的领地，那里有美洲狮、大灰熊、角云雀、白尾雷鸟和秃鹫。伴随春天而至的还有来往于尚被泥雪覆盖的土路尽头的日见增多的车辆。与此同时，克拉克发现，下河的警察和便衣们，甚至他那位一身灰制服的弓腰老朋友艾迪，与他的交谈也越来越少了。

三月中旬，汤姆与吉姆的妻子波利带上波利与吉姆所生的三岁女儿菲德利蒂叛逃成功了。这件事其实与通奸毫不相干，他们央求吉姆一起走，他似乎已答应了，但是到最后时刻他让他们走了。在男宿舍的小床上吉姆对克拉克说："从某个角度来讲，这件事像一道简单的数学题。你知道帕斯卡赌博吗？虽然投注赔率大，但回报是无限的，所以下这样的赌注还是值得的。我在耶瑟身上赌的是真实的东西，有人会说，主耶稣通过一个像耶瑟这样能力有限、爱枪如命的家伙返回人间，似乎有些荒诞，可这就是主的风格，他做事总是神秘莫测。"吉姆狡黠地耸了耸肩，冷冷地笑着说："假如我错了，波利和菲德利蒂就可以活下去，我表弟会照顾好她们。汤姆为人正直。愚蠢但是正直。"克拉克知道他应该喜欢吉姆，可是总有点什么使他与吉姆保持着距离，他觉得吉姆不太靠得住，还对什么都不以为然，对吉姆来说，生活似乎就像看电视。克拉克觉得自己远离家乡来到这里，而面前这个人却狡猾地不断用世俗的语言来影响他。

汤姆等人叛逃后不到一个星期，奇迹发生了：他们的队伍壮大起来。有一行四人来到他们中间。几个月前，这几个人刚从新闻中得知他们被围困的消息就来到了下河镇，这天深夜，他们穿着雪鞋在包围圈最弱的地方偷偷潜进来。他们在东北方向的崖石山区用两百块钱买通三家农场之一，让他们从他家的地里经过，终于来到了圣殿。"耶瑟，我们是你的人，"他们对他说，"我们得救了。"耶瑟分别给他们起名叫本杰明、梅达德、梅赫特贝尔和伊丽莎白。他们随身带来了几百元现钞以及存在银行的毕生存款的证件与存折，可是等他们与银行和商人恢复联系后才知道，实际上他们的到来只是使圣殿增加了几个吃白食者，这个奇迹不但没能解决任何问题，圣殿的负担反而更重了，因为给养正越来越少。

耶瑟近来心灰意冷，神志恍惚。冬天的时候，他因名扬四海而精神大振，然而《启示录》里所保证的千百万皈依者与无数天使涌入新天地的景象却没有兑现。他预感一场大灾难正日益逼近，即将到来的变数令他忐忑不安。冬天时候为报道他的消息而建的"卫星城"几乎成了一座鬼城，外国广播和电视网以及各主要报纸已将记者撤回，接着全国性杂志也将报道任务交给了地方通讯员，经费较少的或远道而来的电台与电视台正逐渐散去。当初记者如云的盛况——人数多得使救世军不得不在被帐篷遮得严严实实的门奈德斯兄弟的高地上设立供膳车——眼下只剩寥寥可数的地方新闻联播网的少数记者，如丹佛的《邮报》及几家地方小报与电台，影响所及不过数十英里。耶瑟讲话录音的听众曾达数百万人，他那不间断的沙哑嗓音在无数录音采访中回响不断，他的预言和对《圣经》作出诠释的小册子曾被公开摘录引用、讽刺挖苦，甚至被拿去做心理分析，但是，从宇宙的角度讲，其实任何事情都没有发生。世上受到的搅扰仍然太少，地球依旧在转动，没有任何改变。反倒是上苍对他的期待更大，他的压力因而也更大，他变得精神萎靡，夜不成眠。披到肩的长发更加灰白，那副金丝眼镜要么不戴，要么戴得歪歪斜斜，所以那双眼睛总不能聚焦。有的时候他一连数日呆在他的女人中间，可是没有不透风的墙，从卧室传出的小道消息说他阳痿得厉害。在每天研读《圣经》之前或者在过道里见到以扫，他都要问："战斗进行得怎么样啦，斯利克？"但又从不等他的回答。有一次，以扫因为第二天黎明时要接岗，吃过晚饭便匆匆赶回宿舍睡觉去了，这时没与他们一起吃晚饭的耶瑟突然出现在男宿舍里。他站在松动的裂着大缝的木地板上环顾一遍他的门徒们，精神恍惚地大声背诵道："'如果有人对你们说，看吧，基督在这里！或者，看吧，基督在那里！不要相信他。'《马可福音》十三章二十一节。哈哈！不要相信他！那些以为独得基督真谛的人们说这些话就好像他们见过他一样，是吧，滑头？这儿还有一个谜：'他们既不说，看这儿！也不说，看那儿！因为，看那，上帝国度的君主就在你们当中。'告诉我，这是什么意思。"

"啊，我想——"

"现在就别想了吧，滑头，连同你那些聪明的狗屁公关理论。太晚了。太晚了，伙计。他已经把咱们活捉了。歌革。你们曾拿手捻死过大黑蚂蚁吗？我们现在就是那大黑蚂蚁，感觉到了？感觉到了？"他用手紧紧抓住以扫的胳膊，就像即将淹死的人抓住前来相救的人一样。以扫倒吸一口气躲开了。看见耶瑟潦倒到这般模样，他隐约感到一丝快意，尽管他知道产生这种想法是对耶瑟的不敬，但克拉克总算目睹耶瑟尝到他自己当年在洛杉矶时清晨从俱乐部回来走在空街僻巷中的滋味：脑袋昏昏沉沉，耳朵鸣叫不止，两眼盯着看街灯网罩在夜幕中逐渐模糊起来，直到化作天使手中的笼子，笼门将要抬起将他锁进去。

耶瑟对《圣经》的研究从《启示录》和《旧约》的先知书卷转到了新约四福音，像是要离开前者狂怒的暴力到后者中寻找自我。"'我的父啊'，"他读道："'假使可以，求你不要让我喝这苦杯吧！'"他的门徒们都穿着用旧床单做的白袍，手里举着干的带穗麦秆，而不像《启示录》七章九节所说的棕树枝。"听着，我亲爱的朋友们，这说的是什么？这是一个人在极度痛苦的时候说的话。'如果可能，''在主里面一切都是可能的'，耶稣在《马太福音》里早就说过了。所以他知道，如果上帝愿意的话，他会将那杯拿走，可是上帝并不想那么做。耶稣在客西马尼花园冰冷的石头桌旁抬头向上又祈祷说：'我的父啊，如果这苦杯不能离开我，一定要我喝下，愿你的旨意成全吧！'上帝要他喝那苦杯，只有喝下后那苦杯才会离开，才会从他的喉咙进去，从另一端出来。按福音书所说，在耶稣经受痛苦折磨的过程中他又喝了什么呢？喝了加苦胆的酸酒。'他们拿了掺着苦胆的酸酒给耶稣喝；耶稣尝了，却不肯喝。'耶稣很渴，可他决不会去喝代表耻辱的酒，那是根本不能喝的劣酒，根本不能喝，不能在他已将自己神圣的甜酒让门徒们喝了之后再来喝那苦酒，他给门徒的是他身上的血，是为他们而流的血！在他尝了一点那叫人倒胃口的东西并厌恶地摇了摇头之后，下一节里写道：'于是他们把耶稣钉在十字架上。'

"'于是他们把耶稣钉在十字架上'！那些朱迪亚的罗马官员、犹太教的上层牧师和长老、社会工作者、联邦调查局的侦探，还有烟酒枪支管理局的杀人不眨眼的刽子手们，是他们把耶稣钉在了十字架上，为的是他把天堂的完美带到了地上来。他们把完美的羔羊钉在了十字架上，那么他的门徒们又做了些什么呢？信不信由你，我最亲爱的朋友们，他们睡觉了，他们假装不认识他直到鸡叫天明。他们就像小羊羔被狼叼走时四处逃散的羊群。耶稣在十字架上大声呼喊：'我的上帝，我的上帝，你为什么离弃我？'这时地上的人们挖苦他说：'如果你是上帝的儿子，救救自己，从十字架上下来吧！'旁边同时被钉在十字架上的盗贼也同样辱骂他，尽管他们自己也痛苦万分。你们当然明白这是为什么，因为，如果耶稣能从十字架上跳下去的话，很可能连他们两个一起带下去，他们是他的难友，他的新弟兄。周围的人把一块海绵浸在酸酒里，然后绑在藤条上递到他脸前让他喝，同时发出狂笑，这时他大喊一声，大喊一声"——这时耶瑟的声音大得嘶哑了，痛苦的声音越过人们头顶，包括孩子们，那些小孩子听到以后小声哭起来，年纪稍大点的则瞪大眼睛看着，想透过这个人的大喊得知这个世界为他们准备了什么——"惊动了魔鬼。这一段里没有'我的父啊，赦免他们，因为他们不晓得自己所做的是什么'这句话——这句话在宽容得多的《路加福音》里才有。也没有耶稣对两旁同时钉十字架的贼人说的'今天你要跟我一起在乐园了'——这句话也是在《路加福音》里才有。在《马太福音》里，耶稣很干脆地喝下了那苦杯，就像喝下一杯非常苦、非常苦的威士忌，喝了以后叫你咳嗽，叫你眼泪汪汪，叫你发誓今生今世再也不喝它了。

"那么，杯里是什么呢？我给你们说说吧，里面是上帝的愤怒。在《启示录》十四章十节里我们读到了什么呢？我们读到的是，倘若有任何人敬拜野兽或者野兽的像，'就得喝上帝的烈酒；这酒是未经冲淡倒在他义愤的杯中的！他们要在圣天使和羔羊面前受烈火和硫磺的煎熬'。我们不希望这个结局，是不是，孩子们？你们知道那羔羊是谁，不是吗？你们知道那野兽是谁，不是吗？他的号码是666，如果你坐下来把这几个数字拆开，再加到一块儿，结果就是U.S.A.，我亲眼见过专家们计算。现在再看看十六章，那天晚上，你们个个睡得像死猪，我读了这一章，那个天使把他那一碗倒在空中，从圣殿里便传出巨大的声音并引发了地震，'所有的岛屿都不见了；所有的山岭也消失了。从天上有冰雹掉落在人身上，每一块重约五十公斤'，于是人们便亵渎上帝。这些就是你们的所作所为，就是，当上帝的羔羊醒来读经时你们却在睡大觉。他读经是为了拯救你们这些可怜的有罪的生命。巴比伦是一座比丹佛和华盛顿特区还要大的罪恶之城，在巴比伦城里坐着那个世上的淫妇和一切猥亵之母，她手里端着金杯，杯里'盛满了她淫乱猥亵的秽物'，上帝记得大巴比伦的罪恶，所以叫她喝'上帝杯中那义愤的烈酒'。孩子们，听见了吧？'上帝杯中那义愤的烈酒'。你们会说，有了大卫王，她那个杯倾倒了。是的，我们正穿过这里的'死阴的幽谷'——这就是这一神圣句子所要说明的意思。"

耶瑟好像不清楚自己讲到了哪里，那么多杯子也都搞乱了，只见他面色苍白，大汗淋漓，皮肤在灯下反射着幽光，全身扭曲得像在跟一个看不见的对手摔跤。"为什么，"他突然用聊天的口气问道，一个年幼的孩子在呜咽，因被妈妈制止，哭声反而更大了，"为什么上帝要在我们和耶稣面前放这么一杯满满的他的烈酒，另外还有烈火、硫磺和五十公斤一个的冰雹？为什么不给咱们一杯好喝的可口可乐或者一杯冰凉的苹果汁？耶稣想叫我们把这杯传下去。他是一个年轻人，有着远大前程，他会传道，他会治病，可是他必须喝那苦杯，他的肉体必须受到鞭挞，受到凌辱，并且被钉在十字架上，让又大又脏的钉子从手心钉进去，把他悬挂在上边，连吸气都十分困难，为的是把老亚当犯下的罪从我们身上带走，把全世界的罪带走。这是耶稣的父亲上帝惟一能做的他想做的事，因为他想不出其他更可行的办法。当然，耶稣也会希望那个苦杯能从他手里传给别人，而我愿意是那接过苦杯的人。我并不很老，虽然这个冬天很长，不是吗？你们，你们想让这杯传到别人手里，可是它不走了，它正向我们走来，朋友们，它就在空中游动。这个苦杯就在这儿。"他伸出那双大手做出捧酒杯的姿势。"把它喝下去，咱们必须一齐把它喝下去，因为它是上帝的义愤，是他亲手装进瓶子里的饮料，由于封得很紧，当你打开盖子的时候还能听到响声，这饮料就是永生的烈酒，是乐园里的饮料，它使得香槟喝起来更像加了苦胆的酸酒。要让孩子们觉得牛奶跟蓖麻油一样难喝。你们已经没有人记得蓖麻油了，只有上了年纪的人像米非波设和他太太也许还记得。特别难喝，特别难咽，可是对你们有好处。盛满上帝义愤的杯对你们有好处。当那个时刻来到的时候，咱们就一块儿把它喝下去，咱们要开个小型庆祝会。‘你们把它都喝尽吧，因为这是我与上帝有了生死新契约后的血。’我们的羔羊耶稣基督在客西马尼花园里说什么了？他说：‘我的心非常痛苦，几乎要碎裂，你们在这里，跟我一起警醒吧！’”

讲道人的下眼皮挂着泪花，他的声音更加沙哑干涩，几乎难以听懂，看来他该停止了。“亲爱的朋友们哪，就在这个真理与真正信仰的圣殿里，跟我一起警醒一小会儿吧。世界上千千万万的人都说他们相信《圣经》的真实性，可是没有一个人去身体力行，几乎一个也没有。他们认为《圣经》不过是神话传说，他们觉得那不过是疲倦的老牧羊人为打发沙漠里的漫漫冬夜而讲述的无聊故事，因为他们不会讲比这更好听的故事。可是，我亲爱的朋友们，这里可是真理与真正信仰的圣殿。信心，信心是无价之宝，是昂贵的珍珠，是商人‘变卖一切也要得到’的东西。他买到了它，正像我们在越南时常说的。我们那时常说，一个战友买到了一个农场，走进了死亡的领地。‘天国就像埋在一块地里的宝藏’，一个人知道了这个道理以后就欣喜若狂地卖掉所有的财产去买那块土地。而我们现在就在这块土地上。我们就是这块地上的士兵，是那十四万四千人中的精英团，我们永远住在那天上的圣殿，那以玉石作墙、以宝石、玛瑙为墙基的圣殿。我们凡人的眼睛承受不了那样的荣耀；那荣耀将擦干我们的眼泪，解除我们的饥饿与恐惧，结束我们在漫长的冬天所受的寒冷，使我们忘记抛在身后的这块玛各领地上的下贱的欢乐；我们将得到千万倍永久性的补偿。基督说：信心虽然小如芥菜籽，但它将带领你渡过困难，只有信心才能做得到。我充满信心的朋友们啊，当那杯到来时，你们要把它一口喝干。哪怕它烫得像熔化的铅，你们也要把它喝下去。‘我是阿尔法和欧米茄，我是初，我是终。我要把生命的泉水白白地赐给那口渴的人喝。得胜的，必承受这些为业，我要做他的上帝，他要做我的儿子。'阿门。现在，我的好战友们，说说你们的看法吧。"

科罗拉多的春天亮得像探照灯一样刺眼。政府部门在媒体指责他们无所作为的情况下辩解说，只要地上的雪继续融化，车辆打滑的问题就无法解决。他们所说的车辆是指像坦克一样的 M60A1 型装甲车，上面装备着 105 毫米火炮，这种车是国民卫队在越战之后廉价从部队里买来的。为了执行此项任务，特意在车上安装了可以伸缩的话筒以及几个十二英寸的扬声器。华盛顿司法部长办公室认可了这一行动计划，并命令装甲车向圣殿靠近到使手榴弹投手可以把无烟催泪弹从窗口和墙洞扔进去。弗雷德·狄克斯在一次新闻发布会上向媒体保证说，使用这种催泪弹不会伤害哪怕是最小年龄的娃娃的肺部。联邦调查局与反恐行动队，连同科罗拉多国民卫队的直升飞机驾驶员和炮手，均接到了还击时要谨慎行事的命令。救援计划原定黎明开始，但是由于种种原因包括头天晚上走漏风声惊动了媒体，致使计划向后推迟，直到上午九点第一辆车才像一只古代长鼻兽一样吼叫着冲倒围墙，进入大院内。那栋陈旧的农场主楼窗口闪动着圣殿成员的身影，一包包催泪瓦斯冲破窗棂和墙缝落入室内，发出沉闷的爆炸声。阳光明媚，清新的春风里弥漫着松脂的香气和化了冻的羊粪味。电视摄像机围着千码长的铁丝网的边缘地区扫摄，记者们对着话筒说，估计在这样的风天催泪弹的烟会从房子一侧刮进去又从另一侧吹出来，再说，圣殿里大批武器装备中一定包括防毒面具。"由于准备了整整一个冬天，彼特，"一个美国广播公司的记者在向纽约报道时说，"要是说里边的人连个战斗计划都没有，是很难让人相信的。"

政府派来的直升飞机——个头很大的贝尔 214 型，越战中的宠儿，由于安装的是滑动门，可以为架在机上的机枪提供非常宽阔的视野——在上空盘旋，发出"喀啦、喀啦"的响声，盖过了高音喇叭的声音。喇叭里说，圣殿里的人们不会受到故意的伤害，他们应该出来投降。"这不是攻击，不要开枪。

我们用的是无毒催泪瓦斯。你们要对你们的一切行动负责。出来吧,你们会得到治疗。没有人会受到伤害。向当局投降吧。不要再自作自受了。”这些预言死亡的喊叫声被休依旋翼切成一段一段的,然后随风飘去。装甲车发出更大的吼声朝建筑物冲去,前边的防弹板把墙壁连拱带啃,把车里的国民卫队士兵吓坏了。墙板轰隆破裂的声音和窗户破碎时玻璃纷纷落下的哗啦声不时传入耳朵。还能听见发射器发射催泪弹的嘭嘭声、催泪弹爆炸的啪啪声,接着,只见瓦斯气像幽灵一般四散飘开,虽说这种气体无毒,却像成群狂怒的蜜蜂一样蜇人。

在开始的几分钟里,整个圣殿一片沉寂,出现一种异乎寻常的寂静。尽管联邦调查局的人不停地拨打电话,却始终没有回答。一个政府派来的狙击手从瞄准镜里看见住宅区用板条封闭的窗户里有一个男人在活动,那动作像是在播种。另一头的男人宿舍里,两个人正用.50 口径步枪朝一辆 M60 射击,其射击的准确度令人惊讶,车里的副驾驶觉得有必要用旋转炮塔上的 105 毫米火炮回敬一下。炮弹将整面墙炸成齑粉,也把约拿和麦达德炸进了另一个世界,一个充满慈悲的世界。电视报道车冲过官方划定的安全线开到离圣殿很近的地方,招致了里面的射击。兴奋不已的记者们上气不接下气地说,这是整个事件的转折点。经过长时间的新闻饥渴,终于盼来了眼前的一桌新闻大宴。

不久,暂停命令下达了,笨重的装甲车后退约五十码,停在了掺和着泥浆、残雪和麦秸的泥地上,直升机群,包括装备有热探测摄像机的贝尔 AH－1 休依响尾蛇,都升高了,它们的旋翼转动的声音听起来像是远处马群的奔跑声。在这片刻的寂静中传来了饥肠辘辘的大羊和小羊的咩咩叫声。十点钟已过,笼罩在高空一层薄雾中的太阳变成一个令人痛苦的白色亮点。空气中充斥着听不见看不见的加急电讯,传达着协商意见以及种种公告。一辆辆装甲车不安地挪动着位置,炮筒像触角一样紧张地旋转着,最后,所有的装甲车列成一个松散的弧形,等候圣殿里的人们出来投降。然而他们等来的是从住宅区那破破烂烂的一间接一间的房屋上空升起的一缕白烟，显然不是催泪瓦斯的烟，那白烟转而变浓、变黄。接着从前廊楼上的窗口又冒出一股烟来，烟顺着风朝一侧飘去，然而刹那间烟的颜色便黑得像沸腾的原油了。这时，只有摄像机在不停地转动，知道该做些什么。接着是几响爆炸声，要么是弹药着火了，要么是煤气罐爆炸了，猛烈的橘黄色火焰从破窗口和沥青板屋顶冲天而起。"天哪，"哥伦比亚广播公司的记者倒吸一口冷气说，"快想办法，火势蔓延得太快了。"

在圣殿内部，各种响声与喊叫声、远处与近旁的破碎声与从外边传来不知所云的喊话声搅成一团，催泪弹的砰砰爆炸声越来越紧，风吹过来的火苗越烧越旺，像一条龙顺着另一面墙向上爬。浓烟潮水般越过楼上的窗口冲向屋顶，顺着天花板的四边翻动。滚烫的黑烟像撒旦恶意地从自己口中喷出的毒气扑在以扫的脸上，灌入他的眼睛和喉咙，他感到火辣辣地疼。他腰间别着一副防毒面具，但不知该不该把它戴上。他这时正在楼上办公室里，本想接听那响个不停的电话，听听那向无辜百姓发起强攻一方的声音。然而耶瑟对他说："让他娘的响着吧，咱不再跟这个魔鬼打交道了，斯利克。"以扫刚才还看到耶瑟目光呆滞，脸色苍白，大汗不止，但不时露出笑容，而此刻却见满面倦容的他透露出得到解脱的神情。他站在办公室窗口朝暂时没了动静排成弧形的装甲车队望去，它们停留的那块地方恰是四个月前政府的汽车被迫停下来，车上的人被打得动弹不得的地方。"枯木开花了，"他说，"上帝近了。"

大团的烟和无形的瓦斯气很快涌进了屋，以扫觉得脑袋里像有一扇百叶窗在不停地开与关。他的眼睛流出泪水，只觉得像要被蜇瞎了似的。忽然，耶瑟从窗口消失了。胖子西布伦摇摇晃晃地走进来，他异常兴奋地咯咯笑着。他把刺鼻的煤油在房间里到处泼洒——桌面上、地板上、柜子上、电脑上和装着光面打印纸的激光打印机上。以扫心中很纳闷。按照原计划，应该是米非波设和吉姆负责烧羊圈、住宅区、制陶作坊以及米非波设亲手建的小礼堂。这一计划什么时候开始付诸实施的？以扫怎么没听见耶瑟下达命令？不过他肯定已下达了。耶瑟一会儿跟人们在办公室里，一会儿跟他的女人和孩子们呆在卧室里，一会儿又不知去了哪里。燃烧的煤油加快了这地狱般大火的火势，耶瑟卧室里的女人和孩子们一窝蜂地拥了出来，他们哭着，咳着，眼泪汪汪。以扫趴在地上寻找可呼吸的空气，大声呼唤他们跟他下楼去，一个念头不断地在他脑海里翻腾，驱之不去：这滚滚而来伤人身体的浓烟四处蔓延，无孔不入，简直像一个人，一个灵魂恶毒的会思考的人。

他知道，不需要太久他就要上天堂了。这痛苦、这盛满义愤的苦杯、耶瑟永远的陪伴，所有的一切都将结束。他想起小时候在妈妈的游泳池边跟雷克斯·布鲁德奈玩空心棒球的情景。而此刻的现实并不比当年玩空心棒球更叫人感到不可接受。*准备跑，超人。*他怎么长出了一条由妇女和儿童组成的、带响声的蝎子尾巴来？他们紧随其后顺着狭窄楼梯下到前厅入口处，这里松木楼梯端柱旁的锡蜡花瓶里仍插着带穗的麦秸。前门锁住了，不仅上了锁还封死了，为的是挡住歌革的走狗们的枪炮，也为了防止那些像野兽犄角一样的望远镜的窥探。他拉了一下把手，系在门上方锈迹斑斑的弹簧上的门铃轻轻响了几下。他身后又哭又闹的尾巴使劲地拽着他，他们想凭借抓牢他的脚跟获得重生。虽然他们毫无疑问会获得再生，但此时他们的肉体却力图逃走去寻找舒适。孩子们的哭喊声和尖叫声刺激着他，于是他命令他们猫下腰，屏住呼吸。长长的客厅里到处是睡袋和碎玻璃，窗户底下用作防御工事的一捆捆草扎正冒着烟，形成一道呛人的烟墙。他深深地吸一口气，带着那条无辜的哭哭闹闹的大尾巴在烟里爬行，再过一会儿他们便都可以进入天堂里冰凉清新的空气中了，那里到处是黄金和蓝宝石，楼梯是大理石的，湖水清澈平静，妇女们头戴花环身披丝袍，宛如伊丽莎白·泰勒在一部电影里的镜头，只是他已记不起那部电影的片名了。*吴哥窟。看过后死也值。*生命就是这么乱七八糟的一小段。这些乡巴佬一直在夸口要把整个圣殿化为灰烬，可是从未认真考虑过让这些人到哪里去死。以扫身后的人争抢着抓他扯他，他加快速度，紧闭双眼，继续摸索着前进。他摸到了壁炉上熏黑了的圆石头、泥灰墙、桌子、沙发，最后摸到了通往厨房的门和门上的铁闩。

厨房里的空气相对好一些，只有少量的烟云集在熏黑了的松木梁上。他吸了口气。这里的人多了一倍，别的那些人可能是从校车里爬上来的。事态继续发展。以扫透过窗框和挂在天花板上垂下来的干洋葱及药材的缝隙，看见外边有一个人正从羊圈出来跨过满是石头的院子朝一辆装甲车跑去，他认出来那是本杰明，就是前些时的一个晚上从雪地里过来的四个新成员之一。装甲车的车门大开，本杰明刚要躲进车里，突然像失去木撑的稻草一样倒在了地上。他中弹了，子弹是从圣殿里射出去的。吉姆把枪收起来，开枪前他用枪管捅碎了窗户上的玻璃，那窗户上仍挂着几根干草药。

跟前门一样，为了阻挡风寒，厨房的后门也修了一个小棚子，这样出入厨房就很不方便了。无论方便与不方便，耶瑟已将该门挡住，人们像河边的雾气一样团团围住他，而他正微笑着分发什么东西。他手里拿的是一盒饼干。“你们吃，”他说，“‘这是我的身体。’吃下它以后你们再不会有痛苦，孩子们，这绝对是为童子军们特别准备的，吃吧。”一双双白嫩幼稚的小手伸了出来，他们贪婪地吃着。女人们和个子稍高的孩子——他们也穿着白袍——兴奋得涨红了脸。耶瑟继续用牧师的腔调高声说：“送他们走吧，孩子们！让他们自由吧！”

吉姆拿着那支鲁格猎枪走近以扫，向他递个眼神，意思是说他们两人比任何人都知道该做什么。为什么不呢？西布伦手里的是科尔特.38口径左轮，身上那件夏威夷短袖花衬衫已被汗水浸得又湿又脏。他颤抖的手举起了枪，把那四英寸长的枪筒对准一个女人。吉尔倒在了厨房的地板上，半边脑袋血流如注，鲜血浸泡了她的栗色头发以及上面别着的塑料蝴蝶发卡，鲜血从被子弹打穿的洞里泉水般一股一股地往外冒，淌到铁炉灶脚边的地上，凝成一个红色大血块，血块越来越大，慢慢地，流过已凝了血块的头发上的血越来越少了。吉尔长相平平，身材较胖，满脸痤疮，但是她发音清晰，声音富有乐感。每当轮到她读《圣经》时，她都刻意作好准备，像唱歌一样把每个音节漂亮地读出来。“她已经到了那里!”耶瑟在愈加浓重的烟雾中喊叫说。“我的姐妹已到了珍珠做门的地方了!”他的脸上闪烁着快乐的光彩；他已到达了信心之泉。

以扫身旁的一群人发出一阵尖叫，不知是因为害怕还是因为狂喜。厨房门外火势更强了，这个门通向储存食物的那个储藏室，过去之后就是弯曲的走廊，他来的头一个晚上哈娜带他从那里走过。他们的脚下很热，因为地板下边是那台发电机，它的四周堆满了柴油桶，浓烟正从地板裂缝往上蹿。吉尔有个女儿，小小的她头发跟耶瑟是一样的红棕色，那宽宽的眉毛也和耶瑟的相似，小女孩向前走了一步，或者是被人向前推了一步，接着便是一声震耳欲聋的步枪声。吉姆撂下枪时噘了噘嘴，像是犯了点小错或者吃了不可口的食物。“她已经成圣女了!”耶瑟大声嚷道。“她成了山里的一只鸽子!”

男孩子们目睹着这一切，开始挣扎，他们又抓挠又喊叫，拼命挣脱母亲的束缚，可是那些女人们闭起眼睛以防被他们抓破，同时牢牢地抱住快要发疯的孩子们，因为她们知道该怎么做才能得到永生。门外的熊熊烈火呼呼地吞噬着一切木制品，天花板上的灰浆裹着尘土大片地脱落下来，空气开始窒息，氧气越来越少。依然站立着的女人群中有一个高鼻子的瘦女人，她叫梅赫特贝尔，是一个新成员，由于信心不足昏倒了。

一串看不见的泛着沫的黑色气泡潜入以扫体内，他知道该如何行动了。他觉得自己正处于极度的清醒状态，这一清醒状态在过去几年里经常在他脑海里时隐时现。“西布，把它给我用一下。”他伸出手说道。他知道这个比小孩子还幼稚的人是不会拒绝的。

耶瑟见以扫拿起左轮枪高兴得发狂。他喊道：“送她们上天堂，斯利克！大爹需要这些女人!”站在最前面的是哈娜。她一手抱着怀里的婴儿，一手按着身边刚学会走路的娃娃让他站稳。这个两岁多的男孩仰脸看着他，那薄薄的嘴唇露出机灵的微笑，那笑容是那么的熟悉。哈娜等待着死亡，在更加浓烈的烟雾中她使劲忍着不咳出声来。她紧紧地闭上双眼，鼻孔使劲绷着，面颊上的雀斑像干了的血点。

克拉克向来不是一个好的合作伙伴。"斯利克，"他对耶瑟说，"你这个混蛋，滑头，我把斯利克还给你。"说着就朝面前这个假先知连开两枪，一枪击中前胸，另一枪在耶瑟倒下时击中他的秃头顶。他从来就不喜欢看这个自诩圣人的人的秃瓢，那一层发亮的肉皮紧紧包住下面的头骨，怎么看怎么像个乌龟壳。还有那颗大金牙，他也不喜欢。克拉克立即朝西布伦也开一枪，打中了他盛满黄油的肚子。他本来还可以打死吉姆，可是突然冲过来的一股浓烟挡住了他的视线。他的眼睛已经被蜇坏了。在一片混乱当中他好像听见吉姆抱歉的窃笑声。子弹打中了他的左肩，他像毫无准备地被人打了一拳一样地向后趔趄了一下。被枪击中的感觉远比他想像的要痛苦得多：开始几秒钟并没有痛感，但很快就感觉炙热发烫，似乎所有的神经末梢都集中在了手臂和肩部衔接的地方。他的右手仍握着那支左轮，他举起手想让吉姆也吃一颗枪子儿，可是他的目标已猫下腰去，藏在了众多脑袋中间，随后便消失在越来越浓的烟雾里。吓得目瞪口呆的女人们和孩子们个个傻傻地愣在那里，这时梅赫特贝尔正挣扎着站起来。耶瑟倒地时一条胳膊钩住了克拉克的脚，他只好把它踢开。随着时间推移，他的伤口越来越痛，全身上下火烧火燎，包括脖子和腰部，伴随着疼痛的加剧，他的怒火也在上升，他整个人成为愤怒的化身。他朝那些女人们大吼起来："看在上帝的分上，你们这些蠢猪婊子，赶快往外跑呀！一切都结束了！跑呀！跑呀！"接着他又鼓励她们说："你们没看见嘛，这里什么都没了！外边的人才是你们的朋友！"他挥了挥枪，他们才都朝门口拥去，孩子们在前，妈妈们在后。

他跨过耶瑟那裹在红色法兰绒衣袖里的胳膊，绕过倒在血泊中的小女孩。这个小女孩戴着丝带的后脑勺已被掀掉，流在散开的头发上的血格外鲜亮，就像代格罗牌油漆。地板上的铁钉帽不断闪烁，刺痛了他的眼睛。他单膝跪下把手枪夹在伤臂的腋下，用另一只手戴上面具。他立刻闻到一股橡胶味和类似樟脑的化学过滤剂味。他在面具里不但感觉到了暖房里的清静，还可透过朦胧的塑料镜片朝外看。面具使他联想到一种虚拟现实的头盔，凡是现实中不完美的事物都由电脑加以修正了。短时间的折磨与痛苦，然后便是绿草茵茵清凉惬意的乐园，吉姆真的相信吗？作为一名头脑冷静的中学教师他应该什么都明白。吉姆刚才在烟幕中消失的地方，那白色房门的前边，已形成一道火墙，齐整整的像是用机器划出来似的。那是通向储藏室的门。克拉克每向前挪动一步，脸上被火烤的疼痛就加深一些。可是他必须朝前走，朝下面走。他对身外的世界已无所依恋，那里有的只是喧嚣和给妈妈带来的尴尬。再就是那些嫖客、巫师以及成帮结伙目空一切的臭狗屎。他没什么好担心的；那位活人上帝曾经控制过他，而那位永恒的上帝能否带给他理想的结局又超出了他押宝的能力。他的肩膀在嘶叫、在发怒，终于动弹不得了。面具下边的胡子在着火，每一根露在外边的毛发都烧成又干又脆的小卷。他开始感觉呼吸困难，虽有过滤剂，烟气仍像燃烧的火炭飞快地钻进了鼻腔、塞进喉咙和眼睛里。他的大脑已失去组合画面的能力。第二次死亡。那么第一次是什么时候呢？羔羊必将战胜。当一只羔羊被切断脖子的时候，它又如何能战而胜之呢？那只庞大的七头兽在那扇白门外一边吼叫一边拍打门板，好像它有权进来似的。以扫是一个老练的猎手，他知道在烟雾里还有一个人。他听到了从原先放茶杯茶盘的地方传来的声音，那声音虽小却很清晰，像是把茶杯放到盘子上的声音，又像木柴在火里爆裂的声音，还像小心翼翼拉枪栓的声音。来吧，开枪吧。你这是在帮助我。

再也没有疼痛了，只有极其短暂的炙热感，就像一根烟的烟丝变成灰烬之前卷烟纸先烧成一个金色的圆圈。

下河镇成了当天晚上全美三大新闻网、福克斯公司和有线电视新闻网的头条新闻。阿尔玛是从她那美洲豹车上的收音机里听到这一消息的，当时她正从弗洛里斯附近泉水街上的英国口音训练班出来，驱车去比卡匈加还远的好莱坞大街上的那家美容院。经过几次整容后她相信，面部按摩有助于保持面部的弹性。演完《锋刃刀》之后她很焦虑，希望不要再演干瘪老太婆之类的角色，该演一些虽上了年纪却很浪漫的角色了，其实这样的角色挺多的，看过《茧》和《金色池塘》就知道了。她听到这则消息时心都快跳到嗓子眼了，可她怀疑自己的反应是否真诚，便从后视镜里看了看自己，那表情中究竟带有多少表演的成分。没有，她那吃惊的样子是真实可信的，因为她面色煞白，这个样子是装不出来的。她从拉布里亚街向左拐，飞快地回到位于圣莫尼卡街上的家中。她与肯奇塔擦肩而过，后者正与在前院剪草的墨西哥人调情。“给安妮特去个电话，取消美容。”她走过时说了一句。她打开有线电视新闻时报道仍在继续，她看得差不多时明白了事情的严重性，便合上眼睛把问题整理一下。

虽然她刚从那里回来，但这一次她还是非去不可，因为她要去验证烧焦了的骨头或牙齿，要在有关法律文件上签字，要抵挡记者的采访可又不能惹恼他们。凯莱布必须到科罗拉多来与她见面，因为她已无法再面对帕特里克了，他越来越咄咄逼人，对她提出的种种要求是任何真正的情人都不会提出的，那会使她的生活变得肮脏下流，为人耻笑。凯莱布则不然，他忠诚可靠、说话含蓄、带有波士顿式的美好的屈人意志的作风。可是她已有一段时间没有享受与他的谈话了。他一直对她不满，不论明说还是暗示，总之抱怨她不与他一同住在布鲁克林而一个人独住这栋令人透不过气的大房子，生活在那些乏味的人们中间。然而她明白，这里有她的事业，不演戏就等于放弃了事业——是呀，如今已不像从前了，那种电影厂大批出品电影的日子已一去不复返，尽管仍有电影制品，但是电视片开创了一个全新的市场；不过外国观众仍喜欢看美国老电影演员们的戏，同时，演戏是一种对旧日情怀的思念。这倒不是说她自己已是一个老得不行的老演员了，上一个万圣节她才刚到六十岁。不错，她必须叫他来，现在正是她需要他的时候，而且这一次她绝对有把握让他来，不论他有多么固执。可怜的小克拉克。他从小就那么努力地想当一个好孩子，从吃奶、学爬、学走路、学说话乃至学做人。也许她这个妈妈当得太过分了。早晨他一醒来就在小床里抬起头望着她，小圆脸既充满稚气又挂着严肃，像是要把注意力从梦中转移出来。对他那个小脑袋来说梦该有多叫人迷惑不解啊，尤其是在他正努力认识这个真实世界的时候。泪水灌满她紧闭的双眼，眼球都疼了，但她仍然闭着，眼里看到的全是血色的红光。她祷告说：感谢你，上帝，使我的儿子最终成了一位英雄。

在马里兰州的贝塞斯达，晚饭前丹尼·威尔莫特边喝波旁威士忌边看电视上那则新闻。他和博法娜及四个孩子——索特拉·约翰、埃米丽·博法、埃丝特·西索法和诺罗敦·克拉伦斯——今天都在家，他们是被召回华盛顿的。既然他们已经赢了这场冷战，于是便安排他在中东司做些文字工作，让他想想办法看如何才能使萨达姆·侯赛因成为伊朗的眼中钉。博法娜在厨房的电视机里看到了同一则消息，便来到书房拍拍丹尼的肩膀，又摸了摸他额头上的伤疤，那是她永远不会见到的童年的一丝踪迹。他把脸在她纤细的棕黄手背上蹭着，眼睛始终盯着电视上的大火和来回调动的M60A1装甲车。联邦调查局发言人严肃地解释说，他们的计划很奏效，他们的意图是再好不过的。“你说的那个孩子，他输了吗？”博法娜用好听的英语说道，她讲英语可比讲用喉咙深处发音的叽里咕噜的高棉话柔和得多。

广告时间到了，丹尼伸了伸两条长腿，呷了一口威士忌。“啊，最近我一直在想，输与赢的区别是不是有我们所想的那么大呢。我喜欢克拉克。我见他的机会不多，是在七十年代每次途经洛杉矶时去看看他。他也喜欢我，这很奇怪，因为喜欢我的人不多。他给我的印象是，他是个时刻需要别人帮助的小孩子，对身边发生的事情怎么也搞不清楚。我常把我的看法告诉他，可我想他需要的帮助比我能给他的多得多。听起来像是我小瞧他似的，可他的确需要更多的帮助。需要是无止境的。我们打败了一些无赖，可是现在世界上又充满了各种类型的无赖。”他点燃了一支美瑞特牌香烟。

“我安排孩子们吃饭，你给姐姐打个电话好吗？”

“看来我是该给她打电话了，你说得对。别慌，咱先吃饭吧，我了解埃茜，她准会说个没完没了。”

自从女儿参加特拉华选美比赛没能当上冠军到现在，特迪还没听见她像现在这样哭过呢，只有一次是例外，那是她第一次或者第二次离婚。那时候艾米跟阿奶还都在世，是她们处理的那件事。这一次他希望自己没说错话——近来他对自己开口说的话越来越没把握了。那些他认识了一辈子、在城里抬头不见低头见的人的名字他甚至都叫不上来了，只能隐约记得他们房子前廊的样子、他们那老式的防风门和门前可可色的或者印花橡胶的脚垫。当他得知一个威尔莫特家族的人在西部的一个荒郊野岭被枪杀并烧成了灰时，大吃一惊。他们可以把他埋葬在贾里德身边，省得运来运去的，也可以葬在艾米的自从离家出走便杳无音信的哥哥身边。西福德夫妇准是不愿对人说起他。他们两人都挺古怪，总像要藏着掖着什么似的，不管是做了什么还是没做什么。至于他是怎么遇到那位天使并跟她结了婚的，特迪再也想不起来了。家庭从来就是一个十分神秘的机体。

他通常是从六点钟十二频道威明顿电视台的新闻节目中获得国内消息的，这就足够了，一般来说凡是新闻中不报道的就不值得去了解。当年他老爹读报时是多么伤心啊，报上什么消息都登，尽管当时的世界并不像今天的这么糟糕。当时人们都保持着一定的生活标准，所有的男人都戴圆顶高礼帽，夏天要戴草帽，连工厂的工人也不例外。即使在贝辛斯托克这种地方，你在街上散步时看不到一家的门上锁，你可以直接把报纸或邮件扔进屋里地板上，虽然这么做严格说来是不允许的。可话又说回来，在一个小得人们天天都打头碰面的地方，并非所有的规章制度都是必要的，因为最简单的做正派人的道理和自尊准则就可以解决一切问题。如今这样的事情随着种种借口不翼而飞了,头一天杀了人,第二天申诉说有精神病便可逢凶化吉。

可是,今天为了了解有关克拉克的消息——可怜的孩子,过去每当他想吃家里做的饭,想和家里人心平气和地聊聊天,就会坐上公共汽车回家来,他对他妈妈小时候的故事百听不厌——特迪还特意看了六点三十分三频道的国内新闻。三频道隶属全国广播公司,而全国广播公司又是从当年人们最喜欢的广播公司发展起来的。自打有了晶体管收音机起他就戴着耳机听它的广播了,当时塞思·艾迪生就有一台。三大电视网的广播特迪最爱看布罗考播音,他是最年轻的播音员,虽然他时常有吞音现象,可他报告新闻时最投入,而且他的节目中广告少一些。电视广告尽是关于牙医、痔疮和月经用品的,好像不管是谁,只要对世界新闻感兴趣,便到了快蹬腿的年纪了。小便都失禁了。

虽然他叫法拉一洗好碗就回家,她还是陪他坐了下来。法拉是罗雷塔·惠利的孙女,是她那出生相隔很近极像双胞胎的两个男孩中老大的女儿。那些惠利们和巴彻勒们生起孩子来一个接一个,快得很。法拉的父亲娶了英格拉汉姆家的一个女儿。法拉今年十三岁,她的妈妈正在夜校里上电脑课,人们说法拉都会给特迪做饭了,其实现在的东西都是现成的,只要放进微波炉里就成。

他们一起坐着,特迪坐的是那把蓝色的安乐椅,坐垫和扶手上的颜色都快掉光了,小法拉坐在那把紫红色翼状靠背扶手椅里。她长着惠利家特有的小嘴和巴彻勒家的黄头发,有点罗圈腿。她把脚放在与椅子配套的紫红色小凳上,从前艾米就常把她那条可怜的腿放在那上面。有的时候,他会一个接一个地看喜剧,看一会儿睡一会儿,还以为艾米在陪他坐着呢,除非他扭头去看才会发现是错觉。

有很多镜头是在地方台播过了的,所以就好像把一部电影重复看两遍似的,而且还是无声电影,因为法拉把音量调到适合她自己听,这么一来就有许多评论他听不见。屏幕上的军用车有的是越战时用的，有的是越战前就有的。那个是叫史密斯的疯子的照片，他就是一个圆脸的农村小伙子嘛，他接着发表了讲话，对奉承他的记者们招一招手。他有点像过去老爹教区的大人物哈伦·迪尔霍尔特，他也特别爱戴这种小框眼镜。又是照片，一张接一张地更换着，从克拉克和埃茜十年、二十年前在好莱坞时的照片开始，切换到其他误入歧途者的照片。接下来是圣殿的老楼及其侧翼，大楼开始着火，像是一堆泼了煤油的木柴在燃烧，一想到里边的人，你的心都疼。又是广告，一条游艇，艇上的人好像在开新年晚会，一个女人张大了嘴巴在唱歌。屏幕上出现了布罗考，他焦虑地报告着什么，只能看见他的嘴在动；特写镜头，一个带着负疚表情的瘦男子，他在逃出来时挨了一枪，但活了下来；一个脸上长雀斑的妇女在描述刚才里面杀人的经过，还讲述了克拉克是如何把他们救出来的。最后，一个总结性的特写镜头：四五个妇女惊慌地在浓烟与烈火中从掩体里跑出来，她们惟恐被枪弹击中。当她们怀里抱着孩子、手里牵着孩子来到开阔地时，不停地眨着眼睛，好像刚刚睡醒似的。孩子太多了，数都数不过来。孩子们啊。

百年启示录

（译后记）

一九九八年十二月十六日，美国《基督教科学箴言报》发表了题为《道德伦理沉沦了吗?》的文章，哀叹美国“今天的道德氛围还不如五十年代”，并列举了若干方面，其中两项尤其令人深思:一、电视、电影和流行音乐促使这个国家的价值观改变;二、宗教和家庭对这个国家的道德观念曾经有着巨大的影响力，但这种影响力正在下降。该文章发表在美国国会因前总统出轨丑闻对其提出弹劾并就此进行激烈辩论之时。最终提案未获通过，这在一百年前是不堪设想的。这件事恰恰证明美国道德水准的严重下滑。

如果说这篇文章只是对美国上世纪的社会道德沉沦作了概括性报道的话，那么约翰·厄普代克的《圣洁百合》(以下均简称《百合》)则对美国的这一社会现象作了三百六十度的全景式记录、报道与剖析，使人们从中得到启示，产生警觉。

《百合》是厄普代克的第十七部长篇小说。作为一个大文学家，厄普代克在其小说中将目光瞄准了美国社会百年来的各个时期和各个角落，以他敏锐的洞察力揭示出人们精神生活的蜕变。如果说一部《红楼梦》是一部封建社会兴衰史的话，那么一部《百合》就可以被认为是一部美国二十世纪道德沉沦史。虽然脍炙人口的“兔子系列”(《兔子,跑吧》一九六〇、《兔子归来》一九七一、《兔子富了》一九八一、《兔子歇了》一九九〇)已经将美国近五十年的社会百态描述得十分透彻,但他显然觉得言犹未尽,便在《兔子歇了》问世五年后又推出了《百合》,它以克拉伦斯一家四代人为载体,写出了美国宗教观念的转变与电影技术的发展所引起的道德观的堕落。

《哈特福德新闻报》称《百合》“将历史、宗教、大众文化与个人想像糅合在了一起”。我们从书名便可知这本书与基督教有关。《百合》的名字取自美国南北战争时期朱莉亚·豪的《共和国战歌》的歌词,歌词大意是:“大洋彼岸基督生在圣洁百合之中/以他荣耀胸怀净化你我心灵/如他以死换得我等神圣/当主继续前行/我等亦应以死换取自由人生。”作者过去在许多其他作品里也探讨过宗教问题,例如《一个月的礼拜日》(一九七五)、《罗杰教授的版本》(一九八六)和《S》(一九八八)等,书中探讨了在世俗社会中物质与精神的复杂关系。他在“兔子系列”里没有太多提到宗教,但正如罗杰·米勒所指出的:“《圣洁百合》(则)是关于宗教和明星的。作为美国文化的顶级剖析者,他迟早是要围绕这两个主题来写的。”①

小说情节围绕两条线索展开,一条是宗教在一百年间由盛到衰的演变过程,另一条是代表科技发展的电影业由初步形成到兴盛发展,二者互相影响;同时,它们的一衰一兴,颠覆了美国人的传统思想与观念。在《百合》中,同属上层建筑的宗教与电影从头至尾搅缠在一起,同时对人们的精神追求与物质享受产生着不可低估的影响。故事发生在一九一〇年的美国,这年夏天的某一天,电影公司正在帕特森市拍电影;克拉伦斯·威尔莫特牧师正在教会提供的牧师公寓里思考着已困扰他很长时间的有没有上帝这一严肃的问题。忽然,女演员毕克馥从马上摔了下来。她昏厥过去堕入黑暗的时

---

① Roger Miller: *In Search of God and Other Celebrities*, Hackeusack, NJ, Sunday Record, Jan 21, 1996.

刻,正是牧师经过深思熟虑后坚定了“没有上帝”这一信念的时刻。

美国的立国基石是基督教,这是宪法所规定的。从美国钞票上印有 In God We Trust(我们信赖上帝)字样的事实,就可以想像宗教对美国社会的重要作用。上世纪初,美国是个相当保守的社会,背叛宗教无疑是大逆不道的叛逆之举,必将受到社会的鄙视和谴责。然而,从十九世纪后半叶到二十世纪初,科学技术迅猛发展,以达尔文、尼采、休谟等为代表的新思潮和以英格索尔、德莱斯代等为代表的无神论广泛传播,开始冲击教会的根基。面对这一切,威尔莫特牧师对上帝的信心开始动摇乃至崩溃了。他痛苦至极,于是毅然辞掉牧师之职,从此成为社会边缘人,饱受失业与被嘲讽的痛苦。他由一个有神论者突然转变为无神论者,思想上留下了巨大的空白,无法填补。在经历希望与失望的挣扎后,他几乎绝望地躲进谁也看不见谁的黑屋子里,躲到好莱坞电影幻影中求得片刻的解脱。一九一〇年前后正是电影的默片时代,影片多以同情弱者、宣扬社会道德为主题。在电影院里,他和其他来自社会底层的观众们一起陶醉在经过艺术技巧处理的情节中,暂时忘掉烦恼。但是,“电影结束了,现实世界灰暗的光亮又回到身边”,他不得不从梦中醒来,继续面对现实生活中的一切,承受精神空虚的痛苦。

离开了上帝的一家人饱受饥饿与疫病的痛苦。威尔莫特家族第二代人,牧师的小儿子特迪,对宗教完全失去信心。家境的衰败、父母的愁容、父亲心灵与肉体的创痛深深伤害了他幼小的心灵,使他从此远离上帝,再不肯跨进教堂一步。随着年龄的增长,求学无钱,工作无着,为摆脱精神空虚,他也和父亲一样,去电影院寻求解脱。此时的好莱坞电影业已发展到空前的规模,他本该像威尔莫特一样,从电影的声光中享受到哪怕片刻的欢乐。但是这个时期的电影表现的却是酗酒赌博、家庭破裂、贫困、暴力、打斗、谋杀、爆炸、死亡……可怜的特迪既不能从宗教也不能从好莱坞电影中找到精神寄托,只好从现实生活中寻求安慰,娶妻生子,过安稳日子。

从威尔莫特家族的第三代人埃茜身上,我们不难找到玛丽莲·梦露等备受争议的明星们的影子。埃茜成长的时期正是明星崇拜的时期，明星头上的光环令她羡慕不已，她终于踏进了演艺界。进入演艺圈后她取得了事业的辉煌，成为家族的骄傲。可悲的是，在银幕上她时常扮演教育人的角色，而现实生活中的她却过着奢靡的、违反道德准则的生活。为了事业的成功，她可以不择手段。她自认为自己是极虔诚的教徒，把自己的成功看作是上帝对她的偏爱，认为上帝对她有求必应，这是别人不可以分享的、她与上帝之间的秘密。这种世俗的实用主义的信仰完全背离了基督教最根本的教义。宗教的世俗化与庸俗化使它成了罪恶的遮羞布，名利的敲门砖。这不能不说是对基督教的莫大讽刺，是对美国立国之本的莫大讽刺。

"我们为何会堕落到这个地步？……美国人往往把矛头指向媒体，尤其是娱乐界，特别是电视……同样需要承担责任的还有电影……"[①]埃茜的堕落是好莱坞的堕落，进而言之，也是文艺界的堕落。电影界的堕落在小说一开始就以演员玛丽·毕克馥从马背上掉下来的方式告诉了我们，它暗示了电影并不乐观的前景，以及它对人们精神生活的负面影响。

然而更严重的问题还在后面。人们在日益衰败的社会道德和价值观面前恐慌了，彷徨了。事业上和生活上遇到的困难使他们又想起了宗教，但是急于求成的心理却使一些人落入以耶稣复临面目出现的宗教异端的陷阱。七十年代南美基督圣殿教上千人被害和九十年代美国瓦科大卫教数十人被害，类似的惨剧使厄普代克忧心忡忡，便借威尔莫特家族的第四代人克拉克再次向人们发出警告。埃茜的儿子克拉克，是典型的好莱坞青年：吸毒、飙车、无节制的性生活，无所不沾。妈妈明星的光环非但不能成就他的事业，反而为他的堕落创造了条件。他就像疏于管理满身枝杈的小树，终不成材。当他碰得头破血流时，决定逃出好莱坞，到宗教里寻找慰藉，寻找自尊，寻找能发挥作用的一席之地，却误入邪教。令他失望的是，这个自诩"真理与真

① 约翰·迪林：《道德伦理沉沦了吗?》，《基督教科学箴言报》，1998年12月16日。

正信仰”的“圣殿”完全背离了基督教教义。不过，克拉克最终“以死换取”了教会内被围困的孩子们的“自由人生”。厄普代克安排了这样的结局，因为他明白，美国年轻的一代已到了非救不可的地步，为了把他们从堕落中救出来，哪怕流血牺牲也值得！

威尔莫特四代人的经历恰是家族命运大轮回。曾外祖父放弃信仰到电影里寻找精神寄托，但无法填补精神的空虚；曾外孙则逃离电影到宗教里寻找安慰，却不幸成为邪教的牺牲品。

《百合》从精神层面成功地浓缩了美国社会一百年的情况，无论宗教还是电影，都没有也不可能解决美国面临的种种问题。这两者一兴一衰的结果带来的是精神的空虚、道德的衰败以及对物质的追求。

该小说问市之前就受到美国文坛的普遍关注，出版后更是受到普遍赞誉。《纽约时报》书评说它是“智慧的结晶”。《时代报》说：“《圣洁百合》是对二十世纪美国史诗般的忠实记录，它记述了过去一百年间美国在上帝与赛璐珞之间作出选择的困窘，有着维多利亚时代的坚定与现代人的困惑，记录了新人道主义与世纪之交这一严峻时刻的愤怒。这是他最成功的小说之一。”

《百合》以人名为各章的小标题。有趣的是，头两章都是一人一个名字，第三章则一人两个名字，到了第四章一人竟然有了三个名字。作者用这种方式暗示了在代表传统文化的宗教和代表科技发展的电影发生重大变革时期，人们企图寻找自我，却不幸迷失了自我。

小说以启示录式的大火结束，发人深思。

袁凤珠

ISBN 978-7-5327-7525-5

9 787532 775255 >